Von Hans-Ulrich Horster sind als Goldmann-Taschenbücher
außerdem erschienen:

Die Toteninsel. Roman (3754)
Eheinstitut Aurora. Roman (3738)
Ein Student ging vorbei. Roman (3735)
Suchkind 312. Roman (3737)

Hans-Ulrich

Horster

Ein Augenblick der Ewigkeit

Roman

Wilhelm Goldmann Verlag

1. Aufl. September 1979 · 1.–30. Tsd.

Made in Germany
Lizenzausgabe mit Genehmigung des Lingen Verlags, Köln

Umschlagentwurf: Atelier Adolf & Angelika Bachmann, München
Umschlagfoto: Mort Engels
Druck: Mohndruck Reinhard Mohn GmbH, Gütersloh
Verlagsnummer: 3821
Lektorat: Martin Vosseler · Herstellung: Peter Papenbrok
ISBN 3-442-03821-9

In dem chaotischen Gedudel der Drehorgeln, dem heiseren Geschrei der Anreißer, dem fröhlichen Gekreisch der Mädchen auf den Karussells und dem trockenen Gebell der Luftbüchsen an den Schießständen ging der große Augenblick unbemerkt vorüber. Selbst die zwei Menschen, denen das Schicksal an jenem Juliabend des Jahres 1956 das ungeheuerlichste Erlebnis des verklingenden Jahrtausends zugedacht hatte, ahnten es nicht.

Sie trafen sich, sie sahen sich – und gingen aneinander vorbei. Doch das Schicksal meinte es anders.

Abend.

Das Land schläft. Die Wälder schlafen. In den Dörfern verlöschen die Lichter. Aber der Jahrmarkt erwacht mit Licht und Lärm. Seine roten, grünen und gelben Lampen werfen ihren Glanz in den samtblauen Himmel und baden ihren Widerschein im dunklen Wasser des Mains.

Stimmen und Klänge. Rasseln, Lachen und Johlen. Düfte und Gestank. Rostbratwürste, Honigkuchen, Krapfen in zischendem Fett, gebrannte Mandeln, heiße Würstchen, Rahmbonbons, Zigarrenqualm, Riesenwaffeln, billiges Parfüm, geröstete Zwiebeln. Und über allem – verstärkt und verzerrt – die heiseren Stimmen der Anreißer.

»Treten Sie heran, meine Herrschaften! Nur nicht so schüchtern! Wir bringen Ihnen unser weltberühmtes Sensationsprogramm. In der ersten Abteilung Celerto, den größten Magier unseres Jahrhunderts. Ein Blatt Zeitungspapier verwandelt er in eine lebende Ente. Und gegen ein kleines Extra-Honorar verzaubert er Ihre Schwiegermutter in eine Weltraum-Rakete! – Ab damit!«

Die Leute lachen. Sie lutschen billige Bonbons und knacken gebrannte Mandeln. In ihren Augen spiegelt sich der bunte Zauber dieser Wunderwelt aus Talmi und Tand.

»Hallo, meine Damen und Herren, hier ruft das Glück!« Der rotgesichtige Fettwanst auf dem Brettergerüst greift spielerisch ins schnarrende Rad. Sein apfelsinenfarbenes Hemd ist durchschwitzt. »Niedrig der Einsatz – riesig der Gewinn! Ein Satz Aluminiumtöpfe! Nicht drei, nicht vier, nein fünf. Und heute abend noch einen dazu, weil die Schäffin Geburtstag hat. Nur nicht schüchtern, junger Mann! Klemmen Sie sich Ihr Fräulein Braut unter den Arm und kommen Sie 'ran! Morgen können Sie heiraten!

Sechs Töpfe kriegen Sie im ganzen Leben nicht kaputt! Ein rascher Griff – ein kurzer Schwung ... Na, haben Sie Schwung, junger Mann – dann nix wie 'ran!«

Die Leute lachen. Sie lachen über alles. Sie haben ihren Alltag abgeworfen und lassen sich verzaubern wie Kinder im Märchenwald.

Grelle Hornsignale schmettern dazwischen. Von irgendwo kommt jetzt eine Stimme, tausendfach verstärkt: »Hier sehen Sie Mister Globus, den dicksten Mann der Welt. Er ist so rund, daß man den Kopf nicht vom Rumpf und die Beine nicht vom Bauch unterscheiden kann. Sieben Zentner Lebendgewicht! Sein Mindestbedarf an Nahrung ...«

»Schießen, die jungen Herren? Sechs Schuß eine Mark! Die beste Vorübung für die Bundeswehr!«

»Halt's Maul!«

Lachen. Jauchzen. Glücksradgerassel. Schreien. Kreischen und das Lichtgewirbel der Achterbahnen und Teufelsräder. Und über allem der unendliche Himmel mit ein paar verschlafen blinzelnden Sternen.

Ein alter Bettler schleppt sich müde über den Markt und hält den lachenden Menschen seine zitternde Hand entgegen ...

Das ist der Jahrmarkt.

Die Schaubude, die den größten Zulauf dieses Jahrmarkts hatte, fiel durch nichts aus dem Rahmen. Sie war nicht größer, der Lack auf ihren Streben und die Farben der Stoffbespannung leuchteten nicht kräftiger als die der andern, und die Stimme des Anreißers klang kein bißchen melodiöser als die seiner Kollegen.

»Ja, meine Damen und Herren«, krächzte er mit großem Gehabe. Er sah in seinem zerschlissenen Gehrock aus wie der alternde Bonvivant eines Provinztheaters. »Das ist kein Betrug, das ist kein Trick und keine Finte!« Er machte eine bedeutungsvolle Pause und fuhr sich mit dem Daumen über die weißen Haare, die mit Unmengen von Pomade an die Schläfen geklebt waren.

»Robinson, der schnellste Verwandlungskünstler aller Zeiten, die Sensation von London und Paris, von Rom und Madrid! Robinson, der fünf Erdteile verblüffte und begeisterte. Robinson, der Mann, von dem Millionen Frauenherzen träumen!«

Er warf die Arme in die Luft und verharrte in dieser Pose wie ein Prophet, der auf eine Offenbarung wartet.

In diesem Augenblick schnurrte rechts von ihm ein purpurfarbener Vorhang hoch. In einer Nische standen drei Mädchen in goldüberladenen Grenadier-Uniformen. Sie hoben in exerziermäßiger Gleichförmigkeit ihre blinkenden Fanfaren und bliesen einen Tusch.

»Es hieße Würstchen nach Frankfurt tragen, wollte ich dem hochzuverehrenden Publico den Siegeszug dieses fänominanten Artisten schildern. Überall, wo er auftritt, sind die Zeitungen voll von ihm.« Wieder warf er die Arme in die Höhe. Wieder bliesen die drei Mädchen einen Tusch.

»Aber wie soll ich Ihnen schildern, was man nicht in Worte kleiden kann? Sehn Sie ihn selber! Sehn Sie Robinson! Sehn Sie Robinson!« Seine Stimme überschlug sich: »Ro – bin – son!«

Die Mädchen schmetterten noch einen Tusch. Die karminroten Pappwände der Nische wurden beiseite gezogen, und aus dem Hintergrund trat ein Jüngling auf die Rampe. Ein Jüngling wie aus Bronze gegossen. So ebenmäßig, kraftvoll und edel, als habe der Größte unter den griechischen Bildhauern ihn geformt.

Er stand mit verschränkten Armen da und lächelte. Er tat nichts. Er stand ganz einfach auf der hölzernen Rampe mit einem dreieckigen Schurz aus Goldbrokat; seine Haut war glatt und von vollendetem Olivton. Seine Beine lang und kraftvoll durchmodelliert, seine Hüften schmal, seine Schultern breit und mit deutlich abgezeichneten Muskelansätzen. Sein Kopf war stolz emporgereckt. Unter den dunklen Locken wölbte sich eine edle Stirn. Kräftige Brauen beschatteten zwei schwarze, leidenschaftliche Augen. Seine Nasenflügel verrieten Energie und Empfindsamkeit zugleich.

Er lächelte, aber dieses Lächeln wollte nicht bestechen, es wollte nicht werben und nicht umschwärmen – es war kühl und forderte Abstand. Robinson stand da und ließ sich bewundern. Das kreisende Licht umschmeichelte ihn. Die Augen der Mädchen himmelten ihn an. Immer mehr Neugierige drängten heran. Der ganze Platz vor der Schaubude war gefüllt.

Der Vorhang fiel. Der Anreißer hatte es nicht mehr nötig, die Leute zum Eintritt aufzufordern; sie drängten stürmisch zur Kasse. Sie schoben sich, sie drückten die Nachbarn mit den Ellenbogen beiseite. Auch das junge, mit schlichter Eleganz gekleidete Mädchen in dem taubengrauen Kostüm starrte gebannt auf den Eingang der Bude.

»Willst du etwa hinein, Renate?« fragte der alte Herr neben ihr.

Sie nickte flüchtig und zog ihn zur Kasse.

Die kleine Schaubude konnte nur einen Teil der Menschen aufnehmen. Viele blieben draußen und verloren sich, um zur nächsten Vorstellung wiederzukommen.

Drinnen hatte man aus Bohlen und Latten einen Zuschauerraum gezimmert, der einhundertfünfzig Besucher fassen mochte. Die Wände waren mit altem Segeltuch bespannt, auf dem stockfleckige Nymphen mit verwaschenen Faunen kokettierten. Es gab nur wenig Bretterbänke und ein paar Stühle. Die meisten Leute mußten stehen.

Die drei Mädchen, die vorhin die Fanfaren geblasen hatten, trugen jetzt rote Steppjacken und räudige Zylinder, die aus der Zwangsversteigerung eines Beerdigungsunternehmens stammen mochten, und bemühten sich aus Leibeskräften, mit Akkordeon, Saxophon und Schlagzeug Krach zu machen. Trotzdem war nicht zu überhören, daß von Zeit zu Zeit erregte Stimmen hinter der Bühne laut wurden. Aber niemand achtete darauf.

Jetzt trat der Anreißer auf die Bühne. Sein Gesicht glühte vor Stolz und Eifer. Die Musik verstummte. Die Zuschauer schwiegen erwartungsvoll. »Meine verehrten Gäste. Ich heiße Sie als Direktor des Etablissemangs herzlich willkommen. Wir zeigen . . .«

Der Streit hinter der Bühne steigerte sich. Der Wortwechsel übertönte die Ansage.

»Meine Damen und Herren«, krähte der Direktor mit erhobener Stimme, »wir zeigen Ihnen zuerst den Tanz an die Sonne. Er ist von dem edlen Stamme der Inkas direkt übernommen worden. Sie sehen unsere reizende und hochtalentöse Nachwuchstänzerin Elvira. Neunzehn Jahre und schon Spitzenklasse.«

Er lüpfte seinen Zylinder und zog sich wichtig hinter die Falten der Bühnenumrandung zurück. Die drei Mädchen setzten ihre Instrumente an und bemühten sich, ihnen heiße Rhythmen zu entlocken.

Elvira wirbelte auf die Bühne. Ein schlankes, zierliches Geschöpf von katzenartiger Gewandtheit mit smaragdgrünen Augen und kastanienbraunem Haar. Sie war von makelloser Schönheit. Aber die Leute waren nicht gekommen, um Elvira zu sehen. Sie warteten auf Robinson . . .

Die Musik starb plötzlich ohne Schlußeffekt. Genauso unauffällig endete der Tanz. Elvira verschwand in den wackelnden Kulissen, und der magere Beifall reichte nicht aus, sie noch einmal herauszulocken.

Stille.

Jetzt kam der große Augenblick. Jeder wußte es. Der Direktor erschien auf den Brettern, würdig und hoheitsvoll. Das war sein Auftritt. Dafür lebte Gotthelf Möckel. Dafür schwitzte er, dafür knauserte er, dafür zog er Jahr für Jahr von Markt zu Markt. Für diesen einen Augenblick: ein volles Zelt, knisternd vor Spannung. Und vorn auf der Bühne er: Theaterdirektor Gotthelf Möckel, geboren als achter Sohn eines armen Eisenbahners irgendwo im Anhaltischen; eines Tages – besessen vom Pathos des Theaters – ausgekniffen, gescheitert an etlichen Schmieren, aber endlich nach vielen Stürmen Leiter dieser Schaubude.

Gotthelf Möckel räusperte sich. Er spitzte die Lippen. Ein rührendes Lächeln echter Herzenswärme verklärte sein Gesicht.

»Und nun, meine Damen und Herren, habe ich die Ehre, Ihnen eine fullminöse Attraktion vorzustellen . . .«

Gotthelf Möckel putzte sich gern mit Fremdwörtern auf, obwohl ihm deren Anwendung nicht immer ganz gelang.

Tusch.

». . . Robinson, der schnellste Verwandlungskünstler der Welt!« Möckel hob die Hände und begann lebhaft zu applaudieren. Die Besucher folgten ihm zögernd.

Möckel sprang von der Bühne hinunter in den Zuschauerraum und begrüßte dort sehr hochachtungsvoll einen Koloß von Mann.

Der Fremde stand dicht beim Eingang. Es war der Manager Bill Showmaker. Eigentlich hieß er Willi Schuhmacher; aber weil er mit Schaubuden zu tun hatte und die Wirkung ausländischer Namen auf die Leute kannte, hatte er sich kurzentschlossen umgetauft. Er hatte den Filzhut in den Nacken geschoben und seine Hände tief in den Hosentaschen vergraben. Der Regenmantel und das grobkarierte Jackett standen offen.

Tusch! Täterätä! Vorhang auf!

Im Hintergrund sah man eine spanische Wand. Darüber hing eine überdimensionale Stoppuhr. Ihr Zifferblatt war in sechzig Sekunden eingeteilt. Alle fünf Sekunden waren Glühbirnen angebracht. Sie glommen auf, wenn der Zeiger ihre Kontakte streifte.

An der Seite stand ein verchromtes Kleidergestänge, wie man es in Konfektionsgeschäften findet. Daran hing etwa ein Dutzend grellbunte Kostüme.

Elvira trippelte über die Bretter, eine grazile Pantherkatze, gefährlich und verführerisch zugleich.

»Zuerst sehen Sie Robinson als Robinson«, erklärte sie mit einem dünnen Stimmchen, dann knickste sie und stellte sich unauffällig an den Bühnenrand.

Robinson trat hinter der spanischen Wand hervor. Er trug ein Leopardenfell um die schmalen Hüften. Er blieb in der Mitte der Bühne stehen, schlank sehnig, kühl. Seine Haut glänzte matt. Die dunklen Augen unter den kraftvollen Bogen der Brauen wanderten gleichgültig über die Köpfe der Zuschauer, ohne sich von ihren neugierigen Blicken einfangen zu lassen.

»Ronbinson verwandelt sich jetzt in Hektor, Prinz von Troja. Achten Sie bitte auf die Zeit!« sagte Elvira.

Robinson verneigte sich kurz, nahm eine silberne Rüstung vom Kleidergestell und verschwand damit hinter der spanischen Wand. Der Zeiger der großen Uhr begann zu laufen.

Die drei Mädchen spielten den Einzugsmarsch der Gladiatoren.

»Fünf Sekunden – zehn Sekunden – fünfzehn Sekunden – zwanzig Sekunden«, erklärte Elvira, was ohnehin jeder sah. »Fünfundzwanzig Sekunden!«

In diesem Augenblick betrat Robinson die Bühne. Der Zeiger stoppte.

Robinson trug einen schweren Brustpanzer und Beinschienen. In der Hand hielt er eine blinkende Lanze. Auf dem stolz erhobenen Haupt thronte ein Goldhelm mit leuchtend rotem Federbusch.

»Ah!« flüsterten die Mädchen. Ein Raunen der Bewunderung ging durch das Zelt.

»Hm«, murmelte der ältere Herr, dessen zurückhaltende Eleganz nicht nur Reichtum verriet, sondern auch die Fähigkeit, damit umzugehen. Seine Tochter klatschte begeistert Beifall.

Robinson verneigte sich und lächelte ins Publikum.

»Hum, das sollte er lassen!« brummte Mr. Showmaker.

Gotthelf Möckel zuckte hilflos mit der Schulter.

»Robinson wird sich jetzt in normalem Tempo entkleiden, um zu zeigen, wie umständlich der Wechsel dieses alten Kostüms ist.«

Der Sekundenzeiger begann zu laufen. Die Glühlampen leuchteten auf, rot, grün, gelb. Robinson legte den Helm ab, löste die Beinschienen, öffnete die Verschlüsse des Brustpanzers, nestelte den Bund des Leinenhemdes auf und reichte Elvira ein Stück nach dem andern. Der Sekundenzeiger lief. Fünfundvierzig Sekunden, sechzig Sekunden, achtzig Sekunden, hundertfünf Sekunden!

Elvira hielt die Kostümstücke hoch. »Kein Schwindel, kein Betrug! Jedes dieser Stücke ist ohne Reißverschluß, ohne Gummizug, ganz nach antikem Vorbild gearbeitet. Wollen Sie sich bitte überzeugen, meine Herrschaften!«

Mit schwungvollen Handbewegungen reichte sie ein Stück nach dem andern in den Zuschauerraum. Dann nahm sie ein dickes Bündel Kleider von dem Regal und verkündete laut: »Und hier das nächste Kostüm. Ludwig XIV. Zwölf verschiedene Teile! Kein Gummi, keine Druckknöpfe! Bitte, überzeugen Sie sich!« Sie warf das Zeug einzeln in den Zuschauerraum. Die Leute befingerten lachend die ungewöhnliche Tracht und reichten sie zurück. Elvira zählte laut die verschiedenen Stücke und hängte sie Robinson über den Arm. Robinson zeigte lächelnd seine gleichmäßigen Zähne. Auf dem rechten oberen Rande seiner Dreieckshose zeichnete sich ein dunkler Fettfleck ab, vom Hautöl wahrscheinlich.

Tusch.

Robinson verschwand hinter der spanischen Wand. Die Uhr begann zu laufen. Dreiundzwanzig Sekunden!

Tusch.

Robinson erschien in der pompösen Aufmachung des Sonnenkönigs.

»Eine bongfortionöse Attraktion, was?« fragte Gotthelf Möckel seinen Besucher mit beifallheischendem Blick.

Der Fremde ließ seine erloschene Zigarre in den schmalen Lippen von rechts nach links wandern. »Ja«, knurrte er, »um so trauriger!«

»Der Junge ist toll, Paps!« sagte das blonde Mädchen im taubengrauen Kostüm.

»Na ja – er ist sehr hübsch. – Er weiß es aber auch!«

Auf der Bühne begann jetzt eine Folge von rasanten Verwandlungen.

Der Sekundenzeiger lief. Glühlampen glommen auf.

Tusch.

Columbus.

Zweiundzwanzig Sekunden. Ein erstauntes Raunen ging durch die Reihen. Die Musik intonierte ›Schön ist die Liebe im Hafen‹.

Robinson nahm den Beifall strahlend entgegen und begann sich zu entkleiden. Elvira reichte wieder die Kleidungsstücke in den Zuschauerraum.

Die Leute befühlten das Mäntelchen, das Wams und die Pluderhosen. Sie fanden alles in Ordnung. Möckel strahlte. Der Erfolg war nicht zu leugnen. Bill Showmaker zerkaute die Zigarre zu einem breiten Pinselquast und verzog sein schwammiges Gesicht in Falten tiefster Trauer. »Man könnte heulen!«

»Einhundertsechsundsechzig Sekunden brauchte Robinson zum Entkleiden«, meldete Elvira. Robinson griff sich ein neues Kostüm vom Regal und verschwand hinter der spanischen Wand.

Tusch.

Nelson: zwanzig Sekunden!

Trommelwirbel.

Dschingis Khan: achtzehn Sekunden!

Paukenschlag.

Friedrich der Große: dreizehn Sekunden!

Das war Zauberei. Dieser Junge mußte unglaublich geschickt sein! Er stand da, den Kopf mit der silberweißen Perücke zurückgeworfen. Die ganze Gestalt strahlte Würde und Grazie aus. Nur die Augen suchten übermütig nach reizvollen Gesichtern unter den Mädchen im Zuschauerraum.

»Donnerwetter«, staunte der elegant gekleidete ältere Herr, »der kann sogar was!«

Das blonde Mädchen mit dem taubengrauen Kostüm, dessen unaufdringlicher Schick die Herkunft aus einem teuren Atelier verriet, war wie hypnotisiert. Ihre Lippen standen ein wenig offen. Die Brauen hatten sich gehoben. Die Lider, hinter deren dichten Wimpern die Augen sonst gelangweilt in den Tag hineinblickten, waren weit geöffnet. Sie starrte fasziniert zu dem Jüngling hinauf, der alle Grenzen von Raum und Zeit überwunden zu haben schien.

»Einhundertundachtzehn Sekunden brauchte Robinson diesmal zur Entkleidung«, erklärte Elvira.

Robinson blieb noch einen Augenblick in seiner silberweißen Dreieckshose mit dem Hautölfleck stehn und genoß lächelnd und augenzwinkernd den Beifall. Dann verschwand er zur nächsten Verwandlung.

Die Mädchen in den roten Steppjacken spielten ›Paris, du bist die schönste Stadt der Welt‹.

Napoleon: elf Sekunden!

Der dicke Mann sah mißmutig zur Bühne hinüber. »Hat sich denn immer noch nichts geändert?« fragte er betrübt.

Über Möckels altes, gutes Gesicht flog ein Schatten. Er senkte den Kopf. »Nein«, sagte er gedehnt, »leider noch nicht.«

Robinson stand wieder auf der Bühne. Wie war es nur möglich, daß ein Mensch in dieser lächerlich kurzen Zeit seine gesamte Kleidung wechselte! Er blickte starr über die staunende Menge dahin. Ganz Kaiser der Franzosen.

»Das ist Haltung!« lobte Mister Showmaker.

Gotthelf Möckel nickte traurig.

Der Beifall schwoll an.

Tusch.

Franz Schubert: acht Sekunden!

Trommelwirbel.

Diesmal zog sich Robinson nicht aus. Er blieb stehen, bis sich der Jubel gelegt hatte, und zwinkerte ins Publikum. Als es still geworden war, hob Elvira die Hand. »Und jetzt, meine Damen und Herren, zum Schluß: Robinson als der Läufer von Marathon!«

Schweigen. Elvira stellte sich in ihre Ecke. Sie starrte in die Mitte der Bühne. Auch Möckel hatte sich von seinem Begleiter abgewandt und sah hinauf. Der Dicke schob den Hut noch weiter in den Nacken. Die Zigarre stand still zwischen den schmalen Lippen. Der Mann hatte nur Augen für die Bühne.

Die Musik schwieg. Die Mädchen ließen ihre Instrumente sinken. Elvira griff hinter den Vorhang. Sie hatte plötzlich einen großen chinesischen Gong in der Hand.

Elvira schlug auf den Gong. Das Licht erlosch.

Finsternis. Nur ein kleines Spitzenlicht auf dem Zeiger der Uhr.

Eine Sekunde.

Zwei Sekunden.

Drei Sekunden.

Dann Licht. Grelles, gleißendes Licht. In seinem Schein stand Robinson: Bronzebraun in seiner weißen Dreieckshose, die Haut in mattem Glanz wie gesalbt mit dem Öl der olympischen Götter. Um ihn herum lagen die abgestreiften Kleider. In den drei Sekunden war keine Zeit mehr gewesen, sie wegzuhängen.

Es gab keinen Zweifel. Das war Robinson. Das konnte kein

Trick sein. Das grenzte ans Wunderbare! Das war derselbe feinmodellierte Jünglingskörper, das waren dieselben Hände, derselbe Kopf, dieselben Augen unter den dunklen Brauen, dasselbe Muttermal über der linken Brustwarze, dieselbe weiße Dreieckshose mit dem Ölfleck an der rechten Seite.

Elvira trat aus der Kulisse an ihn heran und reichte ihm eine brennende Fackel. Das elektrische Licht verglomm langsam.

Stille, atemlose Stille. Nur das Knistern der Flamme war zu hören. Das rote Licht der flackernden Fackel spielte auf der Haut.

Er stand da – starr, wie aus Bronze gegossen, stolz wie ein junger Gott. Seine Augen sahen weit über die Menge hinweg.

Tusch.

Der Beifall toste.

»Robinson!«

»Robinson!«

»Robinson!»

Er trat noch einmal an den Vorhang und verneigte sich strahlend. Dann verlosch das Licht seiner Fackel. Die Vorhänge am Eingang wurden beiseite gerissen. Langsam leerte sich der Raum.

Der Dicke legte Möckel seine schwere Pranke auf die Schulter. »Schade!« sagte er kopfschüttelnd. Dann mengte er sich unter die Leute und ging mit ihnen hinaus.

»Na, Renate?« fragte der ältere gutgekleidete Herr und faßte das blonde Mädchen am Arm.

In ihren Augen war ein seltsamer Glanz. Sie schwieg noch immer. So hatte er sie noch nie gesehen. Sie, die Spöttische, Überlegene, die für alles auf der Welt sonst nur ein ironisches Achselzucken hatte.

Was war plötzlich mit ihr?

Er legte die Hände um ihre Schultern und zog sie an sich. Er wußte, es hatte keinen Sinn, weiterzufragen. Er kannte seine Tochter, weil er sich selber kannte. Sie hatte seinen unbeugsamen Willen und seine Wortkargheit geerbt. Leider! Er war nicht glücklich darüber. Er glaubte, daß solche Eigenschaften einer Frau schlecht zu Gesicht ständen.

Die Mädchen in den roten Steppjacken spielten einen Abschiedsmarsch. Ihre Puppengesichter waren ausdruckslos und unbeteiligt. Die Leute schoben sich aus der Bude. Kein Mensch achtete auf die lauten Stimmen hinter der Bühne.

»Das ist jetzt das drittemal in dieser Woche«, keuchte eine

Männerstimme, die sich vergeblich bemühte, leise zu sein, »ich hab' das satt! Ich hab' das satt!«

»Halt doch die Schnauze!« knurrte ein anderer, »und ich hab's satt, mir deine blöden Moralpredigten anzuhören!«

»Wo hast du dir denn wieder die Hand aufgerissen, du Idiot?«

»Das geht dich einen Dreck an, die kleine Ratsche!«

»Aber bitte doch! Kinder! Ruhe!« Möckels beschwichtigende Stimme erstickte den Streit.

2

Gleich darauf rannte Robinson aus dem schmalen rückwärtigen Ausgang von Möckels Wunderschau. Er schloß mit hastigen Fingern die Knöpfe seines Trenchcoats, schlug den Kragen hoch, rückte die dunkle Brille zurecht und zog seinen breitkrempigen Filzhut tief in die Stirn.

Endlich frische Luft! Aber jetzt störten ihn die dicht gedrängten Zuschauermassen. Das hektische Treiben in den bunten Gassen war ihm widerlich. Nur weg! Allein sein! Ruhe.

Drei Mädchen begegneten ihm. Sie hakten sich rasch ein, um ihm den Weg zu versperren.

»Laßt den Quatsch!« fauchte er gereizt.

Sie gaben den Weg frei.

»Sturer Heini!« rief eine über die Schulter hinter ihm her.

Sturer Heini? Er lachte kurz auf. Wenn er von Scheinwerfern angestrahlt auf der Bühne stand, dann himmelten sie ihn an.

Die Welt des Scheins – die Welt des Seins. Welch himmelweite Kluft dazwischen! Er hatte es satt! Er hatte es gründlich satt! Dieses Talmidasein kotzte ihn an.

Er schob sich rücksichtslos durch die Menge. Nur weg von diesem Flitter, diesen Bruchbudenfassaden, diesen himbeersüßen Kitschbildern auf den dünnen Wänden aus Pappe und Sackleinen! Wo könnte er heute stehen, wenn es nach ihm ginge! In den erlesensten Varietés dieser Erde!

›Mon jeune prince‹, hatte die Kleine damals in Lyon zu ihm gesagt und zärtlich über seinen Arm gestreichelt, damals, vor drei Jahren.

Der Prinz! Das Wort war hängengeblieben. Der Prinz! sagten die vom Wagen, wenn er durch die Budenreihen ging. Der Prinz!

sagten schon die kleinen Mädchen der Schausteller, die ein bißchen auf den Brettern herumhopsen konnten.

Er wußte, daß er kein Prinz war, sondern nur ein Schweinehirt, und daß er es bleiben würde, wenn es so weiterging. Aber es durfte so nicht weitergehen! So nicht!

Unbewußt hatte er den Weg zu den Wohnwagen eingeschlagen, zu den Maringotten, wie die Fahrenden sagten. Sie standen im Dunkeln hinter den gleißenden Fassaden der Schaubuden.

Hier war es still, endlich. Hier war Frieden. Schwer und dunkel floß das Wasser des Main dahin. Der Wind trug nur abgerissene Fetzen des Gedudels vom Markt herüber. Zwischen den Wagen waren Leinen gespannt. Wäsche hing schlapp in der Dunkelheit. Der Wagenplatz lag verödet und leer.

Seltsam, das hier; diese stille, dunkle, schweigende Stadt aus bunten Maringotten – war das nicht seine Heimat? Konnte er sich noch von ihr lösen? Konnte er noch aus sich selbst heraus, sein bisheriges Leben wie eine Schlangenhaut abstreifen?

Er stand im Schatten eines Wagens. Plötzlich verengten sich seine Augen zu einem schmalen Schlitz. Etwas bewegte sich vor ihm. Eine brüchige Stimme murmelte. Ein Hund kläffte auf wie im Traum und verstummte wieder. Dann kroch eine alte Frau ächzend unter einem Wagen hervor, in der Hand ein paar Holzscheite. Sie schlug die Röcke hoch und verstaute das Holz in einem groben Leinensack, den sie um den Leib gebunden hatte. Mühsam stöckerte sie auf einen Wagen am Ende der Gasse zu. Robinson folgte ihr leise. Auf die Seitenwand des Wagens war ein Schild genagelt. Zwei Azetylenlampen warfen zischend ihr Kalklicht darauf:

›Per aspera ad astra‹
Die Sterne lügen nicht!
Handliniendeutung, streng wissenschaftlich,
Kartenlegen und Horoßkop.
Jede gewünschte Auskunft in
Liebes-, Ehe- und Geschäftsfragen
erteilt Signora Bertina
(persönlich anwesend)
Individuelle Beratung!
Volle Diskretion zugesichert!
Jetzt zu sprechen!
Bitte einzeln eintreten.

Die alte Frau erklomm schwerfällig die Treppe und verschwand im Wagen. Robinson lächelte. Plötzlich war aller Zorn verflogen. Sein Gesicht wurde jung, ganz jung, ein Knabengesicht.

Mutter Klemm war da! Berte Klemacziowski! Seine Zigarette flog halb angeraucht ins Gras. Mutter Klemm war da! Er hatte es nicht wissen können; sie waren erst spät abends angekommen.

Wie lange hatte er sie nicht gesehen! Fast vier Jahre seiner Kinderzeit hatte er bei Mutter Klemm verbracht. In Bilbao, in Spanien hatte sie ihn zu sich genommen. Vier Jahre war sie mit ihm kreuz und quer durch Europa gezogen, von Jahrmarkt zu Jahrmarkt, von Schützenfest zu Schützenfest.

Damals hatte Mutter Klemm eine Seiltänzergruppe. Vergangene Zeiten, vergangene Kunst! Aber Mutter Klemm hatte sich nicht geändert. Immer noch der Lumpensack unter den Röcken. Immer noch die kleine Beute, die ihr wie zufällig am Wegrand in die Finger fiel: ein Stück Holz, ein Aschenbecher, ein Glas aus der Trinkbude, ein paar Nägel, das Salzfäßchen aus dem Wartesaal. Für sie war das alles herrenloses Gut. Ihre Pupillen waren schwarz wie chinesische Tusche.

Und immer noch die Karten! Die große Liebe über den kurzen Weg. Der schwarze Nebenbuhler zur Linken. Wie oft hatten damals Frauen und Mädchen wispernd an ihrem Tisch in der Ecke der alten Maringotte gesessen!

Robinson sprang leichtfüßig die hölzernen Stufen zum Wagen hinaus. Dann hielt er inne. Ein Gedanke schoß ihm durch den Kopf. Er griff in die Tasche, ein paar Silbermünzen glitzerten im Schein der Lampe. Das reichte für eine individuelle Beratung. Er würde sie überraschen. Sie würde es brauchen können.

Jetzt klopfte er gegen die hölzerne Tür. Drinnen erstarb der monotone Singsang einer alten Frauenstimme. Er trat ein. Geheimnisvolles Dämmerlicht. Die Wände waren mit abgegriffenem dunkelblauem Samt bespannt. In der Mitte des Raumes stand ein Tisch. Er war nur zur Hälfte sichtbar. Ein Vorhang aus altem Gewebe teilte den Raum in zwei Hälften.

An der Decke baumelte einsam ein chinesischer Lampion mit Silberfransen. Ein beklemmendes und doch so vertrautes Duftgemisch von alten Kleidern, billigem Parfüm und abgestandenem Zigarettenrauch hatte sich in den Vorhängen eingenistet.

»Warrten Sie bittä!« – die brüchige Stimme aus dem Nebenraum herrschte ihn an.

Er brauchte den Vorhang nur zu teilen und hinüberzugehen. Sie würde ihre Arme ausbreiten und ihn an sich pressen!

Nein, noch etwas Geduld!

Er wartete. An den Wänden und am Vorhang waren vergilbte Fotografien und abgegriffene Zeitungsausschnitte mit Reißzwekken und Stecknadeln befestigt. Bertina auf dem Seil. Bertina auf der Bühne. Bertina im kurzen Flitterröckchen, das rechte Füßchen graziös auf die Zehenspitze aufgesetzt, ein Lächeln auf dem kindlichen Gesicht, ein junges, verführerisches Lächeln . . .

Und heute?

Nebenan hustete sie. Ein rasselnder Husten, der unmäßiges Rauchen und billigen Schnaps verriet.

»Karten legen zwei Mark, der Herr! Handlesen drei Mark, der Herr! Das große Horoskop mit schriftlicher Anweisung für Liebe, Ehe und Geschäft fünf Mark, der Herr! Zahlung, bittä, Kassa!«

Die wächserne, welke Hand schoß aus einem Schlitz des Vorhangs heraus.

»Handlesen, bitte!« sagte Robinson mit verstellter Stimme und ließ drei Markstücke in ihren Handteller fallen.

»Die rechte Hand bittä!«

Robinson schob sie unter dem Vorhang durch. Signora Bertina weissagte immer hinter einem geheimnisvollen Vorhang verborgen. Sie begann monoton zu leiern: »Sie haben eine schwere Jugend gehabt. Eltern nie gekannt. Hunger und Not an Ihre Wiege. Aber auch viele Reisen und fremde Länder!«

›Ja‹, dachte Robinson seltsam berührt, ›das stimmt! Hunger und Elend und Not in der Jugend, und die Eltern habe ich nie gekannt!‹

Die alte morsche Stimme leierte weiter: »Aber immer gesund. Kräftige Organe. In Ihre Kindertage Sie hatten eine Unfall, aber nicht von ernste Folgen. – Sie haben eine gute Herz, eine zu weiche Herz. Alle Fehler, die Sie machen, kommen immer wieder aus Ihre gute Herz!«

Mutter Klemm stammte aus Lemberg. Ihr Vater war Pole, ihre Mutter Italienerin. In ihrer einzigen registrierten Ehe war sie mit Signor Bertonelli, einem italienischen Seiltänzer, verheiratet gewesen. Er war ein Windhund und hatte sie nach zwei Jahren verlassen. Dann gab es noch einen Spanier und einen Serben in ihrem Leben. Aber diese Ehen waren wohl nicht vor dem Standesamt geschlossen. Nur in Signoras Sprache wirkten sie noch nach, in ihren saftigen Flüchen.

»Ihr Herz ist noch einsam. Ein böser Feind lauert immer in Ihre Nähe. Viel Streit, viel Kummer!«

Genug! hätte Robinson schreien mögen. Schluß mit der Komödie! Er hätte den Vorhang zur Seite teilen und die alte Frau in seine Arme schließen mögen. Aber irgend etwas lähmte ihn. ›Ein böser Feind in Ihrer nächsten Nähe‹ – war es das? Waren es die Tierkreiszeichen an den Wänden? War es das Halbdunkel des Raums? War es der chinesische Lampion mit den Silbertroddeln, der diese geheimnisvoll unwirkliche Atmosphäre schuf? – War es denn Lüge, was die Alte bisher gesagt hatte?

»Die linke Hand, bittä!«

Mechanisch, als sei sein eigener Wille gelähmt, streckte ihr Robinson zögernd seine Linke unter dem zerschlissenen Vorhang hin.

Eine Weile blieb es still.

»Mamma mia! – Mamma mia!« Es war nur ein Flüstern. Ein fassungsloses, staunendes Raunen. Ein Nichtbegreifenkönnen.

Auf dem Schlackenweg vor dem Wagen knirschten Schritte. Eine helle klare Mädchenstimme rief: »Eine Wahrsagerin! Eine richtige Wahrsagerin, Paps!«

Eine ruhige beherrschte Männerstimme antwortete abweisend: »Komm, Renate, es ist jetzt genug. Du weißt, daß wir keine Zeit mehr haben. Wir müssen doch noch zu Rühle!«

Wieder die Mädchenstimme, schmollend, enttäuscht, ein wenig trotzig: »Paps! Eine richtige Signora! Ich muß hinein!« Dann, mit einem hellen Auflachen: »Sieh doch bloß: Horoßkop mit ß! Paps, sie wird mir sagen, ob ich Glück in der Liebe habe, ob ich Oluf heiraten soll oder Frank. Ach – und ich möchte doch keinen von beiden! Und wieviel Bambinos ich bekommen werde! Bitte, Paps! Ganz schnell! Ich verspreche dir auch, daß ich zu deinem langweiligen Professor besonders nett sein werde!«

Die Schritte näherten sich dem Eingang.

Robinson fühlte, wie die kalten Wachsfinger seine Hand fallen ließen. Der Stuhl hinter dem Vorhang knarrte. Mutter Klemms wuchtige Schritte erschütterten den Wagen. Ein Fenster kreischte in den Scharnieren und klappte gegen die Wagenwand.

»Treten Sie ein, meine Herrschaften! Warrten Sie bittä! Un Momento! Warrten Sie in die Vorraum bittä!«

Kleider raschelten. Der Samtvorhang bewegte sich. Ein kühler Lufthauch strich belebend durch den stickigen Dunst.

Robinson wandte sich nicht um.

»Was wollen Sie wissen, mein Herr?« herrschte ihn Mutter Klemm hart und ungeduldig an. Und noch bevor er eine Antwort geben konnte, leierte sie herunter: »Viele Frauen über ihre Weg. Aber nur eine heiße Amore! Böse Feind bleibt immer neben Ihnen, wird Leid bringen, große Leid, Sie werden leben . . .«

Die alte Stimme ging in ein undeutliches Murmeln über. Irgendwo im Raum waren die Fremden. Sie konnten jedes Wort verstehen! Ein feiner Hauch von kostbarem Lavendel war mit ihnen hereingekommen.

Nein, jetzt konnte er den Vorhang nicht mehr teilen. Jetzt konnte er Mutter Klemm nicht in die Arme schließen. Jetzt mußte er die Komödie zu Ende spielen. – Die Komödie?

Die Stimme hinter dem Vorhang wurde deutlich: »Sie werden leben, werden sterben, werden wieder leben!«

Die alte Frau machte eine Pause. Die kalten Finger packten Robinsons Hand fester. Er fühlte ihren Atem darauf. Lange totenstille Minuten. Dann wurde seine Hand freigegeben. Ihre Stimme war jetzt hart und kalt: »Ich kann nicht mehr sagen. Viel Glück, viel Not! Sie werden leben und werden tot sein, und Sie werden länger leben, viel länger leben . . . Ich kann nicht mehr sagen. Addio, der Herr!«

Robinson stand schwerfällig auf. Halbgelähmt wandte er sich um. Aber er blieb.

Im Halbdämmer sah er den Umriß eines Mädchengesichts. Blondes Haar, das sich in sanften Wellen um den schmalen Kopf legte. Ein trotziges Kinn, ein weicher Mund. Sie stand auf, kam näher.

Jetzt fiel der Lichtschein voll auf sie. Das war ein Mädchen aus einer anderen Welt, er sah es sofort. Einer Welt von Reichtum und Luxus und Freiheit, in der es keine unerfüllbaren Träume gab. Aus einer Welt, in die er nicht gehörte.

Ihre Blicke begegneten einander. Sie starrte ihn neugierig an. Dann veränderten sich ihre kühlen, hochmütigen Augen. Sie staunten. Erkennen lag in dem Blick. Er fühlte ihn so nah und vertraut wie die Berührung einer sanften Hand. Erkannte sie ihn denn?

Ach, er hatte ja die Brille abgenommen!

»Karrten legen zwei Mark, die Dame! Handlesen drei Mark, die Signorita!« Mutter Klemm leierte schon voller Ungeduld.

Seine Augen irrten ab. Der Augenblick war vorüber. Robinson stolperte in die dunkle Ecke des Raumes. Auf dem Korbsessel saß jetzt der elegant gekleidete ältere Herr regungslos im Schatten.

Robinson preßte die Stirn gegen die kühle Scheibe des kleinen quadratischen Wohnwagenfensters. Draußen flackerte das kalte Licht der Azetylenlampen, erhellte den Schlackenweg, die Stufen des Eingangs. Nur unbewußt hörte er die alte Stimme eintönig leiern: »Die rechte Hand – – In Ihren Kindertagen – – – Reisen – – Ihre Mutter früh gestorben – – Viel Glück – – die linke Hand . . .«

Er drehte sich nicht um. Gleich würde es vorüber sein. Hätte er doch diese Komödie nicht begonnen! Um Himmels willen: die Vorstellung! Wie spät war es eigentlich? Alles Gefühl für Zeit war ihm verlorengegangen.

Doch jetzt ließ sich die alte Stimme nicht mehr überhören, sie wurde laut, fast kreischend. »Nein«, schrie sie brüchig, »das ist die gleiche Hand! Sie gehören zusammen! Signora Bertina weiß! – Die Hände lügen nicht!«

»Wer gehört zusammen!« fragte das Mädchen spöttisch, aber in der belegten Stimme flackerte etwas wie Angst.

»Der Herr, der junge Mann! Leben und sterben und wieder leben! Die unterbrochene gleiche Lebenslinie! Kommen Sie her, der Herr, geben Sie noch einmal Ihre linke Hand!« Robinson wandte sich zögernd um. Mit unbeholfenen Bewegungen trat er langsam an den Tisch. Er vermied die Blicke des Mädchens, das sich ihm zugewendet hatte. Er fühlte seine Hand ergriffen. Die welken Finger verrieten Ungeduld, Unruhe, Hast. Die Stimme der alten Frau war heiser geworden, dunkel, geheimnisvoll.

»Hier, hier! Ja, die gleiche Linie! Si, si, madre dios! Die Lebenslinie unterbrochen! In beide Hände! Und kommt wieder! In beide Hände! Gleiches Leben, gleiches Schicksal! Zwei Hände, zwei Menschen! Gehören zusammen wie Sonne und Mond!«

Was an dieser vertrauten Stimme ließ ihn jetzt erschauern? – War der Raum vernebelt? War es die Wärme, war es der zarte betörende Duft, der ihn so verwirrte? Er spürte das Mädchen dicht an seiner Seite und wandte den Kopf. Es war etwas, was er nicht tun wollte, etwas, was mit ihm geschah. Die großen dunkelblauen Augen lagen in den seinen und hielten sie fest. Die beiden jungen Menschen versanken in einem Strom, der alles andere Leben ausschloß.

Die Wirklichkeit versank, der dreckige Wagen versank, die flitterbespannten Wände versanken. Das heiser raunende Flüstern hinter dem Vorhang erstarb. Nur noch ein Blick! Mehr nicht! Das Ahnen des Ungeheuerlichen – es war wie eine Angst, die ihm jäh ans Herz griff.

Einen Augenblick? Eine Sekunde? Eine Ewigkeit?

In der Ecke knarrte der Korbstuhl. Der alte Herr räusperte sich laut. Eine Kirchturmuhr begann nachhallend zu schlagen: – – acht – – neun – – zehn – –

Die Vorstellung!

Mit einem Ruck riß Robinson seine Hand los. Er sah sich um wie einer, der eben aus dem Schlag des Vergessens erwacht. Mit zwei Schritten war er an der Tür. Sie kreischte laut in den Angeln, als er sie zuwarf und davonstürzte . . . Robinson lief durch die Nacht. Er lief weg von dem merkwürdigen Mädchen. Von dem Mädchen, dessen Schicksal sein eigenes sein sollte. Er wußte nicht, daß jeder Schritt, den er jetzt und in aller Zukunft tun würde, gleichgültig in welche Richtung auch immer, unausweichlich zu diesem Mädchen führte.

Renate starrte dem jungen Artisten nach, als liefe da draußen ihr eigenes Leben davon. Die aufsässige Stirnlocke war ihr ins Gesicht gefallen. Sie tat nichts dagegen. Schließlich sah sie zu dem älteren Herrn auf. Es war ihr Vater. Der Besitzer großer chemischer Werke, ein Großindustrieller, dessen Namen jedes Kind kannte: Krabp!

»War das nicht der Bursche aus der Schaubude?« fragte er.

»Ja«, flüsterte Renate, »es war Robinson.«

»Komm, Kind!« sagte Krabp hastig. Er nahm sie beim Ellenbogen, stieß die Tür des Wagens auf und eilte die drei Stufen des Holztreppchens hinunter. Renate ließ sich von ihm führen, willenlos wie eine Schlafwandlerin.

Sie eilten durch die winkligen Gassen zwischen den Wagen. Ihre Schritte knirschten wie gehetzt auf dem Schlackenweg. Hinter ihnen verlor sich das Johlen und Kreischen, das Rattern und Stampfen des Rummelplatzes in der Stille des Abends.

3

An der Untermainanlage stand in der endlosen Reihe der Autos ein großer schwarzer Wagen, der sich in seiner unauffälligen Kostbarkeit von allen andern unterschied. Der Fahrer sprang vom Führersitz, öffnete die Tür zum Fond und zog seine Schirmmütze.

Krabp dankte. »So, Willi, und nun zu Professor Rühle.« Er sah auf die Uhr. »Es ist zwar schon ein bißchen spät, aber wir müssen noch hin. – Es ist wegen morgen.«

Der Fahrer nickte.

Renate legte ihrem Vater die Hand auf die Schulter. »Du bist mir nicht böse, Paps?«

»Nein, Kind; aber wenn der Professor brummt, mußt du ihn besänftigen.«

»Ich will es versuchen«, sagte Renate.

Der Wagen glitt durch die Straßen. Allmählich verlor sich der bunte Widerschein des Jahrmarkts. Das farbige Geflacker der Buden und Karussels ging im nüchternen Licht der Straßenlaternen unter.

Renate sah mit weit offenen Augen schweigend vor sich hin. Krabp zog sie an sich. »Renate«, sagte er leise, »was hast du denn? Du glaubst doch nicht etwa an den Hokuspokus, den dir die alte Hexe da erzählt hat?«

Renate schüttelte den Kopf. Was hätte sie auch antworten sollen? Sie wußte ja selber nicht, was mit ihr war. Nein, sie glaubte wirklich nicht an diesen Hokuspokus; dazu war sie viel zu sehr die Tochter ihres Vaters. Aber war es nicht seltsam, daß ihr diese Frau die Vergangenheit ganz richtig geschildert hatte?

»Übrigens toll«, sagte ihr Vater, »mit welcher Gedankenlosigkeit sie uns denselben Quatsch von der unterbrochenen Lebenslinie daherleierte wie diesem Schaubuden-Jüngling. Erst als ihr zum Bewußtsein kam, daß wir denselben Vers schon mal gehört hatten, fing sie sich und tat dann so, als ob du und er . . . Verrückt!«

Renate schwieg. Nun sah sie es wieder vor sich – wie vorhin: zwei dunkel glimmende Augen unter zusammengewachsenen Brauen. Robinson. Wie er sie angesehen hatte! Nein, sie konnte ihrem Vater nichts erzählen von den beiden Augen, die sie nicht in Ruhe ließen. Er würde kein Wort davon verstehen.

Gewiß, sie war es längst gewohnt, angesehen zu werden. Sie kannte viele Männer. Das brachten die gesellschaftlichen Verpflichtungen im Hause Krabp so mit sich, denn seit dem Tode ihrer Mutter hatte sie die Rolle der Hausfrau zu spielen. Sie kannte auch die netten Jungen aus dem Tennisklub und aus der ›Schwarzen Taverne‹. Sie war gewohnt, bewundert und umworben zu sein. Es imponierte ihr nicht sonderlich. Sie machte das Spiel mit, soweit es sich auf die Augen beschränkte. Bisher hatte sie noch bei keinem Mann den Wunsch verspürt, ihn näher kennenzulernen.

Und nun?

Sie lag an der Schulter ihres Vaters wie immer, wenn etwas sie bedrückte; aber heute nützte es nichts. Heute gab es ihr nicht das Gefühl des Geborgenseins. Es war etwas ganz Neues in ihr Leben getreten. Drohend, gefährlich und auf eine seltsam beklemmende Weise schön.

Sie sah zum Fenster hinaus. Draußen verloren sich die Straßen in weiten Vorgärten. Es wurde einsam und dunkel. Die Scheinwerfer des Wagens tasteten mit ihren weißen Lichtbündeln über gekalkte Meilensteine, über Bäume und Büsche.
Sie konnte sehen, wohin sie wollte: Immer wieder schälten sich die Augen aus dem Dunkel, große, brennende Augen. Augen, vor denen es kein Entrinnen gab.

Renate versuchte, sich mit Gewalt zusammenzureißen. Sie durfte sich nicht so gehenlassen. Sie haßte Menschen ohne Selbstbeherrschung. »Wohnt er so weit draußen?« fragt sie, nur um etwas zu sagen.

Krabp nickte. »Ich habe ihm das Haus vor fünf Jahren zur Verfügung gestellt«, sagte er. »Wir sind übrigens gleich da.«

Kurz darauf tauchten im Kegel der Scheinwerfer die verwitterten Pfosten einer Einfahrt auf. Das schmiedeeiserne Tor stand offen. Es hing schwer in den Angeln. Wahrscheinlich war es seit vielen Jahren nicht mehr bewegt worden. Willi lenkte den Wagen vorsichtig in die Einfahrt, doch schon nach wenigen Metern hielt er an. Vor ihnen lag undurchdringliches Gebüsch.
Krabp half Renate beim Aussteigen. Über ihnen, zwischen den Kronen gewaltiger Bäume, waren nur kleine Fetzen eines klaren Sternenhimmels zu sehen. Die Randsteine der Auffahrt waren dicht mit Moos und Unkraut überwuchert. Krabp faßte Renate an der Hand. »Du mußt hinter mir gehen. Der Weg ist schmal.«

Renate spürte, wie von allen Seiten feuchte Zweige und Blätter nach ihr tasteten. Sie hatte Angst. Aber sie schämte sich, es merken zu lassen. Auf einmal fiel ihr all das Geschwätz ein, das über Professor Rühle und seine Forschungen im Umlauf war. Wer konnte wissen, was für schauerliche Dinge in diesem versteckten Labor vor sich gingen! Sie fröstelte. Sie klammerte sich fest an die ruhige Hand ihres Vaters.

»Es ist sicher keiner da«, flüsterte sie. »Alles ist dunkel.«

»Hier ist es immer dunkel«, erklärte Krabp leise. »Außerdem wohnen die Mitarbeiter auch hier!«

Er tastete nach der Klingel. Sie schrillte so laut durch das Haus, daß Renate zusammenfuhr.

Dann kamen Schritte. Seltsam ungleichmäßige Schritte. Schlurr, tack-schlurr, tack-schlurr, tack.

»Das wird der Labordiener sein«, erklärte Krabp. »Er trägt eine Beinprothese.«

Die schwere Tür öffnete sich. An der Decke des Windfangs leuchtete eine Ampel auf. Ein großer, massiger Mann stand in der Tür und blinzelte mißtrauisch in die Dunkelheit. Als er Krabp erkannte, nahm er so etwas wie militärische Haltung an. »Guten Abend, Herr Doktor Krabp.«

»'n Abend, Sturhan. Herr Professor Rühle erwartet uns!«

»Weiß Bescheid«, sagte Sturhan.

Sie traten ein. Ein leichter Geruch von Äther und Desinfektionsmitteln umfing sie. Renate hielt immer noch die Hand ihres Vaters. Sturhan schloß sorgfältig die umständlichen Sicherungseinrichtungen der Tür und ging dann vor.

Quer zum Windfang lief ein langer, düsterer Flur. Die rechteckigen Flecke an den Wänden verrieten, daß hier einmal Bilder gehangen hatten. Jetzt war er kahl. Am Ende des Korridors klopfte Sturhan gegen eine Tür. Von drinnen kam ein unartikulierter Laut. Sturhan öffnete. Sie traten ein.

Der quadratische Raum sah aus wie eine Bibliothek. Unter dem Fenster, das mit hölzernen Klappläden dicht verschlossen war, stand ein Schreibtisch. Im Lichtkegel einer grünen Arbeitslampe saß eine wuchtige Gestalt vor einem Haufen von Zetteln. Das Gesicht war im Schatten. Renate sah zunächst nur zwei Hände, die einige Tabellen nebeneinander hielten. Rote, kraftvolle Hände; die zupacken konnten. Der Stuhl wurde zurückgeschoben. Jetzt stand die ganze Gestalt im Lichtschein.

Das also war Rühle. Das war der berühmte Professor, von dem sie so viel gehört hatte. Ein Mann, der nicht einen Augenblick verleugnen konnte, daß er von einem Bauernhof stammte; der alles andere war als ein Bücherwurm, sondern breit und kraftvoll. Sie hatte einmal davon reden hören, Rühle sei schwer herzleidend, aber davon war nichts zu sehen.

»Endlich sehe ich dich auch mal wieder, Renate«, röhrte er und packte Renates Hand mit seiner Pranke. »Ich habe dich zuletzt auf den Armen geschaukelt, als du drei Jahre warst. Heute ist das schon nicht mehr ganz so einfach.«

Rühles Stimme polterte wie ein Steinschlag in dem Alpental, in dem er geboren war. Seine Augen strahlten. Diese Augen in dem roten Faunsgesicht mit der Knollennase und den wulstigen Schmissen waren das einzig Schöne an ihm. Sie waren so voller Wärme und Kraft, daß sie gleich alle Herzen für sich gewannen.

»Ich bin sehr glücklich, Herr Professor, Sie endlich einmal zu sehen. Paps hat mir schon viel von Ihnen erzählt. Und morgen wollen Sie ihm nun seinen dritten Doktorhut auf die wallenden Locken stülpen, Herr Professor?«

»Ich nicht«, lachte Rühle, »aber ich werde dabeisein.«

Er sah sie an, wie sie so vor ihm stand und zu ihm aufsah, zierlich, mit langen Beinen und schmalen Hüften. Ihre Augen waren groß und offen. Das linke Lid war etwas schwerer als das rechte. Das gab dem sonst so klaren und entschlossenen Gesicht eine Spur von Verträumtheit und geheimnisvoller Melancholie.

»In Robe und Barett?« fragte Renate.

Rühle nickte.

»Ach, und nun will Paps sich noch ein paar Regieanweisungen holen!« Sie lächelte ein wenig und krauste die zierliche Nase.

»Warum soll er sich von mir keinen Rat holen, Renate? Ich bin schließlich der Ältere. Das war schon im Internat so, bei den Staffelläufen und in der Rudermannschaft.«

»Erstaunlich«, lachte Renate, »daß Sie immer schon der Ältere gewesen sind!«

»Ja, das hat er auch stets schamlos gegen mich ausgespielt«, ergänzte Krabp. »Und damit diese scheußliche Bevormunderei aufhört, habe ich ihn in dieses verwunschene Dornröschen-Schloß gesetzt.«

»Dein Vater hat mir hier die Möglichkeit gegeben, meine Versuche in aller Stille weiterzuführen.«

Renate dachte einen Augenblick nach. Damit konnten natürlich nur jene Versuche gemeint sein, von denen vor ein paar Jahren die ganze Weltpresse voll gewesen war. Rühle hätte das Geheimnis des ewigen Lebens entdeckt, hieß es damals. Sie erinnerte sich noch genau. Und auch der Tatsache, daß Rühle damals sehr grob reagiert und sich völlig von der Welt abgeschlossen hatte. – Daß ihr Vater diese Versuche unterstützte, war ihr neu. Sie kümmerte sich nie um seine geschäftlichen Interessen. Sie hatte andere Dinge im Kopf, sehr verschiedenartige Dinge. Ihren Tennisschläger, ihre reiche kunsthistorische Bibliothek und die wilden Boogie-Abende des Jazzklubs ›Schwarze Taverne‹.

»Man sagte damals wohl, Sie hätten ...«

»Ja, ja, ja: das ewige Leben erfunden. Man nimmt drei Tabletten und –« Rühle lachte sein gutartig polterndes Faunslachen. »Heller Blödsinn!« Er wurde plötzlich ernst. »Ich hätte den ganzen Kram damals hingeschmissen, wenn mir dein Papa nicht in so großzügiger Weise die Weiterarbeit ...«

Krabp machte eine ärgerliche Handbewegung. »Unsinn, das bezahlt doch die Firma!«

»Die Firma – bist du«, entgegnete Rühle. Er paffte einen gewaltigen blauen Rauchpilz zur Stuckdecke hinauf. Dann wandte er sich unvermittelt an Renate: »Du weißt, was wir hier treiben?«

»Nein.«

»Dein Vater hat also sogar vor dir ein Geheimnis?«

»Ich fürchte, nicht nur eins!«

»Da hat sie recht! warf Krabp dazwischen. »Kinder brauchen nicht alles zu wissen. Und von deiner Alchimistenküche erzähle ihr gefälligst selber, sobald du das für richtig hältst.«

Rühle zwinkerte mit den Augen. »Kann die Kleine den Mund halten, Krabp?«

»Ja«, erklärte Krabp bestimmt, »wenn sie sonst auch viele Fehler hat – eine Quatschtante ist sie nicht.«

Rühle legte die Zigarre auf den Rand des Aschenbechers. In seinen Augen stand tiefer Ernst: »Renate, ich muß mich felsenfest auf dich verlassen können. Außer deinem Paps wissen nämlich erst drei Menschen davon. Zunächst mein Faktotum Sturhan. Ihr kennt ihn schon. Dann die kleine Runau, ein bestialisch intelligentes Weib, und dann der Hertel. Hertel ...« – Rühle wurde lebhaft – »ja, vielleicht ist er sogar ein Genie. Der Junge ist achtundzwanzig, er hat einen Kopf wie ein Fünfzigjähriger, ist fleißig wie eine Biene, unermüdlich wie ein Brauereipferd und kennt nur seine Arbeit.« Rühle begann auf und ab zu gehen. Er hatte ganz vergessen, seinen Besuchern einen Sitzplatz anzubieten.

Plötzlich blieb er vor Renate stehen und faßte sie an den Revers ihres Kostüms. »Hast du mal etwas vom Winterschlaf gehört?«

Renate nickte.

»Du weißt, daß es Tiere gibt, die ganze Jahreszeiten dadurch überstehen, daß sie ihren Organismus sozusagen auf halbe Kraft umstellen. Er wird dabei entsprechend weniger abgenutzt. Sie sparen also einen Teil ihres Lebens auf.«

Rühle ging an seinen Schreibtisch und stieß den Rest seiner Zigarre in den Aschenbecher, daß die Funken stoben. »So – und mir ist gelungen, Tiere in einen künstlichen Winterschlaf zu versenken. Punktum. Aus. Damit hat es sich. Alles andere ist dummes Geschwätz.«

Krabp nickte beifällig. »Stimmt. Nur das mit dem Punktum, weißt du . . . Sagen wir: Vorläufig Punktum! Du forschst ja noch weiter. Und eines Tages wirst du auch bestimmt die Lösung des ganzen Problems finden.«

Rühle brummte.

»Das Geheimnis des ewigen Lebens?« fragte Renate.

»Nein, mein Kind, nein, nein, nein. Das ist ja dieser verfluchte Fehlschluß, der immer gezogen wird.« Er brach ab und ging auf die Tür zu.

»Komm, Kind, was nützt das Gerede, komm mit und sieh dir alles an. Dann erledigt sich deine Frage von selber. Ich muß mit deinem Vater noch ein paar Sachen besprechen; da paßt das ganz gut.«

Sie traten auf den Flur hinaus.

Rühle öffnete eine Tür. Ein weißer Raum tat sich auf. Alles war weiß. Die Kacheln an den Wänden, die gekalkte Decke, die gelackten Labortische mit den Bunsenbrennern, Mikroskopen und Reagenzglas-Ständern. An den Wänden standen Glasschränke und Regale mit Hunderten von Flaschen. Ein leichter Gasgeruch mengte sich mit den scharfen Dämpfen ätzender Säuren. Renate hüstelte.

Rühle sog die beißende Luft ein wie der Wanderer den Waldodem eines frühen Herbsttages. »Hier machen wir alles selber!« sagte er stolz. »Vor allem die Nahrung, die wir den Tieren während des Schlafs zuführen.«

Er trat an einen Reagenzglasständer, hob ein halb gefülltes Glas heraus, hielt es prüfend ans Licht und schüttelte es leicht.

Dann stieß er die Tür zum Nebenraum auf. »Das hier ist der Tier-Operationsraum.«

Wieder alles nüchtern, hell, weiß gekachelt. Zwei marmorne Sektionstische. Das übliche Instrumentarium, die Gasflaschen, die Wattekästen, die riesigen Lampen. Dieser Raum konnte zu jedem beliebigen Institut gehören.

Renate sah sich um. »Und wo sind Ihre Siebenschläfer?«

Rühle riß eine andere Tür auf. Vor ihnen lag ein halbdunkler Zwischenraum. Ein junger Mann in weißem Kittel löste sich von seinem Schreibtisch.

»Das ist Doktor Hertel«, sagte Rühle knapp.

Hertel war schlank und groß. Seine Schultern hingen etwas nach vorn. Die Haare standen ihm wirr um den Kopf. Sein Gesicht zeigte eine ungesunde Stubenblässe. Es war das Gesicht eines Mannes, der mehr in seinen Gedanken als im wirklichen Leben zu Hause ist. Seine Augen zwinkerten nervös.

»Doktor Hertel wird dich führen und dir alles erklären, Renate. – Und wir zwei, Rudolf«, er wandte sich an Krabp, »wir gehn solange in mein Arbeitszimmer zurück.« Hertel löste eine metallverkleidete Tür aus ihren Verschlüssen. Renate trat über die Schwelle.

Mattblaues Dämmerlicht. Verschwommene Konturen, beklemmende Stille. Kein Geräusch als das Klicken, mit dem die dickwandige Tür sich hinter ihnen schloß. Es war, als hätten sie die Wärme des Lebens hinter sich gelassen, als seien sie in eine Zone des Schweigens und der Erstarrung eingetreten.

Renate schloß die Augen. ›So muß es im Weltenraum sein‹, dachte sie, ›in der Grenzenlosigkeit des Alls.‹

Sie riß sich fröstelnd zusammen. Hertel sah es. Welch ein Unsinn, dachte sie, ich stehe in einem Unterkühlungsraum. Hertel räusperte sich. »So ist es mir zuerst auch ergangen«, sagte er leise, »jetzt habe ich mich daran gewöhnt.«

Renate schwieg. In dem dämmrigen Licht erschien sein Gesicht verklärt. Erst langsam gewöhnten sich ihre Augen an die sonderbare Umgebung. Vor ihr zog sich ein mannshohes Rohrgestell über die ganze Breite der Wand. Es war in Dutzende von Kabinen unterteilt.

»Kommen Sie ruhig mit«, sagte Hertel, »hier schlafen unsere

Versuchstiere. In der untersten Reihe die Meerschweinchen. Darüber die Kaninchen. Und hier die Affen. Das hier ist Nathan, Sturhan hat ihn so getauft. Er ist unser ältester Gast. Er schläft schon sieben Jahre und sechzehn Tage. Aber er wird dabei nicht älter. Wir erhalten ihm seine Jugend. Er ist zwei Jahre alt – und bleibt es, solange er hier schläft. Sein Schwesterchen hieß Estrella. Als es zwei Monate geschlafen hatte, versuchten wir, es zu wecken. Da schlief es für immer ein.«

Renate starrte in die Boxen. Über der Stirnwand hingen kleine bauchige Glaszylinder mit einer gelblichen Flüssigkeit. Von ihnen führte je ein dünner durchsichtiger Perlonschlauch zu den schlafenden Tieren.

Hertel war ihren Blicken gefolgt. »Das ist die Nahrung, die wir unseren Tieren geben. Wir führen ihnen die nötigen Vitamine, Kohlehydrate und Blutsalze direkt in die Vene. Es ist übrigens unglaublich wenig, was so ein Dauerschläfer zur Erhaltung seiner winzigen Lebensflamme braucht.«

»Sind die Tiere erstarrt?« Renate flüsterte, als könne der volle Klang ihrer Stimme den Schlaf der kleinen Geschöpfe stören, diesen unheimlichen Dauerschlaf.

»Nein; sehen Sie!« Hertel hob den Arm eines Affen und ließ ihn wieder los. Kraftlos sank er in seine alte Lage zurück.

Renate beugte sich vor. Sie betrachtete langsam die Reihen der schlafenden Tiere. In der Mitte der unteren Box glänzte silbrig das Fell eines jungen weißen Kaninchens auf. Renate streckte unwillkürlich die Hand aus, um es zu streicheln.

»Das ist unser Benjamin, der Peter. Er ist erst drei Wochen alt – und er schläft schon über drei Jahre!«

»Und diese vielen Apparate?«

»Wir messen laufend alle Lebensfunktionen unserer kleinen Freunde«, sagte Hertel. Er begann wieder zu dozieren. Er sprach wie in einem Hörsaal, ohne Renate anzusehen.

»Wir überwachen die Temperaturen. Wir führen ein Dauer-Elektrokardiogramm. Wir registrieren die Aktionsströme des Großhirns, die Pulsfrequenz, den Grundumsatz . . .«

»Und was bedeuten die verschiedenen kleinen Glühbirnen an den Boxen?« fragte Renate.

»Wir haben ein eigenes Kontroll- und Warnsystem ausgearbeitet. Wenn zum Beispiel die rote Lampe in der Mitte der Stirnwand aufleuchtet, so hat der Flüssigkeitsspiegel in den Glasbehältern die Minimumsgrenze unterschritten. Wir haben eine Weckkontrolluhr. Wenn eine der Messungen vergessen wird, die wir bei jedem Versuchstier alle vier oder sechs Stunden durchführen müssen, dann schrillt eine Alarmanlage im Haus!«

»Alle vier bis sechs Stunden, Tag und Nacht?« fragte Renate.

»Tag und Nacht«, bestätigte Hertel ernst.

»Und warum tun Sie das alles?« Sie strich zärtlich über das glitzernde Fell des kleinen Kaninchens. »Sie wissen, daß diese Tiere ja doch sterben müssen, wenn Sie ihren Dauerschlaf eines Tages unterbrechen.«

Hertel rückte nervös an seiner Brille und trat einen Schritt näher an sie heran. Jetzt fiel das Licht der bläulichen Leuchtstoffröhre voll auf sein hageres Gesicht. »O nein«, sagte er, »glauben Sie, wir säßen hier Tag für Tag, Nacht für Nacht, Jahr um Jahr abgeschlossen von aller Welt wie in einem Käfig – für ein Hirngespinst? Wir haben ein hohes Ziel, und wir werden es erreichen. Vielleicht wird uns auch noch das eine oder andere unserer Tiere beim Weckversuch sterben; aber wir gehen systematisch vor. Und wenn wir der Natur auch heute noch nicht in die Karten blicken können – dann vielleicht in einem Jahr, oder in zehn, in hundert Jahren. Rühle weiß, was er will; er ist ein genialer Forscher. Ich bewundere und verehre ihn.«

Mit einer heftigen Bewegung umklammerte er das Gestell, als wolle er es zerbrechen. Seine Stimme wurde leiser, aber jedes seiner Worte verriet starke Erregung. Renate spürte, wie sie trotz ihres inneren Widerstandes in den Bannkreis dieser glühenden Begeisterung gezogen wurde.

»Ich weiß, daß das nicht umsonst ist, war wir hier tun! Eines Tages wird eines dieser Tiere erwachen und weiterleben. Und an diesem Tage werden wir das Tor aufgestoßen haben, das noch jedem Menschen verschlossen war. Wir werden Leben nach unserem Willen verlängern und erhalten!« Er schwieg für Sekunden. »Und nicht nur das der Tiere«, fuhr er mit erhobener Stimme fort. »Eines Tages werden wir auch Menschen schlafen lassen! Wir werden junge Menschen einschläfern, und ein späteres Geschlecht wird sie nach fünfzig oder hundert Jahren wecken. Sie werden sehen, was allen anderen Sterblichen für immer verborgen bleibt: die ferne Zukunft.«

Er schwieg erschöpft. Er strich sich wie erwachend über die

Stirn. »Ja«, sagte er heiser, »fast möchte man sagen: leben und sterben und wieder leben!«

Es war totenstill im eiskalten Raum. Aber immer noch klangen seine Worte in Renate nach: ›Leben und sterben und wieder leben!‹ Sie blickte sich hilfesuchend um. Die Konturen verschwammen. Das matte Licht wurde unwirklich. Sie schloß die Augen.

Da war sie wieder, die alte, heisere, krächzende Stimme der Wahrsagerin: ›Leben und sterben und wieder leben.‹ Jetzt wurde die Kälte spürbar. Renate begann zu zittern.

»O Gott«, sagte sie, »ich kann nicht mehr, mich friert!« Sie taumelte. Da waren wieder die Augen, die dunkel glimmenden Augen: seine Augen.

›Dort ist es hell‹, dachte sie. ›Dort sind Lichter und Klänge und tanzende Farben. Auf dem Rummelplatz ist das Leben!‹

»Ich möchte hinaus«, sagte sie mit der Stimme eines Kindes, das sich im Wald verirrt hat.

Licht, endlich warmes, gelblich schimmerndes Licht! Bewegung! Der Vorhang fächelte leicht im Luftzug des halboffenen Fensters. Wie wohltuend die vertrauten Stimmen aus dem Nebenraum zu ihr herüberklangen!

»Es hat mich sehr interessiert«, sagte Renate hastig, als sie endlich draußen waren, »aber es war ein bißchen unheimlich.«

Sie suchte nach Worten, um ihre Flucht zu bemänteln.

Sie kommen nicht gelegentlich mal in die ›Taverne‹?« fragte sie.

Hertel sah sie sprachlos an.

»Na ja, in den Jazzklub«, erklärte sie in leichter Verlegenheit, »oder spielen Sie Tennis?«

»Nein«, antwortete Hertel viel zu steif und ernst, »dazu habe ich leider keine Zeit . . .«

»Herr Professor«, rief Renate in den Nebenraum, »darf ich mir Herrn Doktor Hertel einmal ausleihen? Ich wollte ihn einladen, wenn es sich einrichten läßt. Er muß ja in dem gräßlichen Eiskeller da drüben erfrieren!«

»Aber sicher, Renate«, dröhnte Rühle zurück, »da brauchst du mich doch nicht zu fragen! Nimm ihn nur unter deine Fittiche. Der verlernt hier sonst noch das Lachen!«

»Also abgemacht?« fragte Renate mit einem verwirrenden Lächeln und streckte Hertel die Hand hin.

»Ja, aber . . .«, sagte er unbeholfen und verbeugte sich steif.

»Ich rufe Sie in den nächsten Tagen an«, rief sie halb über die Schulter weg und eilte in den Nebenraum.

Rühle und Krabp beugten sich über ihre Aufzeichnungen. Blauer Zigarrendunst schwebte in dicken Schwaden über dem Schreibtisch. Renate blieb verloren stehen.

Nach einer Weile sah Krabp auf. »Mein Gott, Renate«, rief er erschrocken, »wie siehst du denn aus? Komm mal her!«

Sie trat an ihn heran. Er faßte ihre Hände.

»Die sind ja eiskalt«, sagte Krabp besorgt. »Kind, du mußt ins Bett, es war etwas viel für dich! Es ist auch schon spät!«

»Nein, nein«, wehrte Renate ab, »ich warte. Es wird doch sicher nicht mehr lange dauern?«

Rühle räusperte sich. Er ließ sich offenbar nicht gern von Rücksichten auf andere Menschen stören, wenn er arbeitete.

»Wir entwerfen meine Rede für morgen«, sagte Krabp zögernd, »und sind noch mittendrin . . . Weißt du was«, fuhr er plötzlich lebhaft fort, »Willi soll dich rasch nach Hause fahren und dann gleich wieder herkommen. So lange werden wir bestimmt noch zu tun haben!«

Rühle war diese Lösung offenbar die liebste. Sein tiefer Baß dröhnte schon, halb war es Kommandoton: »Hertel!« Und als der Assistent in der Tür erschien: »Hertel, bringen Sie Fräulein Krabp zum Wagen!«

Er stand auf und streckte Renate seine mächtige Pranke entgegen. »Bis morgen, Renate. Schlaf gut.«

Noch bevor sie die Tür hinter sich geschlossen hatte, steckten die Männer ihre Köpfe wieder über den Papieren zusammen.

Hertel war ein schweigsamer Begleiter. Er ging einen halben Schritt vor Renate den dürftig erhellten Flur entlang. Im Windfang löste er sorgsam die umständliche Verriegelung der Tür. Seine Bewegungen waren linkisch und ungraziös. Nichts erinnerte jetzt mehr an den Mann, der ihr in brennender Besessenheit seine Träume geschildert hatte. Vorsichtig geleitete er sie durch das Gestrüpp zum Wagen. Renate streckte ihm die Hand hin. »Ich bedanke mich sehr, Herr Dr. Hertel! Wir sehen Sie bald bei uns. Ich rufe Sie an.«

Hertel machte eine eckige Verbeugung. Er blickte den roten Schlußlichtern des Wagens gedankenverloren nach, bis sie in einer Wegbiegung verschwanden. Dann riß er sich zusammen und ging mit schnellen Schritten ins Haus zurück.

4

Die Polster umschmeichelten Renate wohlig. Der Wagen war angenehm warm. Sie lehnte sich zurück und schloß die Augen. Dieser Tag hatte zuviel gebracht. Aber hinter den Schatten der Lider gab es keine Ruhe und Geborgenheit für sie. Die Bilder tanzten vor ihren Augen in wilden Kontrasten. Der dünne Schein des chinesischen Lampions wurde überblendet von dem kalten Licht des Labors. Die brüchige Stimme raunte heiser in ihren Ohren: ›Leben und sterben und wieder leben‹, die besessene Stimme Hertels, ›und ein späteres Geschlecht wird sie nach fünfzig oder hundert Jahren wecken.‹ – Und da waren sie wieder, die schwarzen Augen, die brennenden Blicke, die alles andere auslöschten, jedes Bild, jeden Gedanken . . .

Eine heiße Flut jagte durch ihren Körper. Sie tastete mit der Hand zu dem Druckknopf, der das Fenster automatisch herabließ. Eine kühle Welle Luft strich herein. Sie atmete tief.

Der Wagen schwang sanft in eine Kurve. Sie näherten sich der Innenstadt. Der Verkehr wurde dichter. Renate öffnete die Augen und blickte hinaus. Am Himmel stand ein rotgelber Schein. Feuer? Unruhig zuckte es über die tiefhängenden Wolken des Nachthimmels.

Straßenkreuzung, rot! Der Wagen hielt. Jetzt drangen abgerissene Klänge in den Wagen, Fetzen von Musik, Gedudel, Geschmetter von irgendwoher, aus der Ferne. Was war das für eine Musik?

Leise schnurrte der Wagen wieder an. Die Klänge wurden lauter, deutlicher.

Renate beugte sich vor. Sie tippte dem Fahrer leicht auf die Schulter. »Willi«, fragte sie, »fahren wir über die alte Brücke? Am Mainfest vorbei?«

»Wir sind gleich da, gnädiges Fräulein« – der Fahrer sprach, ohne sich umzuwenden –, »da vorn fängt es schon an!«

Renate blieb vorgebeugt sitzen. Ihre Augen brannten. Sie sah hinaus, sie starrte hypnotisiert zu den bunten Lichtern hin, die unaufhaltsam näher kamen.

»Willi«, sagte sie plötzlich, »halten Sie bitte da vorn. Ich habe ...« Sie stockte. Sie fing an zu stammeln. »... ich habe etwas vergessen! Ja! Vorhin, als wir bei der Wahrsagerin waren, habe ich meinen goldenen Füller liegenlassen!«

»Jawoll!« sagte der Fahrer.

»Ich werde mir ein Taxi nehmen. Fahren Sie gleich zurück. Ich möchte nicht, daß mein Vater warten muß!«

Der Wagen hielt.

»Soll ich nicht doch lieber warten, gnädiges Fräulein?« fragte der Fahrer bedächtig.

Renate schlug die Tür zu. »Nein«, sagte sie kurz und energisch, »fahren Sie ruhig!«

Sie ging. Kopfschüttelnd sah ihr der Fahrer nach.

Ihre schmale Gestalt war aufgereckt und sicher. Die Lichter fingen sie ein, umtanzten sie, übergossen sie mit dem lockenden Flimmer der bunten wechselnden Farben. Dann wurde sie kleiner, tauchte unter, entschwand in der Menge ...

Die Vorstellung!

Robinson drängte sich rücksichtslos durch die festgekeilten Massen der Jahrmarktbesucher. Er hatte sich den Hut vom Kopf gerissen. Sein Gesicht war schweißüberströmt.

Gotthelf Möckel lief inzwischen wie eine verirrte Henne hinter der Bühne auf und ab, zupfte nervös an seinen dürftigen Schläfenhaaren und murmelte sinnlose Worte vor sich hin. ›Die Vorstellung! Um Himmels willen! Es wird ihm doch nichts zugestoßen sein?‹ Auf den Gedanken, daß Robinson die Vorstellung ganz einfach vergessen haben könnte, kam er gar nicht. Das war bei Robinson nicht drin.

Elvira beglückte die Zuschauer trotz des spärlichen Beifalls mit ihrem Tanz an die Sonne schon zum drittenmal. Bei einem vierten Versuch hätte man bestimmt die ganze Bude demoliert.

Endlich schlüpfte Robinson durch den Kulisseneingang. Möckel raste wie ein Kugelblitz umher. »Prinz!« Er drückte ihn in seiner Aufregung an sich wie eine Geliebte, die von einer Weltreise zurückkehrt. »Mein Gott, habe ich mich gesorgt! Ich dachte schon, du kämst nicht wieder!«

»Tusch!« krähte er mit überschnappender Stimme die drei Zylindermädchen an, die ihren Tanz an die Sonne herunterdudelten. »Tusch!«

Tätärätä! Gleich dreimal hintereinander.

Möckel tanzte schon zum Bretterboden. Jetzt war es nicht einmal Maske, dieses Strahlen in dem fettüberglänzten Gesicht: »Und nun, meine Herrschaften . . .«

Die Vorstellung lief! Die Vorstellung lief! – –

Später stand Möckel bei Robinson in der engen Zelle. Kein Wort des Vorwurfs. Möckel überbot sich in herzlichem Eifer. Er reichte Robinson den flauschigen Bademantel und den Schal. In jeder seiner Bewegungen lag Fürsorge und unbeholfene Zärtlichkeit. Ja, es war etwas wie Liebe; wie die Liebe des Altgewordenen zu dem Jungen; die Liebe des abgedankten Schauspielers zu dem strahlenden Helden, dessen Erfolge er nun wie seine eigenen miterlebte.

»Ein pyramidaler Erfolg!« sagte er. »Einfach phänominal! Das hat's auf einem Rummelplatz noch nie gegeben!«

Robinson hatte die Hände auf die Knie gestützt, ließ den Kopf vornüberhängen und hörte nichts.

»Wir werden einsame Höhen des Ruhmes erklimmen! Wir werden die Vorbühne neu renovieren. Du sollst sehen, Prinz, im nächsten Frühjahr kaufen wir ein neues Zelt, viermal so groß, mit neonischen Röhren. Und dann kommt dein Kopf drei Meter hoch über den Eingang! Ein Sückseß, sage ich dir, eine schreiende Kreation!«

Ach, Robinson schwieg. Immer noch saß er da, als ginge ihn das alles gar nichts an.

Möckel tupfte sich mit dem nicht ganz blütenweißen Taschentuch die Schläfen. »Wenn du Geld brauchst« – er fingerte seine abgegriffene Brieftasche hervor –, »dann sag es nur. Fünf Mark? Zehn Mark? Zwanzig Mark?«

Keine Antwort.

»Ich schreibe es nicht an, Prinz, ich schenke es dir. Einfach ein Geschenk von deinem alten Vater Möckel.«

»Ich brauche kein Geld«, sagte Robinson abwesend. »Es wird nicht wieder vorkommen. Geh schon, laß mich allein!« Aber Mökkel gab noch nicht auf. Er putzte mit dem Ärmel seines abgetragenen Gehrocks den blinden Spiegel, hauchte ihn an und polierte nach.

»Ich sehe doch, daß du etwas hast. Du kannst mir's ruhig sagen, mein Junge. Ist es wegen deinem Bruder? Ist es wegen Freytag? – Sicher ist es wegen Freytag. Ihr habt euch wieder mal gestritten. Er nimmt alles ein bißchen leicht, ich weiß. Aber er hat ein gutes

Herz. Du mußt ihm Pardong geben, Prinz – als Grangsännjöhr!« Er hob bei diesem erhabenen Wort in theatralischer Gebärde beide Hände.

Robinson fuhr auf. »Ja – aber laß mich jetzt in Ruhe! Ich will allein sein, bitte!«

Möckel schlich mit hängenden Schultern aus der Zelle. Alle gutmütig strahlenden Fältchen seines Gesichtes waren in Trauer verzogen. Alles Leid der Welt schien darin vereint. Er lehnte sich gegen die Kulissenwand und krampfte die Hände ineinander. – Robinson war traurig! Robinson hatte ihn hinausgewiesen! – Plötzlich drehte er sich noch einmal um, klinkte die Kulissentür auf und steckte nur seinen Kopf hinein. Robinson saß immer noch so da.

»Robby«, flüsterte Möckel, »wir können ja auch eine Tournee durch die Staaten machen. Glaub ja nicht, daß nur Bill Showmaker das arrangieren kann! Wenn du willst, dann sag es nur. Dann fahren wir über den großen Ozean, und Gotthelf Möckel wird dir zeigen, wie man Geld macht.«

Robinson sah auf. Er lächelte traurig. »Nun laß mich doch schon, Möck. Ich will wirklich nur allein sein!«

›Er hat Möck gesagt‹, dachte Möckel zärtlich. ›Dann ist es nicht schlimm!‹ Er strich durch die Kulissen. Elvira war dabei, die Kostüme zu ordnen. Er blieb bei ihr stehen. »Laß das mal, Elli, ich mach' das schon.«

Elvira sah erstaunt auf.

»Geh nach hinten, Kind. Geh zu ihm. Er ist traurig. Ich weiß nicht, was er hat!« flüsterte Möckel.

Elvira lief sofort nach hinten.

Robinson blickte unwillig auf. »Ach, du bist es!«

Er sah zerstreut zu, wie sie Ordnung machte. Ihre Finger arbeiteten geschickt und flink. Elle Trosser hätte für jeden Mann ein braves Hausmütterchen abgegeben. Sie konnte kochen, sie konnte nähen und stricken. Niemand, der dieses graziöse Mädchen auf der Bühne herumwirbeln sah, kam auf den Gedanken, daß das langbeinige Geschöpf mit den grünen Augen und dem kastanienbraunen Haar, das als Fräulein Nummer die Blicke aller Männer auf sich zog, den einfachen, schlichten Traum aller Frauenherzen träumte: einen Mann zu haben, ein paar Kinder, eine kleine eigene Welt.

Und niemand – am wenigsten Robinson selber – mochte ahnen,

daß dieser Mann für sie nur einer sein konnte. Nur der, dessen Name jetzt mit Leuchtbuchstaben vor dem dunkelblauen Nachthimmel stand: Robinson!

Er war der Prinz, der dieses Herz erfüllte. Wenn sie mit ihren magisch wirkenden Augen die Männer anlockte, anlachte – das war nur Jahrmarkt, nur Flitter, nur Schein. Sie lachte zu den plumpvertraulichen, mehr oder weniger unverhüllten Werbungen der Jahrmarktbesucher und blinzelte verführerisch. Sie wehrte mit kokettem Lächeln die zudringlichen Hände ab, die nach ihr griffen – das alles berührte sie nicht. Das war Beruf. Das gehörte zu diesem Leben wie ihr kurzes Flitterröckchen.

Aber der Prinz!

»Elli«, sagte er stockend, »ich wäre eben beinahe zu spät gekommen.«

»Ja«, antwortete sie und hantierte schweigend weiter.

»Mutter Klemm ist hier, ich war bei ihr«, fuhr er fort.

»Ja«, sagte Elvira wieder.

Robinson sprang auf. Er begann in der engen Kabine hin und her zu laufen. »Aber das war es nicht«, sagte er dann, »es war . . .« Er strich sich über die Augen. Da waren sie wieder, diese dunkelblauen Mädchenaugen; da war wieder dieser süße, reine, verwirrende Duft, der von ihr ausging.

»Da war ein Mädchen, Elli, ein wunderschönes Mädchen. Nicht eine von uns. So eine – weißt du – wie aus einer andern Welt.« Er schwieg einen Augenblick. »Und als sie mich ansah . . .«

Elvira hatte sich abgewandt und nähte einen Mantelknopf fest. Er sah nur ihre vorgebeugten Schultern.

»Elli«, sagte Robinson, »du bist doch auch eine Frau. Du mußt mich doch verstehen. Weißt du, sie war so schön wie eine Märchenprinzessin. Ja – lach mich ruhig aus. Ich habe nie gewußt, daß ein Mädchen so unvorstellbar schön sein kann!«

Elvira lachte nicht. Sie schwieg.

»Elli«, sagte Robinson und umfaßte ihre Schultern, »du bist so ein guter Kerl. So eine wie dich müßte ich als Schwester haben, der man alles erzählen kann und die einen versteht.«

Elviras Schultern zuckten unter seiner Berührung.

Er ließ sie los. »Und ich werde sie auch wiedersehen, ganz bestimmt. Ich weiß es!« Seine Stimme war plötzlich hoffnungsfroh, voller Leben. Die nagende Verzweiflung war gewichen.

Elvira zog mit einem Ruck den Mantel hoch, an dem sie genäht hatte. Sie biß den Faden durch.

»Der Knopf hält jetzt wieder«, sagte sie kurz und wandte sich nicht um. Draußen wurde das Bimmeln der Schiffsglocke laut. Möckels heisere Stimme krähte wieder den Anreißersang.

»Aber du sagst ja gar nichts!« begann Robinson erneut.

»Ich muß gehen«, antwortete Elvira kurz. »Ich muß auf die Rampe!«

»Warte doch«, rief Robinson. Aber Elvira war schon hinausgelaufen.

»Nun, was ist?« fragte Möckel sie leise in einer Atempause. Elvira knickste den Passanten mit einem reizenden Lächeln zu.

»Nichts«, zischte sie gereizt durch die Zähne.

»Hast du ihn beruhigt?« Elvira knickste wieder und machte ein paar Tanzschritte auf dem engen Steg.

»Er braucht nicht beruhigt zu werden«, sagte sie, aber ihre Worte gingen in Möckels heiserem Geschrei unter.

»Herran, meine Damen, herran, meine Herren! . . .«

Robinson war Elvira langsam gefolgt.

Neben der Vorbühne, die auf die Gassenreihe sah, war ein Fenster in der Zeltbahn. Von hier aus konnte er die Menge sehen, die sich vor der Schaubude staute; von hier aus zählte Möckel jedesmal die Zuschauer, die zur Kasse strömten. Robinson aber zählte die Menge nicht. Sie war ihm gleichgültig. Seine Augen suchten nur ein Antlitz unter den aufgereckten lachenden Gesichtern, die Möckels großen Gesten folgten.

›Sie muß wiederkommen!‹ sagte sein Herz.

›Sie wird nicht wiederkommen, sie wird niemals wiederkommen!‹ sagte sein Verstand.

Hin- und hergerissen zwischen Hoffnung und Zweifel irrten seine dunklen Augen über die Menge, bis sie zu einer gleichförmigen grauen Masse verschwamm.

Nein, sie war nicht gekommen. Er wußte es, als er auf der Bühne stand. Er gab sich nicht einmal Mühe, zu lächeln. Er starrte über die Menge weg. Er ging – und trat auf, ging – und trat auf. Den aufbrandenden Beifall hörte er kaum.

»Häng Napoleon und Schubert weg!« zischte er Elvira zu. »Ich mag nicht mehr! Wir kürzen ab!«

Bill Showmaker war während der Vorstellung ein zweites Mal

hereingekommen. »Hm«, brummte er, »jetzt ist er aber sauschlecht!«

Möckel starrte schweigend auf die Bühne.

»Na«, knurrte Showmaker, »so geht das nicht. Das stinkt ja nach ganz billiger Schmiere!«

Schmiere – das war ein Wort, das Gotthelf Möckel ganz und gar nicht hören konnte. Er richtete sich kerzengrade auf und straffte sich vor grenzenloser Empörung. »Mister Showmaker«, zischelte er mit zitternder Stimme, »ich muß doch bitten!«

»Bitten sie nicht mich, sondern den da oben. Da, sehn Sie doch selber, wie wurstig er seine Nummer baut!«

»Das ist nun mal die Künstlerseele«, sagte Möckel stolz. »Ein Künstler hat ebent seine besondere Eigenart. Davon verstehn Sie leider nichts!«

»Na, von mir aus!« schnaufte Showmaker und schob seinen breitrandigen Hut tief in die Stirn. »Bei meinen Shows kann ich jedenfalls keine Launen brauchen. Bei mir muß 'ne Nummer sitzen. Ob mit oder ohne Bauchschmerzen. Auf der Bühne wird gelächelt, Keep smiling!«

Ein paar Zuschauer zischten verärgert. Möckel steuerte seinen Gast hinter die Bühne. Hier konnten sie sich ungeniert unterhalten.

Er faßte den dicken Showmaker beim Mantelaufschlag und zog ihn zu sich herum. »Er verzehrt sich. Er strebt. Ich sehe es. Ich weiß es. Er will hinaus in die grandiose Welt. Morgens steht er oft zwei, drei Stunden allein auf der Bühne und probiert. Ich gehe vorsichtig heran und sage: ›Prinz, was machst du hier nur so allein?‹ – ›Ach, nichts‹, sagt er. Aber ich weiß.«

Er flüsterte, als hätte er Showmaker ein tiefes Geheimnis mitzuteilen. Möckels ganze Welt war von Schauspielen und Dramen gefüllt, von finsteren Verschwörungen, gezogenen Degen und blitzenden Dolchen, von Gift und Mord. Er bohrte seinen kurzen, dicken Zeigefinger so tief in Showmakers Bauch, daß der zurückfuhr. »Er übt!« raunte er und zog die geschminkten Brauen hoch. »Er übt!«

»Was denn«, sagte Showmaker halb verblüfft, halb lachend, »da ist doch nichts mehr zu üben!«

»Er übt«, wiederholte Möckel, »er übt eine eigene Schau. Eine alleinige eminente Attraktion, verstehn Sie!«

Showmaker nickte nachdenklich.

»Und eines Tages wird er sich dann abstrahieren! Wie der Vogel Felix wird er sich aus der Asche in die Lüfte erheben, und ich werde unten stehen.« In Möckels Stimme war so viel echte Angst und nagende Verzweiflung, daß es selbst durch die dicke hartgesottene Pelle Bill Showmakers drang.

»Na, so schnell baut man keine neue große Nummer!« sagte er und klopfte Möckel derb auf die Schulter.

Im Zelt war die abgekürzte Schau vorüber. Diesmal ging Robinson überhaupt nicht in seine Kabine zurück. Er stellte sich wieder an das Zeltfenster und starrte lange auf die treibenden Menschenmassen hinaus. ›Wo mag sie jetzt sein?‹ dachte er. ›Vielleicht ganz in der Nähe, vielleicht in der Stadt . . .‹

Er träumte einen Augenblick gedankenverloren von dem Haus, in dem sie leben mochte, von dem Zimmer, das sie bewohnte. Ein langgestrecktes Haus tauchte vor seinen Augen auf, halb verborgen hinter blühenden Büschen. In Spanien hatte er ein solches Haus vor Jahren gesehen. Er hatte lange vor dem Zaun gestanden und es mit hungrigen Augen betrachtet. ›Wer wohnt da?‹ hatte er ein Kind gefragt. – ›Da?‹ Das Kind hatte erstaunt aufgesehen. ›Da wohnen doch die Millionärs‹, hatte es dann ernst gesagt. Eine weite kurzgeschorene Rasenfläche, Liegestühle, ein Sonnenschirm, ein Mädchen in einem kurzärmeligen Kleid mit windverwehten Haaren. Es kam näher, die Augen lachten, große, dunkelblaue Augen.

Er überhörte die Schiffsglocke, Möckels Anreißersang. Das Lärmgedudel des Markts drang nicht mehr in sein Bewußtsein.

Sie kommt! Er wußte es plötzlich mit unfehlbarer Sicherheit. Gleich wird sie dasein.

Dann fühlte er eine Hand auf seiner Schulter: »Die Vorstellung, Prinz! Die letzte für heute!«

›Ja, ich bin verwandelt‹, dachte er, als er auf der Bühne stand. ›Seitdem ich das Mädchen gesehen habe, bin ich ein anderer.‹

Immer mühte er sich, unter den hundert Gesichtern im Zelt das eine herauszufinden. Immer vergebens.

Und dann geschah es! Fast am Ende der Vorstellung – er hatte die Fackel schon in der Hand – begegnete er ihren Augen. Nur eine Sekunde lang; aber ihm war, als hielte die Welt den Atem an.

Sie war gekommen! Sie war da!

Jetzt strömten die Menschen aus dem Zelt.

Robinson sprang in fieberhafter Hast hinter die Bühne. Elvira kam ihm im Gang entgegen. »Elli«, keuchte er, »sie ist da, du weißt doch! Lauf, halt sie auf! Sag ihr, daß ich gleich komme!«

Elviras Gesicht lag im Schatten. »Ich weiß doch nicht, wie sie aussieht, Prinz«, sagte sie tonlos.

»Du mußt sie erkennen«, schrie er heftig, »sie ist ganz anders als alle anderen. Sie ist blond, und hat dunkelblaue Augen. Ach, lauf doch schon, lauf, gleich sind sie alle 'raus!«

Elvira huschte davon. Sie trat neben Möckel, der schon am Vorhang wartete. Wenige Besucher noch, die sich wohl nicht in der Menge drängen wollten. Und dort, das war sie bestimmt. Ein blondes Mädchen in einem eleganten Schneiderkostüm, dezentes Make-up, Handschuhe, Täschchen. Das war ein reiches Mädchen, eine aus einer anderen Welt!

Elvira trat vor. Ein kühler gleichgültiger Blick streifte sie von oben bis unten: die zertretenen Tanzschuhe, die Söckchen, das Flitterröckchen, das dürftige perlenbestickte Bolerojäckchen, das ihre Formen nur knapp verbarg . . . Das also waren die Augen. von denen der Prinz schwärmte.

In Elviras Blick trat ein kalter Glanz. ›Hier ist meine Welt‹. dachte sie. ›Hier bin ich zu Hause.‹ Ganz dicht trat sie an die Fremde heran. Ihre Stimme war kalt, gleichgültig, leicht ironisch: »Na, Fräulein, heute spielen wir nicht noch mal. Hier ist Schluß!«

Langsam ging sie den Gang zurück in die Kulisse. Sie trödelte noch Minuten herum. Dann klinkte sie die Tür auf, hinter der sich Robinson umzog.

»Tut mir leid, Prinz«, sagte sie, »ich habe kein Mädchen gefunden, auf das deine Beschreibung paßt!«

Robinson starrte sie an. Das Licht in seinen Augen erlosch. »Unmöglich«, stammelte er, »ich habe sie doch gesehen!«

»Du mußt dich geirrt haben. Du weißt doch, wie schwer man von der Bühne jemand erkennen kann.«

Aber Robinson achtete nicht mehr auf sie. Er warf sich den Mantel über, stülpte den Hut auf und nahm die Brille, die ihm Elvira mechanisch reichte.

Dann stürzte er hinaus.

Nein, hier war sie nicht mehr. Die lange Zeltgasse leerte sich schon. Betrunkene schwankten eingehakt über den engen Budengang. Er jagte die Zeltreihen entlang, deren Lichter zu verlöschen begannen. Nichts! Der Markt war so groß; bis zum Römer zog er sich hinauf, wo die Saufzelte standen. Es war sinnlos, so herumzurennen. Seine Füße stockten.

Dann begannen sie wieder zu traben; ganz fest, ganz sicher, in einer ganz bestimmten Richtung ...

Vor Mutter Klemms Wagen zischten die Lampen noch. Es war die Stunde für Gäste, die nicht gesehen werden wollten. Mit zwei Sätzen sprang Robinson die Stufen empor. Der Vorraum war leer. Der chinesische Lampion schwang heftig hin und her.

»Caramba, tempeste!« krähte Mutter Klemm von nebenan. Weiter kam sie nicht. Robinson hatte schon mit einem Schwung den Vorhang zur Seite gerissen.

Sie sprang auf. Fassungsloses Staunen, dann ein kleiner Schrei, seltsam schluchzend aus der alten verhärmten Kehle: »Ninjo Robbi, meine kleine Prinz!« Sie drückte ihn an sich. Sie preßte ihn. Ihre alten zittrigen Finger glitten über seine Schultern, tasteten nach seinem Gesicht: »So groß geworden, so stattlich! Juvenile. Eine Mann! Eine richtige Mann!«

»Robbi!« krächzte Jojo, der Papagei, aus seinem Käfig und lief aufgeregt auf der kurzen Stange hin und her. Er flötete und kreischte laut, um sich bemerkbar zu machen. Jojo nahm Anteil an allem, was bei Mutter Klemm geschah.

»Wo ist er, wann kommt Bruder carissime Freytag?«

Robinson machte sich frei. »Er wird auch kommen«, erwiderte er kurz. »Ich bin heute schon einmal bei dir gewesen«, sagte er ruhig. »Ich stand da hinter dem Vorhang, und du hast mir die Hand gelesen.«

»Ach«, sagte sie überrascht, »das warst du?«

Er lachte unsicher auf: »Na, du hast mir ja auch einen ganz schönen Blödsinn erzählt. Mir und dem Mädchen genau dasselbe. Das ist dir früher nicht passiert.« Er hielt seine Hand ausgestreckt vor, den Handteller nach oben.

›Patsch‹, patschte ihm Mutter Klemm kurz und energisch auf die Hand. Es brannte richtig. Er kannte ihre Schläge noch aus alten Tagen. »Du bist immer noch dieselbe kleine Luder wie früher!« Sie lachte ein keckerndes rauhes Lachen. Ihr Bauch tanzte dabei im Takt auf und ab. »Immer noch dieselbe.« Sie wurde plötzlich ernst. »Was hab' ich gesagt? Dirr und ein Mädchen? Zeig deine Hand!«

Als Robinson ihr die Fläche seiner rechten Hand entgegenhob, ächzte die Wagentür. Schritte. Jemand war in den Vorraum eingetreten. »Bitte«, sagte eine weiche melodische Mädchenstimme.

Mutter Klemm war schon am Vorhang. Das Geschäft ging immer vor: »Karrten legen zwei Mark, die Dame, Handlesen drei Mark...«

Renate war wie im Traum durch die flimmernden Gassen des Rummels geeilt.

Als man sie nach der Vorstellung aus dem Zelt gewiesen hatte, ging sie noch ein paarmal langsam vor der Bude auf und ab. Sie hörte Stimmen aus dem Innern. Sie sah, wie die drei Mädchen, müde und fröstelnd in ihren billigen Mäntelchen, zu ihrem Wohnwagen eilten. Sie sah, wie die Lichter der Bude erloschen. Dann kam noch der Anreißer mit der Frau von der Kasse und sicherte sorgfältig die Schnallenverschlüsse der Zeltleinwand.

Renate drehte sich enttäuscht ab, um sich eine Taxe zu suchen.

Da fiel ihr ein, daß sie Willi gesagt hatte, sie wollte noch einmal zum Wagen der Astrologin. Nun mußte sie sich wenigstens kurz bei der Alten sehen lassen, für den Fall, daß Willi doch noch kommen und nach ihr fragen sollte. Es war auch so schon später, als sie sich vorgenommen hatte. Sie nahm den Weg zu dem Wagen und hastete die drei hölzernen Stufen empor.

Nun stand sie in dem engen Vorraum.

Da war wieder der abgestandene Geruch von billigen Zigaretten, von Kaffee-Ersatz und süßlichem Parfüm. Da waren wieder die vergilbten Fotografien und Zeitungsausschnitte. Da waren wieder der geheimnisvolle Vorhang und die von unmäßigem Schnapsgenuß und Tabaksqualm krächzende Stimme. »Karrten legen zwei Marrk, die Dame, Handlesen drei Marrk . . .«

»Ich muß Sie leider noch einmal stören«, unterbrach Renate die Alte. »Ich vermisse meinen goldenen Füller. Habe ich ihn vielleicht hier liegenlassen?«

»Nix liegenlassen«, sagte Signora Bertina scharf, »ich sonst genommen in Verwahrung.«

Renate konnte den doppelten Sinn dieser Worte nicht ahnen. Sie schwieg. Sie konnte jetzt nichts mehr sagen. Sie konnte nur noch gehen. Was hatte sie hier überhaupt gewollt?

Sie drehte sich um. Langsam und beinahe hilflos.

Da sah sie ihn.

Im halbdunklen Vorraum des Wagens stand Robinson. Er sah sie an. Er rührte sich nicht. Er sagte kein Wort. Er sah sie nur an, wie man einen unendlich kostbaren Edelstein ansieht, den man schon verloren geglaubt hat.

Auch Renate schwieg. Und sie hatte doch zeit ihres Lebens immer das richtige Wort gefunden. Jetzt war alles wie ausgelöscht. Sie verlor sich in den dunkel brennenden Augen. Sie fühlte sich klein und hilflos.

Robinsons Augen versuchten gar nicht, die freudige Überraschung zu verbergen, die aus ihnen leuchtete.

Der Vorhang, der Signora Bertina von ihrer Klientin trennte, bewegte sich leicht. Renate spürte, wie sie gemustert wurde. Sie fühlte instinktiv, daß die Alte sich dahinter verborgen hielt und sie kühl von oben bis unten abschätzte. Sie war eine Fremde in dieser Umgebung. Sie wußte plötzlich, daß sie vor der Mauer zu einer anderen Welt stand. Vor einer unübersteigbaren Mauer.

Renate senkte den Blick. Auf einmal spürte sie eine seltsame Angst. Waren es die feindselig abschätzenden Blicke der alten Wahrsagerin? War es die brennende Glut in den Augen des jungen Artisten?

Wie hilfesuchend sah sie nach ihrer Armbanduhr. – Mein Gott, schon kurz vor zwölf!

Sie deutete hastig auf ihre Uhr. »Um Himmels willen, ich muß nach Hause!« Sie betupfte mit dem winzigen Spitzentaschentuch nervös ihre Lippen.

Signora Bertina hatte jede Bewegung des jungen und offenbar steinreichen Geschöpfes mit wachsendem Interesse verfolgt. Plötzlich schoß ihre Hand durch den Vorhang, eine welke, knochige Hand von der Farbe alter Wachskerzen. Sie griff nach dem Arm des Mädchens. »Oh, was eine wunderrschöne Uhrr!« Sie drehte Renates schmales Handgelenk in ihren dürren Fingern, daß Platin und Steine im flackernden Licht der Kerze aufblitzten.

»Ja«, sagte Renate beklommen, »es ist ein Geschenk meiner Großmutter.«

Signora Bertinas lederhäutige Finger betasteten gierig das kostbare Stück. Unauffällig ließ ihre Linke dabei das zierliche Spitzentaschentuch verschwinden, das auf den Tisch gefallen war.

Renate sah es nicht. Auch Robinson schien es nicht zu bemerken.

»Ach, bitte, wo ist wohl der nächste Taxenstand?« fragte Renate mit einem zaghaften Versuch, der Alten ihre Hand zu entziehen.

Robinson löste sich aus der seltsamen Starre, die ihn befallen hatte. »Das kann man schwer beschreiben«, sagte er mit einer hastigen Verbeugung. »Die Gassen zwischen den Wagen sind so verwinkelt. Darf ich sie hinführen?«

Zum erstenmal hörte Renate seine Stimme. Sie war warm und volltönend, die Stimme eines Mannes mit Kraft und Herz. Und wie höflich er sich zu benehmen wußte! Renate senkte den Blick. »Oh, das wäre sehr liebenswürdig, mein Herr.«

Robinson stieß die Wagentür auf. »Ich bringe Sie gern hin. Ich freue mich immer, wenn ich abends noch ein paar Schritte tun kann.« Er sprang aus dem Wagen und streckte Renate galant seine Hand entgegen, um ihr die Stufen hinunterzuhelfen.

Renate wollte folgen, aber Signora Bertinas knochiger Finger klopfte energisch auf die Tischplatte. Wie unter einem geheimnisvollen Zwang wandte sich Renate noch einmal zurück. Sie hörte die alte krächzende Stimme hinter dem Vorhang raunen: »Werden kleine Signorina nie vergessen, was Signora Bertina prophezeit hat?« Ihre scharfen Raubvogelaugen starrten das Mädchen durchdringend an. Jojo krächzte hämisch.

Renate antwortete nicht. Sie wandte sich hastig ab, nahm Robinsons ausgestreckte Hand und sprang die Stufen hinunter. Es war eine Flucht. Erst draußen in der klaren Luft fühlte sie sich wieder frei. Sie drehte sich noch einmal um. »Gute Nacht, Signora Bertina«, flüsterte sie in den Wagen hinein.

Mutter Klemm antwortete nicht. Aber die kleinen Pupillen glitzerten. »Amore«, murmelte sie, »heiße Herz, die bella Signorina, und kühle Kopf, und viel Geld, särr viel Geld!« Sie wiegte den Kopf hin und her, und ein rätselhaftes Funkeln trat in ihre Augen. »Große Liebe über die kleine Weg und viel, viel Geld! Und wo bleibt meine liebe Freytag, meine Herzensjunge?«

Sie nahm die Karten auf und legte die große Acht. Jetzt war sie ernst. Die dürren Lippen bewegten sich stumm. »Da«, rief sie plötzlich und nagelte den Herzbuben mit dem Daumen fest. »Da ist er, und da ist das Geld.« Sie nagte an ihrer Unterlippe. »Über die große Weg!«

Robinson und Renate gingen über die leeren Straßen des Rummelplatzes. Nur wenige Lichter glommen noch in den Schaubuden, an den Karussells und über den Verkaufsständen. Aber zahllose Sterne standen jetzt klar und rein am Himmel.

Robinson tastete vorsichtig nach Renates Arm. Er faßte ihn an, als wäre er aus hauchzartem Glas.

Renate duldete, daß Robinson sie führte. »Was hat sie gegen mich?« fragte sie. »Weshalb hat sie meinen Gruß nicht erwidert?«

»Sie haben sie gekränkt«, sagte Robinson.

»Womit?« fragte Renate.

»Sie haben ihre Prophezeiung nicht ernst genommen. Das hat sie gespürt.«

Renate lachte unsicher. »Muß man solche Prophezeiungen denn ernst nehmen?«

Robinson sah sie voll an. »O ja«, sagte er. »Sehr ernst sogar!«

Renate schwieg.

Der Rummelplatz lag hinter ihnen. Sie sahen unter dem hellen Lichtkegel einer Straßenlaterne eine Reihe von Taxen.

»Ach, da stehn sie ja«, sagte Renate. »Nett von Ihnen, daß Sie mich hergebracht haben; ich danke Ihnen.«

Robinson ließ ihren linken Arm nicht los. »Ich darf Ihnen doch wenigstens noch die Wagentür öffnen?« fragte er. In seiner Stimme war jetzt ein sonderbares Schwingen. Er gab dem Fahrer des ersten Wagens ein Zeichen, sitzenzubleiben. Renate stieg ein. Sie streckte Robinson beide Hände entgegen. Robinson nahm sie und hielt sie wie eine Kostbarkeit in seinen schlanken Fingern. Dann hob er den Blick. »Darf ich Sie wiedersehn?« Er fragte ganz leise. Fast als wage er es nicht.

Renate gab sich widerstandslos dem Drängen seiner dunklen, feurigen Augen preis. »Vielleicht«, flüsterte sie.

»Ich weiß ja gar nicht, wer Sie sind«, sagte Robinson.

Renate lächelte. »Aber ich weiß, wer Sie sind.«

»Wie soll ich Sie denn da finden?« drängte Robinson.

Renate entzog ihm ihre Hände und drehte die Linke so, daß Robinson das Handinnere dicht vor seinen Augen hatte. »Wollen wir es nicht den Lebenslinien überlassen?« fragte sie. »Sie glauben doch daran?!«

In einer heißen Aufwallung packte Robinson Renates Hand mit beiden Händen. »Ja, daran glaube ich!« flüsterte er. Dann warf er seinen Kopf darüber und küßte das Handinnere. Es war die Stelle, an der die Lebenslinie unterbrochen war.

Über sich selber erschrocken richtete er sich hastig wieder auf und warf die Wagentür zu. Der Fahrer schüttelte den Kopf. Dann zuckte er die Schultern und schaltete den Gang ein.

Robinson stand im gelblichen Licht des Straßenkandelabers. Er war wie festgebannt und schaute dem Wagen nach. Seine Augen brannten. Er hätte dem Wagen nachlaufen, sie zurückrufen mögen. So flüchtig waren die Augenblicke, die sie bisher hatten zusammen sein dürfen. Nicht mehr als ein paar banale Worte hatte er ihr sagen können.

Die Schlußlichter des Wagens waren längst hinter einer Straßenbiegung verschwunden, als Robinson sich langsam umdrehte und zu Mutter Klemms Wagen zurückging.

Er riß die Tür auf, trat ein und schlug sie scharf hinter sich zu. »Wo hast du das Taschentuch?«

»Welches Taschentuch?«

Robinsons Fäuste trommelten böse auf die Tischplatte.

Mutter Klemm tat ganz überrascht. »Weiß ich nix von Taschentuch.«

Robinson riß wütend den Vorhang beiseite. Er packte die Alte an ihren Schultern. »Laß den Quatsch! Ich habe doch gesehen, wie du sie bestohlen hast!«

Mutter Klemm sah ein, daß jeder Widerstand sinnlos war, und senkte die Lider. »Sage nicht gestollen! Is häßliches Wort!«

»Los, gib das Taschentuch!«

Jetzt wurde Mutter Klemm böse. »Willst du nehmen arme Ziehmutter erbärmliche Taschentuch? Habe ich gern, diese verwöhnte Püppchen, die nicht wissen, wohin mit all das Geld, wo wir armen Kinstler müssen schuften und hungern.«

Robinson sprang hinter den Tisch und packte die Hände der Alten. »Gib das Taschentuch!« drängte er. »Ich will, daß sie es wiederbekommt!«

»Au, tust mir weh!« klagte Mutter Klemm und zeigte mit einem Kopfnicken auf ihre Hände, die Robinsons Fäuste immer noch wie im Schraubstock umklammert hielten.

Er ließ sie los. Die Alte kramte wütend das Spitzentüchlein hervor und warf es ihm hin. »Da hast du's! Trag's ihr nur nach! Wirst schon sehen, was dabei herauskommt!« zischte sie böse.

5

Als Renate am nächsten Morgen mit ihrem Vater frühstückte, lag Verstimmung in der Luft. Sie merkte es schon in den ersten Minuten, obwohl er ihr gestriges Zuspätkommen mit keinem Wort erwähnte.

»Du weißt, daß wir heute abend bei dem Empfang mit sechzig bis achtzig Gästen rechnen müssen«, sagte er nach minutenlangem Schweigen. »Bitte sorge dafür, daß alles klappt.«

»Ich habe Fräulein Buhrmann schon Bescheid gesagt. Sie brummte natürlich etwas, weil sie nicht damit gerechnet hatte. Du wolltest den Empfang zuerst wohl in einem Hotel geben?«

»Ja – aber das ist mir bei diesem Anlaß doch etwas zu unpersönlich.«

»Gut – dann muß ich ihr die Einkäufe abnehmen, sonst tyrannisiert sie wieder das ganze Haus.«

»Wenn du das tun willst, Kind! Ich bin sehr in Eile.« Dr. Krabp erhob sich und küßte seine Tochter auf die Stirn.

Renate war glücklich, daß alles so glatt und ohne Fragen abgegangen war. Sie lief in die Küche und ließ sich von Fräulein Buhrmann sagen, was benötigt wurde. Fräulein Buhrmann war die Wirtschafterin im Hause Krabp. Sie herrschte über Küche und Dienstboten und nicht zuletzt auch ein wenig über Vater und Tochter.

Dann bat Renate Willi, gleich ihren Wagen vorzufahren. Es war ein kleiner schwarzer Zweisitzer mit weißen Lederpolstern. Krabp hatte ihn seiner Tochter zum achtzehnten Geburtstag geschenkt. Allerdings nicht ohne Zögern; denn er hätte es lieber gesehen, wenn Renate einen weniger schnellen Wagen gewählt hätte. Aber Renate fuhr sicher. Sie verlor niemals die Gelassenheit, die ihr ganzes Wesen beherrschte.

Der Vormittag war hell und kühl. Ganz anders als die Nacht. Im durchdringenden Licht der Morgensonne gab es keine Mystik und keine versteckten Winkel, in denen die Wirklichkeit ihre Gesetze zu verlieren schien.

Sie hatte das Verdeck geöffnet und fühlte den leichten Fahrwind belebend ihr Gesicht umspielen.

›Liebe ich ihn denn?‹ fragte sich Renate. ›Ist es wirklich mehr als die Schwärmerei für einen Filmstar, einen Sportler, eine Tänzerin? Habe ich mich gestern nicht zu weit gehenlassen?‹

Und doch tauchte immer wieder sein südländisch fremdes Gesicht auf, klang immer wieder seine dunkle Stimme in ihren Ohren, mit der er sie um ein Wiedersehen gebeten hatte.

Renate fuhr langsam. Sehr viel langsamer als sonst. Einmal hielt sie ihren Wagen sogar an und träumte mit offenen Augen.

»Seltsam«, murmelte sie vor sich hin, »der Gedanke an ihn ist wie ein Rauschgift.«

Aber dann legte sie wieder in einem energischen Entschluß den Ganghebel ein und fuhr weiter.

›Das hat alles keinen Sinn‹, dachte sie. ›Rauschgifte sind tödlich.‹

Die Landstraße war leer und still. Nur aus der Ferne kam wie ein leichtes Brummen der Lärm der Stadt. Erst hinter einer scharfen Kurve wurde sie sichtbar: der wuchtige Dom, der alles überragte, die schmale gotische Spitze der Nikolaikirche, die festgefügten Reihen der Häusergiebel. Und wie ein bunter Teppich hatte sich der Jahrmarkt der Stadt zu Füßen gelegt.

Renate passierte das Gedränge der Kaiserstraße und fuhr zum Main hinunter. Dann hielt sie. Hier war sie gestern nacht umhergeirrt, hier hatte alles seinen Anfang genommen. Sie sah in die Zeltreihen hinein und hörte das Lachen von Kindern. Vor ihr hatte ein Zuckerbäcker seine Bude schon vormittags geöffnet. Sie war bunt behängt mit knallroten, goldenen, silbernen Herzen; mit Zuckerwerk, Bonbontüten, bemalten Waffeln und Lebkuchen. ›Ich könnte Willis Fränzchen ein Herz kaufen‹, dachte sie. ›Er wird nicht viel Süßigkeiten bekommen und ist so ein netter Junge. Und eines für Fräulein Buhrmann. Sie wird es nicht essen; sie wird sagen, was soll das; aber sie wird sich trotzdem freuen.‹

Sie war schon aus dem Wagen. Sie erstand zwei große Lebkuchenherzen, dick mit Zuckerguß belegt. Dann schlenderte sie unschlüssig weiter. Viele Buden waren geschlossen. Schmutzige vergilbte Zeltplanen verbargen den Flitter, der erst abends im Licht der Scheinwerfer, Glühbirnen und Leuchtröhren zum Leben erwachte.

Die Schausteller arbeiteten an ihren Buden, hämmerten, sägten, malten, verschwitzte Männer mit nackten Oberkörpern. Unbarmherzig enthüllte das Licht der Sonne die Schäbigkeit dieser Scheinwelt aus Pappe und Leinwand.

Und da drüben – war das nicht die Schaubude, in der Robinson auftrat? Sie blieb stehen und sah hinüber. Welch eine dürftige Kulisse! Wäre nicht der Halbbogen mit seinem Namen gewesen, sie hätte sie schwerlich wiedererkannt. Dorthin war sie gestern mitten in der Nacht gelaufen. Und wie hatte ihr Herz geklopft, als sie seinen Namen leuchten sah!

Jetzt schimmerten die Glühbirnen nackt und matt im Tageslicht, und ein häßliches Gewirr von losen Drähten verband sie miteinander. Das Lattengerüst des Hintergrunds war nicht einmal gestrichen.

›Wie kann er dort nur leben!‹ ging es Renate durch den Kopf. Sie trat weiter vor. Jetzt konnte sie die ganze Vorbühne überblicken. – Und jetzt sah sie ihn.

Er saß auf dem Bretterboden der Vorbühne und schlenkerte mit den Beinen. Vor ihm standen zwei junge Mädchen mit Mozartzöpfen und kicherten dumm. Er lachte ihnen zu. Dann sprach er auf sie ein, und die Backfische himmelten ihn an.

Er wirkte harmlos, ein wenig eitel und verspielt. Aber das alles paßte so wenig zu dem Bild, das sie sich von ihm gemacht hatte, zu dem schwermütigen, etwas scheuen, vielleicht sogar stolzen jungen Mann, als den sie ihn kennengelernt hatte.

Sie ging langsam in der Mitte der Budenstraße auf Möckels Schaubude zu. Als sie in seiner Höhe war, verhielt sie ein wenig. Aber er streifte sie nur mit einem flüchtigen Blick. Dabei lachte er laut über irgend etwas, das die jungen Dinger gesagt hatten.

›Er hat mich nicht erkannt‹, dachte Renate. ›Es kann nicht anders sein.‹ Als sie halb vorüber war, blickte sie noch einmal über die Schulter zurück. Dabei begegneten ihre Augen den feindseligen Blicken Elviras, die gerade aus dem Zelt gekommen war.

Richtig, das war doch die Tänzerin, die sie gestern abend fast unhöflich aus dem Zelt gewiesen hatte. Renate kämpfte einen Augenblick mit sich selber. Sollte sie umkehren?

Nein. Er mußte sie doch erkennen. Hatte er sie nicht inständig um ein Wiedersehen gebeten?

Sie drehte sich entschlossen um. Er saß immer noch in der gleichen Haltung und ließ lässig die Beine über die Bretterbrüstung baumeln. Die Tänzerin hatte den Arm um seine Schulter gelegt und flüsterte ihm etwas zu. Dann blickten beide auf. Sie sahen Renate an, sahen sie näher kommen. Er musterte sie von Kopf bis Fuß mit einem Blick, der sie bewunderte und zugleich beleidigte. Dann sagte er etwas zu der Tänzerin an seiner Seite. Sie lachten auf und sahen wieder zu ihr hinüber.

Sie lachten noch, als sie vorbeiging. Die Tänzerin hängte sich mit beiden Armen um seinen Hals.

Renate hätte in diesem Augenblick versinken mögen. Sie stolperte weiter. Sie war wie benommen. Bei dem Karussell blieb sie stehen. Sie mußte sich fassen. Sie war sich in ihrer Verwirrung gar nicht bewußt, was sie tat. Das war doch nicht möglich! Sie wischte sich über die Augen. ›Jetzt wird er kommen‹, dachte sie, ›und lachend sagen, daß alles ein Scherz war. Jetzt – jetzt!‹

Weshalb kam er nicht? Sie konnte doch nicht länger vor diesem Karussell herumstehen!

Wo blieb er denn nur?

Sie war wie gelähmt. Tausend Gedanken jagten durch ihren Kopf. Tausend Erklärungen für sein Verhalten, tausend Entschuldigungen: Er hatte sie nicht kennen wollen, um sie nicht zu kompromittieren. Er hatte sich des Mädchens an seiner Seite geschämt. Bestimmt war es so!

Und alle ihre Gedanken endeten in dem einen: ›Er kommt! Gleich steht er neben mir und spricht mich an!‹ Doch je länger sie wartend stand, um so mehr erlosch ihre Spannung.

›Ich zähle noch bis zwanzig‹, dachte Renate, ›dann gehe ich!‹

Sie zählte dreimal bis zwanzig. Beim drittenmal dehnte sie die Pausen zwischen den Zahlen. Sie ließ ihm Zeit. Er konnte sich umziehen wollen, er konnte noch etwas zu tun haben.

In diesem Augenblick trat Möckel zusammen mit einem Kontroll-Beamten der Frankfurter Feuerwehr auf die Vorbühne.

»Alleh, alleh!« sagte er scharf, als er die beiden an der Rampe sitzen sah. »Kümmert euch um eure ...«

Er brach ab. Die beiden hatten sich nicht einmal umgedreht. Sie waren unverändert sitzen geblieben und starrten in die Zeltgasse. Möckel und der Mann von der Feuerwehr folgten ihrem Blick. Ganz in der Nähe, dicht bei dem Karussell, stand eine vornehm gekleidete junge Dame. Sie wartete offenbar auf jemanden, denn sie drehte sich unschlüssig hin und her.

»Elli«, rief Möckel scharf mit seiner besten Direktorenstimme, »gaff die Leute nicht so an! Das sind keine Allüren!«

»Ach«, sagte der Mann von der Feuerwehr lächelnd, »sogar Renate Krabp sieht sich euern Rummel an!«

Elvira drehte sich rasch um und starrte ihm auf die Lippen.

»Wer soll das sein?«

»Das ist Renate Krabp.«

»So«, sagte Möckel gewichtig, aber verständnislos. Der Name Krabp hatte nicht gezündet.

»Die erbt mal so viel Millionen, wie Sie Markstücke in der Kasse haben«, fuhr der Mann von der Feuerwehr fort. Dann kletterte er schwerfällig die Holzstiegen von der Vorbühne hinunter und entfernte sich.

»Also«, sagte Möckel nach einer Pause des Erholens, »gafft mir nicht so penitrant!«

Dabei schielte er jetzt selber verstohlen zu Renate hinüber. Elvira erhob sich langsam und zog das mausgraue Trikot glatt. Dann erst wandte sie sich zu Möckel um. Ihre grünen Augen funkelten gereizt.

»Ich bin zwar keine Millionärin«, sagte sie mit deutlichem Spott in der Stimme, »ich bin nur eine aus dem Wagen«, sie richtete sich auf und machte ein paar spielerische Tanzschritte, »aber dafür laufe ich auch nicht den Kerlen nach, sondern die Kerle mir!«

»Was soll das heißen?« sagte Möckel streng.

Elvira tänzelte vor ihm herum. »Wissen Sie überhaupt, was das für eine ist? Das ist die, die den Prinzen so verrückt gemacht hat, daß er gestern zu spät zur Vorstellung kam. Und jetzt treibt sie sich schon wieder hier herum. Die hat zuviel Geld und zuwenig zu tun!«

Möckel starrte Elvira entgeistert an.

»Wenn die will, dann läuft ihr der Prinz wie ein Hündchen nach, und dann ist es aus, Herr Direktor – aus!«

Möckel griff erschreckt nach seinem Herzen. »Red doch keinen Unsinn«, sagte er lahm.

»Er hat es mir doch selber gesagt«, flüsterte Elvira, »daß er ganz verrückt nach ihr ist. Die sollten Sie vergraulen, Herr Direktor, aber ich hab's schon besorgt!« Damit knickste sie und schlüpfte ins Zelt.

Möckel stand noch einen Augenblick wie erstarrt. »Mein Gott«, flüsterte er, »wenn das wirklich wahr ist, bin ich ruiniert!«

Er drehte sich ein paarmal um sich selbst und ruderte sinnlos mit den Armen durch die Luft.

Er war weiß geworden. Seine tiefste Furcht, die ihn in ständigen Angstträumen nachts verfolgte, jetzt stand sie drohend als Wirklichkeit vor seinen Augen. »Ich muß zu Signora Bertina«, flüsterte er. »Ich muß wissen, was in den Sternen steht!«

Während er nervös von der Rampe ins Zelt torkelte, ging Renate mit schnellen Schritten zu ihrem Wagen zurück.

Als Möckel wenige Minuten später bei Mutter Klemm eintrat, standen Schweißperlen auf seiner Oberlippe. Er war blaß. Der Ebenholzstock mit Silberkrücke aus der Requisitenkammer zitterte in seinen Fingern.

»Ah«, sagte Mutter Klemm, »Signore Möckel! Große Erre!«

Sie hatte gerade den abgestoßenen Bunzlauer Kaffeekrug in der Hand. Sie streckte ihn theatralisch zur Seite. Es sah aus, als wolle sie einen Hofknicks machen. Der Lumpensack unter dem Rock hinderte sie daran. Er war vom morgendlichen Rundgang noch frisch gefüllt, eine abgestoßene Emailschüssel stieß rasselnd gegen eine henkellose Tasse. Aber solche Kleinigkeiten verwirrten Mutter Klemm nicht. Sie fegte eine alte Bluse vom Besucherkorbstuhl und ließ Möckel Platz nehmen. Ihre flinken Augen musterten ihn verstohlen.

»Zu Diensten, Maestro. Immer zu Diensten!«

Möckel rutschte unbehaglich auf dem Sessel hin und her. »Die Sterne«, stieß er gequält hervor. »Ich muß es wissen, Gnädigste. Ich muß sofort die Zukunft wissen!«

Mutter Klemm antwortete nicht. Möckel wollte gerade zu einer verworrenen Erklärung ansetzen, als Mutter Klemm ihn unterbrach: »Nix sprechen! Signora Bertina wird Sterne fragen! Subito. Un momento!«

Sie erhob sich wuchtig und entzündete eine Kerze. Sie schloß die Vorhänge. Dann rückte sie eine große gläserne Kugel in die Mitte des Tisches und beugte sich darüber. Sie bewegte die Kerze hin und her. Der Lichtschein glänzte in der Kugel.

Möckel saß mit angehaltenem Atem. Sein Unterkiefer zitterte.

»Ich sehe eine junge Mann, eine schöne junge Mann. Hat viel Gestalten. Und noch eine junge Mann, genauso schön. Ich sehen eine Signorina, wunderbare junge Signorina. Hat Haare wie flüssiges Gold und sehr viel Geld. Blitzende Steine, Brillanten und Perlen . . .«

Möckel erstarrte. Seine Augen traten aus den Höhlen. Sein Mund stand offen. Die Sterne! Die Sterne logen nicht! Das war das Mädchen! Madame hatte sie in der gläsernen Kugel erkannt!

»Ist sie da drin?« fragte er und wollte aufspringen.

»Platz!« kreischte Signora Bertina. Möckel fiel in den Korbstuhl zurück. »Hat Urr am Hand. Kostbarre Urr.«

»Ja«, schrie Möckel aufgeregt.

»Silente!« kommandierte Mutter Klemm hart, »sonst Signora Bertina nix sehen!«

Sie nahm den geheimnisvollen Singsang wieder auf: »Und jetzt kommt verliebte junge Mann. Serr verrliebt. – Nix gutt.«

Die Kerze flackerte. Möckel wagte nicht, sich zu rühren.

»Nix gutt«, wiederholte Mutter Klemm. »Gefährlich für seine

Direktör!« Sie murmelte eine Weile unverständlich vor sich her und verschob die Kerze auf dem Tisch.

»Kugel ist leer!« sagte sie abrupt. »Zahlung bitte, Kassa!« Möckel fuhr auf. »Es ist wahr«, sagte er verwirrt und fingerte seine Brieftasche heraus. »Es handelt sich um den Prinzen. Er hat sich verliebt. Sein Herz ist infiziert.«

»Ich wissen«, sagte Mutter Klemm schnell, »hat mir entrissen feine Spitzentaschentuch von Signorina.«

»Was?« Möckel glotzte sie an.

Mutter Klemm fühlte, daß sie sich verplappert hatte. Aber sie war immer noch wütend, daß Robinson ihr das Tüchlein doch noch abgeluchst hatte. »Nix is«, fauchte sie. »Kugel ist leer!«

Möckel atmete tief. »Ja«, zitierte er mit Pathos, »es gibt ebent mehr Dinge zwischen den Gestirnen, als unsere Schulweisheit sich träumen läßt! – Von Schiller«, fügte er stolz hinzu. »Die Sterne lügen nicht, Gnädigste; ich habe es ebent erfahren!«

»Si, si«, sagte Mutter Klemm ermunternd und goß sich die verspätete Tasse Kaffee ein.

»Er will immer schon hinaus in die grandiose Welt. Der Hang nach oben ist ihm eingeboren. Aber was mache ich, wenn er geht?«

»Darrf nicht gehen!« bemerkte Mutter Klemm kurz. »Was soll machen Freytag, meine liebe Freytag?«

»Aber der Prinz ist besser«, stieß Möckel heftig hervor, »Robinson ist ein großer Künstler. Ich weiß es. In meiner Brust fühle ich das verwandte Herz schlagen!«

»Chakreff perunnje!« fluchte die alte Frau. »Nix gutt große Kienstler. Signora Bertina auch große Kienstler. Und immer auf die Rummel. Soll er bleiben, wo er ist!« Ihr Geierkopf stieß vor, ihre heisere Stimme ging in ein dumpfes Flüstern über: »Immer bleiben, wo er ist. Werde ich für sorgen!«

Renate lenkte den Wagen um das Haus herum und stellte ihn vor die Garage.

Niemand war zu sehen. Aus dem Küchenfenster drangen fröhliche Mädchenstimmen, das Klappern von Schüsseln und Geschirr. Sie nahm schnell die Pakete aus dem Wagen und schlüpfte durch den Seiteneingang ins Haus. Jetzt nur keinem begegnen! Wenigstens für ein paar Augenblicke allein sein!

Sie jagte die Treppe hinauf. Auch das obere Stockwerk war leer. Nur in dem linken Flügel, den ihr Vater bewohnte, stand eine Tür offen. Eines der Stubenmädchen trällerte einen Schlager. Renate huschte wie ein Schatten in ihr Zimmer und schloß die Tür. Dann erst blieb sie aufatmend stehen.

Hier war sie zu Hause, hier war sie allein. Jedes Stück dieses Raumes hatte sie selber ausgesucht. Die Aquarelle und Graphiken moderner Meister, die resedagrünen Vorhänge, den flaschengrünen Veloursteppich, die vielen Bücher auf den langen Umlaufborden, die bequemen Sessel vor dem niedrigen Tisch.

Weshalb sah dieser geliebte Raum sie jetzt an wie ein fremdes Hotelzimmer?

Renate zündete sich eine Zigarette an und ging unruhig auf und ab.

Der Plattenspieler stand offen. Renate blieb stehen und setzte mechanisch den Tonabnehmer auf die Platte.

Es war ihre Lieblingsmelodie. Wie oft schon hatte sie sich ganz in diesen Klängen verloren! Jetzt machte die Musik sie nur nervös. Sie stellte den Apparat unvermittelt ab. Ein anklingender Akkord blieb unvollendet.

Nein, es half nichts. Die Vertrautheit des Zimmers half nichts, die Musik nicht, das Alleinsein nicht. Ihre Wangen brannten. Er hatte sie beleidigt. Er hatte sie gesehen. Mit dem Mädchen am Arm hatte er über sie gelacht. Er hatte sie verhöhnt wie einen albernen Backfisch, der ihn anhimmelte.

Sie warf den Kopf in den Nacken. Nein, das war zuviel! Sie blieb am Fenster stehen und biß die Zähne aufeinander. Daß dieser Rummelplatzjüngling den Mut besaß, ihr das zu bieten!

Es klopfte. Renate gab keine Antwort. Fräulein Buhrmann trat ein. Sie hatte einen sechsten Sinn für alles, was im Hause Krabp nicht in Ordnung war. Sie spürte das mit untrüglichem Instinkt, ob es nun die Blumenrabatten an der Auffahrt waren, die der Gärtner nicht rechtzeitig begossen hatte, oder ob Krabp verbotenerweise eine schwere Brasil rauchte. Fräulein Buhrmann spürte alles.

Sie wußte offenbar besser, was sich für einen Dr. Krabp und seine Tochter schickte, als diese selber. Und sie scheute sich nicht, es zu sagen. Wurde ihr widersprochen, dann knallten die Türen, dann sprach sie tagelang kein Wort, dann blieb ihre Miene trotz aller Freundlichkeiten kühl wie Eis. Das war Fräulein Buhrmann. Aber sie hatte auch ihre guten Seiten. Und es waren sehr viele.

»Renate«, sagte Fräulein Buhrmann streng, »es gehört sich

für eine junge Dame nicht, nach Mitternacht unbegleitet in einer Taxe nach Hause zu kommen!«

Renate wandte sich um. »Die Pakete liegen dort auf dem Tisch. Die großen Sachen werden geschickt«, sagte sie kurz. »Mir ist nicht wohl, ich möchte allein sein!«

Für Augenblicke verschlug es der Hausdame die Sprache.

»Wenn Ihnen nicht wohl ist, Kind«, sagte sie endlich, »dann werde ich den Doktor benachrichtigen. Wahrscheinlich haben Sie sich bei dem späten Nachhausekommen erkältet.« Das war ein halbes Friedensangebot, aber Renate überhörte es absichtlich. »Ich habe nicht gesagt, daß ich den Doktor sehen will, sondern daß ich jetzt allein sein möchte, Fräulein Buhrmann!«

Fräulein Buhrmann verhielt einen Augenblick regungslos. Dann nahm sie schweigend die Pakete vom Tisch und drehte sich um.

Renate sah das Lebkuchenherz, das einsam auf der Decke liegen geblieben war. Damit hatte sie der Haushälterin eine Freude machen wollen. »Das Herz da hatte ich übrigens für Sie mitgebracht, Fräulein Buhrmann!« sagte sie leise.

Die Hausdame stand an der Tür, hölzern wie eine Statue. Sie hatte die Klinke schon in der Hand.

Sie wandte kaum den Kopf. »Danke!« sagte sie kurz. Sie kam nicht noch einmal zurück. Sie griff nicht nach dem bunt verzukkerten Herzen. Die Art, wie sie die Tür hinter sich schloß, sagte mehr als tausend Worte.

Renate lief zur Tür und verriegelte sie. Dann trat sie ans Fenster zurück und sah in den Park hinaus. Er lag so ruhig und abgeschieden, so voller Frieden im Sonnenglanz des Spätsommertages, als gäbe es auf der Welt keinen Streit, keine Sorgen und keine Zwietracht.

Das war heute eine Niederlage gewesen. Die erste ihres Lebens. Wie konnte ein junger, gesunder, geradegewachsener Mensch so zwiespältig in seinem Denken und Empfinden sein!

Wenn sie jetzt nur jemanden hätte, mit dem sie sich aussprechen, einen Menschen, dem sie sich anvertrauen könnte! Einen, der jung genug war, sie zu verstehen, und der dennoch über den Dingen stand.

Plötzlich sah sie den Mann vor sich stehen: ernst, gewissenhaft und doch mit jenem Glanz in den Augen, der auf Verständnis und Herzenswärme schließen ließ.

Mit einem Ruck drehte sich Renate um und ging ans Telefon.

Sie wählte die Nummer von Rühles Labor und ließ seinen Assistenten Dr. Hertel an den Apparat bitten.

»Herr Doktor Hertel?« sagte sie mit der melodischen Stimme, die jeden bezauberte. »Wir haben heute abend einen Empfang. Einen entsetzlich langweiligen. Lauter hohe Tiere und Professoren. Wollen Sie mir über die feierlichen Stunden hinweghelfen?«

Die Antwort kam verlegen und stockend. Doch Renate machte Hertels Einwände schnell zunichte.

»Nein, nein«, lachte sie, »wirklich nur mir zuliebe. Sie dürfen mich unter all den alten Männern nicht allein lassen. Außerdem haben Sie es mir gestern versprochen!«

Das stimmte zwar nicht ganz, aber Hertel widersprach ihr nicht. Renate hörte einen Augenblick nur seinen Atem im Hörer.

»Ja?« sagte sie dann. »Also achtzehn Uhr bitte, Smoking oder dunklen Anzug. Ich freue mich sehr!«

Sie legte auf und nagte an ihrer Unterlippe.

Ein Mann wie Hertel kam, wenn sie ihn bat. Er sperrte sich zwar ein bißchen, aber er kam. Er war anders als die Jungen, die sie kannte. Die hätten gesagt: ›Nö, mit den alten Zauseln kannst du dich heute abend allein mopsen!‹ So einer war Hertel nicht. Hertel war der Mann, den sie jetzt brauchte. Der Mann, zu dem sie Vertrauen haben konnte.

6

Kurz nach sechs fuhren die Autos der Gäste in rascher Folge vor. Ein Diener öffnete die Wagentüren. Der Gärtner und seine Gehilfen wiesen den Fahrern beiderseits der Auffahrt die Parkplätze zu.

Krabp stand in der Halle, begrüßte seine Gäste und bedankte sich für die zahlreichen Glückwünsche zur Verleihung der Ehrendoktorwürde. Zwischendurch kamen Boten mit Telegrammen, Blumen und Glückwunschkarten.

Die Herren – nur wenige Damen waren gekommen – standen in kleinen Gruppen beieinander und plauderten gedämpft. Diener in der schlichten tiefblauen Livree des Hauses eilten lautlos hin und her und servierten auf silbernen Tabletts Kelche mit schäumendem Sekt.

Renate trug ein zartblaues Tüllkleid mit weitem Rock. Sie wirkte gelassen und sicher. Aber wer sie kannte, sah, daß sie von einer seltsamen Unruhe befallen war. Das weiße Tüchlein in ihrer Hand wanderte hin und her, und oft schweiften ihre Augen ab.

Dann kam Hertel. Sie beobachtete ihn zunächst aus der Ferne. Er spähte fast hilflos nach ihr aus, wie ein Ertrinkender nach einem rettenden Engel. Die vielen festlich gekleideten Menschen verwirrten den jungen Wissenschaftler offenbar.

Als er sie erkannt hatte, steuerte er hastig auf sie zu. Seine Verbeugung war linkisch, sein Händedruck viel zu fest. Renate mußte ihn leise daran erinnern, daß er auch noch ihren Vater begrüßen müsse. Dann nahm sie ihn unter ihre Fittiche und führte ihn sicher durch die Halle.

»Reizend, daß Sie gekommen sind, lieber Doktor Hertel«, sagte Renate lächelnd, »was hätte ich ohne Sie hier anfangen sollen?«

Hertel stammelte ein paar unzusammenhängende Worte.

»Sie haben doch sicher entsetzlichen Hunger, nicht?«

»O danke, nein, natürlich nicht.«

Renate musterte ihn wie ein Untersuchungsrichter. »Herr Doktor Hertel, hier wird nicht geflunkert: Sie haben Hunger! – Oder haben Sie etwa draußen eins ihrer halberfrorenen Kaninchen verspeist?« Sie lachte und hängte sich fester in seinen Arm.

Im Frühstückszimmer war ein kaltes Büfett angerichtet. Im Schein der Kerzen lockten terassenförmig angeordnete Platten mit den herrlichsten Leckereien. Der Koch, ein unwahrscheinlich dicker Mann mit riesiger weißer Ballonmütze, nahm sich ihrer persönlich an. »Was darf ich Ihnen auflegen? Malossol, Hummer à la Chenonceaux, Bekassinensalat oder . . .«

In Hertels Gesicht stieg eine verlegene Röte. Dann wurde es trotzig wie das Gesicht eines Jungen. »Wissen Sie«, sagte er zu Renate, »ich weiß gar nicht, was das alles ist. Ich komme aus der Welt von Würstchen und Bratkartoffeln.«

Das war so schlicht und offen gesagt, daß es Renate sofort für ihn einnahm. »Lassen Sie, ich mache das schon. Ich finde bestimmt etwas für Sie, das Sie mögen!«

Hertel schwieg. Einerseits war er glücklich, jemanden gefunden zu haben, der ihn durch die Stromschnellen dieses ungewohnten gesellschaftlichen Ereignisses lotste; andrerseits verwirrte ihn die

Nähe dieses bezaubernden Geschöpfes, aus dessen weich gelocktem Haar ein betörender Duft aufstieg.

»Ich bin froh, daß Sie da sind«, plauderte Renate. »Ich weiß nämlich gar nicht recht, was ich mit den alten Herren reden soll. Sicherlich werden Sie mich nun für eine dumme Gans halten!«

»O nein!« antwortete Hertel. Nur diese zwei Worte, aber es lag eine ganze Welt darin. Bewunderung und Anbetung. Davon sprachen seine Augen.

Renate fühlte: Hier hatte sie einen Freund gewonnen, einen echten treuen Freund. Und es erfüllte sie mit Stolz, daß dieser Mann, der aus der so fremden Welt der kalten Wissenschaften kam, sie beachtete. Sie nahm Hertel den leeren Teller ab und stellte ihn auf ein Wandtischchen. »Kommen Sie, wir wollen uns in den Wintergarten setzen. Da ist es ruhiger. Da können Sie mir etwas erzählen!«

Sie schritt schnell voraus. Wirklich, hier war es ruhig. Die Ecke, in der sie sich niederließen, war ganz abgeschieden. Eine Stehlampe erhellte schwach den kleinen Rauchtisch und die bunten Sesselchen. Um den ganzen Raum lief in halber Höhe ein Gesims mit blühenden Gewächsen. Verborgene Lichtquellen strahlten das Blätterwerk und Geranke an und verzauberten den Wintergarten in einen unwirklichen Märchenwald.

Hertel bewegte sich fremd und ein wenig beklommen in all dem Luxus. »Es muß schön sein«, sagte er leise, »in einer solchen Umgebung aufzuwachsen.«

Renate zündete sich eine Zigarette an. »Ja – und nein.«

»Es paßt zu Ihnen«, sagte Hertel nachdenklich. »Es paßt zu Ihnen wie Ihr Kleid, wie Ihr Schmuck. Sie müssen verwöhnt werden. Sie könnten gar nicht anders leben. Sehen Sie, bei mir ist das anders. Ich könnte auch mehr Geld verdienen. Ich habe laufend Angebote aus der Industrie. Sie würden mir das Fünffache von den dreihundertfünfzig Mark zahlen, die Rühle mir geben kann. – Aber ich will nicht!« Er sprach frei und offen. Jetzt, da er mit Renate allein saß, verlor sich seine Unsicherheit rasch. Es tat ihr wohl, daß Hertel ihr vertraute.

Sie sah ihn verwundert an: »Das verstehe ich nicht! Wie kann ein Mensch freiwillig darauf verzichten, Geld zu verdienen?«

Hertel zuckte die Schultern. »Die Menschen sind verschieden«, sagte er mit einem feinen Lächeln.

»Ja«, sagte Renate nachdenklich, »das ist wahr.« Sie sah einen

Augenblick abwesend an ihm vorbei. Dann fragte sie unvermittelt: »Glauben Sie, daß auch ein und derselbe Mensch in sich selbst ganz verschieden sein kann? An einem Tag so und am anderen genau umgekehrt? Ich meine einmal gut und edel – und dann wieder gemein und roh?«

Hertel sah sie erstaunt an.

Renate zerrte nervös an ihrem Spitzentüchlein. Plötzlich stand sie auf und ging zur Fensterbank. »Es hat nichts zu sagen! Es war nur so ein Hirngespinst!«

Hertel zögerte. Dann erhob er sich langsam und trat hinter sie. »Das sind keine Hirngespinste«, sagte er. »Im menschlichen Charakter wohnen oft unglaubliche Gegensätze dicht beieinander. Es gibt Menschen mit gespaltenem Bewußtsein, Schizophrenie nennt man so etwas. Sie können . . .«

Es war nicht zu erkennen, ob Renate zuhörte. Sie hatte den Kopf gegen die Scheibe gepreßt und trommelte mit den Fingern gegen das Holz des Fensterrahmens. Draußen wurde es dunkel. Zwischen dem Blättergewirr des Parks tauchten am Himmel die ersten Sterne auf.

Sie drehte sich um. Sie strich an ihrem weiten gebauschten Rock herunter. Dann sah sie zu Hertel auf. Sie ließ einen langen Augenblick ihre Augen flirrend in den seinen tanzen. Hertel schwieg plötzlich. Er wich ihrem Blick aus und versuchte zu verbergen, daß eine flüchtige Röte in sein Gesicht gestiegen war.

Plötzlich hüstelte jemand in der Nähe. Es war ein Diener. »Ein junger Mann möchte Sie sprechen, gnädiges Fräulein.« »Bitte«, sagte Renate kurz.

»Er wartet in der Garderobe«, sagte der Diener mit einem Räuspern. Er deutete mit einer Geste an, daß dies kein Besuch sei, den er in die Krabpschen Räumlichkeiten einzulassen gewillt war.

»Dann weisen Sie ihn ab«, sagte Renate ungeduldig.

Der Diener wand sich verlegen. »Er sagt, er müsse das gnädige Fräulein unbedingt persönlich sprechen. Er hätte etwas abzugeben!«

»Ich habe nichts bestellt«, sagte Renate kurz.

»Der junge Mann macht aber den Eindruck, als ob es sehr wichtig wäre.«

Renate drehte sich zu Hertel um. »Wollen Sie mich begleiten«, fragte sie lächelnd, »damit ich auch männlichen Schutz vor diesem wilden Mann habe, mit dem die Diener offenbar nicht fertig werden?« Ohne seine Antwort abzuwarten, nahm sie seinen Arm.

Sie drängten sich durch die lebhaft diskutierenden Gruppen schwarz gekleideter Herren. Der Diener schritt vorweg, steif und würdevoll. Er öffnete die Vestibültür.

Drei Marmorstufen unter Renate stand ein junger Mann im Trenchcoat. Sein Haar war verwildert, sein Gesicht gerötet. Er war offenbar in großer Eile. Seine Augen leuchteten auf, als er Renate erblickte. Sie strahlten vor unverhohlener Freude. Er streckte ihr die Hand entgegen.

Es war Robinson!

Renates Brauen zogen sich zusammen. Das Blut wich plötzlich aus ihrem Gesicht. Jetzt wußte sie, daß das Bild dieser brennenden Augen niemals fort gewesen war, daß es immer in ihr geschlummert hatte, verborgen, verschüttet.

Durch die halboffene Tür drang der Lärm von Gesprächsfetzen, das Klappern von Geschirr, das Klirren von Gläsern. Eine tiefe Männerstimme lachte laut auf.

Renate wußte, sie hätte jetzt etwas sagen müssen, aber sie stand wie gelähmt. Die Bilder jagten sich in ihrem Hirn. Das waren dieselben Augen, die sie in beinahe rührender Ergebenheit angehimmelt und die sie schon am nächsten Tage geringschätzig gemustert hatten.

Robinson war der erste, der ein Wort fand. Er ließ die Hand sinken, dann suchte er in fieberhafter Hast etwas in seiner Tasche und streckte es Renate entgegen: ihr Taschentuch.

Er hatte es den ganzen Tag über an seinem Herzen getragen. Wieder und wieder hatte er es vorgeholt, um den feinen, betörenden Duft zu spüren, der ihm das Bild des Mädchens vor die Augen zauberte. Wie ein Kleinod hatte er es gehütet.

»Sie haben das bei Mutter . . . bei Signora Bertina vergessen«, sagte er hastig.

Er starrte Renate wie verzaubert an. Er hatte sie bisher nur in ihrem schlichten Straßenkostüm gesehen. Das hauchzarte Tüllkleid mit dem weiten gebauschten Rock ließ sie ihm nun wie ein Wesen aus einer anderen Welt erscheinen. Sie stand regungslos, drei Stufen über ihm. Er sah zu ihr hinauf.

Waren es nur diese drei Marmorstufen, die sie trennten? Stand nicht wirklich eine Welt zwischen ihnen?

In diesem Augenblick erkannte Robinson schlagartig, welch

ungeheurer Abstand zwischen ihnen lag. Gab es denn überhaupt eine Brücke, die diesen Abgrund überspannen konnte? Er hielt ihr immer noch unbeweglich das Taschentuch entgegen. »Verzeihen Sie bitte«, stammelte er schließlich, »ich wollte nicht stören; ich wußte nicht, daß Sie ein Fest haben.«

Er wollte wohl noch mehr sagen. Er hatte ganz anders zu ihr sprechen wollen. In fieberhafter Hast war er mit einer Taxe zu ihr hinausgefahren; der Wagen stand noch wartend vor dem Portal. Er hatte sie um ein Wiedersehen bitten wollen. Er war ganz sicher gewesen, daß sie ihn verstehen würde. Jetzt aber vor ihrer maskenhaften Starre erfroren seine Worte.

Es war, als fände Renate aus einem tiefen Traum in die Wirklichkeit zurück. Sie sah die steife Haltung des Dieners, der dieser unverständlichen Szene mit kaum verhohlener Mißbilligung folgte. Sie sah Hertel im Halbprofil neben sich. Sie spürte seine Fassungslosigkeit. Sie sah drei Stufen unter sich den jungen Mann im Trenchcoat, seine Hand, sein Gesicht, das Leuchten in seinen Augen, seine Freude und zärtliche Ergebenheit.

Aber über allem sah sie auch dasselbe Gesicht, spöttisch, frech, aufdringlich.

Renates Stimme war eiskalt, als sie sprach: »Ich danke Ihnen. Geben Sie das Tuch dem Diener! Lassen Sie sich Ihre Auslagen von ihm erstatten!« sagte sie mit verletzender Höflichkeit. Dann drehte sie sich um, nahm betont vertraut Hertels Arm und schritt aufrecht an seiner Seite in den Saal zurück.

Robinson starrte ihr nach wie einem Spuk. In seine Augen trat grenzenloses Staunen, Nichtbegreifenkönnen, Fassungslosigkeit. Seine Arme fielen herunter.

Aus!

Ein Traum zersprang wie dünnes Glas.

Erst das feindselige Räuspern des Dieners weckte ihn aus seiner Erstarrung. Er zerknüllte das Taschentuch und schleuderte es dem Mann in der Livree gegen die Brust. Seine Augen sprühten Haß und Verachtung. »Da!« zischte er. »Auslagen habe ich keine.«

Dann stürzte er in die Nacht hinaus. Er achtete nicht auf den Gärtner, der eifrig auf ihn zutrat und ihn fragte, wo sein Wagen wäre. Er sah nicht die Fahrer, die in Gruppen vor den Autos beieinander standen und sich offensichtlich über sein seltsames Verhalten unterhielten. Er lief durch den Lichtkegel der Portalleuchte über den Kiesweg hinaus auf die Straße. Hier wartete sein Taxi.

»Zum Untermainkai«, befahl er dem Fahrer. Dann schlug er den Kragen seines Trenchcoats hoch und verkroch sich in der Ecke des Rücksitzes wie ein verwundetes Tier.

Sie verließen die einsame Villengegend und fuhren durch Bad Homburg. Robinson sah nicht das Licht in den Straßen. Er sah nicht die glitzernde Fontäne vor dem hellerleuchteten Kurhaus. Er war blind und taub.

Wie war das möglich gewesen? Wie konnte dieses Mädchen, das ihm doch gestern noch unmißverständlich Sympathie gezeigt hatte, ihn heute wie einen dreckigen Bettlerjungen behandeln? In seinem Kopf jagten sich die Gedanken. Grelle Kontraste standen dicht beieinander. Bizarre Gestalten tauchten auf und verschwanden.

Da war Mutter Klemm. ›Auf deine Bretter bist du eine König, in die große Welt bist du eine Dreck!‹ raunte ihre versoffene Stimme heiser in sein Ohr.

Da war Elvira. Er sah ihre geheimnisvollen Nixenaugen ganz dicht vor sich. Ihre Haare leuchteten wie Flammen. ›Du bist mein Prinz, mein Prinz allein; in meiner Welt wartet ein Königreich auf dich; meine Welt ist deine Welt.‹ Sie tänzelte auf langen Beinen davon und verlor sich in der Finsternis.

Da war Möckel, der gute alte Möckel. Robinson sah sein zerfurchtes Gesicht aus den Kulissen der Chausseebäume auftauchen. ›Ich geb' sie dir nicht gern, die Adresse, Prinz; was willst du bei dem Mädchen? Steck das Taschentuch in einen Umschlag und schick es ihr hin! Das ist nicht gut. Ihre Welt ist nicht besser als deine, aber es führt keine Brücke hinüber.‹

Robinson fuhr mit der Hand über die Stirn. Er schnellte auf seinem Sitz vor. »So fahren Sie doch schneller!« herrschte er den Fahrer an und trommelte nervös gegen die Scheibe.

Der Mann zuckte die Schultern. Er antwortete nicht. Er gab aber auch nicht mehr Gas. Er kannte die schwierige Strecke und wußte genau, was er verantworten konnte.

Robinson klammerte sich an der Lehne des Fahrersitzes fest. Eine wilde Unruhe klopfte in seinen Schläfen. Er sah auf seine Armbanduhr. Zweimal, dreimal kurz hintereinander. Er verglich sie mit dem Zifferblatt der Wagenuhr.

Was würden sie jetzt ohne ihn machen? Er war weggefahren,

ohne Bescheid zu sagen. Er hatte das Schlimmste getan, was ein Artist tun konnte: Er hatte seine Kollegen im Stich gelassen. Er hatte die Nummer aus nackter Disziplinlosigkeit geschmissen.

Robinson ließ sich in die Polster zurückfallen. Eine grenzenlose Gleichgültigkeit überkam ihn. Er sah das Mädchen Renate auf einer goldenen Insel fern am Horizont an seiner Welt vorübertreiben. Es gab keine Brücke. Es gab keinen Weg. Was wollte er überhaupt noch? Was hatte das alles noch für einen Sinn, wenn er an Händen und Füßen gefesselt war?

»Vierzehn Mark achtzig!« rief der Fahrer über die Schulter!

Sie waren da. – Robinson mußte sich mit Gewalt zusammenreißen. Er hatte kaum noch die Kraft, sich aufzurichten, den Türgriff herunterzudrücken und auszusteigen. Er gab dem Fahrer das Geld und stieg aus dem Wagen wie in einem schweren Rausch. Der Wagen fuhr ab. Er stand allein.

Er stand genau auf der Grenze zwischen den beiden Welten. Da war der Main, da waren die großen Häuser der Stadt. Da waren Büros, Villen, Theater und Geschäfte. Und dort, da unten, auf der anderen Seite der Grenze, im flimmernden Schein der bunten Glühbirnen, da unten rauschte und schrillte und johlte der Jahrmarkt. Seine Welt!

Möckels Schaubude lag da wie tot.

Kein Mensch stand draußen auf dem freien Platz. Ein Gürtel des Schweigens hatte sich um Möckels Zelt geschlossen. Die Menschen trieben in weitem Abstand an der Vorbühne vorbei, als sei dort die Pest ausgebrochen.

Robinson bog von der Gasse zwischen den Schaubuden ab. Langsam, wie in einem bedrückenden Traum näherte er sich dem rückwärtigen Eingang. Da war die kleine Tür, durch die die Akteure hinter die Bühne gelangten. Er öffnete sie langsam. Trüber Lichtschein sickerte durch die Leinwand.

Im Zelt war es fast dunkel. Als Robinson nicht zur Vorstellung erschienen war, als Elviras Tanz an die Sonne trotz fünfmaliger Wiederholung und zweimaligem Kostümwechsel die Zuschauer nicht länger zu beruhigen oder gar zu fesseln vermochte, war ein schwitzender, ein verzweifelter Direktor Möckel auf die Bühne gestiegen und hatte verkündet, daß die Schau wegen eines bedauerlichen Unfalls des Hauptdarstellers ausfallen müsse. ›Das Angtreh wird an der Kassa zurückgezahlt‹, war der bitterste Satz gewesen, den Möckel je in seiner ruhmreichen Laufbahn hatte sprechen müssen.

Jetzt stand er in der Mitte des Zeltes, allein vor den leeren Sitzreihen. Erst war er verzweifelt auf und ab gelaufen, hatte sinnlos in allen Ecken herumgesucht. Dann, als es klar war, daß Robinson nicht mehr erscheinen würde, hatte er den Vordervorhang geschlossen und die Lichter eigenhändig gelöscht. Minuten hatte er still mitten auf der Bühne gestanden und mit der wahnsinnigen Idee gekämpft, ob er nicht selber eine Rolle aus einem alten Repertoire spielen solle.

Elvira, die Musikmädchen, Freytag, Mister Showmaker, sie alle hatten Möckels Zusammenbruch in schweigender Anteilnahme mit angesehen. Er hatte sie fortgejagt. In einem Anfall wilder Betriebsamkeit hetzte er Elvira zu Mutter Klemm und Freytag in die Wirtschaften und Bierzelte des Mainfestes; er drängte sogar den dicken Showmaker rücksichtslos aus dem Etablissement. Alle sollten Robinson suchen; keiner sollte sich unterstehen, ohne ihn zurückzukehren.

Dann blieb er allein. Nur die drei Kapellenmädchen hatte er vergessen. Sie hockten wie verschüchterte Hühner in einer Ecke des Zeltes und beobachteten mit ängstlich aufgerissenen Augen ihren Boß.

Robinson kam nicht. Robinson kam nicht wieder! Robinson würde niemals wiederkehren!

Es war aus! Es war endgültig vorbei. Alle Pläne, alle seine Träume, sie würden nie mehr Wahrheit werden!

»Und ich bin es selber gewesen, ich Rindvieh!« schrie Möckel laut in das leere Zelt. »Ich, ich selber habe ihm die Adresse gegeben! Jetzt ist er bei ihr, und sie wird ihn nie mehr freigeben!«

Möckel lief auf der leeren Bühne auf und ab. Er ruderte mit den Armen. Er hob die Hände in theatralischer Gebärde gegen den Zelthimmel; er stieß sie gegen seine gequälte Brust. In seinen Augen glitzerten Tränenspuren.

Plötzlich erstarrte er. Er hörte ein Geräusch; ein Mensch kam.

Robinson!

Möckel schluckte. Er war einen Augenblick unfähig, die geringste Bewegung zu machen. Er starrte den Prinzen an, als sei er ein Spuk, ein Phantom. Ein schluchzender Laut drang aus seiner Kehle. »Rob, Prinz, daß du da bist, daß du wieder da bist!«

Er stammelte. Dann kam Bewegung in die gebeugte Gestalt.

Mit weiten Schritten eilte er auf Robinson zu und schloß ihn in die Arme. Er drückte ihn an sich wie eine Mutter ihr verirrtes Kind. Kein Wort des Vorwurfs, keine Silbe der Anklage.

»Laß nur, laß doch, Möck«, bat Robinson gequält. Seine Stimme war müde, seine Arme hingen kraftlos von den Schultern. Er sah mit leeren Augen in die schäbige Welt der verlassenen Sitzreihen. Er sah sie nackt und ohne Illusionen. Das war nun sein Zuhause. Hier würde er bleiben müssen – sein Leben lang!

Ihm wurde plötzlich übel. Er wankte durch den Gang und ließ sich auf einen der vorderen Sitze fallen. Er warf sich über die Lehne und barg den Kopf in beiden Armen. »Ich kann nicht mehr!« stöhnte er. »Ich hab' es satt – ich will nicht mehr, ich kann das hier nicht mehr mitmachen!«

Möckel starrte entsetzt auf diesen Zusammenbruch. Dann schoß er auf Robinson zu, setzte sich auf den nächsten Stuhl und legte seinen Arm um den Jungen. »Aber mein lieber Robby!«

Jetzt wurden polternde Schritte laut. Mister Showmaker schnaufte vom Eingang heran. Er hatte keinen Sinn für rührselige Szenen. Er war Manager. »Na, hast du ihn zusammengestaucht?« schrie er schon von weitem.

Dann baute er sich vor Robinson auf. »Dafür hab' ich kein Verständnis!« brüllte er. »Ein Artist schmeißt eine Schau – wo gibt's denn so was? Du bist kein Künstler, du bist nicht mal was für diese Schmiere!«

Möckel wollte eingreifen, aber Showmaker schob ihn beiseite. »Ist ja nicht meine Schau; aber wenn ich so was mit ansehen muß, dann platzt mir die Weste. Und diesmal warst du es, mein Junge, nicht dein lieber Bruder Freytag! Aus euch wird nie was!«

Er stand aufgeregt mit rotem Kopf vor Robinson. Hinter seinem Rücken tauchte aus den Kulissen Elviras graziler Wildkatzenkörper auf. Neben ihr Mutter Klemms füllige Gestalt. Elvira hatte ihr dünnes Mäntelchen lose übergeworfen.

»Na, da ist er ja wieder, der Märchenprinz«, krähte die Alte. Mutter Klemm war Elvira sofort gefolgt, als sie vom Verschwinden Robinsons hörte. Sie trug ein schwarzes wallendes Kleid und eine Mantilla, ein Spitzentuch, das von dem wuchtigen Schildpattkamm in weichen Falten bis über die Ellenbogen floß. Sie stelzte auf gebänderten goldenen Stöckelschuhen. Mit einer Hand hielt sie den weiten Rock vornehm gerafft.

Elvira war mit einem Satz von der Bühne und beugte sich über

Robinson. In ihren Augen war tiefe Sorge. »Prinz! – Was hast du?« Sie streichelte sanft über sein Haar.

Mutter Klemm kam schwer und wuchtig die knarrenden Stufen von der Bühne herunter. »Ach was«, krächzte sie. Ihre Mantilla flatterte. »Macht nicht soviel Wirbel! Bildet sich sonst nur noch mehr ein, der Märchenprinz!«

Mister Showmaker warf den Kopf in den Nacken und brüllte ein schauerliches Lachen zum Zeltdach hinauf. »Märchenprinz! – Ha ha!«

Möckel stellte sich mit ausgebreiteten Armen vor seinen Schützling. Er wirkte mit dem flatternden Gehrock wie ein aufgeregter Rabe. »Bitte, Kinder, laßt ihn doch in Ruh! Ihr macht ihn ja ganz kopfscheu!«

Mutter Klemm ließ sich dadurch nicht beeindrucken. Sie trat dicht an Robinson heran, der immer noch zusammengekauert über der Stuhllehne hing. »Bist du hinter Millionärin hergelaufen? Kann ich mir denken, Prinz! Und Direktör in große Unglück stürzen, was? Hast du nicht bekommen genügend Schläge!«

Jetzt kamen auch die mageren Mädchen von der Damenkapelle näher. Sie lugten vorsichtig hinter den Kulissen hervor und hielten sich halb im Schatten der Dekorationen verborgen.

Mutter Klemm beugte sich weit vor. Ihr Geierschnabel hackte böse nach Robinson. Ihre Augen funkelten. »Bist du ein Narr? Hast du immer noch nicht begriffen, wohin du gehörst?«

Sie drehte sich um. »Haben wir alle einmal geträumt, als wir jung waren, von große Karriere, von Märchenheirat und feste Haus. Was ist geworden? Eine Wagen – sonst nichts.«

Sie standen alle dicht um Robinson herum und redeten auf ihn ein. Plötzlich sprang er in die Höhe wie ein zum Äußersten gereiztes Tier. In seinen Augen sprühten Haß und Verachtung. Er packte den Stuhl und stieß ihn auf den gestampften Lehmboden des Zeltes. Das Holz splitterte. Die Beine brachen ab. Robinson riß die Lehne hoch und schleuderte sie über die Köpfe der anderen gegen die Zeltwand.

»Jetzt hab' ich's aber satt!« schrie Robinson. »Jetzt haltet endlich eure ungewaschenen Schnauzen! Wer seid ihr denn, daß ihr mir Moralpredigten haltet? – Wer seid ihr denn?« Er sah sich wild im Kreise um. In seinen Augen flammte ein grenzenloser Zorn. Er schob Möckel und Showmaker beiseite und sprang zwischen ihnen hindurch auf die Bühne. »Was bildet ihr euch ein, ihr Narren, die ihr euch für große Künstler haltet? Was seid ihr denn in Wirklichkeit? – Ja, starrt mich nur an! Robinson ist verrückt geworden, denkt ihr . . .«

Er machte eine Pause. Er keuchte. »Nein! Robinson ist nicht verrückt geworden! Er hat nur sehen gelernt! Was denkt ihr denn, was wir sind? Da stehen wir hier auf der Bühne: Robinson, die Sensation des Mainfestes . . .«

Alle starrten fassungslos zu ihm hinauf. Selbst Bill Showmaker hatte den Mund halboffen und schob den Hut tief in den Nacken. Nur Mutter Klemm fand einen raschen Zwischenruf. Sie lachte schrill und böse: »Bist du von eine Tarantel gestochen?«

». . . Robinson, der größte Verwandlungskünstler aller Zeiten!« höhnte der Prinz weiter. »Und was ist es in Wahrheit? – Ein Betrug, eine Gaunerei, ein lächerlicher billiger Trick! Das ist es, worauf ihr eure großen Worte von Artistenehre gründet!« Er verhielt und warf den Kopf in den Nacken.

»Und ich? Wer denkt an mich? – Wer hat mir etwas beigebracht? Eine anständige Arbeit? Eine gute Nummer? Wer denkt daran, was ich einmal machen soll, wenn ich dreißig, wenn ich vierzig, wenn ich fünfzig bin? – Ihr könnt nur große Worte machen, ihr und der da . . .«

Durch die mittlere Gangreihe kam vom Eingang her ein junger Mann heran. Er ging lässig, die Hände in die Taschen vergraben, den Hut hoch in die Stirn geschoben. Als er in den Lichtschein der Bühne trat, nahm er die dunkle Brille von seinen Augen.

»Freytag«, sagte Möckel leise.

War es ein Wunder? War es Spuk, war es der Trick eines Zauberkünstlers? Das gleiche Gesicht, die gleichen dunkel brennenden Augen, die gleichen kräftigen Brauen, die über der Nase fast zusammengewachsen waren. Er glich Robinson in allem. In der Gestalt, in der Haltung, im Aussehen. Robinson schwieg. Freytag sah spöttisch zu ihm auf. »Na, was hältst du denn da für Volksreden?« lachte er.

»Jawohl!« schrie Robinson. »Du bist keinen Deut besser! Nicht einmal ist es mir gelungen, dich zum Üben zu kriegen!«

Freytag schwenkte leichtfertig den Hut durch die Luft. »Üben? Unsere Nummer ist doch gut! Was willst du denn da noch üben?«

Möckel nickte. »Die Nummer ist wirklich gut!« Auch Mutter Klemm gab einen krächzenden Laut der Zustimmung von sich. Alle waren Freytags Meinung.

»Nein!« brüllte Robinson aufgebracht. »Die Nummer ist Mist! Die hat mit Artistik nichts zu tun. Das ist billigster Rummel!« Er stand einsam auf der Bühne, alle anderen waren unten. Er spürte deutlich, wie groß der Abstand war.

»Aha«, höhnte Freytag, »seitdem du hinter kleinen Goldfischen herläufst, sind wir dir alle nicht mehr gut genug! Seitdem macht es dir nichts mehr aus, zwei Vorstellungen zu schmeißen! Du kannst es dir ja leisten!«

Einen Augenblick schien es, als wolle sich Robinson von der Rampe auf ihn stürzen, aber dann sah er Elviras beschwörend aufgerissene Augen. Auch Möckel beeilte sich, das Unheil zu verhüten. Er keuchte kurzatmig die Stufen zur Bühne hinauf und warf sich, heftig rudernd, seinem Liebling entgegen.

Er faßte Robinsons Arm und versuchte immer wieder, die Anklagen abzufangen, die auf Robinson einprasselten. »Nun laßt ihn doch schon! Er kann ja nichts dafür! Er ist der Temperatur seiner Leidenschaften erlegen. Hauptsache, er ist wieder da!« Möckel wischte an seinen Augen herum.

»Ach was!« schrie Freytag grob. »Wenn ich mal ein Bier zuviel trinke, dann ist der Teufel los; aber wenn unser Prinzchen für zwei Vorstellungen wegläuft, dann wird er noch bedauert! Er kann Mädchen haben, soviel er will! Warum muß er gerade hinter dieser blonden Ziege herlaufen? Ist auch nicht mehr dran als bei den andern! Auf mich hat die nicht soviel...«

Mit einem Satz, den man der massigen Gestalt Mutter Klemms nie zugetraut hätte, war sie auf Freytag zugesprungen. Mit der flachen Hand schlug sie ihm ins Gesicht. »Maul halten!« Ihre Augen glitzerten böse und gefährlich.

Sie bohrten sich in Freytags Blick. Er fuhr zurück.

Für einen Augenblick entstand eine beklemmende Stille. Keiner sprach. Alle starrten auf die Alte. Möckel war der erste, der wieder zum Leben erwachte. Er klatschte in die Hände.

»Die Vorstellung!« Es klang beinahe wie ein Jubelschrei. »Alleh, alleh hopp!« kreischte er. Seine Stimme überschlug sich. »Die Vorstellung beginnt! Auf die Plätze! Vorhang auf! Elvira, bist du noch nicht vorne?«

Robinson hob die Hand. Möckel schwieg plötzlich und starrte ihn an. »Gib dir keine Mühe, Möck – ich trete nicht auf!«

Alle Begeisterung, alle Freude wich aus Möckels Gesicht. Die Falten zogen sich kummervoll zu den Mundwinkeln herunter.

Er flüsterte leise: »Was heißt das, Prinz? Willst du mich im Stich lassen?«

»Nein, aber ich kann nicht mehr. Ich habe es satt! Ich kann heute nicht mehr hier stehen und mich anglotzen lassen. Ich kann nicht! Ich kann nicht! Ich kann nicht!«

Er schrie wie ein Besessener. Er war wie rasend. Seine dunklen Augen loderten voll Verzweiflung.

Sie wichen vor ihm zurück. Sie starrten ihn an, wie er mit brennenden Blicken vor ihnen stand.

Plötzlich sprang Robinson von der Bühne. Er stürmte quer durch das Zelt zum Ausgang hinaus. Keiner wagte es, ihn aufzuhalten.

»Es ist aus!« keuchte Möckel, als er fort war. »Alles ist aus und verloren!« Er rang die Hände in stummer Verzweiflung und blickte Mutter Klemm klagend an: »Die Sterne haben gelogen, Gnädigste. Ich bin ebent ein Unglücksvogel.«

Mutter Klemm richtete sich kerzengerade auf. »Die Sterne lügen nicht!« krächzte sie empört. »Wenn er ist wahnsinnig, kann auch die Sonne nicht helfen. Muß man besser erziehen dies Söhnchen, muß man ihm wieder mal harte Faust zeigen!«

Sie war wütend. Nichts konnte Signora Bertina weniger vertragen, als wenn jemand ihre Prophezeiungen zu widerlegen suchte. Mit einem majestätischen Schwung wandte sie sich ab und stöckelte mit flatternder Mantilla über die Bühne. Als sie den rückwärtigen Ausgang erreichte, drehte sie sich noch einmal um und krächzte böse: »Sie sind ein alter Narr, Signor directore! Ist hier reinstes Narrenhaus!« Sie verschwand empört im Dunkel der Kulisse.

»Na, dann ist eben Feierabend«, sagte Freytag und ging achselzuckend zur winzigen Umkleidekabine hinter der Bühne.

Elvira folgte ihm. Eine einsame Glühbirne baumelte an nackten Drähten in den Raum herunter. Freytag ließ sich schwer auf den ausgefaserten Rohrstuhl fallen.

»Es ist zum Kotzen«, sagte er. »Wenn der Prinz Allüren hat, dann sind sie tiefgerührt und tätscheln ihn von allen Seiten. Aber wenn ich mal zwei Minuten zu spät komme, dann ist gleich der Teufel los. Ich habe es auch satt! Mir hängt es auch zum Halse heraus! – Als ob so eine blöde Zicke das ganze Theater wert wäre!«

Elvira trat dicht an ihn heran. »Das kann ich nicht beurteilen«, sagte sie nachdenklich. »Aber er ist doch blödsinnig verliebt in sie. Und...«, flüsterte sie gedehnt, indem sie sich zu Freytag hinunterbeugte, »...sie hat irrsinnig viel Geld!«

Freytag blickte rasch auf. »Was du nicht alles weißt!«

»Das ist eins der reichsten Mädchen in ganz Deutschland. Die erbt einmal ein paar hundert Millionen!«

»Billiger machst du's wohl nicht?«

»Hast du denn noch nie den Namen Krabp gehört, Krabp mit dem komischen bp am Ende? Dem Mann gehört die halbe chemische Industrie und...«

Freytag pfiff durch die Zähne. »So ist das«, sagte er gedehnt. Elvira sah, wie es unter seiner Stirn arbeitete.

Für einen Augenblick schwiegen beide. Die Stille der verlassenen Schaubude, die halbe Dunkelheit des engen Raumes wirkten beklemmend. Nur wie aus weiter Ferne kam das abgerissene Dudeln der Jahrmarktmusik herein.

»Man müßte etwas tun«, sagte Elvira lauernd, »so kann das doch nicht weitergehn!«

»Was willst du denn tun? Wir können nur warten, bis es dem gnädigen Herrn einfällt, sein Affentheater aufzugeben!«

In seiner Stimme schwangen Haß und Neid. Immer war Robinson der Bevorzugte gewesen. Immer der Bessere. Immer das Vorbild. Freytag war kein schlechter Kerl. Er war zeitlebens auf dem Rummel gewesen. Robinson hatte mehrere Jugendjahre in einem bürgerlichen Haus zugebracht. Das hatte den Grund zu seiner inneren Zerrissenheit gelegt. Dort hatte er gelernt, daß es eine höhere, beständigere Welt gab als die aus Pappe, Tünche, Talmi und Leinwand.

Freytag waren diese Zweifel erspart geblieben. Er wurzelte mit beiden Füßen in der Welt der Fahrenden. Er war schlicht und einfach geblieben. Er dachte gerade und nüchtern. Er lebte das Leben eines sorgenlosen frohen Jungen. Er scherzte mit den Mädchen, die ihn anhimmelten. Er hatte in jedem Flecken, den die Schau berührte, seine Liebelei. Und wenn es die Gelegenheit so mit sich brachte, trank er auch ab und zu tüchtig einen über den Durst. »Was sollte man denn tun?« wiederholte Freytag nach aussichtslosem Grübeln.

Elvira zögerte. Sie musterte Freytag aus den Augenwinkeln. Ihr Plan war bereits fertig. »Und wenn nun du zu ihr gehst?« fragte sie leise nach langem Schweigen.

»Blödsinnig«, knurrte Freytag, »sie hat ihn doch eben bestimmt hinausgeworfen; sonst wäre er nicht so fertig! Die wirft mich genauso 'raus!« Er lachte auf. »Nach dem, wie wir sie heute morgen durch den Kakao gezogen haben, kommt die bestimmt nicht wieder; so eine nicht!«

»Wenn sie Robinson hinausgeworfen hat«, sagte Elvira langsam, und ein gefährliches Glitzern trat in ihre Augen, »dann hat sie das doch nur getan, weil sie glaubt, heute morgen, das wäre er gewesen. Dann kann er ihr das doch erklären! Er kann ihr doch sagen, daß ihr Zwillinge seid.« »Aber von heute morgen, das weiß er doch gar nicht!« schrie Freytag. »Gott sei Dank weiß er das nicht. Was glaubst du, wie der erst verrückt spielen würde, wenn er das 'rauskriegte!«

Elvira legte Freytag die Hand auf die Schulter. Sie sprach ganz langsam und leise. Sie sprach, wie man zu einem Kind spricht, dem man ein Gedicht eintrichtert. »Du verstehst mich nicht. Natürlich darf er das nicht erfahren. Aber wenn du nun zu ihr hingehst und ihr sagst, daß es eine Verwechslung gewesen ist!«

Freytag erstarrte. Sein Mund stand halb offen. Langsam entspannte sich seine Stirn. Er begann zu begreifen. »Du meinst, ich soll...«

Elvira nickte erleichtert. »Ja«, flüsterte sie eindringlich. »Du mußt für sie Robinson sein.«

»Ich könnte...« Freytag verfiel in ein langes Grübeln. »Wie soll ich denn an sie 'rankommen? Die wohnt doch in einem Palast! Da ist bestimmt nichts zu machen!«

Aber der Köder, den Elvira ausgeworfen hatte, saß. Freytag hatte angebissen. Die Idee hatte ihn gepackt. Der Gedanke, dieses Mädchen dem Prinzen auszuspannen, ließ ihn nicht mehr los. Unermeßlicher Reichtum lag vor ihm. Er brauchte vielleicht nur die Hand danach auszustrecken. Es mußte einen Weg geben!

Er war sich seiner Gedanken gar nicht genau bewußt. Es war nicht Bosheit, die ihn in das gefährliche Spiel trieb; es war eher Übermut, die Lust am Streich, besonders weil es sich hier um den Prinzen handelte.

Elvira beobachtete ihn schweigend. In ihren grünlich irisierenden Augen schwamm ein seltsamer Glanz. Sie kannte nur einen, dem ihr Herz gehörte. Sie würde alles tun, ihn zu gewinnen. Der Prinz mußte beim Jahrmarkt bleiben. Dieses Mädchen war eine große Gefahr. Wenn sie wieder auftauchte, war Robinson für sie verloren. Das Licht der einsamen Glühbirne flackerte. Es warf Schatten gegen die rohe Holzpappe. Die beiden Köpfe geisterten verzerrt als riesenhafte Schatten über die leere Wand.

»Und wenn du ihr einen Brief schreibst?« flüsterte Elvira gedehnt. »Ja, du mußt ihr schreiben, daß ihr Zwillinge seid und daß du jetzt erst erfahren hättest, wie schlecht sich dein Bruder heute morgen benommen hat. Du mußt das nur richtig schreiben; dann wird sie bestimmt drauf 'reinfallen. Es tut ihr sicher sowieso schon leid!« Sie war Feuer und Flamme. »Warte, ich hole Papier. Ich habe gute Briefbogen mit gefüttertem Umschlag. Ich bin gleich zurück.«

Wie eine Wildkatze huschte sie auf leisen Sohlen hinaus. Im Nu war sie wieder da, in der Hand einen Karton mit violettem Büttenpapier. Mit flinken Fingern breitete sie einen Zeitungsbogen über die verfleckte Tischplatte.

Freytag zog unsicher seinen Füllhalter aus der Tasche. »Nicht so schnell«, sagte er, »ich weiß ja gar nicht, was ich schreiben soll, das muß doch genau überlegt sein.«

»Ich helfe dir«, drängte Elvira. »Ich weiß, was man der schreiben muß.« Sie kicherte. »Die kriegt einen bildschönen Brief!«

Freytag hatte in die obere rechte Ecke schon den Absendeort und das Datum geschrieben.

»Sehr verehrtes, gnädiges Fräulein«, diktierte Elvira, »erlauben Sie mir, daß ich ...«

Oft unterbrochen und stockend begannen beide, den Brief an Renate zu entwerfen. Drei Bogen wurden verbraucht, bevor der fertige Brief vorlag. Freytag lehnte sich zurück. Er atmete tief auf. Er legte den Füller auf den Tisch. »Puh, das war eine schwere Geburt«, sagte er. »So viel Mühe habe ich mir seit der Schule nicht mehr gegeben.«

Elvira beugte sich von hinten über seine Schulter. »Du hast eine schöne Schrift«, sagte sie, »genauso wie der Prinz.«

»Was ich mir dafür kaufe!«

»Lies«, drängte sie, »lies ihn mir ganz vor! Ich will es noch einmal genau hören.«

Freytag nahm den Bogen auf und begann:

Sehr verehrtes gnädiges Fräulein!
Erlauben Sie mir bitte, daß ich mich trotz des bedauerlichen Vorfalls noch einmal an Sie wende. Ich glaube, Ihnen eine Erklärung

für mein Verhalten schuldig zu sein. Sie sind einem Irrtum zum Opfer gefallen, für den ich nichts kann. Ich muß Ihnen etwas anvertrauen, das ich sonst keiner lebenden Seele sagen darf. Meine ganze Existenz hängt davon ab. Sie werden aus dem Folgenden selbst ermessen können, welche Überwindung es mich kostet, Ihnen dies Geheimnis aufzudecken. Aber an Ihrer Achtung und Schätzung liegt mir mehr als an allem andern. Ich würde alles dafür opfern, daß Sie mir noch einmal mit dem gleichen Freimut in die Augen sehen könnten wie damals, als wir uns im Wohnwagen begegneten.

Als Sie am Vormittag über den Markt gingen und an unserem Zelt vorbeikamen, glaubten Sie, mich auf der Vorbühne sitzen zu sehen. Das war ich nicht. Es war mein Zwillingsbruder, der mir zum Verwechseln ähnlich sieht. Auf dieser völligen Gleichheit unseres Aussehens beruht unsere Verwandlungsschau. Einer tauscht dabei ständig die Rolle mit dem anderen, so daß wir verblüffend schnell in verschiedenen Verkleidungen auftreten können.

Gnädiges Fräulein, wenn ich Ihnen dieses Geheimnis enthülle, so geschieht es wirklich nur, weil ich nicht anders kann. Ich bin tief bestürzt, daß Sie glauben konnten, ich würde Sie je anders ansehen als mit der Hochachtung, die Ihnen zukommt. Daß das Unglück es gewollt hat, Ihnen, sehr verehrtes Fräulein, meinen Bruder über den Weg zu führen, hat mich in völlige Verzweiflung gestürzt.

Ich weiß nicht, ob Sie ganz ermessen können, wieviel Sie mir bedeuten. Aber der Gedanke, daß Sie Schlechtes über mich denken, läßt mir Tag und Nacht keine Ruhe mehr. Helfen Sie mir aus der trostlosen Lage, in die ich unschuldig geraten bin. Geben Sie mir die Möglichkeit, Sie noch einmal wiederzusehen, damit ich von Ihnen selber erfahren kann, daß Sie mir verziehen haben. Es dürfte allerdings nicht auf dem Markt sein, damit eine erneute Verwechslung ausgeschlossen ist.

Ich lege diesem Brief ein Foto bei, das mich und meinen Bruder zeigt.

Ich vertraue Ihnen diese private Aufnahme als Beweisstück an und hoffe, daß Sie ermessen werden, wie sehr ich mich damit in Ihre Hände gebe.

Ich werde Ihre Entscheidung abwarten. Aber vielleicht werden Sie es verzeihen, wenn ich Sie in meiner begreiflichen Ungeduld schon in den nächsten Tagen anrufe. Ich bin mit vorzüglicher Hochachtung

Ihr Ihnen sehr ergebener
Freytag Gomela

Freytag lehnte sich nachdenklich zurück.

Elvira nahm ihm den Brief aus der Hand und überflog ihn. »Gut«, sagte sie, »der ist prima!«

Freytag drehte sich zu ihr um. In seinem Gesicht standen Zweifel und Bedenken. »Meinst du?« fragte er nachdenklich.

»Natürlich ist der Brief gut. Ganz raffiniert ist das. Besonders die Idee mit dem Foto.« Elvira war so überzeugt, daß sie Freytags Zweifel überhaupt nicht begriff.

»Nein«, sagte er plötzlich, »ich weiß nicht...« Er starrte auf den violetten Briefbogen, der jetzt auf dem Zeitungspapier vor ihm lag. »Wenn man das so im Zusammenhang hört, klingt das ganz anders.« Er wollte den Bogen an sich nehmen.

Elvira klappte schnell die Zeitung zusammen und nahm sie mit dem eingeschlossenen Brief auf. »Na schön; ist ja auch nicht so eilig. Laß uns morgen früh noch mal darüber sprechen.« Sie lachte spöttisch: »Ihr seid Männer; heute so – morgen so; mal hü – mal hott.« Damit glitt sie aus dem Raum.

Vor der Tür blieb sie aufatmend stehn. Sie nahm den Brief aus der Zeitung und steckte ihn in ihre Manteltasche.

Möckels Etablissement lag wie ausgestorben. Ihr war, als ob schon die Schatten von Verfall und Niedergang, von leeren Kassen, Armut und Not aus allen Winkeln kröchen. Möckel kam müde und hoffnungslos auf sie zu. Er murmelte unverständliche Sätze vor sich hin. Er war so in Gedanken, daß er Elvira erst wahrnahm, als er schon vor ihr stand.

Er fuhr auf wie aus einem schweren Alptraum. »Ja, ja«, sagte er, »da haben wir's nun, Elli! Der Prinz will nicht mehr. Was soll nun bloß werden?«

So verzweifelt hatte Elvira ihn noch nie gesehen. Niemals hatte sie all seine furiosen Ausbrüche und großen Gesten ernst nehmen können; denn immer was das fadenscheinige Rollenspiel des Komödianten dabei spürbar gewesen. Dies hier aber war echte Verzweiflung.

»Wo ist er denn jetzt?« fragte Elvira.

»Er ist hinausgelaufen unten an den Main.« Möckel weinte

beinahe. »Er wird sich doch nicht in die reißenden Fluten stürzen?« Er wollte sich schon wieder in eine Szene steigern.

Aber Elvira rief ihn in die Wirklichkeit zurück. »Ich werde ihn suchen gehn, ich werde mit ihm sprechen«, sagte sie bestimmt.

»Wenn du das tun willst, Elli«, sagte Möckel. Eine leise Hoffnung schwang in seiner Stimme. Er tätschelte ihre Wange. »Du bist ein gutes Mädchen!«

Elvira fand Robinson unten am Mainkai. Er saß auf der Kaimauer über dem Fluß und starrte in den ruhig dahinfließenden Strom. Seine Haltung sprach von so viel Mutlosigkeit und Verzicht, daß Elvira lange nicht wagte, ihn anzusprechen.

Schließlich legte sie die Hand auf seine Schulter. »Prinz«, flüsterte sie, »ist es denn so schlimm?«

»Ach«, antwortete Robinson, ohne Erstaunen über ihr unerwartetes Auftauchen zu verraten, »es ist noch viel schlimmer. Sie hat mich hinausgeworfen wie einen Bettler. So von oben herab: ›Lassen Sie sich vom Diener Ihre Auslagen erstatten!‹ Aber was soll sie auch schon von so einem billigen Schaubudenjüngling halten!«

Elvira hockte sich neben ihn. »Laß sie doch denken, was sie will! Jeder lebt in seiner Welt. Und unsere Welt kann auch sehr schön sein!« Sie drängte sich vorsichtig näher heran und schob ihre Hand unter seinen Arm.

»Sie könnte schön sein, wenn Freytag auch nur einen Funken Disziplin im Leibe hätte! Dann würde ich aus unserer Schwindelnummer eine echte, große und ehrliche Sache machen, mit der wir in allen Varietés der Welt auftreten können. Mit dieser Fata Morgana haben sie mich doch damals geködert, er und der Möckel.«

»Aber Robby, du standest doch plötzlich vor dem Nichts und warst ganz froh, daß sie ...«

»Ja, ja! Weil ich das alles in einem romantischen Schimmer gesehen habe. Weil ich eine neue Zukunft vor mir sah! – Aber Freytag, du weißt ja selber, wie das mit ihm ist. Der fühlt sich hier so wohl wie ein Schwein im Dreck!«

»Prinz«, sagte Elvira vorsichtig, »denkst du, mir ginge es nicht manchmal auch so, daß ich verzweifelt bin? Meinst du, mir macht es Spaß, wenn einen die Kerle immer anstarren, als wäre man für alle und jeden da? Aber deswegen werde ich doch nicht mutlos!«

Robinson sah sie von der Seite an, forschend und ein bißchen verwundert. Er hatte sich noch nie Gedanken über Elvira und ihr Schicksal gemacht. Sie war Tänzerin. Sie war ein hübsches Mädchen und ein guter Kamerad. Sie war in einer Maringotte geboren worden und gehörte zum Rummel.

»Kann ich dir denn gar nicht helfen, Prinz?«

Er hörte nicht die verhaltene Zärtlichkeit, die in ihrer Stimme schwang. Er schüttelte den Kopf. »Nein, Elli, ich muß mir selber helfen. Ich muß weg von diesem Dreck. Ich muß etwas aus meinem Leben machen. Hier gehe ich vor die Hunde.« Er sagte das ganz ruhig, ganz leidenschaftslos, ganz sachlich.

Elvira erschrak. Das war ja viel schlimmer, als sie gefürchtet hatte! Und an allem war nur dieses Mädchen schuld! »Und Mökkel?« Lange war nur das Plätschern des Flusses zu hören. Elvira spürte, daß sie eine empfindliche Stelle berührt hatte. »Du weißt, daß du Möckel damit in Verzweiflung stürzen, daß du ihn ruinieren würdest. Als es dir schlecht ging, hat er dir sofort geholfen, und heute...«

Robinson fuhr auf. »Ich weiß, ich weiß«, schrie er, »das ist es ja! Nur wegen Möckel bin ich überhaupt noch hier.« »Nur wegen Möckel«, wiederholte Elvira fast unhörbar. Ihre Augen bekamen einen feuchten Schimmer. Er sah es nicht.

»Du wirst nichts überstürzen, Prinz?« bat sie. »Warte wenigstens ein paar Tage. Vielleicht kann ich dir helfen. Ich hab' etwas Geld gespart.«

Robinson drückte ihr die Hand. »Du bist so gut zu mir, Elli, und ich bin so undankbar!«

Elvira schluckte. »Nein«, sagte sie stockend, »ich bin nicht gut. Ich bin gar nicht gut!«

Ihre Stimme zitterte. Sie merkte, wie ihr die Tränen in die Augen stiegen. Sie sprang auf. Einen Augenblick sah sie hilflos zu ihm hinunter. Er saß unbewegt am Ufer. Sie zögerte; sie wollte noch etwas sagen, hatte aber nicht mehr die Kraft dazu. Mit einer hastigen Bewegung warf sie sich herum und lief fort.

Erst bei den Wohnwagen blieb sie stehn. Sie atmete tief. Ihr Herz klopfte wild. Wie haßte sie dieses Mädchen! Dieses verwöhnte Geschöpf, das in einer Luxusvilla saß und ein Spielzeug für seine Langeweile suchte. Diese Renate Krabp hatte Robinson verhext!

Drüben flackerten die Azetylenlampen am Wohnwagen von

Mutter Klemm. Mutter Klemm war noch auf. Mutter Klemm war eine alte Frau, die nur wenige Stunden Schlaf brauchte. Immer war sie bereit, das Schicksal zu befragen, zu jeder Tag- und Nachtstunde die Karten zu schlagen oder aus dem Lauf der Sterne die Zukunft zu deuten. Als Elvira bei ihr eintrat, glänzten ihre Augen kurz auf. Sie mochte dieses Mädchen. Sie liebte alle Fahrenden, die in ihrem Beruf aufgingen.

»Setz dich, Kind, setz dich neben mich! – Ja, so! – Na, ist er wieder da, deine Herzensprinz?«

Mutter Klemm kannte die kleinen Geheimnisse vieler Mädchenherzen. Aus zufälligen Beobachtungen und aus den schüchternen Fragen, die ihr gestellt wurden, wob sie sich ihr Bild. Ihren scharfen Augen entging nichts. Wem Elviras Herz gehörte, wußte sie längst. Hier konnte Elvira einmal offen sprechen. Hier durfte sie klagen. Hier fand sie ein bereites Ohr.

»Er ist ihr ganz verfallen«, flüsterte Elvira. »Er hat überhaupt keinen anderen Gedanken mehr im Kopf. Ich bin für ihn Luft.«

»Hab' ich gesehn«, sagte die Alte hart. »Große Liebe macht dumm!« Sie lachte krächzend auf.

»Und wie wird es werden?« fragte Elvira ängstlich. »Ist denn gar keine Hoffnung mehr?«

Mutter Klemm nahm einen tiefen Zug aus der Kognakflasche und stellte sie unter den Tisch. Sie schob Kaffeetasse, Teller und Aschenbecher beiseite und erhob sich schwer. Sie holte den schmierigen Packen Karten hervor und ließ sich dann wieder neben Elvira nieder. Sie hob die erste Karte an. Dann fragte sie mißtrauisch: »Wollen wir legen deine Karten?«

»Ja!« drängte Elvira.

»Hast du Geld?« Elvira nickte.

»Solltest dir deinen Prinzen auch besser erziehen«, brummte die Alte, »mußt ihn fester an die Leine nehmen!«

Sie hatte die zweiunddreißig Karten in vier Reihen ausgebreitet und starrte auf das bunte Bild. Elvira hing gespannt an ihren vertrockneten Lippen.

Die Alte murmelte unverständliche Worte. Der knöcherne Zeigefinger tippte mal auf diese, mal auf jene Karte. Sie legte die Stirn in Falten und schloß grübelnd die Augen.

»Die große Liebe«, sagte sie, »über den langen Weg. Eine Nebenbuhler, eine fremde Mädchen dicht an seine Seite. Geld an die Seite, eine ganze Packen.«

Elvira horchte mit offenen Lippen auf jedes ihrer Worte, die nicht mehr verrieten, als sie schon wußte.

Die Alte schob plötzlich das ganze Kartenblatt unwirsch zusammen, mischte neu und gab es Elvira zum Abheben. »Wollen wir sehen, was wird.«

Sie hatte den Herzbuben in der Mitte des Tisches liegen lassen und bog das Kartenspiel fächerförmig auseinander. Dann ließ sie Elvira nacheinander acht Karten ziehen; die legte sie sternförmig um den Herzbuben herum.

»Ah!« krähte sie jetzt laut, ihre Augen funkelten. »Das ist besser! Da ist sie, an die rechte Seite! Und nicht so nah bei ihm! Und da bist du, an die linke Seite, an seine Herzseite!« Sie sah auf und begegnete dem gespannten Blick Elviras. »Willst ihn haben für dich, den Prinzen, darfst du nicht aufgeben!«

Sie blickte auf die Karten zurück und pochte mehrmals auf eine Karte in der rechten oberen Ecke des Sterns. »Liegt dazwischen«, krähte sie laut, »eine Brief.«

Elvira griff unwillkürlich erschrocken nach dem Umschlag in ihrer Manteltasche. Jetzt war Hoffnung. Jetzt war Aussicht! Die Karten sagten, daß sie immer noch im Spiel war, daß sie zur Herzseite des Prinzen lag! Jawohl: zur Herzseite des Prinzen! Sie wurde ganz aufgeregt.

»Genug?« raunte die Alte. »Willst du noch mehr wissen? Soll ich auch die Sterne fragen?«

Elvira stand schon. »Nein, nein«, sagte sie hastig. »Es ist genug. Danke! Ich weiß jetzt, was ich wissen muß.« Sie schob ein Zweimarkstück auf den Tisch und knickste flüchtig wie auf der Bühne. Dann verabschiedete sie sich von Mutter Klemm. Sie sah die lauernden Blicke nicht mehr, die ihr folgten, bis sie die Wagentür hinter sich zugezogen hatte.

›Darfst nicht aufgeben!‹ Das war die Stimme der Alten, die in Elviras Ohr nachklang, als sie zögernd durch die Wagenreihen ging.

Ein Brief lag zwischen ihr und ihm! Sie holte den Umschlag heraus und befühlte ihn in ihren Fingern. Sie brauchte ihn nur zu schließen, dann würde die Sache ihren Lauf nehmen. Den Lauf, den das Schicksal vorgesehen hatte. Denn das wußte sie mit tiefer Sicherheit: Es konnte nur dieser Brief sein, den die Karten gemeint hatten.

Würde Freytag auch mitmachen? Wie würde sich alles entwikkeln? Durfte sie selber Schicksal spielen? Aber das waren keine ernsthaft quälenden Zweifel, das war nicht mehr als der Anflug eines Gedankens. Sie war längst entschlossen zu handeln.

Sie wog den Brief noch einmal in ihrer Hand. Dann lief sie quer durch die Wagengasse zu den Häuserreihen der nächsten Straße hinüber, die im kalkigen Licht der Leuchtstoffröhren hell wie eine Lichterbahn in die Innenstadt führte. Vor dem Briefkasten verhielt sie einen Augenblick. Dann hob sie mit einer entschlossenen Bewegung die Klappe und warf den violetten Brief hinein.

7

Als Professor Rühle und Dr. Hertel um Mitternacht zurückkehrten, lag ihre Villa in tiefem Dunkel. Nur aus dem Labor fiel ein greller Lichtkegel auf das Gezweig der nachtschwarzen Bäume.

Sie gingen den langen, halbdunklen Flur hinunter. Rühle steuerte schwer und wuchtig auf sein Arbeitszimmer zu. Hertel nahm den Weg zum Labor. Der weißgekachelte Raum blendete ihn. An einem Labortisch arbeitete schweigend die Assistentin Thea Runau. Hertel trat hinter sie und blickte ihr über die Schulter. Sie hielt ihm flüchtig die Wange zum Kuß hin und fragte: »Na, war's erträglich?«

»Na ja, wie es bei solchen Empfängen ist«, sagte Hertel.

Thea Runau war mittelgroß. Sie trug die dunkelblonden Haare kurzgeschnitten und ohne jede Welle. Ihr Gesicht kannte kein Make-up. Nur die hochgesetzten Backenknochen und die weichgeschwungenen Lippen gaben ihr einen eigenen fraulichen Reiz. Für gewöhnlich blickten ihre braunen Augen kühl und gelassen. Nur Hertel wußte, daß sie sich auch verschleiern konnten.

Thea Runau stellte ein Reagenzglas in den Ständer und drehte sich um. Sie sah Hertel prüfend an. Sie nahm ihm ein langes blondes Haar von der Schulter und ließ es langsam zu Boden fallen. Ein unergründliches Lächeln spielte um ihre Lippen. »Ist das bei solchen Empfängen so?«

Hertel blickte zerstreut über sie hinweg. Vor seinen Augen stand immer noch das festliche Bild des großen Hauses, die Menge der frohen, angeregten Gäste, der Luxus, die servierenden Diener, die prachtvoll aufgebauten kalten Platten.

Auch Renates Gesicht schob sich vor seine Augen, wie sie im Wintergarten am Fenster gestanden hatte und ihm mit ihrer melodischen Stimme so seltsame Fragen über die Charaktere von Menschen gestellt hatte. Etwas Eigenartiges mußte mit diesem Mädchen vorgegangen sein. Wie ließen sich die Szene, die er am Portal erlebt, und das Gespräch, das er mit ihr geführt hatte, nur zusammenreimen?

»Ich will mal kurz den Kühlraum überprüfen«, sagte er zerstreut und ging auf die hohe Tür zu, hinter der die Versuchstiere schliefen. Er sah nicht das verlorene, verwirrte Lächeln, mit dem Thea ihm nachblickte.

Er stand schon im Kühlraum und lehnte sich regungslos gegen die geschlossene Tür. Wie oft hatte er in diesem Raum gestanden! Und immer hatte er ihn als die Insel gesehen, auf der er seiner wissenschaftlichen Tätigkeit ungestört nachgehen durfte.

Und heute? Was war das nur? Er fühlte sich plötzlich wie ein Fremder hier. Die Kälte überfiel ihn wie nie zuvor, das matte, unwirklich blaue Licht, das tiefe Schweigen, die absolute Lautlosigkeit waren wie ein Schock. Er wischte sich mit einer hilflosen Gebärde über die Stirn. Warum wollten sich seine Gedanken heute so schwer an die Wirklichkeit gewöhnen?

Mit einem Ruck löste er sich von der Tür und trat an das Gittergestell, hinter dem die Tiere schliefen.

Es war alles in Ordnung. Die Affen lagen unverändert.

Plötzlich stockte er. Er starrte in die halbvergitterte Box in der zweiten unteren Reihe. Er beugte sich vor. Er kniete halb nieder, um besser sehen zu können. Mit zitternder Hand schaltete er die Leuchtstoffröhre ein, die die Box erhellte. Nein, es blieb kein Zweifel: Die Lage des Kaninchens war verändert. Das war doch unmöglich! Er selber bettete die Tiere allwöchentlich um, damit sie keine Druckverletzungen bekamen. Er wußte genau, wie sie gelegen hatten und wie sie liegen mußten. Dieses Kaninchen hatte sich bewegt!

Hertel spürte, wie seine Hände zitterten. Er preßte die Stirn an das kalte Rohr. ›Ach, Unsinn‹, dachte er, ›das gibt es ja gar nicht.‹ Dann fuhr er auf. Er war mit einem Satz bei der Stahltür und riß sie auf.

»Thea«, schrie er, »komm her – schnell!« Er herrschte sie an wie eine Fremde: »Was soll das? Was hast du mit dem Peter gemacht? Du weißt doch, daß die Lage der Tiere ohne Rühles ausdrückliche Anweisung nicht verändert werden darf!«

Thea Runau trat neben ihn. »Ich habe den Peter nicht berührt«, sagte sie leise. »Ich habe es vorhin selber gesehn. Ich dachte, daß du es gemacht hättest. Du warst der letzte hier drin. Du hattest es doch so eilig, als ihr abfahren wolltet!«

»Dann ist es Sturhan gewesen«, schrie Hertel erregt, »ich habe nichts bei den Tieren verändert. Ich werde den Teufel tun. Hol ihn her!«

Nie hatte Hertel in einem solchen Ton mit Thea gesprochen. Aber sie gehorchte wortlos. Sie lief hinaus und kehrte nach wenigen Augenblicken atemlos zurück. Durch den Flur hörte man den schweren Schritt des Labordieners näher kommen.

»Ne, ich bin's nicht gewesen«, sagte Sturhan bedächtig. »Ich war in der Zwischenzeit überhaupt nicht drin!«

Hertel fuhr auf. »Wollt ihr mich denn alle wahnsinnig machen?« schrie er laut. »Das ist doch zum Verrücktwerden! Da, hier« – er zerrte Sturhan an die Box heran, daß er mit seiner Prothese kaum folgen konnte – »liegt Peter nun verändert oder nicht? Bin ich blind? Kann ich nicht mehr sehn?«

»Der hat die Pfotens nu abgestreckt«, sagte Sturhan lakonisch. »Da ist kein Zweifel. Das ist ja nu kein Grund zu so 'ner Aufregung. Vielleicht haben Sie ihn bewegt, als Sie das letzte Kardiogramm gemacht haben.«

Hertel fuhr hoch. Er sah wie ein Irrer um sich. Er schien sich auf den alten Labordiener stürzen zu wollen. Er war sichtlich nicht mehr Herr seiner Sinne. Eine ungeheure Erregung hielt ihn gefangen. Seine Stimme zitterte: »Nein, nein, nein«, schrie er, »nichts habe ich getan! Und das soll keine Aufregung wert sein! Fünf Jahre arbeiten wir Tag für Tag in diesem Raum. Niemals hat ein Tier nur um ein Zentimeter seine Lage geändert. Und jetzt? Und hier?«

Er griff Theas Oberarm und merkte nicht, wie sie zusammenzuckte. »Kannst du das sehn oder nicht? Sag mir, was du siehst! Sonst heißt es nachher, ich sei blind!«

»Ja, ja«, sagte Thea leise und beruhigend. »Es stimmt! Du hast völlig recht!«

»Wir müssen sofort zu Rühle!« schrie Hertel.

Thea legte ihre Hand auf die seine, die immer noch das Gestell umklammerte. »Bitte, Hans, sei vernünftig! Denk an Rühles Zustand. Du weißt doch, daß sein Herz nicht ganz intakt ist. Wenn es nun nicht wahr ist? Ich meine, du kannst dich doch vielleicht wirklich vorhin geirrt haben. Du warst so eilig! Wenn du nun beim Abstreifen der Manschetten nicht aufgepaßt hast, dann würden die Pfoten auch so liegen. Glaubst du, du darfst Rühle mit einer so unsicheren Sache kommen? Für ihn ist das mehr als für uns, wenn eines der Tiere sich wirklich einmal bewegt!«

»Ne, ne«, Sturhan schüttelte langsam seinen grauhaarigen Kopf, »damit dürfen Sie dem Professor nu nicht komm'n. Des wär ja Wahnsinn. Wenn der Peter nu herumhüppen täte, dann wär's was anderes. Aber er liegt ja nu und schläft wie immer. Da is doch nu wirklich nichts dabei!«

»Geht«, sagte Hertel plötzlich, »bitte geht! Ich muß allein sein. Ich muß nachdenken!«

Er drängte sie hinaus. Er zog die dickwandige Tür zu und blieb wieder allein in dem eiskalten Raum. Aber jetzt merkte er nichts mehr von der Kälte und Erstarrung. Das Fieber hatte ihn gepackt. Er marterte sein Gehirn und suchte sich zu erinnern, welche Handgriffe er in den letzten Minuten vor der Abfahrt getan hatte. Nichts wollte kommen. Nichts!

Er preßte die Stirn gegen das Gitter und schloß die Augen. Er stöhnte. ›Muß ich es ihm sagen? Wäre es nicht ein Vertrauensbruch, wenn ich es ihm verschwiege? – Aber wie wird er es aufnehmen? – Oder ...‹ Ein kühner Gedanke durchzuckte ihn, ein toller Gedanke, bestürzend und verführerisch zugleich. »Oder soll ich allein suchen?« flüsterte er. »Soll ich suchen, bis ich Rühle, meinem verehrten Lehrer, ein fertiges Ergebnis vorlegen kann?«

Er trommelte mit der Faust gegen das Leichtmetallgestell. »Ich weiß, es hat sich bewegt«, stammelte er, »ich weiß nur nicht, warum! Ich weiß noch nicht, warum! Ich muß es finden!«

Das Mainfest war zu Ende. Die Buden und Karussells wurden abgerissen und auf den Wagen verstaut. Die alten Trecker ratterten schon mit ihren Anhängern hinaus ins Land. Die flimmernde Scheinwelt aus Farben und Flitter versank. Einsame Gerüste und Gestänge ragten noch in den verwaschenen Sommerhimmel. Schon am nächsten Morgen würde der bunte Spuk verschwunden sein. Das Leben würde wieder normal laufen. Die Straßenkehrer würden die letzten zerknitterten Papierblumen, verdreckte Pappteller, geplatzte Luftballons und zertretene Juxhüte zusammenkehren und den ganzen Unrat mit Wasserschläuchen in die Gosse spülen.

Auch Möckels Etablissement war schon halb abgebaut. Der Direktor stand inmitten eines Tohuwabohus von Holzplatten, Bretterstapeln und bemalten Preßfaserplatten. Er hatte den unvermeidlichen Gehrock ausgezogen und kommandierte in Hemdsärmeln und Hosenträgern seine Truppe. Alle halfen.

»Sieh doch bloß den Prinzen!« sagte eins der Mädchen von der Damenkapelle zu ihrer Kollegin, während sie die Kostüme in Kisten verpackten. »Läuft herum wie'n Leichenträger.«

»Den hat's erwischt«, kicherte die andere.

»Alles wegen 'm Mädchen«, stellte die dritte fest. »Wenn's wenigstens eine von uns wäre!«

Elvira, in blauem Overall, schleppte mit Freytag eine Bretterladung zum hochrädrigen Anhänger. »Ich hab' übrigens gestern noch den Brief eingeworfen«, sagte sie beiläufig.

Freytag ließ beinahe den Stapel fallen. »Bist du wahnsinnig geworden?«

Elvira wartete mit ihrer Antwort, bis sie die Last abgesetzt hatten. Dann sah sie Freytag an, klar und offen. »Jawohl«, sagte sie. »Ich habe ihn eingesteckt, weil du ja doch nicht die Traute hast...«

»Was fällt dir ein!« schrie Freytag aufbrausend.

Elvira legte den Finger auf die Lippen. »Blas dich nicht so auf, mein Junge! – Warum habe ich das wohl gemacht? Kannst du dir das nicht denken? – Da ist mal ein Mädchen, das einem Mann vielleicht nur einmal im Leben über den Weg läuft, eine Millionärstochter – und der Kerl ist zu blöde und greift nicht zu.«

Freytag wollte sie unterbrechen, aber Elvira brachte ihn energisch zum Schweigen. »Wir gehen jetzt gleich zu der Zelle 'rüber, und du rufst sie an!« Elvira sprach entschlossen. Sie fühlte, sie durfte keine Einwände aufkommen lassen.

»Ich denke nicht daran! Du hast wohl nicht alle beisammen!«

Elvira trat dicht an ihn heran. Sie lächelte vieldeutig. »Aha«, sagte sie spöttisch. »Dem Casanova geht plötzlich der Mut aus!«

»Laß den Quatsch!« Freytag wurde böse.

Elvira faßte ihn am Arm. Ihre grünen Augen baten nicht. Sie drängten und forderten. »Hast du dir eigentlich mal überlegt, wieviel hundert Millionen sind? Ich glaube, das hast du noch gar nicht begriffen. Dieses Mädchen hat Geld wie Heu, nicht tausend, nicht hunderttausend Mark, sondern« – sie dehnte jedes einzelne Wort – »hundert Millionen Mark! Das sind ganze Berge von Scheinen. Das ist so viel, wie du dir überhaupt nicht vorstellen kannst. Reizt es dich denn gar nicht, mit diesem bildhübschen Goldfisch mal ein bißchen zu spielen?«

»Ach!« Freytag knurrte unwillig.

»Ich glaube, ihr seid überhaupt keine Männer. Angeben, mit kleinen Mädchen aus dem Zuschauerraum herumscharwenzeln und den großen Don Juan spielen, ja, das könnt ihr. Aber wenn mal ein bißchen Mut dazugehört, dann kneift ihr alle. – Nu komm schon! Was kann dir schon passieren, wenn du sie anrufst!« Sie zog ihn am Ärmel mit sich fort. Auf der anderen Straßenseite stand eine gelbe Telefonzelle.

»Das ist doch alles Unsinn«, sagte Freytag beklommen. Er folgte ihr aber mit einem halben Schritt Abstand. »Was soll ich denn überhaupt sagen? Wenn es wenigstens Rob wäre! Der versteht mit solchen Damen umzugehen. Der feine Pinkel ist ja auch auf der höheren Schule gewesen und hat gelernt, wie man sich benehmen muß...«

Sie waren bei der Zelle angelangt. Elvira hatte die Tür aufgeklinkt und drängte ihn hinein.

»Das kommt alles von selbst!« sagte sie hastig. Sie holte einen zerknüllten Zettel aus der Tasche des Overalls. Sie hatte schon am Morgen die Telefonnummer der Homburger Villa bei den Krabp-Werken erfragt. Sie steckte die bereitgehaltenen Groschen in den Automaten und wählte.

Eine nervöse Röte überlief Freytags Gesicht. Er begann zu schwitzen. Als sich am andern Ende des Drahtes eine Stimme meldete, drängte Elvira ihm den Hörer in die Hand und nickte ihm beschwörend und aufmunternd zu.

»Ich möchte Fräulein Renate Krabp sprechen!« Freytag hörte beinahe erstaunt, daß seine Stimme ganz ruhig klang. »Gomela«, sagte er dann.

Pause. Es wurde verbunden.

»Du mußt sie erst fragen, ob sie deinen Brief erhalten hat! Und dann mußt du sagen, wie leid dir die Verwechslung mit deinem Bruder getan hat. Und dann fragst du sie, ob sie dir verziehen hat, und zum Schluß bittest du sie um ein Wiedersehen!«

Elvira raunte das alles Freytag in abgerissenen Worten zu. Sie war Feuer und Flamme. Sie wippte auf den Zehenspitzen. Sie dachte an alles. Sie hielt die Hand über die Sprechmuschel, während sie sprach.

»Fräulein Renate Krabp? Hier spricht Freytag Gomela.« Freytags Stimme zitterte leicht, aber das würde man wohl im Telefon nicht so genau hören. »Darf ich fragen, ob Sie meinen Brief erhalten haben?«

Elvira stieß Freytag mit dem Ellenbogen in die Rippen. Sie reckte sich auf und flüsterte ihm ins Ohr: »Gnädiges Fräulein!«

Freytag stieß sie ärgerlich zurück. Er sprach schon wieder. »Es hat mir so leid getan! Diese dumme Verwechslung! Sie müssen mir glauben, was ich geschrieben habe, gnädiges Fräulein.«

Eine kurze Pause, sehr kurz; Fräulein Krabp gab offensichtlich nur knappe Antworten. Elvira schob ihren Kopf dicht an den Hörer, um alles mitzubekommen. Ihre Haare kitzelten Freytag. Er versuchte nervös, sie abzuschütteln.

»Ich möchte Sie so gern um ein Wiedersehen bitten! Erst wenn Sie mir selber gesagt haben, daß Sie nicht mehr böse sind, kann ich das wirklich glauben. Darf ich nicht noch einmal kurz zu Ihnen hinauskommen?«

Jetzt drängte sich Elvira rücksichtslos an Freytag heran, um die Antwort mitzubekommen.

Da war erst ein langes Zögern am andern Ende der Leitung. Dann kam eine leise Stimme.

»Nein«, hörte Elvira, »das möchte ich nicht!«

Wieder eine Pause. Beide horchten mit angehaltenem Atem. Auf Freytags Stirn standen kleine Schweißperlen.

»Aber wenn Sie unbedingt wollen, ich bin immer dienstags im Tanzklub, in der ›Schwarzen Taverne‹. Da könnten Sie ja mal hinkommen. Am nächsten Dienstag ist Preistanzen. Sie müssen aber beim Oberkellner sagen, daß Sie mit mir verabredet sind, sonst werden Sie nicht hineingelassen.«

»Ja«, sagte Freytag unsicher, »aber ...«

Er dachte einen Augenblick daran, daß sie mitten im Abbau waren. Wie sollte er nächste Woche abends wieder in Frankfurt sein? »Ja, aber ...«, wiederholte er stockend. Dann gab er sich einen Ruck. »Vielen Dank, gnädiges Fräulein!«

Aus. Vorbei. Am andern Ende war eingehängt worden. Freytag wischte sich den Schweiß von der Stirn und fingerte eine Zigarette aus der Hosentasche. »Im Klub«, sagte er, »am nächsten Dienstag!« Er fuhr sich durch die Haare. »Immerhin besser als bei denen zu Hause. Tanzen kann ich! Denen werde ich was preistanzen!«

Er schien jetzt doch von der Sache gepackt zu sein. Es war ja alles besser gegangen, als er erwartet hatte. »Was ich da wohl anziehe?« fragte er Elvira.

»Ach du«, lachte sie und stieß ihn an. »Bei euch zwei ist das ganz gleich, was ihr anhabt. Wir werden das schon machen! Du gehst doch hin?«

Eine kleine Pause, ein letztes Zögern.

»Klar«, knurrte Freytag, als hätte nie der geringste Zweifel daran bestanden.

Fräulein Buhrmann ging durch die Vorhalle der Villa Krabp zur Wäschekammer, um die regelmäßige Bestandsaufnahme vorzunehmen. Kurz vor der Tür verhielt sie plötzlich. Aus der Garderobe drangen Stimmen.

Hast du neulich den komischen Kerl gesehen, der zu Nata wollte?«

»Klar. Die kommt jetzt auch langsam auf den Geschmack. Die Emma sagt...«

Fräulein Buhrmann stieß mit hochrotem Kopf die Tür auf. Die beiden fuhren auseinander.

Der Diener putzte eifrig an den Messinghaken. Das Mädchen wischte mit abgewandtem Gesicht an einem Spiegel herum.

Fräulein Buhrmann mußte sich zusammenreißen, um nicht im ersten Zorn eine Szene heraufzubeschwören. »Darf ich fragen, wovon eben die Rede war?« Sie suchte vergeblich das Zittern ihrer Stimme zu unterdrücken.

Der Diener schielte zu dem Mädchen hinüber, doch das war plötzlich fieberhaft beschäftigt. »Ach«, sagte er, halb verlegen, halb aufsässig, »das war privat.«

»Sie haben doch eben über das gnädige Fräulein gesprochen!«

»Na ja«, sagte der Mann, »sie reden hier ja alle darüber...«

»Über was?«

»Daß bei dem Empfang neulich so ein Kerl angekommen ist, der das gnädige Fräulein sprechen wollte. Und die Emma sagt, das ist einer vom Rummel gewesen. Sie hat ihn vom Küchenfenster aus gesehn. Die Emma ist doch selber auf dem Mainfest gewesen!«

Fräulein Buhrmann gab sich einen Ruck. Dann drehte sie sich um und ging wortlos hinaus. In der Wäschekammer blieb sie aufatmend stehen. Mit zitternden Händen legte sie das Bestandsbuch auf den weißbezogenen Tisch.

Das Personal klatschte über Renate Krabp! Etwas Schlimmeres konnte es für Fräulein Buhrmann nicht geben. Seit Frau Krabp tot war, hatte Fräulein Buhrmann eine Art von Mutterstelle übernommen. Sie liebte Renate auf ihre Weise. Seit mehr als einem Jahr aber mußte sie machtlos zusehen, wie Renate ihren Zügeln mehr und mehr entglitt. Herrgott, was war nur mit dem Mädchen los? Da stimmte doch etwas nicht! Jetzt fielen Fräulein Buhrmann all die seltsamen Vorkommnisse ein, die begonnen hatten, als Renate mitternachts allein mit einer Taxe nach Hause gekommen war. Sie hatte keine Frage beantwortet, nicht gesagt, wo sie gewesen war! Und dann, am nächsten Tag, diese Szene in Renates Zimmer!

Fräulein Buhrmann begann die Wäsche zu zählen. Aber immer wieder schweiften ihre Gedanken ab.

Den ganzen Tag war sie schlechter Laune. Die Dienstboten im Hause Krabp zitterten.

Es war der Dienstag, an dem Renate regelmäßig in ihren Klub ging, in diesen schrecklichen Klub! Wie sehr hatte Fräulein Buhrmann sich dagegen gewehrt; doch sie hatte sich nicht durchsetzen können.

Als Dr. Krabp sich am Abend zum einsamen Nachtmahl niedersetzte und nach seiner Tochter fragte, antwortete Fräulein Buhrmann offensichtlich gereizt: »Das gnädige Fräulein ist heute wieder in dieses Lokal gegangen!«

Krabp seufzte heimlich. Daß er ohne Renate essen mußte, behagte ihm schon wenig. Daß aber die Buhrmann in Gewitterstimmung war, machte das Alleinsein besonders unerträglich. Sie war auch sofort wieder verschwunden. Die knallende Hallentür sprach Bände.

Fräulein Buhrmann stieg inzwischen in das Obergeschoß, wo sie allabendlich die Schlaf- und Ankleideräume der Herrschaften überprüfte. Natürlich sah es in Renates Zimmer wieder wüst aus! Daß sich das Mädchen nie daran gewöhnen konnte, selber Ordnung zu halten!

Fräulein Buhrmann räumte den Ankleideraum auf und ging in Renates Wohnzimmer hinüber. Auf dem Teppich neben der

Couch lag ein aufgeschlagenes Buch. Daneben stand ein Aschbecher. Ein Sessel war quer ins Zimmer gerückt und hatte dabei eine Ecke des Teppichs hochgebeult.

Als Fräulein Buhrmann das Buch aufhob, fiel aus seinen Seiten ein Brief mit einem Foto. Das Foto zeigte einen dunkelhaarigen Mann gleich zweimal nebeneinander. Sein Gesicht war fremdländisch und Fräulein Buhrmann trotz der rassigen Schönheit auf Anhieb unsympathisch.

Was hatte Renate mit einem solchen Mann zu tun? Das Mißtrauen, das sie den ganzen Tag gehegt hatte, wurde hellwach. Ein violetter Briefumschlag – Fräulein Buhrmann nahm den Brief mit spitzen Fingern und überflog ihn.

Ja; ihr Verdacht war gerechtfertigt! Das war noch viel schlimmer, als sie geahnt hatte. ›Vorbühne, Zelt, Wohnwagen, Verwandlungsschau‹ – was war das nur für eine Welt!

Die Buchstaben tanzten vor ihren Augen. Das Foto stellte also diesen Rummelplatz-Jüngling dar.

Mit Bestürzung fiel ihr jetzt ein Telefongespräch ein, das Renate vor ein paar Tagen in der Halle geführt hatte. Da hatte sie sich doch mit irgendeinem Mann in der ›Schwarzen Taverne‹ verabredet. Natürlich, das war der Anruf nach diesem Brief!

Fräulein Buhrmann legte Brief und Foto mit zitternden Fingern zurück und eilte hochaufgerichtet die Treppe hinunter.

Krabp saß noch bei Tisch.

»Darf ich einen Augenblick stören?«

Krabp nickte erfreut. Die Buhrmann schien ihre Sprache wiedergefunden zu haben.

»Herr Doktor«, begann sie, »als die gnädige Frau im Sterben lag, da hat sie mich gebeten, auf Renate zu achten. Ich habe es ihr versprochen, und ich habe mich die ganzen Jahre um Renate gesorgt. Ich habe es gern getan.«

Dr. Krabp hatte Gabel und Messer hingelegt und starrte Fräulein Buhrmann bei dieser feierlichen Einleitung beunruhigt an.

»Ich habe mich von Anfang an dagegen gewehrt«, fuhr Fräulein Buhrmann schweratmend fort, »daß Renate so viel Freiheit gelassen wird. Jetzt ist es soweit: Renate ist auf Abwege geraten!«

»Na, na, Fräulein Buhrmann«, sagte Krabp, »so schlimm wird es nicht gleich sein!«

»Renate ist auf Abwege geraten«, wiederholte die Wirtschafterin energisch. »Ich habe soeben in ihrem Zimmer einen Brief gefunden, der – ich muß schon sagen, Herr Doktor...«

»Von wem denn?«

»Von so einem, die im Wagen durch das Land zigeunern. – Durch Zufall habe ich vor ein paar Tagen mit eigenen Ohren gehört, wie sie sich mit dem Burschen für heute abend in der ›Schwarzen Taverne‹ verabredet hat. Und noch schlimmer! Dieser Kerl ist neulich sogar hier gewesen! – Das Personal klatscht schon darüber!«

Nun war Dr. Krabp doch peinlich überrascht.

»Soll ich Ihnen den Brief holen?«

Krabp stand auf und warf die Serviette auf den Tisch. Die Lust zum Essen war ihm vergangen. »Ja, bitte!«

Später ging er unruhig in der Bibliothek auf und ab. Er hatte den Brief überflogen und auf dem Foto sofort den Verwandlungskünstler erkannt, dem er mit seiner Tochter zweimal auf dem Mainfest begegnet war. Jetzt fiel ihm auch die seltsame Unruhe wieder ein, die sonderbare Faszination, die er damals an Renate bemerkt hatte.

Sollte sie sich in diesen Mann verliebt haben... Sie war seine Tochter, und er kannte sich selber. Er wußte, welche Torheiten er in diesem Alter begangen hatte. Wenn sie jetzt wirklich in der ›Schwarzen Taverne‹ mit ihm zusammen saß!

Was sollte er tun?

Er spielte mit dem Plan, sofort in diese Bar zu fahren. Dann schoß ihm ein neuer Gedanke durch den Kopf.

Er ging ans Telefon und rief Rühle an. Mit ihm konnte er offen sprechen. »Rühle«, sagte er, »ich bin da auf eine Geschichte gestoßen, die mir nicht gefällt. Renate hat sich heute im Klub mit einem jungen Mann verabredet, der nicht zu ihr paßt. Mit einem Schausteller, verstehst du; ich mache mir deshalb Sorgen. Renate ist noch so unerfahren, und dieser Bursche ist bestimmt mit allen Wassern gewaschen. Ja und« – er druckste ein bißchen herum – »ich dachte, daß du vielleicht den Hertel bitten könntest, heute abend auch dahin zu gehen. Renate hat ihn doch beim Abschied eingeladen. Natürlich darfst du ihm nichts sagen. Aber wenn er da ist, ist mir das schon eine Beruhigung. Wenn du ihn nur bitten würdest, sie nach Hause zu bringen...«

»Klar – den kommandier' ich ab!« sagte Rühle prompt.

Krabp legte den Hörer aufatmend in die Gabel. Er sah auf

die Uhr. Noch war Zeit genug. Er nahm die Zeitung und setzte sich in einen hochlehnigen Sessel. Er war entschlossen, die Rückkehr seiner Tochter abzuwarten.

8

Freytag ließ sich langsam durch die Straßen treiben. Es dämmerte. Er wollte keinesfalls zu früh kommen.

Vor der ›Schwarzen Taverne‹ parkten Autos und Motorroller. Freytag schlenderte auf der anderen Straßenseite vorbei, um sich den Betrieb erst einmal aus einiger Entfernung anzusehen. Ein schwerer schwarzer Wagen fuhr vor. Ein Junge in engen Hosen, mit einem gelben Schal um den Hals, schwang sich leichtfüßig aus dem Wagen, dankte dem Fahrer und verschwand im Vestibül.

Kurz darauf kam ein ganz altmodisches Gefährt. Die Leute blieben stehen und drehten sich um. Der Veteran der Landstraße war kanariengelb lackiert. Statt des Verdecks hatte er eine rotweiße Markise mit langen Fransen. Daraus ragte ein verbeultes Ofenrohr mit Hut. Ein poliertes Messinghorn gab schauerliche Töne von sich. Jungen und Mädchen hüpften heraus. Sie sangen und pfiffen und bogen sich vor Lachen. Sie hatten dreiviertellange Schottenhosen an und grellfarbige Pullover.

Freytag ging langsam weiter. Vor dem Spiegel eines Hutgeschäfts blieb er stehen. Er war zufrieden. Robinsons silbergrauer Anzug stand ihm vorzüglich. Das rosaseidene Hemd, der anthrazitfarbene Binder, die schweinsledernen Handschuhe ... das war in Ordnung. Und dann die Orchidee, die er auf Elviras Rat für irrsinnig viel Geld gekauft hatte. Elvira hatte überhaupt alles geregelt. Sie hatte Robinsons Anzug stibitzt und ihn Freytag aufgedrängt. Robinson war an diesem vorstellungsfreien Abend zum Glück ins Kino gegangen. Er würde sowieso kaum etwas merken. Er nahm an nichts mehr Anteil.

Freytag kehrte um.

Vor der Tür mit den bunten Symbolen zögerte er eine Sekunde. Dann trat er ein. Es war dunkel. Von irgendwoher kamen gedämpft die Rhythmen eines Schlagzeugs. Die Wände waren schwarz gestrichen. Von der Decke hing eine grüne, bauchige Weinflasche als Lampe. Ein Dutzend Stufen führten zur Garderobe hinunter. Zwei Mädchen standen vor dem Spiegel und zogen sich die Brauen nach.

Ein Kellner trat ihm entgegen: »Verzeihung, hier ist eine geschlossene Gesellschaft.« Als Freytag sagte, daß Renate Krabp ihn eingeladen habe, verneigte der Ober sich und zeigte auf eine Treppe, die in den Keller führte.

Auf der untersten Stufe verhielt Freytag kurz. Aus einem Nebel von Zigarettenqualm und verschiedenfarbigem Lampenlicht tauchten wirbelnde Gestalten in bunten Hemden und Pullovern auf. Erhitzte Gesichter, gelöst oder konzentriert. Nischen mit schwarzen Tischen und schwarzen Hockern vor schwarzen Bänken. Bambusstäbe und Rohrmatten. Man sah sich nach Freytag um.

»Bitte, mein Herr?«

Vor ihm stand ein Mädchen in rotem Pulli und schwarzen Hosen. Nur an dem winzigen symbolischen Spitzenschürzchen erkannte Freytag, daß es eine Kellnerin war.

»Ich bin mit Fräulein Renate Krabp verabredet!«

Das Mädchen zeigte auf eine der Nischen. »Fräulein Krabp sitzt da drüben. Sie tanzt gerade. Nehmen Sie ruhig so lange Platz.«

Freytag ging auf den Tisch zu, nahm sich einen Hocker und sah sich um. Jetzt kam der gefährlichste Augenblick seines Abenteuers. Würde er Renate Krabp nach dem flüchtigen Eindruck jenes Morgens wiedererkennen? Er versuchte, sich ihr Gesicht vorzustellen. Es gelang ihm nicht. Er mußte sich also so verhalten, daß Renate ihn zuerst sah und ihn ansprach. Freytag warf noch einen raschen Blick auf seine Umgebung. Die Tanzfläche war von Säulen unterbrochen. In der Mitte saß die Musik: vier junge Männer, von denen der eine gerade ein atemraubendes Gitarrensolo hinlegte.

Renate hatte Freytag sofort erkannt. Sie tanzte gerade mit Oluf.

Oluf war verliebt in sie. Sie wußte es, und es störte sie nicht. Sie hatte ihn gern. Oluf war der Sohn des reichsten Frankfurter Bankiers, ein hochgeschlossener, maisblonder Junge. Er folgte Renates Augen. »Was ist denn das für einer?« fragte er spöttisch. »Bekleidungsbranche?«

Renate betrachtete mißbilligend Freytags Anzug. Sie sah, wie der junge Mann unsicher an ihrem Tisch Platz nahm und sich im Halbdunkel umschaute. Dann blickte sie zu Oluf auf. Er war beinahe zwei Kopf größer als sie.

»Im Gegenteil, mein Lieber: Entkleidungsbranche. Erkennst du ihn denn nicht?«

Oluf musterte den Fremden. »Ne, woher soll ich den kennen? – Wieso Entkleidungsbranche?«

Renate schluckte. Um ein Haar hätte sie Freytags Geheimnis verraten. Sie mußte aufpassen. Für das Publikum gab es nur einen: Robinson. Daß er einen Zwillingsbruder hatte, durfte niemand erfahren. Freytag mußte hier für Robinson gelten.

»Warst du denn nicht auf dem Mainfest?« fragte sie. »Das ist doch Robinson!«

Oluf schleuderte seine dicken Locken aus der Stirn und drehte Renate dreimal wild im Kreise, dann antwortete er: »Ach, der? Soll 'ne dolle Zugnummer sein.«

Als der Tanz zu Ende war, studierte Freytag scheinbar mit Hingabe die Getränkekarte. Seine Hände zitterten vor Spannung und Erregung.

»Guten Abend, Herr Gomela!« grüßte Renate. Freytag sprang auf, verbeugte sich unbeholfen vor Renate und überreichte ihr die Zellophanhülle mit der Orchidee.

Oluf grinste.

»Oh, das ist aber reizend!« sagte Renate und schälte die kostbare Blüte aus ihrer Umhüllung. Dabei sah sie sich um, ob niemand über das ungewöhnliche Geschenk lachte.

»Fanny, 'ne leere Flasche!« schrie Oluf laut. »Wir haben Blumen bekommen!«

Auch Freytag sah sich um. Er merkte, daß etwas nicht stimmte. Keiner trug hier einen vollständigen Anzug. Seine kostbare Blume wurde einfach in eine Sodawasser-Flasche gesteckt.

Und doch hätte er zufrieden sein können. Renate war gerührt. Sie ahnte, was das Geschenk für den jungen Schausteller bedeutete. ›Ich hätte ihn nicht hierherkommen lassen sollen‹, dachte sie. Sein gezwungenes Benehmen war ihr peinlich, aber der Blick seiner dunklen Augen berührte sie.

Von anderen Tischen sah man herüber. Einige hatten den vermeintlichen Robinson erkannt. Das war eine kleine Sensation. Die Mädchen waren neugierig auf den schönen fremden Burschen. Die Jungen mokierten sich über seinen pikfeinen Anzug.

»Sie sind Verwandlungskünstler?« fragte Oluf. »Können Sie sich da nicht mal in einen vernünftigen Menschen verwandeln? In zehn Minuten geht nämlich der Preistanz los.« Er stieß Freytag kameradschaftlich an. »Ich mache Ihnen 'nen Vorschlag. Ich habe noch ein paar alte Klamotten von meinem Bruder hier. Etwas paßt Ihnen bestimmt. Kommen Sie mal mit.«

Er zog Freytag mit sich. Als sie nach wenigen Minuten wiederkamen, fiel Freytag nicht mehr aus dem Rahmen. Er trug ein weißes Hemd und blue jeans. Sein Hemdkragen stand offen.

»Prima!« begrüßte Renate ihn strahlend. »Wenn Sie jetzt noch tanzen könnten...«

Sie sagte es mit soviel offener Freude und so ungezwungen, daß Freytag ein schlechtes Gewissen bekam. Dieses Mädchen ist wirklich schön, dachte er, und die Millionärssöhne sind auch ganz anders, als ich sie mir vorgestellt habe.

»Ach ja – ein bißchen kann ich schon!« antwortete Freytag. »Vielleicht versuchen Sie es mal mit mir.«

Auf der Tanzfläche war es inzwischen lebhafter geworden. Der Klubpräsident, ein schlaksiger junger Mann mit verschwitztem Gesicht und wirren Haaren, hockte sich mit zwei Freunden als Schiedsrichter auf die Bar. Er stülpte sich als Zeichen seiner Würde einen alten Zylinder auf den Kopf. Der Preistanz begann. Drei Paare tanzten immer gleichzeitig.

Freytag beobachtete die Tänzer scharf. Er hatte bald heraus, daß die hier alle weit weniger konnten als er. Die Jungen waren durchweg zu steif; sie wirbelten die Mädchen zwar mit großem Getue durch die Gegend, zeigten aber keinerlei eigene Figuren.

Hier hatte er eine Chance! Er hatte Renate beim Tanzen gesehen. Sie hatte Rhythmus im Blut. Und sie war bestimmt das schönste Mädchen im ganzen Raum. Sie hätte keine Millionen zu haben brauchen; er hätte sie sich auch so herausgefischt.

Freytag stand einfach auf und zog sie an der Hand auf die Tanzfläche.

Das Schlagzeug präludierte den Rhythmus. Freytag faßte ihre Hände. Er faßte sie fest. Donnerwetter, der Junge tanzte wie ein Gott! Kraftvoll, bestimmt, fast herrisch waren seine Bewegungen. Es gab keine Unsicherheit. Sie wußte, was er wollte, wenn sie nur den Druck seiner Hand spürte. Rundherum wurde es still. Alle drängten sich um die Tanzfläche. Auf die anderen Paare achtete keiner mehr. Die vier Musiker merkten sofort, was los war, und gingen mit. Sie feuerten an. Sie hingen an dem wirbelnden Paar.

Ja, das war gekonnt! Alle ringsum raunten und flüsterten, wenn

Freytag mit der kraftvollen Grazie seines durchtrainierten Körpers eine besonders kühne Figur meisterte.

Als die Musik mit einem Trommelwirbel zu Ende ging, setzte johlender Beifall ein. Sie pfiffen und klatschten und stampften und stürmten zur Tanzfläche. Wer diesen Preistanz gewonnen hatte, daran war nicht zu zweifeln. Andere meldeten sich überhaupt nicht mehr.

Als sie die Tanzfläche verließen, erschien ein Herr in einem dunklen Abendanzug. Er sah sich unsicher und suchend um.

›Mein Gott, Hertel!‹ dachte Renate. ›Er hat doch tatsächlich den gleichen feierlichen Anzug an wie beim Empfang.‹

Sie holte Dr. Hertel an ihren Tisch und machte ihn bekannt.

Oluf beugte sich zu ihr. »Wo hast du denn den aufgegabelt? Du willst uns wohl heute deine ganze Menagerie vorführen!«

Renate mußte wider Willen lachen.

»Wie nett, daß Sie gekommen sind«, sagte sie über den Tisch hinweg zu Hertel.

»Daran ist der Professor schuld«, antwortete er, »er hat mich ganz plötzlich 'rausgeschmissen. Von einer Minute zur andern, obwohl ich mitten in der Arbeit war!«

»Na, das ist ja kein Kompliment für mich«, lachte Renate, »ich hatte gehofft, Sie wären meinetwegen gekommen.«

Hertel war viel zu unbeholfen, den Ball aufzufangen. Außerdem stand jetzt das Serviermädchen hinter ihm.

Renate hörte, wie er sich eine Flasche schweren französischen Rotwein bestellte. Ausgerechnet Rotwein, wo hier alles nur Fruchtsäfte und Sodawasser trank.

»Nein«, wandte sie sich an Freytag, »ich hätte nie gedacht, daß Sie so tanzen können!«

Freytag strahlte. »Sie sind eine prima Partnerin; wir müssen öfter zusammen tanzen!« Das war ehrlich gemeint. Freytag dachte nicht mehr an den Plan, mit dem er hierhergekommen war. Jetzt war Renate für ihn einfach ein Mädchen, das ihn begeisterte. Unbefangen legte er einen Arm um ihre Schulter.

Hertels Miene verschloß sich. Sein Mund wurde schmal. Er nahm einen hastigen Schluck. Er hatte diesen jungen Mann sofort wiedererkannt. Das war derselbe, den Renate damals so kalt abgefertigt hatte. Und hier traf sie sich mit ihm, flüsterte mit ihm und duldete, daß er den Arm um sie legte.

Das Schlagzeug setzte wieder mit dumpfen Rhythmen ein. Ein

junges Ding in karierten Hosen baute sich vor Hertel auf und machte eine Art Hofknicks.

»Ich tanze leider nicht«, flüsterte Hertel und nahm verlegen einen Schluck aus seinem Glas.

»Dann nimm mich als Ersatz«, sagte Oluf und zog sie fort. Renate war schon von einem strohblonden Jüngling geholt worden. Um Freytag rissen sich drei Mädchen.

Hertel saß allein und trank hastig. Der schwere Wein stieg ihm zu Kopf. Er wäre am liebsten wieder gegangen, aber Rühle hatte ihn nachdrücklich gebeten, Renate später nach Hause zu bringen.

War er eifersüchtig? Eifersüchtig auf diesen jungen Mann? Unsinn! Er saß vereinsamt am Tisch und trank Rotwein.

Tusch. – Die Preisverkündung!

Unter Jubel, Händeklatschen, Pfeifen und Trampeln wurden Freytag und Renate mit weitem Punktabstand zum Siegerpaar erklärt. Sie mußten auf die Tanzfläche kommen, erhielten silberne Anstecknadeln und wurden fleißig fotografiert. Bei dieser Gelegenheit ernannte der Klubpräsident Freytag zum Ehrenmitglied.

Dann kam ein Solo für das Siegerpaar. Die Kapelle begann mit einem gedämpften Stakkato. Freytag nahm Renates Hand. Alle standen schweigend um die Tanzfläche und schauten zu. Nur Hertel blieb sitzen.

Ja, das war was für Freytag. Es war, als hätte er sich vorher nur halb ausgegeben, als hätte er sich für diesen großen Auftritt geschont. Renate fühlte sich wie eine Feder, leicht und schwerelos. Diese beherrschte Kraft, diese Grazie, dieser Zauber, der in seinen Bewegungen lag! Nie hatte sie so getanzt!

Nur manchmal streiften ihre Blicke die seinen. Doch dann lachten seine Augen frei und übermütig.

Es war ihr recht so. Der Schleier jener schicksalsschweren Verlorenheit, den sie damals in seinem Blick zu erkennen geglaubt, hatte sie geängstigt. Nun war sie frei.

Freytag schloß den Tanz mit einem Salto. Dann hob er Renate mühelos empor, weit über die Köpfe der anderen.

Als sie atemlos zum Tisch zurückkam, sah sie Hertels versteinertes Gesicht. Warum mißbilligte dieser nette junge Gelehrte ihr harmloses Vergnügen? Sie versuchte, ihn aufzuheitern, aber er blieb reserviert.

Freytag hob sein Glas und prostete ihr zu. »Auf unseren Sieg,

Fräulein Renate!« Er nannte sie einfach beim Vornamen, aber niemand nahm daran Anstoß. Auch Renate nicht.

»Darf ich nächsten Dienstag wieder herkommen?« fragte Freytag dicht an ihrem Ohr.

Renate nickte.

Hertel sah die Blicke, die die beiden tauschten. Ihm entging keine Bewegung, nichts, obwohl ihm der schwere Wein zu Kopf gestiegen war. Rühle hatte ihm eingeschärft, er müsse Renate nach Hause bringen; wie sollte er das anfangen?

Etwa eine Stunde später stand Oluf auf: »Kinder, ich muß heim. Mein alter Herr ist ein schrecklicher Pedant.«

Auch Renate erhob sich.

»Darf ich mich Ihnen anschließen, Fräulein Krabp?« fragte Hertel, und eine Röte überflog sein Gesicht. »Das heißt, ich meine ...«

Weiter kam er nicht. »Aber sicher, Herr Doktor, mein Wagen steht gleich nebenan.«

Hertel atmete auf. Gott sei Dank, das war glatt gegangen. In der engen Garderobe wurden sie in dem allgemeinen Gedränge voneinander getrennt. Eine eingehakte lustige Bande schob Hertel vor sich her ins Freie. Dort blieb er wartend stehen.

Freytag war nicht von Renates Seite gewichen. Er half ihr in den Mantel. Er ließ sich Zeit.

»Die andern sind schon draußen«, sagte Renate nervös und sah sich suchend um. »Wie kommen Sie denn nun nach Hause?« fragte sie. »Wo sind Sie jetzt überhaupt?«

»In Butzbach.«

»Und da sind Sie extra hergekommen?«

»Ihretwegen!« sagte Freytag. Seine Augen lachten sie an.

»Kommen Sie denn da noch hin?« fragte Renate. Sie stiegen langsam die Stufen empor und traten durch die Kassettentür ins Freie.

»Es wird schon noch ein Zug fahren!«

Renate zögerte. »Wenn Sie wollen, nehme ich Sie mit; ich hab' meinen Wagen hier. Butzbach ist ja nur ein paar Kilometer hinter Homburg. Ich habe zwar Doktor Hertel angeboten, ihn heimzubringen, aber ...« Sie brach ab. »Ich habe nämlich nur einen Zweisitzer!«

»Wenn Sie wirklich die Güte hätten ... ich wäre Ihnen sehr dankbar, gnädiges Fräulein Renate«, sagte Freytag geschraubt.

Da trat Hertel auf sie zu. Oluf verstaute gerade drei Mädchen in seinem Wagen.

»Ach ja, Herr Doktor«, sagte Renate hastig. »Bitte, warten Sie« – sie sah sich rasch im Kreise um –, »ach, Oluf!«

»Ja?«

»Nimm doch bitte Doktor Hertel mit. Er wohnt genau in deiner Richtung.«

»Klar!« schrie Oluf. »Immer 'rein! Je enger, je besser!«

Hertel wollte widersprechen, doch Renate streckte ihm schon die Hand entgegen. »Auf Wiedersehen, Herr Doktor! War doch ein prima Abend, was?«

Oluf drückte schon ungeduldig auf die Hupe.

Hertel ergriff ihre Hand zögernd. Er wollte noch etwas einwenden, fand aber nicht die rechten Worte.

Beim Anfahren sah er noch, wie Freytag und Renate quer über die Straße zum Parkplatz gingen.

Jetzt wäre es für Freytag Zeit gewesen, die Sätze zu sagen, die Elvira ihm empfohlen hatte. Jetzt hätte er gut von Liebe sprechen können. Aber nun fehlten ihm auf einmal alle Worte. Ihm, Freytag, dem es doch sonst bei jedem anderen Mädchen so leicht gelang, von Gefühlen zu sprechen. Was hatte er nur?

Renate schloß die Wagentür auf, sie stiegen ein.

Sie fuhren zur Autobahn. Die Lichter der Stadt verloren sich. Der schnelle Sportwagen rauschte die Autobahn entlang. Der Wind zauste ihre Haare. Sie saßen dicht nebeneinander wie zwei alte Freunde, der Junge vom Rummelplatz und die Millionärstochter. Dieser Abend hatte zwischen beiden Vertrauen geschaffen. Über ihnen stand ein samtener Sommerhimmel mit zahllosen Sternen. Von den Feldern wehte würziger Duft herüber.

Freytag dehnte sich in den Polstern. Er ließ seine Finger spielerisch über die Knöpfe und Hebel laufen, über Chrom und Lack. Mein Gott, mußten die Leute Geld haben, wenn die Tochter einen solchen Wagen fuhr!

Elvira hatte recht gehabt. Und auch das stimmte: Die Kleine hatte wirklich Feuer gefangen.

Freytag legte Renate die Hand auf den Arm. »War das eben ein Käuzchen?«

Renate fuhr den Wagen rechts heran und hielt. Über ihnen erhoben sich schwer und schwarz die Bäume.

»Wo?« fragte sie leise.

Auf einmal war sein Kopf ganz nah. Er legte seine Hand um ihre Schulter. Sie tat nichts dagegen. Seltsam, diese kräftige Hand, die sie vorhin beim Tanz mühelos in die Luft gestemmt hatte, konnte sanft und zärtlich sein. Sie legte ihren Kopf zurück. Sie sah hinauf in den Himmel. Sie sah die Sterne, und alle Sterne schmolzen plötzlich zu zwei großen brennenden Augen dicht über ihr zusammen.

Dann küßte er sie.

»Du«, stammelte sie leise, »du!« Ihre Stimme erstarb. Er preßte Renate an sich. Sie war wie ein Kind in seinen Armen.

Die grellen Scheinwerfer eines Autos tasteten über ihre Gesichter. Renate löste sich verwirrt und griff nach dem Lenkrad. Sie fuhr an. Sie biß sich auf die Lippen. Sie atmete schwer. Freytag saß weit vorgebeugt. Sein Kopf war dicht neben ihr. Seine brennenden Augen suchten in ihrem Gesicht. Sie spürte es deutlich, wenn sie auch starr auf die Fahrbahn sah.

Was er wohl dachte?

»Halt doch an!« bat Freytag. Sein Arm lag immer noch um Renates Schulter.

Sie schüttelte den Kopf. »Ich darf hier nicht halten!«

»Es gibt viele Rastplätze!« drängte Freytag.

Renate wehrte sich. »Es ist zu spät.«

»Aber es ist doch so schön heute abend!« widersprach Freytag.

Renate lachte leise. »Darauf kommt es nicht immer an.« Der Wagen schoß über die Autobahn nach Norden.

Freytag schwieg. Renate spürte nur das Brennen seiner Augen. Ihr Herz klopfte wild. Sein Arm umspannte ihre Schulter immer fester. »Da kommt ein Rastplatz«, sagte er heiser. In seiner Stimme war kein Bitten mehr, kein Fragen.

Renate konnte gerade noch den Wagen unter die weit überlappenden Baumkronen fahren, dann fiel Freytag mit brennenden Küssen über sie her. Sie sah die schwarze Silhouette der Bäume vor dem Sternenhimmel in einem feurigen Wirbel verschwimmen. Dann schloß sie die Augen. Ihr war, als zöge ein kreisender Strudel von farbigen Fluten sie in die Tiefe.

Freytag fühlte, daß er nicht zu weit gehn durfte. Er richtete sich auf. Er sah das gelöste Mädchengesicht dicht vor sich. Er suchte nach einer Zigarette in seinem Jackett.

Mein Gott, er hatte es nicht an! Nanu, das war doch unmöglich! Er löste einen Arm von Renates Schulter und öffnete den Trenchcoat. Ein weißes Hemd? Ein eisiger Schrecken durchfuhr ihn, ein plötzliches Begreifen.

»Renate!«

Renate hörte nicht. Sie schien zu träumen. Erst nach einer Weile öffnete sie die Augen. »Ja?« fragte sie wie aus weiter Ferne.

»Renate, ich habe noch Olufs Sachen an. Mein Anzug liegt in seinem Wagen!«

Renate runzelte die Stirn. »Ach, was macht das!« sagte sie verträumt. »Ihr könnt die Sachen doch morgen austauschen.«

»Nein! Es ist Robinsons Anzug!«

Renate verstand nicht. »Na ja – du wirst ihn schon wiederkriegen.«

»Bitte, Renate. Ich muß zurück! Sofort!«

Renate richtete sich auf. Sie legte den Ganghebel ein und fuhr an. »Sofort geht nicht. Ich werde das schon irgendwie in Ordnung bringen.«

Jetzt traten die Ausläufer des Taunus dicht an die Straße heran. Nur wenige Wagen kamen ihnen entgegen. Sie tauchten mit grellen Lichtern aus dem Dunkel auf, brausten vorbei und verschwanden in der Nacht.

Plötzlich hielt Renate. Sie schlang beide Arme um Freytag. Sie zog ihn schweigend an sich. »Ich muß doch noch mal richtig Abschied nehmen«, murmelte sie.

Die Zeiger der Leuchtuhr auf dem Armaturenbrett zeigten halb zwei, als Renate in die Garage fuhr. Sie schloß die Wagentür leise und stolperte im Dunkeln zur Haustür. Sie nestelte nach den Schlüsseln in ihrem Handtäschchen. Die Puderdose geriet in ihre Finger. Ob sie sich zurechtmachte? Sie mußte schlimm aussehen! Ach was, es war bestimmt niemand mehr auf.

Aus der Vorhalle fiel ein Lichtschein auf die Portalstufen. Das war normal. Die Lampe brannte die ganze Nacht. Sie schloß mit zitternden Fingern auf. Die Haare hingen ihr wild ins Gesicht.

Renate trat ein und schloß die Tür. Unwillkürlich ging sie auf Zehenspitzen, obwohl die Teppiche jeden Laut dämpften.

Sie öffnete die Innentür zur Halle, um die Treppe hinaufzuhuschen. Da stockte ihr Fuß. In der Halle brannte eine einzelne Stehlampe. Über den Rücken des schweren Barocksessels kräuselte Zigarrenrauch empor. Ihr Vater war noch auf.

Renate zögerte eine Sekunde; dann strich sie hastig die Haare zurück und trat um den Sessel herum.

»Guten Abend, Paps!«

Rudolf Krabp saß starr. Seine Hand lag ruhig auf der Sessellehne. Er musterte Renate von oben bis unten. Nach einer quälenden Pause holte er langsam seine goldene Taschenuhr aus der Weste. »Guten Morgen!« sagte er kühl.

Lange sahen Vater und Tochter einander stumm in die Augen. Renate warf den Kopf zurück. Ihre Wangen brannten. Sie fuhr sich über die Stirn, als müsse sie die Reste einer Verzauberung fortwischen. Sie hatte jetzt nichts zu sagen. Sie brauchte auch nichts zu sagen: Ihr Gesicht verriet ihm alles.

»Ich habe dir bisher jede Freiheit gelassen. Ich habe dir erlaubt, zu diesen schrecklichen Tanzabenden zu gehen, weil das heute anscheinend so üblich ist. Aber daß du um diese Zeit nach Hause kommst, das geht zu weit.«

Er schwieg. Er wartete. Als Renate nicht antwortete, sondern ihn nur trotzig ansah, fuhr er fort: »Hat Doktor Hertel dich nach Hause gebracht?«

»Nein!«

»Das habe ich mir gedacht; dein Aussehen sagt mir genug.« Seine ruhige Hand ballte sich unwillkürlich. »So habe ich dich bisher noch nie gesehen. Du scheinst zu vergessen, wer du bist!«

Mit einer heftigen Bewegung schoß die gepflegte Hand plötzlich von der Armlehne empor. Er klopfte mit dem Zeigefinger auf den Tisch. Renate folgte seinem Blick. Sie starrte auf die mattpolierte Fläche.

Da lag ein Brief! Sein Brief! Sein Foto!

Sie erblaßte.

»Da!« Krabps Stimme wurde stahlhart. »Das ist der Jüngling, der dich nach Hause gebracht hat, nicht wahr? Das ist nun geschehen. Aber wiederholen wird es sich nicht. Dafür werde ich sorgen!«

Renate wich seinem Blick nicht aus. Sie gab keine Antwort. Er erhob sich schwer aus seinem Sessel und ging ohne ein weiteres Wort. Während seine Schritte in der Stille des schlafenden Hauses verhallten, nahm Renate Brief und Foto hastig vom Tisch. Ihre Finger zitterten.

Im Vestibül war ein mannshoher Spiegel. Ja, vor diesem Abbild gab es nichts mehr zu leugnen. Ihre Haare waren zerzaust, das Rot ihrer Lippen verschmiert, auf den brennenden Wangen standen hektische Flecken.

Sie trat noch dichter an das Glas heran. Wie ihre Augen glänzten! Sie verrieten alles: den fernen Augusthimmel mit den unzähligen Sternen, die Schatten der Bäume, den Duft der Felder, den fernen Käuzchenruf und die glühenden Augen dicht über ihrem Gesicht.

Während sie immer noch abwesend in den Spiegel starrte, veränderte sich ihr Blick. Er wurde trotzig, starr, aufsässig.

9

Der Morgen war kühl und diesig. Ein dünner Nebel lagerte in den Talsenken. Auf den Planen der Jahrmarktzelte schimmerte der Tau. Die Leute vom Wagen schliefen noch. Heute würde man die Zelte abbrechen und weiterziehen. Mal hier, mal dort: Das war das Leben der Schausteller.

Elvira kletterte fröstelnd aus der wackeligen Maringotte. Sie hatte ihr dünnes Mäntelchen übergeworfen. Sie zog den Eimer unter dem Wagen hervor und ging zum Wasserhahn, der an einem Holzpflock aus dem Boden ragte.

Sie war immer die erste. Sie liebte Sauberkeit und Ordnung. Sie hielt auch äußerlich auf sich.

Während das Wasser in dünnem Strahl in den Eimer plätscherte, warf Elvira einen raschen Blick zu den anderen Wagen hinüber. Dort schlief Freytag. Die blau-weiß karierten Vorhänge waren noch nicht zurückgezogen.

Elvira trug das Wasser in ihre Maringotte, goß es in die Emailleschüssel und wusch sich gründlich. Dann zog sie den blauen Overall an und lief hinaus.

Robinson und Freytag schliefen getrennt. Es wäre gefährlich gewesen, wenn jemand vom Publikum die Brüder nebeneinander gesehen hätte. Robinson wohnte in Möckels Direktorenwagen, Freytag im rückwärtigen Teil des Geräte- und Requisitenwagens.

Vor der Tür zu Freytags Raum zögerte Elvira. Sie sah sich scheu um. Noch war niemand auf. Sie öffnete schnell die Tür und schlüpfte hinein. Freytag lag mit verwuhlten Haaren auf seinem Lager. Die rauhe Wolldecke war halb heruntergerutscht. Er trug ein weißes Hemd und blaue Niethosen.

Sie hockte sich vor sein Lager und rüttelte ihn an der Schulter.

Er brummte und warf sich auf die andere Seite. Dabei rutschte die Decke vollends zu Boden.

»Freytag!«

Freytag schnaufte im Halbschlaf. Er angelte nach der Decke und rollte sich ein. Dabei bemerkte er Elvira. »Was ist los?« murrte er böse.

Elvira fuhr ihm beängstigend über die zerzausten Haare. »Wie war's denn? Hat's geklappt? Hast du's geschafft?«

Freytag richtete sich auf. »Deswegen brauchst du mich doch nicht zu wecken!« brummte er. »Wie soll's schon gewesen sein!«

Er ließ den Kopf auf das zerdrückte Kissen zurückfallen und schloß die Augen.

»Nu mach schon!« drängte Elvira und schüttelte ihn.

Freytag schob das Kopfkissen in eine bequeme Lage und zwinkerte sie an. »Nett war's. Kannst dich beruhigen. Alles klar!«

»Habt ihr getanzt?« fragte Elvira eifrig.

»Getanzt? Den ersten Preis hab' ich mit ihr gemacht! Ehrenmitglied vom Klub bin ich sogar geworden! Und nachher ...«

»Was nachher?« Elvira schob sich noch näher heran.

»Nachher hat sie mich nach Haus gebracht.«

»Und? Und?«

»Was denn wohl? Glaubst du, ich hab' mit ihr ›Mensch ärgere dich nicht!‹ gespielt? Kennst du mich so?«

Elvira atmete erleichtert auf. Die satte Selbstzufriedenheit in Freytags Gesicht sagte ihr genug.

Sie blieb neben ihm sitzen. Sie rührte sich nicht.

»Was willst du noch?« fuhr Freytag sie an.

»Robs Anzug!«

»Der ist dageblieben. Aber den kriege ich schon wieder«, sagte Freytag stockend.

Elvira hob überrascht die Brauen: »Wo?«

»Die haben mir zum Tanzen andere Klamotten gegeben.« Er klopfte auf die blaue Nietenhose.

»Mach bloß keinen Ärger! Du weißt, daß Robinson ihn heute noch zurückhaben muß!«

Elvira huschte an das Fensterchen und lugte durch einen Spalt des karierten Vorhangs zum Direktorenwagen hinüber. Dort begann es lebendig zu werden.

Lautlos wie eine Wildkatze verschwand sie.

Möckel hantierte schon seit geraumer Zeit. Tage, an denen

ab- und aufgebaut wurde, fanden ihn stets unter den Frühaufstehern. Als Direktor des Etablissements leistete er sich außer dem eigenen Schlafraum noch ein Wohnzimmer in seiner Maringotte, in dem er seine Besucher empfing. Es war sein besonderer Stolz. Hier waren die Wände mit Bildern, Fotos, Zeitungsausschnitten, Eichenlaub- und Lorbeerkränzen aus seiner Bühnenlaufbahn behängt. Möckel hatte sich diese Trophäen nicht alle persönlich verdient, manche waren nur durch Zufall in seine Finger geraten; doch sie umgaben das Bild des dreiundzwanzigjährigen Gotthelf Möckel als Spiegelberg in Schillers ›Räubern‹ mit eindrucksvollem Pomp. Das Prunkstück war ein goldgerahmtes Ölgemälde: Hamlet begegnet dem Geist seines Vaters auf der Schloßterrasse.

Nebenan regte es sich. Möckel klopfte. »Robinson!«

Jetzt war es soweit, jetzt ging es ans Abschiednehmen. Schon vor Tagen hatte ihm Robinson gesagt, daß er endgültig gehen werde. Butzbach sollte der letzte Ort sein, an dem die Verwandlungsschau gezeigt wurde.

Robinson richtete sich auf. Er hatte seine Koffer gepackt. Ein Karton lag halboffen auf dem Bett.

Immer noch wollte es der Alte nicht fassen. Immer noch hoffte er im stillen, daß Robinson in letzter Minute seinen Plan ändere.

»Und du willst nun wirklich fort?«

Robinson nickte.

»Ach, mein Junge, wie furchtbar ist das, wie schwer ist das für mich, für uns, für uns alle!« Jetzt standen Tränen in seinen guten alten Augen.

»Vielleicht«, tröstete ihn Robinson, »bin ich eines Tages froh, wenn ich wieder bei dir unterkriechen kann, aber...« Seine Stimme wurde aus der inneren Not heraus härter, fester: »Ich muß es doch wenigstens versuchen!«

Der Alte hob beschwichtigend die Hände. »Ich weiß, mein Junge, ich weiß. Du sollst mir nichts versprechen. Glaub mir, ich will nur dein Bestes! Du bist ein großer Künstler. Vielleicht bist du auch nicht dazu geboren, auf dem Markt zu zelebrieren. Ich fühle das verwandte Herz in meiner Brust!« Er zog sein Taschentuch aus dem Gehrock und schneuzte sich umständlich.

Jetzt war kein Halten mehr. Mit zwei Schritten war Robinson bei ihm und schloß ihn in die Arme.

»Du bist so gut, Möck! Ihr seid alle so gut zu mir gewesen. Wirklich, ich weiß gar nicht, ob ich gehn darf. Ob ich mir später nicht Vorwürfe deswegen machen werde ...« In Robinsons Gesicht zeichnete sich seine ganze innere Zerrissenheit, der Zweifel, der Kampf, der in ihm tobte.

Für einen Augenblick versuchten beide, die aufsteigende Rührung zu unterdrücken. Dann schob Möckel Robinson plötzlich von sich. »Ach was«, sagte er, »du gehst jetzt! Du wirst eine große Avance haben! Dein Porträt wird in den Gazetten sein, und Vater Möckel wird lesen, was du geworden bist!«

Er zog einen Briefumschlag aus der Brusttasche und schob ihn Robinson hin. »Deine Gage.«

Robinson rührte sich nicht. »Ich kann das nicht annehmen, Möck! Ich weiß, wie schwer es bei euch werden wird. Du wirst jeden Pfennig brauchen, bis du wieder etwas auf die Beine gestellt hast.«

»Was fällt dir ein?« krähte Möckel mit gespielter Entrüstung. »Glaubst du, du bist der einzige Artist? Denkst du, wir können nicht ohne dich agieren? Ich selber werde auf die Bretter steigen. Ich selber werde die neue Attraktion garnieren. Ich habe alles schon perfekt im Kopf.« Er holte zu einer pathetischen Geste aus. »Wir werden ein Drama inszenieren, ein klassisches Drama. Wir werden die ›Räuber‹ spielen. Die Räuber fürs gemeine Volk! Das hat's noch nicht gegeben! Freytag macht den Karl, Elvira Amalien und ich den Franz und den alten Moor – beide zusammen. Meine alte Glanzrolle. Sie werden jubeln. Sie werden applaudieren, das Zelt wird bersten. Du wirst es in der Zeitung lesen.«

Er steckte Robinson den Umschlag in die Rocktasche und drehte sich um. »Kein Wort mehr!«

Aufgereckt, wieder ganz in der Pose des Direktors, schritt er aus der Tür und zog sie fest hinter sich zu.

Robinson stand lange und starrte auf die geschlossene Tür. Das Schlimmste war nun vorüber. Alles andere war nichts gegen diesen Abschied. Mechanisch blätterte er in dem Geldumschlag. Der gute Möckel hatte ihm wieder zuviel gegeben. Mit seinen eigenen Ersparnissen besaß er nun fast fünfhundert Mark. Damit würde er über die ersten Runden kommen.

Aufatmend wandte er sich um. Er stieß die rückwärtige Tür des Wagens auf. »Elli!« rief er laut über den Platz. Elvira kam hinter einer Maringotte hervor. »Wo ist mein grauer Anzug?«

Elvira schien verlegen. »Dein Anzug?« stotterte sie. »Ach ja, ich hab' ihn zur Reinigung gegeben.«

»Dann hol ihn sofort zurück!« schrie Robinson ärgerlich. »Der Anzug war völlig in Ordnung! Außerdem weißt du doch, daß wir heute abbauen.«

Elvira stand am Fuß der Treppe und sah zu ihm auf. »Ja, Prinz«, sagte sie schüchtern, »ich besorg' ihn gleich. Entschuldige bitte!«

Sie huschte um den Wagen herum und ging wieder zu Freytag. »Du mußt sofort den Anzug holen«, zischte sie, »der Prinz hat ihn schon verlangt. Ich hab' gesagt, er wäre in der Reinigung. In zwei Stunden muß er da sein. Sonst merkt er was.«

Freytag stierte sie mit gerunzelter Stirn an. »Wie soll ich denn das machen? Der liegt doch im Wagen von so einem Freund von der Kleinen! Ich weiß nicht mal, wie der Kerl heißt.«

»Daß du auch so blöde sein mußt!« stieß Elvira zornig hervor. »Die hat dich wohl völlig verrückt gemacht!«

Für einen Augenblick glänzten Freytags Augen auf. Ein geschmeicheltes Lachen ging über sein Gesicht. »Die hat's in sich! Da kannst du dich drauf verlassen!«

»Also, schaff den Anzug herbei!« forderte Elvira energisch. »Es ist schon neun! Ruf sie sofort an! Die hat ja sowieso nichts zu tun, die kann ihn dir gleich herbringen. Aber sie soll nur bis zur Unterführung fahren, damit der Prinz nichts merkt!«

Freytag zögerte immer noch. Die ganze Geschichte war ihm unangenehm.

»Außerdem kannst du ihr ja einen schönen Morgen wünschen und dich erkundigen, wie es ihr bekommen ist.« Elvira drängte Freytag ungeduldig aus dem Wagen. »Los, los, mach schon!«

In der Post mußte Freytag eine Weile warten, bis die Verbindung zum Hause Krabp hergestellt war. »Ich möchte Fräulein Renate Krabp sprechen.«

Eine nüchterne Frauenstimme fragte: »Wen darf ich melden?«

»Hier ist Gomela.«

»Gomela?«

»Ja.«

Die Stimme zögerte kurz. »Ich verbinde.«

Einen Augenblick blieb es still. Dann kam eine Männerstimme. »Hier ist das Sekretariat. Sie wünschen Fräulein Krabp zu sprechen?«

»Ja bitte«, sagte Freytag schüchtern.

»Ich darf Sie leider nicht verbinden. Was wünschen Sie?«

»Es ist nur«, sagte Freytag jetzt schnell und erschrocken, »ich habe gestern abend meinen Anzug vergessen. Ich hab' ihn ausgezogen, und nachher ist er im Wagen geblieben. Und nun weiß ich gar nicht, wie der andere junge Mann heißt. Und ich brauche den Anzug zurück. – Es ist sehr dringend«, fügte er hinzu, als es still blieb.

Aber jetzt kam die Antwort. Und sie war so, daß sie Freytag die Sprache verschlug.

»Herr Gomela«, sagte die Stimme kalt, »Herr Krabp wünscht nicht, daß Sie das gnädige Fräulein anrufen oder besuchen oder Verabredungen mit ihr treffen. Haben Sie mich verstanden?«

»Jawohl«, stotterte Freytag unbeholfen.

»Ihren Anzug werden Sie bekommen. Sonst noch etwas?«

»Nein«, stammelte Freytag, »nein, vielen Dank!«

Die andere Seite hatte schon eingehängt.

Es war ein sehr ratloser und bestürzter Freytag, der die Telefonzelle verließ. Er wollte pfeifen, aber es gelang ihm nicht. Auf dem Wege zum Wagenplatz blieb er mehrfach stehen und wischte sich den Schweiß von der Stirn.

Das Gespräch wurde Dr. Krabp vom Sekretariat sofort durchgegeben. Lange stand er regungslos am Fenster. Dann schritt er quer durch die Halle in sein Arbeitszimmer und rief durch den Hausapparat Renate zu sich.

Als sie kurz darauf eintrat, saß Krabp hinter seinem Schreibtisch. Sein Gesicht war blaß und gewaltsam beherrscht. Die blaue Zackenlinie seiner Stirnader zuckte.

Renate war erstaunt; so förmlich war sie noch nie in sein Arbeitszimmer beordert worden.

»Renate!«

»Bitte?«

»Eben hat dieser Rummelplatz-Jüngling angerufen. Er wollte dich sprechen.« Er atmete tief. Seine Nasenflügel bebten vor Erregung. »Ich habe dir gesagt, daß dieser Mann kein Umgang für dich ist. Ich habe ihm verboten, dich weiterhin zu belästigen. – Was ist das mit seinem Anzug?« Die Frage kam wie ein Florettstoß.

»Was für ein Anzug?« Renates Augen wurden weit. Ihre Oberlippe zuckte.

»Ich will wissen, was mit dem Anzug ist!« Krabps Stimme war gefährlich leise. Seine Lider zogen sich zusammen. Seine Hände umklammerten krampfhaft die Schreibtischplatte. Die Fingerknöchel traten weiß hervor.

Renate warf die Locke aus der Stirn. Ihr Blick wich nicht aus. »Er kam gestern abend in so einem steifen Zweireiher zum Tanzen. Oluf hat ihm seine blue jeans geliehen.«

»Und wie kommt der Anzug dieses Menschen in deinen Wagen?« fragte Krabp scharf.

»In meinen Wagen?« Renate war fassungslos.

»Jawohl, das hat er gesagt.«

»Ach wo, in Olufs Wagen natürlich!«

Krabp lehnte sich in seinem Schreibtischsessel zurück. Seine Hände griffen nervös nach einem Bleistift. Er trommelte einen aggressiven Marsch.

»Renate, mit dieser Sache ist Schluß! Ich verbiete dir, dich mit diesem Menschen zu treffen! Veranlasse Oluf bitte, daß er das mit dem Anzug sofort regelt! – Ich danke dir.«

Damit entließ er seine Tochter wie einen kleinen unfähigen Lehrling.

Renate lief auf ihr Zimmer und warf sich aufs Bett. Ihre mühsam gewahrte Fassung war dahin.

Was wollte ihr Vater aus ihr machen? Sollte sie hinter den Mauern gesellschaftlicher Vorurteile verkümmern? Sollte auch ihr Leben in den Bannkreis von Dienst und Pflicht eingespannt werden?

Sie preßte das Kopfkissen mit beiden Armen gegen ihr Gesicht. Fragte er denn gar nicht nach ihr? Fragte er nicht nach ihren Wünschen, nach ihrem Glück? Was gingen sie die Fabriken an, die qualmenden Schlote, die Schienenstränge, die Förderbänder!

Was hatte sie sich denn zuschulden kommen lassen? Sie hatte einen netten Jungen kennengelernt, mit ihm getanzt, ihn geküßt. Das war alles.

Sie sprang auf und stellte sich ans Fenster. Draußen lag der Park. Zwischen den Bäumen lagerte immer noch ein fadenscheiniger Morgendunst. Die Sonne schlief hinter fernen Schleiern. Wie trübe war dieser Morgen!

Sie preßte ihr Gesicht gegen die kalte Glasscheibe. Nein! Sie ließ sich nicht einsperren! Sie wollte frei sein!

Sie warf die Locke aus der Stirn und wischte sich mit dem Handrücken über die Augen. Dann ging sie ans Telefon und wählte die Nummer von Olufs Bank.

Oluf war erst über einige Vermittlungen zu erreichen. »Mach schnell, Nata«, sagte er nervös, »ich bin grad auf dem Sprung!«

»Oluf, kannst du heute abend dem Jungen seinen Anzug wiederbringen? Er braucht ihn dringend!«

Oluf druckste einen Augenblick herum. »Den könnte er sich, verdammt noch mal, selber abholen, wie?«

»Bitte, Oluf, du weißt doch, daß er keinen Wagen hat!«

»Hm. – Na schön. Heute abend also.«

»Und nimmst du mich mit?«

»Dann fahr doch gleich selber!«

»Das geht nicht; Paps hat eine schreckliche Wut wegen gestern.«

»Okay. Halb sechs bei dir!«

Um dieselbe Zeit, da Oluf startete, um Renate zu holen, brach Robinson auf. Er hatte Möckel gebeten, den anderen Schaustellern nichts zu verraten. Er wollte nicht jedem lange Geschichten erzählen müssen.

Noch einmal sah er sich in dem engen Raum um, der ihm jahrelang Heimat gewesen war. Ein wehmütiges Gefühl beschlich ihn. Was hatte er doch alles in dieser Zeit erlebt! Durch wie viele Städte und Dörfer war er gezogen! Wie viele Menschen hatte er kennengelernt! Wie oft hatte er beifallumrauscht auf der kleinen, erbärmlichen Bühne gestanden!

Nun waren die Wände kahl. Ein anderer würde in seinem Bett schlafen. Vielleicht Freytag? Vielleicht ein Fremder, den Möckel für seine neue Schau heranholte?

Er wandte sich heftig ab, faßte den kleinen Koffer und stieß die Wagentür auf.

Draußen wartete Elvira auf ihn. Sie hatte ihren Overall gegen ihr buntes Sonntagskleidchen vertauscht und starrte Robinson mit großen Augen an.

»Na?« fragte er. »Hast du den Anzug?«

»Ich muß ihn dir nachschicken«, sagte Elvira bedrückt, »er ist nicht fertig geworden.«

Robinson hakte sie ein. »Komm! Du kannst mich zum Bahnhof begleiten.«

Er drehte sich brüsk um. Sie waren schnell vom Wagenplatz herunter und gingen die lange Straße unter den Kastanien dahin. Immer noch war es diesig. Die Sonne war an diesem Tag überhaupt nicht herausgekommen. Eine Ahnung von Herbst lag in der Luft. Gladiolen und Dahlien blühten in den Vorgärten.

Elvira ging schweigend neben ihm her. Sie war so bestürzt,

so hoffnungslos verzweifelt. Nun war alles aus. Die Karten hatten also gelogen! Was hatte ihre Intrige mit Freytag denn genützt? Hatte sie damit nicht ihren eigenen Traum zerstört? Wie schwer würde es sein, diesen Weg allein zurückzugehen! Wie trostlos das Leben ohne ihn!

»Am liebsten würde ich mitgehen, Prinz«, sagte sie gequält. Dann brach sie plötzlich aus: »Warum muß das sein? Warum mußt du gehen? Was hast du denn überhaupt vor?« »Aber das weißt du doch, Elli!« Robinson sah sie nicht an. »Ich habe es dir ja schon in Frankfurt gesagt!«

Sie hatten den Weg erreicht, der neben den Gleisen zum Bahnhof führte. Ein Schlackenweg, gesäumt von Rotdorn und Ebereschen. Ein langer Güterzug lärmte vorbei. Erst als er sich in der Ferne verlor, fragte Elvira leise: »Ist es immer noch wegen dem Mädchen, Prinz?«

»Ja, Elli«, sagte er einfach. »Vielleicht ist es Wahnsinn, vielleicht kann das niemand verstehen. Ich habe sie ja nur dreimal gesehen. Ich habe nur ein paar Worte mit ihr gesprochen. Ich weiß nicht, wie ich das erklären soll. Herrgott noch mal, ich liebe sie eben. Ich kann nicht anders. Ich werde sie immer lieben; ich weiß das einfach, verstehst du?« Elli nickte. Sie mochte nicht sprechen. Sie konnte nicht sprechen. Immer wieder stiegen ihr die Tränen in die Augen, Tränen, die sie ihm um keinen Preis zeigen wollte.

Sie hatten den kleinen Bahnhof erreicht. Im Vorraum standen nur wenige Menschen. Der Schalter war noch geschlossen.

Robinson zog Elvira in den Wartesaal. »Komm, Mädchen«, sagte er mit gespielter Lustigkeit, »was sollen wir hier jammern! Es hat ja keinen Sinn.«

Sie setzten sich an einen der ungedeckten Tische. Sie waren allein im Raum. Auch die Theke war leer.

Elvira nahm sich zusammen. Es waren die letzten Minuten mit Robinson.

»Und wo fährst du jetzt hin?«

»Erst mal nach Frankfurt«, sagte Robinson sachlich. »Ich will auf eine Schauspielschule. Für zwei Monate habe ich Geld. Vielleicht kann ich irgendwo arbeiten und nebenbei Abendkurse besuchen.«

»Mit Geld könnte ich dir helfen«, sagte Elvira eifrig, »ich habe etwas gespart. Nicht viel. Aber wenn du in Not kommst...«

Robinson legte seine Hand auf die ihre. »Danke, Elli! Du hast schon soviel für mich getan. Ich muß mich jetzt allein durchbeißen.«

»Und wenn es nicht klappt, Prinz?« Ein schwaches Beben schwang in Elviras Frage, eine letzte versteckte Hoffnung. »Ich meine, bei uns findest du immer dein Brot.«

Draußen schlossen sich mit hastigem Gebimmel die Schranken. Aus der Ferne kam ein Zug und raste vorüber. Die Schienenstränge hallten nach.

Robinson ließ ihre Hand los. »Nein, Elli, ich komme bestimmt nicht zurück. So bin ich ein Nichts. Ich muß etwas werden!« Seine Augen blickten über Elli hinweg. »Sie steht so weit über mir. Auch da in der Halle stand sie über mir. Ich sah zu ihr auf, und es waren Welten, die uns trennten. Ich war ganz klein. – Aber ich liebe sie trotzdem.«

»Ja, Prinz, das verstehe ich«, sagte Elvira eindringlich. »Ich kenne das ganz genau. Ganz genau, verstehst du mich?«

Robinson sah sie an. Sie wurde rot. Sie senkte die Lider unter seinem Blick.

»Hast du das denn auch erlebt?«

Die Zeiger der elektrischen Uhr über der Theke waren minutenweise weitergesprungen. Aus der Ferne pfiff ein Zug.

»Mein Zug«, rief Robinson und sprang auf. »Komm, schnell!«

Sie hasteten hinaus, drängten durch die Sperre. Kreischend hielt der Personenzug.

Robinson stieg ein, verstaute sein Gepäck, zog das Fenster herunter und lehnte sich hinaus.

Unten stand Elvira, klein, verlassen, rührend in ihrer Anhänglichkeit. Jetzt erst bemerkte er überhaupt, daß sie sich für diesen Abschied fein gemacht hatte. Für ihn!

O ja! Sie verstand ihn! Sie hatte als einzige wirklich begriffen, wie sehr man einer Liebe verfallen konnte.

Er sah auf sie hinunter. Jetzt konnte sie nicht verbergen, daß Tränen in ihren Augen standen.

»Das kann ich gar nicht verstehen!« sagte Robinson. »Wie kann dich ein Mann nicht wiederlieben! – Hast du denn gar keine Hoffnung?«

Der Mann mit der roten Mütze blickte die Wagenreihen entlang und setzte die Trillerpfeife an den Mund. Die letzten Türen fielen hart ins Schloß. Er hob den Signalstab.

»Nein«, stammelte Elvira.

Robinson streckte die Hand aus dem Fenster. »Wer ist es denn?« fragte er erstaunt.

Der Zug ruckte an. Elvira hatte seine Hand nicht genommen. Sie lief zwei hilflose Schritte neben dem Zug her.

»Du, Prinz!«

Oluf holte Renate ab. Sie war unruhig und nervös. »Oluf«, sagte sie nach minutenlangem Schweigen, »es hat mächtig Krach gegeben. Der alte Herr spielt plötzlich den wilden Mann. Nett, daß du gekommen bist.«

»Okay, Nata!« brummte Oluf.

Renate war noch nicht am Ende. Sie druckste herum. »Halt doch mal an, Oluf«, sagte sie plötzlich. »Weißt du, eigentlich brauchst du gar nicht mit.«

Er sah sie erstaunt an.

»Na ja, wenn du hier den Bus nimmst, bist du in 'ner halben Stunde zu Hause. Ich bring' dir den Wagen dann zurück. Es dauert höchstens zwei Stunden.«

Oluf wollte noch Einwände machen, aber Renate war schon ausgestiegen und um den Wagen gegangen.

»Na, weißt du«, sagte er noch, aber Renate saß schon am Steuer und startete. Dann sah er seinen Wagen aufheulend entschwinden.

Das breite helle Band der Autobahn verlockte zu raschem Fahren. Aber sosehr sie sich auch dabei konzentrierte, der Gedanke drängte sich doch immer wieder in den Vordergrund: ›Er hat verboten, was ich tue!‹

Und irgendwie war sie froh, ihren Willen durchzusetzen.

Dann tauchten die Bilder der Nacht auf, die schattigen Bäume, der Sternenhimmel, die brennenden Küsse auf ihren Lippen.

War denn das Ganze nicht bloß eine harmlose Schwärmerei? Hatte sie sich nicht schon oft für Filmschauspieler, Tennisstars und Springreiter begeistert? Warum sollte es diesmal mehr sein?

Ich fahre, um ihm seinen Anzug zu bringen!

Ich kehre gleich um!

Ich fahre nur, um ihm seinen Anzug zu bringen!

Da war schon die Abzweigung.

In Butzbach fand Renate nur noch ein paar Wagen auf dem Platz. Mein Gott, war Freytag schon abgereist? Er brauchte doch den Anzug!

Sie fragte einen alten Mann, der gerade ein Pferdchen vor seinen erbärmlichen Wohnwagen spannte.

»Die sind schon nach Weilburg.«

Renate fuhr durch den Wald. Hinter jeder Kurve spähte sie die Straße entlang. Endlich sah sie den Treck.

Freytag hatte den schnellen Sportwagen schon von weitem kommen sehen und sofort bemerkt, daß ein Mädchen mit wehenden blonden Haaren am Steuer saß. Er lehnte sich in bewährter Verführerpose aus dem Fenster. Jetzt erkannte er Renate.

»Ich bring' dir deinen Anzug!« rief sie, als sie ihn eingeholt hatte.

»Moment noch.« Freytags Kopf verschwand. Kurz darauf tauchte er an der hinteren Tür wieder auf.

»Haltet doch mal!« rief Renate.

Freytag lachte. Er stand auf der hinteren Plattform des Gerätewagens und kletterte über die Seitenwand. »Komm dicht 'ran!« rief er.

»Mach keinen Unsinn!« schrie Renate, aber sie lenkte ihren Wagen doch scharf neben den Anhänger.

Freytag winkte verächtlich mit der Hand. »Noch näher!«

Als Renate genau auf seiner Höhe war, sprang er gewandt vom Anhänger in ihren Wagen. »Gas!« rief er übermütig.

Renate fuhr schneller. Bald hatten sie die Kolonne überholt. Vorn saß Möckel am Fenster seiner Maringotte. Als er Renate und Freytag vorbeibrausen sah, zog er erstaunt die Brauen hoch.

»Ich stell' mich nachher irgendwo an die Straße. Da können sie mich wieder aufnehmen«, sagte Freytag lachend. Renate sah schweigend auf die Fahrbahn. Ihr war unbehaglich. Nun tat sie doch, was ihr der Vater verboten hatte. Sie fuhren durch den Wald. Die Sonne war doch noch zum Abend herausgekommen und vergoldete Zweige und Blätter.

»Der Anzug liegt hinten im Wagen«, sagte Renate mit betonter Sachlichkeit.

Freytag legte übermütig die Hand um ihre Schulter. »Lieb von dir, daß du ihn mitgebracht hast.« In seiner Stimme war keine Spur von Verlegenheit. Das Gespräch mit dem Sekretär schien er schon wieder vergessen zu haben.

»Ein schöner Wagen«, sagte er begeistert und sah sich um. Er klappte spielerisch den Handschuhkasten auf. Darin lagen ein Silberbecher und eine kleine Korbflasche mit Gin.

Ein leichtfertiger Gedanke blitzte in ihm auf. »Holla«, sagte er, »das ist ja das Richtige für kühle Abende! Halt doch mal an!«

Er schraubte die Flasche auf.

»Das ist aber Olufs Flasche«, sagte Renate zögernd.

»Ersetz' ich ihm!«

Sie hielten unter einer Eberesche.

»Auf unser Wiedersehen, auch wenn es verboten ist!« Freytag schenkte den Becher voll und reichte ihn Renate Sie nahm ihn zögernd.

»Ich lass' mir nichts verbieten«, sagte sie plötzlich trotzig. Sie hatte die ganze Zeit an nichts anderes gedacht. »Ja, auf unser Wiedersehen!« Sie trank den Becher in einem Zug leer. »Ich treffe mich, mit wem ich will.«

Freytag warf ihr einen lauernden Blick zu und füllte den Becher noch einmal. »Auf deinen Mut, Renate!«

Als sie weiterfuhren, saß Freytag am Steuer. Renate war vom hastigen Trinken etwas schwindelig geworden. Sie sah Freytag von der Seite an. Sein Gesicht war dicht neben ihr. Die wilden brennenden Augen unter den dichten Brauen. Das kräftige Kinn. Der leidenschaftliche Mund, der Mund, der sie heute nacht geküßt hatte, wie sie noch nie geküßt worden war.

»Renate!« Freytag bremste scharf und nahm Renates Kopf in beide Hände. Da waren die Lippen wieder. Da war wieder diese wilde Glut, dieser Strudel, in dem sie zu versinken drohte. Sie bäumte sich auf. Beinahe gewaltsam machte sie sich frei. »Wir können hier nicht halten!«

Freytag ließ sie los und setzte den Wagen wieder in Gang. »Wir können den Weg abschneiden«, sagte er rauh, »ich kenne mich hier gut aus.«

Renate schwieg. Sie zog die Knie an und kauerte sich auf den Sitz.

Freytag fuhr nur wenige hundert Meter weiter in einen schmalen Weg. Hier mußte er langsam fahren. Tiefe Wagenspuren hatten sich in den lehmigen Untergrund gefressen.

»Wo willst du denn hin?« fragte Renate ängstlich. »Das ist doch gar kein Weg.«

»Nachher wird's besser. Das ist nur ein kurzes Stück.«

Die Kronen der Bäume schlossen sich über der schmalen Schneise. Der Wald war wie ein undurchdringliches Blättergewölbe, durch dessen Mauern in feinen Fäden das letzte Licht der Abendsonne sickerte.

Freytags Gesicht war nicht mehr deutlich zu erkennen. Er sah starr geradeaus auf den Weg. Seine dunkle Stimme war rauh und zärtlich zugleich, war leise wie ein Hauch und durchdrang sie doch bis ins Innerste. »Ich liebe dich, Renate! Und du liebst mich! Warum wehrst du dich dagegen?«

Neben ihnen tat sich eine Lichtung auf.

Freytag hielt an. Er kletterte aus dem Wagen und hielt ihr die Hand hin: »Nur einen Augenblick«, sagte er heiser, »der Abend ist so schön!«

Sie gingen über die Lichtung. Das Farnkraut reichte ihnen bis an die Hüften. Die Glockenblumen wiegten sich träge über dem Teppich aus weichem Moos. Der Waldboden atmete die letzte Wärme des scheidenden Tages in einem betäubenden Duft. Aus dem dichten Unterholz krochen schon die schweren Schatten der Nacht.

»Ich will zurück!« flüsterte Renate ängstlich.

Freytag zog sie dicht an sich: »Hast du Angst?« fragte er leise.

»Ja«, hauchte sie.

»Ach!« lachte er und zog sie noch fester an sich. »Du brauchst doch keine Angst zu haben ...«

Die Zeit stand still.

Die Baumkronen rauschten ihre zarte Melodie im Nachtwind, ein silberner Mond schimmerte durch die Zweige... Wie war heute alles so ganz anders als sonst!

Nein, Renate dachte jetzt nicht an die Zeit. Die Rückkehr in das festgefügte, alles beherrschende Haus in Homburg war völlig vergessen.

Ihr Kopf lag an der Schulter dieses Menschen, der ihr so nahegekommen war wie nie einer auf der Welt. Sie hörte seine zärtliche Stimme: »Du liebst mich, Renate! Jetzt weißt du es. Und ich liebe dich.«

Aber sie schwieg. Sie hätte keine Worte finden können in dem seltsam verschwommenen Glücksgefühl, das sie durchzitterte.

Alles war zusammengekommen, um sie aus den Fesseln ihres Ich zu lösen. Die Zauberstimmung der Waldnacht, dieser fröhliche, zärtliche Junge, fern aller Konvention, vielleicht selbst das bißchen Alkohol, das er so nett anzubieten wußte...

Verloren glitten ihre Blicke über die vom Mondlicht verklärte

Lichtung. Drüben, am Ausgang der Schneise, erhob sich unbestimmt eine düstere Silhouette.

Olufs Wagen!

»Ich glaube, ich muß jetzt gehen«, flüsterte sie, aber sie rührte sich nicht.

»Wann sehen wir uns wieder?«

»Ach, ich weiß es nicht«, sagte sie leise, »ich weiß jetzt gar nichts.«

Freytag zog sie näher an sich: »Wir sind noch über Sonntag in Weilburg! Du mußt hinkommen! Ich muß dich wiedersehen!«

»Vielleicht«, murmelte Renate, »irgendwie werd' ich's schon einrichten. – Ich muß jetzt gehen«, wiederholte sie.

Plötzlich flackerte die Unruhe in ihr auf. Sie löste sich von ihm und stolperte mit unbeholfenen Schritten auf den Wagen zu. Im Gehen srich sie sich die Haare glatt. Freytag war neben ihr.

»Bestimmt?« fragte er. »Wirst du bestimmt kommen?«

Sie schwieg. Sie hastete vorwärts. Sie war schon am Wagenschlag.

»Ich kann dich jetzt aber nicht mehr mitnehmen. Ich muß ganz eilig zurück!«

Sie wollte schon einsteigen, da warf sie sich plötzlich herum.

»Ach du«, hauchte sie, »es ist ja alles so schwierig! Du ahnst es ja gar nicht. Du hast es so leicht!«

Noch einmal klammerte sie sich zärtlich an ihn. »Ja, bestimmt! Wir müssen uns wiedersehen!«

Sie wendete den Wagen so hastig, daß sie dreimal zurücksetzen mußte. Sie überfuhr eine mächtige Wurzel. Äste zerbrachen knakkend, als der Wagen mit einem großen, mächtigen Satz vorwärts schoß.

Sie drehte sich nicht um, sie wandte sich nicht zurück. Sie sah nicht, wie Freytag ihr nachblickte. Er hatte die Hände tief in die Hosentaschen vergraben und das Bündel mit Robinsons Anzug unter den Arm geklemmt. Er pfiff einen leichten Schlager, eine Jahrmarktsmelodie, wie sie die Drehorgeln und Orchestrions pausenlos schmetterten. Heute hier, morgen dort! Das Leben war schön! Es war eine Lust zu leben!

Jetzt ging die Uhr vorwärts. Jetzt standen keine Zeiger mehr still. Vom Armaturenbrett leuchteten die Zahlen auf. Es war schon nach neun. In mörderischem Tempo hetzte Renate den Wagen über die kurvenreiche Straße. Die Bäume fauchten böse an ihr vorbei.

Neun Uhr zwanzig!

Sie sah förmlich, wie ihr Vater zu Hause saß. Die Buhrmann war um acht hereingekommen, um zu melden, daß das Essen angerichtet sei. ›Wo ist meine Tochter?‹ hatte er gefragt. Er liebte es nicht, abends allein zu sein!

Was war inzwischen geschehen!

Ihre Gedanken jagten sich. Furchtbare Ängste quälten sie, immer wieder überschattet von der betörenden Erinnerung. Sie glaubte, sie müsse die Augen schließen. Gewaltsam zwang sie sich zur Ruhe. Sie fuhr völlig mechanisch. Sie wurde erst richtig wach, als der Wagen vor Olufs Elternhaus stand.

Sie wollte aussteigen, aber da kam ihr Oluf schon aufgeregt entgegen. Er hatte auf sie gewartet.

»Mensch, Nata, du bist wohl von allen guten Geistern verlassen! Dein Alter hat schon viermal angerufen!«

Renate umklammerte krampfhaft das Steuer. »Komm 'rein«, sagte sie rauh, »nein, hier, du mußt fahren! Ich kann nicht mehr!«

Sie öffnete ihm die Tür, und Oluf schob sich auf den Fahrersitz.

»Mach zu«, drängte sie, »du mußt mich nach Hause bringen! Wir müssen zusammen in Homburg ankommen.«

Oluf fuhr an. Aber nach ein paar Augenblicken des Schweigens sagte er, ohne sie anzusehen: »Um sieben hat dein Alter zum erstenmal bei uns angerufen. Er hat gefragt, ob wir noch nicht zurück sind. Er hat leider den Boß erwischt, und der hat ihm gesagt, daß ich zu Hause sei.«

»Mensch, Oluf!« flüsterte Renate bestürzt.

»Ich hab' natürlich versucht, zu retten, was zu retten war. Beim zweitenmal hab' ich mit ihm gesprochen. Hab' ihm 'ne dolle Story aufgetischt, warum du allein gefahren bist. Ob er's geglaubt hat? Ich hab' so'n komisches Gefühl in der Herzgegend.«

Olufs frisches Jungengesicht zeigte kummervolle Falten.

Renate war blaß geworden. Oluf erkannte bei einem raschen Seitenblick, wie sie die Zähne in die Lippen grub.

»Was hast du?« fragte er besorgt. »Ist dir schlecht?« Gleichzeitig griff er an ihr vorbei zum Handschuhfach.

»Warte, ich hab' immer so'n kleinen Seelentröster im Wagen. Für besondere Notfälle!«

Renate streifte seine Hand beiseite. »Oluf, der Gin ist alle!«

Sie stotterte etwas. Sie war verlegen: »Mir war schon vorhin so schlecht! Ich hab' ihn getrunken!«

»Mädchen, Mädchen! Die Flasche war aber noch beinahe voll! Alle Achtung!« brummte Oluf anerkennend. »Na, jedenfalls weiß ich jetzt, wovon dir schlecht ist.«

Renate fröstelte und war doch gleichzeitig wie im Fieber. Ihre Gedanken jagten sich. Jetzt war alles aus! Was sollte sie nur tun? Ja, was sollte sie nur tun? Sie hatte sich auf dem Sitz zusammengekauert. Sie fuhr erschreckt auf, als Oluf scharf bremste.

»Komm mal mit!« sagte er. Sie hielten vor einer kleinen Kneipe.

Die Gaststube war niedrig und verräuchert. Der Wirt kam aus einem Nebenraum. Tabaksqualm und Stimmengewirr drangen durch die Tür. »Den Kreuzkönig hättst du nehmen müssen!« schrie er zurück. »Was möchten die Herrschaften?«

»Zwei Kaffee!« bestellte Oluf.

Renate ließ sich schwer auf die einfache Holzbank neben dem Fenster sinken. Oluf setzte sich neben sie. Jetzt, im hellen Lampenlicht, erkannte er erst, wie aufgewühlt sie war. Rote Flecken standen in ihrem Gesicht, die Augen waren unnatürlich geweitet, ihre Lippen zuckten nervös.

»Mensch, Nata, was hast du bloß? Du siehst ja mächtig käsig aus.«

Renate schüttelte nur stumm den Kopf. Sie stützte die Ellbogen auf den Tisch und preßte beide Hände gegen die Schläfen.

Der Kaffee kam. Renate rührte sich nicht.

Oluf stieß sie an. »Trink, Mädchen«, sagte er, »das hilft dir bestimmt! So kannst du doch nicht zu Hause ankommen.«

»Nein«, sagte Renate plötzlich und hob den Kopf, »so kann ich bestimmt nicht zu Hause ankommen. Ich kann überhaupt nicht allein zu Hause ankommen. Nachdem schon gestern ...«

Sie brach ab. Sie starrte vor sich hin. Sie schüttete mechanisch Sahne in die Tasse und warf die Zuckerstücke hinein. Ihre Hände zitterten, als sie umrührte. Der Kaffee schwappte über.

»Nun mach doch bloß keinen Elefanten aus 'ner Mücke!« sagte Oluf. »Ist doch erst knapp zehn. Was ist denn dabei, wenn du mal um zehn nach Hause kommst?«

»Ach, das verstehst du nicht!«

Sie saßen eine Weile stumm. Renates Gedanken kreisten.

Wo war ein Ausweg? Zu wem konnte sie gehen? Wenn sie doch eine Mutter hätte! Ja, eine Mutter, bei der sie jetzt Trost und Schutz und Hilfe und Rat suchen könnte! Ein Mutterherz verstand so vieles, was kein Vater – auch der beste nicht – verstehen konnte. Ein Mutterherz konnte vergeben, verzeihen, selbst wenn es nicht verstand. Aber ihre Mutter war tot. Sie mußte allein mit allem fertig werden.

Zu einem der Jungen gehen? Zu einem von dem Tanzklub? Zu einer ihrer Freundinnen? – Denen würde der Vater genausowenig glauben wie Oluf. Sie sah Krabps hartes, unnahbares Gesicht deutlich vor sich, wie er sie am Abend vorher gemustert hatte. So, genauso würde er in der Halle stehen und sie anblicken, wenn sie hereinkam ... Wieder rührte sie abwesend in der Tasse. Sie hatte noch keinen Schluck getrunken.

Plötzlich legte sie den Löffel hart zurück. Sie schob die Tasse weit von sich in die Mitte des Tisches. »Oluf«, sagte sie entschlossen, »ich brauch' noch mal deinen Wagen! Du mußt allein nach Haus fahren. Nimm dir 'ne Taxe.«

»Wenn's sein muß, dann muß es eben sein!«

Renate sprang schon auf. Plötzlich wußte sie, wo sie vielleicht Hilfe fand. »Ich dreh' die Sache anders! Ich muß gleich los! Sei ein Kumpel, gelt?«

»Okay, Nata!« sagte Oluf.

Sie wartete nicht ab, bis er gezahlt hatte. Sie war schon aus der Tür. Oluf hörte den Wagen draußen anfahren, während er noch mit dem Wirt abrechnete.

Renate fuhr wie der Teufel. Jetzt war alle Unsicherheit, jede Unentschlossenheit fort. Kein Gedanke mehr an den träumenden nächtlichen Wald; nur noch ein Ziel und der feste Wille, es zu erreichen. Einer nur konnte jetzt helfen! Nur einem würde ihr Vater bedingungslos glauben: Dr. Hertel!

Der Wagen hielt auf der wildverwucherten Einfahrt des Rühleschen Labors. Renate warf die Tür hinter sich zu und lief durch das dichte Gebüsch zum schweigenden schwarzen Haus hinauf. Vor der Tür zerrte sie ungeduldig am Klingelzug.

Die Schelle schepperte langgezogen durch das Haus.

Die Leute im Labor zuckten zusammen. Hertel sah unwillig auf.

Sie standen zu dritt im Operationsraum: Hertel, Thea Runau und der Labordiener Sturhan. Professor Rühle lag seit Tagen im Bett. Seit dem Kriege hatte er ein Herzleiden und suchte es dadurch zu kurieren, daß er es nicht beachtete. Jetzt war die Sache bösartig geworden.

Hertel hatte keine Ruhe mehr gefunden, seitdem er damals das Kaninchen in veränderter Stellung entdeckt hatte. Er hatte Tag und Nacht vergeblich sein Gehirn gemartert, ob er vielleicht – unbewußt – einen Fehler begangen haben könnte. Die Erkrankung des Professors hatte seine Arbeit vervielfacht. Er hatte gerade einen Versuch beendet, der mehrere Stunden gedauert hatte.

Thea war still hinausgegangen, um zu öffnen. Als sie mit Renate eintrat, stand Hertel schon wieder völlig abwesend über einen Labortisch gebeugt.

»Hans«, sagte Thea leise. »Fräulein Krabp will dich dringend sprechen.«

Hertel wandte sich um. Überrascht, beinahe ungläubig erblickte er Renate. Sie wartete leicht verlegen und beklommen neben der Tür.

Hertel streifte nervös die Gummihandschuhe ab. Er strich sich über die Stirn und trat unsicher auf sie zu.

»Oh, gnädiges Fräulein, bitte, entschuldigen Sie. Ich habe Sie nicht gesehen. Ich wußte nicht... Wir waren bei einem sehr wichtigen Versuch...« Er war sichtlich verwirrt und sprach unbeholfen in halbabgerissenen Sätzen.

»Nein, nein«, sagte Renate leise, »ich muß mich entschuldigen. Ich habe Sie gestört. Es ist nur so schrecklich wichtig – und so eilig. Verzeihen Sie; ich muß Sie sprechen! Allein!«

Sie stieß es hervor wie einen Hilfeschrei. Sie sah über seine Schulter hinweg Thea Runau an. Und trotz aller Erregung entging ihr nicht, daß deren Augen sie voller Mißtrauen und Ablehnung musterten.

›Was willst du hier?‹ fragten diese Augen. ›Warum dringst du schon wieder in diese Welt ein, in die du nicht gehörst? In seine Welt, in meine Welt!‹

»Ja, natürlich, bitte!« sagte Hertel und stieß die Flurtür auf. Sie gingen hinaus. Jetzt war es gut, daß dieser Flur so lichtlos war, daß nur eine trübe Lampe den langen Gang notdürftig erhellte. Jetzt war es gut!

»Herr Doktor Hertel«, sprudelte Renate überstürzt hervor, »ich bin in einer schrecklichen Verlegenheit. Sie müssen mir helfen!« Sie schluckte. »Ich bin heute abend zu Herrn Gomela gefahren. Sie kennen ihn doch vom Tanzklub. Ich mußte ihm seine

Sachen wiederbringen; er brauchte sie dringend, weil sie weiterziehen. Und jetzt wartet mein Vater zu Hause auf mich, und wenn ich allein komme ...« Sie konnte ein Schluchzen nicht mehr unterdrücken. »Ich weiß überhaupt nicht, was ich tun soll. Es ist alles so verworren!« »Ja, sicher! Ganz bestimmt«, sagte Hertel begütigend. Er verstand kein Wort von der ganzen Geschichte. Er verstand nur, daß Renate verzweifelt war, Renate Krabp, dieses kostbare Geschöpf einer anderen Welt. Und noch etwas begriff er: daß sie zu ihm kam. Gerade zu ihm! Daß sie Hilfe bei ihm suchte!

»Ja, natürlich«, wiederholte er eifrig, »gern! Ich werde Ihnen helfen! Was soll ich tun?«

Renate atmete auf. »Wenn Sie nur mitkommen! Wenn Sie mich nach Hause bringen! Jetzt gleich, sofort!«

Hertel kämpfte mit sich.

Es gab tausend Dinge, die jetzt getan werden mußten. Die Tiere waren noch nicht versorgt. Die Nahrungslösung mußte neu angesetzt werden. Die Glasbehälter waren frisch mit der Flüssigkeit aufzufüllen. Wie sollte er sich nur frei machen? Sie waren ja nur zu dritt, seitdem Rühle krank war!

Renate sah ihn an. Sie wiederholte ihre Bitte nicht noch einmal. Sie sah ihn nur an, stumm und voller Sorge.

Wie konnte er diesen Augen widerstehn? Wie konnte er dieses verzweifelte Mädchen im Stich lassen? – Gab das den Ausschlag, oder war es vielleicht der zarte Hauch von Parfüm ...

»Eine Viertelstunde«, sagte er kurz entschlossen, »eine Viertelstunde hab' ich noch zu tun, dann ...«

»Es ist schon so spät«, drängte Renate, »es ist wirklich sehr eilig! Es kommt auf jede Minute an!«

»Ich beeile mich sehr! Ich mache bestimmt ganz schnell!«

Hertel stürmte ins Labor. »Thea, ich muß weg. Sofort! Ich muß Fräulein Krabp begleiten! Ich versorge eben nur noch die Tiere.«

Thea Runau machte ein undurchdringliches Gesicht. »Wenn es so wichtig ist, dann fahr nur!«

Hertel war schon in der Tür des angrenzenden Labors. Er mischte schon die Lösung für die Tiere im Unterkühlungsraum, eine Arbeit, die Rühle und Hertel immer allein vornahmen. In nervöser Hast griff er Flasche um Flasche und schüttete die verschiedenen Flüssigkeiten in Meßbechern und Mischbehältern zusammen, goß auf, löste Salze und fügte chemische Substanzen hinzu. Nein, es war nicht richtig, diese Arbeit in Hast zu tun.

War alles in Ordnung? Er hielt den Mischbehälter prüfend gegen das Licht. Die Lösung zeigte die gewohnte gelbliche Färbung. Schon waren mehr als fünf Minuten verstrichen. Und er mußte doch noch jeden einzelnen Behälter im Kühlraum auffüllen!

Plötzlich stand Thea Runau hinter ihm. Ihre sonst so nüchterne Stimme bebte. »Hans«, sagte sie, »muß denn das sein? Daß du jetzt weg willst, ist doch reiner Wahnsinn! Wir haben noch so viel zu tun!«

Sie sprach als Kollegin zum Kollegen, aber in Wahrheit sprach das Mädchen zu dem Mann, den es liebte. Seitdem diese andere da war, hatte er sich so sonderbar gewandelt. »Stör mich jetzt nicht!« herrschte Hertel sie an. »Was suchst du hier? Du weißt doch genau, was du zu tun hast!«

Er griff den großen Glasbehälter und eilte quer durch das Labor und den Operationsraum in den Unterkühlungsraum. Er füllte reihenweise die Dauertropfbehälter auf und überprüfte dabei hastig die Apparaturen. Nein, hier war nichts verändert. Hier schlief das Leben nach wie vor.

Erst bei Nathan, dem Rhesusaffen, merkte er, daß die Lösung nicht reichte. Er jagte zurück ins Labor. Er streifte Renate mit einem gehetzten Blick.

»Doktor Hertel!« mahnte sie leise. Ihre Stimme zitterte.

Die Flaschen klirrten auf den Glasplatten. Die hastigen Finger konnten die Waage nicht zur Ruhe bringen. Wie lange dauerte es nur, bis die Flüssigkeit den Meßstrich erreichte!

Er goß nicht einmal um. Er hetzte mit dem Meßbecher in den Kühlraum zurück. Er füllte Nathans Dauertropf auf. Nichts vergessen? Alles in Ordnung? So kalt es im Raum war, er mußte sich den Schweiß von der Stirn wischen. Er lehnte sich dabei mit dem Rücken gegen das Armaturenbrett für die Unterkühlungsanlage.

Ja, es war alles in Ordnung.

Er zog die schwere Stahltür zu und verriegelte sie. Dann warf er den Kittel ab und riß sein Jackett vom Bügel. In der Ecke stand Renate mit ängstlich flackernden Augen. Niemand hatte daran gedacht, ihr einen Platz anzubieten.

Nein, er hatte nicht verstanden, was ihre Erzählung eigentlich bedeutete. Er hatte nur begriffen, daß sie ihn brauchte. Er würde ihr helfen, so gut er konnte. Eine verschwommene Vorstellung davon, daß es wohl im Hause Krabp unmöglich war, wenn die Tochter einem Schausteller seinen Anzug brachte – das war alles, was er erfaßt hatte.

»Ja, kommen Sie, ich bin fertig!«

»Mir wäre es lieb, wenn Sie führen, Herr Doktor Hertel...«

Hertel lächelte unbeholfen. »Gern, wenn ich könnte. Ich kann leider nicht fahren. Ich habe keinen Führerschein.«

Er hielt ihr höflich die Tür auf.

Renate war einen Augenblick verblüfft. »Das Labor läßt Ihnen wohl zu nichts anderem mehr Zeit?« fragte sie, während sie anfuhr.

»Ach, das ist es nicht«, erklärte Hertel treuherzig. »Es ist eine reine Geldfrage. So ein Führerschein kostet über hundert Mark. Und die hat man als Assistent nicht übrig!«

Er schwieg einen Augenblick.

»Ich habe sie übrigens nie gehabt. Meine Mutter hat nur einen kleinen Brotladen, und... das andere können Sie sich wohl vorstellen!«

»Ach so«, sagte Renate gedehnt. Sie war schon längst wieder von ihren eigenen quälenden Gedanken erfüllt.

Das Verdeck war zu. Die Enge der Kabine schloß sie wie Verschwörer zusammen. Sie schwiegen beide. Jeder hing seinen eigenen Gedanken nach.

Hertel verstand sich selber nicht mehr. Wie hatte er in dieser Situation das Labor so einfach im Stich lassen können!

Und doch, wie gern saß er jetzt neben ihr! Wie gern ließ er sich von ihr mit verschlossenen Augen in eine andere Welt fahren, die keine Kälte, keine nüchternen weißen Kacheln, keine Arbeitsfron kannte!

»Es ist nur«, sagte Renate, ohne ihn anzusehen, »mein Vater wird es vielleicht alles genau wissen wollen. Wenn Sie es dann fertigbringen und sagen, wir...«, sie zögerte, »wir wären den ganzen Abend zusammen gewesen...? – In Ihrem Labor.«

»Aber natürlich«, sagte Hertel aus seinen Gedanken heraus. Sie waren schon in den Straßen Homburgs. Aus dem Schatten der mondhellen Bäume tauchte der wuchtige Bau auf. Der Kies knirschte unter den Rädern. Renate hielt.

Ein Diener öffnete die Tür.

Hertel blieb zögernd an der untersten Stufe stehen.

»Kommen Sie!« drängte Renate.

Die Teppiche erstickten ihre Schritte.

»Ist mein Vater noch unten?« fragte Renate.

Der Diener verneigte sich steif. »Herr Krabp wartet in der Halle, gnädiges Fräulein!« Er öffnete lautlos die schwere dunkle Eichentür.

Krabp stand in der Halle. Regungslos, hölzern, aufgereckt starrte er den beiden entgegen.

Renate ging mit kurzen raschen Schritten auf ihn zu. »Es ist dir doch recht, Paps, daß ich Doktor Hertel noch mitgebracht habe?«

Wie schlecht stand ihrem blassen Gesicht jetzt dieses Lächeln!

Krabp rührte sich noch nicht. Er sah Dr. Hertel durchdringend an: »Meine Tochter war bei Ihnen – ich wußte es nicht.«

Hertel nickte. »Ja«, sagte er unsicher, »jawohl, Herr Krabp!«

Es war, als sei der Bann gebrochen. Mit sicherer, weltmännischer Höflichkeit begrüßte Krabp nun Dr. Hertel und half ihm über alle Verlegenheit hinweg. Er zog ihn mit zum Rauchtisch und bot ihm einen Sherry an. Dann erkundigte er sich nach Rühles Befinden.

Renate folgte dem Gespräch gespannt. Würde ihr Vater noch weitere Fragen stellen? Was würde Hertel antworten? Nein, es war keine Gefahr. Die Unterhaltung blieb völlig unverfänglich.

Als Hertel sich nach einer Viertelstunde verabschiedete, trug Krabp ihm die herzlichsten Grüße für seinen Freund auf: »Sorgen Sie mir ja dafür, daß Rühle sich endlich schont!«

Hertel empfand durchaus die Auszeichnung, daß Krabp und Renate ihn ins Vestibül begleiteten. Das mächtige Haus strömte Wohlstand, Macht und Kultur aus.

Es war zweifellos ungeschickt, daß er den Diener halblaut nach der nächsten Straßenbahnhaltestelle fragte, Krabp hörte es, begriff aber nicht gleich.

Renate erfaßte sofort die Situation. »Wir sind doch mit Olufs Wagen gefahren, Paps.«

»Ach so, ja.« Krabp wandte sich zum Diener: »Sagen Sie Willi Bescheid, daß er Herrn Doktor Hertel nach Haus fährt! – Olufs Wagen bringst du ihm wohl selber zurück, Renate!« Er drehte sich zu seiner Tochter um.

Sie stand mit geröteten Wangen. Jetzt erst kam der gefährlichste Augenblick. Jetzt war sie mit ihrem Vater allein. Aber Krabp faßte sie nur um die Schulter und führte sie ins Haus zurück.

»Ich habe es gern, wenn du mit Hertel zusammen bist. Er ist ein zuverlässiger Mann. Auch wenn er ein bißchen unbeholfen ist. Ich glaube, er wird mal eine große Karriere machen!«

Dann hielt er seiner Tochter flüchtig die Wange zum Gutenachtkuß hin.

10

In dem dunklen Haus wartete Sturhan schon im Flur auf Hertel. »Der Professor will Sie sprechen!«

»Jetzt noch«, fragte Hertel erschrocken. »mitten in der Nacht? Geht es ihm schlechter?«

»Ne, ne«, beruhigte ihn Sturhan. »Er will Sie so sprechen; privatim!«

Als Hertel bei Rühle eintrat, musterten ihn die scharfen Augen schon vom Bett her. Rühle lag hochaufgerichtet in den Kissen.

»Sie waren weg?«

»Ja«, sagte Hertel, »ich hatte etwas zu erledigen. Fräulein Krabp war hier und hat mich abgeholt.«

»Ihr Glück«, knurrte Rühle, »ich dachte schon, Sie hätten sich zum Kinoläufer entwickelt. Das kann ich nicht brauchen. Das kann ich besonders jetzt nicht brauchen! – Sehr nettes Mädchen, die Renate, was?« Die Frage kam schnell und überraschend. Rühles Augen beobachteten Hertel scharf.

»Ja, gewiß . . .« Hertel wurde plötzlich verlegen.

»Und die Runau? Ich denke, Sie sind verlobt?«

Hertel errötete. Aber er hielt den prüfenden Blicken stand.

»Glauben Sie nicht, ich wollte mich in Ihre Privatangelegenheiten mischen. Das machen Sie gefälligst allein ab. Aber für einen Wissenschaftler ist es immer gut, wenn er weiß, wohin er gehört. Wenn er seinen Weg kennt! – Kennen Sie Ihren Weg?«

Das waren seltsame Fragen. Was hatte Rühle heute? Was wollte er? Fünf Jahre arbeitete Hertel nun bei ihm. Sie kamen gut miteinander aus. Aber eigentlich waren sie nie über das Sachliche, über die rein wissenschaftliche Arbeit, die sie verband, hinausgekommen. Nie hatte sich Rühle um Hertels Privatleben gekümmert.

»Ich glaube schon, daß ich meinen Weg kenne, Herr Professor«, sagte Hertel einfach, »ich werde an Ihrer Seite weiterarbeiten! Das ist alles!«

»Und wenn es nichts wird, mein Junge? Wenn dabei nicht mehr 'rauskommt als bei mir? Wenn du später auch als alter Mann auf dem Bett liegst und dir sagen mußt: Ich habe nichts erreicht?« Rühle war plötzlich in das vertraute ›Du‹ gefallen. Hertel bewegte es tief, daß dieser harte, nüchterne Mann ihm menschlich so nahetrat.

»Aber Sie haben doch etwas erreicht, Herr Professor!« rief er überzeugt und bestürzt.

»Still!« unterbrach ihn Rühle. »Erreicht ja! Vielleicht habe ich erreicht, zu beweisen, daß es auf diesem Weg nicht geht. Ich habe bisher noch kein einziges Tier aus dem Dauerschlaf erwecken können!«

Hertel beugte sich vor. Er war leidenschaftlich erregt. »Herr Professor«, rief er, »ich glaube daran, daß es gelingen muß. Ich bin überzeugt, daß uns nur noch eine Haaresbreite vom Erfolg trennt! Ich werde weiterarbeiten! Ich muß es finden, Herr Professor!«

Wieder die alte Stimme: »Weil du in den Zeitungen stehen willst? Weil du Geld haben willst, Ruhm, Anerkennung, Ehre?«

»Nein, nein«, rief Hertel beschwörend, »das nicht, das wissen Sie doch ganz genau! Wir müssen weiterkommen!« Er verlor sich in wissenschaftlichen Erörterungen.

Rühle hörte mit geschlossenen Augen zu. Plötzlich hob er seinen Arm aus den Kissen und winkte ab. »Genug! Nicht heute! Ich habe dich heute aus einem anderen Grund hergebeten.«

Wieder richtete er sich halb auf und sah Hertel ernst an.

»Es geht mir nicht besonders gut. Es kann sein, daß die Pumpe nicht mehr lange mitmacht. Lange genug gelebt, vielleicht ein bißchen zuviel Kognak und zuviel Zigarren. – Ich muß jetzt wissen, was hier wird, wenn mit mir Schluß ist. Und ich weiß es auch schon. Du wirst es weiterführen?«

»Ja«, sagte Hertel schlicht, »wenn Sie mir vertrauen ...«

Er wollte noch mehr sprechen, aber es war mit einem Male ungeheuer schwer, die richtigen Worte zu finden.

»Ist schon gut!« winkte Rühle müde ab. »Geh jetzt! Wir können morgen weiter drüber sprechen!«

Hertel war etwas benommen, als er durch den Flur zum Labor steuerte. Er öffnete die Tür mechanisch. Er trat wortlos hinter die arbeitende Thea. Er sah zu, wie ihre Hände hantierten, aber er begriff wohl eigentlich nicht, was sie taten. Das Gespräch hatte ihn aufgewühlt.

Er durchschritt abwesend das Labor und ging lange in den Räumen auf und ab. Schließlich hielt er vor der Stahltür des Unterkühlungsraums. Er löste den Verschluß und zog sie auf.

Eiseskälte schlug ihm entgegen! Was war denn hier los? Das war doch viel zu kalt!

Er stockte. Im kalten Blaulicht erkannte er, daß eine Tür der Boxen frei in ihren Angeln schwang. Er blickte auf den Boden: Mit hilflosen Bewegungen kroch zitternd ein Äffchen auf ihn zu!

»Nathan!« Hertel beugte sich fassungslos über das kleine frierende Geschöpf, das ihm in rührender Hilflosigkeit die dünnen Ärmchen entgegenstreckte, und nahm es auf. Es klammerte sich zitternd an seine Brust. Die Augen waren ängstlich und flehend aufgerissen.

»Nathan!« Hertel öffnete sein Jackett und nahm das Äffchen behutsam in den Schutz der Körperwärme.

Erst langsam wurde ihm klar, was wirklich geschehen war. Sieben Jahre hatte dieses Affenkind bewußtlos im Labor gelegen. Nun war es erwacht!

Ein Rundblick überzeugte ihn, daß die anderen Tiere nach wie vor schliefen. Aber es war offenbar viel zu kalt im Raum. Er stürzte zu der Wand mit den Thermostaten und sah sofort den Fehler: Einer der Regler war verstellt. Er korrigierte die Einstellung. Dann stand er eine Weile wie erstarrt. Immer stärker packte ihn die Erregung des ungeheuerlichen Ereignisses. Das, wofür Rühle ein halbes Leben geopfert hatte, war nun fast von selber gelungen. – Wodurch? Durch die übersteigerte Kälte? Dann müßten auch die übrigen Tiere erwacht sein.

Oder mußte ein Tier eine ganz bestimmte Zahl von Jahren schlafen, bis es wieder erwachte? Hatte das dämmernde Leben eine Schwelle der Entwicklung erreicht, da es sich von selbst aus dem Schlaf löste?

Frage über Frage drängte sich auf, und vorerst wußte er auf keine eine Antwort. Erst ein Griff der kleinen Affenhand erinnerte ihn daran, daß es Eiligeres zu tun gab.

Er mußte das zarte Leben erhalten! Es mußte aus der Kälte heraus! Er mußte dem Tierchen Wärme und Nahrung geben! Er stürzte aus dem Raum.

Schweigend stand er vor Thea und schlug das Jackett zurück. Er hatte schützend die Hand auf den Rücken des Tierchens gelegt und streichelte sein Fell.

Das war nun der Augenblick, für den sie Jahre gearbeitet hatten. Was hatte Rühle nicht alles für diese Sternstunde geopfert!

Jetzt, da sie endlich geschlagen hatte, war Hertel zu bestürzt, als daß er Genugtuung oder Freude hätte empfinden können. Die Stimme versagte ihm.

Thea Runau starrte ihn entgeistert an. »Ist er – wach?«

Nathan gab selber die Antwort. Er drehte den kleinen Kopf herum, und seine großen gelben Augen musterten Thea mit einem langen, melancholischen Blick.

»Mein Gott!« Thea Runau sprang auf. »Milch – haben wir denn keine Milch im Haus?«

»Nein!« rief Hertel. »Milch ist nicht das Richtige. Wir wollen es erst mit einer gewärmten Traubenzuckerlösung versuchen! Hol doch bitte Flasche und Sauger!«

Die Angst um das erwachte Leben beherrschte ihn jetzt ganz. Er wagte kaum, sich zu rühren. Mechanisch strichen seine Hände immer wieder über den kleinen zitternden Körper.

Welch eine Katastrophe, wenn das Tierchen nun an den Folgen der Kälte einginge – Affen waren so empfindlich!

Aber all diese nahen Sorgen wurden von dem Triumph übertönt: ›Es ist gelungen! Wir haben es erreicht! Jetzt werden wir auch das letzte Rätsel lösen.‹

Er gab das Tier nicht aus der Hand. Erst als Thea mit der Flasche kam, setzte er sich. Er prüfte die Temperatur an seiner Wange und kontrollierte die Menge der Lösung auf den Strichen der Flaschenskala.

»Wir dürfen ihm nicht zuviel geben«, sagte er besorgt zu Thea, »wir wissen doch noch gar nicht, ob er es verträgt.«

Er hielt die Flasche unschlüssig in der Hand; aber Nathan griff mit dünnen, zitternden Ärmchen nach dem Flaschenhals, stopfte sich den Sauger geschickt ins Mäulchen und fing gierig an zu nuckeln.

Hertels Augen leuchteten. Nach einer Weile faßte er zärtlich das kleine struppige Köpfchen und entwand die Flasche den winzigen Pfötchen. »Nicht soviel auf einmal, Kerlchen!«

Nathan stieß einen kleinen enttäuschten Laut aus und sah der Flasche mit brennenden Augen nach.

Hertel nahm eine Wolldecke, hüllte den kleinen Körper ein und bettete ihn auf seinem Schoß.

»Bitte eine Zigarette, Thea!«

Thea sah ihn an. In seinem Gesicht stand die ganze übermenschliche Belastung dieses Tages. Sie zog eine Packung aus ihrem Kittel, brannte eine Zigarette an und steckte sie ihm in den Mund.

»Du bist abgekämpft!« stellte sie nüchtern fest.

Hertel sog den Rauch begierig ein. Er nickte schweigend.

»Es war ja auch zuviel!« fuhr Thea fort. »Erst doppelte Arbeit, und dann nachher noch die Fahrt. Und gestern nacht bist du auch erst nach eins gekommen!«

Sie hockte sich auf einen Stuhl ihm gegenüber.

»Ich bin noch nie so wach gewesen wie jetzt«, sagte Hertel abwesend, »du weißt doch selber, was das hier bedeutet. Wir müssen gleich zu Rühle. Laß mich nur noch ein paar Augenblicke überlegen. Es gibt so schrecklich viel, was jetzt getan werden muß!«

»Das ist alles ganz klar«, sagte Thea. Sie zog einen Block aus der Kitteltasche und sah auf ihre Armbanduhr. »Wir müssen natürlich alle ersten Lebensregungen Nathans genau festhalten. Dann die Messungen, Blutdruck, Temperatur, Grundumsatz! Ich werde das schon vorbereiten!«

Sie wollte aufstehen, aber Hertel hielt sie zurück.

»Nein«, sagte er, »bleib jetzt hier. Ich glaube, wir sollten Nathan zunächst mal ganz in Ruhe lassen. Da! Sieh mal!« Er hob einen Zipfel der Decke an. Nathan war eingeschlafen. Er hatte sich zusammengerollt; seine gleichmäßigen, ruhigen Atemzüge zeigten das Wohlbefinden des natürlichen Schlafes an.

»Ich glaube, wir sollten wenigstens den Grundumsatz bestimmen«, meinte Thea. Aber Hertel schüttelte nur den Kopf.

»Laß mich denken, laß mich nur mal einen Augenblick in Ruhe nachdenken!« sagte er eindringlich. »Versteh doch, ich weiß ja noch gar nicht, wodurch es geschehen ist!«

Er schwieg einen Augenblick und fuhr dann wie im Selbstgespräch fort: »Drüben war es viel zu kalt! Ich muß den Temperaturregler wohl unabsichtlich verstellt haben. Als ich zuletzt drin war, lag Nathan ganz ruhig wie immer. Ich habe die Nährlösung gemischt und aufgefüllt . . .«

»Du hattest es wahnsinnig eilig«, unterbrach ihn Thea. »Du hast kaum fünf Minuten für die Lösung gebraucht!«

»Ich habe bei allen die Behälter aufgefüllt.« Hertel sprach sinnend weiter, als hätte er ihren Einwand nicht gehört. Aber so konzentriert er auch nachdachte, er konnte den Ablauf seiner Handlungen an diesem turbulenten Tag nicht rekonstruieren.

»Weißt du denn überhaupt, was das bedeutet?« flüsterte er. »Denk doch nur eine Sekunde darüber nach! Ich bin ganz sicher, daß wir das Problem jetzt gelöst haben!«

Thea Runau lachte auf. »Und das alles hätten wir diesem Fräulein Krabp zu danken, weil sie es so eilig hatte, hier herauszukommen. – Was war denn los?«

»Ach«, sagte Hertel, »sie hatte nur Angst, allein zu Hause anzukommen. Irgendeine Kinderei, ich hab' es nicht ganz verstanden. Ich sollte ihrem Vater sagen, daß sie den ganzen Abend hier gewesen sei!«

Theas Augen musterten ihn kritisch. »Und das hast du getan?«

»Natürlich«, sagte Hertel trocken. Er war mit seinen Gedanken längst wieder bei dem überwältigenden Ereignis dieser Stunde. »Meinst du, wir sollten Rühle verständigen?« »Wir können ihn jetzt nicht wecken«, sagte Thea Runau nüchtern, »es ist schon halb zwei! Er hat seinen Schlaf bitter nötig!« Sie stand auf. »Und wenn du bis morgen früh mit Nathan im Schoß hier sitzen willst, ich werde jetzt doch einiges tun müssen! Ich geh' in den Kühlraum, dann werde ich Sturhan wecken, und vielleicht dürfen wir dann auch endlich mal die notwendigen Messungen bei Nathan vornehmen!«

Aber Hertel war in einer seltsam unentschlossenen Stimmung. Er konnte noch nicht in die zweckbestimmte Arbeit zurückfinden.

So übermüdet er war, so beschwingt fühlte er sich. Sein Geist war frei.

Das Haus schlief. Vor den Fenstern stand schwer und dunkel die Nacht. Nur das monotone Ticken der alten Standuhr in der Diele war zu hören. – Plötzlich schrillte eine Glocke. Ihr metallisches Gellen zerriß die unheimliche Stille. Hertel fuhr zusammen. Sein Herz klopfte wild.

Rühle!

Das war nicht die Schelle an der Haustür. Das war die Zimmerglocke, mit der Rühle seinen Labordiener rief. Er hatte noch nie in der Nacht geklingelt.

Aus der Stille, in die das schlafende Haus so beklemmend zurückfiel, hörte Hertel den ungleichmäßigen Schritt Sturhans.

Eine Tür wurde geöffnet.

Geschlossen.

Rühle war schwer krank. War etwas passiert? Hertel stürzte an die Tür. Er riß sie auf und horchte auf den dunklen Flur hinaus.

Da – wieder die Tür. Dann der schwerfällig klopfende Gang des Labordieners. Diesmal war aus den unbeholfenen Schritten Hast und Eile herauszuhören.

Aus dem Türspalt fiel ein dünnes Lichtbündel über den finsteren Korridor.

»Herr Doktor Hertel!« Sturhans Stimme war heiser und schrill.

»Ja?« Hertel riß die Tür weit auf. Sturhan stand vor ihm. Er keuchte. In seinen Augen stand der Sckrecken.

»Der Professor. . .«

»Was ist?« Hertel wartete die Antwort nicht ab. Er bettete Nathan, der immer noch schlief, in der Wolldecke auf ein Sofa und jagte an Sturhan vorbei zum Zimmer des Professors hinüber.

Welch eine Nacht! Herzanfall! Er sah es sofort.

Der Kranke rang mühsam nach Luft. Er versuchte vergeblich, sich aus den Kissen zu stemmen. Auf seinem weißen Gesicht stand kalter Schweiß.

Hertel stürzte an das Bett, umfaßte Rühles Schultern und richtete ihn auf. Er stopfte ihm vorsichtig ein Polster in den Rücken. Dann fühlte er ihm den Puls.

Herrgott noch mal, warum konnte er dem Mann nicht helfen, den er so sehr verehrte! Der Professor selber hatte ihn früher gelehrt, daß diese Anfälle einzig und allein durch Entspannung zu lindern waren.

Rühles keuchender Atem beruhigte sich langsam. Aus seinen Augen wich die Angst.

»Siehst du, mein Junge«, keuchte er, »es geht oft rasch.«

Einen Augenblick schloß er erschöpft die Lider. Nur seine Lippen bewegten sich, als sprächen sie mit, was die Gedanken dachten. Dann winkten die Hände mit einer kraftlosen Bewegung Hertel heran.

»Rufen Sie Krabp!« flüsterte Rühle mit einer erschreckend fremden Stimme. »Sofort!«

Hertel zögerte. Durfte er den Kranken so lange allein lassen? Er wußte als Mediziner genau, daß dieser Herzanfall das Ende sein konnte. Aber Rühles Augen forderten Gehorsam. Er lief hinaus.

Draußen, im matterleuchteten Flur, standen Thea Runau und Sturhan. Sie warteten. In ihren Gesichtern brannte die Sorge. Wie oft hatten sie dem Sterben hilflos zusehen müssen! Jetzt aber, da es um das Leben ihres verehrten Professors ging, war es für sie, als erlebten sie die schreckliche Stunde zum erstenmal.

»Geht zu ihm«, sagte Hertel. »Er will euch sicher noch einmal sehn!« Dann eilte er zum Telefon und wählte Krabps Privatnummer.

Es war, als habe der andere mitten in der Nacht auf diesen Anruf gewartet. Er meldete sich schon beim ersten Läuten. »Um Gottes willen! – Ja, ich bin in einer halben Stunde da.«

Welch eine Nacht!

Hertel lief ins Labor zurück. Nathan lag noch ruhig in seiner Decke. Aber er war wach geworden. Die großen bernsteingelben Augen folgten in rührender Anhänglichkeit jeder seiner Bewegungen. Hertel konnte nicht anders, er trug das kleine Wesen in der Decke im Raum auf und ab wie ein Baby.

Hier war das wiedergewonnene Leben, und drüben, zwei Räume weiter, lag Rühle im Sterben. Hertel zweifelte keinen Augenblick daran. Während seines Praktikums hatte er an vielen Krankenbetten gestanden. Er kannte die Anzeichen des herannahenden Todes, die Schatten des unerbittlichen Endes.

Die Tränen stiegen ihm in die Augen, wenn er an die grausame Fügung des Schicksals dachte. Hier hielt er das lebende Tierchen auf dem Arm, und ein paar Schritte weiter starb ahnungslos der Mann, der sein Leben dafür eingesetzt hatte, es aus dem Schlaf zu wecken.

Jetzt war der Erfolg so gut wie sicher. Morgen oder übermorgen würde er das Ergebnis vielleicht schon gefunden haben. Rühle aber wurde nichts mehr davon erfahren.

Weshalb eigentlich nicht?

Noch lebte er!

Warum sollte er dem Sterbenden den Triumph seines Lebenswerkes vorenthalten?

Hertel erschrak.

Der Gedanke war bestürzend und faszinierend zugleich. Er kam nicht aus dem Verstand; er kam aus dem Herzen.

Langsam, Schritt für Schritt, ging Hertel über den Flur in Rühles Zimmer.

Der alte Mann lag unverändert hochaufgerichtet in den Kissen.

Aber die Angst war aus seinem Blick gewichen. Er sah Hertel ernst, fast feierlich entgegen.

Sturhan starrte fassungslos auf das Äffchen. Er wollte etwas sagen, etwas fragen, etwas einwenden, aber Hertel winkte ab.

Er trat dicht an Rühles Bett. Er sagte nichts. Dieser Augenblick war so ergreifend, daß ihm jetzt alle Worte fehlten. Er sah nur Rühle an. Langsam lenkte er die Augen des Professors zu dem hilflosen Bündel. Mit der freien Hand nahm er die hüllende Decke ganz herunter. Das Äffchen hatte sich mit einer Hand an Hertels Nacken geklammert und wandte den Kopf. Es schien interessiert den alten Mann zu betrachten.

Hertel konnte den Blick nicht von dem durchfurchten Antlitz seines sterbenden Professors lösen. Erst stand etwas wie Ärger und Verständnislosigkeit darin. Dann veränderte es sich. Es wurde befremdet, mehr und mehr ratlos. Ungläubig wanderten die Blicke von dem Tier zu Hertel und wieder zu dem Tier. Immer größer wurden seine Augen; die Lippen begannen zu zittern, mühten sich, Worte zu formen. – »Herr Professor!« rief Hertel mit erstickter Stimme. »Ja, es ist Nathan! Er ist erwacht! Er lebt!«

Rühle versuchte sich aufzurichten. Ein stilles Leuchten überstrahlte sein fahles Gesicht. Ein Leuchten wie aus einer anderen Welt. Er streckte einen Arm unsicher vor. Er wollte wohl nach diesem kleinen Leben greifen, den Körper warm und lebendig unter seinen Händen fühlen und betasten. Aber die Kraft reichte nicht mehr. Mitten in der Bewegung fiel die Hand schlaff auf die Bettdecke, der Körper sank wie nach einer übermenschlichen Anstrengung in die Kissen zurück.

Kein Laut war über seine Lippen gedrungen. Die Augenlider hatten sich erschöpft geschlossen. Die Züge seines Gesichts glätteten sich und nahmen den Ausdruck tiefen Friedens an. Es lag etwas von der erhabenen Genugtuung eines Kämpfers darin, der seinen letzten Sieg mit dem Leben hatte bezahlen müssen.

Tiefes Schweigen erfüllte den Raum. Nur der monotone Pendelschlag der alten Standuhr war hörbar.

Hertel beugte sich plötzlich beängstigt vor. Er griff nach der Hand auf der Bettdecke und fühlte den Puls.

Nichts. Das alte Herz hatte aufgehört zu schlagen.

Für Sekunden stand Hertel wie gelähmt. Er war unfähig, eine der Handlungen vorzunehmen, die er als Arzt an so vielen Krankenbetten ausgeübt hatte. Dies war sein Professor, sein Lehrer, sein väterlicher Freund. Doch dann, als kein Zweifel mehr an dem Tod Rühles blieb, richtete er sich tieferschüttert auf. Er warf einen Blick auf das stille Antlitz. Und der innere Friede, der über diesen Zügen lag, gab ihm den Trost, den er jetzt brauchte. Nein, er bereute es nicht, daß er Rühle in der Sterbestunde das wiedererwachte Leben gezeigt hatte. Er würde es nie bereuen!

Der klammernde Griff an seiner Schulter, das ängstliche Zittern des kleinen Tieres erinnerten ihn daran, daß das Leben weiterging, daß er für das Leben zu sorgen hatte.

Zehn Minuten später schrillte die Flurglocke. Es war Krabp. Sturhan hatte inzwischen den Spiegel am Eingang verhängt und die Tischuhr im Zimmer des Professors angehalten. Dieser Tod ging dem alten Labordiener wohl am nächsten. Er war fast ein halbes Menschenleben hindurch Rühles Begleiter, sein Bursche, sein Diener, sein Gehilfe gewesen. Er schämte sich der nassen Augen nicht, als er Krabp die Tür öffnete.

»Er ist tot!« sagte er schlicht.

Dann drehte er sich wortlos um und schlurfte müde vor Krabp dem Sterbezimmer zu. Es war, als sei er plötzlich um Jahre gealtert. Er achtete nicht mehr auf Höflichkeit und Formen. Er betrat vor Krabp das Zimmer und ging schweigend wieder hinaus.

Krabp trat an das Bett des toten Freundes und faltete die Hände. Lange stand er stumm. Er wußte, warum Rühle sich in seiner Sterbestunde an ihn gewandt hatte. Er wußte, daß es um das Lebenswerk des Freundes ging, und er versprach dem Toten aus ganzem Herzen, es nach bestem Können weiter zu fördern.

Rühle sollte ruhig schlafen!

Krabp war gewohnt, seine Entschlüsse gleich in Taten umzusetzen. Nachdem er Hertel und Thea Runau im Labor stumm begrüßt hatte, zögerte er nicht, die weitere Entwicklung der Arbeiten im Rühleschen Labor kurz zu umreißen.

»Machen Sie sich um die Zukunft keine Sorgen, Herr Doktor Hertel«, sagte er, »ich werde das Erbe meines verstorbenen Freundes in seinem Sinne weiterführen. Ich werde mit meinem Justitiar eine Stiftung ins Leben rufen, die die wirtschaftliche Grundlage dafür sicherstellt. Wir beide, Sie und ich, wir wollen Rühle treu bleiben, nicht wahr?«

Er streckte Hertel die Hand hin.

Krabp setzte sich dann in die Bibliothek, um die unerläßlichen Formalitäten durchzusprechen. Er wollte dem im Leben noch so unerfahrenen Wissenschaftler alles abnehmen, was an unangenehmen und zeitraubenden Dingen jetzt unbedingt erledigt werden mußte.

Es war ganz natürlich, daß das Gespräch auf das wiedererwachte Äffchen kam. Hertel hatte es immer noch nicht aus den Armen gelassen. Jedem Versuch, es in eine vorbereitete Wärmekiste zu betten, hatte sich Nathan ängstlich widersetzt.

Sie saßen um den ovalen Mahagonitisch und erzählten Krabp den Ablauf der sich überstürzenden Ereignisse. »Noch am Abend hatte ich eine Versuchsreihe abgeschlossen«, sagte Hertel.

»Es war schon gegen elf!« berichtigte ihn Thea Runau.

»Mein Gott!« Hertel sprang auf. »Nathan muß doch wieder gefüttert werden! Entschuldigen Sie bitte, ich bin gleich wieder da!«

Krabp blieb mit Thea Runau allein. »Ach, deswegen ist wohl meine Tochter heute so lange bei Ihnen gewesen«, sagte er beiläufig. »Ich hatte mir schon Sorgen um sie gemacht!«

Thea Runau hob kurz den Blick. In ihren Augen glomm ein schwer zu deutendes Licht auf. »Ja«, sagte sie, »Ihr Fräulein Tochter kam so gegen halb elf. Und da mußte Doktor Hertel sie leider bitten, etwas zu warten.«

Krabps Gesicht blieb undurchdringlich. Nur sein Oberkörper straffte sich. Er richtete sich plötzlich in seinem Sessel auf und griff hart um die Tischplatte.

»Kam Herr Doktor Hertel auch erst so spät?« fragte er gepreßt.

Thea Runau sah auf ihre Hände. »Nein, Doktor Hertel war schon seit dem Nachmittag bei der neuen Versuchsreihe.«

In Krabps Stirn grub sich eine steile Falte. Seine Augen sahen stahlhart über Thea Runau hinweg zur gegenüberliegenden Wand. Erst nach einer Weile wurde er sich des Schweigens im Raum bewußt. Er erhob sich abrupt.

»Ich werde alles in die Hand nehmen, ich werde alles Notwendige veranlassen. Gute Nacht, Fräulein Runau!«

Er war schon in der Tür.

»Grüßen Sie bitte Doktor Hertel!« sagte er noch.

Nachdem die Tür hinter Dr. Krabp ins Schloß gefallen war, versank das Haus in drückendes Schweigen.

Thea Runau war zu Bett gegangen. Sturhan hielt Totenwache bei seinem Professor. Es war vier Uhr geworden.

So übermüdet er war, Hertel dachte nicht an Schlaf. Er stand allein im verlassenen Labor. Er fütterte liebevoll das Äffchen, dann trat er an das Fenster und öffnete einen Flügel.

Von einem Kirchturm hallten schwere Glockenschläge herüber.

Noch war es Nacht. Aber die schwarzen, schweigenden Baumkronen hoben sich schemenhaft gegen den Himmel ab. Ein erstes blasses Ahnen des kommenden Tages dämmerte herauf.

Ein neuer Tag! Was hatte der alte alles gebracht! Welche Umwälzung war in den wenigen Stunden eingetreten!

Erst der mißlungene Versuch. Der Besuch Renates. Die Nachtfahrt zu dem großen Haus in Homburg. Die Rückkehr und die überwältigende Entdeckung! Dann Rühles Tod! Und jetzt war er allein, allein vor einer gewaltigen Aufgabe. Am Vorabend von Erfolg und Ruhm.

Ja, er würde Rühles Werk vollenden. Aber die Lösung des letzten Rätsels würde sein Werk sein! Der Schlußstein, den er auf das vorhandene Bauwerk setzte.

Das Äffchen auf seiner Schulter begann lebhafter zu werden.

Das Leben hatte gesiegt.

Es würde gelingen, Leben nach dem Willen des Menschen über den natürlichen Ablauf hinaus zu verlängern. Noch lagen ungeahnte, schwindelerregende Folgerungen und Möglichkeiten in dieser Erkenntnis verborgen. Sie würden sein Leben erfüllen!

Während der kühle Wind des ersten Morgens belebend aus dem Garten hereinwehte, stand Hertel mit brennenden Augen am Fenster, erfüllt von der Vision einer unübersehbaren Entwicklung.

Dr. Krabp, der durch das nachtdunkle Gebüsch zu seinem Wagen zurückging, war äußerlich unverändert.

Er nickte Willi zu, ließ sich in die Polster sinken und sah zum Fenster hinaus. Keiner hätte ahnen können, was in ihm vorging.

Ihm aber war, als sei er plötzlich allein auf der Welt. Als sei alles, was seinem Herzen bisher nahegestanden hatte, mit einem Male ausgelöscht.

Rühle war tot!

Sein guter alter Freund war tot. Der Mann, zu dem er immer hatte kommen dürfen, mit dem er alle privaten Sorgen hatte teilen können. Rühle, dieser glühende Idealist, der das Wort Eigensucht nie gekannt hatte.

Wie sehr vermißte er ihn gerade jetzt!

Renate hatte ihn getäuscht. Sie hatte nicht gelogen, aber sie hatte ihm etwas Entscheidendes verschwiegen.

War es nicht im Grunde dasselbe?

Seine Renate!

Sein einziges Kind! Ein Sohn war ihm in seiner kurzen Ehe versagt gewesen. Alle Liebe, alle Hoffnung hatten immer seiner Tochter gegolten.

Sie hatte versagt. Es gab kein anderes Wort.

Auf einmal stieg maßloser Zorn in diesem Manne auf, der sein Leben lang gelernt hatte, sich bis zum äußersten zu beherrschen.

Was dachte sie sich! Wollte sie im Ernst hinter diesem billigen Jüngling herlaufen? Vergaß sie denn ganz, wer sie war? Dachte sie nicht an die Arbeit von Generationen? An ihre Vorfahren, die das stolze Werk aufgebaut hatten? Hatte sie kein Empfinden für die höhere Verpflichtung, die darin lag? Er stampfte wütend mit dem Fuß gegen den Wagenboden.

Willi drehte sich erschreckt um. »Ist was, Herr Krabp?«

Krabp bezwang sich mit Gewalt. »Nein, danke. Mein Fuß ist mir eingeschlafen«, preßte er hervor.

Als sie das Portal in Homburg erreichten, hatte er sich wieder gefangen. Er gab Willi mit ruhiger Stimme ein paar kurze Anweisungen.

Erst in der Bibliothek fiel der Zwang von ihm ab. Ruhelos lief er zwischen den hohen dunklen Bücherregalen auf und ab. Er sah gequält zu dem Gemälde seiner toten Frau auf. Es gab keine Antwort. Es konnte keine Antwort geben. Es war schön und still und unendlich fern.

Das war nicht mehr der kühle beherrschte Großindustrielle. Das war der Vater, hin und her gerissen zwischen Zorn und Liebe und Schmerz.

Endlich griff er rasch entschlossen zum Telefon und rief Renate an. Er sah auf die Uhr über dem Kamin. Es war vier Uhr dreiundvierzig. Egal: Diese wichtige Frage mußte sofort geklärt werden. – Renate meldete sich nach dem dritten Ruf mit verschlafener Stimme.

»Renate, bitte, komm sofort herunter!« sagte Krabp so ruhig wie möglich. »Ich muß dich sprechen!«

Renate schwieg einen Augenblick. Sie stellte keine Fragen. Sie antwortete nur leise: »Ja, Papa!«

Sie stand mechanisch auf und trat vor den Spiegel. Ihr Gesicht blickte ihr blaß und übernächtig entgegen. Sie war erschreckt und bestürzt. Sie ahnte, weshalb der Vater sie jetzt kommen ließ. Er mußte erfahren haben, wo sie am Abend gewesen war.

Sie lief mit zwei Schritten zum Nachttisch zurück und zog die Schublade auf. Sie nahm das Bild heraus, das Foto, das sie seit Tagen ängstlich als Geheimnis hütete. Wie oft hatte sie es schon hervorgeholt! Wie oft hatte sie es angesehen und Trost und Hilfe bei ihm gesucht.

Freytag! Wie sehr liebte sie ihn! Sie strich mit zärtlichen Fingern über die Konturen des Gesichtes.

Wie ein Wunder war dieser Mann in ihr Leben getreten. Er hatte es von einem Tag zum anderen verwandelt. Er hatte es verzaubert. Er hatte es reich gemacht.

Sie schloß die Augen. Sie fühlte, daß er jetzt bei ihr war. So nahe wie in den kurzen Stunden, die sie mit ihm zusammen gewesen war. Sie hörte seine heisere Stimme an ihrem Ohr: ›Du liebst mich, Renate, und ich liebe dich! Und du weißt es!‹

»Ich werde nie von ihm lassen!« flüsterten ihre Lippen unhörbar; und es war wie ein Schwur: »Nie!«

So! Nun konnte sie diesem Gespräch entgegengehen. Mit fieberhafter Hast zog sich Renate an, dann schritt sie in die Bibliothek hinunter.

Krabp ging mit schnellen Schritten auf und ab. Als er Renate erblickte, blieb er stehn. »Renate, ich komme eben von Rühle! Er ist tot!«

Renate öffnete bestürzt die Lippen, aber Krabp wartete ihre Antwort nicht ab. Seine Augen ließen sie nicht los. Sie erschrak jetzt vor dem tiefen Ernst, der Mischung von Schmerz und gnadenloser Entschlossenheit, die in ihnen stand.

»Renate, in Rühles Labor habe ich erfahren, daß du erst gegen halb elf dort gewesen bist, um Hertel abzuholen – wo bist du vorher gewesen?«

Renate schluckte. Eine heiße Welle überlief ihr Gesicht.

»Renate, du hast mich nie belogen! Sag auch jetzt die Wahrheit!«

Sie warf den Kopf in den Nacken. Ihr war des Vaters innere Erregung nicht verborgen geblieben. Mochte niemand merken, wie es in ihm aussah – ihr entging es nicht.

Und doch mußte sie sich auch gegen seinen gewaltigen Willen behaupten.

»Warum sollte ich lügen!« sagte sie mühsam beherrscht. »Ich war bei ihm; bei – Robinson. Ich liebe ihn«, fügte sie trotzig hinzu.

Krabp schwieg. Sein Gesicht verfiel zusehends. Jetzt hätte Renate auf ihn zustürzen mögen. Sie hätte flüstern mögen, zärtlich und liebevoll: ›Paps, guter alter Paps, es ist ja schrecklich, dir weh zu tun. Aber ich liebe ihn doch! Ich kann doch nicht anders!‹

»So, du liebst ihn«, sagte Krabp mit einem Anflug seiner gewohnten überlegenen Ironie.

Sie standen einander gegenüber und maßen sich mit den Augen.

Jetzt galt es ihr Glück, jetzt galt es ihre Freiheit zu verteidigen.

Sie wußte selber nicht, wie ihr die Worte auf die Lippen kamen, schroff, hart, unwiderruflich: »Und ich werde ihn heiraten!«

Plötzlich war es zuviel. Eine Schwäche überfiel sie. Sie wankte. Sie mußte sich auf einen Sessel setzen.

Krabp sah, wie sich ihre Hände verkrampften, daß die zarten Knöchel weiß heraustraten. Sein Gesicht war zu einer ledernen Maske erstarrt. Gab es für diesen Wahnsinn überhaupt noch eine Antwort?

Er hätte sie streicheln mögen, so leid tat sie ihm. Aber jetzt durfte er nicht nachgeben, gerade weil er sie liebte.

Er drehte sich brüsk um und ging hinaus. In der Tür blieb er noch einmal stehen. »Du wirst morgen von mir hören!« sagte er fest.

Die Tür fiel hart ins Schloß. Renate stöhnte auf. Sie wußte sofort, er wollte sie von Freytag trennen! Wie kurz war ihr Glück gewesen! Nur ein flüchtiger Augenblick, und schon sollte es für immer vorbei sein. Nein! Nie!

Die ganze Nacht lag sie schlaflos in ihrem Zimmer.

Als sie gegen zehn Uhr zum Kaffeetisch kam, fand sie einen Brief neben ihrem Frühstücksteller.

Dein Zug nach Lausanne geht heute um 15.36 Uhr. Willi hat Anweisung, Dich zur Bahn zu fahren. Einzelheiten gehen Dir noch zu.

Renate ließ die Hände sinken. Das wäre die Trennung für immer. Das wäre das grausame Ende eines Traums, der kaum begonnen hatte.

Erst nach langer Zeit wurde ihr bewußt, daß vor ihr ein unberührtes Kaffeegedeck stand. Der Diener sah aus der Pantry flüchtig herein, ob etwas fehlte.

Sie sprang auf und warf die Serviette auf den Teller. In der Garderobe riß sie ihren Regenmantel vom Bügel und schlüpfte hinein.

Als sie das Haus verlassen wollte, trat ihr Fräulein Buhrmann entgegen. »Ihr Herr Vater läßt Sie bitten, sich bis zur Abreise im Hause aufzuhalten.«

Renate streifte die Haushälterin mit einem geringschätzigen Blick und lief in die Garage. Sie warf sich in ihren Wagen und drückte nervös auf den Anlasser. Der Motor rührte sich nicht.

Nach mehreren vergeblichen Versuchen bemerkte sie Willi, der wohl schon einige Zeit in der Garagentür gestanden hatte.

»Das hat ja wohl nun nicht viel Zweck, gnädiges Fräulein«. sagte er verlegen.

»Weshalb?«

»Die Batterie ist ausgebaut, gnädiges Fräulein.«

»Warum?« herrschte Renate ihn an.

»Herr Krabp hat es angeordnet«, gestand Willi leise. Er blieb verlegen neben ihr stehen. Sie spürte eine Sympathie. »Schon gut«, sagte sie. Willi verschwand. Sie hörte die Tür der Fahrerwohnung hinter ihm ins Schloß fallen. Sie saß bewegungslos in ihrem Wagen und umklammerte das Steuer, als gäbe es ihr Halt. Sie war also gefangen!

Plötzlich durchzuckte sie ein Einfall. Olufs Wagen!

Sie stürzte aus der Garage. Ja, da war er. Sie sah ihn durch die Büsche schimmern. Er stand auf dem kleinen Nebenweg der Auffahrt, wo sie ihn gestern abend abgestellt hatte. Fräulein Buhrmann packte die Koffer. Sie sah aus dem Fenster. Ihre Lippen waren schmal. Ein kleines schadenfrohes Lächeln spielte um ihre Mundwinkel, als Renate aus der Garage kam. Ohne Wagen

Fräulein Buhrmann drehte sich um und ging daran, die Kleider in den Kabinenkoffer einzuordnen.

Da – was war das? Ein Motor heulte auf!

Sie stürzte ans Fenster. Sie kam gerade zurecht, um zu sehen, wie sich Olufs Wagen auf dem Kiesweg in Bewegung setzte.

Fräulein Buhrmann ließ alles stehen und liegen und rannte ans Telefon.

Renate jagte in Olufs Wagen auf der gewundenen Straße nach Weilburg. Dort war er bis Sonntag, hatte Freytag ihr gesagt. Sie war entschlossen, ihren Willen durchzusetzen. Sie würde sich nicht verschicken lassen. Sie war kein Schulmädchen mehr.

Freytag!

Wieder fuhr sie zu ihm; wie gestern. Gestern war es schon dämmrig gewesen. Und doch hatte alles heller und strahlender ausgesehen. Wieviel Spannung und Lust am Abenteuer hatte über der Fahrt in den Abend gelegen! Wieviel Sehnsucht und Erwartung!

Welches Glück und welche Erfüllung hatte er ihr geschenkt! Und heute?

In wenigen Stunden war abermals alles anders geworden. Jetzt sah die Welt nüchtern aus; der Schleier von Träumerei und heimlichem Spiel war zerrissen. Hart sah die rücksichtslose Wirklichkeit sie an.

Die Straße war kurvenreich. Sie überkletterte Höhen und Hügel.

Renate drosselte die Geschwindigkeit. Sie warf einen Blick auf die Uhr des Armaturenbretts. Es war erst viertel vor elf.

Wo würde sie Freytag treffen? Sie hatte ihn gestern im Wald verlassen.

Ihr Herz durfte nicht mit ihr durchgehen! Sie mußte einen klaren Kopf behalten! Jeder Schritt, den sie jetzt tat, konnte gefährlich sein!

Zuerst mußte sie Freytag finden. Das war nicht einfach in dem farbigen Gewimmel der Buden und Karussells. Sie mußte fragen und suchen. Endlich konnte ihr ein bärtiger Leierkastenmann Auskunft geben.

Möckel stand mit seinen Wagen abseits des Weilburger Festmarktes. Er hatte diesmal nichts zu bieten. Die große Verwandlungsschau war geplatzt. Keine Leuchtbirne über dem Vorzelt. Keine Massen, die zur Kasse strömten. Kein Applaus.

Er hatte nicht einmal aufgebaut. Die Wagen standen auf einer Wiese neben der Straße.

Möckel hatte die Tür zu seinem Wohnwagen geöffnet und saß gedankenvoll auf den Treppenstufen. Die Mädchen wuschen ihre Kostüme und nähten abgefallene Pailletten auf. Vom Festplatz schallte das Gedudel der Orgeln und das Kreischen der Lautsprecher herüber. Einige Karussells drehten sich schon seit neun Uhr früh für die Kinder.

Schaustellerluft! Musik! Kirmes! Das Herz des alten Mannes krampfte sich zusammen. Dasitzen müssen und nichts tun können! Wehmütig starrte er vor sich hin. Er mußte eine neue Schau auf die Beine stellen. Er mußte mit seinen alten Schauerdramen durch die kleinen Dörfer ziehen. Nur so konnte er sein Etablissement über diese Zeiten hinwegbringen. Aber der Hauptakteur fehlte – Robinson!

Am Straßenrand bremste ein schnittiger Sportwagen. Möckel erhob sich halb und spähte hinüber. Er war immer bereit, an Wunder zu glauben, an gute Geister und millionenschwere Mäzene, die plötzlich aus den Wolken fielen, um ihm und der erhabenen Kunst aus der Patsche zu helfen. Die Glücksfee aus dem Märchen hatte einen festen Platz in seinem Herzen.

Er sah eine elegante junge Dame aus dem Wagen steigen. Sie blieb zögernd am Straßenrand stehen.

Donnerwetter, die kannte er doch! Richtig, das war doch die, um derentwillen Robinson ihn verlassen hatte!

Was mochte sie wollen? Wen suchte sie?

Möckel knöpfte hastig seinen Gehrock zu. Er korrigierte den Sitz des steifen Hutes und schritt Renate würdevoll entgegen. Ein Millionärin! ›Ihr Vater hat mehr Millionen als du Markstücke in deiner Kassa!‹ hatte der von der Feuerwehr gesagt. Nun, er würde sie auf die richtige Art begrüßen. Oh, Direktor Möckel wußte, wie man feine und gebildete Leute zu behandeln hatte!

Er lüftete mit Grandezza die schwarze Glocke und verneigte sich steif aus den Hüften.

»Die extravagante Ehre! Möckel der Name! Direktor des gleichnamigen Kunst-Etablissements!«

Aber Renate hatte jetzt keinerlei Verständnis für die Formen gebildeter Gesellschaftskreise, wie Möckel sie sich vorstellte.

»Wo ist Herr Gomela?« stieß sie hervor und zerrte ungeduldig an ihrem Handschuh.

Möckels Miene wurde undurchsichtig. Sein Blick ging unsicher über sie hinweg. Robinson war in Frankfurt, und Freytag saß nach seiner Gewohnheit seit dem frühen Morgen im Bierzelt auf dem Festplatz.

»Das ist mir leider nicht momentan«, sagte er mit einer chevaleresken Geste.

Doch Renate war jetzt nicht aufzuhalten, schon gar nicht von einem Möckel.

»Herr Möckel«, sagte sie heftig und faßte ihn am Arm, »ich muß Ihn dringend sprechen! Also Freytag, verstehen Sie!«

Ihre Augen flehten so innig, es lag so viel Sorge in ihrer Stimme, daß der alte Mann ganz hilflos wurde. Er konnte echten Herzenstönen nicht lange widerstehen.

»Ja, so, Freytag«, stotterte er, »gewiß, sogleich. Ich werde Sie hingeleiten, bitte.«

Elvira beobachtete die Szene von der Waschbütte her. Sie war sofort im Bilde, als Möckel und Renate sich zum Festplatz begaben.

Ah! Er wollte sie zu Freytag bringen! Und wenn sie Freytag in seinem gegenwärtigen Zustand sah, dann war es passiert. Dann platzte die ganze fein eingefädelte Intrige.

Elvira nahm sich kaum Zeit, die Hände abzutrocknen. Sie lief hastig quer durch die Budenstadt.

In einer Ecke des Bierzeltes, nahe beim Ausschank, saß Freytag mit einem Mädchen. Er hatte seinen Arm um ihre Schultern gelegt und war bester Stimmung. Der Tisch war mit Biergläsern besetzt. Das Mädchen nippte an einem giftgrünen Pfefferminzlikör. Beide waren angetrunken. Auf dem Nachhauseweg von dem Treffen mit Renate hatte Freytag sie in der Küche eines Dorfgasthauses entdeckt und zu einem Rendezvous im Bierzelt überredet. Kein Mädchen konnte ihm widerstehen.

»Trink, Mädchen, trink«, schrie Freytag ausgelassen, »trink, damit du groß und stark wirst!«

Elvira war von der Seite her durch eine Spalte in der Zeltleinwand hineingeschlüpft. Sie setzte sich Freytag gegenüber, mit dem Rücken zum Haupteingang, und versuchte, auf ihn einzureden, doch Freytag wollte von ihr nichts wissen.

Gerade kam der Wirt mit der Likörflasche an den rohen Tisch, um nachzuschenken. »Laß die Buddel endlich stehn«, johlte Freytag, »wir schenken uns schon selber ein!«

»Da möchte ich erst mal 'n bißchen Kies sehn«, sagte der Wirt und hielt die Flasche fest.

In diesem Augenblick erschienen Möckel und Renate im Zelteingang. – Renate blickte nervös durch den großen Raum. Sie gewahrte Freytag und seine Gesellschaft sofort. »Herrgott, Freytag!« zischte Elvira beschwörend und zerrte ihn am Ärmel.

Freytag hatte immer noch kein Auge für sie.

»Mensch, hab dich bloß nicht wegen dem bißchen Zaster!« schrie Freytag aufgebracht den Wirt an. »Du weißt wohl nicht, wen du vor dir hast?« Er stemmte sich schwankend halb von seiner Bank hoch. »Wenn ich will, kaufe ich dir morgen die ganze

Bruchbude ab!« Er schlug sich gegen die Brust, wo die Brieftasche saß. Dann sank er auf die Bank zurück.

Jetzt erst bemerkte er, wie Elvira beschwörend über die Schulter zum Zelteingang wies.

Freytags Blicke folgten ihr.

Und endlich sah er Renate.

Sie war am Eingang stehengeblieben. In ihrem Gesicht spiegelte sich völlige Fassungslosigkeit. Sie hörte die Worte, aber sie wollte sie nicht glauben. Ihre Knie zitterten.

War das der Mann, zu dem sie geflohen war? War das der Mann, den sie liebte, den sie heiraten wollte? Dieser betrunkene Kerl, der mit billigen Mädchen schon am Vormittag herumsoff? War das der Mensch, dem sie vertraut hatte wie nie zuvor einem Menschen?

Es waren nur Sekunden. Aber Sekunden eines Schmerzes, der sie von einem Augenblick zum nächsten aus dem Himmel in die Hölle stürzte. Sie umkrampfte Möckels Arm, als suchte sie Halt.

Freytag starrte sie an. Seine Hand war von der Schulter des Mädchens gefallen. Sein Gesicht sah für einen Augenblick leer und erschlafft aus. Und doch hetzten sich die Gedanken hinter seiner Stirn. Was sollte er sagen? Was sollte er tun? – Hinlaufen, sie in die Arme schließen, so tun, als ob gar nichts gewesen wäre?

Nein; er war viel zu betrunken! Eine Sekunde noch, und sie würde gehen. Gehen für immer. Dann war der Traum vorbei, der Traum von der dicken Brieftasche, dem Geld, dem sorglosen Nichtstun. Dann war der Goldvogel fortgeflogen.

Sein Blick fiel auf Elvira, die vor ihm saß.

»Sag doch, du bist sein Bruder!« zischte sie ihm zu. »Sag, du bist der andere! Kapierst du denn nicht?«

Freytag schaltete. Blitzartig begriff er, was Elvira gemeint hatte.

»Hallo, Puppe«, schrie er zu Renate hinüber, »du suchst wohl meinen Bruder? Kannst dich trotzdem ein bißchen hersetzen! Platz genug in der Budike!«

Renate warf den Kopf zurück. Ihr Gesicht verzog sich zu eisiger Ablehnung. Jetzt war sie wieder Renate Krabp. Von diesen Zügen konnte niemand mehr eine Gefühlsregung ablesen. Sie drehte sich schroff um und war mit drei Schritten aus dem Zelt.

Draußen blieb sie stehen.

Sie mußte mit diesem Schock erst einmal fertig werden. Was hier auf sie einstürmte, das war zuviel. Sie konnte es nicht verhindern, daß ihr jetzt Tränen in die Augen stiegen. Sie wischte sie nicht einmal ab.

Möckel sah dieses stumme Weinen. Wenn etwas seinem Herzen naheging, dann waren es Tränen. Sein weiches Herz konnte den Leiden anderer nie ohne Anteilnahme zusehen. Jede Not fand ihn hilfsbereit. Er nahm den frierenden Hund ebenso in seinen Wohnwagen und wärmte ihn, wie er jedes weinende Kind tröstete. Wieviel zerplatzte Luftballons hatte der gute Vater Möckel schon auf den Jahrmärkten durch neue, größere ersetzt!

Und hier stand ein Mensch, der weinte. Ein junges Mädchen, das in Not war! Möckel ahnte etwas von dem falschen Spiel, das mit ihr getrieben wurde. Behutsam nahm er Renates Arm.

»Ich kenne diese Desperation des Herzens, gnädiges Fräulein«, sagte er herzlich, »Sie müssen nicht weinen. Sie sind einem bedauerlichen Irrtum zum Opfer gefallen!«

Dabei zermarterte er sein Hirn, wie sich diese unglückliche Geschichte geradebiegen ließe.

Er holte sein großes,weißes Taschentuch umständlich aus den Schößen des Gehrocks und wischte sich damit im Gesicht herum. Ja, er mußte ihr helfen, ganz gleich wie. Sie war das Mädchen, das der Prinz so liebte! »Aber es ist doch der Falsche! Sie wissen doch, daß es Zwillinge sind und daß sie daher ganz gleich aussehen!«

»Ja, ja«, stammelte Renate schluchzend, »ich weiß! Aber es war so furchtbar! Sie wissen ja gar nicht, in was für einer Lage ich bin. Ich muß Freytag sofort sprechen! Wo ist er denn?«

Am Morgen war Elvira mit einer Postkarte von Robinson zu Möckel gekommen. Robinson hatte nur ein paar kurze Worte geschrieben und seine Frankfurter Adresse mitgeteilt, damit Elvira ihm den Anzug nachschicken könne. Die Karte ruhte jetzt in Möckels Brusttasche.

»Ich weiß nicht, ob ich soll«, murmelte Möckel hilflos.

Renate umklammerte Möckels Arm fester. »Herr Möckel«, sagte sie mit flehender Stimme, »Sie sollen nicht nur, Sie müssen! Ich muß sofort wissen, wo er ist. Ich muß sofort zu ihm!«

Möckel gab sich einen Ruck. Er konnte sie doch unmöglich so zu Robinson schicken. Das würde eine Katastrophe geben. Wie aber sollte er ihr sonst helfen? Es blieb kein Ausweg; er mußte mit! Und er mußte es so einrichten, daß er Gelegenheit hatte, den Prinzen vorzubereiten.

Der Gedanke, Robinson so unverhofft schnell wiederzusehen, war verlockend.

Vielleicht brauchte Robinson Hilfe. Vielleicht war ihm nicht alles so geglückt, wie er sich das vorgestellt hatte.

Das Ganze war ein Abenteuer, und er, Gotthelf Möckel, hatte die Fäden in der Hand. Unversehens fühlte er sich vom Zuschauer in den Hauptdarsteller dieses spannenden Dramas verwandelt. Der trostlose Vormittag gewann plötzlich an Glanz.

»Ja«, sagte er aufatmend, »er ist in Frankfurt; ich weiß, wo er wohnt. Aber daß Sie allein hinfahren, das geht nicht. Es sind da gewisse komplexierte Umstände. Es geht nur, wenn das gnädigste Fräulein mir gestatten, Sie persönlich hinzuführen.«

»Selbstverständlich«, sagte Renate herzlich, »ich bin Ihnen sogar sehr dankbar. Wenn es nur schnell geht.«

Nach dem unvorhergesehenen Aufenthalt war sie wieder in größter, angstvoller Eile. Sie zog den alten Mann zum Auto. Es war wohl auch eine Flucht vor dem gräßlichen Bild, das sich ihr eingeprägt hatte und das sie wohl nie würde vergessen können.

Nur fort! Nur weg!

Beide hatten nicht bemerkt, daß sie bei dem Gespräch belauscht und beobachtet wurden. Von den Falten der zurückgeschlagenen Zeltleinwand verborgen, hatte Elvira jedes Wort gehört. Was sie nicht verstanden hatte, reimte sie sich zusammen.

Jetzt stand alles auf dem Spiel: Möckel wollte Renate zu Robinson führen.

Das würde das Ende sein! Was sie so fein gedeichselt hatte, wäre vergebens gewesen. Dann kam alles heraus!

Mit einem Ruck drehte sich Elvira um. Freytag hockte mit verdutztem Gesicht immer noch hinter der Bierbank. Sie rannte auf ihn zu und zischte das Mädchen an: »Mach, daß du fortkommst! Wir haben jetzt zu tun!«

»Du Idiot«, fauchte sie Freytag zu, »kannst du nicht einmal vernünftig bleiben? Jetzt fährt der Möckel mit ihr zum Prinzen. Den Goldfisch bist du los, und was der Prinz dann aus dir machen wird, kannst du dir ja selber vorstellen.«

»Ja, aber . . .«, stotterte Freytag hilflos.

»Du mußt sofort hinterher! Du mußt die zwei vorher abfangen. – Rob wohnt gleich neben dem Artisten-Café; du weißt doch!«

»Aber wie soll ich denn . . .?« stammelte Freytag. Er wurde zusehends nüchtern.

Elvira zog ihn schon zur Theke. Sie gab dem Wirt einen Zehnmarkschein. »Wir rechnen nachher ab.«

Sie hatte alles im Kopf.

Sie ließ sich zwei Sprudel und zwei Rollen Pfefferminz geben; sie zog den ratlosen Freytag aus dem Zelt, über den Platz zum Wagen hinüber.

»Los, los!« hetzte Elvira. »Du wäschst dich in rasender Eile! Du spülst den Mund aus! Vor deiner Fahne wird einem ja schwach.« Sie brauchte gar nicht zu überlegen.

»Ich gebe dir Robinsons feinen Anzug, den hab' ich zum Glück noch da. Und dann besorge ich dir vom Geisterhausmaxe die schwere Maschine.«

Sogar die Landstraßen hatte sie im Gedächtnis. »Du fährst über Weilmünster; da sparst du die Umleitung.«

Wütend blitzte sie ihn an. »Schade, daß ich kein Mann bin! Ich schnappte sie mir. Du bist doch kein Waschlappen!«

Endlich hatte sie Freytag auf Touren gebracht.

Keine fünf Minuten später brauste er auf der schweren Maschine davon. Richtung Weilmünster.

11

Als Fräulein Buhrmann kurz nach zehn bei Dr. Krabp anrief, war er gerade in einer Sitzung. Um den langen, grünbespannten Tisch saßen auf breitlehnigen, ledergepolsterten Sesseln zwölf Herren. Sie lauschten dem Vortrag ihres Justitiars. Er verlas gerade einen Vertragsentwurf, der für die Weiterentwicklung eines Tochterwerkes der Krabpschen Unternehmungen entscheidend war. Diesem Projekt waren langwierige Verhandlungen vorausgegangen. Die heutige Sitzung bildete den Abschluß einer großzügigen Entwicklung, die Krabp schon vor Jahren eingeleitet hatte.

Nein, niemand wagte es, Doktor Krabp in diesem Augenblick zu stören. Es bedurfte der ganzen Energie der Wirtschafterin, bis man sich endlich bereit fand.

Krabp war sehr unwillig, als der Sekretär hinter seinen Stuhl trat und ihn leise aufforderte, an den Apparat im Nebenraum zu kommen. »Was gibt es denn so Wichtiges?« herrschte er Fräulein Buhrmann an.

Was die Wirtschafterin von Renates Flucht heraussprudelte, traf ihn wie ein tödlicher Schlag. Im ersten Schrecken ließ er die Hand mit dem Hörer sinken.

In dieser Sekunde waren alle Gedanken an das Unternehmen weggefegt. Was nützten alle Pläne, wenn ihm sein einziges Kind unter den Händen verlorenging!

Er stöhnte auf. Jetzt ging es um sein Kind! Es gab nichts anderes mehr! Nein, er konnte jetzt der Verhandlung nicht länger folgen.

Ohne eine Antwort legte er den Hörer auf. Vor der Tür stand sein Sekretär. Als er Krabps blasses Gesicht sah, stutzte er.

»Bitte rufen Sie sofort die Marktpolizei an und stellen Sie fest, wo in der Umgebung Jahrmarkt oder Kirmes ist!«

»Jawohl, Herr Krabp.«

Krabp betrat den Konferenzraum, blieb aber an der Tür stehen. Seine Stimme war beherrscht. Nur die Blässe seines Gesichts verriet, wie dieser Schlag ihn getroffen hatte.

»Meine Herren, ich bedaure außerordentlich, daß ich unsere Sitzung abbrechen muß. Ich habe eine Nachricht bekommen, die mich zwingt, sofort wegzufahren. Ich danke Ihnen.« In das Stühlerücken und Stimmengewirr hinein sagte er: »Ich darf mich der Eile wegen kurz so von Ihnen verabschieden!« Er drehte sich um und ging den teppichbelegten Flur hinunter.

Der Sekretär kam ihm entgegen. Er hatte einen Zettel in der Hand, auf dem fünf Orte der näheren Umgebung Frankfurts aufgeführt waren. Krabp biß sich auf die Unterlippe. Diese Namen sagten ihm nichts. Wer wußte, wo Renate gestern gewesen war? Hertel? Kaum! – Oluf? – Ja, Oluf! Kein anderer.

Er war schon am Telefon. »Oluf!« Vor dieser entschlossenen Stimme gab es keine Ausflüchte. Krabp las die Namen vom Blatt ab. »In welchem dieser Nester ist Renate gestern gewesen?«

Oluf zögerte.

»Oluf, es geht um Renate! Ich verlange von dir, daß du mir hilfst. Und – ihr, Oluf. Die Sache ist ernst.«

Oluf räusperte sich. »In Weilburg«, sagte er.

»Danke.«

Krabp warf den Hörer in die Gabel. »Sofort meinen Wagen!« befahl er schroff.

Während der Fahrt trieb er Willi immer wieder zu schnellerem Fahren an. Das hatte Willi noch nie erlebt. Was war bloß mit dem Chef? Sicher hing das mit Renate zusammen. Daß sie heute morgen mit dem fremden Wagen losgebraust war, würde bestimmt Ärger geben. Willi hatte es sich gleich gedacht.

Die ersten Wohnwagen vor dem Weilburger Festmarkt waren Möckels Maringotten.

»Halt!« schrie Krabp. Willi hielt mit knirschenden Reifen. Krabp schickte ihn los, sich zu erkundigen, ob Olufs Wagen irgendwo aufgetaucht war.

Krabp selbst ging schweren Schrittes über die Wiese. Er betrat die erste beste Maringotte. Sie war leer.

Draußen lag der Platz halb verlassen. Kinder spielten auf der angrenzenden Wiese Fußball. Vom Festplatz her leierten die gleichmäßigen Rhythmen der Karusselle. Weit und breit keine Spur von Renate!

Krabp sah sich suchend um. Drüben stand ein Mädchen an einem Waschtrog. Krabp trat unschlüssig auf sie zu. »Können Sie mir sagen, wo ich Herrn Gomela finde?«

Elvira sah auf und warf das Stück, das sie gerade in den Händen hatte, platschend ins Wasser zurück. »Herr Gomela ist weggefahren.«

»Allein?«

Elvira stutzte. »Das weiß ich nicht«, sagte sie langsam.

Krabp nahm sich zusammen. Es war sinnlos, diese Leute anzuschreien, wie er es gern getan hätte.

»Sagen Sie mir bitte, haben Sie hier vorhin einen dunkelgrünen Sportwagen mit langer Kühlerhaube gesehen? Es muß eine blonde junge Dame am Steuer gesessen haben.«

Elviras Gesicht verriet ihre Gedanken nicht. Das waren sonderbare Fragen. Wer war der Mann? Das mußte doch ein Verwandter von Freytags Mädchen sein. Ein Onkel oder gar der Vater.

Krabp betrachtete sie mit harten Augen. Er deutete ihr Zögern instinktiv richtig. Dieses Mädchen wußte etwas!

»Sie haben den Wagen hier gesehen, nicht wahr?«

»Ich glaube, ja . . .«, stotterte Elvira, »aber ich weiß nichts! Ich weiß wirklich nichts!«

Willi kam zurück. Er hatte von Olufs Wagen in ganz Weilburg keine Spur gefunden.

Dafür gab der Tankstellenbesitzer, dessen Zapfstelle nur wenige hundert Meter vom Festplatz entfernt lag, den ersten sicheren Hinweis. »Ja, die ist hier durchgekommen!«

»Allein?«

Der Mann im Overall runzelte die Stirn. »Ne, ich glaube, da war noch ein Mann mit drin.«

»Was für ein Mann?« Krabps Fragen klangen immer gepreßter.

»Ja, da fragen Sie mich zuviel.« Der Tankwart schob die Mütze aus der Stirn. »So genau habe ich nun auch nicht hingesehen.«

»Und wohin sind sie gefahren?«

»Ich vermute, Richtung Usingen.«

Renate hatte diesen Rummelplatz-Jüngling also abgeholt.

Sie war in höchster Gefahr. Krabp biß sich auf die Lippen.

Hatte er etwas falsch gemacht? Hatte er sie zu scharf angepackt? Hatte er zuwenig Verständnis für sie gehabt? Hatte er über allen materiellen Plänen ihr Herz vergessen? Das Herz eines mutterlos aufgewachsenen Mädchens?

Andererseits: Wie konnte sie nur so aufsässig werden? Wie konnte sie einen solchen unwiderruflichen Wahnsinn begehen?

Willi musterte seinen Chef mit einem scheuen Seitenblick. Krabp war in sich zusammengesunken. Er hatte die Hand über die Brauen gelegt.

Dann eilte er zum Telefon der Tankstelle.

Kostbare Minuten vergingen, bis Krabp endlich seinen Sekretär erreicht hatte. Jetzt ließ er alle Vorsicht fallen und setzte seinen vertrauten Mitarbeiter voll ins Bild. »Meine Tochter ist mit Olufs Wagen unterwegs. Sie sollte heute nachmittag für längere Zeit nach Lausanne, und . . . das hat ihr wohl nicht gepaßt. Ich habe leider allen Anlaß, zu befürchten, daß sie etwas sehr Unüberlegtes tut. Sie verstehen mich vielleicht. Stellen Sie bitte sofort Olufs Wagennummer fest und versuchen Sie, den Wagen zu finden. Einstweilen ohne Mitwirkung der Polizei. Ich möchte jedes Aufsehen vermeiden. Ich versuche jetzt selber, sie zu finden, und rufe Sie von unterwegs wieder an.«

Im selben Augenblick hielt Renate vor dem Artisten-Lokal ›Goldenes Trapez‹ in der Frankfurter Innenstadt.

»Wie besprochen, wie besprochen«, sagte Möckel. »Ich werde die Occasion selbst in die Hand nehmen. Sie bleiben momentan in Ihrem Automobil, bitte!«

Es gelang ihm nicht, die Tür von innen zu öffnen. Die blitzenden Griffe verwirrten ihn, sosehr er sie auch bewunderte. Er plagte sich angestrengt mit der Fensterkurbel herum, bis Renate es bemerkte und ihm die Tür öffnete.

Sie hatte den alten Mann auf der kurzen Fahrt liebgewonnen. Durch seine verschrobene Redeweise klang so viel echte Herzensgüte hindurch, daß sie ihm gern vertraute. Sie sah ihm dennoch unruhig nach, als er in der Tür des Cafés verschwand.

Möckel fand Robinson im Hinterhof desselben Hauses. Er hatte dort ein einfaches Zimmer gemietet. Der Flur war eng und dunkel. Irgendwo deklamierte eine Männerstimme in endlosen Wiederholungen: »Prangende Wangen bringen Verlangen . . . prangende Wangen bringen Verlangen . . .«

Möckel stutzte. Das war doch . . . Nein, da gab es keinen Zweifel. Mit schnellen Schritten war er an der Zimmertür und riß sie auf. »Zwängende Spangen engen den Gang!« vollendete er den ihm wohlvertrauten Vers aus der Rhetorikschule.

Die monotone Deklamation brach ab. Robinson ließ das Buch sinken und starrte seinen alten Direktor entgeistert an.

Aber Möckel war schon bei ihm und schloß ihn jubelnd in die Arme. »Mein Junge, mein Sohn! Welche Freude durchwallt mein Herz, dich dem Studium der Kunst hingegeben zu sehen!«

Er schob Robinson etwas von sich und holte zu einer weiten Geste aus: »Prangende Wangen bringen Verlangen! – Oh, ich habe es auch gesprochen in meinen Jugendtagen, als ich die edle Kunst der Rhetorik erlernte!«

Der kleine Möckel schoß beweglich durch den engen Raum. Da standen ein abgeschabtes Plüschsofa, ein runder Tisch, zwei wackelige Rohrstühle, ein Vertiko mit grellbemalten Nippes. Das Fenster war klein und gab den Blick auf eine geteerte Brandmauer frei.

»Ach, in welch unwürdigem Domizil muß ich meinen Prinzen wiederfinden!« rief er klagend aus.

Robinson zuckte die Schultern. »Ach, Möck, das kommt doch jetzt nicht darauf an! Ich muß mein Geld einteilen. Das Zimmer ist nicht schön, aber billig!«

»Was machst du denn? Du betreibst die edle Kunst der Bühnensprache, wie ich höre. Du wirst ein großer Mime werden! Du wirst ein jugendlicher Held werden, wie ihn die Welt noch selten gesehn. Ach, mein Sohn . . .«

Aber Robinson winkte ab. Er setzte sich auf den Bettrand nieder. »Drei Tage bin ich herumgelaufen und wußte gar nicht, wie ich es anfangen sollte. Das war alles so schwer. Und kein Mensch wartete auf mich. Das hab' ich schnell einsehen müssen!«

Er schwieg eine Weile und suchte in seinen Taschen vergeblich nach Zigaretten. Möckel zog schnell sein Etui aus der Tasche und hielt es ihm hin. Robinson wollte erst zugreifen, ließ aber dann die Hand fallen. »Danke, nein! Ich habe das Rauchen aufgegeben. Ich habe jetzt keinen Pfennig übrig!«

»Du hast das Rauchen aufgegeben?« Möckel war völlig konsterniert.

»Ja, das und noch vieles andere!« Robinson sprang hastig auf und lief im Zimmer auf und ab. »Ich bin bei Showmaker gewesen. Der hat mir die Wahrheit gesagt. Er hat mich richtig zusammengestaucht. Ein Artist bleibt ein Artist! Ich sei zweifellos vielseitig begabt, aber ich müßte mir nun klarwerden, wohin ich wollte. Bisher sei ich nichts als faul gewesen.«

»Wie kann er sagen, daß du faul bist! Dieser Schurke, dieser abgefeimte Ehrabschneider!« Möckels Stimme zitterte.

»Nein, sei ruhig!« unterbrach in Robinson kurz. Er drehte nervös an den Knöpfen seines Jacketts, wie er es immer tat, wenn ihn die Erregung packte. »Laß mich jetzt ausreden. Er hat ganz recht. Er hat mir auch gesagt, daß er etwas aus mir machen könnte. Vielleicht einen richtigen Artisten, eine richtige große Nummer – vielleicht aber auch einen Filmschauspieler. Dazu müßte ich zuerst einmal sprechen lernen. Ich könnte ja nicht einen einzigen Satz vernünftiges Deutsch sprechen. Und genauso wichtig wäre Englisch. Vielleicht könnte er mich im Ausland noch besser starten. Und . . . ins Ausland möchte ich sehr gern«, schloß Robinson leiser.

»Und du willst das annehmen? Du willst hinaus in die fremde Ferne? Hält dich hier denn nichts mehr?« Möckels Stimme war von Trauer verhängt. Er rutschte unbehaglich auf dem alten Plüschsofa hin und her. Wie sollte er sagen, daß draußen vor der Tür Renate Krabp im Wagen saß? Wie sollte er die furchtbare Verwechslung erklären, der das schöne Mädchen erlegen war? Durfte Robinson erfahren, daß sie gestern abend mit Freytag spazierengefahren war? Es war Robinson selbst, der ihm die Brücke baute. »Was soll mich schon halten, Möck? Hast du denn vergessen, was geschehen ist?«

Möckel zupfte verlegen an seinen Schläfenhaaren. Er holte sein Taschentuch heraus und betupfte seine Stirn, obwohl sie ganz trocken war. »Es ist . . .«, sagte er unbeholfen, »gewisse Umstände, eine besondere Mephistokation, die dir verborgen geblieben ist. Ich meine . . .« Er brach hilflos ab. »Was meinst du?« Robinsons Stimme verriet Ungeduld.

»Ich meine, daß du wegen dieses wunderbaren Mädchens nicht hättest fortzugehen brauchen!«

»So – meinst du? Laß mal, Möck, davon verstehst du nichts!«

Er hatte also immer noch nicht begriffen. Möckel flüsterte sich in pathetische Reden: »O mein Sohn, die Liebe! Oh, auch ich habe sie erfahren, die erhabene Blüte des Himmels, die göttliche Blume der Romantik!« Er zögerte. »Glaubst du, ein Mädchen könnte dir widerstehen? Ein Mädchen, das dich einmal angesehen hat . . .«

Robinson blieb abrupt vor dem Alten stehen und sah ihn hart an. »Was soll das heißen?« fragte er scharf.

»Jenes bewußte gnädigste Fräulein«, stotterte Möckel, »sie hat die Ehre gehabt, mein Etablissement mit einem weiteren Besuch . . .«

Er kam nicht weiter. Robinson hatte sich vorgebeugt und Möckels Rockaufschlag gepackt. Es sah aus, als wolle er ihn hochziehen, ihn schütteln. »Red jetzt endlich vernünftig! Heraus mit der Sprache! Was ist los?«

»Prinz«, sagte Möckel, und jetzt versagte seine diplomatische Begabung vollends, »sie ist dagewesen. Sie hat nach dir gesucht! Fräulein Renate Krabp.«

Robinson glaubte zu träumen. »Renate?« flüsterte er.

»Ja«, sagte der alte Mann schlicht, »und sie hat mich mitgenommen in ihrem Automobil. Sie sitzt unten vor dem Haus und wartet!«

Eine Sekunde war es totenstill. Dann ließ Robinson den Alten los. Mit einem unterdrückten Aufschrei warf er sich herum. Der Stuhl stand ihm im Wege. Er schleuderte ihn ungeduldig in die Ecke. Die Nippes auf dem Vertiko klirrten, als Robinson die Tür aufriß.

»Rob, mein Junge! Halt – noch einen Augenblick! Ich muß dir doch noch erklären . . .« Möckel war aufgesprungen und hastete hinter ihm her. Aber seine alten Beine konnten den Davonstürmenden nicht mehr einholen. Im Flur hörte er, wie Robinson in wilden Sprüngen die knarrende Holztreppe hinunterjagte. Und nun wurde Möckel zu allem Überfluß auch noch von der Wirtin aufgehalten, die erbost über den Lärm und das Türenschlagen aus der Küche kam. Ach, welche Hoffnung, welche

Glut, welche unsinnige beseelende Freude belebte Robinson, als er über den Hof stürzte! Der dunkle Hausflur, er war schon mit drei Sprüngen hindurch. Die schwere, hohe eiserne Haustür! Sie bewegte sich so mühselig in den Angeln. Jetzt, jetzt endlich war er draußen!

Wo war denn der Wagen? Wo war Renate? – Die Straße war leer. Vor dem gegenüberliegenden Haus hielt ein Bäckerwagen. Kinder spielten am Rinnstein Murmeln. Robinson hetzte bis zur Ecke. Nichts! Er jagte zurück. Er sah die Straße auf und ab. Nichts! Kein Wagen war zu sehen. Kein unvergeßliches Gesicht unter blonden Haaren.

Nichts.

12

Professor Rühles Beerdigung war vorüber. Nach der Beisetzung hatten sich die Trauergäste schnell zerstreut. Rühle hatte keine näheren Verwandten, so daß Dr. Krabp, Hertel und Fräulein Runau allein zum Labor zurückfuhren.

In der Tagespresse waren nur kurze Notizen über den Tod des Wissenschaftlers erschienen. Man erwähnte summarisch, er hätte sich erfolglos mit Versuchen beschäftigt, das Leben durch einen künstlichen Dauerschlaf zu verlängern. Rühles Abneigung gegen die Öffentlichkeit, seine scharfen Proteste gegen jede sensationelle Schilderung seiner Versuche hatten wohl dazu beigetragen, daß sein Tod nun fast unbemerkt blieb.

Der Tag war trübe und regnerisch. Der Herbst hatte seinen Einzug gehalten. Das stille, abgelegene Haus hinter Büschen und Bäumen wirkte noch trostloser, noch leerer als sonst. Stumm schritten die drei schwarzgekleideten Gestalten über die verwucherten Wege auf den Eingang zu.

Das Schweigen hielt auch noch an, als sie am runden Tisch der Bibliothek saßen. Thea Runau hatte zwar für eine belebende Tasse Kaffee gesorgt, doch machten Krabps Versunkenheit und seine müde Haltung es Hertel unmöglich, von Tagessorgen und beruflichen Dingen zu reden.

Schließlich begann Krabp zu sprechen. »Ja«, sagte er versonnen, »er war zuweilen bärbeißig; es war schwer, ihm nahezukommen, aber – er war treu!« Er schwieg einen Augenblick, dann richtete er sich auf: »Wenn er ja sagte, dann hieß es ja! Darauf hätte ich Konzerne gründen können.« Er fing den Blick Hertels und hielt ihn fest: »Aufrichtigkeit ist die Grundlage jeder Zusammenarbeit. Und deshalb möchte ich Ihnen gleich sagen, daß ich etwas gegen Sie habe, Herr Doktor Hertel. Es ist nur eine Kleinigkeit, aber wir sollten sie aus dem Wege räumen.«

Hertel errötete.

»Am Abend, einige Stunden vor Rühles Tod, haben Sie meine Tochter nach Hause gebracht. Ihren Äußerungen mußte ich entnehmen, meine Tochter sei den ganzen Abend hier im Labor gewesen. Aber – das war wohl nur die halbe Wahrheit?«

Hertel zog sich nervös die Krawatte zurecht. Er wollte etwas erwidern, doch Krabp wischte seine Antwort mit einer Handbewegung beiseite.

»Wahrscheinlich hat meine Tochter Sie dazu überredet; ich kenne sie. Wenn sie etwas durchsetzen will, dann . . . Ich will Ihnen jetzt nur sagen, was daraus geworden ist.« Er sank wieder in sich zusammen und strich sich nach seiner Gewohnheit mit Daumen und Mittelfinger mehrmals über die Brauen. Nach einer beklemmenden Pause fuhr er fort: »Meine Tochter hat mich verlassen. Sie ist durchgebrannt – ich muß es wohl so nennen – mit einem Schausteller vom Jahrmarkt!«

Hertel räusperte sich. »Herr Krabp«, begann er unbeholfen, »ich weiß selber nicht, wie es dazu kam. Ihr Fräulein Tochter erschien hier in einer solchen Aufregung, sie sprach aus einer so echten, tiefen Not . . . ich konnte ihr die Bitte einfach nicht abschlagen.«

Er sah vor sich hin; vor seinen inneren Augen erschien dicht und nah das Gesicht Renates, ihre schimmernden blonden Locken, der warme Glanz ihrer tiefblauen Augen.

Er schrak zusammen. Die volle Tragweite dieser ungeheuerlichen Nachricht kam ihm schlagartig zum Bewußtsein. Das war doch nicht möglich! Dieses überlegene, damenhafte Mädchen sollte einem solchen Burschen ins Garn gegangen sein! Und doch, wenn er an den Abend in der ›Schwarzen Taverne‹ dachte . . .

Krabp rührte abwesend in der Tasse und nahm einen ersten vorsichtigen Schluck. »Wir wollen das Thema ruhen lassen. Ihre Erklärung genügt mir. Ungefähr so habe ich mir das schon gedacht. Ich darf wohl mit Ihrer Diskretion rechnen; das gilt auch für Sie,

Fräulein Runau. – Und nun zu Ihrer Arbeit! Wie stehen die Dinge?«

Thea Runau sah Hertel aufmunternd an. Schon am Abend vorher hatten sie alles überlegt, was mit Krabp zu besprechen war.

»Nathan, unser wiedererwachtes Versuchsäffchen, lebt zwar«, begann Hertel mit einem tiefen Atemzug, froh, daß er nun endlich in seinem Element war, »aber sein Erwachen ist nur einem Zufall zu verdanken. Ich weiß, daß es mit der veränderten Temperatur zusammenhängt; alles andere ist noch genauso unklar wie vorher. Um zu ermitteln, ob die geringere Temperatur allein den Weckreiz ausgelöst hat oder ob noch andere Umstände mitspielen, muß ich mit neuen Versuchsreihen beginnen.«

Nebenan schrillte das Telefon.

Thea Runau ging hinüber und kam sofort zurück. »Für Sie, Herr Doktor Krabp – Ihre Hausdame möchte Sie sprechen.«

Krabp sprang auf. Das war nicht mehr der stets beherrschte, stets überlegene Großindustrielle – das war ein von Leid und Unruhe gequälter Mensch. Nervös eilte er in Rühles Arbeitszimmer und nahm den Hörer auf.

»Es ist eben ein Telegramm für Sie gekommen«, hörte er die Stimme der Buhrmann. »Soll ich es öffnen?«

Krabp verhielt einen Augenblick. Er wollte erst ja sagen; dann schoß ihm bestürzend der Gedanke durch den Kopf, es könnte von Renate sein.

»Nein!« sagte er hastig. »Ich . . .« Er überlegte einige Sekunden. »Lassen Sie es liegen, Fräulein Buhrmann; ich komme sofort nach Hause!«

»War noch etwas, Herr Doktor Hertel?« fragte Krabp nervös, als er zurückkam. »Ich muß Sie nämlich verlassen!«

»Ja, da ist noch ein wichtiger Punkt, Herr Dr. Krabp«, antwortete Hertel zögernd. »Ich bin doch nur Professor Rühles Assistent gewesen. Sollten wir nicht einen älteren Wissenschaftler, vielleicht einen der Professoren unserer Universität, heranziehen, der unserer Arbeit mit seinem Namen das richtige Gewicht gibt?«

Krabp musterte den jungen Gelehrten durchdringend. »Bescheidenheit ist eine Tugend«, sagte er langsam, »aber man soll sie nicht übertreiben. Vor allem nicht, wenn man etwas kann. Warum soll ein anderer ernten, was Rühle mit Ihrer Hilfe gesät hat? – Nein, das wäre auch nicht in seinem Sinne.«

Er nahm Hertel beim Arm und führte ihn in das Arbeitszimmer des verstorbenen Professors. »Hier, mein Lieber, dies ist in Zukunft Ihr Reich. Hier hat mein bester Freund gewirkt, und hier sollen Sie in seinem Sinne weiterarbeiten!«

Hertel war tief bewegt. Er wollte danken, aber wie immer in bedeutungsvollen Augenblicken fand er nicht die passenden Worte. Dafür sprachen seine Augen. Sie verrieten das Feuer einer inneren Besessenheit, einer leidenschaftlichen Hingabe an seine Aufgabe.

Dr. Krabp schien der Boden unter den Füßen zu brennen. Trotzdem fand er noch Zeit für ein paar persönliche Worte an Thea Runau: »Auch Ihre Mitarbeit ist mir wertvoll, Fräulein Runau. Ich hoffe, Sie werden dem Labor noch lange erhalten bleiben.«

Dann war er draußen. Gleich darauf hörte man das Auto davonrollen.

»Ein großartiger Mann!« sagte Thea Runau aus vollem Herzen hinter ihm her. »Ein Jammer, daß seine Tochter ihm so wenig entspricht!«

Hertel blickte sie unangenehm berührt an. »Was soll das heißen?«

Thea Runau lachte durch den geschlossenen Mund. Es war ein Lachen voll unverhohlener Schadenfreude. »Deine Göttin ist doch offenbar von ihrem Thron gestürzt.«

Hertel brauste auf. »Laß gefälligst diese billigen Sentenzen! Fräulein Renate Krabp ist immerhin die Tochter unseres Chefs!«

Eine halbe Stunde später hielt Dr. Krabp das Telegramm in den Händen. Die Buchstaben tanzten vor seinen Augen. »Mach Dir bitte keine Sorgen. Bin wohlauf. Renate.«

Er suchte nach dem Aufgabeort. ›Bar le Duc‹. Das Telegramm war an diesem Nachmittag in Frankreich aufgegeben worden . . .

Er ahnte nicht, daß Renate und Freytag in Wirklichkeit nur wenige Kilometer entfernt in einem kleinen Gasthof des Taunus gewohnt hatten.

Am Morgen des Tages, an dem Renate das Telegramm an ihren Vater aufgab, saßen sie allein auf der Veranda und frühstückten. Vor dem grauen, regenschweren Himmel standen düstere Tannen.

»Wir müssen zu einem Entschluß kommen«, sagte Renate nervös, »ich habe hier keine Ruhe mehr.«

Freytag zuckte gleichmütig die Schultern. Er saß ihr am Fenster gegenüber. Das Kaffeegeschirr war noch nicht abgeräumt. Sie rauchten. Freytag war unbeschwert, mit sich und der Welt zufrieden.

»Wenn wir noch zwei Tage hierbleiben«, sagte Renate, »steht plötzlich der Wagen meines Vaters vor der Tür. Du kennst den alten Herrn noch nicht!«

»Eines Tages wird er es ja doch erfahren«, entgegnete Freytag. Er musterte Renate vorsichtig unter den halbgeschlossenen Lidern. Ja, sie war schon ein besonderes Mädchen. Die eigenwillige Stirn, die kurze, zierliche Nase, das selbstbewußte Kinn. Und dann die Augen, die so kühl und sachlich und auch wieder so hingebungsvoll und zärtlich blicken konnten. Sie war ein hübsches Kind und trug den verlockenden Hauch der großen Welt an sich. Er hatte sich in sie verliebt, richtiggehend verliebt!

Er konnte sich leicht verlieben, das wußte er. Ob es diesmal die wahrhaft große Liebe war? Du lieber Gott – das mußte man abwarten.

Renate sah ihn an, wie er lässig im Stuhl lehnte, schlank, braun, sehnig, in einer Haltung von angeborener, südlicher Eleganz. Bezaubernd!

Wenn er doch nur nicht immer die Zigarettenasche in die Eierschale schnippen wollte! Sie hatte schon ein paarmal vorsichtig versucht, ihm das abzugewöhnen. Aber vorsichtige Versuche fruchteten bei Freytag nicht, dafür war er unempfindlich.

Ihre Augen trafen die seinen, ihre Blicke sanken ineinander, glitten ab, fingen sich wieder – Renate hatte alles vergessen. Freytag stand auf. Er griff in ihre Haare und bog ihren Kopf zurück. Renate versuchte, sich zu wehren. »Nicht, nicht! Wenn jemand kommt!« stammelte sie. Dann wurden ihre Lippen von seinen Küssen verschlossen. Sie dachte nicht mehr an die Leute, an die Umgebung, an das Gestern, das Heute und das Morgen. Ihre Hände hoben sich langsam, verschränkten sich hinter seinem Hals. Wie liebte sie ihn!

Erst als die Dielen im Haus knackten, schreckte sie auf.

Freytag lachte. »Was du nur hast! Laß sie doch kommen! Wir sind hier doch Mann und Frau!« Er zog sie hoch.

Renate stand dicht vor ihm. So dicht, daß die wilde Glut seiner Augen sie versengte. »Wo willst du denn hin?« flüsterte sie.

»Raus, Puppe! In den Wald!«

Er legte ihr den Regenmantel um die Schultern und führte sie hinaus. Die Verandatür fiel hinter ihnen ins Schloß.

Auf der anderen Seite der Straße, im Schutze der gewaltigen Baumkronen, war es fast trocken. Sie gingen schweigend nebeneinander her. Renate spürte seinen kraftvollen Arm auf ihren Schultern. Wie gern ließ sie sich von ihm durch den Wald führen! Wie beglückend war es, dem monotonen Tropfen des Regens auf den Blättern zu lauschen!

»Mir ist das alles wie ein Traum«, sagte sie leise. »Wenn ich denke, was für Angst ich hatte, als ich damals vor dem Café auf dich wartete! Und jetzt . . .«

»Damals«, lachte Freytag, »das ist doch erst drei Tage her!«

»Drei Tage!« wiederholte Renate nachdenklich. »Erst drei Tage!«

Freytag strich ihr eine schwere blonde Locke aus der Stirn. »Und deshalb hattest du Angst? Vor mir?«

»Nein – um dich! Ich war plötzlich so allein vor dem düsteren Haus. Die Kinder schrien und lachten, und ich bildete mir ein, sie lachten über mich. Und Möckel kam nicht zurück. Ich dachte schon, nun wäre alles aus.«

Freytag zog ihren Kopf an seinen Hals und rieb seine Wange an ihren regenfeuchten Haaren. »Wie kann man so etwas Dummes denken!«

Er blickte zu Boden. Er hatte ja in jenen Minuten dasselbe befürchtet. Wie hatte er aufgeatmet, als er sie im Wagen entdeckte und als es ihm gelang, den Eindruck zu erwecken, er sei gerade aus dem Hause getreten! Und welch unwahrscheinliches Glück, daß der Tankwart sich bereit gefunden hatte, Geisterhausmaxe die Maschine zurückzubringen! Es hatte alles an einem Haar gehangen.

Unter einer gewaltigen Blutbuche stand eine Bank wie in einer schützenden Laube. Freytag breitete sein Taschentuch für Renate auf den groben Brettern aus. Jetzt war der graue, bedrückende Himmel nicht mehr zu sehen, sondern nur das Blätterdach über ihnen, die Büsche und Farnkräuter ringsum.

Der Zauber des Regenwaldes war stark. Aber selbst dieser Zauber konnte auf die Dauer Renates Unruhe nicht bannen. Immer wieder flackerte Besorgnis in ihr auf und verdrängte das Gefühl der Geborgenheit. Entschlossen machte sie sich aus Freytags Armen frei. »Wieviel Geld hast du noch?« fragte sie.

Freytag blickte sie verblüfft an. Dann begann er, in seinen Taschen herumzusuchen. Was er fand, legte er Renate in die aufgehaltenen Hände. »Fünf Mark siebzig und ein, zwei, drei Pfennige! Du siehst, ich bin keine gute Partie!«

Renate gab ihm das Geld zurück. »Ich habe noch hundertachtundvierzig Mark«, sagte sie knapp. »Das reicht nicht mehr lange. – Und was dann?«

Freytag hatte sich darüber noch keine Kopfschmerzen gemacht. »Ich sagte ja: Eines Tages müssen wir mit deinem Herrn Papa sprechen . . .«

». . . damit er uns seinen Segen gibt? Du kennst den alten Krabp nicht!« Sie lachte bitter.

Freytag starrte sie einen Augenblick mit gerunzelter Stirn an. Da war es wieder. Da war wieder diese fremdartige Überlegenheit in ihren Zügen, die ihn verwirrte und sich manchmal wie eine unübersteigbare Mauer zwischen ihnen erhob.

Plötzlich schien ihm dieses Mädchen, das ihn doch so zärtlich liebte, fern und kühl und unerreichbar. Plötzlich war sie wieder das Kind einer Welt, in die er nicht gehörte.

Er mußte sie zurückholen auf die Erde! Er mußte sie zurückholen dorthin, wo er Herr war!

Er zog sie an sich, lächelte sie zärtlich an und beobachtete mit Genugtuung, welch eine wundersame Wandlung sich dabei in ihrem Gesicht vollzog. Wie eine Schneeflocke unter der Julisonne schwand die kühle Überlegenheit dahin.

Endlich, nach langer Zeit, sprang Renate auf und zog Freytag mit sich. »Komm, wir fahren in die Stadt! Wir riskieren es. Oluf muß seinen Wagen zurückhaben, und ich brauche Geld. Er muß mir helfen; ich hab' ja mein Konto auf seiner Bank. Du bleibst irgendwo in einem Café, und wir treffen uns dann wieder.«

Energisch schritt sie ihm voraus. Kurz vor der Straße blieb sie noch einmal stehen. »Ich möchte nämlich, daß wir nach Spanien reisen«, sagte sie entschlossen, und ihre Augen leuchteten. »Nach Mallorca. Da läßt es sich jetzt wunderbar leben. Da fällt kein Mensch auf. Dort werden wir glücklich sein.«

Auch Freytag strahlte über das ganze Gesicht. »Großartig!« sagte er.

»Hast du einen Paß?« fragte Renate.

»Klar! Ohne Paß ist ein Artist aufgeschmissen.«

Renate reichte Freytag einen Hundertmarkschein. »Für die

Rechnung. – Es sieht besser aus, wenn du zahlst«, setzte sie ein wenig geniert hinzu.

Freytag war nicht so empfindlich: er ließ das Geld achtlos in die Hosentasche gleiten.

Schweigend gingen sie zum Gasthof.

Als Renate kurz darauf mit den paar Sachen, die sie bei sich hatten, die Treppe herunterkam, trat ihr der Wirt entgegen. »Die Herrschaften reisen ab?«

»Ja«, sagte Renate nervös, »wir müssen gleich fort.« Sie zauderte. »Machen Sie bitte die Rechnung fertig. Mein ... Mann bezahlt sie, wenn er aus der Garage kommt.«

Wie schwer solche Worte noch über die Lippen wollten!

Der Wirt verbeugte sich höflich: »Jawohl, gnädige Frau!«

›Mein Mann‹, dachte Renate, als sie auf die Straße hinaustrat, ›aber er ist ja auch mein Mann. Der schönste Mann der Welt; der Mann, den ich liebe und der mich glücklich macht.‹ Eine Welle von Zärtlichkeit überflutete sie und nahm ihr jeden Zweifel, jede Unsicherheit.

Nach einer knappen Stunde waren sie in Frankfurt. Renate setzte Freytag vor einem Lokal ab. Dort wollten sie nach fünf Stunden wieder zusammentreffen.

Von einer Sprechzelle aus rief sie Oluf in der Bank an. Als sie sich meldete, blieb es sekundenlang still.

»Nata?« Oluf schluckte vor Erstaunen. »Mensch, Mädchen, von dir hört man ja tolle Sachen! Dein Alter ist völlig aus den Fugen. Der ist gar nicht mehr wiederzuerkennen. Der hat mich vielleicht unter Druck gesetzt! – Meine Mühle hast du wohl auch zu Klump gefahren?«

»Oluf!« unterbrach ihn Renate. »Bitte, laß das jetzt. Ich muß dir das später erklären. Dein Wagen ist hier.«

»Wo bist du denn überhaupt?«

»Das ist doch egal«, entgegnete Renate unwillig. »Wir müssen uns sofort treffen!«

»Ausgeschlossen, Nata. Ich kann doch nicht einfach hier weglaufen!«

»Bitte, Oluf, du mußt es irgendwie möglich machen! Ich geh' jetzt ins Alhambra-Tageskino. Ich setz' mich in die hinterste Reihe, gleich beim Eingang. Ich warte auf dich. Es ist furchtbar wichtig!«

Einen Augenblick war es auf der anderen Seite still. Oluf erinnerte sich der Vorwürfe des alten Herrn Krabp. Es war ihm nicht recht geheuer. »Nata«, sagte er ausweichend, »es ist jetzt eins. Können wir nicht bis fünf warten?«

Sie spürte seinen Widerstand. »Oluf«, sagte sie leise, »ich brauche dich, verstehst du! Wenn du mir jetzt nicht hilfst, weiß ich nicht mehr, was ich tun soll. Du mußt gleich kommen!«

Kurze Pause. Dann hatte sich Oluf entschlossen. »Okay, Nata!« sagte er knapp. »In einer Stunde bin ich da.«

Aufatmend legte sie den Hörer in die Gabel. Als sie aus der Zelle trat, erstarrte sie: Vor Olufs Wagen standen zwei Schutzleute und betrachteten das Nummernschild.

War es Zufall? Oder ließ ihr Vater den Wagen suchen?

Ohne sich umzusehen, ging sie an dem Wagen und an den Polizisten vorbei.

Eine Stunde Zeit!

Was hatte Oluf gesagt? Ihr Vater sei ganz aus den Fugen geraten, er sei nicht wiederzuerkennen? Jetzt, da sie ohne Freytag durch die vertrauten Straßen schlenderte, war die alte Welt plötzlich wieder ganz nah. Sie sah ihren Vater förmlich vor Augen. Sie fühlte die Sorge, die er sich um sie machte.

Plötzlich blieb sie am Straßenrand stehen und winkte ein Taxi heran. »Zum Hauptbahnhof!«

Dort lief sie wie gehetzt durch die hohe Eingangshalle zum Bahnpostamt. Sie kritzelte eilig ein paar Worte auf ein Telegrammformular, faltete es zusammen und steckte es ein. Draußen stand sie längere Zeit vor den Abfahrtstafeln der Fernzüge. Der Zug nach Paris war in zehn Minuten fällig. Vor zwei Jahren hatte sie ihn selber einmal benutzt. Damals war ihr Vater dabeigewesen. Diesmal ging sie mit einer Bahnsteigkarte durch die Sperre. Der Expreß wartete schon. Vor dem Speisewagen stand ein Lieferwagen. Die letzten Vorräte wurden verladen.

Zwei Minuten vor Abfahrt fand Renate den weißgekleideten Kellner. Sie schob ihm das gefaltete Telegramm in die Finger. »Geben Sie es doch bitte für mich hinter der Grenze auf! Egal wo, nur möglichst bald. Wollen Sie mir den Gefallen tun?«

Sie hatte dreißig Mark in das Formular eingelegt. »Ich weiß nicht, wieviel es kosten wird«, sagte sie mit reizend hilflosem Lächeln. »Was übrigbleibt, ist für Ihre Bemühungen.« Es war klar, daß dabei eine Menge übrigbleiben würde, und der Kellner versicherte hilfsbereit, er werde es bestimmt prompt erledigen.

Als Renate das Kino betrat, lief ein Kulturfilm. Sie setzte sich in einen gepolsterten Sessel dicht beim Eingang und schlug den Mantelkragen hoch. Daß sie hier Bekannte treffen würde, war nicht wahrscheinlich; aber manchmal hatte der Teufel die Hand im Spiel.

Der Kulturfilm war entsetzlich langweilig. Renate spielte nervös mit ihren Fingern. Wo nur Oluf blieb!

Dann saß er plötzlich neben ihr. »Mensch, Oluf«, flüsterte sie erlöst, »wo bleibst du nur so lange?«

»Sei du froh, daß ich überhaupt da bin! Was ist denn nun eigentlich los? Du bist wohl völlig durchgedreht. Was meinst du, was dein Alter . . .«

»Psst!« machte eine Frau vor ihnen.

Renate beugte sich dicht an Olufs Ohr. »Ich kann dir das jetzt nicht erklären«, raunte sie. »Ich brauche Geld; ganz dringend.«

»Können Sie nicht ruhig sein?« zischte die Frau böse.

Renate ließ sich nicht beirren. »Oluf, ich habe noch mein Privatkonto auf eurer Bank. Ich gebe dir einen Scheck und datiere ihn drei Tage zurück. Er ist dann eben erst so spät eingelöst worden. Oder glaubst du, das fiele auf?«

Oluf machte eine wegwerfende Handbewegung.

»Na, siehst du! Jetzt hol mir zehntausend Mark. Hier ist der Scheck. Mach schnell! Ich kann hier nicht ewig sitzen.«

Oluf zögerte. »Mensch, Nata, willst du dir das nicht noch mal überlegen?« fragte er schließlich.

Renate schüttelte heftig den Kopf: »Oluf, bitte!« Gleichzeitig suchte sie seine Hand und drückte sie.

Oluf saß noch einen Augenblick. »Na ja«, sagte er, »da ist wohl nichts zu machen. Also gut: Warte hier so lange!«

Was für ein Film war das eigentlich? Renate wußte es nicht. Es interessierte sie auch nicht. Immer und immer wieder starrte sie auf die Leuchtziffern ihrer Armbanduhr. Die flimmernden Bilder wiederholten sich. Leute standen auf und gingen hinaus, andere drängten sich durch die Stuhlreihen. Zwischendurch flammte das Licht auf.

Endlich kam Oluf zurück. Er steckte Renate einen dicken Briefumschlag zu. »So; aber eins muß ich dich noch fragen, Nata«, raunte er. »Ist es der Boy, der damals bei uns im Klub war?«

Renate nickte.

»Na, dann kann ich deinen Alten verstehen! Du, das solltest

du dir noch mal überlegen, bevor du mit dem losziehst. Sieht ja prima aus, aber . . .« Selbst durch sein Flüstern hindurch klang etwas wie Neid.

»Es gibt nichts mehr zu überlegen«, sagte Renate halblaut. Sie biß sich auf die Lippen. Sie mußte sich zusammennehmen. Sie schluckte. »Vielen Dank, Oluf. Hier sind deine Wagenschlüssel. Gleich links um die Ecke, und dann zweihundert Meter weiter, da steht er.«

»Das wär's dann ja wohl«, sagte Oluf leise. »Viel Glück mit deinem Boy!« Er streckte ihr im Dunkeln die Hand hin.

»Ja«, flüsterte sie, »das wär's!«

Mein Gott, das war schwerer, als sie gedacht hatte. Als Oluf gebückt aufstand und sich hinausschob, stiegen ihr die Tränen auf. Sie wußte plötzlich, daß dieser Abschied weit mehr war, als in den dürren Worten zum Ausdruck kam. Sie verließ eine Welt, und sie verließ sie vielleicht für immer.

Weil sie liebte.

Mit geschlossenen Augen suchte sie Freytags Bild. Er war jetzt ihr Halt, er war ihr alles!

Sie blieb noch eine Stunde im Kino. Dann war es endlich soweit.

Als sie das Lokal betrat, in dem sie sich verabredet hatten, war Freytag schon da. Er war bester Laune. Er saß breit hinter dem Tisch und flachste mit der jungen Kellnerin, die ihm gerade ein neues Bier gebracht hatte. Als er Renate sah, sprang er sofort auf und half ihr aus dem Mantel. Dabei umfaßte er ihre Schultern von rückwärts und küßte sie hinter die Ohren. Ja, das war er, das war Freytag, und sie war wieder bei ihm.

»Na, hast du's geschafft?«

Renate nickte abwesend. Sie dachte einen Augenblick nach. »Mußt du deinen Leuten nicht erzählen, daß du weg willst?«

Freytag lachte. »Wozu? Das merken die schon so!«

»Und Möckel?« fragte Renate beklommen. »Dem guten alten Kerl müßtest du aber Bescheid sagen!«

Freytag winkte leichtfertig ab. »Ach was, der mit seinem blöden Schauerdrama! Der fiel mir sowieso schon auf den Wecker. Ne! Das ist nichts für mich!« Unbefangen plauderte er drauflos, aber sie hörte nicht zu.

»Wir fahren morgen früh«, sagte sie, als er endlich schwieg.

»Warum fahren wir denn nicht mit dem Nachtzug? Das wär doch mal was!« Er drückte zärtlich ihre Hand.

Renate schüttelte energisch den Kopf. »Ich hab' meinen Paß noch nicht. Er steckt in meiner anderen Handtasche, und die liegt in meinem Zimmer in Homburg. Ich habe überhaupt gar keine Sachen bei mir. Ich kann doch nicht so verreisen, wie ich hier bin.«

Freytag begriff noch nicht, worauf sie hinauswollte. »Na, mir gefällst du so, wie du bist!«

Renate ließ sich nicht ablenken. »Außerdem ist es auffällig, wenn man kein Gepäck bei sich hat. Die Leute werden mißtrauisch . . .« Sie dachte eine Sekunde nach. »Du mußt bei einer Autovermietung einen Wagen leihen. Ich warte hier so lange.«

Freytag sah sie verblüfft an. »Warum denn das?«

»Weil ich erst nach Hause will.«

Freytag lehnte sich starr zurück. »Nach Hause? Und dein Vater? – Hör mal, du hast wohl nicht alle Tassen im Schrank!«

Renate musterte ihn einen Augenblick wie einen Fremden. Wie anders hörte sich diese saloppe Redeweise bei ihm an als bei Oluf! Woran lag das nur? Sie liebte ihn doch! Sie liebte ihn so sehr, daß sie bereit war, für diese Liebe alles zu opfern. Weswegen nur stieß sie sich bei ihm immer wieder an solchen Kleinigkeiten?

»Ich sagte dir schon, daß ich den Paß holen muß. Ich werde ins Haus gehen, wenn alle schlafen, und . . .«

»Donnerwetter, du hast Courage!« sagte Freytag in ehrlicher Bewunderung.

Als beide später in dem schwarzen geschlossenen Mietwagen durch Bad Homburg fuhren, war es schon dunkel. Nur die gewaltige Fontäne vor dem Kurhaus sprühte ihren silbrigen Wasserschleier in den schwarzen Himmel hinauf.

»Nein, nicht hier!« sagte Renate. »Wir müssen hinten herumfahren. Ich gehe lieber durch die kleine Pforte. Das ist sicherer.«

Freytag lenkte den Wagen in eine stille Nebenstraße. Hier gab es keine Laternen. Hier gab es nur schwarze Bäume und darüber einen von Regenwolken dicht verhangenen Himmel.

»Halt!« sagte Renate leise. Freytag hielt. Rechts sah er undeutlich eine schmale Pforte im hohen Eisenzaun.

Sie stiegen aus. Renate zog ein Schlüsselbund aus ihrer Handtasche. Hinter den Büschen stand schemenhaft die wuchtige Silhouette des Hauses.

»Du, da brennt noch Licht!« flüsterte Freytag.

»Das ist bei der Buhrmann oben«, antwortete Renate leise. »Die liest immer noch. Aber nicht lange. Und die Portallampe an der Vorderfront brennt die ganze Nacht.«

Sie warteten. Sie standen eng aneinandergeschmiegt und starrten durch das Blättergewucher auf das schwarze Haus mit dem erleuchteten Fensterrechteck.

›Was bin ich eigentlich für ein Mensch?‹ dachte Renate. ›Bin ich von allen guten Geistern verlassen? Da ist das Haus, in dem ich geboren bin. Da sind die Menschen, die mich gern haben. Da ist mein Vater, und da ist der maßlose Reichtum, den er mir eines Tages überlassen wollte. Da ist der Park, in dem ich gespielt habe. Da ist die liebe, vertraute Welt! Und ich? Ich stehe draußen vor dem Gitter im Dunkeln, wie ein Einbrecher . . .‹

Plötzlich spürte sie Freytags Hände auf ihren Schultern. Sie spürte seinen Mund in ihren Haaren. Sein Atem streichelte ihren Hals, ihre Wange, ihr Auge. Er nahm ihren Kopf und drehte sie langsam zu sich herum. »Renate«, flüsterte er eindringlich. Seine Augen glühten ihr aus der Dunkelheit entgegen. »Renate! Du belügst mich doch nicht?«

Renate zog verständnislos die Brauen zusammen.

»Du läßt mich hier doch nicht warten und kommst nicht wieder?« »Wie... wie kommst du darauf?«

Freytag zuckte die Schultern.

Renate drängte sich dicht an ihn heran. Statt jeder Antwort schmiegte sie ihren Kopf unter sein Kinn. Sie legte beide Arme um seinen Hals. Dann schloß sie die Augen.

Als sie wieder aufblickte, war das Licht unter dem Dach erloschen. Die Welt ringsum war dunkel und schwer. Nur ein matter Widerschein der Nachtlampe am Portal zeichnete sich um die schwarze Silhouette des Hauses herum auf den Blättern ab.

»Warte hier auf mich!« flüsterte Renate. Dann schloß sie die Gartenpforte auf. Sie huschte über den Kiesweg. Da war die Blutbuche. Da waren die Beete mit den Dahlien und den Gladiolen. Da war das Gärtnerhaus.

Ob die Pfirsiche im Gewächshaus schon reif waren?

Nicht daran denken!

Da waren die Garage und die Schofforwohnung.

Wie gern wäre sie jetzt hinten durch den Lieferanteneingang ins Haus geschlüpft, aber sie hatte keinen Schlüssel dafür. Sie mußte um das Haus herum zum Portal gehen.

Endlich die Stufen. Vorsichtig steckte sie den Schlüssel ins Schloß und drehte ihn herum.

Wie spät es wohl war? Sie sah hastig auf die Leuchtziffern. Zwanzig vor elf. Der Vater schlief bestimmt schon.

Wie schwer sich die Eichtentür in den Angeln bewegte! Das war ihr vorher niemals aufgefallen.

Das Vestibül. Nein, sie wollte lieber kein Licht machen! Sollte sie die Schuhe ausziehen? Unsinn! Sie war doch keine Diebin!

Die Halle. Behutsam schloß Renate die Zwischentür hinter sich. Das ganze Haus lag im Dunkeln. Es roch nach alten Hölzern, Leder und abgestandenem Zigarrenrauch.

Renate tastete sich auf Zehenspitzen durch die Halle. Sie mußte vorsichtig sein. Sie durfte in der Dunkelheit nicht gegen einen der zahllosen Sessel stoßen, gegen die Tische oder die alten Kerzenhalter.

Sie wußte, daß die dritte Treppenstufe knarrte. Sie huschte auf Zehenspitzen hinauf und in ihr Zimmer. Sie machte kein Licht. Sie raffte rasch ein paar Sachen zusammen und verstaute sie in ihrem kleinen, handlichen Schweinslederkoffer.

Dann öffnete sie vorsichtig die Tür und glitt wieder auf den Flur.

Als sie schon das Vestibül erreicht hatte, hörte sie plötzlich, wie auf der Galerie eine Tür aufgeklinkt wurde.

Ihr Herzschlag stockte. Sie hatte gerade noch die Kraft, sich mit zwei Schritten in die Garderobennische zurückzuziehen.

Der Vater!

Aus seiner geöffneten Tür fiel gelbes Licht in den Flur und erhellte das Vestibül.

Renate klopfte das Herz bis zum Halse.

Da! – Die Stimme des Vaters! Laut, unheimlich schallte sie durch die Stille des schlafenden Hauses. »Ist da jemand?« Renate rührte sich nicht. Sie spürte das harte Holz der Garderobe schmerzhaft in ihrem Rücken. Sie hielt den Atem an. Wenn er sie jetzt suchte! Wenn er kam!

Da – das Geräusch fester Schritte! Das Holz der Geländerbrüstung knarrte. Ein schwerer, großer Schatten verdunkelte die Lichtbahn.

»Ist da jemand?« fragte die Stimme erneut. Nah! So nah, als berührte sein Atem sie.

13

›Ist dort jemand?‹ Diese Worte klangen aus dem Schienenschlag der Räder, aus dem dumpfen Dröhnen der Flugzeugmotoren, aus dem gedämpften Summen des schweren Wagens. Sie rauschten in jedem Wellenschlag des sanften südlichen Meeres.

Renate hatte die Augen geschlossen. Zwei Monate waren seit jener Nacht vergangen. Mit angehaltenem Atem hatte sie in der Ecke gestanden. Erst nach einer Ewigkeit war oben die Tür wieder ins Schloß gefallen. Sie war tränenüberströmt hinausgestürzt und willenlos in Freytags Arme gesunken.

Nun wölbte sich der strahlende Himmel Mallorcas wolkenlos über ihr. Sein glänzendes Licht färbte die Pinienwälder, die üppig wuchernden Kakteen und die träge im leichten Seewind schwingenden Zweige der Ölbäume. Das Meer dehnte sich grünblau in gläserner Klarheit. Lange Wellen brachen sie an den Klippen und liefen den blendend weißen Sand in den versteckten Buchten hinauf.

Es war Mitte Oktober. Daheim brausten schon die Herbststürme über die Nordsee, und in den Bergen fiel der erste Schnee. Die Heimat war weit.

Hier tummelten sich die Menschen jauchzend in den Wellen. Hier lagen sie im weißen Sand und ließen sich braunbrennen. Hier tanzten sie abends in leichten Sommerkleidern auf der Terrasse.

Es war eine bunte Gesellschaft, die sich im Hotel Formentor zusammengefunden hatte. Aus aller Herren Ländern trafen die Gäste ein.

Das Hotel lag auf einer Landzunge oberhalb der schönsten Bucht. Breite Treppen liefen zum schimmernden Strand hinunter. Man konnte unter bunten Sonnenschirmen, in lustigen Hollywoodschaukeln auf der Terrasse sitzen.

Viele Augen unter breitrandigen Basthüten verfolgten vom Badestrand aus mit Ferngläsern den Wellenreiter, der seit über einer Stunde, von einem Motorboot gezogen, in der Bucht auf und ab kreuzte.

Es war ein durchtrainierter junger Mann, der auf Wasserskiern die kühnsten Kunststücke vorführte. Ein bezauberndes Bild, wie er sich in den engen Kehren herumwarf und zuweilen den freien Arm in die Luft streckte. Ausrufe des Staunens und der Bewunderung kamen von den Lippen schöner Frauen.

Freytag beendete sein Vormittagsvergnügen mit einem Doppelsprung und gab dem spanischen Bootsmann einen Wink, an den Steg zu steuern. Lachend schüttelte er die blitzenden Wassertropfen von seiner bronzefarbenen Haut. Jetzt streifte er ein kurzärmeliges Hawaiihemd über und zog Shorts an. Wie ein berauschendes Getränk genoß er die Blicke, die ihm von allen Seiten bewundernd folgten.

Langsam schlenderte er durch den Pinienwald zu dem weißgekalkten Haus am Meer hinüber, das sie vor einem Monat gemietet hatten.

Hier hatten sie die bisher glücklichsten Tage ihres Lebens verbracht. Jede Stunde war von Sonnenschein erfüllt gewesen. Alle Wolken, alle Schatten, alle Sorgen schienen weit hinter ihnen in einer wesenlosen Ferne zurückgeblieben.

Freytag lief vom Gartentor um das Haus herum und pfiff. Von der schattigen Terrasse flog ihm Renate entgegen. Er fing sie auf und wirbelte sie durch den Garten. So war er. Immer übermütig, immer ausgelassen. Langeweile gab es bei ihm nicht.

Kopfüber war er in dieses neue Leben hineingesprungen, wie in ein längst vertrautes Element. Er hatte sich unwahrscheinlich schnell zurechtgefunden. Nichts tun, in den Tag hinein leben, sich sorglos einem Vergnügen nach dem andern überlassen, an der Seite ein verliebtes, schönes, reiches Mädchen: das war das Leben der großen Welt!

Freytag nahm Renate in den Arm und führte sie in den Wohnraum, dessen Fenstertüren zum Meer hin geöffnet waren.

»Schade, daß du nicht dabei warst!« erzählte er begeistert. »Ich habe heute die Kehren noch kürzer genommen. Wenn du ganz in die Hocke gehst und nur auf einem Ski balancierst, kannst du jede Kurve nehmen! – Übrigens brauche ich Geld; ich habe nur noch hundertfünfzig Pesetas!«

Renate machte sich aus seiner Umarmung frei. Sie zog erstaunt die Brauen hoch. »Ich habe dir doch erst vorige Woche fünftausend gegeben!«

»Na und?« lachte Freytag belustigt. »Das sind fünfhundert Mark, und das Leben ist hier teuer, Kind. Die Fahrt neulich übers

Gebirge hat allein tausend Pesetas gekostet, und im Hotel wird man immer jede Menge los! Und dann muß man ja auch tadellos in Schale sein. Damit man neben dir nicht unangenehm auffällt.«

Er zog sie an sich und küßte sie auf den Hals. »Du siehst mal wieder aus! Ganz große Klasse! Und das tolle Parfüm: Hm, wie verführerisch!«

Lange lag Renate glücklich in seinem Arm. Dann machte sie sich frei. Sie strich die Haare zurück. »Du«, sagte sie stockend, »wir müssen einmal über unsere Finanzlage reden. Ich habe gestern die Miete für die nächsten zwei Monate bezahlt, und nun bin ich ziemlich blank.«

»Renate Krabp – und kein Geld!« rief Freytag lachend. »Du brauchst deinen Namen doch nur auf irgendeinen Wisch zu schreiben und hast, was du willst!«

Renate lächelte nachsichtig. »Denkst du etwa, mein Vater schickt mir auch noch Geld hinterher? Daß ich mit dir durchgebrannt bin, wird er mir nicht so bald verzeihen!«

Von so etwas mochte Freytag in seinem unbekümmerten Optimismus nichts wissen. Er faßte Renate kraftvoll um die Schulter und zog sie wieder an sich. »Ach, komm!« sagte er.

Er führte sie hinaus. Sie stiegen den steilen Berghang hinauf. Unter ihnen rauschte das Meer. Fern am Horizont trieb ein einsames Segel im perlmuttfarbenen Dunst. Über ihnen spannte sich der Himmel blau und grenzenlos, ein Himmel, vor dessen Zauber alle Sorgen und Bedenken dahinschmolzen.

Oben fand Freytag einen flachen Stein unter dem schattigen Wedel einer wildverkrümmten Pinie. Er ließ sich nieder und zog Renate auf seinen Schoß. »Du mußt dir nicht soviel Gedanken machen!« sagte er zärtlich. »Irgendwo kriegen wir schon Geld her. Du kennst doch Gott und alle Welt!«

Renate kuschelte sich an seine Schulter. »Natürlich kenne ich eine Menge Leute; natürlich könnte ich versuchen, mir hier und da Geld zu leihen. Aber was würde das nützen? Es wäre immer nur ein Aufschub. Und mein Vater würde ja doch hineingezogen werden. Du glaubst doch wohl selber nicht, daß der dabei mitmacht!«

Freytag dachte angestrengt nach. Sie sah es an den dicken Falten auf seiner Stirn. »Aber, Renate«, druckste er, »du erbst doch eines Tages den ganzen Laden. Da müßtest du doch jetzt schon einen Vorschuß kassieren können!«

Renate schüttelte den Kopf. Darüber gab sie sich keinen Illusionen hin. Sie pflückte eine der leuchtendvioletten Blüten und hielt sie gegen die Sonne. »Auch dazu brauchte ich meinen Vater.«

Sie senkte die Lider. Auf ihrer Stirn spiegelte sich die schmerzhafte Erinnerung an jenen letzten Abend zu Hause. Wieder hörte sie die Stimme ihres Vaters: ›Ist dort jemand?‹

»Ich würde es doch wenigstens mal versuchen«, bohrte Freytag, »vielleicht ist dein Alter froh, wenn er was von dir hört. Vielleicht hat er dir längst verziehen.«

Renate schüttelte traurig den Kopf und sah in den Himmel hinauf. Dann gab sie sich einen Ruck: »Ich habe mir schon oft überlegt, ob wir uns nicht selber was verdienen sollten.«

Freytag machte ein Gesicht, als hätte er nicht richtig gehört. Dann lachte er: »Prima! Versuchen wir's gleich im Hotel Formentor. Du als Zimmermädchen und ich als Stiefelputzer.«

Renate zog ärgerlich die Brauen zusammen. »Es wird auch andere Möglichkeiten geben. Alle jungen Leute, die sich liebhaben, fangen doch irgendwie einmal an, sich eine Existenz aufzubauen!«

Freytags Lachen riß ab. »Was kannst du eigentlich?« fragte er hart.

»Etwas Stenografie und Schreibmaschine, recht gut Englisch und Französisch. Damit kann . . .«

»Damit kannst du in Deutschland monatlich dreihundert Mark verdienen«, unterbrach Freytag sie nüchtern. »Wir geben im Augenblick etwa das Zehnfache aus. Und falls du mich fragst, was ich kann: überhaupt nichts. Ein bißchen Akrobatik, Tanzen und Steppen, gerade genug für den Rummel. Damit bin ich bisher bestens durchgekommen!«

Renate betrachtete ihn erstaunt. »Aber wir lieben uns doch!«

Freytag packte ihren Kopf mit beiden Händen und zog ihn zu sich heran. Er sah ihr lange in die Augen, die aus dem tiefgebräunten Oval des Gesichtes voller Vertrauen zu ihm aufblickten. Er schloß die Lider mit den Lippen. Statt einer Antwort küßte er sie wild und leidenschaftlich. – Auf dem Rückweg zu ihrem Paradieshäuschen blieb Renate plötzlich stehen. »Ich werde meinem Vater heute abend schreiben«, sagte sie leise.

Freytag nickte befriedigt.

Aber es war doch nicht so leicht, diesen Brief zu schreiben. Lange saß Renate vor dem geschnitzten Damenschreibtisch am offenen Fenster und starrte auf das leere Blatt. Mehr als Datum und Überschrift hatte sie noch nicht zustande gebracht.

Von draußen kam leise das gleichmäßige Rauschen der See herein. Phantastische Nachtfalter umtanzten die Lampe und lenkten Renates Gedanken immer wieder ab. Sie hörte Freytag pfeifen. Er zog sich um. Sie wollten, wie jeden Abend, zum Hotel hinübergehen, um in der Bar zu tanzen.

Es tut mir leid, wenn ich Dir Sorgen und Ärger gemacht habe. Vielleicht beruhigt es Dich aber, wenn ich Dir sage, daß ich den besten Mann der Welt gefunden habe und daß ich glücklich bin wie nie zuvor.

Sie drehte den Federhalter und starrte abwesend vor sich hin. Den besten Mann – ja, das stimmte. Und doch, wenn sie ihn mit den Augen des Vaters sah, dann zweifelte sie daran, daß er sich von Freytag dieselbe Meinung bildete. Er sah die Männer mit anderen Augen an. Männer arbeiteten, sie waren strebsam und tüchtig, sie verdienten Geld, sie hatten ihre Aufgaben, ihre Ziele.

Freytag kam herein. Pfeifend durchquerte er das Zimmer und trat hinter Renate. Er beugte sich über sie und blickte ihr ungeniert über die Schulter. »An den Alten?«

Sie nickte. »Ich weiß gar nicht, was ich schreiben soll. Es ist so schwierig.«

Freytag war davon überzeugt. »Schade, daß wir Elvira nicht da haben!« entschlüpfte es ihm.

Renate sah erstaunt auf: »Elvira – wer ist das?«

»Ach, das ist so eine vom Rummel! Die kann prima Briefe schreiben. Die hat mir auch mal . . .« Freytag brach plötzlich ab. Beinahe hätte er sich verplappert. Beinahe hätte er verraten, daß er sein ganzes Glück mit Renate nur einem geschickten Brief Elviras zu verdanken hatte. Diese Vorstellung entlockte ihm wider Willen ein amüsiertes Lächeln.

Renate hatte sich im Sessel herumgedreht und sah Freytag forschend an. »Was hat sie dir . . .?«

»Ach, nichts, Puppe! Unwichtig! Das ist schon so lange her. Komm, mach zu! Wir wollen weg!«

Der Brief, den Renate nach zahlreichen Entwürfen endlich zustande gebracht hatte, sah so aus:

Lieber Vater! Es tut mir sehr leid, daß ich Dir soviel Ärger und Sorgen gemacht habe. Ich weiß selber nicht, wie alles kam. Ich konnte einfach nicht anders. Du mußt mir glauben, wenn ich dir sage, daß ich dem besten Mann der Welt gefolgt bin und daß ich immer bei ihm bleiben werde. Es geht mir gut. Wir leben hier auf dieser herrlichen Insel und sind sehr glücklich. – Aber wir haben Geldsorgen.

Leider muß ich damit zu Dir kommen. An wen sollte ich mich sonst wenden? Ich habe nur noch ein paar Mark. Ich wäre Dir dankbar, wenn Du eine größere Summe an die Spanische Nationalbank in Palma überweisen wolltest.

Sei herzlich gegrüßt von Deiner Tochter Renate

Sie hielt diesen Brief fest in der Hand, als sie neben Freytag zum Hotel ging. Alle Post wurde dort in den kleinen braunen Holzbriefkasten gleich neben dem Empfang geworfen. Und der Empfang händigte auch die eingehenden Briefe aus.

Renate war blaß. Das duftige Kleid aus zartblauem Tüll ließ sie zarter erscheinen, als sie war.

Der Mann neben ihr im nachtblauen Abendanzug unterschied sich äußerlich in nichts mehr von den Hotelgästen, die im Luxus aufgewachsen und heimisch waren. Wo sie mit ihm erschien, zog er die Blicke aller Männer und Frauen auf sich. Die Selbstsicherheit seines Auftretens ließ manche Entgleisung als Nonchalance erscheinen.

Wie jeden Abend, setzten sie sich zunächst zu einem Aperitif in die Halle. Sie hatten schon ihren Stammplatz gleich vorn am Eingang. Von hier aus war alles zu überblicken: die ganze Halle und der Empfang.

Es war die Stunde, in der meist neue Gäste vom Flugplatz ankamen.

Freytag hatte vorhin alle Geldsorgen als unwichtig beiseite geschoben, aber plötzlich bewegten sie ihn doch. Wenn Renate nun wirklich kein Geld erhielt? Was sollten sie dann tun? In irgendeinem bescheidenen Dasein unterkriechen, mit drei- oder vierhundert Mark im Monat? Jetzt, nachdem er das Leben aus dem vollen endlich einmal kennengelernt hatte? Wie Renate sich das nur vorstellte!

Von der Bar her kam dumpf die Musik des kleinen Orchesters. Dort wurde getanzt! Dort wurde getrunken! Dort gab es bezaubernde Frauen, oft in toller Aufmachung. Frauen, die ihn verheißungsvoll anblickten, ihm heimlich zulächelten. Verführerische Frauen, umweht von dem erregenden Fluidum grenzenlosen Reichtums und geheimnisvoller Liebesgeschichten.

Plötzlich entstand Bewegung in der Vorhalle. Draußen war der Hotel-Cadillac vorgefahren. Ein Boy riß die Eingangstür auf.

Eine Dame trat ein, gefolgt von Trägern mit einer Unzahl umfangreicher Gepäckstücke. Der Hoteldirektor eilte herbei und begrüßte sie voll Respekt – es war offensichtlich, daß ein höchst prominenter Gast eingetroffen war. Das Ganze wirkte wie der Auftritt eines Filmstars.

Freytag starrte neugierig hinüber, als die Dame sich anschickte, in den ersten Stock hinaufzugehen. Der Direktor geleitete sie zur Treppe.

Die Dame war mittelgroß und von schwer zu schätzendem Alter. Ihre Eleganz war von jener raffinierten Einfachheit, die dem Kenner die exklusivsten Ateliers verrät. Ihr Gesicht war hochmütig, verschlossen und ausdruckslos. Das sorgfältige Make-up unterstrich den Eindruck äußerer Gleichgültigkeit. Ihr schwarzes Haar zeigte kupferne Reflexe.

Freytag hatte so eine Frau noch nie gesehen, aber er begriff sofort, daß sie eine einmalige Erscheinung war, die überall Aufsehen erregte, ohne sich im geringsten etwas daraus zu machen.

Vor den breiten, veloursbelegten Stufen blieb sie kurz stehen. Während sie eine Frage an den Hoteldirektor richtete, blickte sie gelangweilt umher.

Plötzlich – Freytag lief es heiß den Rücken hinunter – hatte die Fremde seinen Blick getroffen. Ohne ihr Gespräch zu unterbrechen, hielt sie Freytags Augen fest. – Lag da irgendwo verborgen in den Abgründen dieser Augen eine Frage, oder ein Angriff?

So unverhohlen, so ohne jedes Verstecken, so voll von selbstverständlicher Überlegenheit hatte Freytag noch nie den Blick einer Frau auf sich gefühlt. Er saß wie gelähmt.

Renate konnte von ihrem Platz aus die Eintretenden nicht sehen. Aber sie bemerkte an Freytags Gesicht, daß ihn etwas Ungewöhnliches fesselte. Sie wandte sich um.

Doch da war die Fremde schon weitergeschritten. In einer Haltung, die ebensoviel Gleichgültigkeit wie Stolz und Spannkraft verriet.

Freytag richtete sich auf, als sei ein hypnotischer Zwang von ihm gewichen.

Bevor sie zum Tanzen hinuntergingen, gelang es ihm, sich beim Empfangschef nach der Fremden zu erkundigen. »Ich meine, ich hätte die Dame schon einmal irgendwo gesehen«, sagte er.

Der Empfangschef lächelte geschmeidig. Über die Position Freytags, die Art seiner Verbindung zu dem schönen Fräulein Krabp, war er sich im klaren. Doch die Privatangelegenheiten der Gäste gingen ihn nichts an. »Schon möglich, daß sie Ihnen bekannt vorkommt; ihr Bild erscheint oft genug in den internationalen Zeitschriften. Es ist Mrs. Dinah Parker, die Witwe des bekannten Ölmagnaten. Eine der reichsten Frauen der Erde und ein häufiger Gast bei uns, obwohl sie hier auf der Insel ein Haus besitzt. Aber Häuser hat sie an vielen herrlichen Plätzen der Welt.«

Freytag dankte. Er hatte genug gehört. Er drehte sich um. Renate stand vier Schritt von ihm entfernt und wartete. In ihrem weitausgeschnittenen Tüllkleid sah sie so zart und verlockend aus, daß er sie verliebt in den Arm nahm. »Komm!« sagte er leise. »Jetzt wollen wir tanzen!«

14

Die Agentur »Klio International, Film- und Bühnenlaufbahn, Ausbildung und Stellenvermittlung für Anfänger und Fortgeschrittene« lag in einer Seitenstraße der Frankfurter Innenstadt. Eine gewaltige Marmortafel neben der Haustür sprach von der Gediegenheit des Unternehmens. Hier hatte sich Robinson vor zwei Monaten auf Grund eines Zeitungsinserats angemeldet.

Das Büro war im vierten Stock des Seitenflügels. Es bestand nur aus einem modern eingerichteten Raum. Man hatte Robinson versprochen, ihm schon nach einer Kurzausbildung von zwei bis drei Monaten die erste kleine Filmrolle zu vermitteln. Er hatte sich von der Agentur mehrere Lehrbücher über Rhetorik gekauft, zweihundertfünfzig Mark Gebühren bezahlt und fleißig Sprechübungen betrieben. Jetzt wartete er von Tag zu Tag mit wachsender Ungeduld auf sein erstes Engagement.

Es war ein trüber Oktobertag. Von den Bäumen der Anlagen

wirbelten die letzten Blätter. Ein Gemisch von Nebel und Regen überstäubte die Straßen.

Wieder einmal – zum wievielten Male? – stieg Robinson die Treppen zur »Klio International« hinauf. Er war nicht nur bedrückt, sondern hundemüde. Sein Geld war schon vor Wochen zu Ende gegangen. Um die Ausbildung durchhalten zu können, arbeitete er nachts als Packer bei einer Speditionsfirma.

Die rohrgeflochtene Bank vor dem Büro der Agentur war besetzt. Robinson lehnte sich gegen die Wand und wartete. Eine quälende lange halbe Stunde verging, ohne daß etwas geschah.

»Ist denn überhaupt jemand da drin?« fragte einer der Wartenden.

Robinson drückte auf die Klingel. Nichts. Von der Treppe her kam ein älterer Mann. Er streifte die Wartenden mit skeptischen Blicken. »Hier warten Sie umsonst«, sagte er, »der Laden ist geplatzt. Die haben heute morgen dichtgemacht. Der Gerichtsvollzieher war schon vor Tagen da.« Ein wildes Stimmengewirr erhob sich.

Ein älteres Fräulein war von der Bank aufgesprungen und fuchtelte dem Alten vor dem Gesicht herum. »Mein Geld«, kreischte sie, »ich habe schon mehr als fünfhundert Mark eingezahlt! Ich sollte eine Hauptrolle kriegen!«

»Und ich dreihundert!« schrie eine andere. »Es war mein letztes Geld! Ich will mein Geld wiederhaben!« Sie begann haltlos zu schluchzen.

Der Alte zog sich zurück. »Da kann ich nichts dran tun. Ich gehör' nicht zu dem Laden. Da müssen Sie zur Polizei gehen und Anzeige erstatten. Helfen wird Ihnen das auch nicht viel. Der Obermacher ist weg! Und wo nichts ist...« Sie alle waren also auf einen Schwindler hereingefallen.

Als Robinson seiner Behausung zusteuerte, war er völlig erschlagen. Wieviel Hoffnung hatte er auf dieses Unternehmen gesetzt! Wie viele Träume hatte er damit verbunden! Kühne Träume, die ihn in die große Welt hinausführten, zu Erfolg, zu Geld und Ruhm. Wie einfach hatte alles geklungen, was der Mann der Agentur ihm vorgeschwindelt hatte, wie verlockend! Wie hatte er seine Fortschritte gelobt! Welche Aspekte hatte er ihm für die Zukunft eröffnet!

Nun waren alle Tore zu einer besseren Zukunft zugefallen. Die Mauern starrten ihn an wie Kerkerwände: grau, trostlos und verwittert. Sollte er nie aus dem engen Verlies der Armut und Hoffnungslosigkeit herausfinden?

Was nun? Er war Packer, Handlanger, ungelernter Arbeiter, wie auf seiner Beschäftigungskarte stand. Wie sollte er davon je wieder loskommen?

Showmaker war irgendwo in Bayern. Sollte er Bettelbriefe hinter ihm herschicken? Sollte er um Hilfe flehen? – Nein! Niemals! Wenn Showmaker etwas für ihn hätte, würde er sich schon melden.

War es denn eine Sünde, von Erfolg und Ruhm zu träumen? War es so verwerflich, etwas schaffen zu wollen, etwas werden zu wollen? Und hatte nicht hinter all seinen Träumen als fernes Ziel jenes blonde Mädchen gestanden, dessen kühle tiefblaue Augen er nie vergessen konnte?

Er schlug fröstelnd den Mantelkragen hoch und vergrub die Hände in den Taschen seines Trenchcoats. Menschen gingen an ihm vorüber, die Autos lärmten auf der Straße: er merkte nichts.

Er wußte selber kaum, wie er sein Zuhause in dem ärmlichen Hinterhof erreicht hatte. Er war froh, daß die Wirtin nicht aus der Küche kam und er ohne lästiges Geschwätz in sein Zimmer gelangte.

Auf dem Tisch lag ein Brief. Eine Weile drehte er ihn unschlüssig in den Fingern. Die verschnörkelte Handschrift war unbeholfen und zitterig. Aber er kannte sie. Er riß den Umschlag auf und trat mit dem linierten Bogen ans Fenster.

Richtig: Möckel!

Der gute alte Möck! Robinsons Herz wurde weit vor Freude und Rührung. In diesem Augenblick sehnte er sich richtig nach der teilnehmenden Güte dieses warmherzigen Menschen. Aber die Nachricht, die dieser Brief brachte, war schlecht. Möckel schrieb, sein Unternehmen sei zusammengebrochen. Einige Wochen habe er versucht, auf Dörfern und in kleinen Städten klassische Bildung zu verbreiten. Aber das Volk sei ungebildet und roh. Man habe ihn ausgepfiffen und sei bei den letzten Vorstellungen schon mitten in der Aufführung davongelaufen. Von seinen Künstlern habe ihn einer nach dem andern verlassen. Erst Freytag, dann die Kassiererin, dann die Mädchen.

Ich habe zwei Wagen verkauft, mein lieber Junge. Nur meinen Wohnwagen habe ich behalten. Er steht hier in der Ostendstraße auf einem leeren Grundstück. Wir haben es warm, und wir haben genug zu essen. Nur Elli ist bei mir geblieben. Sie sorgt etwas für mich, und so werden wir wohl über den Winter kommen.

Einmal werden die Winterstürme dem Wonnemond weichen, wie der Dichter so richtig sagt. Ich werde etwas Neues beginnen, eine eminente Attraktion. Sie schwebt schon vor meinem geistigen Auge. Komm uns besuchen, mein Prinz! Das wird mir in dieser Misere ein Lichtstrahl sein. Dein alter Vater wird sich an Deinen Erfolgen ergötzen, und sein Herz wird lachen! Komm bald, komm sofort, ich warte auf Dich!

In Treue Dein alter Gotthelf Möckel, Theaterdirektor

Ja, es war gemütlich warm in dem alten Wohnwagen. Doch nicht nur die Wärme, die von dem kleinen Kohlenherd ausging, belebte den Frierenden, sondern noch viel mehr der Aufschrei der Freude, mit dem Möckel ihn in die Arme schloß: »Mein Rob! Ach, wie ich mich freue! Welch eine Herzensbeglückung!«

Minutenlang konnte er sich nicht beruhigen. Er drückte Robinson an sich und schob ihn gleich wieder von sich ab, um ihn erneut fest in die Arme zu schließen.

Elvira stand in einer Ecke und sah der Szene schweigend zu. Sie hatte sich für diesen Besuch besonders fein gemacht, ohne daß Möckel es gemerkt hätte. Was verstand er auch groß von den Geheimnissen und Nöten eines Mädchenherzens! Als Elvira fest darauf bestanden hatte, ihn nach Frankfurt zu begleiten, hatte er gerührt an ihre Selbstlosigkeit geglaubt.

Aber für sie war etwas anderes ausschlaggebend gewesen: In Frankfurt lebte Robinson. Sie würde ihn wiedersehen. Und jetzt, da Freytag mit Renate weit weg war, gab es keine andere mehr, die sich zwischen sie drängen konnte.

Da stand er nun. Er war schmal geworden. Sie hätte ihm über das Gesicht streichen mögen, um die Sorgen fortzuwischen. Statt dessen hob sie befangen die Hand und reichte sie ihm mit niedergeschlagenen Augen. »Tag, Prinz!«

Ein Wort stand zwischen ihnen. Ein Wort, das sie ihm im Sommer beim Abschied auf dem Bahnhof zugerufen hatte. Ein Wort, das zwei Menschen unlösbar aneinanderketten, sie aber auch wie eine unübersteigbare Mauer trennen kann, wenn es kein Echo findet: das Wort ›Ich liebe dich!‹

Scheu standen sie nun da und reichten einander die Hände wie Fremde.

»Umarmt euch doch, Kinder!« rief Möckel. »Was ist das für eine Begrüßung! Sie ist ein gutes Mädchen, Prinz; sie hilft mir, sie kocht, sie wäscht, sie macht sauber! Sie verdient Geld! Los, los!« schrie er und drängte Robinson zu ihr.

Elvira war rot geworden und wich zurück. Sie machte sich mit abgewandtem Gesicht am Herd zu schaffen.

»Und nun erzähl mal, mein Junge!« sprudelte Möckel hervor. »Von mir gibt es wenig zu apportieren. Das Volk ist roh. Ich habe es erfahren müssen. Faule Äpfel und Tomaten haben sie deinem Vater Möckel auf die Bühne geschmissen!« Er wischte die Erinnerung mit einer Handbewegung weg. »Hat nichts zu sagen! Gotthelf Möckel wird im Frühjahr wie Felix aus der Asche aufsteigen. Ich meditiere bereits. – Doch nun zu dir!«

Robinson brachte es einfach nicht übers Herz, die grausame Wahrheit seines Mißerfolges zuzugeben. Es würde den Alten vielleicht noch schlimmer treffen als das eigene Unglück. »Ich übe, Möck. Ich mache Sprachübungen. Ich lerne Englisch und Französisch. Du weißt ja selber, daß man nicht von einem Tag zum andern etwas wird.«

Er lenkte schnell ab. »Und die anderen haben dich alle verlassen? Auch Freytag? Wo ist er geblieben?«

Beklemmendes Schweigen. Möckel hustete, als habe er sich verschluckt. Elvira rührte in ihrer Tasse.

»Er ist auf und davon. Von einem Tag zum anderen«, sagte Möckel leise. »Ich mache ihm keinen Vorwurf. Es war ja schließlich nichts mehr los. Wo er geblieben ist, weiß ich nicht.«

Elvira betrachtete Robinson verstohlen von der Seite. Sie merkte die vielen kleinen Anzeichen der Verarmung, die Möckel übersah. Robinsons Hände waren rissig und rauh, diese Hände, die sie über alles liebte. Sein Anzug war fadenscheinig geworden, der Hemdkragen wellig, die Manschetten abgestoßen.

»Prinz«, sagte sie, »willst du mir nicht wieder deine Wäsche geben? Ob ich ein Stück mehr oder weniger wasche, macht doch nichts aus. Ich habe tagsüber Zeit. Ich trete nur abends in einem kleinen Kabarett auf: Fräulein Nummer.«

Robinson zögerte. Er hatte etwas ganz anderes auf dem Herzen, das er mit Möckel besprechen wollte. Seit dem Tage, da der alte Mann ihn besucht und ihm seine verworrene Geschichte von Renate Krabp erzählt hatte, waren Monate vergangen. Damals hatte Möckel nicht recht mit der Sprache herausgewollt. Er hatte nur immer wieder versichert, Renate habe Robinson auf dem Markt gesucht.

Robinson hatte danach sofort im Hause Krabp angerufen. Man hatte ihm gesagt, das gnädige Fräulein sei im Ausland. – Nein, eine Adresse könne man ihm nicht geben. Dreimal war er nach Homburg hinausgefahren und hatte vor der Krabpschen Villa stundenlang herumgelungert, um Renate zu treffen. Nichts! Das Haus schien in tiefen Schlaf gefallen zu sein.

»Möck«, sagte er plötzlich und begann in dem engen Geviert des kleinen Raums auf und ab zu gehen. »Was war das eigentlich damals für eine Geschichte mit dem Fräulein Krabp? Du hast mir das nicht richtig erzählt. Wann ist sie dagewesen? Wie oft? Was hat sie denn gesagt?«

Eine Tasse klirrte. Elvira hatte sie abgesetzt. Eine Röte schoß ihr ins Gesicht, verebbte und wich einer tiefen Blässe. Sie stand auf und begann mit zittrigen Fingern abzuräumen.

»Es war genauso«, sagte Möckel sehr unbeholfen, »wie ich dir bereits deklariert habe. Genauso war es!«

»Nun red nicht drumherum, Möck!« sagte Robinson hart und blieb vor dem Alten stehen. »Es ist doch völlig unverständlich, daß sie erst zweimal nach mir sucht und dann plötzlich spurlos verschwindet!« Er beugte sich vor und starrte Möckel mit brennenden Augen an.

»Unwahrscheinlich, jawohl«, stotterte Möckel, »sehr variabel. Aber die Herzen der jungen Mädchen, du weißt, mein Sohn ...«

»Wann war sie zum erstenmal da?« drängte Robinson.

»Das war in Butzbach!« gestand der Alte verlegen.

»Und hast du sie da gesprochen?«

Möckel sah im Geiste, wie Freytag mit Renate an seinem Wohnwagen vorüberfuhr. Er schloß die Augen. »Nein«, stieß er gequält hervor, »nein, ich habe sie nicht gesprochen. Niemand hat sie gesprochen!«

»Und das zweite Mal?«

Elvira hatte sich in der Ecke neben dem Herd umgedreht. Sie starrte Möckel an. Sie stand so, daß Robinson ihr den Rücken zuwandte. Sie hatte beide Hände erhoben und preßte sie auf ihren Mund. Ihr Gesicht war schreckensbleich. »In Weilburg«, sagte Möckel leise. Er sah Robinson an wie ein in die Enge getriebenes Tier.

»Und? Und? Da hast du sie gesprochen, nicht wahr? Was hat

sie gesagt? Was hast du gesagt?« Robinsons Stimme war heiser vor Erregung.

Noch einmal suchte sich Möckel herauszuwinden. »Laß doch, mein Junge, laß es bitte! Es ist nichts Gutes, was ich dir sagen muß. Ich weiß es. Ich weiß es genau. Ich habe es in meinem Herzen begraben.«

Elvira las jede Silbe von Möckels Lippen ab. Ihre Hände krampften sich ineinander. Die Knöchel traten weiß heraus. Sie begann vor Erregung am ganzen Leibe zu zittern.

»Du verschweigst mir was! Nun sprich doch schon!«

Robinson schien nicht mehr Herr über seine Stimme zu sein. Sie schwang dunkel und drohend durch den engen Raum.

Möckel seufzte tief. »Fräulein Krabp erschien, um ... um ...«

Er kam nicht weiter. Eine Kanne fiel herunter und zerschellte mit lautem Klirren am Boden. Dann ein Aufschrei, ein heller, schriller, ängstlicher Laut, ein dumpfes Fallen, das den Wagen erschütterte.

Schrecken! Bestürzung! Robinson warf sich herum. Auf dem Boden neben dem kleinen Kohlenherd lag Elvira. Das kochende Wasser hatte ihr den Arm verbrüht.

Robinson war mit einem Sprung bei ihr, half ihr auf und setzte sie in die Sofaecke.

Möckel war in seiner Aufregung völlig hilflos. Er jammerte laut und kramte planlos in den Schubladen des Küchentisches herum. Aber mehr als eine Mullbinde kam nicht zum Vorschein. Seinen Verbandskasten hatte er in einem der verkauften Wagen gelassen.

Robinson lief hinaus und rannte zur nächsten Apotheke.

Kaum waren seine Schritte verklungen, als Elvira sich aufrichtete: »Wie können Sie ihm das erzählen! Sehen Sie denn nicht, wie unglücklich er ist? Wollen Sie ihm das letzte bißchen Hoffnung rauben?«

Möckel stand fassungslos und umklammerte mit beiden Händen die Tischplatte. »Mein Kind«, stotterte er, »du meinst ... Ich wollte ja gar nicht, aber er hat mich so pressiert!«

Elvira grub die Zähne in die Unterlippe, um nicht vor Schmerz aufzuschreien. »Bitte, Herr Direktor, Sie dürfen ihm das nicht sagen!« stieß sie hervor. »Er liebt seinen Bruder doch sowieso nicht – soll er ihn jetzt hassen?«

»Nein, nein«, sagte Möckel mit weinerlicher Stimme, »ich weiß, ich bin ein alter Narr. Aber ich werde mich zusammennehmen. Du hast ganz recht, Elli. Ich danke dir von Herzen, daß du mich vor diesem Fohpa bewahrt hast. Ich werde jetzt das Weite suchen, um mich gar nicht mehr der Gefahr seiner gestrengen Augen zu exponieren. Wie sagt doch der Dichter so richtig? Nie sollst du mich befragen!«

Elvira schloß die Augen. Gott sei Dank, das hatte sie noch eben abbiegen können. Jetzt brannten die Schmerzen nur halb so wild.

Als Robinson mit Salbe und Brandbinde zurückkam, fand er Möckel nicht mehr im Wagen vor.

So kam es, daß die Wahrheit Robinson auch an diesem Tag noch verborgen blieb.

Seitdem Renate verschwunden war, mied Krabp sein Homburger Heim, soweit er konnte. Die einsamen Abende waren ihm zu einer Qual geworden. Bereitwillig nahm er jede Einladung zu Besuchen und Veranstaltungen an, die er früher immer gemieden hatte.

Als Dr. Hertel eines Vormittags etwa zwei Monate nach Rühles Tod bei Krabp anrief und ihn bat, das Labor zu besuchen, sagte er sofort zu.

Es war ein anderer Hertel, den Krabp abends antraf. Sein Gesicht war noch hagerer geworden. Die tiefen Schatten um seine Augen sprachen von durcharbeiteten Nächten. Aber die Augen glühten von innerem Feuer.

Hertel ließ sich kaum Zeit zu einer Begrüßung. »Es ist gelungen, Herr Doktor Krabp!« sprudelte er überstürzt hervor. »Sie werden sich kaum erinnern; aber als Sie das letzte Mal hier waren, kam mir noch der Gedanke, ob man die Nährlösung nicht anders zusammensetzen könnte. Ich habe Dosierung und Temperatur so lange aufeinander abgestimmt, bis es mir gelungen ist, ein Tier nach dem andern mit dieser Methode aus dem Dauerschlaf zu wecken! Die Folgen sind noch gar nicht zu übersehen.« Er hielt inne, sprach langsamer weiter: »Was hier in diesem Labor erarbeitet wurde, ist nicht weniger als die Tat des Urmenschen, der das erste Feuer aus Steinen schlug, die Erfindung der Buchdrukkerkunst oder die Nutzbarmachung der Atomenergie.«

»Sie sollten vielleicht nicht so übertreiben, Herr Dr. Hertel«, warf Thea Runau trocken ein. »Ob die Menschheit Licht und

Wärme hat oder ob wir ein Tierleben willkürlich verändern können, das ist doch wohl ein himmelweiter Unterschied.«

»Tierleben?« wiederholte Hertel erregt. »Hier geht es um das Leben überhaupt, Fräulein Runau! Auch um das menschliche Leben. Das ist doch der tiefere Sinn unserer Arbeit, das ist unser Ziel. Nichts hindert uns jetzt mehr, auch einen Menschen in Dauerschlaf zu versetzen und ihn nach einer Frist, die uns angemessen erscheint, wiederzuerwecken. Es wird sein, als ließen wir Menschen sterben und wieder leben.«

Totenstille.

Krabp blickte über Hertel hinweg ins Leere. Hertels Worte erweckten in ihm plötzlich die Erinnerung an ganz ähnliche Sätze.

›Leben, sterben und wieder leben!‹ Wo hatte er das nur gehört?

Dr. Krabp zuckte zusammen. Jäh fiel ihm ein, wo es gewesen war. Auf dem Jahrmarkt in Frankfurt. An jenem Abend, an dem das Unglück begonnen hatte.

Wieder stand die Szene in der halbdunklen Bude vor ihm. Wieder hörte er die heisere Stimme der Wahrsagerin, die Renate das gleiche Schicksal voraussagte wie diesem Jahrmarktburschen. ›Sie gehören zueinander wie Sonne und Mond‹, hatte sie gesagt.

Krabp erschrak. Renate! Sein Kind! Sein einziges Kind! Das Kind, das ihn verlassen hatte. Die Hälfte der unheimlichen Prophezeiung war schon in Erfüllung gegangen! – Leben und sterben und wieder leben! Sollte auch das noch Wahrheit werden?

Mit einer unbeholfenen Bewegung strich er sich über die Brauen. »Nein! Nie!« Er schrie es heraus. Ein Frösteln überlief ihn. Was hatte er nur? Er war es doch gewohnt, jede neue Entdeckung der Wissenschaft nüchtern auf ihren Wert für die Praxis zu überdenken. Aber hier spürte er eine starke innere Abwehr.

Hertel sprach weiter. Er hatte sich in eine so wilde Besessenheit hineingesteigert, daß er für die Empfindungen anderer kein Gefühl mehr aufbrachte. Die Gedanken, die ihn seit Wochen und Monaten in Bann hielten, die ihn auch in den einsamen Nächten niemals losließen, jetzt sprach er sie sich von der Seele.

»Herr Dr. Krabp« – er umklammerte den Unterarm des alten Herrn –, »ich muß jetzt einen Menschenversuch machen! Ich muß einen Menschen einschläfern und ihn wiedererwecken!« Er starrte Krabp beschwörend an. Krabps Blick war noch immer in weiter Ferne.

»Ich muß den Menschenversuch wagen! Erst wenn der gelungen

ist, haben wir unser Ziel erreicht! Denken Sie doch!« stieß Hertel hervor, als Krabp immer noch nicht antwortete. »Ein Mensch wird Jahre hindurch schlafen, wird für einen genau bestimmbaren Zeitraum in die Vergessenheit versenkt! Wenn wir ihn dann wekken, tritt er in ein neues Leben! So, als ob er in eine neue Zeit und Umgebung hineingeboren würde!«

Krabp hob plötzlich die Hand. Er unterbrach Hertels Redestrom, der sich in einen wilden Ausbruch gesteigert hatte. »Nein!« sagte er laut. »Einen Menschen? – Nein! Das kann ich nicht zugeben. Daran kann ich nicht ohne Schaudern denken. Das Lebensmaß eines Menschen nach unserem Willen zu ändern – das ist Gotteslästerung!«

Hertel vergaß, mit wem er sprach. Obwohl Krabp sichtlich noch nicht am Ende seines Gedankenganges war, unterbrach er ihn heftig: »Ach, das sind Laienbedenken! Jeder Fortschritt der Menschheit ist auf Opfern aufgebaut worden. Glauben Sie denn, daß die Medikamente, die in Ihren chemischen Werken hergestellt werden, nicht auch an Versuchspersonen ausprobiert worden sind? Auch dabei hat immer die Gefahr bestanden, daß das Mittel die erwünschte Wirkung verfehlte! Auch unser Dauerschlaf wird einmal menschliches Leben erhalten können. Die Medizin wird sich der Sache annehmen. Vielleicht kann die auf ein Minimum herabgesetzte Lebensfunktion Herzkrankheiten, Tuberkulose oder gar Krebs zum Erlöschen bringen!«

Krabp musterte Hertel stumm. Ein schwer deutbares Lächeln lag um seine Mundwinkel. Als er antwortete, war seine Stimme leise und sachlich. »Vielleicht, Herr Dr. Hertel! Das ist das entscheidende Wort. Mit Sicherheit weiß es niemand. Auch Sie können mir nicht garantieren, daß der Mensch bei einem solchen Dauerschlaf keinen Schaden nimmt!« Und mit fester, klarer Stimme fuhr er fort: »Ich werde nie zulassen, daß hier etwas Derartiges geschieht. Das ist mein letztes Wort!«

Als er sah, wie Hertel ihn tief enttäuscht anstarrte, klopfte er ihm auf die Schulter: »Lassen Sie nur! Es ist richtig, was ich sage. Es gibt Lagen, in denen man dem Verstand nicht trauen darf; Lagen, in denen allein das Gefühl die richtige Antwort gibt. Machen Sie Ihre Versuche weiter! Besorgen Sie sich Menschenaffen. Ich stelle Ihnen die Mittel gern zur Verfügung. Aber lassen Sie vom Menschen! Führen Sie Ihre Versuchsreihen mit wissenschaftlicher Gründlichkeit zu Ende, bis Sie eines Tages mit einem fundierten Resultat vor die Öffentlichkeit treten können. In zwei Monaten können Sie doch unmöglich zu einem hieb- und stichfesten Ergebnis gekommen sein!«

Betretenes Schweigen. Die leise zischende Flamme eines Bunsenbrenners wurde deutlich vernehmbar, das Rauschen des Oktoberwindes, der draußen in den alten Bäumen die letzten fahlen Blätter von den Zweigen riß.

Und wie immer fand Dr. Krabp auch in dieser Lage den versöhnlichen Abschluß. Er zog Hertel in eine Ecke des Labors und sagte leise: »Ich habe vor ein paar Tagen den Haushalt Ihres Labors überprüft. Dabei ist mir aufgefallen, daß Sie unzureichend bezahlt werden. Ich habe Ihr Gehalt ab ersten Oktober auf tausend Mark erhöht.« Jeden Dank Hertels verscheuchte er damit, daß er ihm einfach die Hand hinstreckte und sich verabschiedete.

Thea Runau begleitete Krabp hinaus. »Mein Gott«, sagte er auf dem Flur leise zu ihr, »ich kann ihn ja verstehen; er ist völlig besessen von seiner Arbeit. Dabei ist er noch so jung; er müßte eigentlich unter Menschen, unter junge Menschen!«

»O ja«, bestätigte Thea Runau nur zu bereitwillig, »er muß dringend ausspannen! Seit Jahren hat er nicht einen Tag Urlaub genommen. Genau wie unser Professor.«

Sie waren an der schweren Haustür angelangt. »Ach ja, Fräulein Runau! sagte Krabp beiläufig und tat, als prüfe er das Wetter. »Ich habe Ihr Gehalt um zweihundert Mark erhöht, Sie haben es verdient. – Ich komme bald wieder vorbei!«

Bevor Thea Runau ihm danken konnte, hatte Willi schon den Wagenschlag geschlossen.

Thea stürzte ins Labor zurück. Mit leuchtenden Augen stürmte sie auf Hertel zu. »Er hat mein Gehalt um zweihundert Mark erhöht!« jubelte sie.

Hertel drehte sich langsam um. »Meines auf tausend«, sagte er tonlos.

»Ach, Hans!« Thea Runau umklammerte seine Schulter mit beiden Armen und schüttelte ihn. »Wie herrlich! Wirklich, ganze tausend? – Jetzt können wir heiraten!«

In ihren Augen standen Tränen der Freude. Das kühle, vernünftige Mädchen war wie verwandelt. Thea drängte sich zärtlich an ihn und barg ihren Kopf an seiner Schulter.

Aber nur einen Augenblick standen sie so. Dann löste sich Hertel abwesend aus ihrer Umarmung. »... aber er hat den Menschenversuch abgelehnt!« Er ging mit schweren Schritten quer durch das Labor.

Thea sah ihm bestürzt nach. Ihre Augen, die eben noch vor Glück geleuchtet hatten, trübten sich. »Hans«, sagte sie mit erstickter Stimme, und noch einmal: »Hans!«

Hertel stockte an der Tür. Er hatte die Klinke schon in der Hand. »Ach so«, sagte er, »heiraten! – Kind, ich habe jetzt wirklich wichtigere Dinge im Kopf!«

Wenige Augenblicke später fiel dröhnend die Tür des angrenzenden Arbeitszimmers ins Schloß.

15

Renate wartete voller Ungeduld. Immer wieder versuchte sie auszurechnen, wie lange die Post von Mallorca nach Frankfurt und zurück wohl brauchte.

Freytag schien ihre Sorgen nicht zu teilen. Er genoß die Sonne, das Meer, den Strand, die Tanzabende, das Nichtstun und den Luxus.

Nach drei Tagen fragte Renate zum erstenmal im Hotel, ob ein Brief für sie angekommen sei.

»Post?« Der Mann am Empfang zuckte bedauernd die Schultern.

Jeden Morgen und jeden Abend wiederholte Renate ihre Frage – keine Post, nichts! Ihre Unruhe wuchs. Immer häufiger schweiften ihre Gedanken ab, ihre Augen starrten plötzlich ins Leere, ihre Finger trommelten nervös gegen eine Fensterscheibe oder auf eine Tischplatte. Warum telegrafierte ihr Vater nicht? Er konnte doch nicht wollen, daß sie Schulden machte!

Am Morgen des sechsten Tages reichte ihr der schwarzgelockte Mann am Empfang endlich ein längliches Kuvert aus starkem elfenbeinfarbenem Papier. Die Antwort!

Renate bedankte sich hastig und zog sich auf die Terrasse zurück. Sie suchte sich einen abgelegenen Tisch. Als sie den Umschlag aufriß, zitterten ihre Finger. Der Bogen fiel ihr aus den Händen. Sie bückte sich nervös.

Dann las sie.

Der Brief war mit Schreibmaschine geschrieben. Mit den winzigen Lettern der kleinen Reiseschreibmaschine, die der Sekretär nur für ihres Vaters Privatkorrespondenz benutzte.

Sehr verehrtes, gnädiges Fräulein! Ihr Herr Vater hat mich beauftragt, Ihnen mitzuteilen, daß er leider unter den gegebenen Verhältnissen keine Möglichkeit sieht, Ihre derzeitige Auslandsreise finanziell zu unterstützen. Die Hotelleitung erhält jedoch mit gleicher Post den Auftrag, jederzeit eine Rückflugkarte für Sie bereitzuhalten.

Mit vorzüglicher Hochachtung
Ihr sehr ergebener...

Renate ließ die Hand mit dem Briefblatt sinken. Unfähig, das Gelesene zu durchdenken und zu verarbeiten, starrte sie eine Weile leer vor sich hin. – Konnte wahr sein, was da stand?

Erst ganz allmählich sammelten sich ihre Gedanken. Dann mußte sie unwillkürlich bitter vor sich hin lachen. War diese Antwort nicht ganz natürlich? Hatte sie – nach allem, was geschehen war – im Ernst von ihrem Vater eine andere Stellungnahme erwarten können?

Nein, sie machte sich jetzt nichts mehr vor. Im Innersten hatte sie an seiner ablehnenden Haltung wohl nie gezweifelt. Deshalb auch war sie die letzte Zeit so unruhig, so bekümmert gewesen.

Warum war Freytag jetzt nicht bei ihr? Warum legte er in diesem Augenblick nicht seinen Arm um ihre Schulter? – Aber vielleicht war es besser so. Vielleicht hatte es einen tieferen Sinn, daß sie diesen Schlag allein überwinden mußte.

Ihr Blick wanderte über die Terrasse. Die weißen Mauern des Hotels leuchteten im grellen Sonnenlicht. Unten glitzerte das Meer, und die Pinien wiegten sich träge im Morgenwind.

Am Nebentisch wurde ein Stuhl gerückt. Ein neuer Gast. Ein mächtiger Kerl mit einem zu kleinen Kopf. Er ließ sich stöhnend in den Korbsessel fallen und packte die Hände auf den Tisch. Am kleinen Finger der rechten Hand blitzte ein übergroßer Brillant. So saß er und starrte sie ungeniert an.

Renate wandte sich ab. Der dreiste Blick des Mannes und sein Grinsen waren ihr zuwider.

»Sie gestatten?« fragte eine dunkle Frauenstimme dicht neben ihr.

Renate blickte sich überrascht um. Sie sah in ein gewinnend

lächelndes Gesicht. Sie erkannte die schöne und angeblich so abenteuerlich reiche Amerikanerin, der sie in den letzten Tagen häufiger begegnet war. »Bitte!« Sie zeigte auf den Stuhl gegenüber.

»Wie nett, daß ich Sie hier treffe, Fräulein Krabp«, sagte die Amerikanerin.

Renate blickte sie erstaunt an. »Verzeihen Sie bitte, ich kenne Sie gar nicht.«

Der zyklamenfarben geschminkte Mund der fremden Dame verzog sich zu einem belustigten Lächeln. »Aber ich kenne Sie, meine Liebe! Wir sind uns einige Male im Hotel begegnet, und dann sind wir doch auch schon einmal Nachbarn gewesen!«

»Nachbarn?«

»Ja. Wir waren beide in Millers Weekly Magazine abgebildet. Dicht beieinander.«

Renate dachte nach. »Ich weiß nicht...«

Die andere half ihr lächelnd. »Ich bin Mrs. Dinah Parker aus Baltimore. In Wahrheit waren wir natürlich sehr weit auseinander – Sie in Chamonix beim Skilaufen und ich auf Hawaii mit einer besonders großen Ananas im Arm.« Sie winkte dem Kellner. »Sie sind hier mit einem jungen Herrn. Ich dachte erst, Sie seien Geschwister, aber der Herr ist wohl Spanier?«

Renate musterte Mrs. Parker vorsichtig. »Nein, Deutscher.«

»So, so«, sagte Dinah scheinbar interesselos. »In Deutschland ist es jetzt sicher schon kalt.«

»Ich glaube, ja«, sagte Renate ausweichend. »Sie sprechen übrigens ausgezeichnet Deutsch, Mrs. Parker.«

Dinah Parker entblößte eine Reihe wunderbar gleichmäßiger Zähne. »Ich bin Pariserin, meine Liebe, aber ich bin bei meiner Großmutter in Metz aufgewachsen. Ich habe früh geheiratet. Mein letzter Mann war Amerikaner. So kommt es, daß ich die drei Sprachen ganz leidlich beherrsche.«

Der Kellner brachte den Fruchtsaft und entfernte sich wieder.

Dinah sog gelangweilt am Strohhalm. Sie sagte ein paar gleichgültige Dinge über das Land und das Meer und das Hotel.

Nach einiger Zeit standen die beiden Damen auf und traten an die Terrassenbrüstung.

»Ich war vorhin sehr froh, daß Sie kamen«, sagte Renate und wies mit dem Kopf über die Schulter. »Dieser seltsame Herr da hinter mir hatte mich nämlich mit seinem Anstarren ganz nervös gemacht.«

Mrs. Parker schenkte ihm einen kurzen Seitenblick. »Der kann Frauen nicht anders ansehen. Er belästigt alle. Er wohnt hier übrigens in der Nähe. Er soll sein Geld mit allerlei dunklen Geschäften verdient haben. Diese Gegend war ja mal das Zentrum einer großen Schmugglerbande. Aber die Schwarzhändler sind jetzt alle Millionäre und tun vornehm.«

Endlich kam Freytag. Er war mit dem Motorboot nach dem nahen Hafenstädtchen Puerto de Pollensa gefahren, um ein paar Kleinigkeiten zu kaufen. Als er die beiden Damen zusammen sah, stutzte er. Renate stellte ihn Mrs. Parker vor. Dinah Parker betrachtete ihn mit kühler Neugier aus halbgeschlossenen Augen.

Freytag verbeugte sich wie ein Junge, der einen Diener macht. Er wich ihrem Blick verlegen aus.

»Ich würde mich sehr freuen«, sagte Dinah Parker mit einem undurchsichtigen Lächeln, »wenn Sie beide heute abend meine Gäste wären. Ich esse nämlich nicht gern allein.« Dann entfernte sie sich.

Freytag starrte ihr unverhohlen nach. Erst nach einiger Zeit drehte er sich um. Er sah den Brief und nahm ihn Renate aus der Hand. Er las langsam. Seine Lippen formten die Worte nach. »Na ja«, sagte er, »dein Alter will dich kirre machen. Aber wenn er merkt, daß es uns ernst ist, wird er schon klein beigeben.«

»Ja«, sagte Renate. Sie war froh, daß Freytag diesen Brief so gelassen aufnahm. Sie faßte wieder Mut.

Der träge Wind war völlig eingeschlafen. Die See ruhte wie ein tiefblauer, glatter Spiegel. Die sattgrünen Zweige der Pinien atmeten das Licht der Sonne.

Freytag zog Renate an sich, als wäre der Brief die gleichgültigste Sache von der Welt. »Na, da hätten wir ein Abendessen gespart, Kleines. Du siehst, es geht auch ohne Geld.«

Irgend etwas an Freytags Unbekümmertheit ärgerte sie plötzlich. Sie löste sich aus seinem Arm und griff nach seiner Hand. »Du, Freytag«, sagte sie. »Sei mir bitte nicht böse, wenn ich dir jetzt einmal etwas sage, was – na ja, was ich schon lange auf dem Herzen habe.«

Freytag blieb überrascht stehen. »Wieso? Was hast du denn?«

Renate wand sich ein wenig: »Ich mag es nicht haben, wenn du mich Puppe und Kleines nennst. Das ist so die Manier von ...« Sie stockte.

»... Proleten meinst du«, ergänzte Freytag lachend. »Aber ich war doch auch einer, und du wolltest mir doch helfen, ein feiner Pinkel...«

»...ein Herr!« »...ein Herr zu werden!«

Er lachte und zog sie wieder an sich. »Werde ich, Renate! Bestimmt, werde ich!«

Dinah Parker zeigte an diesem Abend, daß sie von der Kunst, das Leben zu genießen, etwas verstand. In einer ruhigen Ecke des neuen Speisesaals hatte sie einen Tisch für drei Personen decken lassen. In der Mitte war ein Blumenarrangement von verschwenderischer Fülle dekoriert. Die Servietten standen kunstvoll gefaltet auf den Tellern. Mehrere verschiedenartige Gläser glitzerten im Schein der buntbeschirmten Lämpchen, die dem ganzen eine persönliche und festliche Note gaben.

Dinah Parker war eine bezaubernde Gastgeberin. Sie hatte die ganze Welt gesehen und war eine Meisterin in der Schilderung kleiner Episoden.

Renate blieb zunächst zurückhaltend. Was wollte diese Frau? Warum war sie so entgegenkommend?

Aber ihr Mißtrauen schwand bald dahin. Mrs. Parker bemühte sich mit überströmender Freundlichkeit um sie. Ausschließlich um sie! Freytag beachtete sie kaum.

Nach dem Essen gingen sie zum Tanzen auf die Hotelterrasse.

Die Nacht war dunkel. Man konnte das Meer nicht sehen. Man ahnte es nur. Der Wind hatte sich gelegt. Die Kapelle spielte einen näselnden Slow.

»Eine Flasche Sekt!« rief Freytag dem Kellner zu.

Mrs. Parker musterte ihn belustigt. »Aber, Herr Gomela«, sagte sie, »heute bin ich Ihre Gastgeberin, und Sie haben uns überhaupt noch nicht gefragt, ob wir Sekt trinken möchten!«

Freytag starrte sie entgeistert an. Sekt war doch die Krone aller Genüsse! Brauchte man da erst zu fragen?

Mrs. Parker wandte sich an Renate: »Darf ich Ihnen einen Absinth anbieten, meine Liebe?«

»Gern!« sagte Renate.

»Und Ihnen, Herr Gomela?«

Freytag war unsicher. Sollte er nun allein Sekt trinken?

»Ich möchte«, stotterte er, »vielleicht...«

»Wenn ich Ihnen helfen darf«, griff Mrs. Parker ein, »vielleicht einen Gin-Fizz? Das ist ein männliches Getränk und nach dem Abendessen bestimmt das Richtige für Sie.«

Freytag nickte erleichtert.

Als die Bestellung aufgegeben war, sprach Mrs. Parker mit Renate über Modeateliers in aller Welt, über Schmuck, über elegante Kurorte, über Reisen und Luxushotels, über gemeinsame Bekannte. Sie verstand es, ihre Erzählungen mit pikanten Histörchen zu würzen, die alle ein wenig boshaft klangen.

Renate lachte viel; für Freytag waren das alles böhmische Dörfer. Er kannte keines der Luxushotels und hatte die Namen, mit denen Mrs. Parker nur so um sich warf, noch nie gehört. Er musterte sie verstohlen von der Seite. Das war eine Frau, wie er sie noch nie erlebt hatte. Die Hochachtung machte ihn stumm. Er fühlte, daß er hier nicht mitkam. Am liebsten hätte er jetzt ein paar richtige Schnäpse heruntergekippt und mit dem netten Zimmermädchen einen Strandspaziergang gemacht.

Plötzlich drehte Mrs. Parker sich ihm mit einem bezaubernden Lächeln zu: »Ach, Herr Gomela, würden Sie mir einen Gefallen tun? Ich habe meine Stola im Zimmer gelassen. Es wird doch etwas kühl hier draußen! Dürfte ich Sie bitten, sie mir zu holen?«

Freytag sprang bereitwillig auf.

Als er fort war, wandte Dinah Parker sich unmittelbar an Renate: »Ich bin etwas beunruhigt, meine Liebe. Sie sind zerstreut und nervös. Ich habe es schon heute morgen gemerkt. Bitte – ich will mich nicht in Ihr Vertrauen drängen –, aber wenn ich Ihnen helfen kann...«

Renate senkte verwirrt den Blick. Sie nahm sich doch so zusammen! Da saß sie nun auf einem der schönsten Flecken dieser Erde, jung, verliebt und geliebt, den schönsten und besten Mann an ihrer Seite – es hätte der Himmel auf Erden sein müssen! Aber seitdem sie die kühle Absage aus Homburg erhalten hatte, überschatteten schwere Wolken ihr Paradies.

Sie starrte in die dunkle Nacht. Es gab ja keinen, dem sie sich anvertrauen konnte. Freytag wischte ihre Sorgen mit einer unbeschwerten Handbewegung weg. Und alle ihre Freunde waren in weiter Ferne.

Ach, ihre Freunde!

Man durfte sich auch da nichts vormachen. Ob auch nur ein einziger von ihnen unter den gegenwärtigen Umständen bereit wäre, ihr zu helfen, das war noch die Frage.

Vielleicht Oluf?

Aber was verstand Oluf von dem, was in ihr vorgegangen war,

als sie wegen eines Jungen von der Schaubude ihr Vaterhaus, ihre ganze Welt aufgegeben hatte!

Ja, so eine lebenskluge, überlegene Frau wie Mrs. Parker würde wohl Verständnis dafür aufbringen. Die wußte bestimmt, was Liebe bedeutet und bewirkt. Und sie sah nicht aus, als ob sie nachgeben würde, wenn jemand sich ihr in den Weg stellte. Ganz gleich, wer.

Renate wäre unter normalen Umständen niemals auf den Gedanken gekommen, sich einer fremden Frau wie Mrs. Parker anzuvertrauen. Aber hier war sie allein. Jämmerlich allein. Und sie suchte den Schutz und den Rat einer mütterlichen Freundin. So schmolz ihre angeborene Zurückhaltung dahin.

Erst langsam und stockend, dann überstürzt erzählte sie Mrs. Parker ihre ganze Geschichte. Sie begann mit der Liebe auf den ersten Blick und endete bei dem kühlen Brief, den ihr Vater durch seinen Sekretär hatte nach Mallorca schicken lassen.

Mrs. Parker lauschte aufmerksam, aber ihre Miene verriet nichts von dem, was sie dachte. Der Zigarettenrauch kräuselte aus ihrer ziselierten Zigarettenspitze empor und hing wie ein leichter Nebel zwischen ihnen. Nur einmal unterbrach sie Renate kurz: »Nicht so laut, meine Liebe, der Kerl vom Nebentisch hört schon die ganze Zeit zu!«

Renate drehte sich erschrocken um. Da saß wieder der schwarze stiernackige Spanier, der sie schon am Vormittag so aufdringlich angestarrt hatte, und musterte sie frech. Bestürzt wandte ihm Renate wieder den Rücken zu.

»So. Und nun haben Sie kein Geld mehr? – Kind, das ist ja lächerlich! Eine Krabp und kein Geld!« Sie lehnte sich zurück. »Ach, die Männer! Ich weiß Bescheid. Ich war dreimal verheiratet. Ich habe daraus gelernt. Allein lebt man besser. – Besuchen Sie mich doch morgen mal, damit wir in Ruhe über alles sprechen können.«

Als Freytag mit der Stola kam, waren die Damen schon wieder bei anderen Dingen.

Der nächste Tanz war ein schmeichelnder Tango. Freytag sprang auf und verbeugte sich vor Mrs. Parker. Nach einem leichten Zögern willigte sie ein.

Renate blieb allein zurück. Sie zündete sich eine Zigarette an und starrte über die Brüstung in den Garten. Die Nacht war dunkel und weich wie königsblauer Samt. Nur die unteren Zweige der

Pinien wurden vom Glanz der Lampions angestrahlt. Renate fühlte sich jetzt leichter und freier. Diese welterfahrene Frau würde ihr sicher raten können.

Plötzlich spürte sie einen heißen Alkoholatem über ihrer Schulter.

»Na, wollen wir mal?« fragte eine heisere Stimme.

Renate fuhr erschrocken zusammen. Wieder dieser Kerl. Sie bog sich zurück. »Danke, ich möchte nicht tanzen!«

»Aber weshalb denn nicht, mein schönes Fräulein?«

»Ich bin nicht Ihr schönes Fräulein.«

»Gestatten Sie dann wenigstens, daß ich Platz nehme?« Er setzte sich einfach auf Freytags Stuhl.

»Nein, das gestatte ich nicht. – Bitte!« Renate machte eine unmißverständliche Handbewegung.

Die Leute von den Nachbartischen sahen befremdet herüber. Ein englisches Ehepaar schüttelte pikiert den Kopf.

Der Dicke blieb sitzen.

»Bitte verlassen Sie sofort den Tisch!« zischte Renate mit unbewegtem Gesicht.

Der Dicke versuchte ihre Hand zu fassen. »Sie verlieren direkt an Charme, wenn Sie so unfreundlich sind, mein Fräulein. Ich möchte doch nur mit Ihnen tanzen.«

Renate erhob sich wortlos, um die peinliche Szene zu beenden. Doch der Dicke umfaßte sie mit einer raschen Bewegung und versuchte, sie auf die Tanzfläche zu drängen.

Plötzlich war Freytag da. Er packte den Kerl an der Schulter und riß ihn mit einem Ruck herum.

»Gehn Sie!« fauchte er.

Der Dicke taumelte einen Augenblick, faßte sich aber schnell wieder. Unverfroren nahm er seine Versuche wieder auf, Renate zum Tanzen zu bewegen.

Freytag sprang ihn wie eine Katze an und stieß ihm seine Faust ins Gesicht. Der Koloß ließ Renate los. Mit überraschender Gewandtheit packte er sich den nächsten Stuhl und schleuderte ihn Freytag entgegen.

Freytag duckte ab. Der Stuhl zersplitterte an der steinernen Balustrade. Ein paar Damen schrien auf.

Freytag ging mit kleinen, federnden Schritten auf den Dicken zu. Er lachte dabei. Es war ein bösartiges Lachen. Den ganzen Abend hatte er sich nicht so wohl gefühlt wie in diesem Augenblick. Das war seine Stunde. Hier konnte er einmal seine Überlegenheit zeigen. Eine Schlägerei! Auf wie vielen Tanzböden hatte er sich mit Bauernburschen um ihre Mädchen geprügelt! Und das waren andere Gegner gewesen als dieser Fettsack.

Er trieb den Dicken vom Tisch weg bis an den Rand der Terrasse. Als er ihn endlich aus dem Bereich der Tische und Stühle heraus hatte, feuerte er unversehens mit der Linken einen harten Haken auf sein Kinn ab. Der Koloß sackte mit weichen Knien in sich zusammen.

Die Damen schrien auf. Ein wildes Durcheinander entstand. Kellner eilten herbei und richteten den Dicken auf.

Freytag kümmerte sich nicht darum. Er strich sich mit dem Blick eines siegreichen Matadors die Haare aus der Stirn und ging an den Tisch zurück.

Dinah Parker sah ihm halb erschrocken, halb bewundernd entgegen. In ihren Augen war ein seltsames Glitzern. Ihre Nasenflügel vibrierten. »Kommen Sie!« sagte sie und legte die Hand leicht auf Renates Schultern. »Ich denke, wir gehen – nach dieser Vorstellung!«

Sie schritten die Steinstufen hinunter und wandten sich dem Hause zu, das Renate gemietet hatte.

Renate hatte sich bei Freytag eingehängt. »Das war ja schrecklich!« flüsterte sie nach langem Schweigen.

Freytag lachte unbeschwert. »Was soll da schrecklich sein? So was bin ich gewohnt.«

»Ich habe solche Angst um dich gehabt! Der Kerl war so groß und widerlich und unberechenbar!«

»Na«, Dinah Parker lächelte, »ich glaube, solchen Situationen ist Herr Gomela auf jeden Fall gewachsen!«

Die Nacht war still. Das Meer lag unsichtbar als dunkler Schatten zu ihrer Seite. Die Pinien verdeckten den Himmel mit ihren breiten Fächern.

»Ich werde Sie begleiten«, sagte Dinah Parker leicht, »die Nachtluft ist angenehm frisch.«

Für den Rest des Weges war sie nachdenklich und verschlossen.

Erst im Licht der Torlampen vor dem Eingang sah sie neugierig auf das weiße Haus.

»Ein richtiges Buen retiro«, sagte sie, »einsam, abgelegen und verschwiegen. Ohne einen so starken Beschützer hätte ich hier Angst.«

Sie streckte Renate die Hand zum Abschied hin. »Ich habe übrigens auch ein Haus hier auf der Insel; aber am anderen Ende. Ich werde es Ihnen gelegentlich zeigen. Bis morgen, meine Liebe!«

»Herr Gomela wird Sie natürlich zurückbringen«, sagte Renate.

»Mit Vergnügen!« Freytag bot ihr seinen Arm.

Dinah Parker hängte sich ein: »Sie entwickeln Charme.«

Der Weg war dunkel und schmal. Die Bäume an den Seiten drängten ihn noch mehr zusammen.

Sie gingen schweigend nebeneinander her. Manchmal, wenn der Weg eine Biegung machte, wenn eine Stufe kam oder wenn ein Steinbrocken im Weg lag, klammerte Dinah Parker sich mit ihren zarten Fingern fester an seinen Arm.

»Ich liebe die Nacht!« flüsterte sie. Einen Augenblick glaubte Freytag ihren Atem zu hören, nahe und gefährlich. Er sog den verwirrenden Duft ihres Parfüms ein. Er spürte ihre Nähe. Vor ihnen blinzelten schon die Lichter des Hotels zwischen den Pinien. »Sie auch?« fragte die dunkle Frauenstimme.

»Ich weiß nicht«, antwortete Freytag gepreßt. »Über so etwas habe ich nie nachgedacht. Dazu hatte ich keine Zeit.« Was wollte sie wohl damit sagen? Wer konnte sich in einer solchen Frau auskennen?

»Ich habe schon als Kind die Dunkelheit geliebt«, fuhr Dinah Parker träumerisch fort. »Sie hebt Grenzen auf, verwischt Unterschiede, schafft Beziehungen – alles Dinge, die das helle Licht des Tages unmöglich macht. Oder haben Sie dafür kein Empfinden, Herr Gomela?«

Freytag mußte sich erst räuspern. »Ich glaube doch«, sagte er und bemühte sich, seinen heftigen Atem zu mäßigen. Er war elektrisiert wie stets von der Nähe einer schönen Frau; aber bei dieser war er unsicher, zum erstenmal in seinem Leben unsicher. Es war ja Mrs. Parker, die Multimillionärin, die neben ihm ging. Er wünschte, meilenweit von dieser überlegenen Frau entfernt zu sein; gleichzeitig wünschte er, der Spaziergang möge nie enden. Seine Unruhe wuchs. Der Wald lichtete sich. Da war schon die Straße zum Hotel.

»Oh!« Mrs. Parker strauchelte. Sie griff nach ihm. Sie hing einen Augenblick an seinem Hals. Einen Augenblick nur.

Freytag umfaßte bebend ihre schmalen Hüften. Er stützte sie.

Sekundenlang standen sie dicht nebeneinander, stumm, heftig atmend – dann löste Dinah Parker sich langsam von ihm. Sie lachte. Es klang gemacht. »Ein gefährlicher Weg – für meine Absätze.«

»Vielleicht nicht nur für die Absätze«, murmelte Freytag rauh. Es brauste ihm in den Ohren. Aber er wagte nicht, das zu tun, was er sonst in ähnlichen Lagen zahllose Male getan hatte: die Frau an sich zu ziehen.

Nun waren sie auf der Straße. Hinter ihnen erhob sich dunkelrot der Mond aus dem Wald; der Berg hatte ihn so lange verborgen gehalten.

Freytag hörte das gedämpfte Klappern der hohen Absätze neben sich; er sah die weiche Silhouette dicht an seiner Seite im Rhythmus der Schritte auf und ab schwingen.

Vor ihnen ragte das Hotel auf. Im Winkel vor der Garage saßen ein paar Fahrer, rauchten und schwatzten. Vorn war Licht, war Leben und strahlende Helligkeit. Hier war das letzte dunkle Fleckchen vor dem Hotel.

Plötzlich blieb Freytag stehen und ergriff mit einer hastigen Bewegung Dinah Parkers Hand. Er wollte etwas sagen, etwas Schönes, etwas, das aus dem Zauber dieser Nacht kam. Er faßte die schlanken kühlen Frauenfinger und führte sie behutsam an seine Lippen.

Einen Augenblick überließ Dinah ihm ihre Hand. »Ich danke Ihnen für Ihre Begleitung«, sagte sie leise. »Gute Nacht.«

Freytag rührte sich nicht. Er blieb vor ihr stehen. Er sah die verführerische Silhouette der Frau im Dämmerlicht. Was in ihrem Gesicht vorging, konnte er nicht erkennen. Er sah nur den matten Schimmer ihrer Augen, undeutlich und geheimnisvoll.

»Gute Nacht, mein Lieber!« wiederholte sie leise, dann drehte sie sich um.

Am nächsten Morgen begrüßte Dinah Parker Renate am Strand mit besonderer Herzlichkeit. Sie ließ sich mit ihr unter einem der pilzförmigen Sonnendächer nieder. Freytag gab in der Bucht wieder seine beliebte Frühvorstellung auf Wasserskiern!

Er war in Hochform. Gewandt folgte sein Körper den Kurven des Motorbootes. Meisterhaft wußte er den Widerstand der Wellen auszugleichen. Mit der einen Hand hielt er sich am Seil, mit der andern winkte er den Damen zu. Sein braungebrannter Körper mit den breiten Schultern, den schmalen Hüften und den gutmodellierten langen Beinen hob sich wie ein Bronzebild von den grünblauen Wellen ab.

Dinah Parker folgte ihm lange mit den Blicken. Als sie sich endlich Renate zuwandte, strich sie sich über die Haare. »Ich habe über Ihre Lage nachgedacht, meine Liebe, ich finde sie gar nicht so aussichtslos.«

»Sie kennen meinen Vater nicht!« seufzte Renate.

Dinah zuckte die Schultern; schöne, makellose Schultern im raffiniert ausgeschnittenen Strandkleid. »Leider nicht. Aber er ist ein Mann, und ich weiß, wie man Männer behandeln muß. Warum fliegen Sie nicht einfach nach Frankfurt und sprechen mit ihm?«

»Mein Vater sperrt mich sofort ein, wenn ich nach Hause komme!«

Dinah schüttelte nachsichtig den Kopf. »Ja, wenn Sie sich in Ihr Jungmädchenzimmer setzen. Lassen Sie den gestrengen Herrn Papa irgendwohin kommen, wo so etwas unmöglich ist.«

»Aber das kann ich doch nicht!« sagte Renate hilflos.

Mrs. Parker winkte gelangweilt ab. »Sie können sogar noch mehr. Sie können dem Herrn Papa zum Beispiel schreiben, Sie seien entschlossen, Herrn Gomela unter allen Umständen zu heiraten. Es gibt da unerhört romantische Möglichkeiten, wie Gretna Green in Schottland und so ähnlich. Dort werden Sie ohne jede Schwierigkeit getraut. Was meinen Sie, zu welchen Konzessionen Väter in solcher Lage bereit sind!«

Renate wußte keine Antwort. – Dinah Parkers Vorschlag nahm sie ganz gefangen. Nach Frankfurt? Sie sollte nach Frankfurt fliegen? War das denn nicht heller Wahnsinn?

Freytag kam in federndem Dauerlauf vom Landungssteg. Kurz bevor er die Damen erreicht hatte, schlug er einen Salto. Dann verneigte er sich strahlend mit der Grandezza eines Artisten. »Guten Morgen, gnädige Frau!« Er streckte Mrs. Parker unbefangen die Hand entgegen.

Dinah Parker erwiderte seinen Gruß mit einem feinen Lächeln. »Sie haben sich ja wieder einmal von Ihrer schönsten Seite gezeigt«, sagte sie mit einem ironischen Unterton. »Die Augen aller Mädchen am Strande waren auf Sie gerichtet.«

Freytag bekam einen roten Kopf. Er wußte nie, wann Mrs. Parker ihn ernst nahm. Daß sie abends zuvor so dicht neben ihm gestanden hatte, schien sie vergessen zu haben.

Nun, vielleicht hatte sie sich gar nichts dabei gedacht.

Dinah verabschiedete sich bald darauf. »Ich fahre übrigens morgen vormittag nach Inka auf den Markt. Wenn Sie ihn noch nicht kennen, kommen Sie doch mit. Es ist außerordentlich interessant!«

Freytag blickte ihr mit zusammengezogenen Brauen nach. »Eine tolle Frau!« sagte er bewundernd.

»Ja, sie ist reizend«, bestätigte Renate.

Er schlenkerte seine linke Hand und verzerrte das Gesicht. »Was hast du denn?« fragte Renate.

»Ach, der Kerl gestern hatte eine verdammt harte Schnauze. Ich muß mir das Handgelenk etwas verstaucht haben!«

Renate ergriff besorgt seine Hand und bewegte sie vorsichtig prüfend hin und her. »Und dann machst du noch solche Kunststücke wie eben?« Sie drehte die Innenseite seiner Hand nach oben und beugte sich vor.

Plötzlich erstarrte sie.

»Was ist denn? Mach doch nicht so 'n Theater!« lachte Freytag, der ihr betretenes Schweigen mißdeutete.

Renate antwortete nicht. Sie saß ganz starr und hielt Freytags Hand regungslos fest. Dann beugte sie sich noch tiefer hinab, und ihr Zeigefinger fuhr die Innenlinien entlang.

Die strahlende Weite vor ihr versank. Halbdunkel, rötliches Licht, samtblaue Vorhänge mit goldenem Flitter . . .

Welke, kalte Finger hielten ihre Hand.

Dann die brüchige alte Stimme: ›Leben und sterben und wieder leben!‹

Sie hörte das Raunen wieder deutlich an ihrem Ohr. ›Gehören zusammen wie Sonne und Mond.‹

Hatte sie nicht oft an diese Worte gedacht, wenn sich leise Zweifel regen wollten? Hatte sie seitdem nicht oft ihre Hand mit der seltsamen Lebenslinie studiert?

Und hier, Freytags Hand, deren Zeichnung der ihren so gleichen sollte – da lief die Lebenslinie ohne jede Unterbrechung um den Daumenballen herum.

»Nun laß schon!« Freytag suchte ihr die Hand zu entziehen.

»Was diese alten Hexen sich zusammenlügen«. Renate lachte gekünstelt auf, »ich hätte es mir denken können!«

»Was für 'ne Hexe?«

Renate sah Freytag erstaunt an. »Na, damals die im Wagen!«

»In was für 'nem Wagen?« fragte er verständnislos.

»Aber Freytag! Die Signora Bertina – hast du denn das schon vergessen?«

Er versuchte ein Lächeln und schüttelte den Kopf. Ein Instinkt warnte ihn, weiter zu fragen. – Beklemmende Stille. Sie saßen im Sand und sahen einander an. In Renates Augen war jetzt ein Forschen, ein Fragen; er mußte sprechen.

»Ach, die alten Vetteln«, lachte er auf, »die lügen alle! Du glaubst doch nicht etwa an den Quatsch?« Er entzog ihr die Hand. Hier gab es etwas, das er nicht wußte. Das war gefährlich.

Er sprang auf. »Komm essen, ich hab' fürchterlichen Hunger!« Er versuchte, sie hochzuziehen; aber sie folgte nur zögernd.

Als sie neben ihm im Sand stand, legte sie ihm die Arme auf die Schultern. »Freytag«, sagte sie und forschte in seinen Augen, »liebst du mich? – Liebst du mich wirklich?«

Er umfaßte ihre Schultern. Er pustete ihr eine herabgefallene Locke aus der Stirn und näherte seinen Mund ihrem Ohr. »Wie kannst du jetzt noch so was fragen?«

Sie lag stumm in seinem Arm. Sie verbarg ihren Kopf an seiner Brust. Eine Wolke war vorübergezogen.

Das Mittagessen verlief schweigend. Als sie auf der Terrasse den Kaffee einnahmen, sagte Freytag: »Na, morgen haben wir ja wieder Freitisch bei der Parker!«

Renate runzelte die Stirn. »Laß doch bitte diese scheußlichen Ausdrücke! Außerdem können wir uns nicht dauernd von ihr einladen lassen, ohne uns zu revanchieren!«

Freytag hatte die Beine über die Lehne des Korbstuhles gehängt und sah aufs Meer hinaus. »Klar, wir hätten eigentlich schon längst mal ein tolles Fest geben müssen!«

»Und wovon?«

Freytag sah sie nicht an. Er sprach zum Meer hinüber, als sei Renate überhaupt nicht da. »Das ist ja gerade der Mist!« stieß er hervor. »Dein Alter hat Geld wie Heu, und wir sitzen auf dem trockenen. Ich hab' nicht mal mehr einen Pfennig Taschengeld!« Es klang wie ein Vorwurf.

Renate schwieg. Er hatte ja recht. So ging es nicht weiter, es mußte etwas geschehen.

Frankfurt! hämmerte es in ihr.

»Ich kann dir nichts geben«, sagte sie nach langem Schweigen. »Du weißt doch, daß wir jeden Pfennig brauchen!«

Um die Landzunge der Bucht glitt ein Schiff. Schweigend beobachteten Renate und Freytag, wie es größer und größer wurde und in der Bucht vor Anker ging. Eine schneeweiße Luxusjacht von bestechender Schönheit. Eine Reihe großer Salonfenster blitzte in der Sonne. Die amerikanische Flagge wehte im leichten Wind. Ein Traumschiff.

»Mensch, was ein Kasten!« rief Freytag bewundernd. »Junge, Junge, so was hab' ich noch nicht gesehen! – Wer da drauf sitzt, hat bestimmt keine Sorgen!«

Am andern Morgen frühstückten Renate und Freytag zusammen mit Dinah Parker. In bester Stimmung traten sie aus dem Hotelportal – und standen vor einer riesigen schwarzen Limousine. Ein Schofför in weißer Livree riß die Türen auf.

Freytag stutzte. »Nanu, ist das Ihrer?« fragte er überwältigt und setzte hastig hinzu: »Gnädige Frau?«

Mrs. Parker lächelte. »Ich habe ihn mir von Barcelona nachkommen lassen. Er hätte schon gestern hier sein sollen.« Sie forderte Renate mit einer verbindlichen Geste auf, neben ihr im Rücksitz Platz zu nehmen. »Und Sie machen den Reisemarschall, Herr Gomela!«

Ohne auf die Damen zu achten, lief Freytag noch einmal um den ganzen Wagen herum. Dabei pfiff er anerkennend durch die Zähne: »Mordsschlitten!« Er nickte dem Schofför kollegial zu und nahm mit Genuß neben ihm Platz.

Sie fuhren über den Berg. Der schwere Wagen überwand die Steigungen, als wäre es nichts.

In Inka erwartete sie ein farbenprächtiges Bild südländischer Geschäftigkeit. Früchte türmten sich zu Bergen, Orangen, Bananen, Melonen und Kürbisse, Hühner, zu Dutzenden an den Füßen zusammengebunden. Daneben wahre Pyramiden von Wurst und Käse. Händler und Käufer feilschten leidenschaftlich und fuchtelten wild mit den Armen; aber sie wurden immer einig.

Alles gab es hier zu kaufen. Geschirr und Musikinstrumente, Metallarbeiten und Tonkrüge, Stoffe und kunstvolle Lederarbeiten. Alles!

Sie ließen den Wagen im Schatten eines weißgetünchten Hauses stehen und schlenderten durch das Gedränge. Sie blieben dicht beisammen, um einander im Gewühl nicht zu verlieren. Freytags Augen leuchteten. Das war sein Element! In diesem Wirbel von Farben, Lärm und Gerüchen fühlte er sich heimisch.

Dinah Parker beobachtete ihn unauffällig. Sie spürte die Kraft, die von ihm ausging, die ungehemmte Lebenslust. Einmal im Gewühl griff sie seine Hand und drückte sie flüchtig. Aber als er sich fragend nach ihr umdrehte, zeigte sie ihm nur ein undeutbares Lächeln.

Vor einem Stand mit einheimischen Erzeugnissen, Bastgeflechten, Körben, bunten Töpfen und Lederwaren blieben sie stehen. Dinah Parker wählte ein paar ausgesucht schöne Teile.

Als sie einen gläsernen Trinkkrug hochhob und Freytag fragte: »Wäre der etwas für Sie?«, winkte er großspurig ab: »Heute bezahle ich!«

Renate hielt gerade ein paar Bastschuhe in der Hand. Sie starrte ihn sprachlos an.

»Die auch! Alles zusammen!« schrie er dem Händler zu. Er zog ein Bündel Scheine aus der Hosentasche, zahlte ohne zu feilschen und zwinkerte Renate grinsend zu.

Als sich auf der Rückfahrt die Bucht von Formentor wieder vor ihnen ausbreitete, schrie Freytag begeistert auf: »Da liegt die Jacht ja immer noch!«

Er warf sich zu Mrs. Parker herum: »Haben Sie schon mal so ein schönes Schiff gesehen?«

»Wir haben es gestern schon bewundert«, warf Renate ein. Freytag hing schon wieder halb aus dem Fenster. »Wem der Kasten wohl gehört? Vielleicht dieser amerikanischen Operetten-Prinzessin? – Oder dem Aga Khan? – Wenn man da bloß mal 'rauf könnte!«

»Das ist vielleicht gar nicht so schwierig. Fahren wir doch morgen mal hin!« meinte Mrs. Parker.

»Wird wohl wenig Zweck haben!« rief Freytag zweifelnd.

Dinah Parker lächelte: »Wir können es immerhin versuchen.«

Kaum hatte Mrs. Parker sich verabschiedet, als Renate ihn zur Rede stellte. »Woher hast du das Geld?«

»Woher, woher!« Freytag zog sie fort. »Hauptsache, ich hab' was!«

Aber Renate ließ sich nicht so abfertigen. Eine steile Falte hatte sich in ihre Stirn gegraben. Jetzt war sie wieder Renate Krabp, die Tochter des mächtigen Industriellen, des vielfachen Millionärs. Sie blieb stehen und stampfte mit dem Fuß auf: »Woher hast du das Geld?«

»Gepumpt, Puppe! Muß ja schließlich einer für Kies sorgen, wenn du's nicht kannst!«

»Von wem?«

Freytag wurde es unbehaglich. »Ich hab' den Schofför von der Parker ausgenommen«, gestand er kleinlaut.

»Du hast dir von einem Schofför Geld geliehen?« fragte Renate entsetzt.

»Klar«, sagte Freytag gleichmütig, »einer mußte dran glauben. Mach bloß nicht soviel Wellen! War doch prima, wie ich die Scheine aufs Tablett legen konnte, was?«

»Mein Gott«, sagte Renate. Lange Zeit blieb sie völlig stumm.

Am nächsten Morgen trafen sie auf dem Bootssteg zusammen. Freytag sprang gewandt ins Motorboot und war den Damen beim Einsteigen behilflich. Der Bootsmann warf den Motor an und löste die Vertäuung. Dann schoß das schnittige Boot durch die Wellen. Die Jacht war ihr Ziel.

»Es genügt ja schon, wenn wir mal 'rumfahren«, sagte Freytag, »die lassen uns bestimmt nicht 'rauf.«

Dinah Parker zuckte nur die Schultern.

Freytag starrte mit heißen Augen zu dem großen weißen Schiff hinüber. Am Bug leuchtete der Name in goldenen Lettern weit über das Wasser: »Baltimore Sun.«

Als sie auf Rufweite herangekommen waren, wurde auf der Jacht eine Flagge gehißt. Das schrille Signal einer Trillerpfeife wehte herüber. Schneeweiß gekleidete Matrosen rannten hin und her. Dann wurde das Fallreep heruntergelassen.

»Au fein!« rief Freytag. »Jetzt gibt's sicher was zu sehn!« Er blickte sich suchend um, ob noch ein anderes Boot in Sicht war. Doch in weitem Umkreis war die Wasserfläche leer. Unsicher schaute er zu Mrs. Parker hinüber, ob sie vielleicht eine Erklärung wüßte. Aber in den Winkeln ihrer zyklamenfarbenen Lippen stand nur das gewohnte vieldeutige Lächeln.

Wenige Augenblicke später legte das Motorboot am Fallreep an. Unten stand der Erste Offizier und half den Gästen beim Übersteigen.

Dinah Parker ging voran. Als sie das Deck betrat, legten die Offiziere die Hand an die goldbestickten Mützenschirme.

Der Kapitän trat an Mrs. Parker heran und erstattete Meldung. Sie nickte dankend. Dann reichte sie ihm und den übrigen Offizieren die Hand. Es sah so aus, als sei eine Königin an Bord gekommen. Freytag und Renate beobachteten das Zeremoniell mit wachsendem Erstaunen.

Jetzt wandte Dinah Parker sich ihnen zu. Sie streckte beide Hände aus. »Herzlich willkommen auf der ›Baltimore Sun‹!«

»Ja, wieso...«, stammelte Freytag.

Dinah Parker entblößte lachend ihre Perlenzähne. »Eine kleine Überraschung! Das Schiffchen gehört mir. Ich bin mit dem Flugzeug gekommen, weil mir die See zu stürmisch war. – Und jetzt darf ich Ihnen den Begrüßungstrunk anbieten.«

Sie hakte sich bei beiden ein und führte sie über das Deck in den Salon.

Ein schwarzer Steward in blütenweißem Jäckchen riß die Tür auf. Vor ihnen lag ein eleganter Raum mit hellgetäfelten Wänden. Die zierlichen Stühle und Sessel waren mit resedagrüner Seide bespannt. Große Glasfenster ließen das Meer und die Insel wie Gemälde erscheinen.

»Darf ich Ihnen mein Lieblingsgetränk vorsetzen?« fragte Dinah Parker. »Am besten kommen Sie gleich mit in die Bar.«

Sie führte ihre Gäste durch einige entzückend eingerichtete kleinere Salons in den in gelbem Holz und hellem Chintz gehaltenen runden Barraum. Sie stellte sich verschmitzt lächelnd hinter den eleganten hohen Bartisch und holte eine Reihe von Flaschen aus den eingebauten Kühlfächern. Dann begann sie, mit der Routine eines langjährigen Barmixers ein paar Drinks zusammenzubrauen. – Es waren wirklich köstliche Getränke.

Freytag war in seinem ganzen Leben noch nie so beeindruckt gewesen. Er blickte in stummem Staunen um sich.

»Nun, gefällt es Ihnen bei mir?« fragte ihn Mrs. Parker.

»Enorm!« stammelte Freytag. »Dürfte ich mir das Schiff wohl mal ansehen?«

»Gern!« Mrs. Parker klingelte und gab dem Steward den Auftrag, Freytag herumzuführen.

Die beiden Damen blieben zurück.

»Nun, meine Liebe, sind Sie zu einem Entschluß gekommen?« fragte Dinah nach einigen belanglosen Redensarten. Renate atmete tief. »Nein – ich... Es ist alles so schwer!« Dinah Parker sah sie beinahe belustigt an. »Aber, meine Liebe! Was soll daran so schwer sein? Sie rufen Ihren Vater vom Flugplatz an und bitten ihn in ein Hotel. Sie benutzen natürlich nur ein Taxi. Was soll denn dabei passieren können?«

Renate schüttelte den Kopf. »Das geht alles nicht. Mein Vater hat zwar im Hotel eine Flugkarte für mich hinterlegen lassen;

aber in Frankfurt wäre ich völlig auf ihn angewiesen. Auf seine Unterstützung, verstehen Sie?«

Dinah Parker legte ihr lächelnd die Hand auf den Arm. Sie entnahm ihrer Handtasche ein Blatt. »Hier ist ein Blankoscheck für Sie. Füllen Sie ihn nach Belieben aus.«

»Aber ich kann doch nicht...«, stammelte Renate.

»Sie können es mir zurückgeben, wann Sie wollen!« sagte Dinah leichthin.

Renate zögerte. Irgend etwas warnte sie, den Scheck zu nehmen. Unschlüssig blickte sie auf das Blatt. »Aber das geht doch nicht«, sagte sie hilflos.

»Selbstverständlich geht das«, lachte Mrs. Parker. »Frauen müssen zusammenhalten, wenn es sich um solche Entscheidungen handelt! Stecken Sie den Scheck rasch ein«, drängte sie, »ich glaube, da kommt Herr Gomela vorzeitig zurück.«

16

Krabps Privatsekretär stammte aus einer Frankfurter Patrizierfamilie. Er genoß das volle Vertrauen des Großindustriellen. Die Fäden weltweiter Geschäftsverbindungen liefen in seinem Büro zusammen. Er hatte dafür zu sorgen, daß der Chef nicht mit Unwichtigem belastet wurde. Den größten Teil der Besucher fertigte er selber ab. Krabp war glücklich, daß ihm sein ›zweites Hirn‹, wie er ihn scherzhaft nannte, auch im privaten Leben hilfreich zur Seite stand. In den arbeitsreichen Tagen des Großindustriellen verwischten sich die Grenzen zwischen der privaten und der geschäftlichen Sphäre ohnehin.

Als er nach dem üblichen Vortrag über das Tagespensum eines Morgens noch abwartend stehenblieb, fragte Dr. Krabp: »Sonst noch was?«

»Ja«, sagte der Sekretär. »Sie gaben mir vor einigen Wochen den Auftrag, Erkundigungen über die Brüder Gomela einzuziehen. Ich bedaure, daß ich Ihnen das Ergebnis erst heute vorlegen kann; aber es war schwierig, denn diese Leute ziehen ständig von Ort zu Ort.« Er entnahm seiner Konferenzmappe einen länglichen Notizzettel. »Die Zwillinge Robinson und Freytag Gomela sind bis vor drei Monaten in dem Schaubuden-Unternehmen ›Etablissement Möckel‹ aufgetreten. Da sie unter Ausnutzung ihrer verblüffenden Ähnlichkeit einen Verwandlungsakt vorführten, bedeutete das überraschende Verschwinden des Freytag Gomela den Zusammenbruch des Unternehmens. Wo der Zwillingsbruder des Herrn Freytag Gomela geblieben ist, habe ich noch nicht feststellen können.«

Krabp war während dieser Ausführungen ans Fenster getreten und sah schweigend hinaus. Aber selbst dieses Schweigen verriet, wie zuwider ihm dieses Thema war.

»Ich habe vor einigen Tagen endlich herausgefunden, daß Herr Möckel hier in Frankfurt mit seinem Wohnwagen Winterquartier bezogen hat. Ich habe mir erlaubt, ihn kurz aufzusuchen, um mir ein Bild von ihm zu machen.« Der Sekretär sah von seinem Blatt auf. Krabp regte sich nicht. »Dieser Herr Möckel ist ein verschrobener Kauz. Aber alle Auskünfte über ihn sind positiv. Er wird sicherlich ein unbefangenes Urteil über Freytag Gomela abgeben können.« Er wartete. Krabp rührte sich noch immer nicht. Durch die großen Doppelscheiben drang gedämpft der Straßenlärm herein.

Plötzlich wandte Krabp sich um. »Am liebsten möchte ich mit der ganzen Geschichte nichts mehr zu tun haben!« stieß er hervor. Er ging zu seinem Schreibtischsessel zurück und ließ sich schwer hineinsinken.

Er sah alt, müde und verfallen aus. Ein Mann, der nicht verschmerzen konnte, was sein einziges Kind ihm angetan hatte.

»Herr Dr. Krabp«, sagte der Sekretär, »wir können die Sache doch nicht treiben lassen! Von Herrn Möckel werden Sie wenigstens erfahren, wes Geistes Kind dieser junge Mann ist! Vielleicht beeinflußt das Ihre Entscheidungen.«

Krabp hob resigniert die Hand und ließ sie auf die Tischplatte fallen. »Ja, ja«, sagte er gequält, »lassen Sie ihn meinetwegen kommen.«

Eine Stunde später schon bestieg Möckel eine Limousine, die ihn zu den Krabp-Werken fahren sollte. Er war unruhig. Er ahnte, um was es sich handelte. Und doch beflügelte die Fahrt in dem eleganten schwarzen Wagen seine Phantasie sofort. Zum Multimillionär Krabp! Er, Theaterdirektor Möckel, wurde höflich gebeten, Herrn Dr. Krabp aufzusuchen! Mit Elviras Hilfe hatte er sich in Windeseile für diesen Besuch zurechtgemacht. Sein Gehrock war frisch gebürstet, sein Hemd makellos. Sein Seidenplastron, das er an Stelle einer Krawatte trug, war wie neu. Und in der Mitte steckte eine dicke falsche Perlennadel.

Ganz der Herr Direktor, so saß er im Fond des Wagens. Und ganz der Herr Direktor ließ er sich vor dem Portal des Krabpschen Verwaltungsgebäudes vom Schofför die Wagentür öffnen. Er lüftete nur leicht den Hut und stieg dann die teppichbelegten Stufen zum Empfang empor. Er tat es mit der Sicherheit eines Mannes von Welt, wie er ihn auf der Bühne dargestellt hätte.

Als er Krabps Arbeitszimmer betrat, enttäuschte ihn die betonte Schlichtheit des Raumes. Er hatte nach Durchschreiten der teppichbelegten Flure erwartet, einen Raum von märchenhaftem Zauber vorzufinden. Der schlichte Schreibtisch mit den drei Telefonen, der altväterische hochlehnige Stuhl, die drei Besuchersessel, das Sofa, der lange, rechteckige, niedrige Tisch – als Millionär hätte er sich sein Zimmer besser eingerichtet!

»Die Ehre!« sagte er mit einer würdevollen Verneigung. »Möckel der Name, Theaterdirektor!«

»Krabp!« sagte der andere und erhob sich leicht.

Sie nahmen Platz. Krabp bot Möckel eine Zigarre an.

»Bin so frei«, erwiderte Möckel prompt und griff in die Kiste. Er entfernte die Bauchbinde nicht. Er brannte sie feierlich an, tat mit tiefem Genuß die ersten Züge, schlug dann die Beine übereinander und lehnte sich zurück.

»Herr Möckel«, begann Krabp, »ich habe Sie hergebeten, um von Ihnen einige Auskünfte über Herrn Freytag Gomela zu bekommen.«

Möckel hob die Hand mit der Zigarre und beschrieb eine liegende Acht in der Luft. »Herr Freytag Gomela ist nicht mehr bei mir. Er hat sich absentiert.«

Krabps Hände verrieten leichte Nervosität. »Und was können Sie mir über ihn sagen?«

Möckel suchte vergeblich nach seinem Taschentuch. Die Schöße des Gehrocks hatten sich in den Tiefen des Sessels verklemmt, und er konnte die Seitentasche nicht finden. »Herr Gomela ist Artist«, sagte er stockend, »er ist ein Künstler, ein Verwandlungskünstler. Er war diverse Jahre bei mir engagiert.«

Krabp sah, daß er so nicht weiterkam. »Ich weiß, ich weiß«, unterbrach er. »Herr Gomela hat Sie verlassen und damit Ihr Unternehmen ruiniert. Ich weiß das alles. Sie sollen mir sagen, was für ein Mensch dieser Gomela ist. Seine Anlagen, sein Charakter, seine Gewohnheiten, seine Herkunft – das möchte ich von Ihnen wissen!«

Aber bei Möckel hatte die Alarmglocke längst angeschlagen. Jedes Wort zuviel konnte ihm Ungelegenheiten bringen. Elvira hatte ihm das eingeschärft. Dies war der Vater des Mädchens, mit dem Freytag auf und davon gegangen war. Dies war der Vater des Mädchens, in das sich sein Robinson so unsterblich verliebt hatte! »Herr Freytag Gomela ist ein einfacher Artist!« sagte er. Er lehnte sich wieder in seinen Sessel zurück und tat einen tiefen Zug aus der Zigarre.

Krabp sprang auf und trat vor Möckels Sessel. »Herr Möckel, wenn Sie nun ohne Umschweife reden wollten!«

Möckel kroch noch tiefer in sich hinein. »Ich weiß nichts, sehr verehrter Herr Generaldirektor, ich weiß perfektemang nichts!« beteuerte er.

Krabp holte tief Atem. Er war nahe daran, die Beherrschung zu verlieren. Aber da begegnete er Möckels Blick. Das waren alte, treue blaue Augen voller Ehrlichkeit und Anständigkeit, die ihn jetzt hilflos um Verstehen anflehten. Krabp ließ sich schwer in den Sessel fallen. Wie immer, wenn er sich sammelte, schloß er die Augen und strich sich müde über die Brauen.

Als er aufsah, hatte er seine Selbstbeherrschung wiedergewonnen. »Ich bin nicht Generaldirektor. Ich spreche als Vater zu Ihnen, der sich um sein Kind sorgt. Meine Tochter ist mit diesem Herrn Gomela durchgebrannt. Sie ist mein einziges Kind. Meine Frau lebt nicht mehr. Verstehen Sie nicht, daß ich wissen muß, was für ein Mensch dieser Gomela ist?«

Möckel holte tief Luft. Krabps aufrichtige Worte hatten den Zugang zu seinem Herzen gefunden. Die Not, die Bitterkeit, die aus dieser Stimme klangen, rührten an Möckels empfindsames Gemüt. »O ja«, sagte er, »das verstehe ich! Und ob ich das verstehe! Auch ich habe einen Sohn. Es ist mein Robinson, mein Prinz. Das heißt, er ist nicht mein leiblicher Sohn, denn die hehre Zweisamkeit der Ehe war mir versagt. Aber er ist mir so ans Herz gewachsen, als wenn er mein eigener wäre! Ich kenne die Desperation der Gefühle, ja, ich kenne sie!« Er hatte endlich sein großes weißes Schnupftuch gefunden und betupfte sich die Schläfen.

Krabp ließ ihn ruhig aussprechen, so verworren diese Erklärungen auch waren.

»Es ist der Zwillingsbruder; er ist ganz anders als Freytag. Er ist ein guter Junge. Sein Herz ist aus purem Gold!« Er beugte sich vor und rief anklagend zu Krabp hinüber: »Für ihn wäre Ihr Fräulein Tochter nicht zu schade! Er verdiente das beste Mädchen von der Welt. Wenn Sie wüßten, wie er sie liebte und wie ihn diese Negation in die Untiefen der Verzweiflung gestürzt hat!«

Erst als Krabp auffuhr, merkte Möckel, daß er sich verplappert hatte. »Wie bitte?« rief Krabp. »Machen Sie mich nicht irre! Ich denke, Freytag Gomela ist mit meiner Tochter unterwegs? Was hat denn dieser Robinson damit zu tun?«

Möckel schwieg bestürzt. Aber es half nun nichts, sich hinter dem Zigarrenrauch zu verstecken, die Schläfen zu betupfen und sich wieder und wieder zu räuspern. Er wünschte sich heraus aus diesem Zimmer, fort von diesem gewaltigen Mann, der ihm so überlegen war.

Schon in Möckels langem Schweigen hing das Ahnen der Enthüllung. Krabp fühlte, daß er den Kern der Sache berührt hatte. »Herr Möckel«, sagte er nach einer langen Pause eindringlich, »Sie müssen mir alles sagen. Ich wiederhole: Ich spreche als Vater zu Ihnen!«

»Er ist der edelste Mensch«, begann Möckel unbeholfen, »ich meine den Prinzen, den Robinson! Es sind Zwillinge. Niemand kennt genau ihre Abstammung. Sie sind wohl in Spanien geboren. Sie wurden als Waisen aufgegriffen, und eine hilfsbereite Seele nahm sie unter die mütterlichen Fittiche ihres Wohnwagens. So kamen sie in früher Jugend zur Kunst. Sie blieben mehrere Jahre dabei. Dann wurden sie getrennt. Eine vornehme Amerikanerin erkannte die edle Seele meines Jungen. Sie entfernte ihn aus dem Milieu der Maringotten und gab ihm eine extreme Erziehung. Er besuchte die hohe Schule im Süden Deutschlands. Die Dame bezahlte seinen Unterhalt. Sie wollte ihm die Portieren der höchsten Wissenschaft öffnen und einen großen Mann aus ihm machen. – Doch dann verendete sie tragisch.« Möckel neigte seinen Kopf in Trauer und verbarg die Augen hinter dem Taschentuch.

»Tragisch«, wiederholte er laut, »ein Flugzeugabsturz! Die Sterne standen in Oppositur! Da war nun mein Robinson von Gott und allen guten Geistern verlassen. Hier bemächtigte sich das Schicksal meiner. Freytag war auf dem Jahrmarkt großgewachsen. Er war ein einfacher Mensch wie alle andern. Er lernte die Gewandtheit der Glieder und übte sein Brot artistisch aus. Als jenes desparate Unglück sich ereignete, befand er sich in meinem Etablissemang. Wir vernahmen die Kunde, und mich durchschoß der Gedanke, die Ähnlichkeit der Zwillinge zu einer extravaganten Schau auszubauen. Wir fuhren hin, wir holten Robinson ab, und wir wurden im herrlichsten Komplimentärspiel eines der ersten Etablissemangs.«

Möckel war tief bewegt. Erinnerungen durchströmten sein altes Herz. Welchen Aufschwung hatte sein Unternehmen damals genommen! Welcher Glanz lag über jenen Jahren! Alles war so nah und lebendig, daß seine Stimme zu zittern begann.

»Robinson ist der edelste Mensch«, rief er aus, »glauben Sie mir das! Er hat die Anlagen zur Kunst wie ich. Er ist berufen. Er strebt nach Höherem. Er hat den Jahrmarkt verlassen. Er visitiert eine kostspielige Schauspielschule und verdient sich seine Existenz durch schwere Nachtschicht! Ich erfuhr es. Welch ein Kummer für ein Vaterherz! Aber das schlimmste Leid hat ihm Ihr Fräulein Tochter zugefügt.«

»Wie bitte? Meine Tochter? Was hat meine Tochter damit zu tun? Mit wem ist sie denn nun durchgegangen, mit Freytag oder mit diesem Robinson?«

»Mit Freytag!« sagte Möckel dumpf.

Nun war es heraus. Noch ein paar vorsichtige Fragen Krabps – und auch die letzten Zweifel daran, daß Freytag seinem Bruder die Liebe Renates gestohlen hatte, waren gefallen.

»Also ein Lump!« sagte Krabp hart.

Möckel wand sich. Er wollte eine Entschuldigung finden, eine Erklärung; aber Krabp war an ihn herangetreten. Die Augen unter den dichten Brauen blitzten ärgerlich, sein Gesicht war hart und energisch geworden: »Machen Sie sich nichts vor, Herr Möckel! Ich sehe jetzt klar. Meine Tochter ist einem Betrüger ins Garn gegangen!« »Aber ...«, wagte Möckel einzuwerfen.

Doch Krabp unterbrach ihn: »Eben noch haben Sie mir gesagt, daß Sie Robinson Gomela wie einen Sohn lieben! Sie sagen, daß er ein anständiger und sauberer Junge ist. Und da lassen Sie zu, daß er von seinem Zwillingsbruder betrogen und verraten wird?«

»Ja, was hätte ich denn dagegen tun können?« Möckel war dem Weinen nah und hob gequält die Arme.

»Das weiß ich nicht!« sagte Krabp entschieden. »Aber ich werde etwas tun! Geben Sie mir die Adresse dieses Robinson! Ich werde mich mit ihm in Verbindung setzen!«

17

Mrs. Parkers Wagen glitt geräuschlos den Berg hinauf. Die beiden Damen saßen im Fond; Freytag hatte wieder den Platz neben dem Fahrer eingenommen.

Renate fuhr zum Flugplatz in Palma. Sie hatte sich dazu durchgerungen, mit ihrem Vater zu sprechen. Das Entsetzen darüber, daß Freytag sich nicht gescheut hatte, Dinahs Schofför anzupumpen, hatte den Ausschlag gegeben.

Sie war nachdenklich und schweigsam. Ihre Gedanken eilten voraus. Sie stellte sich immer wieder die bange Frage, wie diese Unterredung wohl verlaufen würde.

Die Maschine nach Barcelona sollte um elf Uhr starten. Sie kamen vor der Zeit auf dem Flugplatz in Palma an. Dort rührte sich nichts. Das zweimotorige Flugzeug stand verlassen auf dem Platz. Die Piloten, verwegene Männer mit schiefen Mützen und schwarzen Bärtchen, lehnten träge am Büfett und schlürften Limonade.

Die drei setzten sich auf eine der ungestrichenen Holzbänke vor dem Rollfeld und warteten. Freytag saß zwischen den Damen. Renate hatte sich in seinen Arm gehängt. Sie beobachteten schweigend das Treiben auf dem weiten Platz. Über dem Horizont erschien ganz niedrig eine Maschine und setzte nach einer Platzrunde zur Landung an. Sie kam aus Madrid. Gepäckträger und Bodenpersonal stellten sich bereit, die Passagiere in Empfang zu nehmen. Die Maschine rollte aus. Die Kabinentür öffnete sich. Dann kletterten sieben Fluggäste heraus. Sie gehörten offenbar zusammen. Drei Damen mittleren Alters, zwei Herren und zwei Kinder. Das Mädchen, ein langaufgeschossenes Ding von etwa elf Jahren, preßte einen Pudel an sich und stritt mit dem sommersprossigen Jungen. Die Gesellschaft setzte sich lachend und schnatternd in Bewegung. Es waren Amerikaner.

Mrs. Parker war plötzlich verstummt. Es schien, als versuche sie sich zu verbergen. Aber es war schon zu spät.

Plötzlich löste sich eine üppige Dame aus der Gruppe und rollte mit überraschender Geschwindigkeit auf Dinah zu. Sie strahlte in allen nur denkbaren Tönungen von Rot. Ihre Wangen glühten wie Tomaten. Ihre Haare loderten in der Farbe blühender Kapuzinerkresse. Ihr Kleid war babyrosa mit kirschroten Punkten. Ihre Nägel waren im Ton violetter Alpenveilchen gelackt. »Dinah!« schrie sie heiser und breitete theatralisch die Arme aus.

Jetzt stürzten auch ihre Begleiter herbei. »Dinah! How wonderful, how splendid!« Alles andere ging in einem wilden Geschrei unter. Dinah wurde von der Bank hochgezogen. Die stürmischen Umarmungen ließen auf intime Freundschaft schließen.

Renate zog Freytag beiseite. Sie wollte in diesen letzten Minuten mit ihm allein sein. Ihr war so beklommen zumute. »Freytag«, sagte sie und hielt ihn bei den Schultern fest, daß er sie ansehen mußte, »Freytag, hast du mir gar nichts mehr zu sagen?«

»Na ja doch«, lachte Freytag etwas unbeholfen, »'ne gute Reise vor allem, und daß du's schaffst bei deinem Alten!«

»Sonst nichts?« Renate sah, daß seine Blicke zu den Amerikanern abirrten.

Freytag schwieg.

»Verstehst du denn gar nicht, was diese Fahrt für uns bedeutet?« Renate stiegen die Tränen in die Augen. »Gestern hast du mich gefragt, was denn werden soll, wenn mein Vater ablehnt, mir zu helfen! Weißt du das denn wirklich nicht?«

Freytag sah verlegen auf sie hinunter. Was hatte sie nur? Was wollte sie von ihm? Er versuchte es mit der bewährten Methode, unangenehmen Fragen von Frauen auszuweichen. Er zog sacht Renates Kopf hintenüber, um sie zu küssen. Aber Renate drehte das Gesicht ab und machte sich frei.

»Wenn er mir kein Geld gibt, dann muß ich ihm sagen, daß wir so bald wie möglich heiraten, ganz gleich, was passiert!« Ihre Augen brannten. Sie schluckte.

Freytag zog sie fest an sich. »Ich denke, das ist doch klar«, sagte er beschwichtigend wie zu einem Kind. Es war ihm ernst damit. Er liebte Renate auf seine Weise. Und ob der Alte nun seinen Segen gab oder nicht – sie war und blieb seine einzige Erbin.

Jetzt wurde die Maschine nach Barcelona ausgerufen. So viel Zeit man vorher gehabt hatte, nun überstürzte sich alles. Die wenigen Fluggäste des Lufttaxis wurden in aller Eile zur Maschine geführt. Renate und Freytag konnten nur noch einen flüchtigen Kuß tauschen. Es war nicht einmal genug Zeit, sich von Mrs. Parker zu verabschieden.

Auf der Treppe vor dem Einstieg blieb Renate kurz stehen und drehte sich suchend um, als wollte sie noch in einem Blick, in einem Händedruck den Zuspruch und die Zuversicht finden, die sie für diese Fahrt brauchte. Aber alles, was sie sah, war der Menschenschwarm um Dinah Parker, in den nun auch Freytag hineingezogen wurde. Mrs. Parker schien ihn gerade vorzustellen.

Dann wurde die Kabinentür geschlossen.

Der Aufbruch der Amerikaner vom Flugplatz vollzog sich unter Schwierigkeiten. Erst war das Mädchen verschwunden. Es raste hinter dem lustig kläffenden Pudel über den Flugplatz. Dann fehlte der Junge. Ihn fand man in der Bar hinter einer Flasche Bier. So verging geraume Zeit, bis man das Gepäck, die Kinder und einen Teil der Amerikaner in dem Wagen des Hotels verstaut hatte. Mrs. Bolton, die üppige Dame in Rot, und ihr Mann setzten sich zu Dinah. Freytag verstand kein Wort von dem, was gesagt wurde. Er lächelte, wenn jemand ihn anredete, und zeigte seine perlweißen Zähne; das genügte offenbar. Daß man im Fond des Wagens über ihn sprach, merkte er zum Glück nicht.

»Das ist ja ein ganz Neuer, Dinah«, jubelte die Rotblondine. »Ein Traum von einem Mann! – Aber sag mal: Wo hast du denn den Douglas gelassen?«

»In Jamaika«, sagte Mrs. Parker kurz. »Er wurde mir lästig.«

»Was ist denn der Junge?« wollte Mr. Bolton wissen. Er saß zwischen den Damen und dehnte sich behaglich aus.

»Mr. Gomela kommt aus Deutschland. – Er ist Archäologe!« fügte Dinah zögernd hinzu. Sie war sicher, daß ihre Freunde mit diesem Beruf nicht viel anzufangen wußten. »Aber, Dinah«, lachte die Rotblonde, »seit wann zählst du dich denn zu den Antiquitäten?«

Mr. Bolton wieherte. Er schlug sich vor Vergnügen auf die Schenkel, daß sich Freytag herumdrehte und mitlachte. Das erhöhte Mr. Boltons Vergnügen noch gewaltig.

Als sich auf der Bergkuppe das zauberhafte Bild der Bucht von Formentor vor ihnen auftat, stieß Mrs. Bolton einen Freudenschrei aus: »Oh, splendid, Dinah! Du hast die Jacht hier? Wir machen ein Bordfest! Gleich nachher!«

Mrs. Parker blieb nichts übrig, als zuzustimmen. Boltons waren Bekannte aus Baltimore. Es wäre völlig unamerikanisch gewesen, abzulehnen. Gastfreundschaft war in ihrem Kreise so selbstverständlich, daß sich jeder selber einladen konnte. Aber als Bolton vorschlug, der Einfachheit halber gleich auf der Jacht zu übernachten, weil für Formentor ohnehin nur ein Tag vorgesehen sei, winkte sie vorsichtig ab. »Leider nicht, Kinder!« sagte sie schnell. »Ach, ist das schade! Die Kabinen sind zwar renoviert, aber noch nicht fertig. Ich wohne selber im Hotel. Ich bringe euch dort unter. Ihr seid natürlich meine Gäste!«

In Formentor gab es eine große Ankunftszene. Der Pudel Labbi wurde von einem herumstreunenden Hund angefallen, das Mädchen bei dem Versuch, dazwischenzugehen, in die Hand gebissen. So stand bald das halbe Hotel vor dem Eingang. Darling Bill, der zwölfjährige Sohn Mrs. Boltons, ließ inzwischen in aller Ruhe die Luft aus den Reifen eines parkenden Privatwagens. Dann stolzierte er, ohne sich um irgend jemanden zu kümmern, in die Halle und fragte nach der Bar.

Hier hatte sich inzwischen auch Freytag niedergelassen. Ihm war nach einem Kognak zumute. Im Kreise dieser fremden Leute fühlte er sich fehl am Platze. Na, er würde schon irgendwas anfangen. Zum Wellenreiten war's zu spät. Aber nach dem Mittagessen konnte er... Er goß den zweiten Kognak herunter, als er eine leichte Hand auf seiner Schulter fühlte.

»So allein, mein Freund?«

Mrs. Parker lehnte sich gegen seinen Rücken und streckte den Arm aus, um die Zigarettenasche abzustreifen. Sie war ihm in diesem Augenblick sehr nahe, näher als je zuvor. Er spürte den verlockenden Duft ihres Parfüms, er fühlte die verwirrende Nähe ihres Körpers.

Dann war der Augenblick vorüber, als sei er nicht gewesen. »Wir fahren nach dem Essen zur Jacht; Sie kommen natürlich mit.« In der Halle wurden die lauten Stimmen der Amerikaner hörbar. Sie näherten sich rasch. »Ich werde mich Ihnen nicht so widmen können, wie ich möchte, aber ich rechne mit Ihnen!«

Erst am Spätnachmittag war die Gesellschaft so weit, daß man zur Jacht übersetzen konnte. Als Dinah das Fallreep betrat, gab es die gleiche Zeremonie, die Freytag am Vortage schon so bewundert hatte.

Im Salon wurden Erfrischungen gereicht. Der schwarze Steward stand grinsend hinter der Bar und bot auf Dinahs Wink die Begrüßungscocktails an. Während über der Insel brütende Hitze lag, war es in den Gesellschaftsräumen der Jacht dank der Klima-

Anlage angenehm kühl. Zwei, drei Cocktails genügten, und alle waren in ausgelassener Stimmung. Freytag, der sich nicht verständigen konnte, beobachtete um so schärfer.

Die drei fremden Damen genossen es sichtlich, daß er kein Wort ihrer Unterhaltung verstand. Um so ungenierter konnten sie über ihn reden. Mrs. Bolton, die üppige Rotblonde, trank ihm bei jedem Schluck zu. »Prost« war das einzige deutsche Wort, das sie aufgeschnappt hatte. Endlich konnte sie es anwenden. Dabei machte es ihr besonderes Vergnügen, daß Freytag jedesmal gehorsam mit »Prost« antwortete.

»Ja, wo Dinah ist, da sind schöne Männer!« seufzte Mrs. Bolton zu ihrer Busenfreundin hinüber.

Die hagere Endvierzigerin bombardierte Freytag mit schmachtenden Blicken. Als der Plattenspieler in Gang gesetzt wurde, erhob sie sich und schlenderte auf Freytag zu. Aber augenblicklich schob sich Mrs. Parker zwischen die beiden und entführte ihn zum Tanz.

»Es sind reizende Menschen, und ich habe sie alle furchtbar gern. Aber heute gehen sie mir auf die Nerven«, klagte sie, während sie sich auf seinen Arm stützte. »Es wäre viel angenehmer gewesen, wenn Sie und ich hier allein unseren Tee genommen hätten. Hoffentlich macht Ihnen das Getöse nichts aus?«

»Aber nein«, sagte Freytag, und das stimmte durchaus, denn ihm konnte es nie laut genug zugehen. Nur daß er kein Wort Englisch verstand, bedauerte er.

Mrs. Parker hatte an diesem Abend noch genügend Grund, sich zu ärgern: Darling Bill hatte sich bei dem Versuch, eins der Rettungsboote auszuscheren, den Finger gequetscht. Seiner Schwester war es bei einem Rundgang mit Labbi gelungen, eine der Hauptsicherungen auszuschrauben und über Bord zu werfen, so daß das Licht fast eine Stunde ausfiel. Labbi hatte man einsperren müssen, weil er ständig Streit mit der Bordkatze suchte.

Im holzgetäfelten Diningroom wurde indessen den Gästen gegen neun ein opulentes Mahl serviert. Von russischem Kaviar bis zu Langusten, Krebsschwänzen, Hummer, französischen Delikatessen, Mayonnaisen, Salaten, Fleisch jeder Art und Zubereitung gab es einfach alles, was man sich an lukullischen Genüssen wünschen konnte. Den Abschluß bildete eine Eisbombe.

Schon zum Essen wurde Sekt gereicht. Die Stimmung stieg rasch auf den Gipfelpunkt.

Jetzt fühlte Freytag sich wieder frei und ungehemmt. Die Sprache, die hier gesprochen wurde, beherrschte er! Im Salon gab er eine heftig bejubelte Vorstellung als Steptänzer und schloß sie mit zwei artistischen Doppelsprüngen ab. Er hatte schon lange vorher sein Jackett abgeworfen und den Kragen geöffnet, wie er es bei den beiden anderen Herren gesehen hatte.

Mrs. Parker ließ Freytag keinen Augenblick aus den Augen. Als er nach dem Tanz hastig ein Glas Sekt herunterstürzen wollte, war sie neben ihm und legte ihm die Hand auf den Unterarm. »Nicht soviel trinken, mein Lieber; es bekommt Ihnen nicht!« Ihre Stimme war dunkel und geheimnisvoll. Sie warf Freytag einen vielsagenden Blick zu, bevor sie sich wieder den anderen Gästen zuwandte.

Den Aufbruch der Gesellschaft leitete der zwölfjährige Bill ein. Er erschien plötzlich mit der Bootsflagge der »Baltimore Sun«. »Die nehm' ich mit für meine Sammlung!« verkündete er. »Jetzt wird's langweilig. Wir fahren an Land.«

»Bill, Darling«, kreischte Mrs. Bolton herüber, »wir möchten noch etwas bleiben! Bitte, geh wieder spielen!«

»Nein, wir fahren!« sagte der Junge eigensinnig, und er setzte seinen Willen durch.

Der Abschied war nicht weniger lebhaft und laut als der Empfang. Nur langsam gelangten die Gäste von den Gesellschaftsräumen zum Fallreep. Immer wieder blieben sie stehen, und jeder beteuerte der Gastgeberin, es sei die schönste Party seines Lebens gewesen. Jeder bedankte sich überschwenglich. Insgeheim warteten alle gespannt, was Dinah wohl mit dem bildschönen jungen Mann vorhatte.

Mrs. Parker hatte schon vorher gesagt, daß sie diese Nacht an Bord bleiben werde. Freytag ließ galant den Damen den Vortritt und wollte als letzter in das Motorboot steigen.

Plötzlich fühlte er eine Hand, die sich auf die seine legte. Dann Dinahs Stimme, leise, bittend: »Bleiben Sie noch! Es ist erst halb zwölf!«

Von unten her riefen die Gäste nach ihm. Dinah Parker beugte sich über die Reling: »Er wohnt nicht im Hotel. Er hat ein eigenes Haus an der Bucht. Das Boot bringt ihn direkt dorthin!«

Aus dem wiehernden Gelächter, das ihren Worten folgte, machte sie sich nichts.

Freytag und Dinah hörten noch lange das ausgelassene Stimmengewirr und das Tuckern des Motors. Dann wurde es still. Das Meer lag so ruhig, daß sich der goldgelbe Mond rund und unverzerrt in seinem Wasser spiegelte. Die Sterne überdeckten das ganze Himmelsgewölbe.

»Es ist ein bißchen viel gewesen«, seufzte Dinah. »Ich fürchte, ich bekomme Kopfschmerzen. Ich will mich etwas ausruhen. Wollen Sie mir Gesellschaft leisten?«

Im B-Deck führte sie ihn durch einen kleinen eleganten Vorraum zu einer Tür und ließ ihn eintreten.

Freytag blieb erstarrt stehen. Das Boudoir, das vor ihm lag, war mit verschwenderischem Luxus eingerichtet. Man vergaß, daß man sich auf einem Schiff befand. Niedrige Sessel und Hocker, ein breites Ruhelager, Wände mit Honanseide bespannt, hier und da Flächen aus edlem Holz mit kostbaren Intarsien, unsichtbare Beleuchtungskörper, schwere Teppiche, die jeden Laut verschluckten – einen solchen Raum hatte Freytag noch nicht einmal im Film gesehen.

Dinah ließ sich seufzend auf das Lager sinken und wies auf den Hocker an ihrer Seite. »Wenn Sie Durst haben, müssen Sie auf den weißen Knopf dort drüben drücken!« sagte sie.

Freytag ging gehorsam hinüber.

Es war ihm lieb, jetzt ein Glas in die Hand zu bekommen. Dieses verwirrende Mosaik von Farben und edlen Stoffen und verführerischen Düften brachte ihn ganz durcheinander. Er wußte nicht, woran er war. Sein Atem ging schwer. Er wagte kaum, Dinah anzublicken.

Nach dem Klingeln wollte er sich wieder setzen, doch Dinah winkte ab. »Warten Sie!« rief sie lächelnd.

Verblüfft sah Freytag, wie sich kurz darauf die intarsiengeschmückte Wandtäfelung öffnete. In einer Nische standen zwei geschliffene Kelche und eine Flasche Sekt. Freytag stellte alles auf den kleinen Tisch neben Dinah. Sie hatte die Arme im Nacken verschränkt und lächelte hintergründig. In dem mattgelben Licht wirkte sie viel jünger als sonst. Er sah ihr Lächeln.

Er wagte nicht, es zu seinen Gunsten zu deuten. Vielleicht lächelte sie, weil sie annahm, er konne nicht mit Sektflaschen umgehen? Aber das hatte er inzwischen gelernt. Dennoch zitterten seine Hände, als er ihr das gefüllte Glas reichte.

»Prost!« sagte er, wie er es den ganzen Abend gesagt hatte.

Sein Blick tauchte tief in den ihren. Sie lächelte noch immer. Sie tranken. Auch Dinah Parkers Hand zitterte. Als Freytag ihr das Glas abnahm, berührte er ihre Fingerspitzen. Ihm war, als ginge ein glühender Strom durch seinen Körper.

Er schluckte. Er konnte den Blick nicht von Dinah Parker lösen. Er sah, wie ihre Brust sich hob und senkte. Er sah, wie ihre Nasenflügel vibrierten. Er sah, wie ihre Pupillen weit wurden.

Er wollte etwas sagen, die Kehle war ihm wie zugeschnürt. Auf einmal sah er Renates Augen, diese blauen, hingebungsvollen Augen.

Ganz langsam legten sich Dinahs kühle schlanke Finger auf seinen Handrücken. »Sie zittern ja!« flüsterte Dinah ganz nah vor ihm. »Haben Sie Angst? – Etwa vor mir?«

Freytag warf den Kopf zurück. Niemand sollte ihn für ängstlich halten.

Renate! schoß es ihm nochmals durch den Kopf. Aber das war nur noch ein Blitz, der in purpurner Nacht unterging. Sein Griff wurde fest. Er zwang Dinah, sich aufzurichten. Er zog sie an sich.

Eine Uhr schlug silbern. Mitternacht!

Wie zufällig berührte Dinah Parker den Beleuchtungsknopf an der Wand.

Der Raum ertrank in Dämmerung.

18

Renates Flugzeug landete erst kurz vor Mitternacht auf dem Frankfurter Flughafen. Ein feiner Sprühregen trieb über das Rollfeld. Die Fluggäste schlugen die Mantelkragen hoch und hasteten fröstelnd zur Empfangshalle. Allzu schroff war der Gegensatz zu dem Land der ewig strahlenden Sonne.

Unter den Leuten jenseits der Barriere war niemand, der auf Renate wartete. Wie anders war diese Ankunft als sonst!

Renate ließ sich zu einem der besten Frankfurter Hotels fahren.

Der Salon mit dem anschließenden Schlafraum und dem eigenen Bad war geschmackvoll und großzügig eingerichtet. Doch die gedruckten Karten neben der Tür, die dreisprachigen Hinweise auf die Einrichtungen des Unternehmens sagten hart, daß dies kein Zuhause war.

Im Schlafzimmer war es zu heiß. Sie trat ans Fenster und zog die Vorhänge auf. Leuchtreklamen flackerten. Die Scheinwerfer der Autos tasteten über die hohen Fassaden. Als sie das Fenster einen Spalt öffnete, kam der nächtliche Straßenlärm herauf. Das Zischen der Autoreifen auf dem nassen Asphalt, Signale, Stimmen.

Sie war todmüde und konnte trotzdem keinen Schlaf finden. Der Gedanke an den kommenden Tag schreckte sie immer wieder auf. Immer wieder überlegte sie, was sie dem Vater sagen wollte. Sie dachte an Freytag. Auch um seinetwillen war sie ja hier. Es ging um ihr gemeinsames Glück.

Sie sah ihn in Gedanken einsam auf der nächtlichen Terrasse stehen, voll Sehnsucht nach ihr.

Müde und übernächtig erhob sie sich am nächsten Morgen. Sie duschte und ließ sich dann das Frühstück ins Zimmer bringen. Neben ihr stand das Telefon. Wie oft hatte sie ihren Vater im Büro angerufen, ein paar kurze fröhliche Worte mit ihm gewechselt. Jetzt zitterten ihre Finger, als sie die Ziffern der Geheimnummer wählte.

»Krabp!«

»Hier spricht Renate.«

Stille. Ein Atemholen auf beiden Seiten.

Dann wieder die Stimme des Vaters, verändert, mühsam, als ginge der Atem schwer. »Renate? Wo bist du?«

Ja es war gut, daß sie sich die Worte zurechtgelegt hatte. »Paps«, sagte sie schnell, »ich bin hier in Frankfurt, im Hotel. Ich muß dich dringend sprechen. Kannst du dich frei machen?«

»Warum kommst du denn nicht nach Hause?«

»Das möchte ich nicht!« sagte Renate.

»Ach so, ja. Ich verstehe.« Mehr sagte er nicht. Seine Stimme klang müde und resigniert. »Ich komme gleich.« Dann wurde aufgelegt.

Die halbe Stunde, die bis zum Eintreffen des Vaters verging, war quälend. Renate lief unruhig im Zimmer auf und ab und rauchte eine Zigarette nach der anderen. Sie sah auf die Straße hinunter, begann sinnlos an ihren Nägeln zu polieren und horchte mit halbem Ohr ständig auf die Geräusche vor der Tür.

Als es endlich klopfte, stand sie bleich, mit herabhängenden Armen am Fenster und vermochte kaum »Bitte!« zu rufen. Ein Bann lag über ihr. Ihr Vater trat ein. Sie konnte sich nicht rühren. Sie hob nur beide Arme zu einer hilflosen Gebärde.

Krabp schloß die Tür hinter sich. »Guten Tag, Renate«, sagte er beherrscht. Sein Gesicht war ausdruckslos. Die Augen verbargen sich hinter halbgeschlossenen Lidern. Dicke Tränensäcke ließen sein Gesicht alt und verfallen erscheinen. Renate erschrak bei seinem Anblick.

War das ihr Vater? Dieser müde, alte Mann? Wo war die straffe Haltung geblieben, die Energie seiner Bewegungen? So hatte sie ihn nie gesehen.

Krabp legte Hut und Mantel über einen Sessel. Dann trat er langsam auf sie zu und reichte ihr die Hand.

»Du siehst müde aus, mein Kind! Wollen wir uns nicht setzen?« Seine Stimme war ohne Klang. Es war eine Qual, ihn sprechen zu hören.

Sie nahmen einander gegenüber Platz. »Warum hast du mich hierher bestellt – in ein Hotelzimmer?« fragte Krabp langsam. »Warum bist du nicht zu mir gekommen?«

Renate griff hastig eine Zigarette und zündete sie an. Ihr Herz klopfte stürmisch, aber ihre Miene verhärtete sich. »Ich hatte Bedenken, nach Homburg zu kommen«, antwortete sie gepreßt.

»Weshalb?«

Renate sah ihren Vater fest an. »Du hast mir die Batterie aus meinem Wagen ausbauen lassen, als ich das letzte Mal dort war!«

»So«, sagte Krabp gedehnt, »deshalb! Aber du irrst: Das war nicht das letzte Mal. Das letzte Mal hast du deinem Elternhaus einen anderen Besuch abgestattet. Trotzdem bin ich hier!«

Wieder lastendes Schweigen. Die ganze Bitterkeit stand zwischen ihnen. Ein Tisch nur trennte sie voneinander, ein kleiner ovaler Tisch. Konnten sie nicht einfach ihrem Herzen nachgeben, einander in die Arme schließen, trotz allem, was geschehen war?

Renate starrte hartnäckig auf ihre Finger, die nervös an der Tischkante spielten.

Krabp wartete eine Weile. Dann räusperte er sich. »Und was hast du mir zu sagen?«

Das war nun der Augenblick! Jetzt mußte sie sprechen! Wie oft hatte sie sich die Sätze zurechtgelegt, die ihren Vater überzeugen sollten! Und wie unbeholfen, wie schwerfällig war all das, was sie jetzt sagte!

»Paps«, sagte sie, »ich habe dich um Geld gebeten, und du hast mir eine Rückflugkarte hinterlegen lassen. Glaubst du im Ernst, daß ich jetzt noch zurück könnte?« Ihre Stimme flatterte.

Krabp sah sie forschend an. »Gibt es einen bestimmten Grund, der dich daran hindert, Renate? Du weißt, was ich meine.«

Renate wurde dunkelrot, aber sie senkte die Augen nicht. »Nein«, sagte sie fest, »da gibt es keinen bestimmten Grund. Aber genügt denn nicht, was geschehen ist? Ich liebe diesen Mann, und ich bin zu ihm gegangen. Er ist der beste Mensch der Welt! Ich kann es nur wiederholen. Er ist die Erfüllung meines Lebens! Er liebt mich, und ich liebe ihn! Ich werde ihn nie verlassen, ganz gleich, was geschieht, ganz gleich, was du tust! Nie! Nie! Nie!«

Sie hatte die Worte wie ein Bekenntnis hervorgestoßen. Es war, als wolle sie sich damit selber überzeugen.

Krabp zog langsam sein Zigarrenetui aus der inneren Rocktasche, wählte umständlich eine Brasil und setzte sie in Brand. Renate sah, daß seine Hände zitterten.

»So«, sagte er nach den ersten Zügen und betrachtete das angerauchte Ende der Zigarre, »du liebst ihn, und er liebt dich!« Es war ein Unterton von Zweifel, Ironie und Spott in diesen Worten, der Renate aufbrachte.

»Ja«, sagte sie, »ich weiß, was du sagen willst: daß er ein einfacher Mensch ist, ungebildet, daß er nicht aus unseren Kreisen stammt und so weiter. Aber das ist mir gleich. Dein Großvater hat auch als Handwerksbursche angefangen! Hauptsache, er hat ein gutes Herz. Und das hat er. Ein treues Herz! Ich bin glücklich bei ihm!«

»Sprich nur weiter«, sagte Krabp ruhig. »Das alles interessiert mich sehr. Nachher werde auch ich ein paar Worte dazu sagen.«

»Es ist ja nicht, daß ich undankbar bin!« stieß Renate hervor. »Vielleicht habe ich Fehler gemacht. Sicher habe ich Fehler gemacht. Diese Heimlichkeiten sind auch mir zuwider. Aber du hast mich ja dazu gezwungen. Glaube doch nicht, Paps, daß ich je vergessen könnte, was du mir gegeben hast!«

»Keine Leichenreden, mein Kind! Was geschehen ist, ist geschehen. Du hast deinen Weg gewählt, ohne mich zu fragen; du wirst ihn jetzt auch weitergehen müssen!« Er hob mit einer erschöpften Gebärde beide Hände und schloß die Augen. Eine fahle Blässe überzog sein Gesicht.

Renate erschrak. »Paps«, rief sie bestürzt, »was ist dir? Kann ich dir helfen? Soll ich etwas bestellen?«

Krabp winkte mit geschlossenen Augen ab. Es verging eine

Weile, bevor er wieder sprach. Und jetzt war seine bisher so beherrschte Stimme gebrochen. Es griff Renate tief ans Herz. »Ich habe nur an deine Mutter denken müssen, mein Kind! Wenn sie diese Stunde erlebt hätte! Wie gut, daß ihr das erspart geblieben ist!«

Renate drehte sich um und ging ans Fenster. Sie krampfte beide Hände in die Gardinen. Sie sah hinaus, aber sie erkannte nichts. »Wenn meine Mutter noch lebte, wäre es nie so weit gekommen!« sagte sie gepreßt. »Sie hätte mich verstanden! Sie hätte mir geholfen. Das weiß ich. Davon solltest du besser nicht reden. Kein Mensch kann eine Mutter ersetzen.«

Es war der Augenblick, in dem Vater und Tochter einander ganz nahe waren. Ein kleines Wort hätte genügt, und Renate wäre zu ihrem Vater gestürzt, um ihren Kopf an seiner Schulter zu bergen. Ein kleines Wort hätte genügt, und Krabp wäre aufgestanden, um seine Tochter in die Arme zu schließen. Der Gedanke an die Frau, an die Mutter, hatte beide weich gestimmt, hatte diese verschlossenen und harten Charaktere wehmütig werden lassen.

Aber da stand dieser Mann zwischen ihnen.

›Freytag‹, dachte Renate, ›mein Freytag! Ich fühle es: Er denkt an mich! Er ist mir ganz nahe.‹

›Dieser Schaubudenjüngling‹, dachte Krabp, ›dieser Schuft! Er hat mir mein Kind geraubt! Er hat es betrogen!‹ Krabp fand als erster die Worte wieder. »Hast du ausgesprochen, Renate? Nicht wahr, du bist hergekommen, um mir zu sagen, daß du diesen Kerl heiraten willst? Ist es nicht so?«

Renate drehte sich vom Fenster um, ging zum Stuhl und setzte sich hin. »Ja, Paps, wir werden heiraten!«

Krabp straffte sich. Jetzt war es gesagt, Schlimmeres konnte nun nicht mehr passieren. Er holte tief Luft. »Was ich dir jetzt zu sagen habe, mag hart klingen, aber es ist die Wahrheit. Ich möchte dich vor weiterem Unglück bewahren!«

Seine Stimme war leidenschaftslos und kalt geworden. Er sprach so nüchtern, als säße er einem Geschäftspartner gegenüber. »Du behauptest, daß dieser Mann dich liebt. Ich behaupte, daß er deine Millionen liebt, dein Geld! Ich behaupte, daß er weder zu dir noch zu unserer Familie paßt. Ich habe keinen Standesdünkel. Jeder einfache und anständige Schwiegersohn ist mir lieb und wert, wenn er ein aufrechter Kerl ist. Der Bursche aber, dem du ins Garn gegangen bist« – Krabp schlug mit der Faust auf die Tischplatte –, »ist ein Betrüger!« Renate fuhr auf, aber Krabp ließ sich nicht unterbrechen. »Jawohl, ich wiederhole es, ein Betrüger und ein Lump! – Ich habe die Beweise!«

Renate starrte den Vater aus weitaufgerissenen Augen an. Erst bestürzt, dann ablehnend und feindselig. Sie biß die Zähne aufeinander. Die Backenknochen in ihrem Gesicht traten hart heraus. Sie straffte sich, ihre Stimme wurde scharf: »Irgendwelche Jugenddummheiten, die deine Detektive da herausgeschnüffelt haben, interessieren mich nicht. Damit wirst du uns nicht trennen!«

Renates verbissene Härte brachte Krabp vollends auf. Er vergaß, daß er nicht anders war. Er brauste auf: »Du bist diesem Schuft ja völlig hörig! Ich werde dir einen Mann gegenüberstellen, der dir in wenigen Sekunden die Augen über deinen Freytag öffnen wird: seinen Zwillingsbruder. Das wird sehr bitter für dich werden, mein Kind. Ich hätte dir das gern erspart!«

Renate stampfte mit dem Fuß auf: »Dann erspar es dir auch! Ich werde diesen Menschen nie empfangen!«

Krabp war aufgestanden. Er war totenblaß. »Das wirst du dir noch überlegen!« stieß er hervor. Dann ging er hinaus.

Draußen mußte er sich einen Augenblick an die Wand lehnen. Sein Atem ging flach und stoßweise. Seine Knie zitterten, seine Finger tasteten nach einem Halt. Das Bild des teppichbelegten Flures verschwamm vor seinen Augen. Er hörte nur im Unterbewußtsein das leise Schnurren des Fahrstuhls und entferntes Stimmengemurmel.

Als er endlich weitergehen konnte, war seine Stirn schweißbedeckt. Bei den wenigen Schritten zum Fahrstuhl mußte er sich schwer auf den Stock stützen.

In der Hotelhalle ließ er sich in einen der hochlehnigen Sessel fallen. Dort saß er lange mit geschlossenen Augen, die Hände über dem Stockgriff gefaltet. Die Erregung über die Aussprache mit Renate zitterte in ihm nach. Da hatte er nun gehofft, eine gute Erziehung und das ererbte Charaktergut von Generationen würden Renate nach einem kurzen Rausch zur Umkehr bringen. Alles hätte sich noch regeln lassen. Er hatte sie ins väterliche Heim zurückkehren sehen. Er war bereit gewesen, alles zu verzeihen – und jetzt lehnte sie es sogar ab, die Wahrheit über ihren Liebhaber zu erfahren.

Krabp hob mühsam die Lider. Nein, er durfte die Dinge nicht

treiben lassen. Er mußte sich diesem drohenden Verhängnis entgegenstellen. Es ging um sein einziges Kind.

Er stand kurz entschlossen auf und ging zu den Telefonzellen.

Er dachte flüchtig daran, es dem diplomatischen Geschick des Sekretärs zu überlassen, Robinson Gomela und Renate zusammenzubringen. Dann erschien ihm das aussichtslos. Renate würde auf den Sekretär noch weniger hören als auf den Vater.

Er mußte es anders machen. Er brauchte jemanden, der Renates Vertrauen hatte. Er mußte einen ihrer Freunde gewinnen. Nach einigem Überlegen versuchte er, Oluf in seiner Bank anzurufen. Aber er erfuhr, daß Oluf sich auf einer Geschäftsreise in der Schweiz befände.

Was nun?

Krabp verließ die Zelle und schritt quer durch die Halle zum Ausgang. »Nach Hause«, sagte er zu Willi und ließ sich schwer ins Wagenpolster fallen. Eine Weile starrte er vor sich hin. Er war kaum fähig, einen Gedanken zu fassen.

Nach Hause. Was sollte er zu Hause? Da war auch niemand, der ihm helfen konnte.

Wenn jetzt Rühle noch lebte!

Plötzlich kam ihm ein Einfall. »Fahren Sie zu Rühles Institut!« befahl er kurz.

Im Labor fand er Hertel mitten in der Arbeit. Unbeholfen steuerte der junge Gelehrte seinen Gönner in die Bibliothek. Einen Augenblick schoß Dr. Krabp der Gedanke durch den Kopf, wie gern er Renate solch einem strebsamen jungen Mann anvertraut hätte. Und dieser Dr. Hertel stammte doch auch aus ganz kleinen Verhältnissen.

Er gab sich einen Ruck. »Ich komme heute mit einer Bitte zu Ihnen, Herr Dr. Hertel – einer privaten Bitte!« Er zögerte. Jedes Wort kostete ihn neue Überwindung. »Ich habe Ihnen neulich gesagt, daß meine Tochter mich verlassen hat. Sie ist augenblicklich vorübergehend hier in Frankfurt. Sie ist nicht etwa zur Vernunft gekommen. Im Gegenteil, sie will jetzt diesen Schausteller heiraten. Und dazu soll ich auch noch ja und amen sagen! Dieser Mann aber hat sie in der unglaublichsten Weise getäuscht und betrogen – er hat bei ihr die Rolle seines Zwillingsbruders gespielt.«

Hertel hörte mit wachsendem Erstaunen zu. Es überraschte ihn, daß Dr. Krabp so persönliche Dinge mit ihm besprach. »Ich war eben bei ihr«, fuhr der alte Herr fort, »ich wollte sie warnen. Ich wollte ihr durch die Gegenüberstellung mit seinem Zwillingsbruder die Augen öffnen. Aber sie lehnte eigensinnig ab.«

Krabp holte tief Luft. »Ich kann dieses Unglück nicht länger tatenlos mit ansehen!« rief er laut. »Ich muß es verhindern, ich muß, ich muß!« Er sank plötzlich zusammen. Sein Gesicht verlor die Farbe. Sein Atem ging mühsam.

Hertel sprang zu und beugte sich besorgt über ihn. Er nahm die kraftlose Hand von der Sessellehne und fühlte den Puls. Er holte ein Glas kaltes Wasser und netzte Dr. Krabp Lippen und Schläfen. Allmählich kam der alte Herr wieder zu sich. Sein Gesicht blieb fahl.

Hertel verbarg seine Besorgnis hinter einem aufmunternden Lächeln. »Es ist viel zu heiß hier. Aber, Herr Dr. Krabp, ich glaube, Sie sollten unbedingt Ihren Arzt zu Rate ziehen. Solche Aufregungen sind Gift für Sie!«

Krabp dankte Hertel mit einem Kopfnicken. »Ich weiß auch nicht, was mit mir los ist. Vorhin im Hotel ist mir dasselbe schon mal passiert.«

Hertel hatte das Fenster geöffnet, um frische Luft hereinzulassen. Draußen tschilpten die Spatzen auf dem Fensterbrett.

»Ich möchte zum Schluß kommen«, sagte Krabp jetzt wieder beherrscht. »Meine Tochter hat es abgelehnt, den Zwillingsbruder zu empfangen. Wir haben uns im Streit getrennt. Sie hört nicht mehr auf mich.« Verbitterung sprach aus seiner Stimme. »Ich habe mir überlegt, daß sie vielleicht dem Ratschlag eines Außenstehenden eher zugänglich ist. Ich habe dabei an Sie gedacht!«

Hertel blickte verlegen zur Seite. Renate hatte ihn ihrer Freundschaft versichert. Und nun sollte ausgerechnet er dazu beitragen, ihr über den Mann, den sie liebte, die Augen zu öffnen! Gleichzeitig empfand er aber auch die Auszeichnung, die in Krabps Vertrauen lag. Er durfte ihn nicht enttäuschen. Er verneigte sich leicht.

Krabp nickte. »Ich bitte Sie, diesen Herrn Robinson Gomela aufzusuchen und mit ihm zu sprechen. Ich werde Ihnen ein paar Zeilen mitgeben. Dann fahren Sie mit ihm zu meiner Tochter. Vielleicht gelingt es Ihnen ein Gespräch zwischen beiden zu vermitteln.«

Hertel nickte stumm.

»Ich lasse Sie von meinem Fahrer hinbringen«, fuhr Krabp

fort. Er entnahm seiner Brieftasche eine Besuchskarte, warf ein paar Zeilen darauf und gab sie Hertel. »Ich wäre Ihnen dankbar, wenn Sie mich gleich informieren wollten, was bei dieser Begegnung herausgekommen ist.«

19

Als Hertel bei Robinson klingelte, war es Nachmittag. Robinson öffnete selber und führte ihn in sein Zimmer.

Robinson hatte seit dem Zusammenbruch der Agentur seine ganze Energie gebraucht, um durchzuhalten. Er arbeitete nach wie vor in Nachtschichten bei der Speditionsfirma und nahm außerdem gelegentlich Halbtagsarbeiten an. Er wollte mit allen Mitteln seinen ursprünglichen Plan durchsetzen. Aber es war ein bedrückendes Dasein. Immer wieder mußte er sich zusammenreißen, um nicht den Mut zu verlieren.

Überrascht und fassungslos las er Krabps Mitteilung. Er sah mißtrauisch von der kleinen Karte zu Dr. Hertel hinüber, der unsicher neben der Tür stehengeblieben war. Was sollte das bedeuten? Der unnahbare Millionär selber forderte ihn auf, das Mädchen zu besuchen, das er nie vergessen konnte!

Wie viele Wochen waren seit ihrer ersten Begegnung vergangen! Er hatte ihr Bild tief in seinem Herzen bewahrt, aber er hatte nichts mehr zu hoffen gewagt, nachdem sie ihn damals in Homburg aus dem Hause gewiesen hatte.

Die Karte in seinen Händen zitterte. »Sie sollen mich zu Fräulein Krabp bringen?«

Hertel nickte. »Herr Dr. Krabp hat mich darum gebeten!« Robinson atmete schwer. Etwas Unerhörtes mußte geschehen sein! Etwas, das alles von Grund aus verändert hatte:

Der Vater selber rief ihn zu seiner Tochter!

Plötzlich flammte die Hoffnung in ihm auf. Jäh und unwiderstehlich. Renate! War es möglich, daß auch sie ihn nicht vergessen konnte? Daß sie sich gegen alle Vorurteile durchgesetzt hatte? Ein phantastischer Gedanke! Aber welcher Gedanke ist unmöglich für den, der von ganzem Herzen liebt?

»Wollen Sie gleich mitkommen? Ich habe einen Wagen draußen!« drängte Hertel.

»Wenn Sie unten ein paar Minuten warten«, sagte Robinson, »ich muß mich erst umziehen.«

Zehn Minuten später fuhren sie durch die Innenstadt zum Hotel.

Robinson fieberte vor Erwartung. ›Ich werde sie wiedersehen! Ich werde sie sprechen!‹ Das sang sein Blut; das sangen die Räder, die ihn zu ihr trugen. Ganz gleich, was geschah – schlimmer, als es gewesen war, konnte es nicht mehr werden.

In der Hotelhalle bat Hertel ihn zu warten. Nach einem kurzen Telefonat des Empfangschefs geleitete ein Page Dr. Hertel zu Renates Zimmer.

Hertel blieb verwirrt an der Tür des Salons stehen. Renate saß in einem der kleinen Sessel. Sie war verändert, Hertel sah es sofort. Sie war noch schöner geworden – aber etwas Fremdes war jetzt in ihrem Gesicht.

»Herr Dr. Hertel«, sagte Renate herzlich, »ich freue mich über Ihren Besuch. Sie sind der erste meiner Frankfurter Freunde, den ich wiedersehe. Kommen Sie! Setzen Sie sich!« Hertel trat näher. Er beugte sich ein wenig steif über ihre Hand und nahm ihr gegenüber Platz. Er verstand es nicht, den Ball aufzufangen und seinen schwierigen Auftrag mit einer harmlosen Plauderei einzuleiten. Er fiel mit der Tür ins Haus. »Ich komme nicht von selber«, sagte er, »Ihr Herr Vater hat mich geschickt!«

Renate drückte die halbgerauchte Zigarette aus. »So«, sagte sie gedehnt, »das hätte ich mir fast denken können. Er wird Ihnen wohl allerhand Böses über mich erzählt haben.« Hertel räusperte sich. Er sah Renate an. Das sanfte Oval ihres Gesichts, das tiefe Blau ihrer Augen bezauberten ihn wie am ersten Tag. Nein, er konnte nicht glauben, daß dieses Mädchen etwas Unrechtes tat. Sie war für ihn wie eine Märchenprinzessin, unerreichbar und fern, ein Mädchen der Träume, schön und edel.

»Fräulein Krabp«, sagte er stockend, »ich weiß: Sie können nichts Böses tun!«

Renate wurde ernst. »Danke«, sagte sie leise. »Das haben Sie sehr nett gesagt.«

Hertel schluckte. »Und wenn Sie einmal Hilfe brauchen, verfügen Sie über mich. Viel kann ich zwar nicht tun, aber ich ...« Er stotterte. Er nahm gegen seine Gewohnheit hastig eine Zigarette, um die aufsteigende Verlegenheit zu verbergen.

Eine Weile war es still. Unmerklich verdichtete sich die Dämmerung zur Dunkelheit. Renate schaltete die Stehlampe ein.

»Mein Vater hat Ihnen einen Auftrag gegeben, nicht wahr?« fragte sie.

»Jawohl«, antwortete Hertel schnell. Er war froh, das Schwerste gleich loswerden zu können. »Er möchte, daß Sie mit Herrn Robinson Gomela sprechen. Ich habe ihn mitgebracht. Er wartet unten in der Halle.«

Renate schwieg.

»Außerdem muß ich Ihnen von mir aus sagen, daß mir der Gesundheitszustand Ihres Herrn Vaters nicht gefällt. Er bekam heute im Labor einen Anfall von Atemnot und Herzbeklemmung. Es braucht nichts Schlimmes zu sein, aber so etwas kann leicht schlimm werden.«

Renate sah ihn erschrocken an.

»Ich will Sie nicht ängstigen«, fuhr Hertel schnell fort, »aber er sagte, er sei im Streit mit Ihnen auseinandergegangen, und Aufregungen sind Gift für ihn!«

Renate war betroffen. In den einsamen Stunden seit dem Abschied vom Vater hatte sie ihre harten Worte längst bereut. Sie begriff nun selber nicht mehr, weshalb sie sich so gegen seinen Wunsch gesträubt hatte, Freytags Zwillingsbruder anzuhören. Was konnte ihr dieser Kerl, der damals betrunken im Zelt gehockt hatte, schon zu sagen haben? Sicherlich nichts, was ihr Vertrauen zu Freytag erschüttern könnte. Außerdem – ihr Vater war krank! War es ihr nicht selber aufgefallen, wie stark er sich in der kurzen Zeit verändert hatte?

Sie richtete sich auf: »Mein Vater soll Sie nicht umsonst geschickt haben, Herr Dr. Hertel. Ich werde mit diesem Gomela sprechen, aber unten in der Halle.« Sie sprang auf. »Lassen Sie uns gleich hinuntergehen. Ich will die Sache schnell hinter mich bringen.« Sie ergriff Hertels Hand und drückte sie herzlich. »Und Ihnen danke ich, Dr. Hertel! Ich glaube, Sie haben mir wieder einmal sehr geholfen. Vielleicht in zweifacher Hinsicht. Sie sind wirklich ein wahrer Freund!«

Sie gingen nebeneinander die breite Treppe hinunter.

Robinson sah sie zuerst. Er sprang aus seinem Sessel auf. Aber dann brachte er es nicht mehr fertig, Renate auch nur einen Schritt entgegenzugehen. In seinem blassen, hageren Gesicht lebten nur die Augen. Sie trafen Renates Blick, fingen ihn ein und hielten ihn fest.

Sie sah ihn erschrocken an. Sie mußte sich mühsam zusammenreißen, um die Bestürzung zu verbergen. Das war Freytag, ihr geliebter Freytag!

»Das ist Herr Gomela«, hörte sie Hertels verlegene Stimme wie aus weiter Ferne. »Herr Robinson Gomela.«

Renate nickte wortlos. Sie war froh, einen Sessel zu finden. Erschöpft und tief erblaßt sank sie in die Polster.

»Ich warte draußen im Wagen auf Sie, Herr Gomela«, hörte sie Hertel zu dem jungen Mann sagen, der immer noch stand. Sie bemerkte kaum, daß Hertel sich vor ihr verneigte und davonging.

»Sie gestatten?« murmelte Robinson und setzte sich.

Renate war sich selber nicht im klaren darüber gewesen, was für einen Menschen sie erwartet hatte. Zunächst war nichts als tiefer Schreck in ihr. Ihre Selbstbeherrschung ließ sie eine ganze Weile im Stich. Sie konnte die Augen nicht von Robinson lösen. Seine unheimliche Ähnlichkeit mit Freytag hatte etwas Lähmendes für sie.

War das der Kerl, der damals hinter der Bierbank gehockt, war das der Lümmel, der sie auf dem Jahrmarkt mit frechen Blikken gemustert hatte? Das war doch ein ganz anderer! Ein ernster, ruhiger, höflicher Freytag, einer, der schon mit seiner ersten Verneigung jene Erziehung und Gewandtheit verriet, die sie bei Freytag immer wieder vermißte.

Bisher hatte sie den Gedanken beiseite geschoben, daß Freytag einen Bruder hatte, der ihm gleich war. Sie hatte einen schmutzigen, verkommenen Kerl in Robinson sehen wollen, einen billigen Herumtreiber. War das dieser Mann?

Sie brauchte geraume Zeit, bis sie ein paar Worte sagen konnte. Ihr Blick hing noch immer gebannt an diesem Gesicht und suchte verzweifelt nach Abweichungen, nach Anzeichen, die ihn unangenehm von Freytag unterschieden. Aber was sie entdeckte, war nichts von Vergröberung und erst recht nichts von Verkommenheit.

»Sie wollten mich sprechen? Bitte!« Gegen ihren Willen klangen diese Worte unhöflich.

In Robinsons Gesicht erstarb etwas. Der Glanz in seinen Augen, die eben noch leuchtend an Renates Lippen gehangen hatten, erlosch. Er senkte die Lider. Aber er faßte sich augenblicklich wieder. Er bot ihr mechanisch eine Zigarette an und gab ihr Feuer. Dann lehnte er sich zurück. »Verzeihen Sie, gnädiges Fräulein,

Ihr Herr Vater hat mich hergebeten!« Das war Freytags Stimme!

Renates Blick glitt über seine schmalen Hände. Sie waren von der Arbeit hart und schwielig. Gewiß, es waren Freytags Hände, aber sie wirkten auf eine unerklärliche Weise anders. Sie mußte es vor sich selber zugeben: feiner. Fast hätte man sagen können: durchgeistigt. Sein Anzug verriet, daß er nicht viel Geld besaß. Aber die natürliche Eleganz seiner Haltung machte solche Äußerlichkeiten nebensächlich. Sie gab sich einen Ruck. »Sie haben also einen Auftrag von meinem Vater?«

»Nein.«

»Aber dann begreife ich nicht...« Sie brach ab.

Robinson nahm den Sinn ihrer Worte gar nicht auf. »Ich habe nie zu hoffen gewagt, daß ich Sie je wiedersehen würde«, begann er leise und wie im Selbstgespräch. »Ich fürchtete immer, Sie hätten mir mein Erscheinen in Ihrem Hause übelgenommen. Ich hatte ja nie Gelegenheit, mich zu entschuldigen.« Seine dunkle Stimme verriet leidenschaftliche Erregung. »Ich habe inzwischen eingesehen, daß Ihnen mein Besuch damals – aufdringlich erscheinen mußte. Damals habe ich nicht nachgedacht. Ich wollte Sie nur sehen! Ich wollte Sie nur noch einmal sprechen!«

Renate starrte ihn an wie einen Geist. Und er sprach weiter. Es war deutlich: Er mußte sich etwas von der Seele reden.

»Ich war unbeherrscht! Ich war mit so viel Hoffnung zu Ihnen gefahren! Als Sie oben in der Flügeltür erschienen, als Sie auf den Stufen über mir stehenblieben, da glaubte ich ...« Er stockte. Seine Augen aber sprachen weiter. Sie wichen nicht aus. Sie stellten sich. Sie baten um Verstehen und um mehr.

Renate nahm einen tiefen Zug aus der Zigarette und blies den Rauch gegen die Decke. Sie sah sich suchend in der weiten Halle um, als müsse sie sich davon überzeugen, daß sie nicht träumte.

Die Tische standen weit auseinander. Sie saßen wie abgeschieden, wie allein auf der Welt.

Renate wandte sich Robinson wieder zu. Sie war totenblaß. »Wollen Sie damit sagen, Sie seien es gewesen, der mir damals in Homburg das Taschentuch zurückbrachte?«

»Ja, natürlich«, antwortete Robinson. »Wer denn sonst?«

Er versuchte abermals, sich zu entschuldigen. Wie oft hatte er in langen, bitteren Stunden nach einer Erklärung für ihre schroffe Zurückweisung gesucht! Es konnte doch nur seine Übereilung gewesen sein, die sie als Aufdringlichkeit empfunden hatte.

»Gnädiges Fräulein«, sagte er langsam, und eine flüchtige Röte überlief sein Gesicht, »ich hatte Sie nicht vergessen können, seitdem wir uns bei der Wahrsagerin zum erstenmal sahen. Sie waren am nächsten Abend noch einmal im Zelt. Dann trafen wir uns zum zweitenmal bei der Alten, und als wir uns an dem Taxi verabschiedeten, sagten Sie doch, wir wollten das Wiedersehen dem Schicksal überlassen! Wissen Sie noch?«

Er lächelte. Es war ein halb schuldbewußtes, halb jungenhaftes Lächeln. Er sah Renate nicht an. Es war wie eine verhaltene, schüchterne Liebeserklärung, was er jetzt sagte. »Ich wollte diesem Schicksal zuvorkommen. Ich wollte ein bißchen nachhelfen. Sie hatten Ihr Taschentuch liegenlassen. Ich nahm es der alten Frau ab und dachte gleich, das sei ein Wink des Himmels. Ich wollte Sie ja wiedersehen. Sie sprechen, Ihre Stimme hören! – Können Sie das nicht verstehen? – Ich war so sicher, daß Sie das verstehen würden!« Er schwieg.

Renate hatte abwehrend die Hand gehoben. Ihr Gesicht verriet eine tiefe, ungläubige Angst. Sie hätte schreien mögen: Hören Sie auf! Das ist nicht wahr! Das kann nicht wahr sein! – Doch kein Ton kam über ihre Lippen. Die furchtbare Ahnung verdichtete sich mehr und mehr. Sie saß steil im Sessel und umkrampfte die Lehne. Ihre Fragen kamen abgerissen und drängend: »Haben Sie mir dann einen Brief geschrieben?«

»Einen Brief?« wiederholte Robinson verständnislos. »Nein!«

»Haben Sie am letzten Tag des Mainfestes vormittags mit einem Mädchen auf der Vorbühne gesessen, als ich vorüberkam?«

Robinson sah sie bestürzt an. Er spürte die ungeheure Erregung hinter ihren Worten, aber er begriff die Zusammenhänge nicht. »Nein«, sagte er, »bestimmt nicht. Davon weiß ich nichts!«

»Haben Sie einen oder zwei Tage später in Weilburg in einem Bierzelt gesessen und mir zugerufen, Ihr Bruder sei nicht da? – Sagen Sie die Wahrheit!«

Jetzt war es an Robinson, die Fassung zu verlieren. »Ich bin gar nicht mehr in Weilburg gewesen«, sagte er. »Schon in Butzbach habe ich Möckel verlassen!«

Die Worte kamen so ehrlich und überzeugend, daß der letzte Rest von Zweifel verging. Renate sah, wie Robinsons Gesicht erblaßte. Die Backenknochen traten hervor. Die Muskeln spielten nervös unter der Haut. Sie sah, wie seine Hände unbeherrscht an den Knöpfen seines Jacketts herumdrehten. Und diese Bewegung war es, die mehr als alle Worte ihr die letzte Gewißheit gab, daß er die Wahrheit sprach: Genauso hatte er damals im Wagen der Signora Bertina gestanden – die eine Hand unter dem Vorhang durchgestreckt, während die andere nervös mit dem mittleren Knopf seiner Jacke spielte.

Er war es!

Sie schlug die Hände vors Gesicht und sank in den Sessel zurück. Zuviel! Mehr, als sie fassen konnte! Ach, viel zuviel, was auf sie einstürmte. Der Vater hatte recht gehabt! Ein Verrat, ein ganz gemeiner Betrug! – Ihre Schultern zuckten.

»Gnädiges Fräulein«, stammelte Robinson ratlos, »bitte!« Der Gedanke, ihr weh getan zu haben, war ihm eine Qual. Er verdrängte fast die eigene Trostlosigkeit, die aufdämmernde Ahnung, daß etwas Furchtbares geschehen war. Die Verzweiflung dieses Mädchens griff ihm ans Herz. Aber er konnte Renate nicht trösten, konnte ihr nicht helfen, solange er nicht wußte, was sich damals wirklich abgespielt hatte.

Minuten. Dann hob Renate den Kopf. Sie nahm die Hände von den Augen und enthüllte ein Gesicht voll grenzenloser Trauer. Sie verbarg die Tränenspuren auf ihren Wangen nicht.

»Zeigen Sie mir Ihre Hand!«

Ohne Zögern streckte er seine Linke über den Tisch, die Innenseite ihr zugewandt. Er wußte sofort, was gemeint war. Er zeigte sofort die Linke. Auf einmal begriff sie, warum Freytag nichts davon gewußt hatte!

Aufseufzend beugte sich Renate über Robinsons Hand. Ja, da war es! Da verlief die Lebenslinie genau wie ihre. Sie zeigte eine kurze Unterbrechung und lief dann weiter.

›Gehören zusammen wie Sonne und Mond ...‹

Ach, auch Sonne und Mond waren durch einen eisigen Weltenraum getrennt. Das Bild verschwamm. Eine Träne tropfte in die Handfläche, eine zweite.

Der Schmerz brannte in ihr wie Feuer. Sie suchte nach Trost. Woher sollte er kommen? Sie ließ seine Hand fallen und barg ihr Gesicht in den offenen Handflächen.

Wenn sich die Türen zum Hotelcafé öffneten, drangen Musikfetzen herüber. Eine Geige schluchzte. Stimmengewirr schwoll heran und verebbte. In der Halle kamen und gingen die Menschen. Sie ahnten nichts von der Tragödie, die sich unter ihren Augen vollzog.

Renate sah nicht auf, als sie endlich mühsam zu sprechen begann. »Sie... Ich... Wir sind be...« – sie sprach es nicht aus, sie berichtigte sich – »...getäuscht worden! Ihr Bruder Freytag...« Bei dem Namen versagte ihr die Stimme. Nur unter Aufbietung aller Energie konnte sie weitersprechen. Und doch war es kaum mehr als ein geflüstertes Stammeln, das von ihren Lippen kam. »Er hat mir damals geschrieben. Er hat die Rolle mit Ihnen getauscht. Wie auf der Bühne ist er für Sie erschienen. Ich habe es nicht gewußt. Ich lebe mit ihm zusammen! Seit Monaten. – Auf Mallorca«, fügte sie hinzu. Als mache dieser Umstand alles noch trostloser.

Nein, sie blickte nicht auf. Sie wollte sein Gesicht nicht mehr sehen. Sie wollte diesen Blicken nicht begegnen, diesen Augen, die sie anzogen und abstießen. Wo war denn die Klarheit, die sie suchte? Wo war Sicherheit, wenn so etwas geschehen konnte? Jetzt hatte sie Angst vor diesem Mann, Angst davor, abermals getäuscht zu werden. Er war verraten worden! Ihn hatte Freytag betrogen! – Und sie? War sie wirklich hintergangen worden?

»Aber er liebt mich!« sagte sie tonlos. »Er liebt mich wirklich! Er hat es nur aus Liebe getan. Nur aus Liebe!« Dieses Wort gab ihr Trost und Halt. »Ja, er liebt mich!« wiederholte sie. »Er liebt mich doch!«

Wieder und wieder sprach sie die Worte vor sich hin. Sie hämmerte sie sich förmlich ein. Wenn er sie liebte, ja, dann konnte sie verzeihen! Alles verzeihen!

Und der andere? – Sie sah auf. Ihre Tränen waren versiegt. Da war Robinsons Gesicht, starr und unbeweglich. Das Leid hatte seine Augen verschleiert. Die Enttäuschung hatte sich in seine Züge eingegraben. Sie waren dadurch nur noch edler geworden. Er saß ganz ruhig, seine Hände lagen auf dem Tisch.

Ihre Blicke begegneten sich. Ihre Augen senkten sich ineinander. Das Fremdsein schwand. Die Augen sprachen. Ein reines Gefühl, ein Verstehen schwang zwischen ihnen, wurde dichter, brachte sie einander näher, ganz nahe...

Was war das? Was geschah mit ihr? Das war kein fremder Mensch mehr, der ihr gegenübersaß. Wie sollte sie jemals ihre Blicke von diesen schmerzerfüllten Augen lösen!

Was tat sie? Wie konnte das geschehen? Der Schrecken, die furchtbare Beklemmung stieg wie ein Alptraum vor ihr auf. Plötzlich schrie sie, ohne daran zu denken, wo sie sich befand. »Gehen

Sie!« schrie Renate. »Ich kann es nicht mehr ertragen! Gehen Sie! – Gehen Sie doch! – Ich kann Sie nicht mehr sehen!«

Robinson sprang auf. Er stützte beide Hände auf die Tischplatte und starrte Renate entsetzt an. Er wollte etwas sagen. Er wollte versuchen, sie zu beruhigen; aber er begriff, daß alle Worte sinnlos waren vor dem vernichtenden Schlag dieser Enttäuschung. Alles war für ihn aus. Er konnte nur noch schweigend davongehen, in der furchtbaren Gewißheit, daß er sie durch einen Betrug für immer verloren hatte.

Er stolperte zur Seite, er stieß gegen einen Sessel. In seinen Ohren gellten ihre Worte: »Gehen Sie! Ich kann Sie nicht mehr sehen!« Worte, die er nie mehr vergessen würde.

Plötzlich wandte er sich um und ging schwerfällig zum Ausgang. Nur hinaus! Nur weg aus diesem Raum, in dem er die grausamste Enttäuschung seines Lebens erfahren hatte!

Vor der Drehtür hielt ihn jemand fest.

»Herr Gomela«, sagte Hertel, »bitte einen Augenblick!«

Jetzt erst erkannte ihn Robinson.

Hertel hatte in der Zwischenzeit bei Krabp angerufen. Mit einer gewissen Genugtuung hatte er ihm berichtet, Renate hätte sich bereit erklärt, Robinson zu empfangen.

»Und – und?« hatte Krabp ungeduldig gefragt.

»Sie sitzen jetzt in der Halle und sprechen miteinander.«

»Wenn nur alles klar wird!« hatte Krabp gerufen. »Wenn sie nur erkennt, wie sie betrogen worden ist! – Was für einen Eindruck haben Sie denn von dem Menschen?«

Hertel brauchte nicht zu zögern. »Einen guten; er ist höflich, gewandt und sehr zurückhaltend.«

»Halten Sie ihn fest, sobald das Gespräch beendet ist«, hatte Krabp nach kurzem Überlegen gesagt. »Bringen Sie ihn sofort zu mir nach Homburg. Ich muß ihn unbedingt sprechen!«

»Herr Gomela«, sagte Dr. Hertel jetzt, »kommen Sie, fahren Sie mit mir. Der Wagen wartet drüben. Ich habe den Auftrag ...«

Robinson schob ihn beiseite und ging weiter. »Ach, lassen Sie mich in Ruhe!«

Hertel hatte Robinsons fahles Gesicht gesehen und blieb einen Augenblick betroffen stehen. Dann eilte er hinter ihm her und faßte ihn am Arm. »Bitte, nur ein paar Minuten! Herr Dr. Krabp hat mich gebeten, Sie zu ihm zu bringen«, sagte Hertel rasch. »Er möchte gern mit Ihnen sprechen.«

Robinsons Miene ließ nicht erkennen, ob er die Worte überhaupt verstanden hatte. Plötzlich lachte er auf. Ein bitteres, häßliches Lachen. »So, Sie sollen mich zu Herrn Dr. Krabp führen! Wie einen Hund an der Leine! Herr Dr. Krabp wünscht mich zu sprechen! Welche Ehre für mich! Na, kommen Sie nur! Auch ich werde dem Herrn etwas zu sagen haben!«

Auf der Fahrt nach Homburg schwiegen beide. Hertel beobachtete Robinson verstohlen von der Seite: Den Mantelkragen hochgeschlagen, die Hände tief in die Taschen gewühlt, so saß der junge Mensch da und starrte vor sich hin. Sein Gesichtsausdruck ließ es nicht ratsam erscheinen, ihn anzureden.

Krabp lief seit einer Stunde unruhig in der Bibliothek auf und ab. Selten hatte er einem Besuch mit so viel Spannung entgegengesehen.

Was er von diesem Gespräch erwartete? – Er hoffte! Wenn Renate erfuhr, daß nur ein ganz gemeiner Betrug sie diesem Mann in die Arme getrieben hatte, dann mußte sie doch zur Vernunft kommen. Dann mußte sie umkehren! Gewiß, es würde bitter für sie sein, aber vielleicht heilsam! Wie eine Operation. Auch das Messer des Chirurgen schafft schmerzende Wunden nur, um helfen zu können.

Über Robinson Gomela machte sich Krabp wenig Gedanken. Es war der Zwillingsbruder des Mannes, der seine Tochter verführt hatte. Einer vom Jahrmarkt. Einer, den er unter normalen Umständen niemals empfangen hätte. Mit ihm würde er schnell fertig werden.

Krabp ging in die Halle. Ein Wagen war die Einfahrt heraufgekommen. Räder knirschten im Kies. Türen schlugen zu. Der Diener öffnete das Portal. Krabp blieb steif stehen. Sein Gesicht war beherrscht. Wer ein ganzes Leben lang daran gewöhnt war, seine wirklichen Empfindungen hinter der Maske von Verbindlichkeit und Ruhe zu verbergen, den sollte auch eine solche Begegnung nicht aus der Fassung bringen.

Er begrüßte zuerst Dr. Hertel; doch dieser verabschiedete sich sofort wieder. Dann wandte Krabp sich mit einer angedeuteten Verneigung zu Robinson.

Der junge Mann beantwortete diesen frostigen Gruß genauso zurückhaltend. Die Sicherheit seines Auftretens überraschte Krabp insgeheim.

»Herr Gomela«, sagte er, »ich danke Ihnen, daß Sie meiner Aufforderung gefolgt sind. – Darf ich bitten!« Er ging ihm voran in die Bibliothek und deutete auf einen Sessel. Robinson dankte und blieb stehen.

Krabp beließ es bei der einen Aufforderung und begann sofort: »Es war mir wichtig, daß meine Tochter von Ihnen erfuhr, wie sie das Opfer eines – nennen wir es gelinde – Betrugs geworden ist. Ich darf hoffen, daß Sie Gelegenheit hatten, ihr diese Aufklärung zu geben.«

Robinson schwieg. Er stand steif aufgerichtet und sah an Krabp vorbei. Mit einem raschen Blick hatte er den Raum überflogen, der so viel Wohlstand, Geschmack und Tradition verriet.

»Ich möchte gern wissen, was Sie mit meiner Tochter gesprochen haben, Herr Gomela!« wiederholte Krabp ungeduldig.

Robinsons Blick kehrte aus weiter Ferne zurück, wurde fest und hart. Seine Miene war nicht weniger beherrscht als die des gewaltigen Industriellen. Seine Gestalt straffte sich. »Wenn Sie die Güte hätten, mir vorher zu sagen, wie Sie mich zu Ihrer Tochter schicken konnten, ohne mir auch nur mit einem Wort zu sagen, warum?« Es war eine höfliche Frage, aber sie war unausweichlich. Sie verlangte eine klare Antwort.

Krabp zog die Brauen zusammen. Er sah den jungen Mann einen Augenblick verblüfft an. »Warum ich Sie zu meiner Tochter geschickt habe? – Das ist doch wohl klar. Weil meine Tochter nur von Ihnen erfahren konnte, daß Freytag Gomela ein Betrüger ist!«

Robinsons Haltung veränderte sich nicht. Nur seine Augen verrieten, wie aufgewühlt er war. »Sie sind es gewohnt, Herr Dr. Krabp, Menschen nach Ihrem Willen einzusetzen. Ohne Rücksicht auf ihre Gefühle. Sie haben in diesem Falle nur an Ihre Tochter gedacht. Was diese Aussprache für mich bedeuten mußte, war Ihnen völlig gleichgültig!« Seine Finger verkrampften sich und lösten sich wieder. Seine Augen forderten eine Antwort, aber der alte Mann wich ihnen aus und schwieg.

»Ja, für mich!« fuhr Robinson leidenschaftlich fort. »Ich war in Ihrer Berechnung nur eine Schachfigur! Was Sie mir damit angetan haben, dürfte Sie kaum interessieren. Aber ich sage es Ihnen. Ich war es nämlich, der Ihre Tochter vom ersten Augenblick an liebte und den sie vom ersten Augenblick an wiederliebte. Nicht meinen Bruder Freytag. Auch ich bin betrogen und bestohlen worden!« Jetzt konnte seine Stimme nicht länger verbergen, daß hier ein Mensch bis ins Mark getroffen war.

Krabp wußte eine Weile nichts zu erwidern. Nein, er hatte sich keine Gedanken um Robinson Gomela gemacht. Aber jetzt begriff er die tragische Verwicklung, in die dieser Junge geraten war. Hier stand ein Mensch in seiner Qual und klagte an.

Dr. Krabps Haltung veränderte sich. Aus der Ablehnung wurde Verständnis, wurde Mitgefühl. Er legte dem jungen Mann die Hand auf die Schulter und führte ihn in die Sesselecke, in der er sonst nur mit vertrauten Freunden saß. Robinson hatte seine Sympathie gewonnen. »So setzen Sie sich doch!« sagte er.

Robinson nahm Platz. Dann ließ sich auch Krabp in einen Sessel sinken und schloß die Augen. »Sie haben recht. An Sie habe ich nicht gedacht. Über Ihre Rolle in diesem Drama habe ich mir keine Gedanken gemacht. Entschuldigen Sie!« Nach einer kleinen Pause fuhr er fort: »Es geht mir um das Schicksal meiner Tochter, um nichts anderes.«

Robinson sah auf. »Ich liebe Ihre Tochter«, wiederholte er. »Ich werde nie eine andere lieben.«

Das klang so aufrichtig, daß kein Zweifel zurückblieb. Krabp nickte, wider Willen erschüttert. »Und dann vom eigenen Bruder betrogen werden – das denke ich mir besonders hart.«

Sie saßen im Schatten. Das Licht der Stehlampe streifte ihre Gesichter nur, wenn sie sich vorbeugten. Robinson vergaß, daß er Herrn Dr. Krabp, den Großindustriellen, vor sich hatte.

»Dieser Mensch hat das Recht verloren, sich Bruder zu nennen«, sagte er. »Ich hasse ihn. Ich habe ihn nie wie einen Bruder lieben können. Ich habe mir Mühe gegeben. Immer. Jahrelang. – Umsonst. Ich wollte etwas aus uns machen. Ich wollte aus unserer Talmiwelt heraus. Ich wollte ihn mitziehen. – Umsonst! – Er hatte keinen Ehrgeiz. Er fühlte sich da wohl, wo er saß. Wir fanden keinen Kontakt. Früher hielt ich ihn für leichtsinnig und verspielt; heute weiß ich, daß er ein Lump ist.« Robinson beugte sich weit über den Tisch vor. »Aber jetzt werde ich mit ihm abrechnen!«

Krabp erschrak vor dieser harten Entschlossenheit. »Herr Gomela«, sagte er eindringlich, »ich weiß, Sie wollen keine Ratschläge von mir. Aber das eine muß ich Ihnen doch sagen: Tun Sie nichts, was Sie später bedauern müßten!«

Robinson antwortete nicht. Vielleicht waren seine Gedanken auch so weit fort, daß er nichts verstanden hatte.

»Und nun das Wichtigste!« sagte Krabp eindringlich. »Haben Sie meine Tochter von der Schurkerei überzeugen können? Glauben Sie, daß sie zur Vernunft kommt?«

Robinson fuhr auf. Sekundenlang war ihm, als hörte er wieder ihre Stimme: »Ich lebe mit ihm zusammen...«

»Das weiß ich nicht«, flüsterte er abwesend. »Ich weiß nur, daß ich sie verloren habe.« Er stockte. Er gab sich einen Ruck. »Nein, sie wird nicht zur Vernunft kommen. Ich glaube, Sie kennen Ihre Tochter nicht! Sie gibt ihn niemals auf.«

Krabps Gesicht zeigte tiefe Enttäuschung. »Dann wäre sie verloren, dann wäre sie für immer verloren!« sagte er schwer aufseufzend.

Robinson nickte bedrückt. »Wenn sie bei Freytag bleibt, ist sie verloren.«

Eine Zeitlang schwiegen beide, um ihre innere Bewegung zu überwinden.

»Glauben Sie«, begann Krabp zögernd, »glauben Sie wenigstens, daß Ihr Bruder meine Tochter liebt? Oder...«

Robinson unterbrach ihn heftig. »Lieben? Nie! Möglich, daß er in sie verliebt ist, er hat viele Mädchen! Er ist dauernd verliebt. Eine ist ihm soviel wert wie die andere. Ihre Tochter wird er so lange lieben, wie sie Geld hat, wie sie ihm ein Leben in Luxus und Reichtum bieten kann. Keinen Augenblick länger! Ich kenne ihn!«

Krabps Gesicht verfiel. Er lehnte sich weit hintenüber. Das Schweigen wurde beklemmend.

»Ich möchte jetzt gehen!« sagte Robinson leise und stand auf. »Verzeihen Sie, wenn ich unhöflich war, aber ich denke, Sie wissen nun alles.«

Krabp erhob sich langsam und müde. Er griff zu dem Stock, den er in letzter Zeit auch im Hause ständig benutzte. Er konnte die Schwäche und die Schmerzen in seinen Beinen nicht länger verbergen. »Ich danke Ihnen für den Besuch und für Ihre Aufrichtigkeit. Vielleicht kann ich Ihnen einmal meine Dankbarkeit beweisen.« Er ergriff Robinsons Hand und drückte sie. »Mein Fahrer bringt Sie zurück.« Er klingelte.

Robinson verneigte sich schweigend und ging hinaus.

Lange Zeit saß Dr. Krabp in sich versunken in seiner Bibliothek. Welch unselige Verstrickung! – War eine Lösung überhaupt noch möglich?

Aber ob möglich oder nicht: blieb es nicht trotzdem seine väterliche Pflicht, einzugreifen? Jetzt, da er den letzten schlüssigen Beweis für den schamlosen Betrug erhalten hatte? Jetzt, da es keinen Zweifel mehr gab, daß nur Unglück und Schande auf seine Tochter warteten?

Sie hatte sich weder durch Bitten noch durch Drohungen von ihrem Weg abbringen lassen. Selbst das Geld spielte keine entscheidende Rolle. Eine Renate Krabp würde immer genug Kredit bekommen, um leben zu können.

Dabei war dieses selbständige, viel zu schnell entschlossene Wesen noch ein Kind! Noch längst nicht volljährig! Noch unterstand Renate seiner väterlichen Gewalt.

Krabps Müdigkeit war plötzlich wie weggewischt. Seine gewohnte Energie kehrte zurück. Er zog das Telefon heran und wählte die Nummer von Renates Hotel. »Den Empfangschef bitte! – Hier Dr. Krabp. Ist meine Tochter da?« »Das gnädige Fräulein ist in ihrem Appartement, möchte aber nicht gestört werden«, sagte der Empfangschef. »Sie reist heute mit dem Nachtflugzeug nach Paris. Wenn Sie trotzdem eine Verbindung wünschen ...?«

»Nein, danke«, sagte Krabp heiser und legte den Hörer auf.

Renate wollte also einer weiteren Unterhaltung mit ihm aus dem Weg gehen! Hals über Kopf wollte sie zu diesem Kerl zurück!

Krabp blickte auf seine Armbanduhr. Es war sieben. Das Nachtflugzeug nach Paris startete gegen Mitternacht.

Er rief seinen Sekretär an. »Stellen Sie bitte vorsichtig fest, welche Mittel ich in der Hand habe, um meine Tochter daran zu hindern, ins Ausland zu reisen. Sie wissen, sie ist nicht volljährig. Die Antwort bitte sofort!«

Er wartete voller Unruhe.

Endlich klingelte es. Was Krabp wie eine Ewigkeit erschien, hatte kaum acht Minuten gedauert.

»Polizeiliche Gewaltmittel irgendwelcher Art gibt es nicht«, sagte der Sekretär sachlich. »Minderjährige dürfen aber nicht ohne die Zustimmung des Erziehungsberechtigten das Elternhaus zu einer Auslandsreise verlassen. – Sie hätten also das Recht, Fräulein Renate den Paß wegzunehmen und ...«

»Das ist doch ganz unmöglich!« unterbrach ihn Krabp heftig. »Ich kann meiner Tochter den Paß doch nicht mit Gewalt abnehmen!«

»Daran hatte ich auch nicht gedacht«, sagte der Sekretär ruhig.

»Aber in der augenblicklichen Lage können Sie die Hilfe der Jugendbehörde beanspruchen. Die Beamten haben die Vollmacht, Ihrer Tochter den Paß abzunehmen und sie in Ihre Obhut zurückzubringen. Sie brauchen das nur zu beantragen.«

»Die Sache duldet keinen Aufschub«, rief Krabp ungeduldig, »Renate will mit dem Nachtflugzeug nach Paris starten, das muß um jeden Preis verhindert werden! Regeln Sie das schleunigst mit der Behörde! Und alles mit größter Diskretion!«

20

In der Innenstadt ließ Robinson Krabps Wagen halten. Er mußte an die Luft. Heraus aus dem Gefängnis der Limousine.

Er trieb in der Menge unter dem Geflimmer der Leuchtröhren durch die Straßen. Seine Blicke irrten umher, ohne daß er erkannte, was ihm begegnete. Die Gesichter glitten wie helle Masken an ihm vorbei. Es geschah unbewußt, als er sich plötzlich umdrehte, zu einer Litfaßsäule zurückging und ein Plakat fasziniert anstarrte. Erst allmählich begriff er, was ihn zu diesem Anschlag eines Reisebüros gezogen hatte. »Mallorca« stand dort. »Sieben Tage im sonnigen Süden! Flugreise! Dreihundertneunundsiebzig Mark, Abreise wöchentlich jeden Donnerstag.« Er las die Ankündigung wieder und wieder. Heiße Röte stieg ihm bis in die Stirn.

Die ungeheure Enttäuschung hatte ihn erst betäubt. Nun aber wich die Erstarrung von ihm und wandelte sich in Empörung. Daß er Renate verloren hatte, damit hatte er sich schon vor Monaten abgefunden; aber daß nur ein gemeiner Betrug sie von ihm gerissen hatte, brachte ihn mehr und mehr in Wut.

Freytag – dieser Schuft!

Wenn das Ganze noch ein Zufall wäre! Aber Freytag hatte ihn mit vollem Bewußtsein betrogen. Und auch andere waren daran beteiligt, mußten davon gewußt haben. Möckel! Elvira! Alles wurde ihm jetzt klar. Sie hatten still zugesehen, wie man ihn verriet. Woher wäre sonst Dr. Krabp über die Vorgänge so genau unterrichtet gewesen?

Plötzlich hatte das ziellose Dahinstürmen ein Ende. Aber wie er jetzt den weiten Weg bis zu Möckels Wohnwagen fand, hätte Robinson später nie sagen können. Auf einmal stand er vor den drei ausgetretenen hölzernen Stufen und klopfte gegen die Wagentür.

Drinnen war Licht. Die Tür wurde geöffnet. Elvira!

Sie stand im Schein der Küchenlampe und schaute mißtrauisch in die Dunkelheit hinaus.

Als sie Robinson erkannte, klärte sich ihr Gesicht auf. »Robinson! Prinz! Wie schön!« rief sie glücklich und zog ihn in den Wagen. »Komm, setz dich! Möckel wird bald zurück sein.«

Dann aber, als sie bei Licht Robinsons bleiches, entstelltes Gesicht sah, erschrak sie. »Was ist denn los, Prinz? Ist etwas geschehen? Nun setz dich doch! Soll ich dir einen Kaffee machen?«

Sie wollte ihn zu dem altmodischen Plüschsofa ziehen, in dem Möckel abends so gern saß. Aber Robinson schob ihre Hand von seinem Arm.

Er sah Elvira düster an. »Ich habe sie heute zum zweitenmal verloren«, sagte er tonlos. «Und jetzt für immer. Renate Krabp lebt mit Freytag zusammen. Er hat uns beide betrogen. Sie und mich. Wahrscheinlich weißt du es ...« Sein Blick hatte etwas Lauerndes.

Elvira wurde totenblaß. Sie schüttelte ablehnend den Kopf. Sie tastete sich mit zitternden Fingern zum Sofa und sank schwer hinein. Es war aus! Aus! Er hatte alles erfahren!

Mit aufgerissenen, ängstlichen Augen starrte sie Robinson an. Er stand mit hängenden Schultern in dem engen Raum. Seine Verzweiflung trieb ihr die Tränen in die Augen. Wie hatte ihn das Leid um dieses Mädchen verändert! Durch ihre Schuld! Und sie liebte ihn doch! Nur aus Liebe hatte sie das alles getan.

»Ach, du konntest ja nichts wissen!« sagte Robinson. »Aber mit ihm werde ich abrechnen! So kommt er mir nicht davon! Er lebt mit ihr zusammen auf Mallorca.«

Jetzt stand das Plakat wieder vor seinen Augen. »Flugreise Mallorca!« Flugreise, das hieß, er konnte in wenigen Stunden dort sein! Er konnte dem Menschen gegenübertreten, der sein Lebensglück kaltblütig zerstört hatte.

Dreihundertneunundsiebzig Mark! Er besaß knapp hundert.

»Man muß bar bezahlen!« sagte er aus diesem Gedanken heraus. Er lachte auf, ein böses, gefährliches Lachen. Der Satz gefiel ihm. »Man muß bar bezahlen!« Auch Freytag sollte bar bezahlen, dieser Lump! Er würde seine Rechnung vorgelegt bekommen.

Das spanische Blut in seinen Adern regte sich. Er warf den

Kopf zurück. Seine Augen bekamen den Ausdruck wilder Entschlossenheit. Seine Lippen preßten sich zu einem schmalen, blutleeren Strich zusammen. Elvira sah es mit Bestürzung. Sie hatte den Streit der Brüder jahrelang miterlebt. Meist hatte es sich um Kleinigkeiten gehandelt. Freytags Herumtreiben, Freytags Saufgelage, Freytags Unzuverlässigkeit bei der Arbeit. – Aber jetzt? Was würde jetzt geschehen, wenn Robinson seinem Bruder so gegenübertrat? Vielleicht würde er ihn totschlagen! Es wäre ihm zuzutrauen. Er würde sich unglücklich machen. Oh, sie kannte ihn nur zu gut. Sie kannte ihn auch in solchen Augenblicken. Sie verstand es besser als jeder andere, in seiner Seele zu lesen. Elvira zitterte am ganzen Körper. Sie zwang sich, aufzustehen. Dieses Unheil mußte sie verhüten.

Robinson hatte keine Lust zu langen Erklärungen. Er schilderte Elvira die Begegnung mit Renate und den Besuch bei Krabp so kurz wie möglich. »Das ist nun vorbei«, schloß er. »Dieses Spiel ist hinter meinem Rücken inszeniert worden. Ich hatte den Narren dabei zu spielen. Die Zuschauer haben in der Ecke gesessen und sich die Hände gerieben.« Er sah Elvira durchdringend an. »Auch du?« fragte er argwöhnisch.

Elvira trat einen Schritt zurück, als müsse sie einen Abstand zwischen sich und Robinson schaffen. Doch die Stimme versagte ihr. Sie mußte mehrmals ansetzen. Sie nahm seine Worte genau auf: »Ja, auch ich, Robinson. Und ich habe es sogar inszeniert; nicht Freytag. Er hat keine Schuld. Ich bin es gewesen – ich, ich, ich!«

Sie schrie nicht, aber auch die leisen Worte waren furchtbar in ihrer rücksichtslosen Offenheit. Sie hatte die Hände wie beim Beten gefaltet.

Totenstille.

Zwei Menschen standen einander schweratmend gegenüber. Ratlos, hilflos.

Schuld, Unschuld – wer wollte hier den Richter spielen? Die Liebe hat ihre eigenen, ungeschriebenen Gesetze. Jedes Herz folgt ihnen wie unter einem unwiderstehlichen Zwang. Und auch jetzt war es Liebe, nichts als Liebe, was Elvira zu diesem schrecklichen Bekenntnis trieb.

»Du?« stammelte Robinson ungläubig.

»Ja, ich«, flüsterte Elvira. »Ich habe den Brief geschrieben. Ich habe Freytag zu diesem Mädchen geschickt. Ich habe ihn bei ihr deine Rolle spielen lassen. Von sich aus hätte er das nie geschafft. Ich habe ihm genau gesagt, was er tun sollte!«

»Aber warum?« schrie Robinson entsetzt. »Warum hast du das getan?«

Elvira sah ihn still an. Tränen liefen über ihre Wangen. »Du weißt es doch, Prinz!« stammelte sie. »Ich habe es dir gesagt, als du fortfuhrst. Ich wollte dich von ihr trennen. Ich konnte doch nicht wissen, daß es so tief bei dir saß. Ich dachte ...«

Immer leiser war ihre Stimme geworden. Plötzlich war es mit der mühsam bewahrten Fassung vorbei. Aufschluchzend warf sie sich an Robinsons Brust. Sie schlang die Arme um seinen Hals und weinte hemmungslos. Es war der Schmerz der hoffnungslosen Liebe, der Verzweiflung, die sie so lange stumm mit sich herumgetragen hatte. Jetzt brach sich alles Bahn.

Robinson fand kein Wort der Anklage. Eine dunkle Ahnung sagte ihm, daß das Schicksal selber die Fäden gesponnen hatte, daß sie nicht Treibende, sondern Getriebene gewesen waren.

Er strich mechanisch über ihre Haare. Er hielt sie im Arm und ließ sie sich ausweinen. Nein, er fand keine Anklage gegen sie.

»Das hast du getan, weil du mich liebst?« sagte er bitter. »Was ist das für eine Liebe, die so etwas fertigbringt!«

Mehr sagte er nicht.

»Wirst du mir das jemals verzeihen können?« schluchzte Elvira.

»Ich weiß nicht«, sagte Robinson. »Ich weiß gar nichts. Ich bin ganz leer. Nie in meinem Leben bin ich so ohne jeden Gedanken gewesen. Du mußt selber sehen, wie du damit fertig wirst.«

Er löste sich langsam von ihr und ging hinaus. Ihr Weinen klang noch in seinen Ohren, als der stille Wohnwagen längst in der Dunkelheit hinter ihm versunken war.

Renate schrieb in ihrem Hotelzimmer kurz vor der Abreise ein paar Zeilen an ihren Vater. Nach der Unterredung mit Freytags Zwillingsbruder müsse sie augenblicklich nach Mallorca zurück. »Ich weiß nicht, ob Du es verstehst; bitte glaube nicht, ich wollte mich einer endgültigen Aussprache mit Dir entziehen, Vater«, schrieb sie. »Ich werde so schnell wie möglich nach Frankfurt zurückkommen. Aber zunächst ist alles andere unwesentlich.«

Ja, jetzt ging es um andere Dinge!

Seit dem Gespräch mit Robinson war Renate wie gehetzt. Sie

hatte die drückende Stille des Hotelzimmers nicht länger ertragen können. Sie war über eine Stunde ziellos draußen herumgelaufen. Soviel stand fest: Freytag hatte sie belogen! Er hatte bei ihr die Rolle seines Bruders gespielt. Aber – konnte es nicht sein, daß der äußeren Ähnlichkeit der Zwillingsbrüder auch ihre Empfindungen entsprachen? War es nicht möglich, daß Freytag sich beim ersten Blick genauso in sie verliebt hatte wie Robinson?

Während dieser Gedanke mehr und mehr von ihr Besitz nahm, wuchs ihre Unruhe. Sie mußte ihn sprechen! Sie mußte ihn sehen! Sofort! Er mußte ihr sagen, daß er sie liebe, daß er sie vom ersten Augenblick an geliebt habe.

Sie glaubte, diese erlösende Aussprache auch nicht um eine Stunde länger hinausschieben zu können.

Sie eilte zum Flugbüro: Die nächste Maschine nach Mallorca startete erst am folgenden Mittag. Aber es gab noch eine Verbindung über Paris. Damit konnte sie fünf Stunden früher bei ihm sein. Wenn sie nur schon im Flugzeug säße!

Lange stand sie in ihrem Hotelzimmer unschlüssig vor dem Telefon. Eine innere Stimme drängte sie, den Vater anzurufen. Aber was hätte sie ihm sagen sollen? Daß er recht gehabt hatte? Nein, das konnte sie ihm nicht eingestehen.

Sie fuhr sehr früh zum Flughafen hinaus. Ungeduldig stand sie in der verglasten Vorhalle und beobachtete, wie die Reisenden zu den Maschinen auf das Rollfeld geleitet wurden.

Längst war es dunkel, Scheinwerfer spielten über die weite Fläche. Das Dröhnen der Motoren übertönte oft minutenlang jedes andere Geräusch.

Doch der Trubel tat ihr wohl. Es geschah etwas. Jeder Sprung des Uhrzeigers brachte sie ihrem Ziel näher. Flüchtig dachte sie voll Dankbarkeit an Dinah Parker, deren selbstverständliche Hilfe ihr diese Reise ermöglicht hatte. Sie hatte Flugschein, Paß und Papiere schon lange am Schalter abgegeben. Alle Plätze waren bestellt. Aber sie hatte den ersten Platz auf der Warteliste bekommen. Und zum Glück meldete die Maschine aus Stockholm, daß ein Sitz frei würde.

Noch eine halbe Stunde!

Jetzt wurden durch den Lautsprecher die Fluggäste der Pariser Maschine an den Schalter gerufen. Renate reihte sich ein. Sie war schon mit den anderen Reisenden in den abgegrenzten Teil der Halle getreten, der Fluggäste und Wartende trennte. Ihr Gepäck war abgewogen und registriert worden; das Köfferchen hatte seine eigene Reise auf einer der großen Gepäckkarren schon angetreten.

Auf dem Wege zum Rollfeld kam plötzlich eine unauffällig gekleidete ältere Dame auf sie zu. »Fräulein Renate Krabp?« fragte sie höflich.

Renate nickte.

»Dürfte ich einmal Ihren Paß sehen?«

Die Dame trat mit Renate etwas zur Seite. Sie standen nun beide allein. Ein Fluggast drehte sich neugierig um.

›Irgendeine dumme Kontrolle‹, dachte Renate und reichte der Dame arglos ihren Paß. Die Frau schlug die erste Seite auf, musterte das Bild und überflog die Personalangaben. Dann klappte sie den Paß entschlossen zusammen und steckte ihn ein. »Wollen Sie bitte mitkommen!« Renate biß sich auf die Lippen. Eine dunkle Ahnung beschlich sie. »Was erlauben Sie sich?« fragte sie scharf.

Die Frau zog ruhig einen Ausweis aus der Tasche ihres einfachen Kostüms. »Ich komme vom Jugendamt.«

»Deshalb haben Sie noch kein Recht, mich aufzuhalten!«

Die Frau legte ihr sanft die Hand auf den Arm. »Doch, ich habe sogar die Pflicht, Sie an der Ausreise zu hindern.« Renate schob die Hand gereizt weg. »Lassen Sie mich los!« fauchte sie.

Die Frau faßte nun mit erstaunlich hartem Griff zu. »Seien Sie nicht unvernünftig, Fräulein Krabp!« Sie deutete auf zwei Polizisten im Hintergrund. »Oder wäre Ihnen diese Begleitung lieber?«

Sekundenlang war Renate versucht, den Paß an sich zu reißen und in die wartende Maschine zu flüchten. Dann gab sie nach, aber sie machte energisch ihren Arm frei. »Ich möchte nicht angefaßt werden«, sagte sie. »Ich komme freiwillig mit.«

Sie verließen das Flughafengebäude. Ein paar Neugierige blickten hinter ihnen her. Draußen sah Renate ein Auto. Einen großen schwarzen Wagen. Ein Mann in grauer Livree riß die Wagentür auf und zog die Mütze: Willi!

Die Beamtin blieb dicht hinter Renate stehen. Es gab keinen Ausweg. Renate stieg ein. Im Halbdämmer erkannte sie ihren Vater. »Guten Abend, Renate«, sagte er mit brüchiger Stimme. Sie sank neben ihm ins Polster, aber sie antwortete nicht.

»Soll ich mitfahren?« fragte die Frau von draußen.

»Nein, danke«, murmelte Krabp.

Halb ohnmächtig vor Zorn und Enttäuschung sah Renate, wie die Frau ihrem Vater den Paß reichte. Der Wagen fuhr an.

»Es tut mir leid, daß ich zu diesem Mittel greifen mußte«, sagte Krabp nach einer Weile bekümmert. »Aber wenn ein Kind nicht selber genug Einsicht hat...«

Renate war so wütend, daß sie nicht antworten konnte, selbst wenn sie gewollt hätte. Sie sah sich nur als Gefangene. Man hatte ihr eine Falle gestellt, und sie war ahnungslos hineingetappt. Ihr Vater hatte wieder einmal seinen Willen durchgesetzt. Erst kurz vor Homburg entschloß sie sich zu sprechen. »Du wirst von mir kein Wort mehr hören!« sagte sie kalt.

Krabps Atem ging schwer. Seine Hände spielten nervös mit dem Stockgriff. »Das kann ich dann nicht ändern, Kind. Das kommt zu all dem Unrecht hinzu, das du mir schon angetan hast.«

In Homburg ging Renate wortlos in ihr Zimmer.

Die vertrauten Räume ihrer Kindheit erschienen ihr wie ein Gefängnis, aus dem sie immer wieder zu entfliehen versuchen würde. Aber ohne Paß? Jetzt erst begriff sie, wie empfindlich der Vater sie getroffen hatte.

Und auf Mallorca wartete Freytag! Sie sah ihn einsam auf der Terrasse stehen und sehnsüchtig in die Nacht spähen. Sie mußte ihn sprechen. Es war so wichtig, von ihm zu hören, daß er dieses Doppelspiel nur aus Liebe zu ihr begonnen hatte. Dann war alles gut. Aber er mußte es ihr sagen.

Sie hätte schreien mögen vor Wut, etwas zerschmettern, den Spiegel zerschlagen, aber sie nahm sich zusammen. Sie mußte kühl und nüchtern bleiben, um keine Fluchtchance zu verpassen.

Sie nahm zwei starke Schlaftabletten. Trotzdem war die Nacht wie ein einziger Alptraum.

Am anderen Morgen ging Renate zur gewohnten Zeit ins Frühstückszimmer. Sie war bleich und innerlich wie zerschlagen. Aber sie hatte sich mit der größten Sorgfalt gekleidet und hielt sich straff. Als ihr Vater hereinkam und mit einem knappen Gruß ihr gegenüber Platz nahm, nickte sie förmlich. Auch Krabp wirkte gewaltsam beherrscht. Seine Lippen waren schmal, sein Gesicht war faltig und grau. Nach dem Kaffee erhob er sich. »Ich erwarte dich in einer halben Stunde im Reisekostüm. Fräulein Buhrmann hat schon alles gepackt«, sagte er ruhig und ging hinaus.

Renate eilte in ihr Zimmer. Im Flur traf sie Willi mit einem Koffer. Er wich ihren Augen aus.

Im Ankleideraum erkannte sie mit einem einzigen Blick über Schränke und Koffer, daß an eine Abwesenheit von längerer Dauer gedacht war. Sie eilte in den Salon und schlug die Tür hinter sich zu. – Was sollte sie tun? Was nützte es ihr, wenn sie darauf bestand, in Homburg zu bleiben? Nichts. Sie mußte ihren Paß wiederbekommen, und die Möglichkeit dazu war unterwegs zweifellos größer als in Homburg.

Die schwarze Limousine wartete vor dem Haus. Das Gepäck war verstaut. Dr. Krabp saß wie immer rechts im Fond.

Es wurde eine lange Fahrt. Das selbstauferlegte Schweigegebot wurde für Renate zur gleichen Nervenbelastung wie für den Vater. Schulter an Schulter saßen sie nebeneinander. Sie sahen schweigend aus den Fenstern. Sie stiegen schweigend zu den Mahlzeiten aus. Nur abends, als sie in Basel ihre Hotelzimmer aufsuchten, sagte Dr. Krabp: »Ich hoffe, du ersparst es mir, die Polizei hinter dir herzuhetzen.«

Renate warf den Kopf in den Nacken. Sie nickte eisig und verschwand hinter ihrer Zimmertür.

Nein, sie entfernte sich nicht. Aber sie schrieb eine Karte an Freytag. Sie sei aufgehalten worden und käme erst in einigen Tagen. Er solle nicht die Geduld verlieren. »Bald bin ich wieder bei dir, und dann für immer!«

Sie ließ den Hausdiener kommen und beschwor ihn, die Karte gleich aufzugeben.

Am folgenden Nachmittag durchfuhr der Wagen bei trübem Wetter ein gewaltiges Tor in einer hohen Bruchsteinmauer und hielt vor einem langgestreckten, altertümlichen Gebäude, das in einem weiten Park hoch über dem Genfer See lag.

Man konnte in den leichten Nebelschwaden einige benachbarte Wirtschaftsgebäude erkennen. Ställe, eine Reithalle, ein Schwimmbecken und Tennisplätze. Über der Haustür war eine lateinische Inschrift in den Sandstein gemeißelt. »Nicht für die Schule, sondern fürs Leben lernen wir.« Renate brauchte es gar nicht zu lesen. Sie wußte längst, daß ein Internat vor ihr lag. Sie hatte es von Anfang an geahnt.

»Die Frau Direktorin erwartet Sie schon, Herr Dr. Krabp«, sagte eine junge Dame in der Halle. Und zu Renate: »Ich freue mich, Sie kennenzulernen. Ich hoffe, Sie werden sich wohl bei uns fühlen, Renate. Ich heiße Marie-Anne.« Sie führte ihre Gäste durch einen dämmrigen Gang und ein kleines Vorzimmer in einen hohen Raum mit schönen Barockmöbeln.

Die Direktorin, eine Alte Dame mit silberweißen Haaren und stahlblauen Augen, kam hinter einem breiten Schreibtisch hervor und bat Vater und Tochter, Platz zu nehmen. Ihre natürliche Würde verriet, daß sie gewohnt war, mit den Großen dieser Erde umzugehen. In ihren Gobelinsesseln hatten schon Könige gesessen.

»Eine Indisposition meiner Tochter stellte sich zum Glück als harmlos heraus«, sagte Krabp wie nach einem auswendig gelernten Rollenbuch, »sonst hätten wir uns schriftlich angemeldet, nicht telegrafisch.«

»Bitte, das macht gar nichts«, sagte die Direktorin höflich. Und zu Renate: »Ich hoffe, daß Sie ganz wiederhergestellt sind. – Wie lange haben Sie sich den Aufenthalt hier gedacht, Herr Dr. Krabp?«

»Zunächst zwei Jahre«, antwortete Krabp mit Bestimmtheit. Er reichte ihr einen größeren Briefumschlag. »Hier sind die Papiere meiner Tochter, auch ihr Paß. Den möchten Sie doch sicher in Verwahrung nehmen.«

Die Direktorin blickte schnell zwischen Vater und Tochter hin und her. »Das ist eigentlich bei uns nicht« – sie zögerte – »nicht nötig. Aber natürlich nehme ich den Paß gern an mich.« Sie legte den Umschlag auf ihren Schreibtisch.

»Ich bitte darum», antwortete Krabp.

Pause.

»Größere Geldbeträge müßten allerdings bei mir deponiert werden«, sagte die Direktorin gedehnt.

Krabp streifte Renate mit einem flüchtigen Blick. Über Geld hatten sie bisher noch nicht gesprochen. Aber nach dem Vorangegangenen war er sicher, daß sie kaum noch etwas besaß.

Renate biß sich auf die Lippen. Gespannt und zum Äußersten entschlossen, wartete sie.

Doch der Vater winkte ab. »Größere Geldbeträge hat meine Tochter nicht bei sich«, sagte er schnell, um die peinliche Szene abzubrechen. »Taschengeld werde ich immer regelmäßig überweisen.«

Renate brauchte alle Kraft, um nicht erleichtert aufzuatmen. Zum Glück sah niemand sie an. Dr. Krabp hatte sich an die Direktorin gewandt. »Wir haben wohl noch Gelegenheit, uns über einige Fragen zu unterhalten? Ich muß nämlich schon in einer Stunde zurück.«

Die Vorsteherin nickte. »Dann wollen wir gleich einmal einen Rundgang machen. Bitte sehr, Herr Dr. Krabp! – Kommen Sie, mein Kind!«

Sie gingen einen langen Korridor entlang. Die Vorsteherin öffnete hier und da Türen und gab Erklärungen. Da war ein Speisesaal. Ein Fernsehzimmer. Mehrere Leseräume. Ein kleiner Tischtennisraum. Alles weitläufig und geschmackvoll und erstaunlich modern. Renate zeigte für alles ein gutgespieltes Interesse. Niemand konnte ihr ansehen, was sie dabei dachte: ›Ein Gefängnis! Wie komme ich hier wieder ’raus?‹

Im Obergeschoß lagen die Aufenthaltsräume der Schülerinnen. Zwei Mädchen bildeten eine Wohngemeinschaft. Sie hatten einen gemeinsamen Wohnraum, an den sich zwei Einzelschlafzimmer anschlossen. Viele Türen standen offen. Lebhafte Stimmen, Lachen und Gesang drangen in den Korridor.

»So, das ist Ihr Zimmer«, sagte die Direktorin endlich und öffnete eine Tür. Zwei Mädchen legten ihre Zeichenblocks auf den Tisch und erhoben sich mit neugierigen Blicken. Die Direktorin schob Renate vor. »Das ist Jacqueline Meunier, und das ist Ingrid Larsen. Aber die sind nur zu Besuch hier, weil sie von Peggys großartigen Kopien lernen wollen«, fügte sie mit feinem Lächeln hinzu. »Ihre eigentliche Zimmernachbarin, Peggy Williams, unsere beste Zeichnerin, liegt gerade mit einer Mittelohrentzündung im Krankenhaus. Sie wird aber in ein paar Tagen zurück sein. – So, Kinder, nun macht euch ein bißchen miteinander vertraut.« Sie öffnete die Tür zum Flur. »Herr Dr. Krabp, ich stehe zu Ihrer Verfügung.«

Krabp ging schleppend hinaus. Die Tür schloß sich.

Renate starrte vor sich hin. Sie hörte nichts von dem zutraulichen Geplauder der beiden Mädchen. Ihr war plötzlich elend zumute. Da ging der Vater weg. Ihr Paps. Er hatte sie nicht mehr angesehen. Nun saß sie allein in diesem Gefängnis. Ohne die Nähe eines einzigen vertrauten Menschen.

Sie deckte die Hand über die Augen.

Dann eilte sie zur Tür. »Augenblick, bitte«, sagte sie hastig, »ich bin sofort wieder da!«

Der Flur war leer. Sie huschte zur Treppe, lief die Stufen hinunter – etwas trieb sie, das stärker war als alle Überlegung.

Die Tür zum Vorzimmer der Direktorin war nur angelehnt. Sie trat ein, blieb tief aufatmend stehen. Nebenan wurde nun über ihr Schicksal verhandelt. Als sei sie ein unmüdiges Kind.

Ihre Erregung stieg. Sie kopfte und trat sofort ins Direktionszimmer. Der Raum war leer!

Die Vorsteherin mußte mit ihrem Vater noch unterwegs sein.

Renate drehte sich auf dem Absatz um. Da blieben ihre Augen an etwas Hellem hängen: Drüben auf dem Schreibtisch leuchtete der große gelbe Umschlag, den der Vater der Direktorin übergeben hatte. – Der Paß! Es durchzuckte sie wie ein Blitz. Der Paß! Alles andere war vergessen.

Mit zwei Schritten war sie beim Tisch. Sie riß den Umschlag auf, durchwühlte mit zitternden Fingern die Papiere. – Da war er!

Sie schob das kleine kostbare Heft blitzschnell in ihre Bluse. Sie steckte die anderen Papiere zurück, legte den Umschlag auf denselben Platz und jagte nach einem letzten Rundblick aus dem Raum. Kaum drei Minuten hatte das alles gedauert, dann stand sie schon wieder in ihrem Zimmer. Sie riß das Fenster auf, atmete tief die regenfeuchte Luft. Ein Geräusch traf ihr Ohr. Sie beugte sich über die breite Brüstung weit hinaus.

Unten stand die schwarze Limousine. Willi hatte gerade den Schlag zugeworfen. Nun stieg er ein. Der Wagen setzte sich in Bewegung, glitt um ein Rasenrondell zum Tor – verschwand. Atemlos, mit trockenen Augen starrte Renate hinter ihm her.

21

Als Robinson den Wohnwagen verlassen hatte, war es später Abend. Das Gespräch mit Elvira hatte ihn nur noch tiefer aufgewühlt. Schmerz, Wut und Verzweiflung durchtobten ihn. Nie vorher war ihm das Leben so sinnlos erschienen.

Was jetzt?

Er lief lange durch die Straßen der Frankfurter Innenstadt. Er hatte keine Lust, in seine erbärmliche Bude zurückzukehren. Die Nachtschicht begann erst um zwei Uhr morgens. Aber wozu sollte er überhaupt noch arbeiten?

Ja, jetzt hatte er Klarheit! Fürchterliche Klarheit! Er konnte das verstörte Gesicht Renates nicht vergessen, die grenzenlose Verzweiflung in ihren Augen. War sie nicht noch tiefer getroffen als er? Er war ein Mann. Er konnte sein Schicksal in die Hand nehmen. Sie war ihrer ersten Liebe gefolgt und betrogen worden. Wie furchtbar mußte das Leben für sie werden, wenn sie Freytag erst durchschaut hatte!

Je länger er über all das nachdachte, desto mehr wuchs sein Verlangen, Renate noch einmal zu sehen. Noch einmal zu sprechen.

Wie unter einem Zwang schlug er den Weg zu ihrem Hotel ein. Als er am Empfang nach Renate Krabp fragte, war seine Stimme beherrscht und ruhig.

»Fräulein Krabp ist vor etwa einer Stunde abgereist!« Der schwarzgekleidete Empfangschef wollte sich schon wieder abwenden.

»Abgereist?« fragte Robinson ungläubig. »Ich habe doch noch um fünf Uhr mit ihr gesprochen!«

Nun erinnerte sich der Empfangschef, diesen Herrn im Gespräch mit Fräulein Krabp gesehen zu haben. »Fräulein Krabp fliegt mit dem Nachtflugzeug nach Paris, von dort aus, soweit mir bekannt ist, gleich weiter nach Palma de Mallorca.«

»Wissen Sie die Adresse?« fragte Robinson mit trockenen Lippen.

»Hotel Formentor«, sagte der Empfangschef über seine Bücher hinweg.

Robinson vergaß fast zu danken. Er stolperte aus der Halle.

Da stand er nun wieder in der flimmernden Unruhe der nächtlichen Großstadtstraßen. An demselben Platz wie vor wenigen Stunden. In diesen Stunden aber hatte sich ihm die ganze Höhe, die ganze Tiefe des Daseins offenbart!

Renate war fort.

Wenn er auch jetzt noch nicht glauben konnte, daß sie ihm für alle Zeiten verloren war, so war sie doch unerreichbar. Auf einer fernen Trauminsel. In einem Luxushotel.

Und neben ihr saß Freytag.

Robinson sah ihn deutlich vor sich, wie er sich in einem Liegestuhl rekelte und seine frechen Blicke an dem ahnungslos liebenden Mädchen vorbei zu anderen Frauen tändeln ließ.

Mochte Elvira hundertmal die Intrige eingefädelt haben – gehandelt hatte Freytag! Freytag hatte Renate betrogen und gleichzeitig seinen eigenen Bruder verraten!

Dreihundertneunundsiebzig Mark kostete die Reise. Dieses Geld mußte aufgetrieben werden!

Wieder wechselte Robinson die Richtung. Noch einmal wanderte er den weiten Weg zu dem Wohnwagen.

Diesmal öffnete Möckel selber. Überraschung und herzliche Freude malten sich auf seinem Gesicht. Er schloß Robinson in die Arme. »Robinson, mein Junge, ich habe dich so lange nicht gesehen! Wie geht es dir? Du machst dich viel zu rar!«

Sie waren allein. Das erleichterte es Robinson, sein Anliegen vorzubringen. Elvira hatte dem alten Mann anscheinend nichts von dem Vorgefallenen erzählt, denn Möckel sagte harmlos: »Setz dich, mein Junge, hier, nimm eine Zigarette. Hin und wieder ein gutes Kraut in die Luft gepafft, das ist das beste Ventilatum für die Nerven!«

Nein, dieses harmlose Gemüt ahnte nichts von den furchtbaren Verstrickungen.

»Möckel«, begann Robinson entschlossen, »ich habe eine große Bitte. Ich brauche Geld! Viel Geld! Ich brauche dreihundert Mark! Kannst du sie mir leihen?«

»Aber gewiß, aber natürlich, aber selbstverständlich! Momentan!« Möckel war selig, daß Robinson ihn um Hilfe anging. Er begann sofort eine eifrige Sammelaktion. Er mißtraute Banken und Sparkassen seit der Inflationszeit. Er verwahrte sein Geld grundsätzlich in allen möglichen Verstecken seines Wagens: hinter dem Goldrahmen des Hamlet-Bildes, in einem Fach hinter den Schleifen seiner Ruhmeskränze, in Schubladen und Rollenbüchern. Oft hatte er Not, alles wiederzufinden.

»Ich gebe dir eine Quittung«, sagte Robinson, »und zahle es dir so bald wie möglich zurück. In Raten. Anders geht es nicht.«

Der Alte legte seine welken Hände still über die des jungen Mannes. »Du wirst mich nicht isolieren! Du bist mein Prinz, und du sollst mir die Freude, dir zu helfen, nicht mit einem Wermutstropfen vergällen! Solange ich noch einen Pfennig habe, gehört er auch dir, mein Sohn. Dein Vater Möckel ist längst noch kein armer Mann, und im nächsten Frühjahr . . .« Möckel wollte nach seiner Lieblingsgewohnheit wieder eine neue glänzende Fata Morgana hervorzaubern, doch Robinson unterbrach ihn.

»Ich danke dir, Möck! Ich danke dir von Herzen. Ob du es

willst oder nicht, du bekommst das Geld wieder. Du hast mir mehr damit geholfen, als du ahnen kannst.«
Robinsons Augen sahen über den alten Mann hinweg. Seine Gedanken eilten schon ungeduldig voraus. – ›Mallorca!‹ brannte es in ihm. Jetzt würde er hinkommen. Jetzt würde er mit Freytag abrechnen! Und – er würde Renate Krabp wiedersehen!

Nur noch eine Nacht trennte ihn von der Verwirklichung seiner Pläne! »Flug jeden Donnerstag«, hatte auf dem Plakat gestanden. Heute war Mittwoch. Ob er noch einen Platz für den nächsten Tag bekommen würde?

Es mußte gelingen! Er mußte weg!

Aber jetzt war es, als fügten sich die Dinge von selber. Als bestimme ein höherer Wille den Ablauf der Ereignisse. Der Stein war ins Rollen gekommen.

In der Maschine für den Mallorcaflug war noch ein Platz frei. Robinson erledigte alle Formalitäten, packte die wenigen Sachen, die er mitzunehmen hatte, und wartete auf den Start.

Während des langen Fluges saß er stumm und starr auf seinem Sitz. Er achtete mit keinem Blick auf die Schönheiten des Südens, die sich unter den Flügeln der Maschine ausbreiteten. Das Ah! und Oh! der Mitreisenden hörte er gar nicht. Etwas Unheilvolles ging von ihm aus; niemand hatte Lust, ihn anzusprechen.

Die Maschine landete gegen Abend auf dem Flugplatz der Insel in Palma de Mallorca. Vor dem Rollfeld waren schon die Autobusse aufgefahren, um die Reisegesellschaft nach Pollensa zu bringen. Der Unterschied zwischen dem naßkalten Novemberwetter Frankfurts und der spätherbstlichen warmen Atmosphäre der Insel war betäubend.

Die Fluggäste gerieten in einen Stimmungsrausch, als hätten sie Sekt getrunken. Robinson spürte nichts davon. Er zögerte, bevor er sich mit den anderen in einen der Autobusse verfrachten ließ. Am liebsten hätte er die Suche nach Renate und Freytag sofort aufgenommen.

Hotel Formentor! Das hatte er sich gemerkt. Das würde er nicht vergessen. Das war sein Ziel. Gleich nach der Ankunft im Touristenhotel erkundigte er sich am Empfang.

Der Hotelier war sichtlich beeindruckt. »Formentor! Sehr gutes Hotel. Luxusklasse. Weltberühmt!« sagte er mit südländischer Lebhaftigkeit. »Liegt auf der anderen Seite der Bucht. Mit dem Motorboot zu erreichen. Auf einer Halbinsel. Sie können auch mit dem Wagen fahren. Herrliche Aussicht! Darf ich dem Señor morgen einen Wagen bestellen?«

Robinson winkte ab. Es gab einen Weg nach Formentor. Er würde ihn laufen. Die ganze Insel würde er ablaufen. Auch wenn sein Geld nicht so knapp wäre!

Aber heute war es zu spät. Wie ein Stein fiel er ins Bett. Fast zweimal vierundzwanzig Stunden hatte er nicht geschlafen.

Am nächsten Vormittag machte er sich auf den Weg.

Die Touristen, die ihn in ihren Autos überholten, waren gut gelaunt und fragten von sich aus, ob er mitfahren wolle. Nach zweimaligem Wagenwechsel erreichte er in den frühen Nachmittagsstunden die Bucht von Formentor.

Schon ein gutes Stück vor dem Hotel stieg er aus. Er hatte sich überlegt, daß er Verwechslungen mit seinem Bruder unbedingt aus dem Wege gehen mußte.

Er kletterte auf einem zerklüfteten Pfad den Felsen hinauf und ließ sich nieder. Unter ihm lag die Bucht. Der Wind atmete leise. Die See rauschte. Die buschigen Kronen der Pinien fächelten leicht. Unten sah er den weißen Mauerblock des Hotels aus den Wäldern aufragen. Draußen schaukelte eine weiße Luxusjacht im blauen Meer.

Es war genau das Bild, das das Plakat in Frankfurt in so verlockenden Farben gezeigt hatte.

Ja, hier herrschte Frieden. Hier war nichts zu spüren vom gehetzten Pulsschlag der Welt. Hier verschwendete sich die Natur in der maßlosen Üppigkeit des Südens. Aber so hinreißend dieses märchenhafte Bild auch war, seine Gedanken kreisten nur um die kommende Auseinandersetzung.

Freytag mußte er aber zuerst zur Rede stellen. Aus Freytags Mund sollte Renate die Geschichte dieses niederträchtigen Betruges erfahren.

Und wenn Freytag nicht wollte?

Nun, so mußte er gezwungen werden.

Stunden verrannen. Gedankenversunken saß Robinson in dem kleinen Gehölz hoch über dem Meer und sah wenig von der paradiesischen Schönheit seiner Umgebung.

Der Abend kam schnell. Die Farben leuchteten noch einmal in verschwenderischer Fülle auf, dann versanken sie weich im Grau der Dämmerung. Die Pinienwälder wurden schwarz und geheimnisvoll, nur der Himmel bewahrte lange noch einen zarten rötlichen Schimmer. Es wurde kühl.

Robinson erhob sich. Er zog den Mantel an und schlug den Kragen hoch. Dann setzte er die breitrandige Hornbrille auf und zog den Hut tief in die Stirn. Flüchtig dachte er daran, daß er so stets durch die Zeltreihen gegangen war, damals, als sie noch über die Jahrmärkte zogen.

Den steinigen Weg zum Hotel hinunter passierte er gewandt und schnell. Unter seinen Sohlen lösten sich kleine Steine, hüpften den Hang abwärts, wuchsen zu einer kleinen Lawine – sekundenlang stand Robinson, von Unnennbarem angeweht, und lauschte, wie das Prasseln in der Tiefe verklang.

Dann ging er entschlossen weiter.

Nein, er würde nicht ins Hotel eintreten und dort nach Freytag und Renate fragen. Er mußte jemanden suchen, der ihm Auskunft geben konnte. Vorsichtig mied er die breite Straße vor dem hellerleuchteten Gebäude und betrat sie erst bei den Hotelgaragen. Auf einem Mauerstück saßen einige Fahrer und schwatzten.

Robinson zog eine Packung Zigaretten aus der Tasche und näherte sich ihnen. Sie unterbrachen ihr Gespräch und starrten ihn abschätzend an. Robinson fragte nach Herrn Gomela, erst auf deutsch, dann auf englisch. Das Spanisch seiner frühen Kinderjahre hatte er völlig vergessen.

Die Männer schüttelten verständnislos den Kopf. Auch der Name Krabp schien ihnen nichts zu sagen.

»Parlez français!« sagte einer, ein Krauslockiger mit pfiffigem Gesicht.

Nun war alles einfach. Robinson brauchte Renate nur zu beschreiben, ihre blonden Haare, ihre blauen Augen, da klärten sich die Mienen auf.

»Ah, la belle Allemande!«

Mit viel Schnattern und Gestikulieren wurde ihm nun der Weg zu dem Haus beschrieben, das die »schöne Deutsche« bewohnte.

Der Krauslockige zerrte Robinson noch ein Stück die Straße hinunter, damit er sich ja nicht verlaufen konnte.

Ohne Mühe fand Robinson die schöne weißgekalkte Villa. Er spähte durch die Büsche. Auf der Terrasse zum Meer brannte Licht.

Vorsichtig drückte er sich am Zaun entlang. Er wollte Freytag unter allen Umständen allein sprechen. Die Terrasse lag offen vor ihm. Seine Augen zogen sich zu schmalen Schlitzen zusammen. Aber dann weiteten sie sich. Was er jetzt sah, ließ seinen Herzschlag für Sekunden stocken.

Den Bruder erkannte er sofort. Freytag lümmelte sich in einem tiefen Korbsessel. Das Licht der Lampe fiel hell auf sein Gesicht. Auf dem Tisch standen Gläser und Flaschen.

Eine Frau saß Freytag gegenüber. Es war nicht Renate, das sah er sofort, obwohl sie ihm den Rücken zuwandte. Freytag sprach mit ihr wie mit einer vertrauten Freundin. Er griff nach ihren Händen. Er zog sie an sich.

Wer war das? Ein Gast? Eine Bekannte? War Renate im Haus?

Hastig prüfte Robinson die Umgebung. Weit und breit kein Mensch; er konnte sich ruhig näher heranpirschen. Die beiden auf der Terrasse waren viel zu beschäftigt, als daß sie auf die Umgebung geachtet hätten.

Als Robinson sich ganz nah an die Terrasse herangearbeitet hatte, erhoben sie sich gerade. Die Frau stand im vollen Licht. Robinson sah sie nah, als könne er sie greifen. Ein Geschöpf von raubtierhafter Anmut, schön, elegant, nicht mehr ganz jung – eine erfahrene Frau. Ihre feingezirkelten Nasenflügel bebten, ein sinnlich lockender Mund, betörende, verführerische Augen. Freytag warf den Arm um ihre Schultern und preßte sie heftig an sich. Eng umschlungen schritten sie ins Haus. Hinter einem Fenster flammte rötliches Licht auf. Verlosch. Dann lag das Haus wie unbewohnt.

Regungslos stand Robinson in der Dunkelheit. Alles in ihm war Scham und Empörung. Er biß sich die Lippen blutig. Langsam, Schritt für Schritt, tastete er sich bis in die Nähe des Eingangs. Und wenn er die ganze Nacht hier warten mußte – einmal würde Freytag herauskommen!

Er brauchte nicht lange zu warten. Nach einer halben Stunde öffnete sich die Haustür.

Freytag hob Dinah Parker über die Schwelle. Er beugte ihren Kopf zurück und küßte sie lange.

Fest aneinandergepreßt schritten sie zum Tor; fest aneinandergeschmiegt gingen sie denselben Weg, den Robinson gekommen war. Sie tauschten unbekümmert Zärtlichkeiten, sie lachten und scherzten in der Dunkelheit – es war weithin zu hören.

Robinson folgte ihnen. So sah Freytags Liebe zu Renate aus!

Renate! Wo mochte sie bloß sein?

Am Bootssteg gab es noch eine hastige, heiße Umarmung. Dann sprang die Frau leichtfüßig in das wartende Motorboot.

Freytag schlenderte sorglos pfeifend weiter. Es sah aus, als wolle er zum Hotel hinüber. Vielleicht wurde er dort von einer dritten Frau erwartet.

Lautlos trat ihm Robinson aus der Dunkelheit in den Weg. Er nahm die Brille ab und riß den Hut vom Kopf.

Freytags Fuß stockte. Sein Pfeifen brach jäh ab. Er starrte den Bruder wie eine Geistererscheinung an.

Endlich faßte er sich. Er versuchte, die Lage mit ein paar saloppen Worten zu meistern, aber es gelang nicht recht. Mehrfach setzte er an. – »Wo kommst du denn . . .? Was suchst du denn . . .?« Er mußte sich die Lippen anfeuchten, bevor er weitersprechen konnte.

Robinson schwieg. Es war ein unheimliches, ein drohendes Schweigen.

Freytag schluckte. Aber er war hart, er fing sich schnell. »Sprachlos vor Freude, wie?« Er lachte ironisch. »Sollen wir hier anwachsen? – Wo wohnst du denn?« setzte er hinzu, um Robinson abzulenken.

Keine Antwort, Robinson stand in seinem Weg, drohend aufgereckt, die Hände tief in die Taschen des Mantels vergraben.

»Nun mach kein Theater!« sagte Freytag mit unverkennbarer Unruhe. »Was willst du hier? Was ist los?«

Endlich sprach Robinson. Seine Stimme war kalt: »Ich habe mit dir zu sprechen. Allein! Aber nicht hier!«

Freytag war es an dem Fleck schon lange unbehaglich. »Na, dann komm«, sagte er kurz und ging an Robinson vorbei.

Er wollte rasch die helle Straße erreichen, aber er kam nicht weit. Er fühlte sich mit hartem Griff am Ellbogen gepackt.

»Ich habe gesagt: allein!« zischte Robinson. »Hier braucht niemand zu wissen, daß wir Zwillinge sind. Das ist wohl auch in deinem Interesse.«

Er zerrte Freytag den Weg hinauf, von dem er zur Bucht herabgestiegen war. Freytag folgte betreten. Als sie drei Viertel der Höhe erklommen hatten, blieb Robinson unvermittelt stehen. Er zwang den Bruder zum Halten.

»Du lebst mit Renate Krahn zusammen?« fragte er gewaltsam beherrscht. Es war mehr eine Feststellung als eine Frage.

Freytags Blick bekam etwas Lauerndes. »Das geht dich eigentlich nichts an. Aber wenn es dich interessiert: ja. Das heißt, augenblicklich ist sie nicht da. Der Kies war uns ausgegangen. Renate holt neuen!« Er redete wie gehetzt. Robinsons finstere Einsilbigkeit war ihm unheimlich.

»So. Herr Krabp wird das traute Beisammensein bestimmt gern finanzieren.« Robinson trat einen Schritt näher. »Und wie hast du dich an sie herangemacht? Wie hast du sie – erobert, wenn man so sagen soll?«

Nun war es Freytag, der schwieg. Sie standen oberhalb der Bucht vor Formentor. Neben ihnen fiel der Felsen steil zum Meer hinab. Die See lag ruhig. Gleichmäßig rauschten die nachtschwarzen Wellen gegen den Strand. Der Mond stand hoch über dem Wasser und zauberte silberne Fäden über den Horizont.

»Ich will es dir sagen.« Robinson verlor die Beherrschung, seine Stimme bebte. »Du hast sie betrogen! Das weißt du doch sehr genau! Du hast auch mich betrogen! Du bist der größte Lump, der auf Gottes Erdboden herumläuft. – Und du bist mein Bruder?« Das war wie ein Aufschrei. Ein Aufschrei der Empörung und der Anklage.

Freytag räusperte sich. »Nun mach bloß nicht so viel Wellen, Rob!« Er bemühte sich, das Gespräch in die Hand zu bekommen. »Betrug? Quatsch! Das Mädchen liebt mich eben. Nimm's bloß nicht so tragisch! Wer kann denn dafür? Ich jedenfalls nicht!«

Daß ihm nicht recht wohl war bei diesen Worten, war genau zu hören. Aber noch glaubte er, Robinson beschwichtigen zu können. »Dein Pech, Rob, gewiß. Aber doch nicht meine Schuld. Schließlich ist sie ganz von selbst zu mir gekommen.«

»Zu dir gekommen?« Robinson ballte drohend die Hände. Freytag duckte sich instinktiv.

»Du meinst, du hast sie mit einem gemeinen Trick belogen und dann . . .«

Sie standen voreinander wie Kämpfer, die auf das Gongzeichen für den ersten Schlag warten. Aber dieser Abschluß kam Robinson noch zu früh. Er ließ die Hände sinken und sprach angestrengt leise weiter: »Ich habe Fräulein Krabp in Frankfurt gesprochen. Sie weiß alles. Und ich werde dir schon beibringen, was du ihr zu sagen hast. Jetzt möchte ich erst etwas anderes wissen: Wer war die Frau, die du eben zum Boot gebracht hast?«

Freytag versuchte zu lachen. »Du hast ja gut aufgepaßt. Das geht dich zwar einen Dreck an, aber es ist kein Geheimnis. Diese

Dame ist eine Bekannte, eine Amerikanerin. Klassefrau! Autos, Jacht, Häuser, Dollars wie Sand am Meer. Ist mir hier zugelaufen. Man ist schließlich kein Mönch. Aber möchtest du mir nicht endlich sagen, was dieses blöde Verhör soll?«

Eine breite silbrige Bahn des Mondes lag quer über dem Weg. Die beiden Brüder wirkten in dem gleißenden Licht wie Schattenbilder. Dicht neben ihnen gähnte der Abgrund, aber die glänzende Meeresfläche ließ ihn vergessen.

Bis dahin hatte Robinson mit aller Kraft an sich gehalten. Freytags frivoles Bekenntnis nahm ihm den letzten Rest seiner Selbstbeherrschung. Seine Faust fuhr hoch. Sie traf Freytags Gesicht. Noch einmal. Und noch einmal. »Das soll es!« keuchte Robinson. »Und das! Du Schuft!«

Freytag taumelte unter dem unerwarteten Angriff zurück. »Ach, auf das bist du aus, mein Bürschchen?« knurrte er. »Warte! Das sollst du haben!« Ihm war jetzt wohler zumute. Prügeln, das war seine Welt. Dieser Milchjunge hatte früher jede Schlägerei verabscheut. Mit dem würde er fertig werden!

Aber Robinsons Faust war durch die harte Arbeit vieler Wochen gestählt. Sie schlug mit unbarmherziger Wucht zu. Das war keine Prügelei mehr. Das war ein vulkanischer Ausbruch uralter Haßgefühle, die lange Jahre unter einer dünnen Kruste von Gewohnheit und Duldung geschlummert hatten. Der Wille abzurechnen vernebelte jeden klaren Gedanken in Robinsons Hirn. Dies war der Mensch, den seine Mutter zur selben Stunde wie ihn geboren hatte! Dies war der Mensch, der ihm sein Mädchen gestohlen, ihn verraten und betrogen hatte.

Sein Bruder!

Robinson traf mit knappen, harten Schlägen, rücksichtslos, brutal. Er dachte nicht an die Wunden, die er schlug, dachte nicht an die eigene Deckung. Er trieb Freytag vor sich her. Bis dicht an den Rand des Pfades, unter dem der Berg steil abstürzte. Bäume, Schatten, Mondlicht verzerrten die Konturen der Umgebung. Beide hatten vergessen, wo sie kämpften. Beide dachten keine Sekunde daran, daß sich tief unter ihnen das Meer an den Klippen brach. Sie bluteten beide. Aber Robinson wollte Freytag fallen sehen. Er wollte diese lachende Fratze zeichnen, immer wieder schlug er hinein. Eine Sekunde war Freytags Kinn dekkungslos – Robinson traf es mit voller Kraft.

Freytag taumelte, sackte zusammen. Seine Füße suchten Halt,

seine Arme griffen rückwärts ins Leere. Ein heiserer Aufschrei entrang sich seinem Mund. Dann brechende Zweige – Poltern – Steine prasselten – ein dumpfer Aufschlag . . .

Robinson starrte verstört um sich. Er stand allein im Mondlicht. Er torkelte zum Rande des Abgrundes, versuchte hinabzuspähen, aber vor seinen Füßen gähnte die nachtschwarze Leere.

»Freytag!« schrie er gellend. »Freytag!«

Keine Antwort. In der Tiefe warf sich das Meer gegen die Felsen.

»Freytag!«

Nichts. Kein Laut. Nur das dumpfe rhythmische Rauschen der Brandungswellen.

Mit hängenden Armen stand Robinson und spähte verzweifelt in den Abgrund. Er konnte nichts denken. Er war wie betäubt. In der Dunkelheit konnte er nicht erkennen, wie steil der Felsen vor seinen Füßen abstürzte.

Robinson schrak aus seiner Erstarrung auf. Er mußte helfen. Er mußte etwas tun. Jede Sekunde war kostbar. Er stolperte an der Felskante entlang, als wolle er sich hinabstürzen.

Er versuchte an verschiedenen Stellen, über den Rand zu klettern. Seine Füße tasteten nach einem Halt. Aber wo sie auf Widerstand stießen, setzten sich gleich kleine oder große Steine in Bewegung, die in einer Lawine abwärts rollten. Plötzlich geriet er selber ins Gleiten. Die nackten Felsen boten ihm keine Möglichkeit, sich anzuklammern.

Langsam, unaufhaltsam rutschte er abwärts. Die Hände, die krampfhaft einen Halt suchten, wurden von scharfen Felskanten aufgerissen. Unter ihm, über ihm lösten sich Steine und polterten in den Abgrund. Irgendwo im Fall schlug sein Knie hart auf. Ein heftiger Schmerz durchzuckte ihn und weckte seine Widerstandskraft. Mit Energie klammerte er die Arme um einen nackten Felsvorsprung. In letzter Sekunde fanden seine Füße einen Halt.

Unter ihm lauerte der Tod. Er begriff es mit eisiger Klarheit. Er war bis jetzt nur einen kleinen Teil des Steilhanges hinabgerutscht. Ein Mensch, der die ganze Höhe hinabstürzte, mußte unten unweigerlich zerschmettert liegenbleiben.

Ein Gedanke zuckte in ihm auf, furchtbar und doch verlockend: Jetzt die Hände lösen! Sich fallen lassen in diese unbarmherzige, barmherzige Tiefe!

Er keuchte. Er schloß die Augen. Erst nach einer ganzen Weile kehrte der Lebenswille langsam in seinen ausgepumpten Körper zurück.

Mit äußerster Vorsicht ertasteten seine Füße festere Stellen in der schrundigen Felswand. Mit allen vieren krallte er sich in das Gestein. Zentimeter um Zentimeter zog er sich nach oben. Völlig erschöpft brach er auf einer Felskante zusammen. Dort lag er lange Zeit bäuchlings über der vorspringenden Klippe, bis er Kraft genug fand, sich aufzurichten.

Der Felsvorsprung, der ihn hielt, war nicht breiter als ein Fenstersims. Keine Stütze zur Rechten oder zur Linken. Jetzt, nachdem sich seine Augen an das tiefe Dunkel gewöhnt hatten, erkannte er: Der Felsen fiel senkrecht vor ihm ab. Unten in der mörderischen Tiefe brandete die See. »Freytag!« schrie Robinson mit aller Kraft in das Dunkel hinunter. »Freytag!«

Keine Antwort!

»Er ist tot!« lallte er. »Ich habe ihn umgebracht! Ich habe meinen Bruder erschlagen! – Mein Gott«, stammelte er vor sich hin, »das habe ich doch nicht gewollt! Das kann nicht wahr sein! Das darf nicht wahr sein!«

Die Worte verwehten im Rauschen der Brandung. Die Natur gab keine Antwort. Der nächtliche Himmel wölbte sich majestätisch im Glanz der südlichen Gestirne über Bucht und Meer, über Felsen und Wäldern und über den Häusern, in denen die Menschen ruhig schliefen. Irgendwo seitlich stand ein heller Schimmer. Dort mußte das Hotel liegen. Dort tanzten sie jetzt und ahnten nichts von der Tragödie, die sich ganz in ihrer Nähe abgespielt hatte.

Die Nacht war empfindlich kalt. Robinson fror. Sein Mantel und sein Anzug waren zerfetzt, seine Haut war an vielen Stellen aufgeschürft und aufgerissen. Immer wieder schrie er den Namen seines Bruders in die Dunkelheit hinaus.

»Freytag! – Freytag!«

Er kann irgendwo hängengeblieben sein. Vielleicht liegt er bewußtlos in halber Höhe zwischen scharfen Felsgraten. Ich muß zu ihm, ich muß ihm helfen! Es ist ja nicht wahr, daß er tot ist! Er schweigt nur, um mich noch mehr zu quälen!

Nicht allzu weit von sich entdeckte Robinson einen schmalen Spalt, der sich durch das Gestein nach unten zog.

Er schob sich vorsichtig von seinem Sitz und hangelte mit gespreizten Beinen hinüber. Wieder fiel er. Wieder riß ihm der unbarmherzige Fels die Haut auf. Es war kein Abwärtsgleiten. Es war mehr ein Sturz, viel schmerzhafter als der erste, weil sein zerschundener Körper alle Unebenheiten des rissigen Gesteins nun doppelt hart empfand.

Endlich blieb er irgendwo in halber Höhe hängen. Jetzt war die See näher. Er spähte mit schmerzenden Augen hinab. Er versuchte, jeden Schattenwinkel in der Dunkelheit zu durchdringen.

Lag dort nicht etwas? Konnte das schwarze Etwas da unten nicht ein Mensch sein?

Doch seine Rufe blieben ohne Antwort.

Nein, es gab wohl keine Hoffnung mehr. Sein Untergang schien unabwendbar. Er war nicht nur dazu verdammt, Unheil zu leiden; er war auch dazu verflucht, Unheil zu tun.

In Sekundenschnelle zogen die Bilder der Vergangenheit an ihm vorbei. Die Stationen seiner Liebe.

Renate, hinreißend, lächelnd, auf dem Jahrmarkt. Renate an jenem unseligen Abend, kostbar gekleidet, auf der Treppe des Homburger Hauses, wie sie ihn kalt abwies. Und dann ihr verzweifelter Aufschrei: »Gehen Sie!«

Dazwischen immer wieder Freytags lachendes Gesicht, leichtsinnig, selbstsicher. So hatte er noch vor Stunden auf der Terrasse gesessen.

Endlos währte der verzweiflungsvolle Kampf, den Robinson in dieser Nacht zu bestehen hatte. Immer wieder versuchte er, an der Absturzstelle hinabzuklettern – immer wieder brach er erschöpft zusammen. Alles war umsonst. In der Mitte des Steilufers wölbte sich der Felsen bauchig vor. Hier gab es kein Absteigen mehr; hier gab es nur noch den Sturz in die See.

Als die Sterne zu verblassen begannen, als ein schneidend kalter Luftzug vom Meer her kam und das Nahen des neuen Tages ankündete, als die ersten zartfarbenen Morgennebel die Konturen der Küste verschleierten, gab Robinson die Suche nach seinem Bruder auf.

Wie ein todwundes Tier arbeitete er sich an den Pfad heran, den er in der Nacht mit Freytag emporgestiegen war. Oben, als seine Füße endlich wieder festen Boden fühlten, blieb er wie bewußtlos liegen.

Eine Stunde später raffte er sich auf und stolperte über den Steilpfad bis zur Straße. Völlig zerbrochen, mit hängenden Schultern torkelte er auf Puerto de Pollensa zu.

Ein Lieferwagen des Hotels kam ihm entgegen und faßte ihn im grellen Scheinwerferlicht.

»Hallo, Herr Gomela!« rief eine Stimme. »Mitkommen?« Robinson drehte sich mit einem irren Blick um und hob abwehrend die Hand. Er brachte kein Wort über die Lippen. Er taumelte weiter.

22

Das Pensionat, in dem Dr. Krabp seine Tochter untergebracht hatte, gehörte zu den Instituten, in denen die Töchter der reichsten Familien aus der Alten und der Neuen Welt den letzten gesellschaftlichen Schliff erhielten.

Vor einem halben Jahr noch hätte sich Renate in dem gepflegten Haus, im Kreis der gleichaltrigen Mädchen vielleicht wohl gefühlt. Jetzt, da sie jäh aus dem Leben an der Seite eines geliebten Mannes herausgerissen war, kam es ihr wie eine Kleinkinderschule vor.

Sie hatte kein Auge für die landschaftlichen Schönheiten der Umgebung, sie hatte kein Ohr für die Herzlichkeit der Lehrerinnen und der Mädchen. Und für die Aufgaben des Hauses hatte sie nur ein mitleidiges Lächeln. Von der ersten Minute an suchte sie hinter der Maske sachlichen Interesses nach Fluchtmöglichkeiten.

Erst abends – in ihrem kleinen Schlafzimmer – war sie mit sich und ihren quälenden Gedanken allein. Wenigstens hatte sie ihren Paß wieder. Das war zwar noch nicht die Freiheit, aber ein Mittel, sie zu erringen. Ein Glück, daß sie auf Dinah Parkers Blankoscheck gleich tausend Dollar abgehoben hatte! Noch nicht einmal ein Viertel dieser Summe war bisher verbraucht.

Aber wie sollte sie fortkommen?

Sie warf sich angekleidet auf ihr Bett. Je länger sie wartete, desto schwieriger würde die Flucht werden. Sie war deshalb entschlossen, es gleich in dieser Nacht zu versuchen.

Die Aufregungen der vergangenen Tage ließen Renate in einen unruhigen Halbschlaf fallen. Jede Viertelstunde schrak sie empor und warf einen nervösen Blick auf ihren Reisewecker.

Kurz nach zwei erhob sie sich. Sie zog den Mantel an, steckte die Straßenschuhe in die Taschen und hängte sich die Handtasche um den Hals. Über alles wurde der weite Morgenrock gezogen.

Dann schlüpfte sie lautlos aus dem Zimmer. Eine Weile stand sie lauschend im Flur. Das Haus war dick mit Teppichen und Läufern ausgelegt. In den Korridoren brannten wenige Lampen.

Geräuschlos glitt sie die Treppe hinunter, verhielt auf dem Absatz und spähte ins Erdgeschoß. Das gleiche Schweigen. Die gleiche Leere. Eine alte Standuhr tickte.

Entschlossen huschte Renate zum Portal.

Die riesige Haustür war verschlossen. Der Schlüssel fehlte. Das hätte sie sich denken können.

Aber die Fenster! Der Flur lag zu ebener Erde. Der Flügel öffnete sich lautlos. Renate kletterte kurz entschlossen hinaus und lief im Schatten der alten Bäume auf das große schmiedeeiserne Tor zu. Aber sie rüttelte vergeblich an der Klinke. Es war verschlossen.

Renate atmete heftig. Sie maß die Torhöhe mit den Blicken. Ob sie darüberklettern konnte? Die Mauer war sehr hoch. Zwischen den Portalstützen spannte sich ein breiter Mauerbogen. Wie sollte sie darüber hinwegkommen? Unmöglich! Aber es mußte doch noch einen zweiten Ausgang geben. Vielleicht eine Pforte zum See hinunter?

Sie wandte sich, um dicht an der Mauer entlang weiterzugehen. Plötzlich fühlte sie eine leichte Berührung an der Schulter.

»Ist Ihnen nicht wohl, ma chére? Sie werden sich erkälten. Nachts ist es hier kühl und nebelig!«

Renate fuhr zusammen. Hinter ihr stand Marie-Anne, die Direktionssekretärin. Was sollte sie sagen? Welche harmlose Antwort konnte sie in der Eile finden?

»Nein – doch – ja«, stammelte sie, »das heißt, mir war nicht wohl, aber es ist schon wieder besser!«

»Dann wollen wir schnell hineingehen«, sagte Marie-Anne freundlich. Auf dem Rückweg zog Renate den Morgenrock eng zusammen. Ihr Herz klopfte rasend. Wenn man nun die Sachen bei ihr entdeckte? Ein Glück, daß sie auf Pantoffeln bis zum Tor gelaufen war!

Doch die Mademoiselle schien keinerlei Verdacht zu hegen. Sie sprach nur leichthin davon, daß sich Renate nach den unvermeidlichen Anfangsschwierigkeiten gewiß schnell einleben werde. Sie machte keine Bemerkung über Renates Flucht. Aber jetzt stand die Haustür offen. Man hatte sie also beobachtet.

In ihrem Zimmer entkleidete sich Renate rasch. Enttäuscht und hoffnungslos sank sie ins Bett. Sie weinte. Es waren Tränen der Verzweiflung und der Sehnsucht.

Am nächsten Morgen zeigte Renate eine kühle Freundlichkeit, obwohl die Mädchen in ihren Augen nichts als dumme Gänse waren. Sie kicherten über alles, schrieben einander während des Unterrichts alberne Briefchen oder tauschten Bilder von Tennis- und Filmstars aus. Reitstunden nahmen sie nur, weil der Reitlehrer so ein »todschicker Kerl« war.

Gegen zehn wurde Renate zur Direktorin gebeten. Das Herz klopfte ihr bis zum Halse.

Die Direktorin saß hinter ihrem Schreibtisch. Sie blickte Renate forschend ins Gesicht. »Ich vermisse unter den Papieren, die mir Ihr Herr Vater gestern gegeben hat, Ihren Paß.«

Renate zuckte die Schultern. »So?« fragte sie naiv.

»Wissen Sie etwas von dem Paß? Haben Sie ihn vielleicht?«

Es gelang Renate, beherrscht und ruhig zu antworten: »Nein. Mein Vater hatte zu Hause alle Papiere an sich genommen. Wenn der Paß nicht in dem Umschlag sein sollte, muß Papa ihn an der Grenze versehentlich in seine Brieftasche gesteckt haben.«

Die alte Dame zögerte einen Augenblick. »Danke. Ich werde mich mit Ihrem Herrn Vater deshalb in Verbindung setzen.«

Sie beobachtete schweigend die Wirkung ihrer Worte. Jetzt kommt es, dachte Renate. Jetzt wird sie mich wegen heute nacht zur Rede stellen. Sie verzog keine Miene.

Aber die alte Dame schien tatsächlich nichts zu wissen. »Ich möchte, daß Sie sich bei uns wohl fühlen, Renate«, sagte sie freundlich. »Wenn Sie irgendwelche Wünsche haben, kommen Sie ungeniert zu mir. Bisher haben mir alle Mädchen ihr Vertrauen geschenkt; ich möchte gern, daß auch Sie es tun.«

Sie stand auf und ging zum Fenster. »Wenn Sie sich eingewöhnt haben, werden Sie merken, wieviel Freude und Abwechslung es in unserem Hause gibt. Schon morgen werden Sie bei unserem Besuch des Musée Rath feststellen, wie wundervoll unser altes Genf ist.«

Renate verneigte sich wortlos und ging hinaus.

›Musée Rath!‹ dachte sie. ›Das ist doch die Gelegenheit.‹ Da mußte sie fliehen können. Da mußte sie die Freiheit wiedergewinnen! Wenn sie auch noch nicht wußte, wie!

Sie war übernervös. Sie fühlte sich unablässig beobachtet. Wahrscheinlich waren die Lehrerinnen von der Direktorin ermahnt worden, auf sie zu achten. Auch zeitlich stand alles auf des Messers Schneide. Sobald sich die Angelegenheit mit dem Paß aufklärte, würde jede Flucht unmöglich sein. Bestimmt würde man dann ihr Gepäck durchsuchen.

Bei dem Gedanken stiegen Trotz und Haß in ihr auf.

Während der Mittagsruhe schrieb sie schnell noch eine Nachricht an Freytag. Ihre Gedanken waren ständig bei ihm. Was er jetzt wohl tat? Er mußte sie längst zurückerwarten. Ob er inzwischen ihre erste Karte erhalten hatte? Sicherlich brauchte er Geld! Er besaß ja bei ihrem Abflug kaum noch ein paar Peseten!

Die Stunden quälender Unruhe schleppten sich hin. In der Nacht halfen die Schlaftabletten, die sie aus Homburg mitgebracht hatte. Tagsüber war Renate unaufhörlich gezwungen, die Rolle einer aufmerksamen Schülerin zu spielen. Dabei zuckte sie bei jedem Türöffnen zusammen. Wenn die alte Dame auf den Gedanken kam, sich wegen des Passes telefonisch mit dem Vater in Verbindung zu setzen, dann konnte jede Minute die Vernichtung aller Hoffnung bringen. Aber offenbar hatte sie einen Brief geschrieben, und die Antwort war noch nicht eingetroffen.

Eigentlich hätten ihre Lebhaftigkeit und ihre Nervosität auffallen müssen. Aber man nahm ihr plötzlich erwachtes Interesse an den Gesprächen der Mädchen als erstes Zeichen der Eingewöhnung. Und doch bewegte sie nur ein einziger brennender Gedanke: Musée Rath!

Als endlich am frühen Nachmittag der Bus vorfuhr und die ganze Gesellschaft zur Fahrt ins Museum einsteigen durfte, glaubte Renate sich kaum noch beherrschen zu können. Sie hatte alles vorbereitet: Paß, Geld und ein paar Kleinigkeiten waren unauffällig in den Taschen ihres Kostüms verborgen.

Während der Bus mit den lebhaft schwatzenden Mädchen die gewundene Straße zur Stadt hinuntersteuerte, kam eine tiefe Ruhe über sie. Jetzt war es soweit. Jetzt war sie auf dem Wege zu Freytag! Jetzt sollte nichts mehr sie aufhalten. Niemand sollte sie von ihm trennen.

Freytag!

Wenn sie sich ihn vorstellte, seine übermütigen Augen, seine zärtlichen Hände, konnte sie die ganze Gegenwart darüber vergessen. Alles würde sie ihm verzeihen, wenn er ihr nur sagte, es sei aus Liebe geschehen.

Und das würde er sagen! Er liebte sie doch!

Geistesabwesend wanderte sie mit den anderen durch die Ausstellung. Die Gemälde waren für sie nur Farbflecken; aber daß sich der Rundgang in einem Halbkreis vollzog, entging ihr doch nicht. Sie hatte auch bei der Ankunft festgestellt, daß sich gleich vor dem Museum ein Taxistand befand. Jetzt kam es nur darauf an, die Lehrerin, eine ältliche Französin, zu täuschen. Aber Mademoiselle hielt sich beharrlich an Renates Seite.

Schon näherte sich der Rundgang seinem Ende. Schon war in dem Gewühl der zahlreichen Besucher das Schild »Zum Ausgang« zu sehen.

Jetzt oder nie!

»Ach! Hab' ich doch wahrhaftig meine Handschuhe eben auf dem Ruhesofa liegen lassen!« rief Renate ärgerlich. Bevor Mademoiselle etwas sagen oder sie festhalten konnte, war Renate zurückgerannt. Mit halbem Seitenblick nahm sie noch wahr, wie Mademoiselle lebhaft winkend die Mädchen sammelte und sich anschickte, ihr unverzüglich zu folgen. Besseres konnte nicht geschehen.

In rücksichtsloser Hast legte Renate den Rundgang noch einmal in entgegengesetzter Richtung zurück. Sie stürmte ohne jede Vorsicht in die Vorhalle und zum Museumsportal hinaus.

Sie jagte zum ersten Taxi: »Ich muß sehr schnell zur Grenze!« sagte sie in ihrem schönsten Schulfranzösisch und drückte dem Fahrer einen Geldschein in die Hand.

Der Schofför gab Gas. Gewandt glitt der Wagen um den Platz herum zur Ausfallstraße.

Renate sah gerade noch, wie Mademoiselle aus dem Museum stürzte und ratlos um sich blickte.

Sicher und schnell löste sich das Taxi aus dem Straßengewühl und steuerte auf die nahe französische Grenze zu. Ihre Berechnungen stimmten. Bis St. Julien waren es knapp zehn Kilometer. Ein paar Minuten. Eine Suchmeldung konnte in der kurzen Zeit nicht durchkommen. Dazu waren die alten Lehrerinnen viel zu umständlich. Modemoiselle würde zunächst einmal von einer Telefonzelle aus die Direktorin anrufen. Bis alles berichtet war, hatte Renate die Schweiz längst verlassen. Und was sollte ihr in Frankreich schon geschehen? Da müßten bestimmt erst Anträge gestellt werden. Inzwischen war sie doch schon auf Mallorca. Auf Mallorca! Bei Freytag!

Die Räder sangen es, der Motor schnurrte es in seinem gleichmäßigen Lauf: Freytag!

Mehr denn je liebte sie ihn. Schon der Klang seines Namens verzauberte sie. Gab ihr aber auch die Kraft, Dinge zu tun, vor denen sie früher zurückgeschrocken wäre. Diebstahl! Täuschung! Flucht! Alles nur für ihn. Wie in einer Beschwörung sprach sie den Namen immer wieder vor sich hin.

Vor ihr tauchten die Schilder der Zollgrenze auf. Das Fahrzeug hielt dicht vor dem Schlagbaum. Sie wußte nicht, wieviel Geld sie dem Schofför in die Hand drückte, aber er schien zufrieden zu sein.

Ein Grenzbeamter lehnte lässig mit dem Rücken gegen die Schranke. Renate stieg aus und reichte ihm ihren Paß. Jetzt klopfte ihr Herz doch stürmisch. Der Beamte überprüfte den Paß langsam und genau. Dann grüßte er freundlich und ließ sie passieren. Nach wenigen Schritten hatte sie den französischen Schlagbaum erreicht.

»Haben Sie etwas zu verzollen?« fragte der Beamte mit dem blauen Käppi und deutete auf Renates kleines Handtäschchen, das sie als einziges Gepäck bei sich trug. Aber man sah, daß er es selber nicht ernst nahm.

Statt aller Antwort hielt Renate ihm die geöffnete Tasche hin. Nun lächelte er. Endlich. Er legte die Hand an die Mütze und gab seinem Kollegen einen Wink, den Schlagbaum zu heben.

Mit einem tiefen Atemzug sog Renate die Luft Frankreichs ein. Für sie war es die langersehnte Luft der Freiheit.

Sie hatte es geschafft.

23

Am Tage nach seiner Ankunft auf Mallorca erwachte Robinson erst gegen zwölf Uhr mittags aus bleiernem Schlaf. Sein Kopf dröhnte, alle Glieder schmerzten – nur stöhnend vermochte er sich vom Bett zu erheben.

Aber quälender als alles andere wurde die Erinnerung an die Ereignisse der Nacht. Nur langsam formten sich seine Gedanken.

Innerlich ausgehöhlt, äußerlich zerschlagen, so hatte er sich beim Morgengrauen mühsam über den weiten Weg nach Puerta de Pollensa geschleppt. Dann war er auf sein Bett gesunken und sofort in einen ohnmachtähnlichen Schlaf gefallen.

Jetzt kam ihm das Geschehene in seiner ganzen Furchtbarkeit Phase für Phase wieder zu Bewußtsein.

Plötzlich klopfte es. Robinson zuckte zusammen. Wollte man ihn holen? Hatte man Freytag gefunden? War es schon soweit?

Doch es war nur das Zimmermädchen, das endlich das Zimmer aufräumen wollte.

»Un moment!« rief Robinson heiser durch die Tür.

Nein, noch war es nicht soweit. Aber er würde wohl nicht daran vorbeikommen. Und war jetzt nicht auch alles gleichgültig?

Es dauerte noch eine ganze Weile, bis er ausgehfertig war. Alles tat ihm weh. Überall hatte er Hautabschürfungen und Wunden; er konnte sich kaum waschen. Sein Mantel, das Jackett und die Hose waren zerrissen und blutverschmiert. Unwillkürlich sah er sich in dem engen Raum nach einem Versteck dafür um.

Dann erschrak er. Gott im Himmel! So weit war er schon gekommen. War er denn ein Mörder auf der Flucht? Mußte er schon Spuren hinter sich beseitigen?

Er rollte das Zeug zu einem Bündel zusammen und preßte es in seinen kleinen Koffer. Das Herz klopfte ihm im Halse, bis er endlich aus dem Hotel heraus war und der Ort mit seiner bunten Menschenmenge, seiner verwirrenden Fülle von Geräuschen und Gerüchen ihn aufgenommen hatte. Er schlug den Weg zum Hafen ein.

Jetzt erst merkte er, daß er vierundzwanzig Stunden nichts gegessen hatte. Er betrat eine Hafenkneipe, einen niedrigen, verräucherten Raum. Fischer, Hafenarbeiter, Händler saßen an rohen Holztischen hinter ihrem billigen Landwein. Keiner beachtete seinen Eintritt. Auf einer Bank gab es noch etwas Platz. Robinson nickte den Männern zu. Die braungebrannten bärtigen Gesellen rückten bereitwillig zusammen. Er bestellte einen Kaffee und schlürfte ihn gierig in sich hinein. Aber als nach einer Viertelstunde der in Olivenöl gebackene Fisch vor ihm stand, sträubte sich trotz des Hungers alles in ihm gegen das ungewohnt fette Gericht.

Unbewußt folgte er dem Gespräch der Fischer an seinem Tisch. Erst als er begriff, daß von der Absicht gesprochen wurde, gegen Abend aufs Meer hinauszufahren, wurde er wach. Wenig später hatte sich ein Graubart bereit erklärt, ihn mitzunehmen.

Er würde an den Fuß des Felsens kommen!

Er würde die Stelle sehen, an der Freytag abgestürzt war! Und dann? Was dann? Was sollte er dann noch hier? Er hatte ja abgerechnet – wenn auch anders als geplant.

Jetzt noch zu hoffen, war sinnlos. Und – wem war geholfen, wenn er hier wartete, bis man vielleicht auf seine Spur kam? Wie hätte er jemals einen Menschen davon überzeugen können, daß der Absturz Freytags nur ein Unfall war!

Hastig verließ er das Lokal. Auf der Straße blickte er sich scheu um. Ob schon etwas in der Zeitung stand?

Er ging wieder in sein Hotel.

Seine Reisegesellschaft war zum Glück an diesem Tage zu den Sehenswürdigkeiten der Insel unterwegs. Zögernd fragte er den Hotelier nach einer Möglichkeit, den Rückflug unmittelbar anzutreten. »Ich fühle mich nicht wohl. Ich möchte hier um keinen Preis krank werden.« Sein erbärmliches Aussehen ließ diese Befürchtung berechtigt erscheinen.

Der Hotelier brachte in einer langen, lebhaften Rede sein Mitgefühl zum Ausdruck, konnte aber nichts anderes tun, als auf die Agentur in Palma zu verweisen.

Ein französischer Wagen nahm Robinson bereitwillig nach Palma mit. In der Agentur wurde ihm aufs höflichste gesagt, er könne natürlich jederzeit zurückfliegen. Aber nur gegen Erlegung des vollen Flugpreises. Eine schlechte Auskunft für einen, der kaum noch zwanzig Mark in der Tasche hat. Er war also dazu verurteilt, die ganze Woche auf Mallorca zu bleiben.

Nachmittags war er wieder auf der Straße. Plötzlich wurde er angerufen. »Mister Gomela! Mister Gomela!«

Er sah einen riesigen amerikanischen Wagen, aus dem ihm der weißgekleidete Fahrer lebhaft zuwinkte. Erschrocken wandte er sich ab. Wurde er bereits gesucht?

Er begann zu laufen und blieb erst geraume Zeit später atemlos unter einem Torbogen stehen.

Am frühen Abend saß er zusammengekauert an Deck des kleinen Fischerbootes und fuhr aufs Meer hinaus. Dunkel drohend wuchsen die Steilküsten von Formentor aus den Fluten empor. Bald konnte er Einzelheiten unterscheiden. In der Ferne sah er den weißgekalkten Hotelbau inmitten der Pinien. Dort war der Bootssteg, an dem er Freytag abgefangen hatte. Und dort drüben – dort mußte sich der Pfad emporwinden, dort die Straße. Ja, und in dem grünen Gebüsch oben am Rand der steilen Klippe, dort war es geschehen.

Das kleine Boot fuhr näher heran. Unheimlich, riesig erhob sich die Wand über ihm. Fast senkrecht stürzte sie ins Meer. Unten brandeten die Wellen gegen die Klippen. Überall ragten gewaltige Felsbrocken aus dem Wasser. Nein, Freytag konnte nur mit zerschmetterten Gliedern auf einer der Felsklippen liegengeblieben sein. Oder das Meer hatte ihn sofort verschlungen.

Aufstöhnend barg Robinson den Kopf in den Händen. Der Fischer sah belustigt zu ihm hinüber. Er dachte, seinem Gast sei übel geworden, und bot ihm gutmütig einen Schluck Rotwein an, aber Robinson dankte.

Fünf Tage! Fünf Nächte! Nächte der Hölle, Tage der einsamen Qual. Trostlose Stunden ohne die geringste Hoffnung. Robinson ging, er aß, er vegetierte dahin, mechanisch, ausgebrannt, ohne Gefühl für seine Umgebung. Nachts machte er meist ausgedehnte Wanderungen, oder er saß apathisch in der eisigen Kälte am Strande. Jetzt wäre es ihm vielleicht eine Erlösung gewesen, wenn ein Mensch gekommen wäre, ihn zu verhaften. Aber nichts geschah.

Das einzige, was ihn immer wieder aus seiner Apathie herausriß, war der Gedanke an Renate. Sie hatte von Frankfurt aus zu Freytag zurückkehren wollen. Sie mußte inzwischen in Formentor sein und ein leeres Haus vorgefunden haben. War es nicht seine Pflicht, ihr die furchtbare Wahrheit zu gestehen?

Mehr und mehr drängte sich ihm dieser Gedanke auf. Vielleicht erwartete er insgeheim von Renate die Vergebung, die ihm sonst kein Mensch gewähren konnte.

Vielleicht war es auch nur der Wunsch, sie noch einmal zu sehen. Er mußte ihr die Wahrheit gestehen, anders würde er nicht weiterleben können.

Für Donnerstag war der Abflug von Mallorca festgesetzt.

Dienstag konnte er es nicht länger aushalten. Er machte sich auf den Weg nach Formentor.

Mehrfach forderten ihn unterwegs vergnügte Autofahrer auf, einzusteigen. Robinson winkte dankend ab. Die Nähe von Menschen war ihm unerträglich.

Langsam, vorsichtig schob er sich durch das Unterholz am Berghang an das weiße Haus heran. Seltsam, es schien völlig unbelebt.

Türen und Fenster waren geschlossen, die Stühle auf der Terrasse zusammengeschoben, niemand war zu sehen.

Ob Renate noch nicht zurückgekehrt war?

Stundenlang hockte er da und verzehrte sich in Selbstvorwürfen und in Sehnsucht. Erst bei sinkender Dämmerung wanderte er zurück.

Anderen Tags, am Mittwoch, machte er sich abermals auf den Weg.

Es war derselbe Tag, an dem Renate zurückkehrte.

Sie war von der Schweizer Grenze nach Lyon gefahren. Dort hätte sie auf das planmäßige Flugzeug nach Mallorca drei Tage warten müssen. So war sie nach Paris geflogen und hatte schon am nächsten Tag starten können.

Seltsamerweise wollte die Unruhe der letzten Woche nicht von ihr weichen. Je näher sie der Insel kam, desto mehr drängte sich ihr die Frage auf, was dort alles geschehen sein konnte. War inzwischen nicht eine Ewigkeit vergangen? Nie wieder wollte sie sich von Freytag trennen! Nie wieder durfte er sie verlassen. Sie hatte ihrer eigenen Welt endgültig den Rücken gekehrt. Es gab kein Zurück. Ihre Welt hieß Freytag.

Als aus der unendlichen silberblauen Meeresfläche das Eiland auftauchte, konnte sie die Tränen kaum zurückhalten. Dann ging alles sehr rasch. Die Erde kam auf sie zu. Die Maschine flog die Landungskurve. Ein farbiges Bild wölbte sich ihr entgegen, eine Stadt: Palma. Der Flugplatz. Die weißgekalkten spanischen Häuser. Die Maschine setzte auf, rollte auf der kurzen Landebahn aus. Das Flugzeug stand.

Als erster Passagier stieg sie aus. Da sie außer den Kleinigkeiten, die sie in Paris für den dringendsten Bedarf gekauft hatte, kein Gepäck besaß, erledigten sich die Formalitäten wie von selbst. Sie eilte auf den Hotelwagen zu. Jetzt brannte ihr der Boden unter den Füßen. Ihr war, als hätte sie keine Sekunde mehr zu verlieren.

Fiebernd vor Ungeduld saß sie im Wagen. Sie spürte nicht, wie abgespannt sie war, sie fühlte nicht das geringste Bedürfnis, sich auszuruhen. Dort, wo rechts der Weg zu ihrer Villa abzweigte, stieg sie aus.

Er mußte ja jetzt zu Hause sein. Im Hotel war um diese Stunde nichts los, mit dem Badeleben am Strand war es für dieses Jahr vorbei. Und Freytag schlief gern in den Nachmittag hinein. Sie malte sich aus, wie sie leise ins Zimmer treten, wie sie sich behutsam neben sein Lager setzen würde, bis er aufwachte.

Auf dem Pfad zur Villa konnte sie die Schritte kaum zügeln. Sie hastete. Sie lief fast. Ihr Herz schlug heftig. Ihre Wangen waren gerötet.

Da war schon ein Schimmer des hellen Hauses zwischen dem Grün der Büsche. Da waren schon die Pfeiler der Einfahrt. Auf einmal ging sie langsamer. Es war, als wolle sie in der letzten Minute die Freude der Rückkehr voll auskosten.

Sie schritt über den Kiesweg zum Hauseingang. Plötzlich stockten ihre Füße. Sie blieb wie angewurzelt stehen.

Da – da war er! Er kam um die Hausecke!

Auch er hatte sie sofort gesehen. Er blieb stehen. Ihre Blicke sanken ineinander, ungläubig, voll aufglimmender Freude.

Nach einem Augenblick der Erstarrung lief Renate auf ihn zu und warf sich in seine Arme. Sie umklammerte ihn. Sie preßte sich an ihn. »Du!« murmelte sie unter Tränen, sinnlos vor Glück. »Du!« Sie bog sich zurück, um in seine Augen zu sehen, deren zärtlichen Blick sie so lange hatte entbehren müssen.

Seltsam – er stand da mit hängenden Armen. Als hätte die Wiedersehensfreude ihn versteinert.

»Freytag!« schluchzte sie an seinem Hals. »Sag doch was, Freytag! Freust du dich? O Freytag . . .« Sie bedeckte sein Gesicht mit Küssen und fühlte tief beglückt, wie seine Hände zu ihrer Schulter hinaufglitten, sie umfaßten, wie er sie zart an sich zog. Ihre Lippen preßten sich auf die seinen. Fast hatte sie das Gefühl, als wolle sein Mund ausweichen. Aber dann bot er ihn doch zu einem endlosen, erlösenden, beseligenden Kuß – nein, sie meinte, noch nie so von Freytag geküßt worden zu sein. Das war die Antwort auf ihre Frage.

Er liebte sie!

Ach, es war zuviel. Es überwältigte sie. Sie barg ihren Kopf an seiner Schulter. Nur ruhen, nur an seiner Brust ruhen! Nur wissen, daß sie einander endlich wiederhatten!

»Freytag!« murmelte sie, schluchzend vor Glück. »Ich weiß alles. Ich habe Robinson gesehen. Er hat mir alles erzählt; du weißt, was ich meine. Ich bin zu dir zurückgekommen, weil ich dich trotzdem liebe. Denn ich weiß, du hast alles nur getan, weil du mich liebst. Nicht wahr Freytag? Sag es mir, Freytag! Sag mir jetzt, daß du mich liebst!«

Und dann geschah das Unfaßliche.

Sie fühlte, wie seine Arme die Umklammerung lösten, wie er sie mit sanfter Gewalt von sich schob, wie er sich frei machte. Sie riß die Augen auf, sah fassungslos, daß er davonlief, aus dem Garten hetzte, über den Weg, als würde er verfolgt.

»Freytag!« schrie sie auf. Und noch einmal: »Freytag!«

Keine Antwort. Der Kies knirschte unter den flüchtenden Sohlen.

Renate stand wie angewurzelt.

Tausend Gedanken schwirrten ihr durch den Kopf. Erklärungen, Vermutungen, Zweifel. Sie kam zu keinem Ergebnis. Angestrengt spähte sie den von der blassen Herbstsonne beschienenen Weg hinauf, auf dem Freytag eben davongelaufen war.

Vielleicht war ihm etwas Wichtiges eingefallen, etwas, das keinen Aufschub duldete. Oder, noch einfacher: er hatte für sie eine Überraschung vorbereitet und mit ihrer Rückkehrt heute noch nicht gerechnet. Natürlich. Das war es. Das sah ihm ähnlich. Gleich mußte er zurück sein.

Und doch! Während sie dastand und nach harmlosen Gründen suchte, stieg plötzlich eine dumpfe Angst in ihr auf. Die schreckliche Furcht vor einer nahenden Katastrophe preßte ihr das Herz ab. Aber sie zwang sich, dieser Gedanken Herr zu werden.

Nach einer Weile ging sie zum Haus. Die Tür war versperrt; an einigen Fenstern waren die Läden geschlossen, die Vorhänge zugezogen. Alles sah so unbewohnt aus.

Renate zog die Glocke.

Es dauerte lange, bis sich Schritte näherten. Dann stand die Hausmeisterin vor ihr. Auf dem sonnverbrannten Gesicht der Frau zeigten sich Verlegenheit und fast etwas wie Abwehr. Sie stand in der Tür, als käme Renate zu Besuch und die Hausbewohner seinen ausgegangen.

Alles Unsinn!

Womöglich steckte auch Freytag dahinter, der sich zur Begrüßung etwas ganz Besonderes ausgedacht hatte.

Renate trat in die Diele. Nun kam Bewegung in die Frau. Überstürzt begann sie zu reden. »Wir haben die Señorita nicht erwartet. Es ist gar nichts vorbereitet.« Sie eilte aufgescheucht vor Renate her und riß die Fenster auf.

Stumm durchquerte Renate die unteren Räume. Sie fühlte, wie ihre freudige Stimmung schwand. Vergebens wehrte sie sich dagegen. Sie lauschte zur Haustür. Nichts. Schon fast eine halbe Stunde war Freytag nun fort.

Stumm stieg sie in den ersten Stock hinauf. An ihrer Schlafzimmertür blieb sie stehen.

Was war das? Etwas in diesem Raum hatte sich verändert. Etwas war fremd. Was, das konnte sie nicht sagen.

Das Sonnenlicht sickerte durch die halbgeschlossenen Läden, Staubteilchen tanzten in den Lichtbahnen . . .

Plötzlich begriff sie: In der Luft hing ein fremdes Parfüm. Ein Parfüm, das sie selber nie benutzte. Schwer und verwirrend. Wo hatte sie diesen Duft schon einmal wahrgenommen? Bei wem?

Zwischen ihren Brauen bildete sich eine steile Falte. Zögernd ging sie zum Fenster. Sie öffnete es, beugte sich hinaus und lauschte. Wenn Freytag doch endlich käme! Aber erst einmal waschen! Was sie jetzt zuallererst brauchte, war frisches, kaltes Wasser. – Der angrenzende Waschraum mit den geriffelten Milchglasscheiben war für sie beide immer eine besondere Freude gewesen. Hier hatte Freytag oft gestanden, sich rasiert und sich zwischen Singen und Pfeifen mit ihr durch die geöffnete Tür unterhalten, während sie noch im Bett lag.

Renate packte das in Paris mit einigen anderen Dingen gekaufte Reisenecessaire aus und trat damit vor den Spiegel. Nein, sie sah nicht gut aus. Die Anstrengungen und Aufregungen der letzten Tage hatten in ihrem Gesicht deutliche Spuren hinterlassen. Sie griff zur Haarbürste.

Plötzlich stutzte sie. Auf der Glasplatte vor ihr lag ein weißes Batisttüchlein. Sie nahm es mit gespreizten Fingern auf. Es war zusammengefaltet und an einer Ecke mit Lippenrot verschmiert.

Aber es gehörte ihr nicht.

Eine andere Frau hatte vor diesem Spiegel gestanden! Eine fremde Frau! Während Renate in der Ferne mit unvorstellbaren Schwierigkeiten kämpfte, war ihr kleines Paradies von einer Fremden entweiht worden!

Brennende Röte stieg in Renates Gesicht. Sie schleppte sich ins Schlafzimmer zurück und warf sich aufs Bett. Nein, sie wollte es nicht glauben! Es konnte nicht wahr sein! Nein, nein!

Plötzlich kam ihr ein verrückter Gedanke, und sie nahm ihn begierig auf, obgleich sie selber nicht recht daran glaubte: Freytag hatte das Haus in ihrer Abwesenheit vorübergehend an Fremde vermietet! Er brauchte ja Geld.

Aber jetzt mußte sie vor allem endlich Klarheit bekommen. Sie sprang auf, wusch sich und kleidete sich um. Dann lief sie aus dem Haus.

Auf dem Weg zum Hotel wartete sie dauernd darauf, Freytag zu begegnen. Aber der enge Pfad blieb leer. Atemlos trat sie an den Empfang. Der alte Schweizer Empfangschef begrüßte sie: »Ich freue mich, daß Sie uns wieder die Ehre geben, Fräulein Krabp. Haben Sie eine gute Reise gehabt?«

»Ja, danke. – Können Sie mir sagen, wo ich Herrn Gomela finde?«

Der Empfangschef beugte sich über sein Gästebuch. »Ich bedaure sehr . . .«

Renate wurde stutzig. »Ist er denn nicht hier im Hotel?«

Der alte Herr hatte jetzt etwas Wichtiges am Brieffach zu ordnen. »Nein, gnädiges Fräulein«, sagte er nebenher, »Herr Gomela ist schon seit einigen Tagen nicht mehr im Hotel gewesen!«

»Seit einigen Tagen nicht?« rief Renate erregt. »Das kann doch nicht stimmen! Vielleicht verschweigen Sie mir etwas? Bitte – wo ist Herr Gomela?«

Nun konnte der alte Herr nicht mehr ausweichen. Viele Menschen und Schicksale waren an diesen glanzlosen Augen vorbeigetrieben. Er wußte, jeder Versuch, diese Alltagstragödie geheimzuhalten, war zwecklos. »Herr Gomela hatte vor einigen Tagen einen Unfall!« sagte er vorsichtig.

Renate starrte ihn bestürzt an: »Unfall? Das kann doch nicht sein! Ich habe ihn vor etwa einer Stunde noch gesehen!«

Der Empfangschef machte ein begütigendes Gesicht. »Ach! – Soviel ich gehört habe, hat Herr Gomela beim Sturz von einem Felsen einen Beinbruch, einen Armbruch und eine Gehirnerschütterung erlitten. Ich hätte nicht gedacht, daß er so schnell wieder . . .« Unter ihrem entsetzten Blick brach er ab.

»Hören Sie doch auf!« rief Renate, unfähig, sich noch länger zu beherrschen. »Was erzählen Sie denn da? Wann soll denn das passiert sein?«

Der Empfangschef behielt die Ruhe. »Vor etwa acht Tagen.«

Renate erblaßte bis in die Lippen. »Nein! Nein! Das kann nicht wahr sein! Ich habe ihn doch mit eigenen Augen gesehen. Das ist ein Irrtum, eine Verwechslung!« Ihre Blicke suchten in seinem Gesicht. »Bitte, sagen Sie mir jetzt, wo er ist!« Es klang flehend.

Der alte Mann hatte Mühe, sein Mitgefühl hinter der Maske

berufsmäßiger Diskretion zu verbergen. »Wenn ich mich nicht irre, befindet sich Herr Gomela seit dem Unfall auf der Jacht von Mrs. Parker.«

Einen Augenblick stand Renate noch vor dem Tisch. Sie grub die Zähne in die Unterlippe. Dann wandte sie sich um und verließ mit krampfhaft erhobenem Kopf das Hotel.

Ohne jede Überlegung ging sie direkt zum Strand hinunter. Der Anblick von Dinah Parkers Jacht, die sich stolz und weiß wie ein Schwan auf den Wellen wiegte, verursachte Renate beinahe Übelkeit.

Was mochte sie dort erwarten?

Am Bootssteg lag wie gewöhnlich das Mietmotorboot. Es tukkerte sofort mit ihr los.

In wenigen Minuten waren sie am Ziel. Das Fallreep war heruntergelassen. Der Schiffer machte fest. In unbeschreiblicher Unruhe stieg sie die Stufen hinauf. An Deck trat sofort ein Offizier auf sie zu. Er grüßte und fragte nach ihren Wünschen.

»Ich möchte zu Mrs. Parker«, sagte Renate kurz. »Und zu Herrn Gomela«, fügte sie zögernd hinzu. »Er ist doch an Bord?«

»Wenn Sie einen Augenblick warten wollen!« Der Offizier entfernte sich.

Ein kühler Empfang, stellte Renate beklommen fest. Dieser Mann hatte sie doch damals als Gast auf dem Schiff begrüßt. Alles war heute anders, merkwürdig verändert. Die ungewisse Angst drückte ihr allmählich die Kehle zu. Sie mußte lange warten, bis der Offizier zurückkam. Wortlos, mit undurchdringlicher Miene, geleitete er sie zum Salon.

Mrs. Parker saß rauchend auf einem seidenbespannten Empiresofa. Sie hatte die Beine übereinandergeschlagen, wippte mit der Fußspitze und war in ein Buch vertieft. Erst als Renate schon im Raum stand, blickte Mrs. Parker langsam auf. Sie ließ das aufgeschlagene Buch halb sinken und sagte leichthin: »Ach, Fräulein Krabp! Welche Überraschung! Ich war überzeugt, Sie würden in Frankfurt bleiben!«

Renate straffte sich. Die verletzend gleichgültige Höflichkeit war nicht mißzuverstehen. Ihr Gesicht wurde hart: »Ist Herr Gomela hier?«

Mrs. Parker streifte langsam die Asche von ihrer Zigarette. »Herr Gomela ist in seinen Räumen«, antwortet sie.

»Was soll das heißen?« fragte Renate schroff.

Mrs. Parker wippte aufreizend mit der Fußspitze. »Nehmen Sie doch Platz«, sagte sie, »im Sitzen spricht es sich leichter. – Ach so, Freytag! Ja. Er wohnt bei mir. Ich hoffe – Sie verstehen gleich richtig; das würde uns längere Erklärungen ersparen!«

»Nein. Ich verstehe absolut nicht!« fuhr Renate auf. »Um so weniger, als ich Freytag noch vor knapp einer Stunde gesprochen habe.«

Dinah Parker lächelte maliziös. »Entschuldigen Sie, daß ich das bezweifle. Freytag liegt seit acht Tagen fest. Professor Garcia, den ich eigens im Flugzeug aus Barcelona kommen ließ, hat ihm strengste Bettruhe verordnet. Freytag hatte nämlich einen schweren Unfall – wenn Sie es noch nicht wissen sollten. Er ist vom Felsen gestürzt, hat aber unwahrscheinliches Glück gehabt. Ein Fischer hat ihn im letzten Augenblick gerettet und ins Spital gebracht. Erst nach langem Suchen habe ich ihn dort gefunden. Seitdem ist er hier auf der Jacht.«

»Das verstehe ich alles nicht«, wiederholte Renate hilflos. Sie mußte sich setzen. Sie fühlte eine eisige Leere in sich. »Ich habe ihn doch eben noch gesehn! Vor knapp einer Stunde!«

Dinah Parker zog hochmütig die Brauen hoch. »Verzeihung, das müssen Sie geträumt haben, mein Kind. Aber selbst wenn – Freytag dürfte für Sie kaum noch von Interesse sein.«

Renate sah Mrs. Parker fassungslos an. Ließ diese Frau jetzt ihre Maske fallen? Zeigte sie sich zum erstenmal, wie sie war?

»Warum soll er für mich nicht mehr von Interesse sein?« fragte Renate. Sie konnte das Zittern in ihrer Stimme nicht mehr unterdrücken.

Mrs. Parker legte das Buch hin und griff nach einer neuen Zigarette. »Sie sind etwas schwerfällig, liebes Kind. Ich habe doch gesagt, daß Herr Gomela jetzt bei mir wohnt! – Er wird auch hier wohnen bleiben.«

Schweigen. Endloses Schweigen. Die Fußspitze wippte. Der Zigarettenrauch kräuselte sich zur Decke empor. Renate starrte Mrs. Parker an, als glaubte sie, nicht recht gehört zu haben.

Die unbestimmte Ahnung, die sie so lange gequält hatte, verdichtete sich zu furchtbarer Gewißheit. Sie mußte tief Luft holen. Jetzt erst wurde ihr der schwere süßliche Duft im Raum bewußt und drohte sie zu ersticken. Dieser Duft nach einem teuren, morbiden Parfüm. Derselbe Duft, den sie eben in ihrem Schlafzimmer wahrgenommen hatte.

Noch sträubte sich alles in ihr gegen die ungeheuerliche Folgerung. Das durfte nicht wahr sein! Wenn die Wirklichkeit so aussah, war ihr ganzes Leben zerstört.

Kalte Wut stieg in ihr auf und vernebelte für Sekunden sogar ihren Schmerz. Sollte sie sich von diesem Weib wie ein Schulmädchen abfertigen lassen? Sie war Renate Krabp! »Haben Sie sonst noch Fragen?« hörte sie Dinahs verletzend ironische Stimme.

Renate trat mit funkelnden Augen dicht an Mrs. Parker heran. »Das ist alles nicht wahr!« stieß sie hervor. »Sie lügen! Ich habe ihn doch eben noch gesehen! Ich möchte ihn sprechen. Sofort!«

Ihre Stimme war hart und energisch. Jetzt war sie wieder das Kind jenes Mannes, der mit seinem eisernen Willen ein riesiges Werk beherrschte.

Über Dinah Parkers Gesicht zuckte eine leichte Unruhe. Sie überlegte kurz und wählte dann an ihrem elfenbeinernen Telefon eine Nummer.

»Hallo, Freytag«, sagte sie betont zärtlich, »ich wollte mich nur überzeugen, ob du schön brav im Bett liegst oder auf Formentor herumspazierst.« Sie lauschte und lachte mit einem triumphierenden Seitenblick auf Renate: »Na also, Darling. Das wurde nämlich behauptet. – Ja. Von Fräulein Krabp. – Ja, sie ist hier. Sie möchte dir gern adieu sagen.«

Sie reichte Renate lächelnd den Hörer und stand auf.

Renates Hand zitterte. »Freytag!« flüsterte sie.

Und dann hörte sie seine dunkle Stimme. Lieb und vertraut – jetzt voll Unsicherheit und Verlegenheit. »Hallo, Puppe! Ja, das ist eine dolle Geschichte, was?«

»Freytag!« flüsterte Renate. »Warum bist du hier auf dem Schiff? Mrs. Parker erzählt so – so seltsame ...« Ihre Stimme versagte. Sie mußte sich auf die Sofalehne setzen. Sie hörte, wie Freytag sich räusperte, offenbar, um Zeit zu gewinnen. »Ja, weißt du, es stimmt schon, was Dinah – was Mrs. Parker sagt. Tut mir verdammt leid ... Ich weiß selber nicht, wie alles so gekommen ist. In erster Linie natürlich durch den – den Unfall!« Hier hörte sie genau, daß er log. »Und weißt du, sie bringt mich nach Hollywood – das ist eine ganz dolle Chance für mich. Und wenn ich erst 'n Star bin, dann sieht alles anders aus, dann hat vielleicht auch dein Alter nichts mehr gegen mich. Einstweilen bin ich doch nur ein armer Teufel. Damit kannst du auf die Dauer sowieso nichts anfangen.«

»Freytag!« schrie Renate auf. »Das kann nicht wahr sein! Du hast mir doch gesagt, daß du mich liebst! Eben hast du mich doch noch im Arm gehalten! Eben noch – vor unserem Haus . . .«

Sie lauschte. Jeder Blutstropfen wich aus ihrem Gesicht.

»Das stimmt ja nun mal nicht«, sagte Freytag. Man hörte, wie erleichtert er war, endlich etwas Zutreffendes sagen zu können. »Ich habe das Bett seit Tagen nicht verlassen. Weißt du« – er lachte hart auf –, »das wird wohl mein feiner Bruder gewesen sein; den hast du mir wohl auf den Hals gehetzt?«

»Ich? – Robinson?« stammelte Renate.

Und wieder Freytags hartes Lachen: »Jawohl. Der treibt sich immer hier herum, der Hund. Aber wenn ich nicht gestürzt wäre . . .«

Irgendwo war das gleichmäßige Summen eines Ventilators. Schritte, die über Deck gingen. Eine Stimme, die in fremder Sprache lustige Worte rief. Eine Antwort und dann der Klang eines Schlagers, wie ihn ein Matrose sang, abgerissen, die Melodie nach Pausen wiederaufgenommen. So kam es herein von irgendwoher. Das hörte sie ganz unterbewußt, während sie mit angehaltenem Atem auf weitere Worte von Freytag wartete. Er sollte mehr sagen! Dies konnte nicht wahr sein!

Gab es denn nirgendwo mehr Festigkeit, Sicherheit? Gab es keine Treue mehr? War alles nur Verrat und Spiel gewesen, woran sie so fest geglaubt hatte? Wofür hatte sie dann gelebt?

Sie blickte zu Mrs. Parker hinüber und sah die Ungeduld in ihrem Gesicht. »Freytag«, sagte Renate innig, »ich begreife das alles nicht. Und das ist doch auch alles nebensächlich. Du kannst nicht von mir weg wollen, so von einem Tag auf den anderen! Du weißt doch, was ich deinetwegen alles auf mich genommen habe! – Du kannst doch nicht plötzlich eine Frau lieben, die mindestens zwanzig Jahre älter ist als du! – Freytag, du . . .«

Mrs. Parker schnellte aus ihrem Sessel hoch und drückte rücksichtslos die Telefongabel herunter. »Genug, mein Kind! Haltung! Man muß auch mit Anstand verlieren können! Übrigens, damit Sie ganz im Bilde sind: Freytag ist schon seit dem Tage Ihres Abflugs an Bord! Und da war er noch sehr gesund!«

Renate wich vor ihr zurück wie vor einer giftigen Schlange. Sie hatte die Hände auf die Brust gepreßt. Ihre Augen schwammen in Tränen.

»Wünschen Sie sonst noch was?« fragte Mrs. Parker eisig. Renate brachte kein Wort mehr über die Lippen. Sie tastete nach dem Türgriff.

Dinah Parker trat hinzu und öffnete die Tür. »Ich danke für Ihren Besuch, meine Liebe«, sagte sie. »Hier geht es hinaus.«

Renate wußte nachher nicht, wie sie bis zum Fallreep gelangt war. Der junge Offizier stand da und salutierte mit eisernem Gesicht.

Dinah Parker blieb hinter Renate stehen. »Ich hoffe, Sie haben meinen Scheck gut verwenden können!«

Renate wischte sich über die Augen. Sie richtete sich jäh auf und maß Dinah Parker mit kalter Verachtung. »Sie bekommen Ihr Geld umgehend wieder. Ich habe es nur genommen, weil ich Sie für eine Dame hielt!«

Sie sah noch, wie Mrs. Parker um einen Schein blasser wurde. Aber da war sie schon auf dem Fallreep. Angestrengt ruhig ging sie die Stufen hinab. Sie nahm die Hand des Schiffers, stieg in das wartende Motorboot, setzte sich ins Heck und blickte mit unnatürlicher Starrheit zum Land hinüber.

Mechanisch wie eine aufgezogene Puppe zahlte sie, als der Schiffer das Tau um den hölzernen Pfosten warf und die Hand ausstreckte. So stieg sie an Land. So ging sie den Weg zum Hotel hinüber.

Sie sah keinen der Gäste, die am Strand auf und ab schlenderten oder sich in Liegestühlen rekelten, um den letzten Abglanz des Sommers zu genießen. Hätte jemand sie gefragt, was sie jetzt vorhabe, sie hätte es selber nicht gewußt.

Erst als sie vor dem Empfang stand, erwachte sie wie aus entsetzlichen Träumen. Sie sah den alten Empfangschef mit leeren Blicken an und verstand nicht, daß er sie nun schon zum zweitenmal fragte: »Was kann ich für Sie tun, gnädiges Fräulein?«

Ja, mein Gott, was wollte sie denn hier? Hatte sie nicht erst vor kurzem hier gestanden? Vor einer knappen Stunde noch? Sie nahm sich zusammen. Ein Ausweg fiel ihr ein. »Die Post!« sagte sie mühsam.

Er griff in das Postfach und entnahm einen Brief und zwei Karten.

Sie erkannte auf den ersten Blick, daß es der Brief und die Karten waren, die sie von unterwegs an Freytag geschrieben hatte. Er hatte sie überhaupt nicht abgeholt. Sie nahm die Post, wandte sich um und ging grußlos davon.

Wie betäubt schlug sie den Weg zu ihrem Hause ein. Alles in ihr sträubte sich dagegen, es wieder zu betreten. Das Haus, in dem sie das größte Glück ihres jungen Lebens erlebt hatte. Und das nun so entsetzlich leer war. Aber wohin sollte sie sonst?

Dort war sie wenigstens allein. Dort war niemand, der sie ansprach oder eine Antwort von ihr erwartete.

Sie setzte sich auf eine Bank und starrte auf die Post in ihrer Hand. Diese Karte hatte sie in Basel geschrieben auf der Fahrt zum Pensionat. An jenem Abend hatte sie geglaubt, die Tiefe des Abgrundes erreicht zu haben! Wie hatte sie sich geirrt! Damals hatte sie noch an seine Liebe geglaubt! Sie hatte überhaupt noch nicht gewußt, was es heißt, unglücklich zu sein.

Sie erreichte ihr Haus und schleppte sich an der Hausmeisterin vorbei, die sie befremdet musterte. In ihrem Schlafzimmer sank sie sofort auf das Bett.

Endlich war sie allein. Sie lag bewegungslos, mit offenen Augen, ohne Begriff für Ort und Zeit. Mehrfach begann sie, die Kreise in der geschnitzten Tür des Wandschranks zu zählen. Sie verlor sich in Additionen, als sei es lebenswichtig, ein Ergebnis zu erzielen. Es war nur ein Versuch, den wütenden Schmerz zu betäuben. – Es war umsonst.

Die Dämmerung ging rasch in völlige Dunkelheit über, und mit dem Dunkel kamen die schwarzen Gedanken von allen Seiten auf sie zu. Es war, als sei alles Licht der Welt erloschen.

Verraten! Betrogen! Verhöhnt und verlassen!

Kein Mensch, in dessen Armen sie Schutz suchen konnte! Nicht einer, zu dem sie auch nur in Gedanken hätte flüchten können. Den einzigen, auf dessen wahre, uneigennützige Liebe sie stets hatte bauen dürfen, hatte sie von sich gestoßen: ihren Vater! Dieses Band hatte sie mit der Flucht aus der Schweiz selber zerrissen. Bei aller Liebe, die er vielleicht jetzt noch für seine verlorene Tochter empfand – daß sie seinen Stolz so tödlich verletzt hatte, würde er ihr wohl nie verzeihen können.

Nur eine einzige Frau würde verstanden haben, daß sie ihrem Herzen hatte folgen müssen: die Mutter! Bei ihr würde sie sich ausweinen können über den schmachvollen Verrat an ihrer Liebe!

Nur ein schattenhaftes Bild aus frühen Kindertagen trug Renate von ihrer Mutter im Herzen: die Erinnerung an eine schlanke, schöne, weißgekleidete Frau, die neben ihr auf dem Rasen saß und mit ihr spielte.

Nach einer unbestimmbar langen Zeit wandelte sich Renates Lethargie plötzlich in fiebernde Erregung. Krampfhaft suchte sie nach einer Erklärung, nach dem kleinsten Halt in all dieser Trostlosigkeit. War es vielleicht eine Entschuldigung für Freytag, daß er das alles nicht selber ausgeheckt hatte?

Oh, Dinah Parker hatte gewußt, was sie wollte! Wie auf einer Marionettenbühne hatte sie die Figuren hin und her geschoben und mit ihrer niederträchtigen Schlauheit alles nach Wunsch gelenkt. Sie hatte Freytag für sich gewinnen wollen! Das hatte sie von Anfang an eingefädelt. Auch die Reise nach Frankfurt war ihr Werk. Und sie hatte triumphiert.

Bilder stiegen in Renate auf, verwoben und verwischten sich wie in einem Kaleidoskop. Ein Bild kehrte immer wieder: der Vater, wie er ihr mit fahlem Gesicht gegenübersaß!

Ja, jetzt begriff sie die tiefe Angst, die sein hartes Handeln bestimmt hatte. Die Angst des Vaters um sein Kind. Er hatte gewußt, wie es kommen würde, er hatte sie gewarnt. Und noch einer hatte sie gewarnt: Robinson!

Beim Gedanken an ihn stieg ihr die Schamröte in die Stirn. »Robinson treibt sich hier herum!« hatte Freytag behauptet.

Wenn das stimmte, dann müßte es Robinson gewesen sein, dem sie sich an den Hals geworfen hatte!

Renate barg ihr fieberheißes Gesicht im Kopfkissen, um nicht laut aufzuschreien vor Qual und Ratlosigkeit.

Robinson!

Was hatte er hier gewollt? Was hatte er von ihr gewollt? Er mußte sich doch darüber im klaren gewesen sein, daß sie ihn für Freytag hielt. Hatte er sie vielleicht über Freytags Treulosigkeit aufklären wollen? Oder – Renate richtete sich unter einem neuen schrecklichen Verdacht auf –, oder etwa gar über Freytags Unfall?

Gab es da vielleicht Zusammenhänge? – Sie sank zurück. Alles war so verworren. So entsetzlich ausweglos.

Eine Nacht kann ohne Ende sein. Wenn ein verzweifelter Mensch in der Dunkelheit wach liegt, dann greifen Not und Angst mit doppelter Gewalt nach ihm.

Als endlich die Morgendämmerung heraufzog, glomm ein Funke von Hoffnung in Renate auf.

Wenn Mrs. Parker einen so unkomplizierten Menschen wie Freytag mit allen Mitteln weiblicher Raffinesse an sich gezogen hatte! – Wie oft hat man gelesen, daß selbst reife Männer einer zielbewußten Frau widerstandslos erliegen! – Wenn das nun wie ein Rausch über ihn gekommen war – dann liebte er sie im Herzen vielleicht doch noch!

Hätte sie ihm nur Auge in Auge gegenübergestanden! Aber das hatte die andere verhindert.

Und doch – er wußte jetzt, daß sie zurück war. Er würde kommen, mehr und mehr wurde es ihr zur Gewißheit, er würde kommen und versuchen, sich zu entschuldigen und zu rechtfertigen! Er würde kommen! Heute noch! An diesem neuen Tag! Es konnte ja gar nicht anders sein!

Es wurde hell.

Die schwerste Nacht ihres Lebens lag hinter ihr. Wie jeden Morgen fiel eine goldene Lichtbahn durch das Fenster herein. Heute war das Gold matt.

Renate stand auf. Sie war wie gerädert. Mit hölzernen Schritten trat sie ans Fenster und zog die Gardinen zurück, um die Balkontür zu öffnen und frische Luft hereinzulassen. Doch die Hand, die den Türgriff fassen wollte, fiel schlaff herab.

Vor ihr dehnte sich die weite blaue Meeresfläche. Drüben lag die weiße Jacht. Und in einer Kabine – »in seinen Räumen« – Freytag. Ihr Freytag! Während sie mit brennenden Augen hinüberspähte, stockte ihr der Atem.

Die Jacht lag nicht mehr vor Anker. Sie bewegte sich.

Sie bewegte sich!

Ein Schrei stieg Renate auf die Lippen, doch kein Laut wurde hörbar; sie hatte die Hände vor den Mund geschlagen und starrte gebannt hinaus.

Die Jacht stach in See. Ihre Wimpel flatterten, die Mannschaft lief eifrig über das Deck, ein dreimaliges dumpfes Tuten scholl zum Land herüber und ließ die Scheiben leise klirren.

Langsam schwenkte der weiße Bug herum, in Richtung auf das offene Meer. Nun wurde das Heck sichtbar. Über der Schiffsschraube quirlten die Wasser und zogen eine lange Schaumstraße zum Horizont, eine Straße ohne Ende.

Renate preßte ihr Gesicht gegen die Scheibe und wischte immer wieder den Atemhauch vom Glas. Ihre Tränen strömten.

Kleiner wurde das Schiff, immer kleiner. Sie starrte aus brennenden Augen aufs Meer hinaus, auch dann noch, als das Schiff längst am Horizont verschwunden war.

Das war das Ende! Das war die Antwort auf alle Fragen. Nun

gab es keine Zweifel mehr. Nun gab es keine törichte Hoffnung mehr. Sie schwankte. Ihr erloschener Blick glitt durchs Zimmer und traf den Spiegel. Sie tat ein paar unsichere Schritte und streifte ihr Spiegelbild, ihr verheertes Gesicht.

Nein, keiner sollte mehr über dieses Gesicht spotten!

Schwankend ging sie ins Bad. Sie kam mit einem Glas Wasser zurück. Sie nahm das Röllchen mit den Schlaftabletten aus ihrer Handtasche. In Homburg hatte sie sich aus dem Medizinschränkchen ausreichend versorgt. Sie hatte nur daran gedacht, Schlaf zu finden, um alle Aufregungen zu durchstehen. Schlaf versprachen diese runden weißen Tabletten. Zwei Tabletten für eine ungestörte Ruhe. Und vier und sechs und acht, zwölf, vierzehn . . .

Renate zählte nicht mehr. Sie sah zu, wie die runden weißen Dinger in das gefüllte Wasserglas glitten. Ihre Hände zitterten jetzt nicht. Sie wartete, bis alles aufgelöst war, rührte die milchige Flüssigkeit um und trank sie in einem Zuge aus. Dann legte sie sich langsam auf ihr Bett.

24

Wenn Dr. Krabp sich in seiner Homburger Bibliothek die Fahrt in die Schweiz vergegenwärtigte, erschien sie ihm immer wieder als die fürchterlichste Reise seines Lebens. Renates hartnäckiges Schweigen war nicht nur eine Kränkung, es war eine unablässige Qual für das Herz eines Vaters. Nie hätte er geglaubt, daß sein einziges Kind sich ihm gegenüber so verhärten könnte.

Waren Dr. Krabps Überlegungen bis zu diesem Punkt gekommen, dann geriet automatisch immer wieder der junge Mann, Robinson Gomela, in sein Erinnerungsbild.

Mit der unbedingten Ehrlichkeit sich selber gegenüber, die Dr. Krabp sein ganzes Leben hindurch eingehalten hatte, mußte er sich gestehen, daß Robinson Gomela keinen schlechten Eindruck machte. Mochte er auch aus der Schaubude kommen. Für ihn wäre Renates Zuneigung noch verständlich gewesen.

Dr. Krabp vergaß nie, daß sein Großvater den Weg zum Millionär als Handwerksbursche begonnen hatte. Käme dieser Junge aus einer soliden Arbeiterfamilie, er hätte sich keinen Augenblick gescheut, ihn zu sich heranzuziehen. Aber ein Artist einer billigen Jahrmarktsschmiere? – Nein!

Nein! Nie hätte er seiner kühlen, selbständig denkenden Tochter zugetraut, daß sie sich Hals über Kopf in ein männlich schönes Gesicht, in eine Erscheinung vergaffen würde, ohne zu fragen, was hinter der Fassade steckte.

Ach, er hatte selber dabeigesessen, er hatte gesehen, wie die beiden auf dem Jahrmarkt einander zum erstenmal begegnet waren. Innerlich hatte er sogar darüber gelächelt, mit welcher Hingabe Renate dem billigen Verwandlungstrick gefolgt war. Auch bei dem eigenartigen Zusammentreffen im Wagen der alten Hexe hatte er noch gelächelt.

Ja, warum war er so nachlässig gewesen? Warum hatte er nicht eingegriffen, obwohl ihm die seltsame Veränderung Renates seit jenem Tage nicht entgangen war? Er hatte das Verhängnis nicht erkannt! Damals hätte er sie in die Schweiz schicken müssen. Dann wäre sie wenigstens nicht diesem niederträchtigen Verwechslungsspiel zum Opfer gefallen. Er nahm sich vor, jetzt nichts zu unterlassen, was noch getan werden konnte.

Immer wieder kehrten seine Gedanken zu Robinson Gomela zurück. Man müßte sich etwas intensiver mit diesem jungen Mann beschäftigen.

Gewohnt, jeden Entschluß unverzüglich in die Tat umzusetzen, gab er dem Sekretär sofort den Auftrag, Robinson Gomela schon für einen der nächsten Tage zu einer Besprechung zu bitten. Vielleicht konnte man ihn bei einer der Auslandsniederlassungen unterbringen. Dann hätte man ihm geholfen und wüßte ihn für alle Fälle in sicherer Entfernung.

Die Auskunft, die der Sekretär ihm am nächsten Tag brachte, war sensationell.

»Herr Robinson Gomela ist auf Mallorca. Ich habe es von der Vermieterin gehört. Er hat sein Zimmer aufgegeben. Die Bestätigung habe ich mir von einem jungen Mädchen im Wohnwagen des Herrn Möckel geholt. Nach den Informationen der Reisebüros hat Herr Gomela für eine Siebentagereise nach Mallorca gebucht. Er muß übermorgen abend wieder in Frankfurt eintreffen!«

Krabp starrte geistesabwesend vor sich hin. Der junge Kerl hatte also Ernst gemacht! Hatte er nicht gedroht, er werde mit seinem Bruder abrechnen? Wozu mochten Haß und Eifersucht ihn getrieben haben?

Als Dr. Krabp an diesem Abend kurz nach sieben sein Homburger Haus betrat, kam ihm Fräulein Buhrmann mit allen Zeichen großer Aufregung entgegen. »Eine dringende Voranmeldung aus Genf für Sie, Herr Krabp!«

Aus Genf! In Hut und Mantel mußte Krabp sich hinsetzen. In letzter Zeit war er so unerwarteten Überfällen nicht mehr gewachsen. »Rufen Sie sofort an, ich sei sprechbereit«, sagte er schwerfällig.

Die Verbindung war in kurzer Zeit hergestellt. Die Direktorin des Genfer Internats meldete sich. »Es tut mir leid, Herr Doktor, aber ich muß Ihnen eine unangenehme Mitteilung machen«, begann sie.

»Ja«, sagte er mühsam gefaßt, »ist etwas passiert?«

»Ihr Fräulein Tochter ist geflohen. Sie hat einen Museumsbesuch dazu benutzt, sich zu entfernen. Sie hat die Lehrerin, eine unserer zuverlässigsten Kräfte, geschickt getäuscht und ist mit einem Taxi davongefahren, vermutlich zur französischen Grenze. – Hallo, hören Sie noch?«

»Ja, ja«, antwortete Krabp. »Aber sie hatte doch keinen Paß! Den habe ich Ihnen doch gegeben, Frau Direktorin? Bitte, das soll kein Vorwurf sein, aber ...«

»Ich verstehe«, sagte die Direktorin. »Den Vorwurf mache ich mir natürlich selber. Haben Sie meinen Brief noch nicht bekommen? – Nein? – Ich hatte Ihnen alles geschrieben. Der Paß befand sich nicht unter den Papieren, die Sie mir übergeben haben, und ich konnte auch nicht Fräulein Renates Gepäck untersuchen. Das ist in unserem Haus nicht üblich. Wir können die jungen Mädchen nicht wie Gefangene halten!« Sie holte zu weitschweifigen Erklärungen aus, um die Pensionatsleitung zu entlasten; doch Krabp unterbrach sie.

»Ich begreife das. Ich mache Ihnen ja auch keine Vorwürfe.«

»Ich habe bisher gezögert, die Hilfe der Polizei in Anspruch zu nehmen, aber – wenn Sie es wünschen?«

»Nein, nein«, sagte Krabp hastig, »ich danke Ihnen. Ich nehme die Sache selber in die Hand.« Er war nicht fähig, länger zuzuhören. Hart legte er den Hörer auf und sank in seinem Sessel zusammen.

Nun war es doch geschehen. Alle Mühe war umsonst gewesen. ›Ich nehme es selber in die Hand!‹ Ja, was war da noch groß in die Hand zu nehmen? Daß Renate längst über die Grenze war, womöglich schon im Flugzeug nach Mallorca saß, darüber gab es keinen Zweifel. Jetzt würde sie auch nie wieder umkehren.

Jetzt hatte er sein Kind endgültig verloren. Das Verhängnis nahm seinen Lauf. Jetzt blieb ihm nichts, als tatenlos zuzusehen.

Das letzte Wort war es, das ihn wiederaufrichtete.

Tatenlos? – Nein! Ein Krabp durfte nicht resignieren!

Nach gründlichem Überlegen rief er Dr. Hertel im Labor an. Man konnte kaum hören, daß seine Stimme nicht die gewohnte Festigkeit besaß.

»Eine private Bitte, lieber Dr. Hertel. Bei all Ihrer Arbeit. Sie haben mir ja schon einmal so liebenswürdig geholfen. – Ich habe eine höchst unerfreuliche Nachricht bekommen. Meine Tochter ist aus einem Schweizer Pensionat geflohen, nach Mallorca.« Er machte eine kleine Pause. »Es handelt sich um diesen Robinson Gomela – Sie wissen: den jungen Mann, den Sie vorige Woche zu meiner Tochter ins Hotel begleiteten. Ja, er ist inzwischen ebenfalls nach Mallorca geflogen und kommt aller Voraussicht nach Donnerstag hier auf dem Flugplatz an. Näheres teilt Ihnen mein Sekretär noch mit. Ich muß ihn unbedingt sprechen, aber ich kann mich Donnerstag abend unmöglich frei machen. Deshalb bitte ich Sie, lieber Hertel, holen Sie ihn vom Flugzeug ab und bringen Sie ihn zu mir. Am besten gleich Freitag früh. Ich wäre Ihnen sehr verbunden, wenn Sie mir diesen Gefallen erweisen könnten.«

Dr. Hertel blieb nichts anderes übrig als zuzustimmen.

Das Flugzeug mit der Reisegesellschaft von Mallorca landete am Donnerstag planmäßig auf dem Rhein-Main-Flughafen.

Es war schon dämmerig. Die Reisenden eilten mit Basttaschen und spanischen Tonkrügen zur Barriere, wo es eine lebhafte Begrüßung mit den Wartenden gab.

Als einer der letzten verließ Robinson die Maschine. Langsam ging er das kurze Stück über das Rollfeld.

Als ein uniformierter Beamter ihn ansprach, fuhr er zusammen und blickte den Mann verwirrt an.

»Haben Sie etwas zu verzollen?« fragte der Beamte nochmals.

Robinson strich sich mit der Hand über die Stirn. »Ach so – nein«, stammelte er und öffnete seinen Koffer.

Der Beamte warf einen flüchtigen Blick auf das bescheidene Gepäck, dann winkte er ab.

Robinson ging weiter wie ein Schlafwandler, bedrückt von der Not des Herzens, gequält von fürchterlichen Vorwürfen. Er war am Ende seiner Kraft. Scheu blickte er um sich. Wurde er schon von der Polizei erwartet? Damit mußte er rechnen, sobald Freytag aufgefunden worden war. Daß Freytag tot war, stand für ihn fest. Daß sein Verschwinden bisher überhaupt kein Aufsehen erregt hatte, war ihm völlig unverständlich. Es war beinahe unheimlich. Er atmete auf, als er unangefochten die große Halle passiert hatte.

Plötzlich trat ein Herr auf ihn zu. »Guten Abend, Herr Gomela!«

Robinson fuhr zusammen. Sein Fuß stockte. Langsam glitten seine Blicke zur Seite. Doch war es kaum eine Erleichterung, als er Dr. Hertel erkannte.

Da! – Nun kam wieder diese Welt auf ihn zu, die ihm fremd war und von der er nichts mehr wissen wollte. Mit Hertels Erscheinen an jenem Nachmittag hatte das Verhängnis begonnen. Und was war seitdem geschehen! Widerstrebend ergriff er Hertels ausgestreckte Hand und wollte nach einem flüchtig gemurmelten Gruß weitergehen.

Hertel blickte mit ehrlichem Erschrecken in Robinsons müdes, hohlwangiges Gesicht. Welche unbegreifliche Veränderung war in den wenigen Tagen mit diesem jungen Menschen vorgegangen! »Darf ich Sie einen Augenblick sprechen?« fragte er. »Ich sehe, die Reise war sicher anstrengend; aber es ist wichtig.«

Robinson machte eine gleichgültige Bewegung. »Wenn es schnell geht – ich bin schrecklich müde.« Apathisch folgte er Hertel ins Flughafenrestaurant. Sie fanden einen Tisch in einer ungestörten Ecke. Hertel bestellte Kaffee. »Sie sind doch nicht etwa krank?« fragte er vorsichtig.

»Wieso? Sehe ich so aus?« fragte Robinson unruhig zurück. »Nein, ich bin nicht krank. Nur müde! Ich habe mehrere Nächte nicht geschlafen.«

Hertel betrachtete ihn unter halb gesenkten Lidern. Eine seltsame Kälte und Starrheit ging jetzt von diesem jungen Manne aus. Seine Brauen waren krampfhaft zusammengezogen. Die zerfahrene Bewegung, mit der er ununterbrochen die Fingerkuppen am Handballen rieb, hatte etwas Beängstigendes. Seine Gedanken schienen weit fort zu sein, aber seine Blicke geisterten gehetzt durch den Raum. Sie hefteten sich mißtrauisch an jeden, der eintrat.

Mitleid stieg in Hertel auf. Das war ein gequälter Mensch, ein Leidender, dem man helfen mußte.

»Sie werden sich denken können, daß ich nicht aus freien Stükken gekommen bin«, begann er. »Herr Dr. Krabp schickt mich. Er hat erfahren, daß Sie auf Mallorca waren. Er möchte mit Ihnen sprechen.«

Robinson sah starr in Hertels Augen. »Nein«, sagte er laut, »nein, das kann ich nicht. Und ich will auch nicht!«

»Versetzen Sie sich doch einmal in die Lage des Vaters!« fuhr Hertel freundlich überredend fort. »Sehen Sie: Fräulein Renate Krabp ist gegen seinen Willen nach Mallorca zurückgefahren. Herr Krabp will Sie deshalb sprechen. Es ist dringend. Sie könnten ihn damit von einer großen Sorge befreien!«

Gedämpftes Stimmengewirr. Vom Büfett her das Klappern von Tellern und Bestecken. Ein Ventilator schnurrte.

»Nein, ich kann nicht!« Robinson schrie es fast. »Ich kann nicht! Was Sie verlangen, ist unmenschlich!«

Hertel wollte noch einmal beginnen, aber Robinson unterbrach ihn. Er beugte sich weit über den Tisch. Sein düsteres Gesicht kam Hertel beängstigend nahe.

»Hören Sie«, flüsterte Robinson beschwörend, »ich habe fünf Nächte nicht mehr geschlafen! Ich kann überhaupt nicht mehr schlafen. Ich bin fertig! Verstehen Sie: fertig! Sagen Sie Herrn Krabp, was Sie wollen. Ich kann einfach nicht!«

Auch wenn Hertel nicht Mediziner gewesen wäre, hätte er erkannt, daß Robinson kurz vor einem Zusammenbruch stand. »Kommen Sie!« sagte er entschlossen und stand auf. Apathisch folgte Robinson ihm ins Auto.

»Zum Labor«, befahl Hertel.

Das Wetter war trübe geworden. Nebelschwaden ballten sich über den kahlen Feldern und wehten in Fetzen über die Straße. Hertel konnte sich nicht gegen eine rätselhafte Beklemmung wehren, die von seinem gespenstisch stummen Fahrgast immer stärker auf ihn überzugehen schien.

Wie oft sollte er später an diese Fahrt zurückdenken! Hatte damals nicht eine Ahnung des Kommenden über ihm gelegen? Vergeblich kämpfte Hertel gegen ein dumpfes Angstgefühl an.

Zuweilen stöhnte Robinson wie in Fieberdelirien vor sich hin. »Schlafen! Wenn ich doch nur einmal wieder richtig schlafen könnte! Alles vergessen! Hab' ich das denn gewollt? Nein, nein, ich wollte es doch nicht – es ist einfach geschehen.«

Einmal schrie er auf: »Freytag!« Und wieder mit zermürbender Beharrlichkeit der Wunsch nach Schlaf.

Hertel hielt es schließlich nicht mehr aus. »Seien Sie jetzt ruhig, mein Lieber«, sagte er nachdrücklich. »Ich gebe Ihnen was. Danach können Sie schlafen.«

Vor dem Labor schickte Hertel den Fahrer der Krabp-Werke zurück. Er blickte hinter dem Wagen her, bis die roten Lichter sich in der Nacht verloren hatten. Robinson stand gleichgültig neben ihm und starrte vor sich hin. Ein Windstoß fuhr durch die Bäume und ließ die beiden Männer erschauern. Hertel ergriff Robinsons Arm und führte ihn wie ein Kind durch das kahle Gestrüpp des verwilderten Gartens zum Labor.

Dunkel ragte das Haus vor ihnen auf.

Im Labor waren während der letzten Wochen erhebliche Veränderungen vor sich gegangen. Die von Dr. Krabp großzügig zur Verfügung gestellten Gelder hatten Hertel erlaubt, die modernsten technischen Hilfsmittel anzuschaffen. Die Anlage automatisch gesteuerter Apparaturen verringerte die zeitraubenden Kontrollgänge innerhalb zwölf Stunden auf einen einzigen. Nur so war das gewaltige Arbeitspensum zu bewältigen, ohne daß neue Mitarbeiter eingestellt werden mußten. Die Zahl der Versuchstiere war mehrfach erhöht worden. In den Kellerräumen der alten Villa war nach Hertels Plänen ein neuartiger großer Unterkühlungsraum entstanden. Er war jetzt fertig, doch noch unbenutzt.

Dieser Raum war Hertels ganzer Stolz. Er wurde nicht müde, hinunterzulaufen und das neue Herzstück seines Labors zu bewundern. Die Sicherheitsschlüssel trug er ständig in der Tasche. An die hochmoderne Unterkühlungsanlage ließ er nicht einmal Thea Runau heran.

An diesem Abend war Thea zu einem Besuch bei Hertels Mutter. Nur Sturhan war im Hause. Der Alte hatte wieder einmal einen seiner einsilbigen Tage, die in letzter Zeit immer häufiger geworden waren.

Auch jetzt fand er keinen Gruß, als er den beiden Herren die Tür öffnete. Er blickte Robinson kaum an und stapfte stumm in sein Zimmer. Robinson folgte Hertel apathisch in die Bibliothek.

Hertel bereitete ihm auf dem abgenutzten Sofa ein Lager. Er sprach dabei leise und begütigend, wie zu einem kranken Kinde. »Kissen und Decken sind da. Bettwäsche ist leider im Schrank, und meine Assistentin hat den Schlüssel mitgenommen. Wir müssen uns so behelfen. Hauptsache, Sie schlafen. Ich gebe Ihnen ein gutes Mittel. Außerdem ist es sehr ruhig hier. Niemand wird Sie stören. Und wenn Sie aufwachen, sieht die Welt schon wieder anders aus!« Inzwischen hatte er zwei Tabletten in einem Glas Wasser aufgelöst.

Robinson wunderte sich über nichts. Weder über die Menschenfreundlichkeit dieses Arztes, der ihm doch ziemlich fremd war, noch über das primitive Lager, noch über den Schlaftrunk. Er leerte das Glas und sank erschöpft auf das Sofa.

»Sie werden bestimmt gut schlafen«, sagte Hertel suggestiv. »Ich habe nebenan zu tun und sehe nachher noch mal zu Ihnen 'rein.«

Er knipste das Licht aus und ging in sein Arbeitszimmer. Dort saß er lange regungslos vor dem Schreibtisch, an dem einmal Rühle gearbeitet hatte, und starrte nachdenklich vor sich hin. Sein Gesicht lag im Schatten des Lampenschirms. Er war überanstrengt und abgearbeitet; aber er war nicht müde, er war hellwach. – Schlafen, nichts als schlafen!

Die Worte wollten ihm nicht aus dem Kopf. Da war nun ein Mensch, der schlafen wollte, der nach einem aufwühlenden Erlebnis das heilende Vergessen suchte. Er hatte ihm ein normales Mittel gegeben. Nach acht bis zehn Stunden würde er aufwachen.

Wie wäre es denn, wenn er ihm dazu verhalf, länger zu schlafen? Hertel wußte später nicht, wann und aus welchen Tiefen dieser infernalische Gedanke in ihm aufgesprungen war. Er hatte ihn flüchtig abtun wollen, aber es war ein hartnäckiger Gedanke.

Er kam wieder. Er kam immer wieder.

Hertel sprang auf und begann unruhig im Zimmer auf und ab zu laufen. Er kämpfte mit sich. Er kämpfte mit der Eingebung, die ihm sein fanatischer Forschungseifer zuflüsterte. ›Hier hast du einen Menschen. Hier hast du jemanden, der schlafen will. Hier ist einer, der es dir danken wird, wenn er eine ganze Woche lang seinen Kummer vergessen kann. Hertel! Hier hat dir der Zufall den Menschen ins Haus gebracht, den du so dringend suchst!‹

Gegen zehn Uhr machte Hertel seine übliche Kontrollrunde und fand alles in Ordnung. Eine Stunde später kam Thea Runau zurück. Mit strahlendem Gesicht trat sie zu ihm ins Arbeitszimmer. Sie legte ihm die Hände um die Schultern und küßte ihn: »Du,

Hans, ich bin ja so froh! Stell dir vor: Wir können eine Wohnung bekommen!«

Hertel erwiderte ihre Zärtlichkeit nur flüchtig. »Eine Wohnung?« wiederholte er abwesend. Er hatte in diesem Augenblick nicht die geringste Vorstellung, wovon sie eigentlich sprach.

Thea schmiegte sich an ihn: »Wenn ich es dir sage! Deine Mutter hat sie entdeckt. Eine Neubauwohnung, zwei Zimmer, Küche und Bad. Süß, einfach süß. Ich war heute abend da. Wir brauchen nur tausend Mark auf den Tisch zu legen. Den Rest können wir in bequemen Monatsraten tilgen.«

Hertel hatte kaum zugehört. »So, so«, sagte er abwesend. »Wie schön!«

In ihrer Freude beachtete Thea gar nicht, wie gleichgültig er auf diese wichtige Neuigkeit reagierte. Seine Berufsbesessenheit war ihr bekannt; nicht umsonst war sie schon ein paar Jahre heimlich mit ihm verlobt. Sie stieß ihn an. »Freust du dich denn gar nicht?«

»Doch, doch«, sagte Hertel. »Aber – weißt du, ich denke gerade über ein Problem nach.«

»Was ist es denn, Hans? Etwas ganz Neues? Oder . . .«

Sein Gesicht wurde abweisend: »Darüber zu sprechen, wäre zu früh.«

»Du kriegst auch schon Zustände wie der alte Sturhan«, sagte Thea kopfschüttelnd. »Es wird Zeit, daß du ein richtiges Zuhause hast! Sonst wird zum Schluß noch ein Roboter aus dir. – Du bist ja gar kein Mensch mehr. Ich glaube, du fühlst es nicht einmal, wenn ich dir jetzt gute Nacht sage.«

Sie trat auf ihn zu und zog seinen Kopf mit burschikoser Zärtlichkeit herunter. Aber Hertel erwiderte ihren Kuß, als wäre sie ein kleines Kind und nicht seine Braut.

Thea ging achselzuckend hinaus. Man hörte, wie sich ihre Schritte in den oberen Stockwerken verloren. Dann fiel wieder die Stille der Nacht über das düstere alte Haus.

Hertel öffnete ein Fenster. Die kalte Nachtluft strömte herein.

›Dr. Krabp wünscht keinen Menschenversuch. Er hat es verboten! Streng verboten!

Aber er ist ein Laie. Er weiß nicht, daß die ganze Geschichte der Medizin ein Kampf gegen strenge Verbote war, ein Kampf auf Leben und Tod, bei dem der Forscher immer seinen Kopf riskierte. Er weiß nicht, daß die Medizin heute noch auf der Entwicklungsstufe des Mittelalters stünde, wenn nicht mutige Männer immer wieder gewagt hätten, alle Verbote zu mißachten. Sie hatten ihren Kopf riskiert, sie hatten bei Nacht und Nebel Leichen ausgegraben, um trotz aller strengen Verbote den menschlichen Körper studieren zu können. Der Erfolg gab ihrem Wagnis recht. – Und was hier getan werden muß, ist das überhaupt ein Wagnis? – Drüben liegt dieser junge Mann, den der Zufall mir gesandt hat. Er will schlafen!‹

Vom fernen Kirchturm kamen schwere, dröhnende Schläge. Mitternacht. Er schloß das Fenster. Eilig, wie auf der Flucht vor sich selber, suchte er sein spartanisch nüchternes Schlafzimmer auf. Dann fiel er bald in einen unruhigen Schlaf.

Gegen vier Uhr morgens schrak er auf. Ihm war, als hätte eine Stimme ihn gerufen. Alle Schlaftrunkenheit war auf einmal wie weggeweht. Mit kristallener Klarheit wußte er plötzlich, daß sich ihm eine solche Gelegenheit nie wieder bieten würde. Bald würde das Licht des neuen Tages durch die Scheiben dämmern. Wenn er jetzt die Chance verpaßte, würde es für immer zu spät sein. Nicht der Zufall, nein, das Schicksal hatte seinen heißen Wunsch erfüllt. Es hatte ihm einen Menschen geschickt, für den das Leben zur Zeit nichts Lebenswertes besaß. Einen Menschen, für den es eine Erlösung sein würde, tagelang zu schlafen. Vielleicht sogar wochenlang. Wie unter der Wirkung eines Befehls stand Hertel auf, kleidete sich an, ging hinunter.

In der Bibliothek tastete er nach dem Schalter der kleinen Tischlampe, um den Schlafenden nicht zu stören. Als das Licht in den Raum fiel, sah er zu seiner Bestürzung, daß Robinson mit angezogenen Knien auf dem Sofa hockte. Seine Augen blickten ihm flehentlich entgegen. Die Fingerkuppen seiner rechten Hand scharrten pausenlos in der Innenfläche seiner Linken.

»Es wirkt nicht«, stöhnte er, »ich kann nicht schlafen! Ich will schlafen! Verstehen Sie das denn nicht? Sie haben es mir doch versprochen! Ich will endlich einmal nichts mehr wissen!«

Hertel setzte sich neben ihn. »Wollen Sie schlafen?« flüsterte er mit heiserer Stimme. »Gleich eine ganze Woche, ohne zu erwachen?«

»Ja, ja!« stammelte Robinson. »Eine Woche, ja!«

Das starke Schlafmittel hatte ihn zwar noch nicht einzuschläfern vermocht, doch war er schon halb betäubt.

»Kommen Sie!« sagte Hertel aus einem unwiderruflichen Entschluß heraus. Er legte Robinsons Arm um die eigene Schulter, richtete ihn auf – Robinson stolperte mit weichen Knien, halb mußte ihn Hertel die Treppe zum Keller hinunterschleppen.

»Sie werden schlafen«, raunte Hertel. »Sie werden bestimmt schlafen!«

Mit zitternden Fingern schloß er die Innentür des neuen Unterkühlungsraumes auf. Leer, wie wartend, lag die Kammer vor ihm. In den nächsten Tagen hatte er mit der Umbettung beginnen wollen.

Hertel schaltete das Licht ein. Zögernd flackerten die langen Leuchtstoffröhren auf.

Er schob den frisch bezogenen Stahlrohrwagen zurecht und trat wieder in den Gang.

Robinson lehnte wie ein Betrunkener an der Wand. Sein Kopf war vornüber gesunken, die Augen starr und ohne Glanz. Er lallte. Die Zunge wollte ihm nicht mehr gehorchen.

»Kommen Sie!« sagte Hertel behutsam. »Hier herein. Strecken Sie sich auf dem Wagen aus!«

Hinter den beiden schnappte die dickwandige Stahltür leise knackend ein. Hertel verriegelte sie von innen.

Robinson hatte sich auf den Wagen gesetzt und hockte auf dem Wachstuchpolster in der gleichen zusammengesunkenen Haltung wie vorhin oben auf dem Sofa.

»Legen Sie sich zurück!« sagte Hertel bestimmt. »Ich werde Ihnen jetzt etwas erklären!« Er trat dicht an den Wagen heran und beugte sich über Robinson.

»Ich führe in diesem Laboratorium eine wissenschaftliche Arbeit von großer Bedeutung durch. Es ist mir gelungen, Lebewesen auf bestimmbare Zeit schlafen zu lassen und dabei ihre Lebensfunktion so herabzusetzen, daß sie nicht altern, wenigstens nicht merklich. Die Versuche mit Tieren sind abgeschlossen. Ich kann jedes Lebewesen nach meinem Willen zu jeder Zeit wieder aufwecken!« Er sprach, als hätte er es auswendig gelernt. Sein Blick lag unbewußt suggestiv auf dem Gesicht des anderen. Er wollte überzeugen. Aber er sprach nur für sich selber. Robinson war gar nicht mehr fähig, zuzuhören.

»Nur noch ein Baustein fehlt: der Mensch! Ich habe noch keinen Menschen eingeschläfert und wiedererweckt. Erst wenn das gelungen ist, wird diese ungeheuerliche Entdeckung in ihrem ganzen Ausmaß der Menschheit zugute kommen können.« Er schwieg einige Sekunden lang. Jetzt verriet seine Stimme die ganze Energie, die verbissene Leidenschaft, die in ihm brannte.

»Sie sollen dieser erste Mensch sein!« stieß er hervor. »Wenn Sie zustimmen, wird Ihr Name in die Geschichte der Menschheit eingehen wie der unserer größten Forscher. Wollen Sie sich für den Versuch zur Verfügung stellen?« Er blickte mit weitaufgerissenen Augen auf den Liegenden und wußte nicht, daß er selber die Antwort längst vorweggenommen hatte.

»Schlafen«, lallte Robinson, »nur schlafen!«

Diese Antwort konnte Hertel noch nicht zufriedenstellen. »Es besteht keine Gefahr für Ihr Leben«, drängte er. »Der Versuch ist hundertfach gelungen.« Für den Bruchteil einer Sekunde sah er Susi vor sich, das Äffchen, das trotz all seiner Bemühungen noch immer schlief. Doch er wollte dieses Bild nicht sehen. »Es kommt nur darauf an, daß Sie zustimmen«, sagte er. »Wollen Sie, daß ich Sie für eine Woche einschläfere?«

Endlich hörte er die erwartete Antwort klar und deutlich, so daß die letzten Gewissensskrupel in ihm zum Schweigen kamen. »Ja«, sagte Robinson langsam. »Ich will.«

Hertel drückte ihn auf das Lager zurück und begann schnell und umsichtig die Vorbereitungen für seinen Versuch. Jetzt war er wieder der nüchterne, zielbewußte Wissenschaftler. Jetzt arbeiteten die Hände mit vollendeter Sicherheit. Die Reihe von Einzelfunktionen, in zahllosen Experimenten genau erprobt, wurde gewissenhaft durchgeführt. Er vermißte weder Sturhan noch Thea Runau, die ihm sonst assistierten. Es war ihm sogar lieb, daß er jeden Handgriff selber tun konnte.

Umsichtig bereitete er das Lager für den Schlafenden vor. Es war ein besonderer Glücksfall, daß die Unterkühlungsanlage noch nicht in Betrieb genommen war. So konnte er die Abkühlung stufenweise durchführen. Zwei, drei Einspritzungen waren nötig, um den Körper für die Schlafperiode vorzubereiten. Die Nährlösung mußte angesetzt und später angeschlossen werden. Die ersten Aufzeichnungen der Lebensfunktionen des Wachenden mußten gemacht werden. Eine pausenlose Folge von Arbeiten, die – jede für sich – größte Genauigkeit erforderten.

Hertel führte sie durch, ohne noch ein Wort mit Robinson zu sprechen. Er behandelte ihn wie einen Kranken, der für eine Operation vorbereitet wird. Er war der Arzt, der ihm Erlösung bringen wollte.

Bevor er den letzten entscheidenden Schritt tat und an die Schalttafel der Unterkühlungsanlage ging, blieb er in schärfster Selbstkontrolle noch einmal stehen. Er durchdachte mit mathematischer Genauigkeit jede seiner Maßnahmen.

Nein, es war nichts vergessen! Nach menschlichem Ermessen mußte dieser Versuch so sicher gelingen wie alle anderen, die er in den letzten Monaten durchgeführt hatte.

Nach menschlichem Ermessen!

Für eine Sekunde tauchte schwarz und drohend der Zweifel in ihm auf, ob das, was jetzt geschah, zu Recht geschah. Er blickte zu der still ausgestreckten Gestalt hinunter. In dem edlen, vom Leid gezeichneten Gesicht waren die Augen nun geschlossen.

Ja, es war richtig!

Und es war gut!

Mit fester Hand setzte er die Unterkühlungsanlage in Gang.

Etwas später trat er aus der Haustür ins Freie. Er mußte frische Luft atmen. Er mußte die Nacht spüren, die schlafende Natur.

Um ihn war Frieden, Stille. Aus dunklem Gebüsch wuchsen die Silhouetten mächtiger Bäume.

Der Wind hatte die Wolkendecke gesprengt. Das nächtliche Firmament wölbte sich mit seinen funkelnden Gestirnen klar und unermeßlich über ihm. Ferne Welten wanderten in ihren ewigen Bahnen. Sie gehorchten einem höheren Gesetz.

Die Luft war kühl. Herbstdunst wehte vom Park herüber. Ein Duft von Abschied und Vergänglichkeit. Am Himmel kreisten die Sterne, am Boden moderte das Laub.

Ein eisiger Luftzug strich durch das kahle Geäst. Den jungen Gelehrten schauerte es. Jetzt erst wurde ihm bewußt, daß seine Jacke weit offenstand, daß sein Hemdkragen klaffte. Ein Zittern überlief ihn. Er strich sich mit der Hand über die Stirn. Er spürte kalten Schweiß zwischen den Fingern. Er fühlte sich wie leergebrannt. Müde wankte er ins Haus zurück.

25

An diesem Morgen blieb die Sonne auf Mallorca hinter dichten Wolkendecken verborgen. Ein dünner, aber anhaltender Regen tauchte alles in eintöniges Grau. Der Herbst hatte endlich in einem jähen Witterungsumschwung auch über diesem südlichen Eiland seine Herrschaft angetreten.

»Wir werden wohl den Kamin anstecken müssen; die Senorita wird sonst frieren«, sagte die Hausmeisterin in Renates Villa.

Ihr Mann war anderer Ansicht. »Im Bett hat sie's sowieso warm. Du kannst sie ja fragen, wenn du ihr das Frühstück bringst.«

Die Hausmeisterin lief nach einiger Zeit zum zweitenmal ins Obergeschoß hinauf und klopfte an Renates Schlafzimmertür.

Kurz darauf kam sie kopfschüttelnd zurück. »Sie muß schön müde gewesen sein«, sagte sie. »Es ist gleich halb eins, und ich habe ganz laut geklopft, aber sie rührt sich noch immer nicht. Sie sah gestern ja auch zum Erbarmen aus.«

»Ich möchte dich sehen, wenn dir dein Mann durchgegangen wäre . . .!« brummte der Hausmeister.

»Ach!« machte die Alte wegwerfend.

» . . . als du noch so jung warst«, ergänzte er.

Sie lachte. Dann lachten beide.

Plötzlich verstummte die Frau und sah ihn betroffen an. »Du glaubst doch nicht, daß . . .«

»Ach woher!« rief er unwirsch.

Eine Stunde später mußten sie sich gestehen, daß die anhaltende Stille in Renates Zimmer beunruhigend war. Noch nie war Fräulein Krabp so spät aufgestanden.

Um zwei ertrugen sie die Spannung nicht mehr. Sie gingen hinauf. Renates Zimmer war von innen verschlossen, der Schlüssel steckte.

Der Hausmeister klopfte aus Leibeskräften gegen die Tür. Nichts.

»Es nützt nichts, wir müssen 'rein!« sagte die Hausmeisterin. Sie lief hinunter und kam mit dem Schlüssel von Freytags Zimmer zurück. Die beiden Räume waren durch das gemeinsame Bad verbunden.

Nach nochmaligem hartem Klopfen betrat der Hausmeister durch die Badezimmertür Renates Schlafraum.

Ein Blick auf das Bett. Lähmendes Entsetzen: Renate lag verkrampft in den Kissen. Ihr Gesicht war kalkweiß. Die Decke war halb zurückgeschlagen. Ein Arm hing herunter. Aufgeregt drängte sich die Hausmeisterin hinter ihrem Mann ins Zimmer. »Madre Dios!« kreischte sie und bekreuzigte sich hastig. »Sie hat sich umgebracht.« Sie sank in die Knie und begann zu beten.

Der Hausmeister war vor Jahren in Palma Polizist gewesen und hatte einige Erfahrungen. Die Senorita war noch nicht tot, stellte er sofort fest. Ihre Hände waren noch warm. Ohne lange zu überlegen, rannte er zum Hotel. Dort endete die einzige Telefonverbindung der Halbinsel.

Sein hastiger Bericht versetzte auch den sonst so gelassenen Empfangschef in größte Erregung.

Einen Arzt gab es nicht auf Formentor. Bis man einen aus Pollensa geholt hatte, konnte es zu spät sein. Aber im Hotel wohnte ein amerikanischer Chirurg als Gast.

Der Empfangschef suchte ihn in seinem Zimmer auf.

Der Arzt erhob sich sofort aus seinem Liegestuhl. »Let's go!«

Wenige Minuten später hielt der Wagen des Hotels schon vor dem kleinen weißen Haus.

Das Glasröhrchen in Renates Zimmer verriet alles. Der Arzt steckte es ein. Eine kurze Untersuchung des jungen Mädchens genügte ihm. »Sie muß schleunigst in ein Krankenhaus. Ich kann hier nichts tun. Erbrochen hat sie nicht«, murmelte er, »das ist kein gutes Zeichen. Wo sind denn die Angehörigen?«

Der Hausmeister, der etwas Englisch verstand, tauschte einen kurzen Blick mit dem Empfangschef. »Sie ist allein hier«, antwortete er.

Der Amerikaner hielt sich nicht mit Redereien auf. Er war ein großer, vierschrötiger Mann. Seine Bewegungen waren entschlossen und behutsam. Er herrschte die fassungslose Hausmeisterin an. »Schnell! Packen Sie mit an! Jammern können Sie hinterher.« Mit ihrer Hilfe zog er Renate ihren gesteppten Morgenrock über. Dann wickelte er sie in die Reisedecke, die auf dem Diwan lag, nahm sie wie ein Kind auf die Arme und trug sie ins Auto. Er bettete sie sorglich auf dem Rücksitz des Wagens und nahm neben ihr Platz.

»Krankenhaus Pollensa!« rief der Empfangschef und setzte sich neben den Fahrer. Während der Fahrt schärfte er dem Fahrer strengstes Stillschweigen ein. Der Spanier nickte stumm und gab Gas. Er schnitt die Kurven und jagte mit halsbrecherischer Geschwindigkeit die wilden Serpentinen hinauf und hinunter. Und doch dauerte die Fahrt fast eine halbe Stunde. Eine halbe Stunde, wo eine einzige Minute Leben oder Tod bedeuten konnte!

Der amerikanische Arzt wußte sehr gut, warum er diesen Transport begleitete. Mit Renate auf den Armen brach er wie das heilige

Donnerwetter in die nachmittägliche Stille des kleinen Krankenhauses ein. Er konnte kein Wort Spanisch oder Französisch. Aber er wußte sich verständlich zu machen. Mit seinen kurzen englischen Kommandos wirbelte er die Schwestern durcheinander.

Sorgsam beobachtete er die ersten Maßnahmen seines spanischen Kollegen, den man aus der Siesta aufgeschreckt hatte. Er stand aufmerksam dabei, bis die Magenspülung beendet war, und überwachte mit angehaltenem Atem die schwachen Herztöne der Bewußtlosen. Noch lebte Renate, aber ihr Leben hing an einem Haar. Das Gift hatte reichlich lange wirken können.

»Sie muß ständig beobachtet werden!« sagte der Amerikaner, nachdem man Renate in einem Einzelzimmer gebettet hatte. Als er nicht verstanden wurde, nahm er einfach eine der schwarzgekleideten Nonnen an der Hand und drückte sie energisch auf einen Stuhl an Renates Bett.

Dann trat er zum Empfangschef, der sich still im Korridor niedergelassen hatte. »Well«, sagte er, »wir haben jetzt alles getan. Das übrige muß der liebe Gott tun, und mit dem stehen sie wohl hier auf bestem Fuße.« Er zwinkerte zu einigen Nonnen hinüber, die geschäftig hin und her eilten. »Ist sie durch?« fragte der andere.

Der Amerikaner zog die Schultern hoch. »In wenigen Stunden werden wir wissen, ob wir hoffen dürfen. Sicherheit besteht erst, wenn sie die ersten vierundzwanzig Stunden überlebt. Aber das Herz ist ja noch so jung!«

Der alte Herr nickte. »Ja – und doch hat sie nicht mehr leben wollen.«

»Ahnen Sie die Ursache?« fragte der Amerikaner.

Der Empfangschef zögerte. »Wie üblich: ein Mann. – Ich werde wohl ihren Vater verständigen müssen; aber ich möchte die kritische Zeit erst abwarten.«

Kurz nach Mitternacht wurde Dr. Krabp vom Klingeln des Telefons aus einem unruhigen Schlaf gerissen. Erschrocken tastete er nach dem Lichtschalter.

Es war der Hauswart.

»Herr Doktor, ich muß Sie leider wecken. Ein dringendes Ferngespräch von Mallorca. Ich schalte durch.«

Mallorca! Krabp richtete sich im Bett auf und preßte den Hörer ans Ohr. Das konnte nur Renate sein. Was war passiert? Seine Gedanken jagten sich, Hoffnungen und Befürchtungen wechselten in rascher Folge.

Endlich die sachliche Stimme einer Telefonistin. »Sind Sie noch da? Ich verbinde mit Formentor.«

»Hier Hotel Formentor, Mallorca, Empfang. Spreche ich mit Herrn Dr. Krabp?« fragte eine ältere Männerstimme. Die Verbindung war ausgezeichnet, wie in einem Stadtgespräch.

»Am Apparat«, sagte Krabp mechanisch.

»Ich bitte, den späten Anruf zu entschuldigen, Herr Dr. Krabp. Es war sehr schwierig, Ihre Privatnummer herauszubekommen. Ihr Fräulein Tochter ist Gast in unserem Hause gewesen. – Es ist doch Ihr Fräulein Tochter?«

»Jaja«, sagte Krabp. Die umständliche Einleitung machte ihn nervös. »Bitte weiter. Was ist mit ihr?«

»Leider muß ich Ihnen mitteilen, daß wir gezwungen waren, Ihr Fräulein Tochter in ein Krankenhaus zu bringen. Ich fand sie heute mittag bewußtlos in ihrem Schlafzimmer. Sie ist . . .«

Die Stimme brach ab. Selbst diesem so versierten Hotelfachmann fielen jetzt die richtigen Worte schwer.

»Was ist sie? – Was ist mit ihr?« schrie Krabp erregt.

»Sie ist schon wieder außer Gefahr«, sagte die Stimme aus Mallorca schnell. »Wir vermuten, daß sie eine Überdosis Schlaftabletten eingenommen hat . . .«

»Weiter!« keuchte Krabp. »Weiter!«

»Im Krankenhaus wird natürlich alles nur Menschenmögliche für sie getan.«

Ein Knacken in der Leitung. Eine sachliche Stimme: »Sprechen Sie noch?«

»Unterbrechen Sie nicht!« schrie Krabp gereizt. »Hallo? Formentor?«

»Ja – wir hielten es für unsere Pflicht, Sie zu verständigen; denn es wäre gut, wenn sich jetzt jemand um Ihr Fräulein Tochter kümmerte!«

»Was heißt das?« rief Krabp. »Wollen Sie damit sagen, daß meine Tochter allein ist?«

Der Mann am anderen Ende des Drahtes zögerte. Seine Stimme klang um einen Grad reservierter. »Ihr Fräulein Tochter hat, soweit mir bekannt ist, im Augenblick keine Freunde oder Bekannte hier.«

Krabp ließ den Hörer sinken, riß ihn aber gleich wieder hoch. »Danke«, rief er heiser, »Ich danke Ihnen aufrichtig! Ich werde sofort alles veranlassen! Wie heißt das Krankenhaus?«

Die zitternden Finger tasteten nach Schreibblock und Bleistift, die wie immer neben dem Telefon lagen.

»Es ist das Krankenhaus von Pollensa, es gibt da nur das eine.«

»Ich bin Ihnen zu großem Dank verpflichtet«, wiederholte Krabp. »Sie werden von mir hören.« Er legte auf.

Eine Zeitlang saß er auf der Bettkante und starrte auf das Wort, das er mit großen, zittrigen Druckbuchstaben quer über den ganzen Schreibblock geschrieben hatte: Pollensa. Erst allmählich wurde ihm die Kälte bewußt, die durch das offene Fenster hereinströmte. Mühsam legte er sich wieder hin.

Sein Kind hatte versucht, sich das Leben zu nehmen!

Und: sein Kind war allein. ›Ohne Freunde oder Bekannte!‹ – Das hatte dieser fremde Mann sicher nicht ohne Absicht in so diskreter Form gesagt.

Was mochte da geschehen sein? Was mußte Renate erlebt haben, um einen solchen Schritt zu tun!

Hatte er sie vielleicht selber dazu getrieben?

Nein, nein!

War er ihr nicht immer ein guter Vater gewesen? Ein gerechter Vater?

Hatte er nicht nach dem Tode seiner Frau versucht, dem Kind Vater und Mutter zugleich zu sein? Gewiß, er hatte einsehen müssen, daß sich ein liebendes Mutterherz durch nichts und durch niemanden ersetzen ließ.

Und wenn sie nun wirklich durchkam – wer garantierte, daß sie den Versuch nicht wiederholte?

›Es wäre angebracht, daß sich jemand um sie kümmerte‹, hatte der Mann vom Hotel gesagt. – Krabp stöhnte auf. Er sah auf die Uhr. Es war fast eins. Er stand auf, schlüpfte in den Hausmantel und schloß das Fenster. Dann rief er seinen Sekretär an.

»Es haben sich Vorfälle ereignet, die mich zwingen, sofort nach Mallorca zu fliegen«, sagte er ohne jede Einleitung. »Ich kann Ihnen das am Telefon nicht erläutern. Stellen Sie bitte die nächste Flugverbindung fest. Notfalls muß eine Privatmaschine gechartert werden. Entschuldigen Sie«, fuhr er mit der gewohnten Höflichheit fort, »daß ich Sie aus dem Schlaf gerissen habe. Es war unvermeidlich.«

Die Antwort, die Krabp nach einer Stunde qualvollen Wartens erhielt, war unbefriedigend. Man hatte dem Sekretär gesagt, die direkte Verbindung sei wegen der vorgeschrittenen Jahreszeit eingestellt. Eine Privatmaschine zu chartern, sei angesichts des schlechten Wetters nicht zu empfehlen. Zur Zeit käme nur der Weg über Barcelona in Frage. Dort müsse dann für den kurzen Flug nach Mallorca eine Maschine gemietet werden.

»Darf ich noch daran erinnern«, sagte der Sekretär, »daß für morgen der Besuch der Herren aus Philadelphia vorgesehen ist. Wir können ihnen unmöglich absagen.«

»Das habe ich schon bedacht«, sagte Krabp fest. »Aber ich bin in einer Lage, die jede Freiheit der Entscheidung ausschließt. Sie müssen die Herren empfangen und mich bei den Besprechungen vertreten. Wenn ich erst um zehn fliegen kann, dann seien Sie doch bitte um acht hier!«

Nach einer schlaflosen Nacht war Krabp schon um sechs in der Bibliothek.

Jetzt erst fiel ihm auf, daß Dr. Hertels Anruf ausgeblieben war. Mehr denn je brannte er nun darauf, zu erfahren, was Robinson Gomela zu berichten hatte; vielleicht hatte er sogar mit dem schrecklichen Ereignis zu tun?

Es war halb sieben, als Krabp im Labor anrief. Thea Runau war am Apparat. »Ich glaube, Dr. Hertel hat die ganze Nacht durchgearbeitet«, sagte sie. »Er ist eben erst zu Bett gegangen.«

»Es tut mir außerordentlich leid«, sagte Krabp, »aber ich muß ihn trotzdem zu mir bitten. Ich fliege um zehn nach Mallorca und muß ihn vorher gesprochen haben. Bitte, sagen Sie ihm Bescheid. Ich werde sofort einen Wagen schicken.«

Er legte auf und begann wieder seinen ruhelosen Rundgang durch die Bibliothek. Fräulein Buhrmann blickte erstaunt herein; sonst war sie immer die erste.

Sie faßte kaum, was ihr Dr. Krabp in dürren Worten berichtete. Er schob sie gleich zur Tür. Ihr Jammern war ihm unerträglich. »Ich glaube ja, daß sie gerettet ist«, sagte er noch, fast mehr zu seinem eigenen Trost.

Eine plötzlich aufkommende Schwäche machte ihm erst jetzt bewußt, wie stark ihn der nächtliche Schock mitgenommen hatte. Mit zitternden Knien sank er in seinen Sessel. Auf seine Stirn trat kalter Schweiß. Gewaltsam suchte er sich zu fassen. Gerade jetzt durfte er nicht versagen. ›Ich muß mich zwingen, etwas zu essen‹, dachte er. ›Etwas Kräftigendes.‹

Vielleicht rührte seine ganze Schwäche nur daher, daß er seit Wochen hatte diät leben müssen. Was kam es jetzt noch auf die

Vorschriften des Arztes an? Kurzentschlossen bestellte er am Haustelefon Schinken und Eier und starken Kaffee.

Dr. Hertel traf noch vor dem Sekretär ein. Die rotumränderten Augen verrieten seine nächtliche Arbeit. Er war von einer fiebrigen Lebhaftigkeit, die man bei dem stillen jungen Mann sonst nicht kannte. Als Krabp ihn mit der Frage überfiel: »Haben Sie gestern Herrn Gomela abgeholt? Haben Sie ihn gesprochen?« begann er zu stottern.

»Nein«, sagte er, »das heißt, ich . . .«

»Ist er nicht angekommen?« fragte Krabp enttäuscht.

»Doch, schon, aber – aber er war so schrecklich müde, ich konnte ihn nicht mehr fragen.«

»Und? Was haben Sie mit ihm verabredet?« fragte Krabp ungeduldig.

»Er ist nach Hause gefahren. Er will mich anrufen – gleich heute morgen. Er hat es fest versprochen.«

Die Ankunft des Sekretärs ersparte Hertel weitere Lügen. Er wollte die Gelegenheit benutzen, sich zu empfehlen, doch Krabp hielt ihn zurück.

»Ein außerordentlich unglücklicher Zeitpunkt für eine Reise, Herr Dr. Krabp«, sagte der Sekretär.

Krabp ballte die Faust und stand mit einer heftigen Bewegung auf. Mit schnellen Schritten durchquerte er das Zimmer. »Ja«, sagte er, »unglücklich! Das ist das richtige Wort. Sie wissen, meine Herren, welches Unglück mich die ganzen letzten Monate verfolgt. Nun hat es sich zur Tragödie entwickelt. Meine Tochter hat versucht – hat versucht, sich das Leben zu nehmen! Mein Kind . . .« Die Stimme, die lauter und lauter geworden war, kippte plötzlich um, sank zu einem undeutlichen Gestammel herab, wurde leiser, fast unverständlich.

Hertel beobachtete erschrocken die Veränderung, die bei diesen Worten mit Krabp vor sich ging. Auf dem Weg zu seinem Sessel wurden seine Schritte schleppend. Die Beine versagten ihm den Dienst. Sein rechter Arm sank schlaff herunter, die Körperhaltung bekam etwas Unnatürliches. Eine jähe Röte stand in seinem Gesicht. Das war doch . . .

Hertel sprang auf, umfaßte ihn und führte ihn bis zum Sessel. Krabp atmete röchelnd.

Der Sekretär stand wie vom Donner gerührt. Hertel schrie ihn an: »Helfen Sie! Schnell! Er muß liegen!«

Sie betteten den völlig willenlosen Mann auf ein breites Liegesofa in der angrenzenden Halle. Hertel öffnete ihm den Hemdkragen und die Weste. Dann fühlte er seinen Puls und verglich ihn mit dem Sekundenzeiger seiner Armbanduhr.

»Was ist denn los?« fragte Krabp mit lallender Stimme.

Dr. Hertel nickte ihm beruhigend zu. »Nichts, nichts. Ein Schwächeanfall. Es wird gleich vorüber sein. Vielleicht haben Sie etwas gegessen, das Ihnen nicht bekommen ist?«

Dr. Krabp murmelte etwas Unverständliches und schloß die Augen.

»Schlaganfall!« raunte Hertel dem Sekretär zu. »Rufen Sie sofort den Hausarzt an!« Der Sekretär verschwand lautlos.

Dr. Krabp lag unruhig. »Ich muß zu meinem Kind«, murmelte er immer wieder vor sich hin. Er versuchte, sich zu erheben.

Hertel drückte ihn energisch zurück. »Das ist im Augenblick unmöglich. Sie müssen sofort ins Bett. Mindestens für vierzehn Tage.«

Krabp schloß stöhnend die Augen.

»Zuerst bringen wir Sie nach oben, und dann lassen wir Ihren Hausarzt kommen!« sagte Hertel. Er und der Sekretär faßten Krabp unter den Armen und halfen ihm die Treppe zum ersten Stock hinauf. Krabp konnte zwar gehen, aber bei jeder Stufe schleppte er das rechte Bein nach.

Sie brachten ihn ins Bett und wollten sich dann hinausstehlen. Krabp hielt sie zurück. Er hatte einen Teil seiner Energie zurückgewonnen, nur das Sprechen fiel ihm noch sehr schwer.

»Mein Kind«, flüsterte er abgehackt, »ist im Krankenhaus in Pollensa – sie ist allein – sie muß abgeholt werden – hierher!«

Er machte eine längere Pause. Die beiden Männer warteten. Krabp richtete den Blick auf seinen Sekretär. »Sie können nicht weg – wegen der Amerikaner. Aber einer muß nach Mallorca! Wie ist es mit Ihnen, Dr. Hertel?«

Hertel fuhr bestürzt hoch. Er dachte blitzschnell an den Schlafenden, der in seinem Labor lag. Niemand wußte etwas von ihm, nicht einmal Thea Runau. Konnte er es wagen, diesen Menschen jetzt zu verlassen?

Er war voller Unruhe. Er wollte zurück, er wollte in seinen Versuchsraum. Er wollte in nächster Nähe Robinsons sein. Robinson schlief jetzt über sieben Stunden. Es sollten doch einige Tage werden, vielleicht auch mehr.

Krabp blieb Hertels Zögern nicht verborgen. »Dr. Hertel«, sagte er und suchte die Augen des jungen Gelehrten, »ich bitte Sie! Ich kann doch nicht hin, Sie sagten es selber – und meine Tochter ist in höchster Not!«

Fast unwillig sah der Sekretär, daß Hertel selbst jetzt noch zögerte.

Hertel empfand die stummen Vorwürfe sehr wohl. »Nein, nein«, sagte er, »ich überlege ja nur. Ich habe wichtige Versuche im Labor begonnen, die dürfen nicht unterbrochen werden, und niemand anders . . .« Er brach ab.

Würden zwei, drei Tage Abwesenheit überhaupt ein Hindernis bedeuten? Hatte er nicht mit Hilfe der automatisch arbeitenden und registrierenden Geräte in letzter Zeit Tiere länger als eine Woche schlafen lassen, ohne sie betreuen zu müssen? Er schämte sich, daß er nicht spontan ja gesagt hatte. Hier bat ihn ein hilfloser Mensch! Sein Wohltäter, dem er alles verdankte.

»Ja«, sagte er fest, »ich fahre!«

Mit einem tiefen Aufatmen legte Krabp sich zurück. Sein verzerrtes Gesicht gewann einen beinahe friedlichen Ausdruck. »Ich danke Ihnen, Hertel«, flüsterte er, »ich werde Ihnen das nie vergessen! Aber Sie müssen unverzüglich aufbrechen!« Sein ruheloser Blick suchte den Sekretär. »Und Sie regeln alles Geschäftliche!« Er schwieg und schloß die Augen.

Die beiden Männer unterhielten sich im Flüsterton über das, was getan werden mußte. Die Flugkarte war umzubuchen, Geldmittel waren bereitzustellen und das Visum im spanischen Konsulat zu besorgen. Bei größter Beschleunigung ließ sich das vielleicht gerade noch erledigen. Doch Hertel mußte zunächst ins Labor. In der Annahme, Dr. Krabp sei eingeschlafen, gingen sie leise zur Tür. Aber Krabp schlief nicht.

»Hertel«, rief er schwach, »grüßen Sie mein Kind!«

In der Halle stießen sie auf den Hausarzt und informierten ihn kurz.

Bedrückt fuhr Hertel ins Labor zurück. Jetzt erschienen ihm die Schwierigkeiten, die eine mehrtätige Abwesenheit vom Labor mit sich bringen mußten, plötzlich wieder unübersehbar und unlösbar.

War es nicht unverantwortlich, den Schlafenden sich selber zu überlassen? Es war ein Mensch! Ein Mensch, den er dem bedeutungsvollsten Experiment der Gegenwart unterworfen hatte.

Aber selbst wenn er Thea einweihte: auch sie würde nicht mehr tun können als kontrollieren, ob die Instrumente fehlerfrei arbeiteten. Nein, es bestand keine Gefahr für das Leben des jungen Mannes. Auch von der Lieferung des elektrischen Stromes für die Unterkühlungsanlage hatte er sich seit kurzem unabhängig gemacht. Das Labor hatte eine eigene Stromerzeugungsanlage, die automatisch einsetzte, wenn das allgemeine Netz ausfiel. Nach menschlichem Ermessen war jede Sicherheit geschaffen und jede Möglichkeit einkalkuliert.

Der Wagen hielt vor dem Labor. Hertel bat den Schofför, zu warten, und ging hinein. Genauso überlegen und sicher wie seinen Versuch erledigte er jetzt die Reisevorbereitungen. Seinen Paß fand er in demselben Schreibtischfach, in das er ihn vor drei Jahren nach dem Besuch eines wissenschaftlichen Auslandskongresses gelegt hatte.

Eine Minute später brauste der Schofför mit Hertels Paß zum spanischen Konsulat, wo Krabps Sekretär das Visum inzwischen beantragt hatte.

Hertel packte für die kurze Reise ein paar Sachen zusammen. Den Gang in den Keller verschob er bis zum letzten Augenblick. Zu tun gab es dort ohnehin nichts. Er hatte in der Nacht alles für einen einwöchigen Dauerschlaf vorbereitet; die Nährlösung reichte für länger als drei Wochen. Er war so in Gedanken, daß er zusammenfuhr, als Thea Runau in sein Zimmer trat.

»Du verreist?« Sie sah überrascht auf den offenstehenden Handkoffer.

Hertel blickte kaum auf. »Ich muß für Dr. Krabp nach Mallorca fliegen!«

»Nach Mallorca? Und das erfährt man so beiläufig?«

Hertel zog sie flüchtig an sich. »Entschuldige«, sagte er verlegen. »Aber es ist brandeilig. Dr. Krabp hat heute morgen einen leichten Schlaganfall erlitten; er wollte selber nach Mallorca, um seine Tochter abzuholen. Nun hat er mich gebeten . . . Das Flugzeug startet in einer guten Stunde!«

Thea Runau löste sich aus seinen Armen. »Seine Tochter?« fragte sie unwillig. Sie suchte forschend in seinen Augen. Hertel wich aus. »Die Sache kommt mir mächtig ungelegen. Aber es sind ja nur zwei, drei Tage, und ich konnte dem alten Herrn seine Bitte doch nicht abschlagen. Er ist völlig zusammengebrochen. Ich will noch einmal ins Labor sehen«, sagte er kurz und ging hinaus.

Robinson schlief in entspannter Haltung auf den Luftkissen. Das weiche Licht lag glanzlos über der ruhig ausgestreckten Gestalt. Es zeichnete die Gesichtszüge des Schlafenden in sanften Konturen. Da war nichts mehr von der Zerrissenheit des Gehetzten, nichts mehr von Verkrampfung und Angst. Nein, dieses Antlitz strahlte jetzt eine stille Anmut aus. Etwas Unnahbares, etwas Fremdes, das von einer anderen Welt zu künden schien.

Hertel konnte sich nur schwer von diesem Anblick lösen.

Alles war in bester Ordnung. Er konnte beruhigt gehen.

Doch als er die Tür zudrückte und abschloß, tauchten wieder Zweifel in ihm auf. Er allein wußte, daß hier ein schlafender Mensch hinter Betonwänden und Stahltüren lag.

Was würde geschehen, wenn er nicht wiederkehrte, wenn ihm ein Unglück zustieß? War es nicht Frevel, diese gewaltige Verantwortung allein tragen zu wollen?

Draußen hupte der zurückgekehrte Wagen. Er mußte fort. In schnellem Entschluß eilte Hertel noch einmal in sein Arbeitszimmer. Er schrieb ein paar Zeilen auf ein Briefblatt, faltete es fest um den Sicherheitsschlüssel des Unterkühlungsraumes, schob beides in einen dickgefütterten Umschlag, klebte ihn sorgfältig zu und adressierte ihn: Fräulein Thea Runau. So legte er ihn zuoberst in die Schreibtischschublade.

Vom Flur her blickte Thea herein. »Es ist Zeit!« rief sie.

»Noch etwas Wichtiges«, sagte Hertel und schloß sie zum Abschied flüchtig in die Arme. »Sollte ich wider Erwarten in vier Tagen nicht zurück sein, dann geh bitte an meinen Schreibtisch. In der mittleren Schublade liegt ein Brief an dich. Den mußt du dann öffnen!«

»Mein Gott, wie geheimnisvoll!« sagte Thea und versuchte, mit einem Scherz darüber hinwegzukommen: »Du hast doch nicht etwa dein Testament gemacht?«

»Nein – aber etwas Ähnliches«, sagte Hertel unverändert ernst. »Es ist noch wichtiger als ein Testament! Viel wichtiger! Vergiß nicht: nach vier Tagen, vorher nicht!«

26

Das Zimmer war weiß. Ein weißer Vorhang bauschte sich im Luftzug vor dem leicht geöffneten Fenster. Von der Decke hing eine weiße Mattglasleuchte. Alles war glatt, einfach, hell.

War das die Ewigkeit? Sah so die Erlösung von den Kämpfen und Leiden des Erdenlebens aus?

Renates Blick begann zaghaft zu wandern. Erst allmählich gewann die Welt um sie herum festere Gestalt.

Behutsam legte sich eine Hand auf ihren Arm. Sie wandte sich langsam um. Neben ihr saß ein Mann, ein junger Mann mit ernstem Gesicht. Etwas Gutes ging von ihm aus, etwas Vertrauenerweckendes.

Als sie Hertel erkannte, wunderte sie sich nicht einmal. Sie schloß die Augen. Das Licht tat ihr weh.

Hertel fühlte ihren Puls. »Nun?« fragte er leise.

Sie antwortete mit einem Liderzucken. Sie wagte nicht zu sprechen. Vielleicht war alles nur ein Traum?

Nur nicht denken! Nicht nachdenken! Hinter all der Helligkeit ahnte sie das Dunkel fürchterlicher Erinnerungen. War sie in Frankfurt? Natürlich war sie in Frankfurt, woher sollte Hertel sonst kommen?

»Tut Ihnen irgend etwas weh?« fragte er sanft.

Sie gab ein kleines Zeichen mit dem Kopf.

»Sie brauchen keine Angst mehr zu haben!« sagte er herzlich. »Sie haben es überstanden. Jetzt ist alles wieder gut!« Ihre Lippen bewegten sich.

Und nun kam auch ihre Stimme, matt wie aus weiter Ferne: »Mein Arm!«

»Was ist mit dem Arm?« fragte er. Der Druck seiner Hand verstärkte sich ein wenig.

Sie deutete mit einer zaghaften Kopfbewegung auf die andere Seite. Hertel ging behutsam um das frei stehende Bett herum. Er faßte den linken Arm. »Haben Sie hier Schmerzen?«

Renate zog angestrengt die Brauen zusammen. »Ich weiß nicht«, lallte sie mühsam, »er ist fort.«

Hertel lächelte sie an. »Er ist völlig unverletzt.«

»Aber ich kann ihn nicht bewegen!« hauchte sie.

»Das kommt wieder! Er ist wohl ein bißchen eingeschlafen. In ein paar Tagen merken Sie das nicht mehr.«

Renate beschäftigte sich schon mit etwas anderem. »Es ist vielleicht dumm, was ich frage, aber sind wir in Frankfurt?«

Hertel lächelte. »Noch nicht. Wir sind noch auf Mallorca. Aber mehr dürfen Sie heute nicht fragen.«

Lautlos öffnete sich die Tür. Ein dunkelhaariger Mann in weißem Kittel trat ein, mit ihm zwei schwarzgekleidete Ordensschwestern. Hertel erhob sich.

»Wir müssen die Patientin nun aber allein lassen, Herr Kollege«, sagte der spanische Arzt in ausgezeichnetem Deutsch. Hertel nickte.

Am folgenden Tag wiederholte er seinen Besuch. Er war nur bestrebt, die Insel so schnell wie möglich wieder zu verlassen. Für ihre Naturschönheiten hatte er keinen Blick. Als er eintrat, suchte sich Renate in den Kissen aufzurichten. Ein zaghaftes Lächeln spielte um ihre blassen Lippen. »Schön, daß Sie da sind«, sagte sie leise.

Er zog einen Stuhl ans Bett und nahm ihre Hand: »Wie geht es Ihnen heute?« Er war am Tage vorher nach Formentor gefahren, um einige Sachen für Renate zu holen, und hatte dem Empfangschef Gruß und Dank ihres Vaters ausgerichtet. Bei dieser Gelegenheit hatte er Einzelheiten über das Unglück erfahren; doch er scheute sich, etwas darüber zu sagen.

In Renates Augen stand die schmerzliche Erinnerung an all das, was ihr langsam wieder bewußt geworden war. »Es geht mir soweit ganz gut«, sagte sie gefaßt. »Nur der Arm will noch nicht.«

Hertel untersuchte ihn vorsichtig. Äußerlich war nichts zu erkennen. Die Gelenke waren frei beweglich. Doch wenn man ihn hochhob und losließ, fiel er schlaff auf das Bett zurück. »Wahrscheinlich haben Sie zu lange auf dem Nerv gelegen«, sagte Hertel beruhigend. »Das gibt sich wieder.« Als er seine Hand fortziehen wollte, hielt Renate sie fest. »Das vergesse ich Ihnen nie, daß Sie gekommen sind, obwohl ich . . .«

»Kein Obwohl!« unterbrach Hertel. In seinem Gesicht war nichts als die bedingungslose Verehrung, die er immer für Renate empfunden hatte.

»Doch!« sagte Renate hartnäckig. »Ich bin es nicht wert, daß ein Mann wie Sie so . . .« Sie wandte die Augen ab.

»So was sollten Sie nicht sagen, gnädiges Fräulein!« rief Hertel schnell. »Ich will nicht wissen, was geschehen ist. Ich bin nur gekommen, um Ihnen zu helfen. Und was ich für Sie tun kann, das werde ich tun; das habe ich Ihnen schon in Frankfurt versprochen.«

»Schön, einen solchen Freund zu haben«, flüsterte sie. »Einen Menschen, der einen auch dann nicht im Stich läßt, wenn man mal ganz am Ende ist.«

»Bitte nicht!« sagte Hertel. »Außerdem sind Sie nicht allein. Ich soll Ihnen Grüße bestellen. Von einem, der Sie herzlich liebt.«

»Von Papa?« fragte Renate kaum hörbar.

Hertel wußte, was ihm jetzt bevorstand. Er nickte. »Er sendet Ihnen die allerbesten Wünsche.«

Renate brauchte eine ganze Weile, bis sie ihrer Bewegung einigermaßen Herr wurde. »Und warum – ist er nicht selber gekommen?« fragte sie. »Kann er mir nicht verzeihen?«

»Doch, doch!« rief Hertel schnell. »Er hat Ihnen alles verziehen! Von ganzem Herzen. Das soll ich Ihnen sagen. – Aber er konnte nicht kommen, er liegt zu Bett.«

»Ist er krank?« fragte Renate erschrocken.

»Nein, er ist nicht krank. Oder – ja. Eine kleine, belanglose Sache, die aber eine Reise nicht ratsam erscheinen ließ.« Nur schnell über diesen Punkt hinweggleiten! Nur das arme Mädchen zu all seinem Leid nicht noch mit der Schuld am Zusammenbruch des Vaters belasten!

»Sie werden bald bei ihm sein, und ich werde Sie begleiten.« Hertel sprach rasch weiter. »Ich werde mit Ihnen nach Frankfurt fliegen. Wir starten, sobald Sie das Bett verlassen können. Es ist der sehnlichste Wunsch Ihres Vaters.«

»Ja, wir wollen so bald wie möglich weg!« Renate barg den Kopf in den Kissen. Sie weinte. Aber es war ein heilsamer Strom, der vieles Verkrampfte löste und hinwegschwemmte.

Hertel erhob sich behutsam. »Ich komme morgen wieder«, sagte er leise. In einem jäh aufwallenden Gefühl streichelte er leicht über Renates Stirn. Dann ging er schnell aus dem Zimmer.

Am dritten Tag suchte Hertel wenige Minuten vor der Nachmittagsvisite den spanischen Arzt im Behandlungszimmer auf. »Ich möchte Fräulein Krabp abholen«, sagte er. Der Spanier machte ein reserviertes Gesicht. »Das halte ich für reichlich verfrüht.«

»Ich habe die Patientin während der letzten Tage beobachtet und habe keine Bedenken«, entgegnete Hertel. »Ich werde sie heute abend mit dem Hotelauto nach Formentor bringen. Und wenn sie sich morgen wohl fühlt, fliegen wir im Laufe des Vormittags nach Barcelona. Die Patientin selber will so schnell wie möglich nach Hause.«

Der Spanier zuckte die Achseln. »Ihr Arm ist noch immer nicht beweglich. Halten kann ich sie natürlich nicht. Die Verantwortung für etwaige Folgen müßte ich allerdings ablehnen.«

»Die Verantwortung übernehme ich«, entgegnete Hertel bestimmt.

Bei der Abreise von Formentor gab es noch einen unangenehmen Zwischenfall. Hertel hatte Renate für die Stunden bis zum Abflug in einem separaten Salon des Hotels untergebracht. Als er nach dem Begleichen der Rechnung dorthin zurückkehrte, fand er Renate nicht allein vor. Am Tisch stand eine sportlich gekleidete junge Dame. Sie hatte einen Fotoapparat umgehängt und hielt einen Stenoblock in der Hand.

»Sie sind doch die Tochter des deutschen Großindustriellen Dr. Krabp, nicht wahr?« fragte sie gerade in perfektem Deutsch.

Renate warf Hertel einen hilfeflehenden Blick zu.

»Was wünschen Sie?« fragte Hertel scharf.

»Ein Interview mit Fräulein Krabp«, sagte die junge Dame überlegen lächelnd.

Hertel brauste auf. »Hier gibt es nichts zu interviewen!« sagte er scharf. »Bitte!« Er öffnete die Tür.

Die Dame verlor ihr Lächeln. Ihre Lippen wurden schmal, ihre Augen feindlich. »Erlauben Sie mal, es ist wohl das Recht der Presse . . .«

»Es ist durchaus nicht das Recht der Presse, sich in die Privatangelegenheiten fremder Leute zu mischen!« unterbrach Hertel sie schroff. – »Der Wagen ist vorgefahren, gnädiges Fräulein«, sagte er zu Renate und half ihr in den Mantel.

Die junge Dame verschwand.

Aber als Hertel und Renate in Begleitung des Empfangschefs das Hotel verließen, stand die Journalistin neben dem Schofför und machte sich Notizen. Sie klappte den Block zu, bestieg einen Sportwagen und fuhr davon.

»Hoffentlich haben Sie einen guten Flug, es ist etwas neblig!« rief der Empfangschef noch in den Wagen hinein. Renate sagte nichts. Die Kehle war ihr wie zugeschnürt. Der Nebel über der Insel war ihr gerade recht.

»Es wird schon klappen«, sagte Hertel zuversichtlich.

Aber es klappte nicht. Auch über dem Flugplatz in Palma lag eine dichte Nebelwand. Der Pilot der kleinen Luftdroschke nach Barcelona schüttelte beharrlich den Kopf, als Hertel ihn aufforderte zu starten. »Unmöglich, unmöglich«, sagte er immer wieder. »Wir müssen warten!«

Erst eine Stunde später war es soweit. Die Maschine stieg rasch. Die Insel verschwamm im treibenden Dunst unter ihnen.

Als sie in Barcelona landeten, war das Flugzeug nach Frankfurt fort. So blieb nur die Möglichkeit, am frühen Nachmittag nach Paris zu fliegen. »Von dort haben Sie Anschluß nach Frankfurt«, sagte der Schalterbeamte.

»Bestimmt?« fragte Hertel nervös.

Der Mann deutete mißgelaunt in den Nebel hinaus. »Bei dieser Waschküche kann man in der Luftfahrt für nichts garantieren.«

Renate saß in einem Sessel neben dem Schalter. Sie war sehr blaß. »Zur Not übernachten wir in Paris. Auf den einen Tag kommt es auch nicht mehr an«, sagte sie gefaßt.

»Nein, nein!« rief Hertel erregt. »Das geht unter keinen Umständen!«

Sie blickte ihn erstaunt an. »Aber wenn die Leute nicht fliegen können?«

Er hörte sie schon nicht mehr. »Entschuldigen Sie mich bitte, Fräulein Krabp. Ich bin gleich zurück!« Dann stürmte er davon. Einige Minuten später hatte er ein dringendes Telegramm an Thea Runau aufgegeben: »Eintreffe einen Tag später. Briefumschlag auf keinen Fall öffnen. Hans.«

In Paris bekamen sie keinen Anschluß. Sie mußten übernachten.

Für Hertel war es eine Nacht der Qual. Er war mit seinen Gedanken ganz im Labor. Tausendmal sagte er sich, daß nichts passieren könnte. Und doch wuchs seine Unruhe von Stunde zu Stunde.

Am anderen Mittag erreichten sie den Frankfurter Flughafen mit vierundzwanzigstündiger Verspätung.

Ein Taxi brachte sie nach Homburg. Die letzten Minuten der langen Reise legten sie schweigend zurück.

Vor dem Portal der Villa Krabp hielt Dr. Hertel Renate beim Aussteigen und verabschiedete sich dann sofort. »Ich glaube, es ist das beste, wenn ich Sie und Ihren Herrn Vater jetzt allein lasse«, sagte er herzlich. »Ich darf morgen oder übermorgen noch einmal nach Ihrem Befinden sehen?« Renate streckte ihm die Hand hin. »Das will ich hoffen.« Ihre Stimme war belegt. »Sie haben so viel für mich getan! Ich kann Ihnen gar nicht so danken, wie ich sollte. Ich kann es auch nie wiedergutmachen.« – Sie sah ihn an, und jetzt war etwas von dem alten Glanz in ihrem Blick, von dem Zauber ihrer dunkelblauen strahlenden Augen.

Hertel wandte sich verlegen ab. »Aber das war doch alles selbstverständlich!«

». . . für Sie!« ergänzte Renate leise.

Hertel hörte es erstaunt. Was meinte sie damit? Und schlagartig wußte er, daß es für ihn doch mehr gewesen war als die selbstverständliche Hilfe des Arztes, mehr als die rein menschliche Anteilnahme am ungewöhnlichen Schicksal eines anderen. Hatte auch sie das empfunden?

Sekundenlang lagen seine Blicke überrascht in den ihren. »Auf Wiedersehen, Fräulein Renate«, sagte er verwirrt. Dann eilte er hinaus.

Renate ließ sich langsam in das Obergeschoß führen. Die Tür zu ihrem Wohnzimmer stand weit offen. Alles war zu ihrem Empfang liebevoll vorbereitet. Von der frischgefüllten Zigarettendose bis zu ihren Lieblingsblumen. Alles sprach: Hier ist dein Zuhause! Wie konntest du es je vergessen!

Renate blieb nur kurze Zeit in ihren Räumen. Sie wollte die Begegnung mit dem Vater nicht länger hinausschieben. Sie nahm alle Kraft zusammen und ging hinüber.

Krabp lag mit ungesund gerötetem Gesicht in den Kissen und sah ihr entgegen. Renate blieb einen Augenblick hilflos neben der Tür stehen.

»Komm, Kind!« sagte Krabp mit rauher Stimme. »Komm her und setz dich zu mir!«

Ihre Schritte waren wie die ersten tastenden Schritte eines Kindes. Dann, dicht vor seinem Bett – ein Aufstöhnen, ein Sichbefreien von einer übermenschlichen Last. »Paps!« Mit ihrer Fassung war es vorbei. Sie warf sich über das Bett und weinte haltlos.

Der Vater störte sie nicht. Er ließ sie weinen. Er sagte nichts, er strich nur beruhigend über ihre Haare. Eine rührend hilflose Bewegung voll verhaltener Zärtlichkeit. Auch ihm liefen die Tränen über die Wangen.

»Jetzt ist doch alles wieder gut, Renate! Alles ist wieder gut, mein Kind!« Die Worte erstarben in dem schweren Atem des alten Mannes.

»Nichts ist gut«, schluchzte Renate auf. »Keiner sagt es mir, aber ich weiß es trotzdem: Ich bin schuld, daß du hier krank liegst!«

»Unsinn!« sagte Krabp und versuchte gewollt energisch die Rührung, das Beben seiner Stimme zu überwinden. »Unsinn! Mir fehlt überhaupt nichts! Ich bin nur faul! Diese Ärzte sind es, die machen einen krank.«

Renate schüttelte stumm den Kopf. Mit der gesunden Hand strich sie langsam und sanft über sein zerfurchtes Gesicht. »Ach Paps!« schluchzte sie. »Hätte ich nur auf dich gehört! Ich kann mich selber nicht mehr verstehen. Und dann glaubte ich – ich hätte nicht weiterleben können.«

Der alte Mann richtete sich höher auf. »Glaube mir, Kind, das Leben schlägt Wunden, aber es heilt sie auch wieder. Kein Mensch hat das Recht, es wegzuwerfen.« Seine faltigen Hände griffen Renates Kopf und hielten ihn fest. Liebe ging von diesen Händen aus. Liebe strahlte aus den dunkelblauen Augen, klang aus seiner verhalten zärtlichen Stimme, ein erlösender Strom von Liebe.

Renate erschauerte. Was hatte sie diesem Mann angetan! Ihrem Vater! Sie hatte ihn betrogen. Sie hatte seinen Namen, seine Ehre beschmutzt und ihn damit an der empfindlichsten Stelle getroffen. – Er hatte sie gewarnt! Er hatte ihr helfen wollen! Sie aber hatte sich nie Gedanken um ihn gemacht.

Nun lag er vor ihr, selber geschlagen vom Schicksal und dennoch nur von dem Wunsch beseelt, ihr zu helfen. Kein Wort des Vorwurfs, kein Wort der Anklage. In diesem Augenblick gelobte sich Renate, gutzumachen, was sie ihrem Vater angetan hatte.

»Paps«, sagte sie nach einer langen Pause, »von nun an werde ich dir folgen! Das – das werde ich nie wieder tun!« Es war ein Wort, wie es Kinder sprechen. Und jetzt war sie wieder sein Kind.

Weiter war nichts zu sagen. Sie verstanden einander, wie sie einander immer verstanden hatten. Sie waren beide von demselben Blut, sie liebten keinen Gefühlsüberschwang und strebten schnell wieder ins Alltägliche.

»Was ist mit deinem linken Arm?« fragte Krabp besorgt.

Renate errötete im Gedanken an die Ursache dieser Lähmung.

Aber sie sah den Vater offen an. »Er ist ein bißchen taub, ich kann ihn nicht bewegen. Dr. Hertel meint aber, es würde sich bald wieder geben.«

Ein kleines wehmütiges Lächeln umspielte Krabps Mund: »Dann sind wir also beide Invaliden, Natz!«

Dieses Kosewort! Wie lange hatte er es nicht mehr gebraucht!

Krabp hob den rechten Arm halb auf. »Meiner ist auch nicht ganz in Ordnung! Höher bekomme ich ihn noch nicht. Ich hab' da so eine blöde Schwäche!«

Renate erschrak. Sollte es ein Schlaganfall gewesen sein?

»Aber jetzt wird das schnell besser werden«, sagte Krabp fast übermütig. »Jetzt werde ich aufstehen und meinen Laden wieder in Ordnung bringen. Ich werde nicht länger auf diese Quacksalber hören.«

Renate sah ihn gerührt an. »Aber auf mich wirst du hören, nicht wahr? Du wirst schön liegen bleiben. Und ich werde dich pflegen, bis du wieder ganz auf dem Damm bist!«

Krabp lehnte sich zurück, ohne Renates Hand freizugeben, und schloß die Augen. Ein zufriedenes Lächeln lag um seinen Mund.

Dr. Hertel ließ sich gleich zum Labor fahren. Sobald er allein war, wurde die Spannung fast unerträglich. Wie würde er alles vorfinden?

Es gab nun eine moderne elektrische Klingel an der Haustür. Thea öffnete und fiel ihm stürmisch um den Hals.

Ihre Freude über seine Rückkehr war so unverhohlen, daß er etwas wie Beschämung empfand. Weiß Gott, an sie hatte er in diesen turbulenten Tagen überhaupt nicht gedacht. Nicht einmal ein kleines Geschenk hatte er ihr von der Insel mitgebracht.

Aber soweit die Sorge um Renate ihm überhaupt Zeit ließ, hatten all seine Gedanken dem Mann gegolten, der schlafend im Keller des Labors lag.

Hertel machte sich langsam aus Theas Umarmung frei und trat ins Haus. Nach ein paar belanglosen Worten fragte er beiläufig: »Hast du mein Telegramm aus Barcelona bekommen?«

»Ja, natürlich, aber . . .«

Er hörte nicht, was Thea erwiderte. Er lief schon voller Ungeduld in sein Arbeitszimmer und zog hastig die Schreibtischschublade auf.

Da lag der Umschlag! Er war geöffnet.

Hertels Hände zitterten. Sie wußte es also! Sie hatte den Umschlag geöffnet und war im Keller gewesen!

Langsam hob er den Kopf. Thea war ihm gefolgt. Er blickte zu ihr hinüber. Sein Gesicht war blaß.

Thea trat zu ihm. »Hans«, sagte sie, »du hattest mir doch so ans Herz gelegt, den Umschlag nach vier Tagen zu öffnen. Aber ich wußte nicht, wie du es gemeint hattest – ob ich ihn am vierten Tag oder nach dem vierten Tag öffnen sollte. Ich saß gerade hier am Schreibtisch, als dein Telegramm kam!«

Hertels Gesichtsausdruck wurde lauernd. »Hast du den Brief gelesen?«

Thea nickte. Ihre Augen waren sehr wach.

»Bist du im Keller gewesen?« Das kam fast tonlos.

Thea zögerte, bevor sie sich zur Antwort entschloß. »Nein«, sagte sie gedehnt, »ich sagte dir doch, das Telegramm kam gerade, als ich den Umschlag geöffnet hatte!«

Sein Blick wurde hart. »Ist das wahr?«

»Aber was hast du denn?« fragte Thea verärgert. »Du kommst zurück und begrüßt mich kaum. Du erzählst kein Wort und stürzt wie ein Besessener zu deinem Schreibtisch! Manchmal bist du einfach unausstehlich! Dabei hatte ich mich so auf deine Rückkehr gefreut!« Sie mußte tief Luft holen. »Ich wollte mit dir zu Mutti«, fuhr sie beherrschter fort, »und du solltest uns von der Reise erzählen, von Mallorca, von dem Flug und von allem! Aber jetzt – jetzt ist mir die Lust vergangen.« Sie eilte mit harten Schritten hinaus.

Hertels Schuldbewußtsein verdrängte sein Mißtrauen. Er zog nach kurzem Zaudern den Brief aus dem Umschlag und überlas mehrfach, was er geschrieben hatte: »Liebe Thea, nimm den Schlüssel zu dem neuen Labor und überprüfe dort den Versuch, den ich gestern nacht begonnen habe. Er ist auf sieben Tage bemessen. Sollte ich durch einen Unfall oder aus anderen Gründen nicht zur Zeit zurückkommen und in keiner Weise erreichbar sein, dann führe alles so weiter wie üblich.«

Gott sei Dank, das sagte nichts. In der Hast der Niederschrift war ihm gar nicht bewußt geworden, daß er mit diesen Worten nichts verriet. Thea konnte nur angenommen haben, es handle sich um einen normalen Tierversuch. Gott sei Dank! Alles war gut! Er nahm die Schlüssel und wog sie in der Hand. – ›Ich werde mich bei Thea entschuldigen müssen‹, dachte er. ›Sie ist eine Frau. Ich muß in Zukunft auf ihre Gefühle mehr Rücksicht nehmen.‹

Endlich fiel ihm auf, daß er noch immer den Mantel anhatte. Er vertauschte ihn mit dem weißen Kittel und ging in den Keller. Das Haus lag ausgestorben wie immer. Von den zwölf Räumen der alten Villa wurde für das Labor und die Privatzimmer nur die Hälfte benötigt. Alle anderen standen leer, und von ihnen breitete sich eine große Trostlosigkeit über das ganze Gebäude aus.

Er schob den kleinen Schlüssel vorsichtig in das Sicherheitsschloß. Beim Öffnen der Tür schaltete sich die Raumbeleuchtung automatisch ein. Stille umfing ihn. Es war wie das Schweigen in der erstarrten Eiswelt des hohen Nordens. Kein Laut drang durch diese dicken Mauern. Hier herrschte Ruhe.

Und dort lag Robinson. Er lag unverändert. Nicht ein Muskel hatte sich in diesem Gesicht bewegt. Es war nicht ausdruckslos. Es war nicht starr und abweisend, es war voll tiefen Friedens.

Ein nie empfundenes Glücksgefühl durchströmte Hertel, als er die Instrumente prüfte. Sie hatten wundervoll gearbeitet, gemessen, registriert; sie hatten über den ganzen Zeitraum hinweg automatisch die Funktion eines denkenden Menschen übernommen und alle Lebensreaktionen des schlafenden Körpers aufgezeichnet.

Die erste Hälfte seines großen Versuchs war gelungen! Jetzt war nur eines noch zu tun: Er mußte den Schlafenden wecken! Fast tat es ihm leid, daß er sich schon von ihm trennen sollte.

Für einen Augenblick ging ihm der Gedanke durch den Kopf, daß der Erfolg noch vom Gelingen des Aufweckens abhing. Wie viele Jahre hatte Rühle vergeblich versucht, seine eingeschläferten Tiere aufzuwecken! Aber ihm war es doch gelungen, ihm, Hertel! Und auch dieser Robinson würde wieder frisch und lebendig umherlaufen. Er zweifelte nicht daran. Er fühlte nicht die dunkle Drohung des Schicksals, das er heraufbeschworen hatte. Als er die Treppe wieder hinaufstieg, war er froh und erleichtert. Kurz entschlossen suchte er Thea auf, um sich gleich bei ihr zu entschuldigen. Er fand sie im Labor. Ihre Augen waren rot gerändert und verrieten, daß sie geweint hatte.

Er blieb mit der Miene eines schuldbewußten Schuljungen neben ihrem Platz stehen. »Entschuldige bitte«, sagte er gepreßt, »ich habe es nicht so gemeint! Ich war nervös von der überstürzten

Reise – und schließlich habe ich doch auch nichts gesagt, was dich kränken könnte. Du kennst mich ja – also sei schon wieder gut!«

Thea legte das Präparat ab, an dem sie gearbeitet hatte, drehte sich zu ihm um und sah ihn offen an. Ihr Atem ging kurz und heftig. »Du machst es dir sehr leicht, Hans«, sagte sie langsam. »Du sagst einfach ›verzeih bitte‹, und dann muß alles wieder gut sein.« Sie biß sich auf die Lippen, und ihr Gesicht nahm einen trotzigen Ausdruck an.

»Ich habe in den letzten Tagen, als ich allein war, über uns nachgedacht«, fuhr sie fort. »Wir sind jetzt bald zwei Jahre verlobt, und wir verdienen genug Geld, um heiraten zu können. Ich möchte gerne wissen, woran ich bin!« Sie sprach schnell weiter, als sie sah, daß er nervös die Stirn runzelte. »Und wir können eine entzückende Zweizimmerwohnung in einem Neubau bekommen . . .«

Jetzt brauste Hertel auf: »Das ist doch purer Unsinn mit der Wohnung!« rief er. »Ich begreife nicht, warum wir nicht ebensogut hier bleiben können. Es sind Räume genug frei!« »Ach«, sagte Thea ironisch, »so stellst du dir das vor! Aber ich nicht. Dann hocktest du ewig im Labor, und wir hätten überhaupt keinen Feierabend mehr. Außerdem will ich mein eigenes Zuhause haben! Mit einem schicken Bad und einer modernen Kachelküche!«

Vor Hertels Augen tauchte plötzlich wie eine Vision das Bild des Schlafenden auf. »Nein, das ist ganz unmöglich«, entfuhr es ihm. »Bei all den laufenden Versuchen! Ich muß im Haus sein, ich kann das Labor nicht im Stich lassen!«

Eine unbehagliche Stille entstand. Dann lachte Thea gekünstelt auf. »Vielen Dank! Dann bin ich ja unterrichtet. Du willst dich mit dem Labor verheiraten, nicht mit mir!«

»Ach, das ist doch Quatsch!« rief Hertel ärgerlich. »Sei doch nicht immer so empfindlich! Du mußt einsehen . . .«

Er kam nicht zu Ende. Thea Runau unterbrach ihn mit einer Heftigkeit, die er noch nie an ihr erlebt hatte: »Ich sehe nichts ein, gar nichts!« schrie sie. »Ich sehe nur, daß du mir schon seit Monaten ausweichst. Wir verdienen jetzt genug Geld, wir könnten längst verheiratet sein. Jahrelang sind wir schon verlobt, und da ging es nicht. Und jetzt sieht es so aus, als ob du nicht wolltest.«

»Natürlich will ich«, sagte Hertel gequält. »Ich habe nur zuviel um die Ohren! Natürlich werden wir heiraten!«

»Wann?« fragte Thea trocken.

Wenn ich den Menschenversuch abgeschlossen habe, hätte Hertel am liebsten gesagt. Aber er bezwang sich. »In zwei bis drei Monaten!« sagte er fest.

Thea seufzte erleichtert auf. »Das wollte ich schon lange von dir hören. Ich bin gewiß nicht anspruchsvoll; aber ich muß doch schließlich wissen, wohin der Weg geht. Unser Weg! Ich denke dabei mehr an dich als an mich. Du wirst noch dahinterkommen!« –

Die Vorbereitungen für die Erweckung Robinsons nahmen Hertel in den nächsten Tagen völlig gefangen. Als er endlich fertig war, erhielt er eine Einladung von Dr. Krabp für einen Besuch in Homburg.

Es war der dritte Abend seit der Rückkehr von Mallorca. Der neunte seit Robinsons Einschläferung. Eigentlich hatte Hertel an diesem Abend die Aufweckung vornehmen wollen. So verschob er sein Vorhaben auf die folgende Nacht.

27

Am Tage nach Renates Heimkehr hatte Dr. Krabp kurz entschlossen das Bett verlassen. Wider Erwarten war ihm das recht gut bekommen. Er humpelte in den Zimmern am Stock umher. Auf den Treppen ließ er sich vom Hausmeister helfen. Dr. Krabp war mit seinem Befinden zufrieden; er wäre noch zufriedener gewesen, wenn Renates Gesundung die gleichen Fortschritte gemacht hätte. Aber Renate gefiel ihm ganz und gar nicht.

Gewiß, sie bewegte sich im Haus wie früher, und die Lähmung des linken Arms war so gut wie verschwunden. Aber der unveränderte seelische Druck verriet sich in ihrem durchscheinend blassen Gesicht, in den verschleierten Augen, in ihrer ständig spürbaren Nervosität. Einige Nächte hatte Fräulein Buhrmann bei ihr gewacht. So wußte Krabp, daß Renate schlecht schlief und oft mit lautem Aufschrei wie aus einem Alptraum auffuhr.

Noch etwas kam hinzu.

Die Rückkehr der Krabp-Tochter in das Vaterhaus hatte sich in der Frankfurter Gesellschaft herumgesprochen. Trotzdem gab es keine Anfrage, keinen Brief, keinen Telefonanruf. Dr. Krabp konnte es nicht lange verborgen bleiben, daß seine Tochter von Freunden und Bekannten geschnitten wurde.

Auch Renate mußte das merken.

So hatte Krabp Hertel nicht nur eingeladen, um ihm seinen Dank zu sagen, er versprach sich von diesem Besuch auch eine günstige Wirkung auf sein Kind.

Als Hertel an diesem Abend die wenigen Stufen zum Portal der Villa hinaufschritt, durchschoß ihn die Erinnerung an seinen ersten Besuch in diesem Hause, jenen glänzenden Empfang, den er noch mit Professor Rühle erlebt hatte. Gegen die damalige Lichtfülle wirkte das Haus heute wie ausgestorben.

Der alte Herr begrüßte seinen Gast mit großer Herzlichkeit. »Entschuldigen Sie, daß ich sitzen bleibe, lieber Hertel! Sie wissen ja, was mit mir los ist.« Er schüttelte ihm lange die Hand. »Renate hat mir erzählt, wie umsichtig Sie für sie gesorgt haben. Ich werde Ihnen das nie vergessen. Und ich danke Ihnen besonders dafür, daß Sie gegen den Willen des spanischen Arztes die schnelle Abreise durchgesetzt haben.«

Hertels Lider zuckten. Wenn Dr. Krabp den wahren Grund für die hastige Abreise wüßte, würde er sich wohl kaum so herzlich bedanken. Hertels Blick glitt schnell zu Renate, die mit einem zaghaften Lächeln neben dem Vater stand.

Dann lag die schmale Mädchenhand in der seinen. Er verbeugte sich – ein wenig linkisch, wie immer – und sagte: »Ich freue mich, gnädiges Fräulein, daß Sie wieder auf dem Damm sind. Und was macht der Arm?«

Renate schlenkerte den linken Arm hin und her. »Alles in Ordnung! Genau, wie Sie es gesagt haben!«

In dem kleinen Teezimmer war das Abendessen vorbereitet. Krabp und seine Tochter gaben sich die größte Mühe, dem Gast über die angeborene Schüchternheit hinwegzuhelfen. Sie wußten das Gespräch auf Gebiete zu lenken, in denen er zu Hause war. Ohne daß er es merkte, wurde er lebhaft und gesprächig. Schließlich wagte er es sogar, den Römer zu heben und Renate zuzutrinken.

Krabp lehnte sich zurück und blickte von einem zum andern. Wie seltsam das Schicksal doch spielte! Hier war nun ein junger Mann, ein Wissenschaftler, der unbeirrt seinen Weg ging. Und wenn er auch aus anderen Lebensverhältnissen kam – ihm hätte er Renate ruhig anvertrauen können. Sie aber mußte einem Schurken ins Garn gehen und damit ihr Leben verpfuschen!

Ach, es war noch nicht zu spät! Man mußte nur Geduld haben.

Auch über diese Sache würde Gras wachsen. Man mußte von dem Kinde nur alles fernhalten, was sie an diese schreckliche Episode erinnern könnte.

Krabp wandte sich an Hertel: »Mit den neuen technischen Errungenschaften Ihres Labors sind Sie also zufrieden, Dr. Hertel? Haben Sie den großen Unterkühlungsraum schon in Betrieb genommen?«

Die Frage traf Hertel wie ein Blitz. Alle Sicherheit, die er gerade gewonnen hatte, war wieder dahin. »Ja«, stammelte er, »nein – das heißt, gewissermaßen . . .«

Krabp entging Hertels Verwirrung nicht. Aber er wußte sie sich nicht zu erklären und sprach darüber hinweg. »Keine Einzelheiten, mein Lieber, davon verstehe ich doch nichts. Lassen Sie es mich nur rechtzeitig wissen, wenn Sie weitere Einrichtungen benötigen!«

»Ich danke vielmals«, sagte Hertel. Wieder hatte er ein Gefühl der Beschämung zu überwinden. Er vermied es, Krabp in die Augen zu sehen. Er empfahl sich bald.

Renate begleitete ihn in die Halle hinaus und kam seinen Dankesworten zuvor. »Nein, wir haben zu danken, daß Sie gekommen sind. Für mich war dieser Abend eine Erholung. Seitdem ich zurück bin, sind wir ganz allein. Dabei ist mir das Alleinsein nie so schwergefallen wie gerade jetzt. Ich bin überzeugt, alle tuscheln hinter meinem Rücken!«

Hertel war betroffen. Ihre Verbitterung tat ihm weh.

»Und das schlimmste ist«, fuhr Renate fort, »daß sie damit auch meinen Vater treffen!«

Hertel ergriff spontan ihre Hand. »Wenn ich Ihnen nur helfen könnte! Ich würde alles für Sie tun!«

Renate spürte, wie eine stille Kraft aus Hertels Hand in sie überströmte. Da war es wieder, das Vertrauen, das Gefühl der Geborgenheit, das sie schon im Krankenhaus in seiner Nähe empfunden hatte. Das war ein Mensch, auf den man sich verlassen konnte! Der einen niemals enttäuschen würde.

Ihre Augen verdunkelten sich. Es war vielleicht gut, daß sie durch den herantretenden Hausmeister abgelenkt wurde. »Verzeihung«, sagte er. »Herr Dr. Krabp möchte Herrn Dr. Hertel noch einen Augenblick allein sprechen.«

Renate nickte Hertel zu. »Gehen Sie. Aber wenn er Sie über meinen Zustand ausfragen will, dann sagen Sie ihm nur das Beste.

Ich warte im Salon.« Sie wandte sich ab. Er sah ihre helle Gestalt im angrenzenden Raum verschwinden.

Voll unklarer Besorgnis ging Hertel zurück. Dr. Krabp lehnte im Sessel. »Noch eins, lieber Hertel«, sagte er. »Ich wollte in Gegenwart meiner Tochter nicht fragen. Haben Sie etwas von Robinson Gomela gehört?«

Er bemerkte mit leichtem Erstaunen, daß diese Frage den jungen Arzt wieder in Verlegenheit zu versetzen schien. Hertel fingerte an seiner Krawatte, blickte unruhig durch den ganzen Raum, rang um eine Antwort.

»Na, es ist nicht so wichtig«, sagte Krabp beschwichtigend. Wahrscheinlich hatte Hertel über seiner Arbeit vergessen, Robinson aufzusuchen. »Die Sache hat sich ja erledigt. Nur ist es vielleicht gut, wenn Sie Verbindung zu ihm halten. Und dann lassen Sie mir bitte gelegentlich seine derzeitige Anschrift zukommen!«

Hertel stammelte etwas, das wie eine Zusicherung klang, und verbeugte sich.

Er atmete zwar auf, als er wieder in der Halle stand, aber innerlich war er völlig verstört. Wie hatte er sich benommen! Mit dieser Frage hatte er doch rechnen müssen!

Er verabschiedete sich ziemlich abrupt von Renate und empfand genau, daß sie sich über sein verändertes Verhalten wunderte. Aber das half nun nichts. Er mußte hinaus ins Freie.

Endlich stand er draußen vor dem Portal. Die kalte Dezemberluft erfrischte und beruhigte ihn. Nein, diesen zweiten Abend im Hause Krabp würde er ebensowenig vergessen wie den ersten.

Es war eine Sternennacht. Seine Sternennacht.

Die Ereignisse hatten sich in den letzten Wochen überstürzt. Und er hatte nicht das Gefühl, sie würden ihn zur Ruhe kommen lassen. Noch diese Nacht sollte es geschehen.

Fast wäre er an dem wartenden Wagen vorbeigegangen. Aber der Fahrer riß die Tür auf. »Hier, Herr Doktor!«

Renate sah es vom Wintergarten aus und schüttelte leicht den Kopf. Diese Gelehrten waren doch alle gleich, ob jung, ob alt! ›Er ist ein anständiger Kerl‹, dachte sie, ›seine Augen können nicht lügen. Er ist offen und ehrlich und sogar ein bißchen in mich verliebt. Aber wahrscheinlich ahnt er das selber nicht einmal. So ein Mann wäre eher nach dem Herzen von Paps gewesen!‹

Paps! Sie drehte sich um und eilte zu ihm. Sie brauchte jetzt seine Nähe, seinen Schutz. Sie ließ sich neben ihm in einen Sessel fallen.

Krabp betrachtete sie aufmerksam. »Ein angenehmer Abend, nicht wahr?«

»Ja, Paps, es war gut, daß man mal mit jemandem sprechen konnte.«

»Er ist ein tüchtiger Mensch«, sagte Krabp wie im Selbstgespräch. »Er kommt aus kleinen Verhältnissen. Er hat sich richtig heraufgehungert. Aber aus solchem Holz werden die Männer der Zukunft geschnitzt. Was er bis jetzt erreicht hat, ist erst ein Anfang. Er wird noch viel weiter kommen! Ich möchte sagen, daß ihm eine Professur schon heute sicher ist!«

Mit Fräulein Buhrmann zusammen brachte Renate den alten Herrn in sein Schlafzimmer. Dann gab sie ihm einen zärtlichen Gutenachtkuß und ging.

Gegen ihre Gewohnheit blieb die Wirtschafterin zurück. Sie hantierte so lange im Zimmer herum, bis es Krabp auffiel. Er kannte ihre Art.

»Na, was haben wir, Buhrmännchen? Stimmt wieder mal was nicht?«

Die hagere Wirtschafterin trat einen Schritt näher. Ihre Verlegenheit war unverkennbar, aber ihre heftig geröteten Wangen verrieten Ärger. »Ich weiß nicht, ob ich es Ihnen überhaupt sagen soll, Herr Doktor«, begann sie weitschweifig. »Sie dürfen sich auch auf keinen Fall aufregen! Aber ich halte es doch für meine Pflicht, Sie von der Sache in Kenntnis zu setzen, obwohl sie nicht sehr erfreulich ist.«

»Na, nun mal 'raus damit!« sagte Krabp gefaßt.

»Als ich eben in die Küche komme, sitzen Elli und Frieda in einer Ecke und stecken die Köpfe zusammen, und wie sie mich sehen, da verstecken sie etwas und wollen es mir nicht zeigen. Ich hab's natürlich doch bekommen, und – und – es war eine Zeitung!«

Sie brachte ein Exemplar des »Frankfurter Acht-Uhr-Abendblattes« zum Vorschein und fingerte unentschlossen damit vor sich herum.

»Ja – und?« fragte Krabp ungeduldig.

Fräulein Buhrmann legte das mehrfach gefaltete Blatt vor ihn hin und deutete auf einen angekreuzten Bericht. »Das hier!«

Krabp griff seufzend nach seiner Brille. Dann las er:

SELBSTMORDVERSUCH
EINER MILLIONENERBIN!

Wie uns aus einem spanischen Luxusbad berichtet wird, hat die Tochter eines bekannten Frankfurter Großindustriellen versucht, sich mit Schlaftabletten das Leben zu nehmen. Anlaß zu dieser Tragödie soll eine Liebesromanze sein, die das junge Mädchen mit einem jungen Jahrmarktskünstler erlebt hat. Er soll sie wegen einer anderen, noch reicheren Frau verlassen haben. Zum Glück wurde die Lebensmüde rechtzeitig von dem Hausmeister der Villa aufgefunden, in der sie mit dem jungen Mann gewohnt hatte.

Krabp ließ das Blatt sinken. Mit einer schleppenden Bewegung nahm er die Brille ab und legte sie auf den Nachttisch. Er schloß die Augen. Seine Stimme war ausdruckslos: »Lassen Sie mich bitte allein, Fräulein Buhrmann. Es war richtig, daß Sie mir das gebracht haben, ich danke Ihnen.«

Nach der Rückkehr von Homburg traf Hertel alle Vorbereitungen zur Erweckung Robinsons. Er wollte sie noch in derselben Nacht durchführen.

Die Welt seiner Arbeit umfing ihn wie ein trautes Zuhause. Er schaltete im Labor die Beleuchtung ein und begann ruhig und methodisch seine Vorbereitungen.

Er war mitten in der Herstellung einer Lösung, als sich lautlos die Tür öffnete. Er war so vertieft, daß er die Störung nur am Flackern des Bunsenbrenners merkte.

»Tür zu!« rief er mechanisch, ohne sich umzudrehen.

Dann erst begriff er. Seine Hände verharrten in der Bewegung. Langsam wandte er sich um. Schuldbewußtsein, Ärger, das Gefühl, bei etwas Verbotenem ertappt worden zu sein, das alles stand in seinem Gesicht. »Ach, du bist es!« sagte er. Seine Gleichgültigkeit war schlecht gespielt.

Theas Blicke gingen über den Labortisch. Sie trat näher und sah stumm auf die Flaschen und Behälter, die er bereitgestellt hatte, auf die Lösung in einer Retorte auf dem Dreifuß.

Hier gab es nichts zu verbergen. Thea wußte sofort, welchem Zweck diese Vorbereitungen dienen mußten. – Sonst war das ja immer ihre Aufgabe gewesen. Nur – wem sie galten, das konnte sie nicht wissen.

Gab es überhaupt eine glaubwürdige Erklärung? Hatte er nicht jeden neuen Weckversuch mit ihr besprochen? Warum sollte er plötzlich wie aus einer Laune heraus mitten in der Nacht ein Tier wecken wollen? Nein, es gab keine Erklärung. Hertel schwieg und sah Thea nur betreten an. – Das Schweigen wurde unerträglich. Sie suchte seine Augen, aber er wich ihr aus.

»Es war nett bei Krabps«, sagte er schließlich, »ich war der einzige Gast.«

Schweigen.

»Es gab ein einfaches Essen, und wir tranken eine Flasche Wein.«

Thea Runau biß sich auf die Lippen. Eine steile Falte stand zwischen ihren Brauen.

Plötzlich war ihre Stimme da. Rücksichtslos fegte sie das belanglose Geschwätz hinweg. »Rühle ist es damals nicht gelungen«, sagte sie, »er ist gestorben, ohne Erfolg gehabt zu haben. Du bist ein anderer Mann! Du wirst Erfolg haben!« Jetzt sah er sie an, mit halboffenem Munde, sprachlos, verständnislos.

»Man muß auch als Wissenschaftler und Forscher etwas wagen!« sagte Thea Runau. Sie warf den Kopf in den Nacken. »Viele sind vor dem letzten Schritt zurückgeschrocken, weil sie plötzlich Angst bekamen. Du bist nicht so! Ich kenne dich. Und deshalb liebe ich dich. Ich will einen Mann haben, auf den ich stolz sein kann.«

Sie trat ganz dicht an ihn heran. In ihren braunen Augen spielten irisierende Funken. Es waren Augen, die einen eisernen Willen ausstrahlten. Augen, in denen maßloser Ehrgeiz brannte. »Du wirst ein großer Mann werden! Du hast es nicht nötig, dich zu verstecken. Wir werden einmal ein eigenes Haus haben. Wir werden einen Wagen haben, und wir werden reisen!«

»Ich verstehe dich nicht«, stammelte Hertel.

Thea Runau nahm am Labortisch ein leeres Reagenzglas aus dem Ständer und hielt es prüfend gegen das Licht, als müsse sie sich jetzt, gerade jetzt, von seiner Sauberkeit überzeugen. Ihre Stimme wurde leiser, ohne an Eindringlichkeit zu verlieren.

»Das Wesentliche bei unseren Versuchen ist der verlangsamte Alterungsprozeß. Ohne dieses Ergebnis wären sie nichts wert. Ein Lebewesen im Schlaf halten und künstlich ernähren, das kann die moderne Medizin auch. Aber Schlafenden die Jugend zu erhalten, Rühles Versuche zu einem greifbaren Erfolg zu führen, das ist dein Werk, deine Aufgabe! Das erst ist das Wunder: die Überwindung der Zeit!«

Sie stellte das Reagenzglas zurück. Sie sah noch immer nicht auf. »Wie aber willst du je beweisen, daß keine merklichen Alterungserscheinungen eingetreten sind, wenn du etwa einen entscheidenden Versuch nur auf ein paar Tage beschränkst? – Denk an Nathan, der sieben Jahre ein Baby blieb! Da liegt der Weg zu deinem Erfolg!«

Sie fuhr mit der Hand über seine Schulter, strich den Hals hinauf bis zur Wange, glitt mit den kühlen Fingern über seine Stirn, als wolle sie da die letzten Bedenken wegwischen.

»Ja, das wollte ich dir sagen, Hans«, flüsterte sie. »Und du weißt, daß ich dich liebe, daß ich blind an dich glaube und daß ich in allem, was du tust, bedingungslos zu dir halte. – In allem, hörst du!«

Sie sah ihn noch einen Augenblick an, dann löste sie sich von ihm und ging mit schwerelosen Schritten aus dem Raum. Die Tür schloß sich geräuschlos hinter ihr.

Hertel war allein.

Die gelbliche Flüssigkeit brodelte in der Retorte. Sie quoll über den Flaschenhals. Die Tropfen verwandelten sich zu Dampf und füllten die Luft mit beißendem Geruch. Hertel drehte geistesabwesend den Gashahn zu. Das Zischen der Flamme erstarb.

Stille. Er blickte auf den Tisch vor sich. Alles lag bereit, in den nächsten Minuten eingesetzt zu werden.

Wußte Thea, was vorging? Sie hatte davon nichts gesagt. Sie war wie eine Erscheinung aufgetaucht und wieder verschwunden. Und hatte doch das Entscheidende ausgesprochen.

Ja, was geschah, wenn er weiter wartete? Wochen – Monate?

Sie hatte recht: Dann erst war es ein ganzer Erfolg! Dann erst gab es nichts zu rütteln und zu deuteln am Gelingen seiner Arbeit!

Und der da unten? Hatte der nicht selber um Schlaf und Vergessen gefleht? War es nicht ein Mensch, dem die Verzweiflung im Gesicht geschrieben stand? Der so aussah, als möchte er sein Leben selber wegwerfen? Half man ihm nicht, wenn man den Schleier von Jahren über seine Wunden deckte?

Der Sekundenzeiger der elektrischen Uhr kreiste gleichmäßig um seine Mitte. Die Stunde war da, in der der Schlafende hatte aufwachen sollen.

Die Stunde verrann.

Hertel räumte mit unendlicher Langsamkeit Flasche um Flasche, Behälter um Behälter weg und trug sie an ihre Plätze zurück.

Befreiend, erlösend schoß ihm ein Gedanke durch den Kopf: Hatte er es mit diesen Mitteln nicht jederzeit in der Hand, den Schlaf Robinsons zu unterbrechen?

Jederzeit! Ganz nach seinem Willen!

28

Krabp maß der verfänglichen Zeitungsmeldung nicht soviel Gewicht bei, wie Fräulein Buhrmann annahm. Es war ein kleines Blatt mit geringer Auflage, und der Bericht hatte auf der vorletzten Seite gestanden. Gerücht, Geschwätz und Klatsch waren in einem solchen Fall unvermeidbar. Darüber war sich Krabp im klaren. Aber dem konnte man die Stirn bieten. Jetzt, da sein Kind wieder bei ihm war, hatte er Mut und Zuversicht zurückgewonnen. Allerdings sollte Renate die Notiz möglichst nicht zu sehen bekommen.

Am anderen Morgen überraschte er Fräulein Buhrmann damit, daß er ohne jede Hilfe aufstand und im Frühstückszimmer erschien. »Schluß mit der Faulenzerei, Buhrmännchen! Wir haben eine Menge nachzuholen.«

Gleich darauf begrüßte er auch Renate heiter und aufgeräumt. »Wir müssen wieder anfangen zu leben, mein Kind! Diese Stubenhockerei hab' ich nie leiden können. Und zur Weltflucht sind wir beide doch noch zu jung, was?«

Renate sah ihn bestürzt an. Die Vorstellung, in das frühere Leben zurückzukehren, verursachte ihr Beklemmungen. »Ich weiß nicht recht, Paps«, sagte sie unsicher, »vor allem solltest du dir nicht zuviel zumuten.«

Krabp winkte ab. »Alles nur eine Energiefrage, Kind.« Er hatte die Morgenzeitung schon überflogen, um zu sehen, ob sich die infame Notiz vielleicht auch da eingeschlichen hatte. Es war nichts drin. Aber etwas anderes fiel ihm ins Auge – und er erkannte gleich die Möglichkeit, auf den Angriff aus dem Dunkel in Krabpscher Weise zu antworten.

Er reichte Renate die Zeitung über den Tisch und deutete auf eine große Anzeige. »Lies das mal!«

Es war die Ankündigung eines Gastspiels der Mailänder Scala im Frankfurter »Großen Haus«, das abends mit einer Festaufführung der »Madame Butterfly« eröffnet werden sollte. »Unser geliebter Puccini in einer solchen Besetzung! Das werden wir uns nicht entgehen lassen!«

»Willst Du etwa in die Oper?« rief Renate erschrocken.

»Warum nicht? Ich habe lange genug auf der faulen Haut gelegen. Ich habe mich prächtig erholt!« Er verschwieg, daß ihn ganz andere Gründe veranlaßten, mit Renate diese Festvorstellung zu besuchen. Er wollte gerade als Antwort auf jenen Zeitungsangriff mit seiner Tochter im vollen Licht der Öffentlichkeit erscheinen. Das würde stärker wirken als jedes Dementi.

Renate hatte an diesem Tage noch mehr Gelegenheit, sich über ihren Vater zu wundern. Am Vormittag erschien er überraschend in ihrem Salon. »Natz, mach dich doch heute abend mal besonders schön!« sagte er mit einem jungenhaften Augenzwinkern. »Auch die Frauen sollen sich nach dir umsehen. Nimm die Perlenkette von Mama und das schönste Kleid, das du hast. Nötigenfalls kaufst du dir in deinem Atelier schnell noch irgendein neues Modell.«

Er ließ sich in einem der kleinen Sessel nieder und zog wie in alten Zeiten gemächlich an seiner Zigarre, mit der er seine völlige Genesung beweisen wollte. Er gestand sich nicht ein, daß sie längst nicht so gut schmeckte wie früher.

»Du wirst mit mir zufrieden sein«, versicherte Renate. »Ich habe ein Pariser Modell im Schrank, überhaupt noch nicht getragen, das ist einfach phantastisch!«

»Weißt du«, sagte Krabp nach einer Pause, »du solltest hier nicht herumhocken. Du bist doch auch sonst zu deinen Bekannten gegangen oder hast sie eingeladen.«

Renate schüttelte den Kopf. »Ich glaube, das geht nicht mehr, Paps«, antwortete sie geradeheraus. »Ich will mich gewiß vor niemandem verstecken. Aber wenn ich mir vorstelle, ich sollte mit denen wieder dasselbe dumme Zeug reden und denselben Blödsinn machen wie früher ... Nein.« Krabp nickte gedankenvoll. »Na ja«, sagte er schließlich, »du magst recht haben. Aber etwas müssen und werden wir schon finden, das dich wieder aus deinem Bau herauslockt.«

Das Dezember-Gastspiel der Mailänder Scala war ein Höhepunkt der Theatersaison und das gesellschaftliche Ereignis Frankfurts.

Alles, was Rang und Namen hatte, stellte sich an diesem Eröffnungsabend im Großen Hause ein. Es war bis auf den letzten Platz besetzt.

Das Summen der festlich gekleideten Menge, das Knistern der Programmhefte, das gedämpfte Stimmen der Instrumente im Orchester – all das schuf jene einzigartige Mischung von Erwartung und Spannung, die großen Bühnenereignissen immer vorausgeht.

Krabp saß mit Renate vorn in der Mitte des ersten Ranges. Der ganze Einfluß des Krabpschen Namens war nötig gewesen, diese begehrten Plätze noch so kurzfristig zu bekommen. Vater und Tochter kannten die meisten Besucher, die in den vorderen Reihen des Ranges saßen, persönlich.

Krabp machte im Frack eine glänzende Figur. Nur sehr scharfblickende Augen konnten hinter der Maske seiner straffen Haltung Müdigkeit erkennen.

Mit dem Aussehen seiner Tochter war er zufrieden. Renate trug eine Robe aus Silberbrokat mit eingewebten cerisefarbenen Blüten. Unter der enganliegenden Taille weitete sich das Kleid zu einem langen, bauschigen Rock. Eine Nerzstola deckte ihre entblößten Schultern, die Füße steckten in silbernen Sandalen. Das Perlenhalsband der Mutter schloß sich um ihren Hals. Den Ring mit dem seltenen blauen Diamanten hatte Krabp eigenhändig aus dem Haussafe geholt und ihr für diesen Abend an den Finger gesteckt. Liebreiz, Jugend und Eleganz vollendeten sich hier in einem Bild wahrer Schönheit. Vater und Tochter standen im Mittelpunkt des allgemeinen Interesses.

Dr. Krabp hatte alles wohl überlegt; nur die Wirkung der Musik auf Renate hatte er nicht vorausgeahnt.

Schon die große Arie der Butterfly zu Beginn des zweiten Aktes hatte Renate aufgewühlt. Bei dem jubelnden Ausbruch aber »Ein weißes Schiff, und das Sternenbanner wehet von den Masten . . .« konnte sie nicht mehr zur Bühne blicken. Sie legte die Hände vor die Augen. Sie hätte die Ohren verschließen mögen, um dem trügerischen Jubel zu entgehen, dem eingebildeten Glück einer unbeirrbar Liebenden, die längst das Opfer einer Illusion geworden war. Wie weh tat es, an die Stunde zu denken, da auch vor ihr ein weißes Schiff am Horizont verschwunden war! Nur Krabp bemerkte Renates tiefe Bewegung, wenn er auch nicht ahnen konnte, welche Qualen sie in diesen Minuten durchlitt. Langsam legte er seine Hand auf ihren Arm, mit sanftem, tröstendem Druck.

Und diese leichte Berührung half. Allmählich beruhigte sich Renate. Sie ergriff des Vaters Hand und drückte sie stumm. Dann wurde es hell. Nach dem rauschenden Beifall erhoben sich die Besucher und drängten zum Foyer. Die große Pause.

Auch Vater und Tochter standen auf.

Renate hatte diesen Augenblick gefürchtet. »Laß uns doch hierbleiben!« bat sie. Aber der alte Herr verfolgte konsequent sein Programm. »Komm nur«, sagte er. Sein Lächeln sprach ihr Mut zu. »Unser Erscheinen im Foyer ist heute genauso wichtig wie jeder Auftritt auf der Bühne.«

Da folgte Renate ihm stumm.

Das Foyer des ersten Ranges faßte auch die heraufströmenden Besucher des Parketts. Der Raum strahlte heitere Festlichkeit aus. Vater und Tochter nahmen eingehakt den Rundgang auf. Unentwegt hatten sie nach allen Seiten Grüße zu erwidern; doch Renate entging nicht, daß sie in erster Linie ihrem Vater galten. Zumal die Damen gönnten ihr nur ein zurückhaltendes Nicken. Daß die Gesellschaft eine Trennungslinie ziehen wollte, war offensichtlich. Die oberflächlichen Begrüßungsworte trugen oft eine kaum versteckte Ironie: »Ach, sind Sie wieder da, Fräulein Krabp? Man hat Sie ja so lange nicht gesehen! – Man hört, Sie sollen im Ausland gewesen sein? – Sicher war es sehr anregend . . .«

Aber all das war harmlos gegen die Begegnung mit der alten Witwe des Geheimrats Merz, der bekanntesten und gefährlichsten Klatschbase Frankfurts. Sie war mit aller Welt verwandt und nahm sich das Recht, alle und alles nach dem Sittenkodex vergangener Zeiten zu beurteilen. Ihre beißenden Bemerkungen gingen von Mund zu Mund. Sie war halb taub und sprach deshalb doppelt laut.

Bei der Annäherung von Krabp und Renate blieb sie stehen und streckte Krabp ihre magere Rechte entgegen. »Wir waren alle sehr besorgt um Sie. Sie waren krank! Es waren wohl die Nerven?« – Jetzt erst schien sie Renate zu bemerken. »Ah, das Fräulein Tochter! Ich hatte nicht gehofft, Sie so bald wiederzusehen. Ich hörte, Sie hätten sich auf Mallorca angesiedelt. Aber trotzdem – Sie sehen bezaubernd aus. So – gereift!« Sie quittierte lächelnd den Gruß einiger Damen und fuhr fort: »Ja, wie die Welt sich ändert! In Ihrem Alter hätte ich niemals eine so weite Reise ohne Anstandsdame unternommen, aber . . .«

Während sich Renate auf die Unterlippe biß, verzog Krabp keine Miene. »Sie sagen es selber, gnädige Frau, die Welt ändert sich von Tag zu Tag. Aber von uns Alten kann niemand mehr verlangen, daß wir umlernen.« Er küßte ihr die Hand.

Krabp war erleichtert, als sie in einer Ecke auf seinen Freund, den Bankier Heimers, mit Damen und Sohn Oluf stießen. Hier waren wenigstens keine Taktlosigkeiten zu befürchten.

Oluf steckte in einem mitternachtsblauen Smoking. Er sah gut aus, sonnengebräunt, lustig wie immer.

Renate stand noch so unter dem Eindruck der qualvollen letzten Minuten, daß sie das maskenhaft konventionelle Lächeln selbst bei der Begrüßung Olufs nicht verlor. Sie standen verlegen voreinander, sprachen über die Aufführung, die Sänger, das Wetter. Es schien beiden unmöglich, zu ihrem alten burschikosen Ton zurückzufinden.

Oluf sah Renate bewundernd an, aber es war etwas anderes, Neues in seinen Blicken. Er konnte sie nicht mehr als Kameraden, als Mitspieler der harmlosen Vergnügen ihrer Schulzeit sehen. Der Glanz ihrer Augen hatte sich vertieft, und der Reiz, den sie ausstrahlte, war nicht mehr jungmädchenhaft.

Sie waren noch nicht über einige nichtssagende Redewendungen hinausgekommen, als Krabp Oluf die Hand auf die Schulter legte. »Einen Augenblick, mein Junge. Du sollst mal einen Kognak mit mir trinken.« Auf dem Weg zum Büfett lächelte er Oluf freundlich an. »Wir zwei hatten ja vor einiger Zeit ein paar kleine Differenzen, nicht? Ich denke, wir wollen das nun begraben. Renate ist wieder da, und damit hat sich alles erledigt.«

Nach dem ersten Schluck kam Krabp mit seinem eigentlichen Anliegen heraus. »Weißt du, ich mache mir Sorgen um Renate! Seitdem sie zurück ist, geht sie keinen Schritt aus dem Haus. Sie hat viel Schweres durchgemacht – das wirst du gehört haben. Deshalb ist es gar nicht gut, wenn sie jetzt so viel allein ist. Willst du mir den Gefallen tun, sie wieder unter Menschen zu bringen?«

Er bemerkte eine Unentschlossenheit auf Olufs Gesicht.

»Es genügt schon«, sagte er schnell, »wenn du mal abends mit ihr ausgehst! Ins Kino oder zum Tanzen, was weiß ich. Etwas für junge Menschen. Für mich ist das zu anstrengend.«

»Ja, gern – natürlich«, sagte Oluf nun übereifrig. »Ich hole Nata dann mal zu einem zünftigen Bummel ab. Ich wollte sowieso in den nächsten Tagen vorbeikommen.«

»In Ordnung«, sagte Krabp jovial. »Aber verrate nicht, daß ich dahinterstecke!«

Einige Tage danach kam Oluf, um Renate zu dem versprochenen Ausgang abzuholen.

Im Wagen schwatzte er mit übertriebener Munterkeit drauflos: »Ich denke, wir gehen ins ›Imperial‹ tanzen! Nachher können wir weitersehen.«

Renate nickte lächelnd. Etwas Jungenhaftes und Unbeschwertes ging von Oluf aus. Gerade das, was ihr jetzt fehlte.

»Schick siehst Du aus«, sagte Oluf, ohne sie anzusehen, »dein Seitensprung ist dir gut bekommen!«

Renate schwieg. Das war wieder eine seiner Tolpatschigkeiten, schnell dahingeredet, aber nicht böse gemeint. Ihm durfte man so etwas nicht übelnehmen.

Zunächst ließ sich der Abend recht nett an. Die Bar im Hotel Imperial gehörte zu den exklusivsten der Mainstadt. Hier gab es keinen falschen Ton.

Gewiß: Oluf war kein guter Tänzer. Er war schlaksig und wohl auch zu unmusikalisch. Trotzdem machte ihr das Tanzen Spaß. »Es ginge auch, wenn du mich weniger drücken wolltest«, sagte sie ihm beim Tanzen einmal.

Oluf grinste über das ganze Gesicht und drückte sie nun besonders herzlich an sich. Er war übermütig und ausgelassen. Er hatte Sekt bestellt und trank nach jedem Tanz.

Renate sah es nicht ohne Besorgnis. »Oluf«, sagte sie, »du hast den Wagen!«

»Das laß meine Sorge sein, Nata! Da wird sich schon 'ne Lösung finden. Heute wird erst mal richtig ausgegangen! Aber der Schuppen hier ist dir wohl zu langweilig?«

Renate sah ihn erstaunt an. Zu langweilig? Was meinte er damit? Zu langweilig für sie, nachdem sie wochenlang im Haus gehockt hatte?

»Du bist jetzt natürlich was anderes gewohnt«, sagte er mit einem eigenartigen Lächeln. »Ich denke, wir zahlen und gehen in einen richtigen Laden!«

Der ›richtige Laden‹, in dem sie etwas später saßen, war eine kleine Kellerbar, bei weitem nicht so exklusiv wie das ›Imperial‹, dafür gemütlicher und lauter. Die Wände waren mit bemaltem Rupfen bespannt. Gedämpftes farbiges Licht gab dem Raum die

Note. Auf der kleinen Tanzfläche bewegten sich die Paare zärtlich aneinandergeschmiegt.

»Schick hier, was?« rief Oluf und steuerte zwei leere Barhocker in der Ecke an. Er flachste mit der Bardame, die ihn zu kennen schien, und bestellte zwei Manhattan.

Renate war beklommen zumute. Sie wollte nicht in Olufs Ausgehprogramm eingreifen – aber in einem solchen Lokal war sie noch nie gewesen. Auch das Tanzen hier gefiel ihr nicht. Sie wich nicht von Olufs Seite und lehnte es für eine Weile ab, zu tanzen. Die Cocktails stiegen ihr schnell zu Kopf, den dritten schob sie energisch zurück.

»Sag mal, Nata«, begann Oluf vertraulich, »wie war denn das mit deinem Abenteuer? Erzähl doch mal! Du, für das Geld, das ich dir damals besorgt habe, hat mir dein Alter vielleicht ein Ding verpaßt! Und du hast bis heute nicht mal ›Danke schön‹ gesagt.« Er hielt ihr mit einer gemacht komischen Gebärde die Wange zum Kuß hin, aber Renate reagierte nicht darauf.

»So, so«, sagte er, »für unsereinen hast du jetzt nichts mehr übrig.«

Renate sah starr an ihm vorbei.

»Nun sei nicht zimperlich«, sagte Oluf, »du weißt doch, daß ich immer in dich verliebt war. Und bewundert hab' ich dich auch! Du hast doch wenigstens was erlebt!«

»Ich glaube, du siehst das alles falsch«, sagte Renate, »mit Abenteuer und so. Du kannst das gar nicht begreifen. Nein, mir war alles bitterernst. Aber ich möchte nicht mehr davon sprechen.« Sie trank die aufsteigende Verstimmung mit dem dritten Cocktail hinunter.

Mein Gott, man sollte wirklich nicht so empfindlich sein! Man war nun einmal jung, und Oluf war ein Rauhbein. Aber ein nettes. Wenn er nur nicht immer näher an sie heranrücken wollte! Und auch seine flimmernden Blicke wurden ihr lästig.

Als er noch einmal einen Lokalwechsel vorschlug, protestierte sie: »Du bist wohl verrückt! Ich muß nach Hause. Wie spät ist es eigentlich?«

»Noch viel zu früh! Noch keine zwei!«

«Du lieber Himmel! Was soll mein Vater sagen?«

Oluf lachte. »Der will doch gerade, daß du dich recht gut amüsierst!«

Renate gab nach. »Also gut. Aber nur auf einen Sprung. Und

nur, wenn du ein Taxi nimmst. Du am Steuer – das ist mir jetzt zu riskant.«

»Gemacht, Nata!« grinste Oluf.

Das nächste Ziel lag in der Gegend des Hauptbahnhofs und war noch lärmender, noch lustiger. Trotz der vorgeschrittenen Stunde war das Lokal überfüllt. Das aufreizende Klopfen des Schlagzeugs schallte ihnen schon auf der Straße entgegen.

Sie fanden nur auf einer Sofaecke Platz, und es ergab sich von selber, daß Oluf seinen Arm um Renates Schultern legte.

»Ich säße lieber irgendwo, wo es ruhiger ist«, sagte Renate nach einiger Zeit. Das war das Stichwort für Oluf. Gegen ihren Protest führte er sie ein Haus weiter. »Um diese Zeit gehen anständige Leute sowieso ins ›Memphis‹«, meinte er. Ja, dort war es ruhiger. Der Raum war in viele Nischen unterteilt; die meisten Gäste zogen die Abgeschiedenheit einer verschwiegenen Ecke dem Platz an der Tanzfläche vor. Auch Oluf steuerte sofort eine der mattbeleuchteten Lauben an, ohne Renate zu fragen. Er setzte sich dicht an ihre Seite und bestellte Sekt. Er zog sie an sich. »Du bist verdammt süß, Nata!« flüsterte er heiser. Dann spürte sie, wie sich sein Mund dem ihren näherte. Sie konnte sich gerade noch abwenden, so daß sein Kuß ihre Wange traf.

»Hab dich doch nicht so, Nata!« raunte Oluf. Er hielt ihren Kopf und küßte sie trotz ihres Widerstandes.

War das auch noch harmlos? – Ein Kuß war nicht viel. Warum sollte sie sich sperren? War er nicht ein guter Freund, immer hilfsbereit und zuverlässig?

Die Beleuchtung spielte in allen Farben des Regenbogens. Ein helles Gelb verlor sich in einem kühlen Seegrün, wechselte in tiefes Blau hinüber, dann in Violett und Zinnober. Die Tanzfläche wurde von Scheinwerfern mit glühendem Rubinrot überflutet. Die Tanzenden sahen aus wie Schatten. Oluf war ganz anders als sonst. So hatte sie ihn noch nie erlebt. Beim zweiten Glase Sekt überfiel er sie wieder mit seinen Küssen. Er war wie von Sinnen. Daß sie sich wehrte, schien ihn nur noch zu reizen. Nein, das war nicht mehr harmlos, das war kein verliebtes Getue. Das war jetzt etwas anderes.

Das konnte man nicht mehr mittun. Renate machte sich mit einem Ruck frei und stemmte beide Fäuste gegen Olufs Brust. »Oluf«, sagte sie, »ich hab' das nicht so gern . . .«

Er umklammerte ihre Handgelenke mit beiden Fäusten. Er

lachte. »Ach, ausgerechnet bei mir machst du Theater? Wir zwei gehören heute doch zusammen, fühlst du das denn nicht?«

Renate sah seine funkelnden Augen dicht vor ihrem Gesicht. Während sie ihn noch immer krampfhaft abwehrte, überlegte sie, ob er ihr gegenüber jemals so zudringlich gewesen war. Nein, noch nie. Seine letzten Worte klangen unangenehm in ihr nach: ›Gehören heute zusammen!‹

»Wie meinst du das?« fragte sie.

Oluf merkte nicht die Abwehr. »Wie ich das meine?« Er umfaßte sie und trällerte ihr ins Ohr: »Schatz, ich bitt' dich, komm heut nacht ...«

Weiter kam er nicht. Renates Hand hatte ihn empfindlich getroffen. »Die hätte ich dir schon vor einer Stunde geben sollen«, sagte Renate ruhig. »Du denkst, weil ich mit einem Mann durchgegangen bin, kann man sich bei mir alles erlauben! Tut mir leid, Oluf, daß du mich so falsch taxiert hast.«

Oluf setzte sich ernüchtert zurück und zupfte verlegen an seiner Smokingschleife. Er trank einen hastigen Schluck und versuchte aufzutrumpfen. »Eine Frau mit deinen Erfah ...« Ein Blick in Renates Augen ließ ihn verstummen.

So war das also. Oluf hatte deutlich gezeigt, wie er über sie dachte. Und jetzt konnte sie sich nicht damit trösten, er habe sich lediglich im Ton vergriffen. Wie er, so würden sämtliche jungen Männer ihres Bekanntenkreises denken. Man würde sie als Freiwild ansehen. Ihr schwindelte.

Aber hatte sie sich nicht alles selber zuzuschreiben? Weshalb war sie nicht zu Hause geblieben?

Sie stand brüsk auf. »Ich möchte gehen!«

Sie wandte sich zur Garderobe. Oluf folgte ihr langsamer; er suchte nach Worten, nach einer Erklärung, Entschuldigung – aber da war nichts mehr gutzumachen.

Gerade wurde eine Tanzdarbietung angesagt.

Der Ober trat ihnen entgegen und bat sie leise, noch einen Augenblick an einem freien Tisch Platz zu nehmen; er würde nach der Vorführung sofort abrechnen.

Der Raum versank im Dunkel. Ein einzelner Scheinwerfer überspielte die Fläche, ergriff eine junge Tänzerin, die durch den freien Gang heranschwebte. Es war ein graziöses Geschöpf, langbeinig und gut gewachsen. Ihr kastanienbraunes Haar leuchtete im flutenden Licht. Sie war keine Primaballerina; das konnte man in diesem Lokal zu dieser Stunde auch nicht erwarten. Sie tanzte mehrmals dicht an dem Tisch vorbei, an dem Renate und Oluf Platz genommen hatten. Renate hatte den Eindruck, als seien ihre Augen dabei überaus erstaunt und sehr interessiert auf sie gerichtet.

Kurz nach dem Auftritt stand die Tänzerin plötzlich hinter ihrem Stuhl. Sie hatte einen Bademantel übergeworfen und war sichtlich erregt: »Fräulein Krabp?«

Renate nickte, peinlich berührt.

»Entschuldigen Sie bitte die Störung. Ich würde Sie wirklich nicht belästigen, wenn es nicht furchtbar wichtig wäre.«

»Was ist denn?« fragte Renate abweisend. Ihr war, als hätte sie dieses Gesicht schon einmal gesehen.

»Darf ich Sie für einen Augenblick allein sprechen? Wirklich nur einen Augenblick!« bat die Tänzerin dringend.

Oluf rechnete gerade mit dem Kellner ab. Renate stand zögernd auf und setzte sich mit ihr an einen freien Nebentisch. »Was wünschen Sie?« fragte sie kühl.

»Es handelt sich um Robinson Gomela«, sagte das Mädchen und sah Renate fest an. »Ich heiße Elvira Trosser. Ich war mit den Brüdern Gomela lange Zeit in einem Unternehmen zusammen. Wir sind in großer Sorge um Robinson. Er ist vor mehr als vierzehn Tagen nach Mallorca geflogen. Seitdem haben wir keine Nachricht von ihm. – Mein Gott, was ist Ihnen?«

Eine tödliche Blässe hatte Renates Gesicht überzogen. Sie starrte das Mädchen im Bademantel mit schreckgeweiteten Augen an.

»Nichts. nichts! Machen Sie bitte kein Aufsehen! Ich weiß von Ihrem Herrn Gomela nichts! Gar nichts! Es tut mir leid.«

Sie wollte aufstehen. Sie wollte von dieser Frau fliehen. Sie wollte fort aus diesem Lokal. Aber Elviras Stimme hielt sie fest; es war eine flehende Stimme, und doch hatte sie einen drohenden Unterton.

»Sie wissen etwas! Sie müssen etwas wissen! Sie sind doch selber auf Mallorca gewesen. Robinson ist Ihretwegen dorthin geflogen! Und wo ist denn Freytag geblieben? Mit dem waren Sie doch zusammen. Robinson wollte ihn sprechen. Das Flugzeug ist längst zurück. Im Reisebüro hat man mir gesagt, daß er mitgekommen sei. Aber er ist wie vom Erdboden verschwunden. – Ist er vielleicht bei Ihnen?«

Renate erhob sich. Alles um sie herum schwankte. Auch Elvira stand auf. Die letzten Worte hatte sie laut hervorgestoßen, als wollte sie Renate damit zwingen, zu bleiben und zu antworten. Renate wich vor ihr zurück. Sie stieß einen Stuhl um und merkte es nicht. Sie wollte zu Oluf. Er mußte ihr jetzt helfen.

»Ich weiß nichts«, rief sie der Tänzerin zu, »ich weiß wirklich nichts! Ich habe Robinson nicht . . .« Sie blieb stehen. Sie zögerte einen Augenblick bevor sie es aussprach: ». . . ich habe ihn nicht gesehen und nicht gesprochen!« Sie holte tief Atem. »Ich will nichts mehr von ihm wissen! Weder von ihm noch von Freytag. Nie mehr! Ich habe mit diesen Menschen nichts mehr zu tun.« Sie zitterte am ganzen Körper.

»Aber Sie haben mit ihnen zu tun gehabt, Fräulein Krabp«, rief Elvira nun ohne jede Rücksicht. »Das wollen Sie wohl nicht bestreiten! Das weiß nicht nur ich, das weiß doch die ganze Welt! Es steht ja schon in den Zeitungen! Oder haben Sie das noch nicht gelesen?« Sie zog eine Zeitung aus ihrem Bademantel und hielt sie Renate vor die Augen.

Ganz langsam schälten sich vor Renates entsetzten Blicken die Druckzeilen der ersten Seite aus flirrenden Nebeln heraus. Atemlos las sie die riesigen blutroten Lettern:

LIEBESABENTEUER
EINER MILLIONENERBIN

und darunter schwarz:

Romantisches Liebesglück der achtzehnjährigen Tochter eines Frankfurter Großindustriellen endet mit Selbstmordversuch

Renate las es und sah in Elviras haßerfülltes Gesicht. Jetzt wußte sie, wo sie es schon einmal gesehen hatte: damals auf dem Jahrmarkt! Sie blickte auf das Zeitungsblatt zurück. Es war die neueste Morgenausgabe. Das würde nun von hunderttausend gierigen Augen verschlungen werden. Renate erhob sich schwankend. Oluf kam ihr bestürzt entgegen.

»Nach Hause!« flüsterte sie.

Eine Stunde später betrat Renate ihr Zimmer. Sie setzte sich an den Schreibtisch und legte die Morgenzeitung ausgebreitet vor sich hin. Dann las sie die Meldung noch einmal Wort für

Wort. Sie war überwach und tödlich erschöpft zugleich. Sie war nicht eines einzigen klaren Gedankens fähig.

Renate verbrachte den Rest der Nacht zwischen Schlafen und Wachen, zwischen Angstträumen und trostloser Ernüchterung. Als sie Fräulein Buhrmann an die Tür ihres Vaters klopfen hörte, schrak sie auf. Sie erfrischte sich, kleidete sich um und ging in die Bibliothek hinunter. Der Gedanke an die Überlegenheit und Unerschütterlichkeit des Vaters hatte etwas Beruhigendes.

Dann stand er vor ihr. Er musterte sie besorgt: »Mein Gott, Kind, wie siehst du aus? Hast du so schlecht geschlafen?«

Renate antwortete nicht. Sie breitete stumm die Zeitung vor ihm aus.

Also doch!

Krabp wußte sofort, was geschehen war. Als er den Bericht gelesen hatte, nahm er die Brille von den Augen und steckte sie ein. »Das habe ich schon lange befürchtet«, sagte er. Nicht mehr.

Renate war unfähig, sich länger zu beherrschen. Sie wollte es auch nicht mehr. »Es ist aus, Paps! Wie soll ich nach einer solchen Bloßstellung überhaupt noch weiterleben?«

Sie begann in dem großen Raum auf und ab zu laufen.

»Ich kann das einfach nicht ertragen!« stieß sie hervor. »Das ist ja, als stehe man nackt vor aller Welt! Kann ein Mensch so existieren? Das kannst auch du nicht von mir verlangen!« Krabp hob beschwichtigend die Hand, doch es war eine hilflose Gebärde. Renate sah davon nichts.

»Es ist alles Lüge, was sie da schreiben. Ich habe diesen Mann doch wirklich geliebt! Ich habe an ihn geglaubt wie an – wie nur noch an dich! Und deinen Namen ziehen sie nun mit in den Schmutz. Dich treffen sie genauso. Das ist das Schlimmste.«

»Sorg dich nicht um mich, Renate«, sagte Krabp. Er lachte hart auf. »Mich wirft ein solcher Angriff nicht um. Und dich auch nicht, Kind, das wirst du sehen. Wir Krabps sind hart im Nehmen. Und merke dir: Man darf sein Leben niemals von der Meinung der Mitmenschen abhängig machen. Nur das eigene Gewissen darf einem sagen, was richtig und was falsch ist « Er ließ sich schwerfällig in einen Sessel sinken. »Setz dich, Kind! Wir müssen alles in Ruhe durchdenken.« Auch jetzt verriet er mit keiner Miene, wie tief ihn dieser neue Schlag getroffen hatte. Erst ein paar Wochen waren vergangen, seitdem Renate versucht hatte, ihrem Leben ein Ende zu machen – und sie war noch nicht gesund.

Krabp begann mit schweren Schritten im Zimmer auf und ab zu wandern. »An den Tatsachen kommt man eben nicht vorbei«, murmelte er vor sich hin. Dann trat er zu ihr und legte ihr liebevoll die Hand auf die Schulter. »Wenn du nun auf Reisen gingest? Ein, zwei Jahre England – oder Amerika? Wir haben da eine Reihe von guten Freunden, die dich gern ...«

Renate hob jäh den Kopf. »Bitte, schick mich nicht weg!« flehte sie ängstlich. »Ich will mich nicht von dir trennen! Nie mehr, Paps!« Sie klammerte sich an seine Hand.

»Es war ja nur so ein Gedanke. Man muß in solchen Lagen jede Möglichkeit prüfen«, sagte Krabp beruhigend. Er nahm seinen stummen Rundgang wieder auf. Er blieb vor der Bücherwand stehen und rückte mechanisch einige Bände zurecht. Dabei sprach er mit abgewandtem Gesicht: »Liebesgeschichten dieser Art hat es auch früher gegeben. In den besten Familien. Die Töchter wurden dann rasch verheiratet. Aber so einfach können wir uns das nicht machen!«

Renate blickte betroffen auf. »Ja, meinst du denn, wenn ich ...« Sie brach ab. Dann nahm sie einen neuen Anlauf. »Meinst du denn, wenn ich – heiratete, wäre die Sache aus der Welt geschafft?«

»Gott, Kind«, Krabp drehte sich zu ihr um, »das wäre natürlich ein Weg, alle bösen Mäuler zu stopfen.«

Renate schwieg. Sie hatte ein feines Empfinden für seine Gedanken. Sie spürte auch seine unausgesprochenen Wünsche. Heirat! Das war das Stichwort. Er hatte diese Möglichkeit schon ins Auge gefaßt. Und er wäre sicher glücklich, wenn sie darauf einginge. Sie dachte an das Versprechen, das sie sich selber gegeben hatte: ihm nie mehr Kummer zu machen. Ihm immer zu gehorchen und alles für ihn zu tun. Und wußte er denn nicht am besten, was gut für sie war?

»Wer sollte mich jetzt noch heiraten wollen?« fragte sie.

»Na«, rief Krabp, »diese Frage solltest du besser beantworten können als ich. Denk doch, beispielsweise, nur an Oluf!«

»Oluf?« Renate sprang auf. »Nie!« Sie bebte am ganzen Körper.

So viel Empörung, so viel Bitterkeit waren in ihrer Stimme, daß Krabp die Unterhaltung energisch abbrach. »Schluß!« rief er plötzlich. »Wir frühstücken jetzt. Du bekommst keinen Kaffee, sondern Milch! Dann legst du dich hin und wirst erst mal ausschlafen. Ich werde mir inzwischen überlegen, was zu tun ist.«

Krabps Erwägungen nahmen aber eine ganz andere Richtung, als Renate ahnen konnte.

Auch über diese Geschichte würde Gras wachsen. Ein Tagesereignis, aufgebauscht und wieder vergessen. Nein, die wahre Bedrohung für Renate ging unverändert von diesen Zwillingsbrüdern aus. Der eine hatte sie fast in den Tod getrieben. Sie mußte ihn mit maßloser Leidenschaft geliebt haben.

Und wenn sie jetzt auch sagte, sie haßte ihn – wer kannte sich in einer Frauenseele aus?

Aber der andere! Dieser Robinson! Der damals hier am Tisch gesessen hatte!

Er sah das kantige Gesicht deutlich vor sich: die hochstehenden Backenknochen, die schmalgeschnittenen Augen, schwarz, voll verhaltener Glut. Den auffallend gutgeschnittenen Mund. Ein Gesicht, das man nicht leicht vergessen konnte.

Für Krabp gab es auch jetzt noch keinen Zweifel, daß dieser Mann es war, den Renate liebte. Dem andern war sie nur wegen seiner Ähnlichkeit mit dem Bruder verfallen, und sie hatte dann in ihrer konsequenten Art zu ihm gehalten. Die ewige Beunruhigung aber ging von Robinson aus. Hier mußte etwas geschehen. Man durfte Renate nicht ein zweites Mal in diese unselige Verstrickung geraten lassen. Man mußte ihn suchen und dann endgültig aus Renates Gesichtskreis entfernen.

Kurz entschlossen rief er sofort im Labor an: »Herr Dr. Hertel, ich habe Sie doch vor ein paar Tagen gebeten, mir gelegentlich Bescheid zu geben, wenn Sie etwas von diesem Herrn Robinson Gomela erfahren sollten. Ich möchte ihn sprechen! Wissen Sie, wo er sich aufhält?«

Im Hörer blieb es eine Weile still, dann kamen stockend ein paar unzusammenhängende Worte: »Ja, gewiß . . . Nein, das heißt – ich bin einmal in Ihrem Auftrag in seiner Wohnung gewesen.«

Wieder fiel ihm Hertels Verstörtheit auf; aber er schrieb sie der allgemeinen Unbeholfenheit des jungen Forschers zu. Mit ein paar verbindlichen Worten legte er auf.

Er war im Begriff, die Bibliothek zu verlassen, als er seine Morgenzeitung bemerkte, die wie gewöhnlich auf einem Tischchen neben der Tür lag. Es hatte sie bisher völlig vergessen. Hastig durchsuchte er sie.

Tatsächlich, auch dieses Blatt hatte sich – trotz seiner allgemeinen Zurückhaltung – die Sensation um Renate nicht entgehen lassen. Sie brachte ein Bild: Renate beim Verlassen des Flugzeugs und neben ihr – Dr. Hertel.

Krabp überflog den dazugehörigen Text. Dann ging er zu seinem Sessel zurück, setzte sich, las die paar Zeilen noch einmal und noch einmal.

»Renate K., die Frankfurter Millionärstochter, deren Name in letzter Zeit mehrfach durch die Presse ging, auf dem Frankfurter Flughafen beim Verlassen der Pariser Maschine. Neben ihr Dr. H., der angesehene Leiter eines physiologischen Instituts, mit dem sie von Mallorca zurückkehrte.«

Krabp ließ das Blatt sinken. Das war – ja, das konnte ein Wink des Schicksals sein. Das konnte mit einem Schlage alle Probleme lösen.

29

Elvira kehrte erst gegen fünf Uhr morgens zurück. Im Wohnwagen war es empfindlich kalt; sobald der Herd aus war, verlor sich die Wärme rasch.

Möckel schlief noch. Er hatte in diesen Wintertagen nichts zu tun. Für ihn war diese Tatenlosigkeit nicht das Rechte. Rheumatismus und verschiedene Altersleiden plagten ihn. Nur Kopf und Herz waren jung geblieben. Pausenlos schmiedete er neue phantastische Zukunftspläne.

Elvira hockte sich vor den kleinen Herd und begann Feuer zu machen. Dann setzte sie Kaffeewasser auf und wartete auf die ersten Lebenszeichen aus dem Nebenraum.

Die Gedanken an die Begegnung mit Renate Krabp ließen sie nicht los. Sie glaubte ihr kein Wort; zu deutlich hatten Verwirrung und Schuldbewußtsein in ihrem Gesicht gestanden. Noch einmal überdachte Elvira die Zeitungsmeldung. Irgendwie mußte das alles auch mit dem Verschwinden Robinsons zusammenhängen. Aber wie nur? Wie?

Nebenan wurde es laut. In der Tür erschien mit zerzaustem Haar der alte Möckel. Er nahm schweigend den Wasserkessel vom Herd und verschwand wieder in seinem Schlafraum. Erst wenn er frisch gewaschen und rasiert war, pflegte er Elvira zu begrüßen, dann aber mit der ganzen Höflichkeit alter Schule.

An diesem Morgen war der alte Mann besonders aufgeräumt. Er machte beim Frühstück ein so geheimnisvolles Gesicht und zeigte so viel Ungeduld, daß es Elvira schließlich auffiel.

»Was haben Sie denn, Herr Direktor?« fragte sie.

»Mein liebes Kind«, sagte Möckel und sprang auf, »eine delikate Überraschung! Ein veritables Ereignis!«

Er lief auf seinen kurzen Beinen in den Nebenraum und kam strahlend mit einem riesigen Paket zurück. »Das ist gestern angekommen – das heißt, ich habe es vom Zoll abgeholt! Du wirst staunen! Du wirst nicht raten, von wem es ist!«

Er las die Adresse laut vor, während Elvira vergeblich versuchte, die Stempel zu entziffern.

»Mister Theaterdirektor Gotthelf Möckel – Absender Waldorf Astoria Hotel, New York! Ja, wer da wohl wohnt! Wer da wohl unter den großen Renegaten domiziert und seines alten Möckels souveniert!«

»Rob! Der Prinz!« schrie Elvira begeistert auf.

Über Möckels Gesicht glitt ein Schatten. »Nein«, sagte er bedeutend stiller, »es ist leider keine Nachricht von unserem Prinzen!«

Er hob den großen Deckel des Kartons auf und enthüllte den Inhalt. Eine Reihe bunter Weihnachtspäckchen kam zum Vorschein. Obenauf lag eine grellfarbige riesige Glückwunschkarte. Sie war mit roten Schleifchen an einem großen imprägnierten Tannenzweig befestigt. Auf der Karte stand unter den gedruckten Weihnachtsgrüßen: »Hab' meine Nachrichten auf beiliegende Platte gesprochen. Die müßt Ihr Euch abspielen. Frohes Fest! Euer Freytag.«

»Ach – von Freytag!« sagte Elvira. Es klang enttäuscht.

»Ja, von Freytag! Er hat ein delektables Herz, der gute Junge! Wir haben ihn immer falsch geschätzt.«

»Aber wir dürfen das Paket doch erst Heiligabend aufmachen!«

»Ach, Unsinn!« Möckel schob Elviras Hände beiseite. »Wir machen Weihnachten, wann es uns paßt! Jetzt ist ein Paket gekommen, und jetzt wird es auch aufgemacht! Hinc Rhodus – hinc salta!«

Unter dem Umschlag lag in einem flachen Karton die besprochene Platte mit der Riesenaufschrift: »An Euch alle!« Die anderen Päckchen waren einzeln als Weihnachtsgeschenke für Möckel und Elvira gekennzeichnet. Das bei weitem größte Päckchen enthielt die marmorne Nachbildung der Freiheitsstatue, deren Leib eine runde Uhr umschloß. Möckel bewunderte dieses seltsame Kunstwerk mit lauten Ausrufen des Entzückens.

»Sieh nur, sieh nur, Elli! Welch geniale Kreation! Ist das nicht einfach phänomal? – Wir werden sie über das Sofa stellen, mitten unter meinen goldenen Lorbeerkranz. Das ist ein würdiger Platz! Da hat mir schon immer etwas gefehlt. Nein, was für ein guter Junge! Und so viel Geschmack hätte ich ihm nie zugetraut!«

Als nächstes kam eine überdimensionale krokodillederne Briefmappe für Möckel zum Vorschein. Auf ihrer Vorderseite trug sie, mit viel Gold und Blau geprägt, das New Yorker Stadtpanorama. Dann enthüllte Elli eine Reihe amerikanischer Konserven, deren buntbedruckte Etiketten phantastische Genüsse verhießen. Dann einen Toaströster. Dann eine Zigarrentasche, die ein besonderes Zigarettenfach, ein Feuerzeug und einen Zigarrenabschneider enthielt. Endlich für Elvira ein Paket Nylonwäsche, Luxusseife, eine Flasche mit phantastisch schillerndem Parfüm. Und als Krone des Ganzen ein quadratmetergroßes Seidentuch, das in leuchtenden Farben alle Sehenswürdigkeiten New Yorks zeigte.

Beide waren überwältigt. Die Geschenke lagen auf dem Küchentisch, das Packmaterial war durch den halben Wagen verstreut. Elli schnupperte begeistert an ihrem Parfüm, während Möckel die Verschlüsse der Zigarrentasche ausprobierte. Dazwischen bestaunte er immer wieder seine Freiheitsstatue.

»Aber nun lauf, Elli«, rief er schließlich, »und hol eine Apparatur! Nebenan dieser Kerl, der nachts immer dudelt, der hat eine. Hol sie schnell! Wir müssen doch endlich einmal seinen Brief hören.«

Es vergingen nur wenige Minuten, bis Freytags wohlbekannte Stimme aus New York plötzlich in Möckels Frankfurter Wohnwagen erklang. Er sprach sehr frisch und lustig:

»Lieber Möck, liebe Elli! Da staunt Ihr, was? Zunächst frohe Weihnachten! Mir geht's gut; Euch hoffentlich auch. Ich sitze hier in meinem Salon im zwölften Stock vom Skyscraper und bespreche die Platte. Das ist nämlich bequemer, als wenn man schreiben muß; das tut hier keiner mehr. Vorige Woche bin ich übrigens bei den Boys in Hollywood gewesen. Wir haben Pictures gemacht. Ich soll eine dolle Rolle kriegen. A la James Dean. Hab' denen vielleicht was hingelegt! Nächste Woche flieg' ich nach Miami-Beach, Wellenreiten und so. Die Uhr geht drei Monate ohne aufzuziehen. Garantieschein liegt bei. In der rechten Tasche von der Briefmappe sind zehn Dollar. Damit macht mal 'ne richtige Party! Ladet alle Jungs vom Schock ein und setzt ihnen anständig was vor. Und grüßt sie alle von mir. (Kurze Pause.) Ihr könnt auch Rob schöne Grüße bestellen. Er kann die Sache von Mallorca ruhig vergessen; ich hab' sie auch vergessen. Von mir aus kann er jetzt mit seiner Renate selig werden. Zu ihm paßt sie ja auch besser. Es grüßt Euch herzlich Euer Freytag. Nochmals fröhliche Weihnachten!«

»Ein toller Bursche!« sagte Möckel nach einer Weile und wiegte den Kopf bedächtig hin und her. »Er hat es weit gebracht! Er legt für die Theaterdirektion Möckel alle Ehre ein. Ich sehe ihn schon als Promenenz Nummer eins! Dann werde ich ihn für ein Gastspiel gewinnen, und wir sind alle Sorgen los.«

Elvira war nachdenklich und stumm geworden. Sie begann, die Papiere vom Boden aufzulesen, die die ungeduldigen Finger zerknüllt hatten. Sie strich die Bogen glatt und schichtete sie auf einen Haufen. Dann knüpfte sie die Schleifen auf.

»Er spricht auch von Rob«, sagte sie plötzlich. »Anscheinend haben sie sich auf Mallorca getroffen. Und jetzt scheint Freytag zu glauben, Rob sei bei uns.«

»Ja, Kind, ja«, sagte Möckel.

»Aber er ist doch nicht hier«, sagte Elvira. »Da stimmt doch was nicht! Wir haben ihn jetzt schon ewig nicht gesehen. Er ist in Frankfurt angekommen. Das Flugzeug ist pünktlich gelandet, und Rob ist ausgestiegen. Und seitdem keine Spur!«

»Ja, es ist kurios«, sagte Möckel, und es war zu hören, daß auch ihn die Sorge um Robinson bedrückte.

»Ich werde Ihnen etwas erzählen«, begann Elvira und hielt mit ihrer Tätigkeit inne. »Heute nacht war diese Krabp bei uns in der Bar. Ich habe sie angesprochen und nach Robinson gefragt. Sie wurde schrecklich verlegen. Sie weiß was, sie weiß bestimmt was, diese ...« Elvira stieß heftig mit dem Fuß auf den Boden. »Ich gehe noch heute zur Polizei und melde, daß Robinson verschwunden ist. Ich kenne ihn doch. Er schuldet Ihnen Geld, Herr Möckel. Er wäre sofort vorbeigekommen, um es zurückzubringen oder um Ihnen zu sagen, wann er es bringt. Aber irgend etwas hält ihn zurück. Und diese Krabp hängt bestimmt damit zusammen. Na, die Polizei wird das schon 'rauskriegen.«

Während sie erregt ihre Anschuldigungen hervorstieß, saß Mökkel starr und sprachlos am Tisch. Dann aber kam Bewegung in den alten Mann. »Das wirst du nicht tun, Elvira«, sagte er mit der ganzen Autorität des ehemaligen Theaterdirektors, »du wirst nicht zur Polizei gehen, das verbiete ich dir! Ich werde diese Sache selber in die Hand nehmen.«

»Meinetwegen«, sagte Elli, »aber wenn nichts dabei herauskommt, dann gehe ich doch hin. Das können Sie mir gar nicht verbieten. Wenn ein Mensch verschwindet, dann ist man verpflichtet, das der Polizei zu melden, Herr Direktor!«

»Das laß nur meine Sorge sein!« sagte Möckel würdevoll.

»Und nun schenk endlich den Kaffee ein!«

Noch eine ganze Weile nach Dr. Krabps Anruf saß Hertel wie gelähmt neben dem Telefon. Da hatte er die Antwort auf die Fragen, die ihn ständig bewegten.

Ein Mensch ist kein Versuchstier. Ein Mensch ist nicht für sich allein auf der Welt; er hat Bindungen. Man kann ihn nicht einfach unbemerkt aus seinem Lebenskreis herauslösen.

Im Unterbewußtsein hatte Hertel immer damit gerechnet, daß einmal jemand den Spuren Robinsons nachgehen würde. Es hatte ihn kaum gestört; denn er fühlte sich in der Lage, den Schlafenden jederzeit zu wecken.

Und jetzt kam Krabp, der Mann, der das Labor unterhielt und der alle Menschenversuche streng untersagt hatte, und forschte nach Robinson, der unten im Kühlraum lag und schlief.

Nein, hier war die Grenze! Wenn er sich als Wissenschaftler schon das Recht nahm, Wagnisse von unvorstellbaren Ausmaßen einzugehen – eine Art Menschenraub durfte nicht daraus werden.

Er mußte Robinson unverzüglich wecken.

Eine unsägliche Erleichterung ließ Hertel aufatmen, als er sich zu diesem Entschluß durchgerungen hatte. Vor allem mußte er allein im Hause sein.

Nun, Sturhan konnte er sich vom Halse halten, und Thea war zum Neubau gefahren und wollte anschließend seine Mutter besuchen. Die Gelegenheit, Robinson zu wecken, war einmalig günstig. – Hertel schritt sofort zur Tat.

Er konzentrierte sich eisern. Im Labor holte er Spritzen und Instrumente aus dem Sterilisator und legte sie, unter sterilen Tüchern verpackt, in Glasschalen auf das Metalltablett. Er nahm Phiolen und Ampullen aus dem Medikamentenschrank, köpfte einige und mischte mit maschinenmäßiger Genauigkeit die notwendigen Lösungen. Bevor er das vollbesetzte Tablett anhob, kontrollierte er mehrfach, ob nichts fehlte.

Sturhan öffnete die Labortür. »Soll ich tragen helfen?«

Hertel wehrte erschrocken ab. Vor der Kellertreppe verhielt er einen Augenblick und blickte sich mißtrauisch um. Nein, Sturhan folgte ihm nicht. Die schwere Stahltür schwang zurück, das Licht flammte auf.

Dort lag der Mensch, der den Schlaf gesucht hatte und dem die Welt den Schlaf nicht gönnte.

Hertel sperrte die Tür hinter sich ab. Dann ging er an die Arbeit. Alle Instrumente, die die Lebensfunktionen überwachten und registrierten, waren übersichtlich dicht beieinander auf der großen Schaltwand angebracht. Er überflog sie mit einem Blick. An der Situation des Schlafenden hatte sich nichts geändert.

Hertel nahm eine Spritze aus dem Trockensterilisator und zog hintereinander den Inhalt zweier Ampullen auf.

Nach der Injektion mußte zwei Stunden gewartet werden, bis man mit dem Weckreiz durch Unterkühlung beginnen konnte. Hertel stellte die Kontrolluhr auf einhundertzwanzig Minuten.

Zwei Stunden! Das war gar nichts, wenn man alltägliche Dinge erledigte. Das war aber eine Ewigkeit, wenn man unablässig den schwarzen Zeiger der Uhr verfolgte, wie er mit kurzen, harten Sätzen langsam, unendlich langsam dem Nullpunkt entgegensprang.

Ach, jetzt hatte er doch vergessen, Sturhan Anweisung zu geben für den Fall, daß jemand ihn sprechen wollte.

Nach einem raschen Blick auf den Schlafenden eilte Hertel ins Labor hinauf. »Ich bin im Keller und probiere die neuen Apparate aus!« rief er. »Für den Fall, daß jemand nach mir fragen sollte, drücken Sie bloß die Alarmglocke, ich komme dann 'rauf. Aber nur, wenn es wirklich dringend ist!«

»Klarer Fall, Herr Doktor!« murmelte Sturhan, ohne sich umzudrehen.

Wieder hinunter. Wieder die Stahltür sorgfältig abgesperrt. Atemlos setzte sich Hertel auf einen Hocker. Nun ließ er den Schlafenden nicht mehr aus den Augen. Obwohl die Apparate sämtliche Messungen gewissenhaft aufzeichneten, fühlte er alle paar Minuten Robinsons Puls. Immer wieder prüfte er in gewohnter Weise die Reflexe an den Pupillen. Endlich war es soweit.

Die Kontrolluhr schlug an. Hertel stellte den Regler der Kühlanlage auf die geringere Temperatur um. Ein leises metallisches Summen klang auf. Hertel kontrollierte angespannt die Zeiger der Meßgeräte.

Plötzlich gellte die Alarmglocke. Er fuhr zusammen. Was mochte da passiert sein? Mit zitternden Fingern öffnete er den Türverschluß und stürmte hinauf.

Sturhan kam ihm auf der Treppe entgegen. »Telefon, Herr Doktor«, sagte er gleichgültig. »Fräulein Runau!«

»Herrgott noch mal, Sie sollten doch nur klingeln, wenn es sehr wichtig ist!« brüllte Hertel.

Sturhan zuckte die Achseln. »Fräulein Runau sagte, es wäre sehr wichtig, ich habe sie extra gefragt.«

In seinem Zimmer riß Hertel den Hörer an sich. »Was ist denn los?«

»Du, Hans, der Boiler ist nicht richtig angebracht. Soll ich zum Installateur gehen oder ...«

»Mach, was du willst!« brüllte Hertel. Er warf den Hörer in die Gabel und lief mit einem wütenden Blick auf Sturhan wieder in den Keller.

Sturhan sah ihm kopfschüttelnd nach. »Wenn der nicht noch mal ganz überschnappt!« brummte er.

Diesmal vergaß Hertel, hinter sich abzuschließen. Der Patient hatte seine Lage verändert. Er hatte den Kopf zur Seite gedreht und die Arme starr vom Körper weggestreckt. Hertel tastete nach dem Puls. Seine Augen suchten angstvoll die Zeiger auf dem Armaturenbrett. Er ließ die Hand des Schlafenden wieder los. Sie fiel kraftlos in die alte Lage zurück.

Mit fliegenden Fingern nahm Hertel eine Ampulle vom Tablett. Sie war noch geschlossen. Er hatte sie nur für den Notfall mit heruntergebracht. Aber jetzt brauchte er ein starkes Kreislaufmittel. Es gab nur noch diese Möglichkeit. Sonst war alles vorbei. Er brach den Ampullenhals ab und zog die Spritze auf. Wieder suchte er Robinsons Armvene. Es ging schnell. Es mußte schnell gehen.

Hertel starrte auf das Band des Elektrokardiogramms. Die Zakken der Kurve rückten dichter zusammen. Das Herz schlug schneller. Plötzlich rührte sich der Schlafende. Ein leichtes Zucken lief durch seine Glieder. Hertel hob ihm die Lider an. Die Augen reagierten auf die Helligkeit, die Pupille verengte sich. Hertel wollte schon aufatmen.

Dann geschah es unter seinen entsetzlichen Blicken: Robinsons Gesicht begann bläulichrot anzulaufen – Lebensgefahr! »Sauerstoff!« schrie Hertel.

Niemand hörte ihn. Das Echo kam schauerlich von den dicken Kellerwänden zurück. Er zerrte den Metallschlauch des Sauerstoffgerätes von der Gabel und zwängte Robinson die Maske über das Gesicht. Dann schaltete er mit zitternden Händen den Temperaturregler auf normale Kühlraumtemperatur zurück.

Als er eine halbe Stunde später den Unterkühlungsraum verließ, war er ein gebrochener Mann. Der Weckversuch war mißlungen – Robinson schlief weiter.

Hertel ging mit zitternden Knien die Treppe hinauf. Er mußte sich am Geländer festhalten. Kalter Schweiß stand ihm auf der Stirn.

In seinem Arbeitszimmer fiel er schwer in den Schreibtischsessel. Er stützte sich auf die Ellenbogen und schlug die Hände vors Gesicht. Lange saß er da, regungslos, zusammengesunken, unempfindlich für alles, was ihn umgab.

Um Himmels willen! Wenn nun auch Robinson durch lange Jahre nicht zu wecken wäre wie Rühles Äffchen?

In seinem Innern flackerte eine dunkle Ahnung auf, durch nichts zu erklären, aber auch durch nichts umzustoßen: ›Du wirst ihn niemals aufwecken können: heute nicht, morgen nicht, nie!‹

Dieser entsetzliche Gedanke traf ihn wie sein eigenes Todesurteil. Wie betäubt sank er vornüber, sein Kopf fiel auf die Schreibtischkante.

Erst langsam kehrte er in die Gegenwart zurück. Sein Verstand erinnerte ihn an die vielen geglückten Weckversuche. Wer durfte sich bei so veränderten Bedingungen von einem ersten Mißerfolg entmutigen lassen?

Nach geraumer Zeit hörte er, wie die Haustür zufiel. Er hörte leichte Schritte auf dem Korridor.

Thea Runau trat ein. Er ließ langsam die Hände sinken und blickte sie an, als sähe er sie zum erstenmal.

»Du warst ja mal wieder reizend am Telefon«, begann sie. Dann stockte sie. Seine Verstörtheit entging ihr nicht. »Ist was Besonderes passiert?«

»Nein!« sagte Hertel mühsam gefaßt. »Nichts!«

Thea legte ihre Hand auf seine Schulter. »Mich kannst du nicht täuschen, Hans«, sagte sie ruhig. »Ich sehe doch, daß etwas mit dir los ist.« Sie zögerte, setzte dann herzlich hinzu: »Willst du dich nicht einmal bei mir aussprechen?«

Für einen Augenblick wurde in Hertel das Verlangen übermächtig, ihr die ungeheuerliche Tatsache des mißlungenen Weckversuchs zu bekennen, seine Not hinauszuschreien. Welche Erleichterung würde es sein, diese Angst und Sorge mit einem anderen Menschen zu teilen!

Aber nein – es war allein sein Werk! Er allein trug die Verantwortung! Im guten wie im schlechten!

Mit einer abrupten Bewegung stand er auf, als wolle er Theas Hand nicht auf seiner Schulter dulden. Er tat ein paar Schritte zu den Bücherregalen hinüber. Dann blieb er stehen. »Ich möchte allein sein«, sagte er mit gequälter Stimme. »Ich muß jetzt allein sein. – Bitte!«

Thea preßte die Lippen zusammen. Die Not, die aus seiner Stimme klang, ließ sie eine heftige Antwort verschlucken. Sie drehte sich um und ging wortlos hinaus.

Hertel folgte ihr bis zur Tür. Er legte das Ohr an die Türfüllung und lauschte, bis ihre Schritte im Treppenhaus verklangen. Erst als oben alles still geworden war, schlich er sich in den Flur. Mit angehaltenem Atem horchte er ins Dunkel des schlafenden Hauses, dann eilte er zum Unterkühlungsraum zurück.

Gott sei Dank, die Apparate arbeiteten! Robinson lebte! Robinson schlief wieder!

Oben an seinem Schreibtisch hatte ihn plötzlich der Gedanke überfallen, Robinson könne sterben. Ein Weckversuch war für den Organismus des Schlafenden eine ungeheure Belastung. Die Atemnot, die plötzlich bei Robinson aufgetreten war, hatte bewiesen, daß es um Leben oder Tod gegangen war.

Hertel zog mit dem Fuß einen niedrigen Schemel an das Lager heran und setzte sich. Mein Gott! Wenn Robinson ihm unter den Händen gestorben wäre! Das hätte aus ihm einen Verbrecher gemacht! Einen Mörder! Dann hätte es keinen anderen Weg mehr aus diesem Raum gegeben als den zur Polizei.

Hertel lief ein Schauer über den Rücken. ›Ich werde noch wahnsinnig‹, dachte er. Doch dann zwang er sich mit aller Gewalt zur Ruhe.

In dieser Nacht stieg Hertel jede Stunde hinab, um nach Robinson zu sehen. Am liebsten hätte er sich ein Lager im Unterkühlungsraum aufgeschlagen.

Es dauerte Tage, bis sich seine Nerven so weit beruhigt hatten, daß die jähen Angstausbrüche schwanden. Aber die beklemmende Sorge blieb.

Die Veränderungen in Hertels Wesen entgingen Thea nicht. Sie wußte, daß seine Lieblosigkeit nicht einer Laune entsprang, sondern tiefere Ursachen hatte. Sie nahm Rücksicht auf ihn. Sie half ihm in diesen Tagen mehr, als er selber merkte.

Nein, es war für beide nicht leicht. Sie konnten nicht einmal daran denken, daß es die Vorweihnachtszeit war. Dazu nahm die Arbeit sie viel zu sehr gefangen. Hertel hatte sich mit verbissener Zähigkeit auf eine völlig neue Versuchsreihe geworfen. Er erprobte neue Präparate, auch ganz neue Zusammensetzungen, und trieb seine beiden Mitarbeiter erbarmunslos an.

Neben allem anderen brannte in ihm die Sorge, Dr. Krabp könne erneut wegen Robinson anfragen. Was sollte er antworten? Bei jedem Telefonanruf zuckte er zusammen.

Er hatte sich tausend Entschuldigungen ausgedacht und tausend Ausflüchte zurechtgelegt. Als aber eines Vormittags Krabps Wagen vor dem Labor hielt, war er wie gelähmt.

Krabp ließ sich von Thea Runau hereinführen, bat sie aber nach den ersten Begrüßungsworten, ihn mit Hertel allein zu lassen. Er war sehr ernst.

Verwirrt und mit hochrotem Gesicht führte Hertel ihn in die Bibliothek. Das war nun die Stunde, vor der er sich seit Tagen gefürchtet hatte. Er bot Krabp einen Stuhl an, blieb aber selber stehen. Seine Lider zuckten nervös.

Doch es kam ganz anders, als Hertel erwartet hatte: Krabp zog schweigend ein Zeitungsblatt aus seiner Rocktasche und breitete es vor ihm aus. »Sie haben die Pressemeldungen über meine Tochter wohl gelesen, Herr Dr. Hertel?«

Hertel stutzte. Er war so verblüfft, daß er keine Antwort fand. »Welche Pressemeldungen?« fragte er schließlich naiv. Krabp schob die Brille auf die Stirn und sah Hertel forschend an. »Wollen Sie damit sagen, daß Ihnen diese ganzen Veröffentlichungen verborgen geblieben sind?«

»Ja, gewiß! – Verzeihen Sie, aber ich lese nur selten Zeitungen! Ich habe kaum Zeit für meine Fachzeitschriften.«

»Dann will ich Sie kurz informieren«, sagte Krabp. »Irgendein

Zeitungsmann hat von dem Aufenthalt meiner Tochter auf Mallorca Wind bekommen. Daraus ist erst eine belanglose kleine Zeitungsnotiz geworden. Ein anderes Blatt hat diese Notiz vor ein paar Tagen aufgegriffen und zu einer großen Schlagzeilenmeldung aufgebauscht. Hier! Zu lesen brauchen Sie es gar nicht. Sie können sich das bestimmt so vorstellen.«

Krabp schloß die Augen und fuhr sich nach seiner Gewohnheit mit Daumen und Mittelfinger mehrfach über die Brauen. »Renate ist völlig verzweifelt. Kaum hat sie die ganze bittere Angelegenheit einigermaßen überwunden, da muß nun das passieren! – Sie ist in einem Zustand, der mich mit großer Besorgnis erfüllt. Sie wagt überhaupt nicht mehr, das Haus zu verlassen. Sie geht nur aus dem Zimmer, wenn keine Dienstboten in der Nähe sind. Es ist schon eine Art Verfolgungswahn! Von jedem Menschen glaubt sie, daß er hinter ihrem Rücken tuschelt. Ich weiß überhaupt nicht mehr, wie ich ihr helfen soll.« Krabp schwieg erschöpft.

Hertel hörte die Verzweiflung aus der Stimme Krabps; aber seine eigene Angst, seine eigenen Sorgen nahmen ihn so in Anspruch, daß er die volle Tragweite dessen, was Krabp erzählte, kaum begriff. »Nun ja«, sagte er, »aber im Grunde ist das doch alles nicht so schwerwiegend. Solche Zeitungsmeldungen werden gelesen und – vergessen!«

Krabp fuhr erregt auf. Gegen seine Gewohnheit schrie er: »Was in der Zeitung steht, ist selbstverständlich gleichgültig! Aber daß Renate darüber zugrunde geht, das ist doch wohl schwerwiegend genug, Herr Dr. Hertel!« Er wischte sich über die Stirn, ließ beide Hände auf den Tisch fallen und senkte den Kopf. »Verzeihen Sie«, sagte er nach einer Weile leise. »Man dreht allmählich durch.«

»Aber bitte«, sagte Hertel erschrocken, »Sie haben völlig recht, und ich muß mich entschuldigen. Ich konnte nicht ahnen, daß Ihr Fräulein Tochter sich die Sache so zu Herzen nimmt.«

»Ich habe versucht, Renate wieder unter Menschen zu bringen«, sagte Krabp. »Ich habe sie mit einem ihrer alten Freunde zusammen ausgehen lassen. Aber gerade an dem Tage ist diese Zeitungsgeschichte passiert. Ich muß befürchten, daß sie zum zweitenmal versuchen könnte . . .« Er schwieg. Er starrte vor sich hin. »Ja, das muß ich jetzt befürchten!«

Auch Hertel wußte lange keine Antwort. Er überlegte nach wie vor, was Krabp nun eigentlich von ihm wollte. Die Frage nach Robinson hing noch immer wie ein Fallbeil über ihm. Vielleicht war das ganze Gespräch nur Beiwerk. Nur eine Art Selbstgespräch, zu dem Krabp einen Partner gesucht hatte. Vielleicht war er doch gekommen, um sich den neuen Unterkühlungsraum anzusehen.

»Das schlimmste ist«, begann Krabp plötzlich, »daß wir in drei Tagen Weihnachten haben. Dieses Fest mit seinen unvermeidlichen Erinnerungen liegt mir schwer auf dem Gemüt.« Langsam setzte er die Brille auf und sah Hertel an. »Ich habe eine herzliche Bitte an Sie! Sie haben Renate schon einmal in einer scheußlichen Lage geholfen. Sie hat Vertrauen zu Ihnen. Sie braucht das Verständnis eines Mannes, zu dem sie aufsehen kann. – Wollen Sie uns Weihnachten besuchen?«

Hertel wollte schon zusagen, aber Krabp hob abwehrend die Hand: »Ich weiß, daß eine solche Einladung an den Festtagen eine Zumutung ist. Sie werden sicherlich zu Ihrer Frau Mutter wollen. Aber wenn Sie zum Fest zu uns kommen, wird Renate nicht vermuten, daß ich Sie gewissermaßen als Seelenarzt konsultiert habe. – Also, wie ist es? Dürfen wir am ersten Feiertag für ein paar Stunden mit Ihnen rechnen?«

»Ja, natürlich. Ich komme sehr gern!« sagte Hertel schnell. Er war ganz lebhaft geworden. »Ich habe ohnehin nichts vor. Es ist mir eine besondere Freude.«

Krabp erhob sich. »Na, dann kommen Sie schon zum Mittagessen! Auch ich freue mich sehr! Ich bin Ihnen von Herzen dankbar. Sprechen Sie mit ihr! Am besten von ganz anderen Dingen! Vielleicht schüttet sie Ihnen von selber ihr Herz aus. Daß sie allein wegen dieser Zeitungsattacke so verzweifelt ist, kann ich einfach nicht glauben.«

Krabp hatte die Klinke schon in der Hand, als er sich noch einmal umdrehte. »Von diesem Herrn Robinson Gomela haben Sie wohl nichts mehr gehört? Sie erinnern sich, daß ich Sie bat, sich einmal nach ihm umzuhören.«

Hertel erstarrte. Er wurde blaß. Wenn er nicht in diesem Augenblick mit dem Rücken zum Fenster gestanden hätte, so hätte es Krabp auffallen müssen.

Aber Krabp ahnte nichts von dem Schrecken, den er mit seiner Frage ausgelöst hatte. »Na ja, Sie haben auch genug andere Dinge um die Ohren. Beunruhigen Sie sich deswegen nicht. Mein Sekretär wird den jungen Mann schon finden.«

Hertel begleitete Krabp zur Tür. Seine Knie zitterten. Das Blut pochte in seinen Schläfen. Jetzt fehlte nur noch, daß Krabp nach dem neuen Unterkühlungsraum fragte.

Aber diese Frage kam nicht.

Kaum daß der schwere Wagen endlich davongerollt war, erschien neugierig Thea. »Na, was wollte er denn so plötzlich?«

»Doktor Krabp hat private Sorgen«, sagte Hertel kurz. »Er bat mich, am ersten Feiertag nach Homburg zu kommen.«

»Am ersten Weihnachtstag?«

»Ja, er möchte ...«

»Und du hast zugesagt?«

»Selbstverständlich!« sagte Hertel bestimmt. »Es tut mir leid, aber ich kann doch eine solche Einladung nicht ablehnen!«

Thea sah ihn groß an. »Das mußt du natürlich selber wissen«, sagte sie kühl. »Ich dachte nur, am ersten Feiertag ...«

»Ich bin ja nur zum Essen geladen. Um vier kann ich sicher zurück sein.«

30

Hertel traf Krabps bei seinem Besuch in etwas gezwungener Stimmung. Von Festfreude war wenig zu spüren.

Er überreichte seine Blumen und stand steif und förmlich in der ungewohnten Umgebung.

Bei Tisch mußte Krabp die Unterhaltung fast allein bestreiten. Renate stocherte vervös in den erlesenen Speisen herum. Krabp warf Hertel in einem unbeobachteten Augenblick einen bedeutungsvollen Blick zu. Auch der Sekt, der zum Dessert gereicht wurde, vermochte die Stimmung nicht zu heben. Nur Hertel, der selten Alkohol trank, fühlte sich gelöst und beschwingt. Er verlor mehr und mehr seine Schüchternheit.

Nach der Mahlzeit zog Krabp sich zurück. »Ich muß mich nach dem Essen immer ein bißchen hinlegen«, sagte er zu Hertel. »Sie entschuldigen mich.»

Im ersten Augenblick standen Renate und Hertel einander verloren gegenüber. »Am besten ist es wohl«, sagte Renate dann zögernd, »wir gehen zu mir hinauf.«

Hertel folgte ihr bereitwillig. Er hatte ihre Privaträume noch nie gesehen und blieb überrascht in der Tür stehen. Da war alles licht und warm. Lindgrüne Vorhänge faßten die Fenster ein und paßten sich den hellen Kirschbaummöbeln vorzüglich an. Die modernen Sessel waren mit einfarbigen Wollstoffen bespannt. An den weißgetünchten Wänden hingen Aquarelle in heiteren Farben.

»Gefällt es Ihnen bei mir?« fragte Renate.

»Sehr!« erwiderte Hertel aufrichtig. »Ich habe mir manchmal überlegt, wie Sie wohl wohnen möchten. – Ja, das paßt zu Ihnen.« Er geriet in jungenhafte Begeisterung.

»Nehmen Sie doch Platz!« Renate hatte sich gesetzt und hastig eine Zigarette entzündet. »Rauchen Sie? Wenn Sie trinken wollen – der Kognak steht rechts neben Ihnen im Bord. – Machen Sie sich's bequem und fühlen Sie sich wie zu Hause.«

Hertel nahm eine Zigarette und sagte zwischen den ersten Zügen: »Ich fürchte, das kann ich nicht. Sonst müßte ich mir einen weißen Kittel anziehen und mit Reagenzgläsern hantieren. So ein Zuhause kenne ich nicht.«

Seine schlichte Offenheit rührte Renate. Sie sah ihn an und lächelte herzlich. »Das muß schlimm sein! – Wissen Sie, wenn ich jetzt nicht dieses Zimmer hätte, wüßte ich überhaupt nicht, wo ich bleiben sollte.«

»Haben Sie die Geschichte noch immer nicht überwunden?« fragte Hertel behutsam.

Renate drückte die halbgerauchte Zigarette aus, sprang auf und setzte den Plattenspieler in Gang. Hetzende Rhythmen, ein klagendes Trompetensolo, hart übertönt vom Wirbel des Schlagzeuges. Nach wenigen Minuten brach die Musik unvermittelt ab.

Renate kam an den Tisch zurück und setzte sich. »Das ist wohl nicht die richtige Musik für Weihnachten. Aber ich bin auch nicht in Weihnachtsstimmung. Sie müssen entschuldigen. Es tut mir leid, daß Sie sich gerade an solch einem Tag mit mir herumquälen müssen.«

»Aber ich bitte Sie«, widersprach Hertel mit ungespielter Entrüstung, »ich bin froh, daß ich ein paar Stunden bei Ihnen sein darf. Sie wissen doch, wie gern ich mit Ihnen zusammen bin.«

»So?« fragte Renate gedehnt. »Auch jetzt noch? Immer noch?« Sie sah auf ihre Hände und zog mit dem Zeigefinger die Umrandung der Tischkacheln nach.

»Ja!« sagte Hertel ernst. »Auch jetzt noch! Immer noch und auch in Zukunft. Wenn Sie diese blödsinnigen Zeitungsmeldungen meinen, die habe ich überhaupt nicht gelesen. Davon habe ich nur gehört. Sie würden mir auch nichts sagen.«

»Anderen sagen sie aber etwas!« Renate blickte nicht auf.

»Wissen Sie, ich würde mir an Ihrer Stelle überhaupt nichts daraus machen. Auch über unser Labor haben die Zeitungen früher völlig entstellte Geschichten geschrieben. Rühle hat dann einfach jedem Reporter den Zutritt verweigert, und nach ein paar Monaten war die Sache vergessen.«

»Der Vergleich hinkt, Herr Dr. Hertel«, sagte Renate ruhig. »Es ist schließlich etwas anderes, ob entstellende Meldungen über wissenschaftliche Versuche verbreitet werden oder über das Privatleben eines Menschen. Außerdem stimmt ja das meiste, was die Zeitungen gemeldet haben.«

»Nein!« rief Hertel erregt. »Das ist alles Lüge und Gemeinheit!«

»Ich denke, Sie haben die Meldungen gar nicht gelesen?« fragte Renate mit leichtem Spott.

»Hab' ich auch nicht«, rief Hertel, »aber ich kann mir schon denken, was die sich zusammengeschrieben haben! Ich weiß, daß Sie nie etwas Schlechtes tun können! Vielleicht einmal etwas Törichtes, aber niemals etwas Schlechtes!«

Die Hand auf der Tischplatte war ruhig geworden. Renate lehnte sich zurück. Sie sah auf und begegnete seinem Blick.

»Andere denken anders!« sagte sie langsam.

»Na – und?« entgegnete Hertel heftig. »Sie sind Renate Krabp, was geht Sie die Meinung anderer an?«

Renate sprang auf. Sie ging wieder an den Plattenspieler, setzte ihn aber nicht in Gang. Sie trat an das Bücherregal und strich mit der Hand über die Buchrücken. Sie durchquerte den Raum. Dann blieb sie plötzlich stehen und stützte sich mit gespreizten Fingern auf die Tischplatte. Ihr Gesicht war blaß.

»Das habe ich mir auch erst gesagt«, begann sie mit gepreßter Stimme. »Als ich zurückkam, habe ich den ehrlichen Willen gehabt, wiedergutzumachen. Besonders an meinem Vater. Aber es geht nicht! Ich kann nicht!« Sie ging zum Fenster und starrte in den winterlichen Park hinab.

»Ich verstehe Sie nicht ganz«, sagte Hertel langsam.

Es dauerte einige Zeit, bis Renate antwortete. »Sie werden das vielleicht nie verstehen«, begann sie. »Sie sind ein Mann, Sie sind ein Gelehrter. Aber ich kann trotzdem zu Ihnen reden wie zu keinem anderen, vielleicht gerade deshalb.«

Sie schwieg wieder. Plötzlich lief sie in das angrenzende Schlafzimmer. Sie kam mit einem Brief zurück. Es war ein überdimensionaler, fast quadratischer Umschlag. Die Handschrift war steil und etwas ungelenk: »Fräulein Renate Krabp, Homburg«.

Renate legte den Umschlag vor Hertel auf den Tisch. »Der Brief ist heute morgen mit der Post gekommen. Von ihm. Ich habe ihn nicht geöffnet. Ich konnte es einfach nicht. Wollen Sie es bitte für mich tun?«

Hertel betrachtete kurz die amerikanische Marke und öffnete den Umschlag. Er zog eine grellbunte Klappkarte heraus. Wenn man sie auseinanderzog, entfaltete sich ein Panorama des Stalls von Bethlehem mit Krippe, Lämmern und einem Silbermond auf dunkelblauem Hintergrund. Selbst die goldenen Heiligenscheine fehlten nicht. Auf dem rechten unteren Rand stand »Merry Christmas« aufgedruckt; darunter: »Dein Freytag«.

»Na, das hätten Sie ruhig selber aufmachen können«, sagte Hertel. »Ein Weihnachtsgruß, sonst nichts.«

Renates Gesicht blieb umwölkt. »Stecken Sie die Karte ein«, sagte sie ängstlich. »Nehmen Sie sie mit. Ich will sie nicht haben! Ich will sie nicht im Hause haben!«

Hertel verstaute die Karte umständlich in der Rocktasche.

»Das ist nur das eine«, sagte Renate aufseufzend. »Das andere ist vielleicht noch schlimmer. Es ist nämlich noch etwas vorgefallen. Etwas, worüber ich bisher mit keinem gesprochen habe.« Sie holte tief Atem. »Mein Vater hat es gut gemeint. Er wollte mich wieder unter Menschen bringen. Er hat Oluf überredet, mit mir auszugehen. Sie haben ihn damals in der Taverne kennengelernt; er ist der große schlaksige Junge, der mit an unserm Tisch saß. Früher war er ein prima Kamerad. Aber an diesem Abend glaubte er, sich mir gegenüber jede Zudringlichkeit erlauben zu dürfen!«

»Dieser Lump!« rief Hertel entrüstet.

Renates Gesicht blieb unbewegt. »Ich weiß nicht, ob Sie das ganz erfassen. Wenn Oluf als mein alter Freund mich so einschätzt, dann werden alle andern mich erst recht so einschätzen. Für die Leute bin ich als Abenteuerin abgestempelt. Auch für die Dienstboten. Und darüber komme ich nicht hinweg. Darüber kann niemand hinwegkommen.«

Sie ließ sich in den Sessel fallen und schlug die Beine übereinander. »Ja, so ist das, Herr Dr. Hertel. Daran kann ich nichts ändern, mein Vater nicht und Sie auch nicht. Was weiß ich denn, vielleicht denken Sie genauso über mich.«

Selbst Hertel empfand genau, daß Ihre Ruhe nur gespielt war. Daß eine echte Verzweiflung dahinter saß. Und er wollte ihr doch so gerne helfen. »Wie können Sie nur so etwas von mir denken! Wie können Sie das überhaupt aussprechen!« sagte er vorwurfsvoll. »Ich habe nie etwas anderes in Ihrem Schicksal gesehen als ein Unglück, in das Sie unverschuldet geraten sind. Gerade weil Sie so gut sind! Gerade weil Sie bei allen Menschen an das Gute glauben!« Er sprach so überzeugt, so ernst, und er sah sie dabei so voller Verehrung an, daß auch der letzte Rest von Argwohn bei ihr schwand.

Sie atmete tief auf. »Ich danke Ihnen«, sagte sie. »Es tut gut, daß außer Paps wenigstens noch einer an mich glaubt.« Nachdenklich fügte sie hinzu: »Und wenn es ein Mensch wie Sie ist, dann tut es besonders gut!«

Aus dem Gespräch war ein herzliches Vertrauen zwischen ihnen gewachsen. Renates Gesicht war gelöst, fast heiter.

»Paps wird inzwischen aufgestanden sein«, sagte sie nach einer Pause. »Wollen wir nicht zu ihm 'runtergehen und mit ihm Kaffee trinken?«

Hertel blickte auf die Uhr. Es war kurz nach vier. Die Zeit, die er sich für diesen Besuch gesetzt hatte, war überschritten. Thea wartete auf ihn. »Ich weiß nicht«, sagte er zögernd, »ich kann Ihnen aber doch nicht am ersten Feiertag so lange zur Last fallen!«

»Ach, Unsinn!« sagte Renate schnell. »Was wollen Sie ausgerechnet heute in Ihrem Eiskeller? Bleiben Sie ruhig noch etwas hier. Sie haben mir selber vorhin gesagt, daß Sie sonst überhaupt kein Privatleben kennen. Außerdem freuen wir uns doch über Ihren Besuch! Bestimmt!«

Hertel blieb. Er blieb zum Kaffee. Er blieb zu einem Plauderstündchen unter dem brennenden Weihnachtsbaum. Er blieb zum Abendessen.

Seine warme, ehrliche Anteilnahme wirkte sich auf Renates Stimmung so nachhaltig günstig aus, daß es noch richtig gemütlich wurde. Krabp blickte immer wieder erleichtert und dankbar zu Hertel hinüber. Krabp war es auch, der ihn zum Abendessen festhielt; er wollte noch erfahren, was die Unterredung mit Renate ergeben hatte.

Hertel hatte zwar einen Augenblick die Absicht, Thea anzurufen; aber er verstand es in seiner Unbeholfenheit nicht, diesen Wunsch anzubringen.

Erst nach dem Abendessen fand Krabp in der Bibliothek Gelegenheit, mit Hertel unter vier Augen zu sprechen.

»Nun, was haben Sie zu hören bekommen?« fragte er, als beide in den hochlehnigen Sesseln Platz genommen hatten. Hertel berichtete vorsichtig, was Renate ihm erzählt hatte. Krabp sah lange schweigend dem Rauch seiner Zigarre nach. »Das ist es also gewesen – der Oluf! Auf den Gedanken bin ich überhaupt nicht gekommen. Ja, das ist natürlich schrecklich.« Er rückte methodisch Aschenbecher, Gläser und Untersätze auf dem Tisch zurecht. Es war wie ein Selbstgespräch, als er fortfuhr: »Seit meinem leichten Schlaganfall mache ich mir Sorge um die Zukunft meines Kindes, wenn ich einmal nicht mehr bin.«

»Sie sind ja wieder völlig gesund«, widersprach Hertel verstört. »Sie sind doch noch kein alter Mann, Herr Dr. Krabp!«

»Ich weiß nicht«, sagte Krabp leise. »Ich weiß es wirklich nicht!«

›Mein Gott‹, dachte Hertel, ›wenn er stürbe! Auf seinen Schultern ruht meine Arbeit, ruht mein Labor, ruht mein Leben, einfach alles. Und jetzt besonders.‹

Hastig setzte er sein Glas an den Mund und nahm einen kräftigen Schluck. Krabps nächste Worte hörte er nur wie durch einen Nebel: »Ich habe lange darüber nachgedacht. Es gibt für Renate nur eine Lösung: eine Heirat.«

Krabp trank Hertel zu. Dann setzte er bedächtig sein Glas ab und sagte langsam: »Darf ich über diesen Punkt einmal ganz offen mit Ihnen sprechen, Dr. Hertel? Ein Gespräch unter Freunden. Wenn Sie wollen, dürfen Sie meine Worte sofort wieder vergessen. Ich glaube bemerkt zu haben, daß Renate Ihnen nicht gleichgültig ist.«

Hertel sah Dr. Krabp erstaunt an. Er antwortete ganz ehrlich, ganz aus dem Herzen heraus, wie der Ernst der Stunde es forderte: »Ihre Tochter bedeutet mir sehr viel! Ich verehre sie, aber ich hätte nie daran gedacht . . .«

». . . daß Sie meine Tochter heiraten könnten. Das ehrt Sie. Ich aber wüßte keinen Mann, dem ich ihr Leben lieber anvertrauen möchte. Nach dieser furchbaren Episode braucht Renate dringend einen Menschen, zu dem sie aufsehen kann. Einen Menschen, der Festigkeit und Charakter hat.«

Hertel war für einen Augenblick so benommen, daß er keine Antwort fand. Er fühlte Krabps forschenden Blick auf sich. Die Gedanken jagten durch sein Hirn. Renate heiraten! Mit einem Schlage wären seiner Arbeit Erfolg und Anerkennung sicher. Die Welt stände ihm offen. Alle Sorgen, die ihn jetzt bedrückten, würden wie Rauch verfliegen. Und über diesen Gedanken hinaus stieg Renates Bild vor ihm auf. Daß er sie für sich gewinnen könnte, hätte er nie zu träumen gewagt.

Ein anderes Gesicht schob sich plötzlich vor das Renates, ein kühles, undurchdringliches Gesicht – Thea!

Aber jetzt blieb ihm keine Zeit, daran zu denken, daß Thea auf ihn wartete.

»Bitte, mißverstehen Sie mich nicht!« fuhr Krabp fort.

»Fühlen Sie sich in keiner Weise gebunden. Wenn Sie nein sagen wollen, so wird das nichts zwischen uns ändern. Ich bin Ihnen ohnehin für alle Hilfe dankbar, die Sie mir in letzter Zeit erwiesen haben. Ich kann überhaupt nur so offen mit Ihnen sprechen, weil ich weiß und hoffe, daß Sie ein echter Freund meines Hauses sind. Es ist die verzehrende Sorge um das Schicksal meines Kindes, die mich treibt. Wer auf den Tod wartet, der bringt sein Haus in Ordnung. Das ist es!«

Er trank Hertel schweigend zu. Dann sagte er: »Antworten Sie mir jetzt nicht. Ich wollte Sie ohnehin bitten, zu Silvester unser Gast zu sein. Ich habe eine Reihe guter Bekannter und Freunde eingeladen. Es wäre mir lieb, wenn Sie kämen. Sie könnten Renate helfen, über die Schwierigkeiten hinwegzukommen. Dabei wird sich dann ja wohl auch wieder die Gelegenheit zu einem Gespräch zwischen uns ergeben.«

Der Wagen glitt rasch durch die schlafenden Straßen. Es war spät geworden. Elf Uhr.

Hertel war von dem Gespräch mit Krabp aufgewühlt. Wie im Fieber jagte eine Vorstellung die andere. Weit vor dem Labor verließ er den Wagen und ging das letzte Stück zu Fuß.

Die Straße war leer. Die Nacht war klar. Seiner fieberheißen Stirn tat die kühle Luft gut. Er atmete tief.

Dort in dem finsteren Haus hinter den kahlen Büschen wartete der Schlafende auf ihn, den er bisher nicht zu wecken vermocht hatte. Und – Krabp hatte ihm angeboten, sein Schwiegersohn zu werden!

Hertel bohrte die Hände in die Manteltaschen und blieb plötzlich stehen. War das vielleicht gar nicht so widerspruchsvoll? Löste sich nicht mit dem einen Problem das andere von selbst?

Er fuhr sich über die Augen und nahm gedankenversunken seinen Weg wieder auf. Wenn er Krabps Schwiegersohn wurde, war Robinson keine Gefahr mehr. Dann hatte er genügend Zeit und Möglichkeiten, den nächsten Weckversuch vorzubereiten. Dann konnte er notfalls sein Labor verlegen, um Nachforschungen zu entgehen. Dann konnte er sogar ohne Sorge dem Tag entgegensehen, an dem Krabp die Augen schließen würde. Dann war er nicht mehr der Gehetzte.

Obendrein verehrte er Renate. Das Wort Liebe hatte er bisher immer aus seinen Gedanken verbannt, denn Renate war ihm unerreichbar erschienen. Aber sie war es ja gar nicht! – Und Thea?

Vor ihm tauchte drohend der Umriß des schweigenden Hauses aus dem Schattengestrüpp des Parkes auf.

Er konnte jetzt nicht hineingehen. Jetzt nicht. Er mußte erst zur Ruhe kommen. Zögernd blieb er stehen, dann wandte er sich um, und seine Schritte verklangen im kahlen Gebüsch der Vorgärten. Kein Mensch war unterwegs. Nur hinter wenigen Fenstern brannte noch Licht.

Ja, was bedeutete ihm Thea? Jahrelang hatte sie Sorgen und Nöte mit ihm geteilt. Durfte er sie verlassen? Warum hatte er Krabp nicht gesagt, daß er gebunden sei? War es Feigheit gewesen?

Nein, er selber fühlte sich innerlich nicht gebunden. War er nicht mehr und mehr in dieses Verlöbnis hineingeglitten? War Thea dabei nicht die treibende Kraft gewesen?

Und Liebe? – Thea war ein guter Kamerad. Er hatte sich an sie gewöhnt, und sie besaß sein Vertrauen. Aber Liebe?

Warum hatte er Thea eigentlich widerspruchslos gewähren lassen, als sie so energisch die Heirat vorbereitete? Warum nur? Jetzt war die Situation ganz und gar verfahren.

Vor ihm tauchte die breite Toreinfahrt auf, darüber die finstere Silhouette des Gebäudes. Zwei Fenster des oberen Stockwerks waren erleuchtet. Sie starrten ihn wie glühende Augen an. Er blieb stehen. Sein Herz klopfte. Dieses Haus war wie ein Ungeheuer, das ihm lauernd entgegensah.

Im Keller lag ein Mann und schlief. Ein kleiner Fehler genügte, sein Leben auszulöschen. Dann war es aus! Dann war alles aus!

Eine Nacht voll drohenden Grauens. Die froststarren Bäume und Sträucher waren wie tot. Hier, im Bannkreis des Hauses, hatte das Leben allen Glanz verloren. Hier herrschten andere Gesetze.

Nein, das Ungeheuer würde ihn nicht bezwingen. Wenn er Renate Krabp heiratete, war er der Stärkere.

Hertel ging mit festen Schritten bis zur Haustür, tastete nach dem Schlüsselloch und schloß auf. Die Kirchturmuhr schlug. Ein dunkler, nachhallenden Schlag. Es mußte halb zwölf sein. Um vier nachmittags hatte er zurück sein wollen.

Über den dämmerigen Flur kamen hart und energisch Theas Schritte. »Ich habe dich kommen hören«, sagte sie kalt.

»Es ist spät geworden«, bemerkte Hertel kurz und ging an ihr vorüber zu seinem Arbeitsraum. Einen Augenblick sah er ihr Gesicht. Es war starr und bitter und verbissen. Sie folgte ihm.

»Nun, wie war es bei deiner Renate?« fragte sie mit eisiger Ironie.

Er hatte sich wegen der Verspätung entschuldigen wollen, aber vor ihrem Sarkasmus und dem starren Gesicht fand er keine Worte.

Der Eingang zur Bibliothek stand offen. Der kleine Kaffeetisch war noch immer gedeckt.

Thea Runau schloß hinter ihm die Tür und lehnte sich mit dem Rücken dagegen. »Ja«, sagte sie, »sieh dir das ruhig an! Hier habe ich von Mittag an auf dich gewartet. Das sind acht Stunden! Acht Stunden lang habe ich jede Minute damit gerechnet, daß du zur Tür hereinkommen würdest!« Hertel drehte sich langsam um. Er suchte nach ein paar erklärenden, begütigenden Worten. Nur keine Auseinandersetzung. Nur keinen Streit. »Thea . . .«, begann er bittend, doch sie unterbrach ihn gleich.

»Du hast es nicht einmal für nötig gehalten, mich anzurufen!« Ihre Stimme wurde schrill. »Du bleibst einfach weg! Wochenlang schon gebärdest du dich wie ein Irrer! Du hast nicht ein gutes Wort für mich. Wir schuften bis in die Nächte hinein! Du schreist mich an! Und an dem einzigen Tag, den wir endlich einmal für uns haben, läßt du mich allein!«

»Thea«, begann Hertel von neuem, »sei doch nicht wegen einer solchen Kleinigkeit gleich so aufgebracht. Man kann das alles auch in Ruhe . . .«

»Eine Kleinigkeit nennst du das? Für dich mag das ja eine

Kleinigkeit sein – aber nicht für mich!« Ihr Gesicht war verzerrt. Die Haut spannte sich straff über den hohen Backenknochen. Die schmalen Lippen waren verkniffen.

Hertel fühlte, wie er wütend wurde, aber er nahm sich zusammen. »Ich weiß, daß ich zu spät gekommen bin«, sagte er stockend, »entschuldige bitte!«

Es war, als hätte sie ihn nicht gehört. »Wo kommst du jetzt überhaupt her?« schrie sie.

Er fuhr auf. Die Wut, die er die ganze Zeit genährt hatte, die Unruhe, das Schuldbewußtsein, das alles machte sich jetzt Raum. Er maß Thea mit kritischen, abschätzenden Blicken. Nein, so hatte er sie noch nie gesehen! Dieses harte Gesicht hatte nichts Frauliches. Das war das Gesicht eines Gegners.

»Wo ich herkomme? Das weißt du doch! Wenn ich bei Krabps eingeladen bin, kann ich nicht gehen und kommen, wie ich will.«

»Aber mich kannst du warten lassen, wie du willst. Das ist eine Rücksichtslosigkeit, die ich mir nicht ein zweites Mal gefallen lasse.«

Hertel wollte auffahren, aber er riß sich mit Gewalt zusammen; »Dann muß ich dir schon jetzt sagen, daß ich auch zu Silvester wieder dort sein werde. Es war mir nicht möglich, diese Einladung abzulehnen.«

Thea zitterte. Ihre Nerven waren zum Zerreißen gespannt. Sie kreuzte die Arme übereinander. In ihren Augen stand kalte Wut: »So – den Mut dazu brachtest du nicht auf. Aber du hast die Unverschämtheit, mir auch das noch ins Gesicht zu sagen!«

Hertel drehte sich um. Er zog seinen Rock aus, warf ihn auf den Sessel und riß den weißen Laborkittel vom Haken. Dabei pfiff er. Er pfiff den abgerissenen Fetzen der Melodie, die er bei Renate gehört hatte, und zog den Kittel über. Diese Melodie! Da stand das Haus wieder vor ihm, das weitläufige, ehrwürdige Haus, die hohe Halle, das Zimmer mit dem Weihnachtsbaum. Da war Renate, die ihm gegenübersaß ...

Renate!

Er blickte Thea aus schmalen Augenschlitzen an. »Weißt du«, sagte er mit einer Stimme, die in ihrer betonten Sachlichkeit doppelt verletzend wirkte, »was soll das Ganze? Was soll diese dumme Rederei? Schließlich bin ich wohl noch Herr über meine Zeit! Du tust ja, als wären wir schon Jahre verheiratet. Liebes Kind – noch sind wir nicht verheiratet!«

Tödliches Schweigen. Er war zu weit gegangen. Er spürte es. Das hätte er nicht sagen dürfen. So nicht!

Aber er konnte das Wort nicht zurückholen. Er stieß die Tür zum Labor auf und warf sie krachend hinter sich zu.

Thea stand wie gelähmt. Sie war blaß geworden.

Das war also Weihnachten! Darauf hatte sie sich gefreut! – Was hatte er gesagt? Sie seien noch nicht verheiratet! War das sein Ernst? Entfernte er sich von ihr? War sie zu hart gewesen? Hätte sie stumm über sein Ausbleiben hinwegsehen sollen? – Nein! Sie konnte sich von ihm nicht alles bieten lassen!

Sie fühlte nicht, daß ihr ein paar Tränen über die Wangen liefen. Sie mußte etwas tun, um sich abzulenken. Mechanisch nahm sie seinen Rock auf, den er auf den Sessel geworfen hatte. Es war nun einmal ihre Gewohnheit, immer hinter ihm herzuräumen. Sie sorgte stets dafür, daß er sich nicht mit kleinen, nutzlosen Alltagssorgen belasten mußte. Sie leerte die Taschen des Jacketts und legte Füller, Brieftasche und Taschentuch auf den Tisch. Aus der rechten Rocktasche zog sie einen großen Umschlag.

Eine amerikanische Briefmarke.

»Fräulein Renate Krabp«?

Was sollte dieser Brief in Hertels Tasche? Sie las den Absender: »Freytag Gomela, Waldorf Astoria Hotel, New York«.

Sie nagte an ihrer Unterlippe. Ihre Brauen waren in scharfem Nachdenken zusammengezogen. Gomela? Gomela? Woher kannte sie diesen Namen?

Sie hatte warten wollen, bis Hertel wiederkam, um sich mit ihm auszusöhnen. Aber vielleicht war es gut, wenn sie ihm nicht zu weit entgegenkam.

Gomela? – Gomela?

Hatte sie nicht oben in ihrem Zimmer . . . Ja, das war es!

Sie nahm den Umschlag, lief damit auf ihr Zimmer und verschloß sorgsam die Tür. Dann ging sie an den weißlackierten Kleiderschrank, schob Mäntel und Kleider beiseite und holte einen Koffer heraus. Sie setzte ihn auf den Tisch und öffnete ihn. Aus dem Deckelfach zog sie eine Brieftasche. Sie blätterte in den Papieren. Da war der Reisepaß. Sie schlug ihn auf.

›Robinson Gomela.‹

Eines Morgens hatte sie den Koffer in einer Ecke des Labors gefunden. Ein fremder Trenchcoat hatte zusammengerollt darübergelegen. Sie hatte beides stillschweigend an sich genommen und im Schrank versteckt. Sie hatte sich ihr Teil dabei gedacht.

Nun stürmten neue Gedanken auf sie ein. Gomela – dort als Absender auf dem an Renate Krabp gerichteten Brief. Und hier im Paß! – Freytag und Robinson! Ob die beiden Brüder waren?

Was verband die Millionärstochter mit diesem Freytag Gomela? War das etwa der Schausteller, mit dem sie durchgegangen war? Welche Zusammenhänge gab es da?

Was sollte sie tun? Hertel offen zur Rede stellen?

Sie sah unbewegt auf die Papiere. Der Zigarettenrauch kräuselte sich unter dem Lampenschirm.

Wohin trieb das alles? Ob Hertel wirklich alle Folgen bedacht hatte, als er seinen Versuch begann? Er war in manchen Dingen so weltfremd und sorglos! Aber ganz gleich, was auch geschah: Mit diesem Bündel Papiere, mit diesem Koffer war Hertel für immer an sie gebunden. Davon konnte er sich nicht befreien. Und sie wollte ihn binden, sie liebte ihn doch. Mit einem tiefen Atemzug schloß sie alles wieder fort.

31

Die Tage zwischen Weihnachten und Neujahr wurden für Hertel zu einer unerträglichen Qual. Es kam nicht zu einer klärenden Aussprache. Er war gezwungen, mit Thea im selben Haus zusammen zu leben, zu essen, zu arbeiten. Äußerlich war es nicht anders als sonst. Und doch stand jetzt so vieles zwischen ihnen.

Am Silvesterabend ging er beizeiten in sein Zimmer, um sich in aller Ruhe umzuziehen. Der Smoking hing im Schrank. Thea hatte ihn nicht herausgehängt und gebürstet. Sie hatte überhaupt nichts vorbereitet. Nun, es würde auch so gehen. Aber das Hemd? Er fand nur farbige oder gestreifte Hemden in seinem Wäschefach. Er ging hinaus und suchte Thea. Sie war im Labor. »Arbeitest du noch?« fragte er in versöhnlichem Ton.

»Einer muß die Arbeit ja machen«, entgegnete Thea, »wenn du plötzlich wegläufst.«

»Du weißt doch, daß ich zu Krabps muß«, erklärte Hertel geduldig.

Thea fuhr herum. »Mußt? Du mußt zu Krabps? Erzähl mir doch so was nicht! Am Ende werden sie ohne Herrn Dr. Hertel nicht Silvester feiern können. Du willst zu Krabps! Und dabei merkst du selber nicht, daß du dich den Leuten aufdrängst!«

Hertel schoß die Röte ins Gesicht. Er ballte die Hände.

»Bitte, Thea, laß diesen Ton! Ich habe dir gesagt, daß Herr Dr. Krabp mich für heute eingeladen hat. – Könntest du mir nicht mein Smokinghemd geben?«

Thea ging auf seine Worte nicht ein. Sie griff in die Brusttasche ihres Laborkittels und zog zwei blaue Karten hervor. »Ich wollte heute mit dir ins Theater gehen! Da! Die Karten hatte ich schon vor Weihnachten besorgt!«

Hertel versteckte die Hände hinter seinem Rücken, damit Thea nicht sah, wie nervös er war. »Bitte, Thea, davon weiß ich nichts! Davon hast du mir kein Wort gesagt.«

Thea preßte die Lippen aufeinander. Auf ihren Wangen erschienen weiße Flecke. Sie riß die Karten durch und warf sie in den Raum, daß die Fetzen durch die Luft flatterten. »Ich habe dir kein Wort gesagt, weil du mir immer aus dem Wege gegangen bist.«

Hertel schloß die Augen. »Bitte, Thea!« flüsterte er.

»Ich bin dir wohl nicht mehr gut genug?« zischte sie. »Du willst nicht mehr im zweiten Rang sitzen. Du willst in die Loge. Ich bin dir nicht mehr fein genug!«

Jetzt war es mit Hertels Selbstbeherrschung vorbei. »Vielleicht passen wir wirklich nicht zusammen«, sagte er schneidend. »Du solltest dich schämen, so wenig Format zu zeigen.«

Einen Augenblick war nur das Rauschen des Bunsenbrenners zu hören. Thea wandte sich um und drehte ihn ab.

»So«, flüsterte sie mit weißen Lippen, »wir passen nicht zusammen! Deswegen also drückst du dich seit Jahren um die Hochzeit herum! Aber hier zu schuften wie ein Vieh, das Essen für dich zu kochen, deine Sachen in Ordnung zu halten und mit dir zu leben – dafür war ich dir gut genug!« Tränen der Wut stiegen in ihre Augen. »Der Freund der Familie Krabp ist plötzlich zu gut für Thea Runau. Deinetwegen habe ich darauf verzichtet weiterzustudieren! Deinetwegen bin ich in diesem muffigen Kasten Laborantin geworden. Woher kommst du denn? Aus welchem erlauchten Hause stammst du denn, daß du die Stirn hast, so mit mir zu sprechen?«

»Thea!« schrie Hertel. Er preßte die Hände ineinander.

»Jawohl, wer bist du denn, daß du so mit mir sprechen darfst?

Ein kleiner Emporkömmling, einer aus der Vorstadt, vergiß das nicht!«

Hertel wurde weiß. Thea hatte mit sicherem Instinkt seine wunde Stelle getroffen: die verborgene Eitelkeit, den Geltungsdrang, die hinter seiner Bescheidenheit, seiner Anspruchslosigkeit und seinem fanatischen Arbeitswillen versteckt waren.

Er stand einen Augenblick wie erstarrt. Er fühlte, daß alles Blut zu seinem Herzen drängte. Dann stürzte er aus dem Labor und verließ das Haus.

Die Geschäfte waren schon geschlossen. Er hatte Mühe, ein Smokinghemd zu bekommen.

Als er zurückkehrte, war das Labor dunkel. Auch in Theas Zimmer brannte kein Licht. Es war spät geworden. Er mußte sich beeilen, wenn er noch einigermaßen zur Zeit bei Krabps erscheinen wollte. Die Eile steigerte seine Nervosität.

Alles ging schief. Erst schnitt er sich beim Rasieren, dann konnte er die Manschettenknöpfe nicht finden, und als er sie glücklich hatte, wollten sie sich auf keinen Fall in die Schlitze des neuen Hemdes zwängen lassen. Er zitterte vor Ungeduld und fluchte laut. Schließlich riß ihm zu guter Letzt ein Schnürsenkel.

Mit hochrotem Kopf verließ er endlich das Haus.

Noch im Taxi hielt seine Erregung an. Die Vorfreude auf den Abend war ihm verdorben. Er saß steif aufgerichtet in den Polstern des Wagens und schaute nicht nach rechts und links. Die Empörung über Theas Vorwürfe und Kränkungen brannte noch immer in ihm. Auf einmal haßte er sie.

Daß sie es wagte, so etwas zu sagen!

Er würde ihr schon zeigen, ob er bei Krabp nur geduldet war. Jetzt fiel ihm die Antwort ein, die er ihr hätte geben sollen. Daß er Renate Krabp heiraten würde! Das wäre die passende Antwort gewesen, aber sie würde sie schon noch bekommen.

In der Villa Krabp waren die Gäste schon vollzählig versammelt, als er eintraf. In der Ablage hingen kostbare Pelze und Mäntel mit den Zeichen der berühmtesten Ateliers.

Plötzlich waren Theas verächtliche Worte wieder da. Er fühlte, wie er unsicher wurde. Ihm war, als hingen Bleigewichte an seinen Gliedern. Wer war er denn wirklich, daß er es wagen durfte, in dieses große Haus einzudringen und sich unter eine Gesellschaft zu mischen, die mit ihren Familiennachrichten täglich Spalten der Zeitungen füllte?

Aber Krabp verstand es, ihm über den kritischen Punkt hinwegzuhelfen. Als Hertel eintrat und alle Augen auf den verspäteten Gast gerichtet waren, löste sich Krabp von seinem Gesprächspartner und ging ihm mit ausgestreckten Händen entgegen. »Mein lieber Hertel«, sagte er laut, »ich freue mich, daß Sie gekommen sind!«

Hertel wollte sich für seine Verspätung entschuldigen, aber Krabp unterbrach ihn schon nach den ersten Worten. »Ich weiß, ich weiß«, sagte er, »Sie haben zu tun und sind selber nicht Herr über Ihre Zeit. Es geht mir ja oft genauso. Kommen Sie, ich will Sie mit meinen anderen Gästen bekannt machen!«

Er führte Hertel persönlich herum und stellte ihn als Leiter des physiologischen Instituts vor. Dabei verfehlte er nicht, die Bemerkung einzuflechten, daß Dr. Hertel ein naher Freund des Hauses Krabp sei. Aus dieser Art der Vorstellung war klar ersichtlich, daß er ihm in diesem Kreise das Gewicht und den Schutz des eigenen Namens geben wollte.

Krabp hatte zu diesem Silvesterabend nur gute Bekannte und Verwandte des Hauses eingeladen. Meist waren es ältere Ehepaare; viele duzten sich untereinander.

»Wir sprechen uns nachher noch«, sagte Krabp, als er Hertel schließlich zu Renate brachte. »Jetzt überlasse ich Sie meiner Tochter!«

Renate begrüßte ihn lächelnd: »Fein, daß Sie doch noch gekommen sind! Mir ist nämlich schon ganz trübsinnig zumute.«

Sie trug ein Kleid aus weißem Spitzengewebe über zinnoberroter Seide. Sie sah noch immer zart und durchsichtig aus, aber ihre Augen glänzten.

»Wollen wir uns nicht setzen?« fragte sie. »Es ist heute abend bei uns alles ganz ungezwungen. Im Speisesaal ist ein kaltes Büfett angerichtet. Wenn Sie Hunger haben . . .«

Krabp hatte an diesem Silvesterabend wieder den vollen Glanz seines Hauses entfaltet. Die Halle war völlig umgestaltet. Um eine große Tanzfläche in der Mitte hatte man Sitzecken geschaffen. Unter der Galerie spielte die beste Tanzkapelle, die zur Zeit in Frankfurt gastierte. Die Musiker in weißen Smokings.

Die elektrische Beleuchtung in der Halle war ausgeschaltet. In herrlichen Silberleuchtern brannten unzählige Kerzen. Ihr warmes flackerndes Licht löste alle strengen Konturen auf und vergoldete den Raum.

Hertel war wie verzaubert. Einen gewaltigeren Wechsel konnte es kaum geben. Von einer Minute zur anderen war er herausgerissen aus der Welt der Nüchternheit, der Kälte, des Zanks und hineinversetzt in die Wärme, in den Luxus, die stilvolle Heiterkeit dieses Hauses.

Er saß an einem kleinen Tisch, Renate gegenüber; er hörte sich unbeschwert sprechen; ein Sektkelch stand vor ihm und wurde immer wieder gefüllt. Das war die Welt, die große Welt! So mußte das Leben sein. Wie töricht, sich im Labor zu verkapseln!

Er wurde fröhlich und ausgelassen.

Renate war reizender als je zuvor. Ein vertraulicher, warmer Ton war in ihre Unterhaltung gekommen. Hertel hatte ja wie kein zweiter Mensch an ihren Leiden und Enttäuschungen der jüngsten Vergangenheit teilgenommen. Zu ihm konnte sie offen sprechen, und das machte sie frei. Ja, er war ein gerngesehener Gast in diesem Hause. Das fühlte er aus jedem Blick. Und Thea hatte die Stirn gehabt, zu behaupten, er dränge sich hier auf!

Er sah zu dem alten Herrn hinüber, der den Platz oft wechselte und sich mal an diesem, mal an jenem Tisch niederließ. Ihm war er eine Antwort schuldig. Als Krabp sich erhob und allein zum Speisesaal hinüberging, stand Hertel entschlossen auf, entschuldigte sich bei Renate und folgte ihm.

»Ah, gut, daß Sie kommen«, sagte Dr. Krabp. »Lassen Sie uns für ein paar Augenblicke in den gelben Salon gehen, da sind wir ungestört.«

Jetzt, da Hertel Rede und Anwort stehen mußte, wurde ihm doch beklommen ums Herz. Er hatte sagen wollen, daß er Renate liebe, daß er nichts Schöneres wisse, als sie zu heiraten. Aber es wäre doch besser, noch etwas Zeit vergehen zu lassen; denn er könne wohl noch nicht mit Gegenliebe rechnen.

Es war eine Art Ausflucht, ein Kompromiß, den er sich zurechtgelegt hatte. Er mußte schließlich auch Thea erst reinen Wein einschenken, bevor er um Renates Hand anhielt. Aber schon bei den ersten Sätzen verhaspelte er sich: »Ich liebe Ihre Tochter, Herr Dr. Krabp. Ich liebe sie von ganzem Herzen«, sagte er, »und ich kann mir nichts Besseres wünschen, als Renate zu heiraten.« So weit kam er. Dann fehlten ihm die Worte.

Krabp sah ihn ruhig und ernst an. Er spürte die Verlegenheit und wollte dem jungen Mann helfen. Ein Aufleuchten herzlicher Freude ging über sein Gesicht. Er nahm zwei Sektkelche vom

Tisch, goß sie voll, und seine Hand zitterte nicht beim Einschenken. Mit den gefüllten Gläsern ging er auf Hertel zu und reichte ihm eines. »Mein lieber Junge«, sagte er, »wir wollen hier nicht viele Worte machen. Ich habe dir ja schon vor Tagen gesagt, daß ich meine Tochter keinem Mann lieber geben würde als dir.«

Er trank ihm zu.

Als Hertel das Glas absetzte, wollte er das offenbare Mißverständnis aufklären. »Aber«, sagte er, »das Wichtigste! Ich habe mit Renate selber noch gar nicht darüber gesprochen!«

Krabp sah belustigt Hertels Verwirrung. »Ja«, sagte er lächelnd, »das wirst du wohl noch tun müssen. Aber ich kann dich von vornherein beruhigen.«

Hertel gab sich einen Ruck. »Es ist nur eins«, stieß er hervor, »ich meine, ich bin doch noch gar nichts. Ich hätte gern erst etwas im Leben erreicht! Ich müßte erst einen Namen haben! So bin ich nicht würdig . . .«

Krabp sah ihn aufmerksam an. »Mein lieber Junge«, sagte er, »was du eben gesagt hast, ehrt dich. Aber du mußt doch zugeben, daß ein halbes Menschenleben vergehen kann, bis du dich endgültig durchgesetzt hast. Sollt ihr wirklich so lange warten? Nein, wenn das dein einziger Einwand ist, dann schlag ihn dir aus dem Kopf. Für mich giltst du als Mann. Ob du schon einen Namen hast oder nicht – das ist mir gleichgültig. Sind das deine einzigen Bedenken?«

Sie standen an der offenen Tür. Vor ihnen im Speisesaal lockte ein kaltes Büfett in verschwenderischer Fülle. Von der Halle her klang gedämpfte Musik herüber, das heitere Durcheinander der Stimmen, die festliche Freude der frohen Gäste.

Sollte er hier von Thea sprechen? Von Thea, die ihn eben noch verspottet hatte? Gab es wirklich einen Grund, der ihn hindern sollte, die Hand zu fassen, die ihm so warmherzig geboten wurde? »Ja«, sagte er, »das war mein einziges Bedenken.«

Krabp schlug ihm auf die Schulter. »Dann ist also alles in Ordnung. Ich werde nachher eure Verlobung bekanntgeben. Geh inzwischen wieder zu Renate hinüber.«

Hertel schritt durch den Saal, durch die hohe Halle, durch das Stimmengewirr. Er sah und hörte nichts. Er war wie berauscht. Er blickte nur zu dem Tisch, an dem Renate saß.

Was auch kommen mochte, dies eine blieb Wahrheit – er liebte sie! Es war gut, daß die Entscheidung nun gefallen war.

Dann stand er vor ihrem Tisch und sah auf sie hinunter.

Sie hob den Kopf, und er begegnete dem Blick ihrer tiefblauen Augen.

»Kommen Sie«, sagte Renate, »setzen Sie sich doch!«

Er antwortete nicht, und er setzte sich auch nicht. Er beugte sich zu ihr hinunter und hörte sich mit einer veränderten, fremden Stimme flüstern: »Ich liebe dich, Renate! Ich habe dich schon immer geliebt. Ich weiß, es ist hier nicht der richtige Ort, dir das zu sagen; aber ich habe eben mit deinem Vater gesprochen und ihn um deine Hand gebeten. Willst du meine Frau werden?«

Seine Worte klangen hilflos. Aber sie waren schlicht und echt. Renate fühlte das Herz aus ihnen sprechen. Und was er nicht sagte, las sie von seinen Augen ab.

Sie strich über seine Hand, die den Tischrand umklammert hielt. »Ja«, sagte sie, »ich bin so froh und glücklich – du ahnst gar nicht, wie sehr!«

Um sie herum das Stimmengewirr der Menschen, das Schleifen der Füße auf der Tanzfläche, das Flackern der Kerzen in der leichten, flimmernden Luft.

Es ging auf Mitternacht.

Wie durch eine Nebelwand sah Hertel den alten Herrn aufgereckt zur Mitte der Halle schreiten. Die Kapelle brach die Tanzmusik ab und schmetterte einen Tusch. Krabp winkte Hertel zu. Das junge Paar stand auf und trat zu dem alten Herrn. Krabp sah beide bewegt an. Er nahm ihre Hände, legte sie ineinander, umschloß sie fest und drückte sie lange schweigend.

Die Gäste waren aufmerksam geworden. Die Stimmen verebbten. Jede Bewegung erstarb. Atemlose Spannung lag in der Halle.

Krabp trat einen Schritt vor. »Meine lieben Freunde«, begann er, »nur noch wenige Minuten trennen uns vom neuen Jahr. Das alte hat mir und meinem Hause noch eine besondere Freude geschenkt. Vielleicht haben Ihnen ein paar Zeitungsmeldungen in letzter Zeit Rätsel aufgegeben. Ich bin glücklich, Ihnen jetzt die wahren Hintergründe enthüllen zu können.« Er machte eine kleine Pause, die die Spannung im Saal noch steigerte. Dann sagte er: »Sie wissen, daß ich längere Zeit krank war. Deshalb ist es mir erst heute, in der letzten Stunde des alten Jahres, möglich, Ihnen endlich die Verlobung meiner Tochter Renate mit dem Leiter unseres Frankfurter Physiologischen Instituts, Herrn Dr. Hans Hertel, bekanntzugeben!«

32

Es war ein frischer, heller Frühlingstag. In den Vorgärten blühten Krokus und Schneeglöckchen, und an den nackten Zweigen der Forsythien leuchteten dottergelbe Blüten.

Das fahrende Volk auf dem freien Platz an der Ostendstraße war aus dem Winterschlaf erwacht. Aus den dünnen Blechschornsteinen der Maringotten stieg lustiger blauer Rauch in den Himmel. Die Frauen hatten ihre Waschwannen hervorgeholt und schrubbten und scheuerten. Die Männer hantierten mit Farbtöpfen und Pinseln. Die Kinder liefen jauchzend in der Frühjahrssonne umher, und auf den Leinen flatterte und knatterte die Wäsche fröhlich im Wind. Möckel strich sein Wägelchen. Er hatte sich dazu eine buntgeblümte Küchenschürze vorgebunden, seinen schwarzen Hut in den Nacken geschoben und die Hemdsärmel aufgekrempelt. Elvira hockte auf einem Schemel und nähte frische Pailleten an ihr kurzes Flitterkostüm.

»Purpur ist doch eine erhabene Kuhlör!« Möckel trat drei Schritte von dem Fensterrahmen zurück, den er gerade mit Rot abgesetzt hatte. »Purpur und Grün, welch herrliche Harmonie!«

»Ist das nicht ein bißchen zu grell?« fragte Elvira mit einem schrägen Seitenblick.

Möckel schwang den Pinsel wie einen Marschallstab. »Purpur ist die Farbe der Könige, mein Kind, die Farbe der Helden, der Drachenbezwinger. Und Grün ist das Symbol der Hoffnung!« Elvira zuckte geringschätzig die Schulter, aber Möckel baute sich mit großer Geste vor ihr auf. »Ja, der Hoffnung, Elvira! Große Unternehmungen bahnen sich an. Gastspielreisen in alle Welt . . .«

»Gastspielreisen?« wiederholte Elvira zweifelnd. »Gastspielreisen mit wem und wohin? Etwa mit mir allein?« Sie lächelte traurig. »Ach, Herr Möckel, Sie sind noch immer voller Hoffnung und haben dauernd neue Pläne. Ich glaube schon gar nicht mehr daran, daß wir überhaupt noch mal eine Vorstellung zustande bringen. Wenn wenigstens Freytag da wäre!«

Über Möckels gutmütiges Gesicht flog eine Wolke der Trauer. »Der Freytag, das ist wahr, Elvira; seit Weihnachten hat er nichts mehr von sich hören lassen!«

Elvira zog einen neuen Faden ein. »Wenn der nicht schreibt, dann geht's ihm schlecht; den kenn' ich.«

»Vielleicht«, fiel Möckel ein, »vielleicht steht er eines Tages unerwartet vor uns. – Stell dir vor, wie ich dem staunenden Pöbel im Parkett dann verkünden würde: Meine Damen und Herren! Den hartnäckigen Bemühungen meiner Direktion ist es endlich gelungen, den großen Hollywoodstar Freytag Gomela für eine Gastspielreise zu gewinnen!«

Elvira machte eine müde Handbewegung.

Möckel steckte den Pinsel in den Farbtopf und legte Elvira leicht die Hand auf die Schulter. »Ich weiß, woran du denkst, mein Kind«, sagte er leise, »aber daran läßt sich nichts ändern. Der Schmerz über unseren verschollenen Prinzen zerreißt auch mir die Brust.«

»Das hilft uns nicht weiter«, fuhr Elvira auf. »An der Sache stimmt etwas nicht. Damals haben Sie mir verboten, zur Polizei zu gehen. Sie wollten mit Direktor Krabp selber sprechen, aber Sie haben nie gesagt, was dabei herausgekommen ist!«

Möckel machte sich angelegentlich bei seinen Farbtöpfen zu schaffen. »Wie ich dir schon sagte, mein Kind, den Verdacht gegen die hohe Familie Krabp war völlig ungerechtfertigt. Das gnädige Fräulein hat nicht das minimalste mit dem Verschwinden unseres Prinzen zu tun. Hier...«, Möckel war an sein Jackett gegangen und zog mit spitzen Fingern ein zusammengefaltetes Zeitungsblatt aus der Brieftasche, »...hier kannst du es selber sehen! Das gnädige Fräulein hat inzwischen geheiratet. Einen hohen Gelehrten. Einen Professor! Hier ist das Bild, wie sie auf ihrer Hochzeitsreise dem Papst persönlich ihre Aufwartung machen!« Elvira studierte das Bild lange mit zusammengekniffenen Brauen. »Erstens ist er nur Doktor«, sagte sie sachlich, »und zweitens haben sie nur den Vatikan besichtigt. Und außerdem« – sie wurde plötzlich heftig und stampfte mit dem Fuß auf –, »außerdem ist das alles eine ganz gemeine Lüge! Hier steht, sie wäre mit diesem Hertel schon auf Mallorca verlobt gewesen. Auf Mallorca hat sie sich mit unserem Freytag herumgetrieben. Und unser Prinz ist auch dahin gefahren!« Sie schnellte herum und fauchte Möckel an: »Ich will jetzt endlich wissen, was Krabp zu Ihnen gesagt hat! Ganz genau will ich das wissen!«

Möckel zog nach alter Gewohnheit sein Riesentaschentuch hervor und wischte sich über die Stirn. Dann machte er den Versuch, wenigstens etwas von seiner Direktorenwürde zu retten. »Wie sprichst du mit mir, Elli! Was sind das für orbitöse Tonarten! Derartige Konferenzen zwischen Direktoren, mein Kind, bewegen sich auf einer Ebene, zu der du . . .«

»Das ist mir alles schnurz!« schrie Elli erregt. »Ich will wissen, was los ist, und wenn Sie mir das nicht endlich sagen, gehe ich zur Polizei! Und zwar sofort!«

Möckel wischte sich verlegen seine farbverschmierten Hände an der Schürze ab. »Reg dich nicht so auf, Elli«, sagte er mit völlig normaler Stimme. »Ich wurde bei meinem Besuch in gebührender Weise in den Krabp-Werken empfangen und saß im Zimmer des Herrn Generalsekretärs. Ein großartiger Mann. Eine eminente Machtposition. Zehn Telefone klingelten . . .«

Möckel entflammte schon wieder und wollte in die Höhen grandioser Beschreibungen enteilen, aber Elvira holte ihn auf den Boden der Tatsachen zurück. »Ich will wissen, was Sie erfahren haben«, sagte sie bohrend, »die zwei Telefone interessieren mich nicht. Die sind in jedem besseren Büro!« Möckel wiegte unglücklich sein Haupt hin und her. Sein ganzes schönes Lügengebäude von der Konferenz zweier Direktoren zerplatzte wie eine Seifenblase. »Nichts habe ich erfahren«, sagte er leise, »so gut gut wie nichts. Der Herr Generaldirektor hat den Prinzen vom Flugplatz durch Professor Hertel abholen lassen. Seitdem hat man nie wieder etwas von ihm gehört.«

Elvira stutzte. »Hertel?« fragte sie.

»Ja, von ihm.«

»Das ist doch der, den das Mädchen geheiratet hat!«

Möckel richtete sich auf und schwang die geblümte Küchenschürze wie eine Toga um seine Schulter. »Ja, Kind, jawohl! Und damit müssen wir uns abfinden. Die Konstellation der Planetarien ist ebent eine ungünstige!«

Elvira hörte nicht zu. Einen Augenblick krauste sich ihre Stirn. Einen kurzen Augenblick nur. Dann sprang sie auf, warf das knappe Flitterkleidchen über den Schemel und kletterte entschlossen in den Wagen.

»Wo willst du hin?« rief Möckel besorgt. »Was hast du vor, Elli, mein Kind?«

»Ich finde mich damit nicht ab«, kam die entschlossene Stimme Elviras aus dem Wagen. »Jetzt ist Schluß mit der Geheimniskrämerei. Ich gehe zur Polizei!«

Fünf Minuten später eilte sie in hochhackigen Pumps, im Sonntagskleid und Sommermantel davon.

Der diensttuende Beamte auf der nächsten Polizeiwache legte sein Gesicht in freundliche Fältchen, als er das hübsche schlanke Mädchen in seinen unpersönlichen Dienstraum treten sah.

»Nun, mein Fräulein?« fragte er.

Elvira setzte ihr Handtäschchen auf die Barriere. Sie atmete rasch. Sie mußte ein paarmal tief Luft holen. »Was macht man, wenn ein Mann verschwindet?« fragte sie hastig.

Der Beamte lachte. »Warten, bis er wiederkommt.«

Elvira hob hochmütig die Nase. »Es ist eine todernste Sache. Ein Mann ist spurlos verschwunden! Schon seit Monaten!«

Der Beamte lehnte sich in seinem Bürostuhl zurück. »Mit anderen Worten, Sie haben schon ein paar Monate nichts mehr von Ihrem Freund gehört?«

Elli nickte widerwillig. »Das heißt, mein Freund ist er nicht.«

»Also Ihr Bekannter«, ergänzte der Beamte mit Bärenruhe und schaukelte auf seinem Stuhl hin und her. »Haben Sie einen bestimmten Grund, ihn auf einmal nach ein paar Monaten zu suchen?«

Elvira sah den Uniformierten hinter der Brüstung mit halboffenem Munde an. Eine Röte überflog ihr Gesicht. »Wenn Sie hier etwas unterstellen wollen«, begann sie in aufsteigendem Zorn, »dann werde ich mich über Sie beschweren. Damit Sie es gleich wissen! Ich bin hierhergekommen, um zu melden, daß Herr Robinson Gomela seit mehreren Monaten verschwunden ist, und ich bitte Sie, das aufzunehmen. Das ist Ihre Pflicht!«

»Was meine Pflicht ist, weiß ich«, sagte der Beamte jetzt eine Tonart schärfer. »Aber wenn die Polizei alle jungen Kerle suchen wollte, die sich verdrückt haben, dann . . .«

Elli stampfte mit dem Fuß auf: »Ich verbitte mir diese Unterstellungen!«

Der Beamte gab das Schaukeln auf. Er ließ die Rollade seines Schreibtischs mit lautem Krach hinuntersausen, zog einen Block aus einer Schublade und knallte ihn auf den Schreibtisch.

»Das werden wir gleich haben, meine Dame!« sagte er drohend. »Die Polizei läßt sich nicht ungestraft mißbrauchen! Und wenn Sie hier etwa eine Vermißtenanzeige aufgeben, bloß weil Ihr Freund mal ein paar Monate nichts von sich hat hören lassen, dann werden Sie belangt!« Er legte die Feder schreibbereit hin und sagte mit eisiger Sachlichkeit: »Sind Sie mit dem Vermißten verwandt oder verschwägert?« – »Nein.«

»Welchen Anlaß haben Sie, die Anzeige aufzugeben?«

Elvira gab Auskunft. Aber schon als sie bei den ersten Worten erwähnte, daß Robinson in einer Schaubude beschäftigt gewesen sei, legte der Beamte die Feder wieder aus der Hand. »Nun nehmen Sie doch bloß Vernunft an, Fräuleinchen«, sagte er aufstöhnend, »einen vermißten Schaubudenartisten, so was gibt's doch gar nicht! Die sind alle vermißt. Die sind mal hier, mal dort. Da kann die Polizei jahrelang suchen.«

Aber Elvira war nicht abzuschütteln. Das Kinn trotzig vorgereckt, bestand sie auf ihrem Recht. »Ein Artist ist ein Mensch wie jeder andere«, sagte sie, »außerdem hat der Prinz eine feste Adresse hier in Frankfurt gehabt, und er ist nach Mallorca geflogen, um wegen der Renate Krabp etwas zu erledigen.«

»Renate Krabp? Meinen Sie die Tochter von dem Millionär?« Der Beamte horchte auf. Der Fall wurde immer mysteriöser.

»Jawohl«, bestätigte Elvira, »und zu der können Sie auch mal hingehen und nachforschen; denn die weiß bestimmt was, und ihr neuer Mann, der Dr. Hertel, hat Robinson noch vom Flugplatz abgeholt, und seitdem ist er verschwunden!«

Es dauerte weit über eine Stunde, bis alles Wichtige aufgenommen war: Geburtsdatum, Geburtsort, Haarfarbe, Größe, Geschlecht und besondere Kennzeichen des Vermißten, mutmaßliche Gründe für sein Verschwinden, Angaben zur Person des Anzeigenden. Elvira hatte sich durchgesetzt. Als der Revierbeamte den Schlußstrich unter die Vermißtenanzeige zog, fragte sie neugierig: »Und wann gehen Sie nun hin und forschen nach?«

»Überhaupt nicht!« sagte der Beamte lakonisch. »Die Meldung geht an die Vermißtenzentrale. Und wenn etwas in Erfahrung gebracht wird, dann werden Sie verständigt.«

33

An einem späten Vormittag im April kehrten Hertel und Renate von ihrer Hochzeitsreise zurück. Der schwere Reisewagen mußte ein Stück vor dem Haus halten, weil die Bauarbeiten nicht termingerecht fertig geworden waren.

Dr. Krabp hatte dem jungen Paar eine Villa im Taunus schenken wollen, aber Hertel hatte beharrlich darauf bestanden, seiner Versuche wegen in unmittelbarer Nähe des Labors zu wohnen. So war ein umfangreicher Anbau an die alte Villa in Auftrag gegeben worden, und bis zu dessen Fertigstellung hatte man das Obergeschoß der alten Villa aus den Gründerjahren zu einer geschlossenen Wohnung ausgebaut.

Hertel hatte dem alten Herrn auch widersprochen, als er ihn und Renate auf eine Weltreise schicken wollte. Er hatte erklärt, er müsse wenigstens alle vierzehn Tage die Versuchsreihen im Labor überwachen. So waren sie schließlich nur an die Adria gefahren und hatten an der dalmatinischen Küste ein winziges Inselchen mit einem Sommerhäuschen gemietet. Von hier aus ließen sich mit dem Motorboot die herrlichsten Ausflüge in die romantischen Hafenstädte machen. Alle vierzehn Tage war Hertel nach Frankfurt geflogen.

Bei diesen kurzen Laborbesuchen, die dem schlafenden Robinson galten, hatte Thea Runau sich immer ferngehalten. Seit seiner Hochzeit hatte er sie nicht mehr zu Gesicht bekommen. Er hatte ein paarmal versucht, ein erklärendes Wort an sie zu richten und um ihr Verständnis zu bitten, doch sie war ihm aus dem Wege gegangen.

Jetzt stand sie hinter den weißen Sonnenvorhängen des Labors und beobachtete, wie Hertel seine junge Frau durch den neuen Eingang in den Garten führte, während der Fahrer das Gepäck auslud.

Hertel faßte Renate am Arm und ging mit ihr auf den ausgelegten Brettern um das Haus herum. »Das Kellermauerwerk und die Erdgeschoßfundamente des Anbaus sind fertig«, erklärte er, »jetzt kann man schon erkennen, wie es werden soll.«

Renate nickte lächelnd. Sie traten auf die Laufplanken. Ein junger Mann kam auf sie zu und stellte sich vor. Es war der Bauführer des Architekten. Er erklärte, was die einzelnen Mauerstümpfe bedeuteten: »In der Mitte ist der Innenhof, gnädige Frau. Er wird später mit Bruchsteinplatten belegt. Dort wird eine japanische Zwergkiefer gepflanzt. Nur die Seite bleibt offen. Hier das große Kaminzimmer. Die durchgehende Glasscheibe läßt sich versenken. Dort rechts ist der Teesalon, da das Musikzimmer und das Speisezimmer. Im linken Flügel sind Ihre beiden Schlafräume und das Bad. Die beiden Gästezimmer haben wir im Anschlußtrakt an die alte Villa auf der anderen Seite des Wirtschaftsflures untergebracht. Und hier vorn ist der gesonderte Eingang mit dem Vestibül und den Garderobenräumen.«

»Und der alte Bau?« fragte Renate interessiert. »Der sieht ja schrecklich aus! All die nackten Steine.«

Der junge Bauingenieur lächelte. »Das ist schnell vorbei, gnädige Frau. Wir haben nur die alten Ranken und Schnörkel und Engelchen abgeschlagen. Dafür wird ein glatter Edelputz aufgetragen. Das geht morgen schon los. Beide Teile müssen doch zueinander passen.«

Der junge Mann verabschiedete sich und wandte sich den Arbeitern zu. Hertel legte behutsam den Arm um Renates Schulter. »Na, freust du dich, Nata?«

Sie nickte. »Und du?«

Hertel lächelte traurig. »Wenn wir erst unser gemeinsames Haus haben, wird vielleicht auch unser gemeinsames Leben beginnen . . .«

Renate unterbrach ihn rasch. Sie nahm seine Hand und drückte sie. »Bitte, Hans, das wird alles werden! Bestimmt! Alle Dinge brauchen Zeit zum Wachsen. Auch eine Ehe.«

Thea Runau stand in einem einfachen Reisekostüm im Labor. Auf einen der abgeräumten, makellos sauberen Tische hatte sie einen Stapel Kladden und Hefte geschichtet. Unten im Flur waren neben der Haustür ihre fertig gepackten Koffer abgestellt. Die größeren Gepäckstücke hatte sie schon gestern von einem Spediteur abholen lassen. Sobald Hertel die Aufzeichnungen übernommen hatte, wollte sie das Labor für immer verlassen.

Hier in diesem Hause hatte sie die besten Jahre ihres Lebens vertan. Hier war sie verraten und betrogen worden. Betrogen um das Heiligste, das eine Frau in ihrem Leben geben kann: ihre Liebe. Nein, sie weinte nicht. Sie hatte genug Zeit gehabt, ihren Schmerz in der Einsamkeit zu ersticken.

Heimlich in ihrem Innersten, nicht einmal vor sich selber eingestanden, fand sie für Hertels Verhalten sogar noch Entschuldigungen: seine Unerfahrenheit, seine Leichtgläubigkeit, seine Unbeholfenheit. Er war geheiratet worden.

Sie hörte ihn kommen. Unwillkürlich verschränkte sie die Arme auf dem Rücken. Ihr Herz klopfte stürmisch, aber ihr Gesicht war kalt und verschlossen.

Die Tür ging auf. »Guten Tag, Thea«, sagte Hertel in gewollt fröhlichem Tonfall.

»Guten Tag«, kam es von ihren Lippen zurück. Sie sprach gleich weiter. Sie ließ sich nicht unterbrechen. Sie sagte ihre Rede auf, die sie genau vorbereitet hatte. »Die Versuchsreihe Dora ist abgeschlossen. Das Ergebnis habe ich obenauf gelegt. Die Laborunterlagen sind vom Stand des letzten Ersten. Ich habe das Inventar noch einmal aufgenommen; das Fehlende steht auf dem Zettel in der Innenseite.«

Sie sprach sachlich und nüchtern. Er sah sie einmal vorsichtig an, sein Blick streifte sie, aber sie hatte die Augen abgewandt, während sie die Hefte einzeln aufnahm und mit ein paar knappen, sachlichen Erklärungen auf den Tisch zurücklegte.

»Die Schlüssel zum Giftschrank sind hier«, sagte sie und legte ein kleines Schlüsselbund rechts neben den Bücherstapel. »Die anderen Schlüssel werde ich Sturhan geben.« Jetzt sah sie auf. Jetzt sah sie ihn an.

Er war braungebrannt, auf den ersten Blick wirkte er gesund und wohl. Aber Thea kannte ihn zu genau, als daß sie nicht gesehen hätte, wie seine Augen durch den Raum irrlichterten, seine Hände nervös über die Rockaufschläge geisterten, über die Ärmelknöpfe, über die Krawatte.

Als er den Kopf zu Seite drehte, sah sie eine breite graue Strähne in seinem Haar.

»Ja, aber du willst doch nicht etwa ...«, begann er fahrig, »... das heißt, ich sah deine Koffer unten stehen ...«

»Ich gehe sofort!« sagte Thea kalt.

Da brach er los. »Aber das hat doch nicht solche Eile, das ist der reine Wahnsinn! Was soll das denn? Du kannst mich doch nicht so Hals über Kopf im Stich lassen!«

»Ich gehe sofort!« wiederholte sie. »Ich habe nie den geringsten Zweifel daran gelassen.«

»Ich weiß, ich weiß«, sagte Hertel gequält. »Ich habe keine Minute ernsthaft daran geglaubt ...«

»Sie haben mich, fürchte ich, überhaupt nicht ernst genug genommen, Herr Dr. Hertel. Daß ich noch in den letzten Monaten hier gearbeitet habe, war weiß Gott genug. Aber da brauchte ich Ihnen nicht zu begegnen.« Jetzt hatte sie ihre Sicherheit zurückgewonnen. Jetzt war sie überlegen. Jetzt würde sie auch noch den letzten Trumpf ausspielen. »Wollen Sie bitte die Schlüssel an sich nehmen? Es sind fremde Leute im Haus.« Sie reichte das kleine Schlüsselbund über den Labortisch.

»Ja, gewiß«, sagte Hertel verstört und nahm die Schlüssel. Ohne ihn anzusehen, ging Thea quer durch den Raum zur Tür. Als sie die Klinke in der Hand hatte, drehte sie sich noch einmal um: »Ach, eins hätte ich beinahe noch vergessen, Herr Dr. Hertel – die Polizei ist vor acht Tagen hier gewesen.«

Hertel warf sich mit einem Ruck herum. »Die Polizei?«

»Ein Kriminalbeamter «, bemerkte Thea ruhig. »Ich habe ihm gesagt, daß Sie verreist sind.«

Die braune Haut verbarg seine Gemütsbewegung. Aber seine Hände klammerten sich haltsuchend rückwärts gegen die Tischkante. »Was wollte er?« stieß er mit gepreßter Stimme hervor.

»Es war ein Beamter von der Vermißtenzentrale«, sagte Thea, »er erkundigte sich nach einem Vermißten, den Sie zuletzt gesehen haben sollen. Sie möchten sich auf dem Präsidium melden.«

»Mein Gott!« stöhnte Hertel. Der Schreck war so überwältigend, daß er den Kopf sinken ließ und das Gesicht in beiden Händen verbarg. Seine Schultern sackten kraftlos vornüber.

Endloses Schweigen.

Thea sah von der Tür her zu ihm hinüber. Ihr Gesicht verriet nichts von ihren Empfindungen. Dies war der Raum, aus dem er sie vertrieben hatte. Dies war der Mann, der sie verraten hatte. Sie ließ einige Zeit verstreichen, bevor sie weitersprach. »Ja, Sie werden Ihren kostbaren Versuch nun wohl abbrechen müssen, Herr Doktor!« sagte sie schließlich. Hertel starrte sie an. In seinem Gesicht zeichneten sich Hilflosigkeit und furchtbares Erschrecken ab. Wußte sie etwas von seinem Geheimnis?

Thea warf den Kopf in den Nacken. In ihren Augen tanzte ein böser Funke. »Ich weiß alles«, sagte sie kalt in dieses verstörte Gesicht hinein. »Sie haben versucht, es vor mir zu verbergen«, fuhr sie gnadenlos fort, »aber vor mir konnten Sie keine Geheimnisse haben. Nie! Niemals!«

Hertel blickte zu ihr hinüber. Flehen um Beistand und Hilfe lag in seinem Gesicht. »Als der Mann von Mallorca zurückkam, bat er mich darum, schlafen zu dürfen. Er hatte nächtelang nicht mehr schlafen können. Da habe ich es getan!« sagte er.

»Dann werden Sie ihn jetzt wohl schleunigst wecken müssen!« sagte Thea.

Auf dem Gerüst des Neubaues hämmerten die Zimmerleute.

Laute Stimmen schrien. Räder quietschten. Eine Mischmaschine rumpelte.

»Ich habe es versucht!« sagte Hertel.

Thea fuhr zusammen. Dann trat sie nahe an den gebrochenen Mann heran. »Was?« flüsterte sie.

Er sah sie an, und jetzt irrten seine Augen nicht ab. Sie flehten um Schutz. Er sprach mit leiser Stimme weiter, wie zu einem Verschwörer. Er gab sein Geheimnis preis. Er teilte es zum erstenmal mit einem anderen Menschen. Es war ein Ausbruch all dessen, was er monatelang in einsamer Qual mit sich herumgetragen hatte. »Und ich habe auch nicht den Mut, den Versuch zu wiederholen. Er ist mir fast unter den Händen gestorben.«

Thea richtete sich auf und sah über ihn hinweg. Widerstrebende Empfindungen kämpften in ihr. Im ersten Impuls hatte sie helfen wollen. Aber was konnte sie hier ausrichten? Sie machte eine abwehrende Gebärde, als er hilfesuchend seine Hand ausstreckte. »Wer ist dieser Robinson Gomela?« flüsterte sie. »Das möchte ich vor allem wissen.«

Hertel gab Auskunft. Er war in diesem Augenblick nicht fähig, einer Frage auszuweichen. Er sagte alles, was er wußte.

Noch während er sprach, wurden Theas zweifelnde Augen zunehmend kälter. Als er schließlich schwieg, sagte sie: »Du hast Dr. Krabp betrogen, der dir nur mit Liebe und Vertrauen gegenübergetreten ist. Du hast in deiner Überheblichkeit einen Versuch unternommen, der auch die Ehre und das Gewissen dieses Mannes belasten muß. Es sind seine Mittel gewesen! Es ist sein Labor! Es ist sein Unterkühlungsraum, in dem du das getan hast. Aber das ist noch nicht alles!« Sie holte tief Luft, während Hertel sie entsetzt anstarrte. »Auch in den Augen der Menschheit bist du ein Verbrecher!« rief sie aus.

Er sprang auf und griff nach ihrer Hand.

»Nein, laß mich!« Sie wich gegen die Tür zurück. »Ich kann dir nicht helfen!«

Hertel hob verzweifelt die Hände und ließ sie kraftlos wieder sinken. »Was wirst du jetzt tun?« fragte er.

Thea hatte den Türgriff schon in der Hand. Noch einmal wandte sie sich um. »Das weiß ich noch nicht!« sagte sie. »Aber ich werde etwas tun.« Sie schloß scharf die Tür hinter sich und ging mit kurzen, energischen Schritten über den Flur.

Draußen begegnete sie Renate, die sich in der ungewohnten Umgebung etwas hilflos zwischen Gepäck und Kisten bewegte.

Renates Augen leuchteten auf, als sie Thea Runau erblickte. Sie eilte ihr entgegen, um ihr beide Hände zu schütteln. »Schön, daß ich Sie sehe, Fräulein Runau«, sagte sie herzlich, »ich bin hier noch etwas fremd.«

Thea Runau übersah die freundliche Geste und hielt ihre Hände starr nach unten gestreckt. »Das werden Sie hier auch immer bleiben.«

Renate hob verwundert die Brauen. Sie fühlte die Abwehr, aber sie begriff die Zusammenhänge nicht. Sie nahm einen neuen Anlauf. »Wir werden ja nun unter einem Dach miteinander leben. Ich hoffe, wir werden uns gut vertragen.«

Thea hob das Kinn. »Das ist nicht nötig, ich ziehe aus.«

Renate musterte sie befremdet. »Sie wollen gehen? Davon hat mir mein Mann noch gar nichts gesagt.«

»Er wird Ihnen manches nicht erzählt haben«, sagte Thea beißend.

Renate hatte den ersten Schock dieser unerwarteten Feindseligkeit überwunden. »Was ist, Fräulein Runau? Haben Sie etwas – etwas gegen mich?«

Thea Runau lachte auf. Es war ein kurzes, böses Lachen. »Gegen Sie? – Die Frage ist mehr als naiv!«

Renate hob bestürzt die Hände. »Fräulein Runau!« rief sie. »Was habe ich Ihnen denn getan?«

»Was Sie mir getan haben? Sie haben mich vertrieben. Sie haben mich überall da vertrieben, wo ich heimisch und glücklich war! Aus diesem Haus haben Sie mich vertrieben, aus dem Leben, für das ich alles geopfert hatte, und aus dem Herzen . . .« Sie brach ab. Sie schluckte hart und trocken. »Ach, was geht Sie das an! Was erzähle ich Ihnen das alles!«

Renate war bestürzt. Sie suchte in den Augen der anderen und fand nur Bitterkeit und böse Entschlossenheit. »Fräulein Runau«, sagte sie leise, »haben Sie Herrn Dr. Hertel, haben Sie meinen Mann wohl ge... – gern gehabt?«

Thea Runau fuhr auf. Aus ihren Augen loderte offener Haß. »Gern gehabt!« höhnte sie. »Gern gehabt ist ein schöner Ausdruck. Sie dringen in eine Welt ein, in der Sie überhaupt nichts zu suchen haben! Sie zerstören Dinge, von denen Sie gar keine Ahnung haben. Sie bagatellisieren Gefühle, deren Sie wahrscheinlich überhaupt nicht fähig sind, mit dem sanften Ausdruck ›gern gehabt‹!«

Sie hob die Hände, als wolle sie sich auf Renate stürzen. Ihr Gesicht war verzerrt. »Geliebt habe ich ihn, falls Sie es wissen wollen! Und er hat mich geliebt. Und keiner von uns hat auch nur einen Augenblick daran gezweifelt, daß wir zueinander gehörten. Ich war nur für ihn da. Für keinen sonst. Für ihn und seine Arbeit. – Und für das kleine bißchen Lebenserwartung, das bei all der Schufterei noch übrigblieb. – Und dann kommen Sie und nutzen seine finanzielle Abhängigkeit aus und reißen ihn aus seinen Bindungen heraus, um ihn für sich allein zu haben!«

Renate war blaß geworden. Ihre Lippen zuckten. Sie sprach ganz leise. Erschreckend leise. »Ich glaube auch, daß es Zeit für Sie ist, zu gehen.« Ihre Stimme war kalt. Sie war jetzt wieder Renate Krabp, die Tochter des Großindustriellen.

Thea Runau rührte sich nicht. Auch sie zwang sich mit aller Gewalt zu eisiger Beherrschung. »Ja, ich gehe«, wiederholte sie heiser flüsternd. »Ich gehe auch ohne Ihre freundliche Genehmigung. Kein Mensch kann mich zwingen, mit der Frau unter einem Dach zu leben, die mein Leben zerstört hat.«

Renate sah unbewegt zu, wie Thea ihr Gepäck zum Eingang schleppte. Widerstreitende Gedanken arbeiteten in ihr. Wußte sie denn, was alles gewesen war, bevor sie in Hertels Leben trat?

Sie trat zögernd noch einmal auf Thea zu. »Waren Sie denn mit Hans – waren Sie denn mit ihm verlobt?«

Thea Runau drehte sich um. »Das wußten Sie nicht? Das hat er Ihnen verschwiegen? Ach! Dann wird er Ihnen wohl auch von seinen anderen Geheimnissen nichts erzählt haben?«

»Was – meinen Sie?«

Theas Gesicht verschloß sich. »Warum soll ich Ihnen das sagen? Ich kann mir denken, daß es Leute gibt, für die diese Dinge noch mehr Bedeutung haben – Ihr Vater beispielsweise.« Sie drehte sich um und nahm ihre Koffer auf. Mit einem Satz hatte Renate Thea Runau eingeholt und versperrte ihr den Weg. Sie schluckte. Ihr Herz klopfte wild. »Lassen Sie bitte meinen Vater aus dem Spiel«, bat sie aufgeregt, »bitte! Wenn etwas ist, dann sagen Sie es mir!«

»Ihnen?« Thea maß Renate mit einem verächtlichen Blick. »Sie sind mir viel zu jung und viel zu dumm!« Sie drängte Renate rücksichtslos mit den Koffern beiseite und zwängte sich hinaus.

Die schwere Eichentür fiel dröhnend hinter ihr ins Schloß. Dann stand sie draußen. Das grelle Sonnenlicht stach ihr schmerzend in die Augen. Das Kreischen der Winden, das Rattern der Mischmaschinen überfiel sie wie eine Sinfonie der Hölle. An der Torausfahrt wandte sie sich noch einmal um. Da lag die alte Villa, die sie fast ein Jahrzehnt beherbergt hatte. Aber jetzt band sie nichts mehr an dieses Haus. Es war ihr fremd geworden. Die abgeholzten Bäume, die große, breite Rasenfläche enthüllten den Bau, der bisher romantisch und geheimnisvoll im Schatten gelegen hatte. Nein, dies war nicht mehr ihr Zuhause. Was es ihr gewesen war, das nahm sie in ihrem Herzen mit sich fort. Und mit dem, was im Keller dieses Hauses geschehen war, hatte sie nichts zu tun. Aber sie durfte es auch nicht verschweigen, sonst wurde sie mitschuldig.

Sie nahm die Koffer wieder auf und machte sich auf den Weg zum Taxistand. Dort sank sie in die Polster eines Wagens und schloß ein paar Sekunden lang die Augen.

»Wohin, bitte?«

Ach so, wohin . . .

Zum Polizeipräsidium? Zu den Krabp-Werken? Ja, zu den Krabp-Werken. Es war besser, sie sprach mit Krabp.

Der Wagen fuhr an.

Während er durch die mittäglichen Straßen glitt, wurde ihr Entschluß immer fester. Ja, Krabp war der Mann, der von diesem Menschenversuch erfahren mußte. Dann lag alles Weitere bei ihm.

Würde dieser rechtlich denkende Mann Hertel weiter an der Seite seiner Tochter dulden? Würde er sich nicht von ihm lossagen und eine Scheidung der Ehe durchsetzen?

Thea Runau war an diesem Vormittag nicht die nüchterne Laborantin, die jede ihrer Handlungen bis ins kleinste durchdachte. Sie folgte den Impulsen des Augenblicks.

Krabp wußte nicht, daß Thea Runau das Labor für immer verlassen hatte. Er sah in ihr die vertraute Mitarbeiterin seines Schwiegersohns und begrüßte sie besonders herzlich. »Was führt Sie zu mir, Fräulein Runau? Im Labor ist doch hoffentlich alles in Ordnung! Sind Herr Dr. Hertel und meine Tochter schon zurück?«

Krabp sah erstaunt, wie die Laborantin mit blassem, verkniffenem Gesicht hölzern aufgereckt vor seinem Schreibtisch Platz nahm und für die freundliche Begrüßung nicht einmal mit der Spur eines Lächelns dankte. Er lehnte sich zurück und wartete.

»Dr. Hertel und seine Frau sind vor etwa zwei Stunden zurückgekommen«, sagte Thea Runau steif. »Ich bin gegangen!«

Krabp sah überrascht auf. »Sie sind gegangen? Soll das bedeuten, daß mein Schwiegersohn künftig auf Ihre wertvolle Mitarbeit verzichten muß?«

Thea nickte. Sie sah auf ihre Hände herab, die im Schoß lagen. Die Knöchel traten weiß heraus, so stark krampften sich ihre Finger ineinander.

»Jawohl, ich habe gekündigt. Schon vor Monaten! Wußten Sie das nicht, Herr Dr. Krabp? Wenn Herr Dr. Hertel meine Kündigung nicht ernst genommen hat, so ist das seine Sache.«

Krabp ließ sich nicht gern mit solchen Fragen kommen. Sein feines Gefühl sagte ihm, daß hier etwas nicht stimmte. Aber Hertel war sein Schwiegersohn, und der Takt verbot es, sich in seine Angelegenheiten allzusehr einzumischen. Wahrscheinlich war hier wieder einmal die übliche Eifersucht einer langjährigen Mitarbeiterin im Spiel. Wahrscheinlich wollte sie hier ein letztes Klagelied singen. »Ich hoffe, Sie verbessern sich!« sagte er mit glatter Höflichkeit.

Thea lachte auf. Ein spöttischer Unterton klang aus ihrer Stimme: »O ja, danke sehr, Herr Dr. Krabp. Zunächst nehme ich Urlaub, und dann – werde ich mich auf jeden Fall verbessern.«

Krabp räusperte sich ungeduldig. »Ja, dann bleibt mir nichts anderes übrig, als Ihnen auch meinerseits für die langjährige treue Mitarbeit am Werk meines Freundes Rühle und meines Schwiegersohns zu danken. – Nett, daß Sie noch einmal hergekommen sind, um sich zu verabschieden.«

Zu seinem Erstaunen rührte sich Thea Runau trotz dieser deutlichen Aufforderung nicht, sondern blieb regungslos sitzen. Ihr Gesicht erschien dem alten Herrn noch blasser, ihr Mund noch verbissener. Und als er jetzt ihrem Blick begegnete, erschrak er vor der Härte dieser Augen.

»Ich bin nicht nur gekommen, um mich zu verabschieden«, sagte Thea Runau bedeutungsvoll. Dann schwieg sie.

In ihrer Stimme lag ein Unterton von Geheimnis und Drohung, der Krabp warnte. Er fühlte etwas auf sich zukommen, das besser ungesagt blieb. Aber er war nicht der Mann, auszuweichen. »Sondern?« fragte er kühl.

Einen Augenblick kämpfte Thea mit sich. Aber die Frage war gestellt. Jetzt konnte sie nicht mehr zurück. Plötzlich stand Renates Gesicht vor ihren Augen. Sie hörte die Worte, mit denen Renate sie aus dem Hause gewiesen hatte, in den Ohren klingen: »Ich glaube, jetzt ist es Zeit für Sie, zu gehen!« Sie sah auf. Sie blickte den alten Herrn fest an. Dann sagte sie: »Ist Ihnen bekannt, daß Ihr Schwiegersohn einen Menschenversuch gemacht hat?«

Krabps Hände umklammerten die hölzernen Lehnen seines Sessels. »Was?« fragte er scharf. Seine Augen zogen sich drohend zusammen.

»Ist Ihnen bekannt«, wiederholte Thea Runau mit der gleichen eindringlichen Stimme, »daß Dr. Hertel vor etwa einem halben Jahr einen Mann in den Tiefschlaf versetzt hat und daß dieser Mann seitdem im neuen Unterkühlungsraum Ihres Laboratoriums liegt?«

Krabps Hände verkrampften sich. Er starrte das Mädchen vor seinem Schreibtisch an wie einen bösen Geist.

»Nein, das wissen Sie natürlich nicht«, fuhr Thea unbarmherzig fort. »Sie hatten Menschenversuche ja strikt verboten. Leider ist es Dr. Hertel bis heute nicht gelungen, den Schlafenden wiederaufzuwecken. Und ob es ihm jemals gelingen wird . . .« Sie machte eine kleine Pause, dann fuhr sie fort: »Ich habe das alles vor zwei Stunden erfahren. Es ist Herr Robinson Gomela, der im Tiefschlaf liegt. Und deshalb bin ich glücklich, daß ich gehen kann!«

Mit dem alten Herrn war bei ihren Worten eine beängstigende Veränderung vorgegangen. Das Blut war ihm ins Gesicht geschossen. Die Schläfenadern waren angeschwollen. Sein Unterkiefer zitterte. Er sah aus, als habe ihn eine maßlose Wut gepackt. Seine Stimme war völlig verändert, fast unverständlich geworden. »Gehen Sie!« lallte er. »Gehen Sie doch schon!«

Seine Rechte machte eine krampfartige Bewegung zur Tür hin, fiel dann auf die Sessellehne zurück.

Thea erhob sich bestürzt und blickte sich hilfesuchend um. Sie lief verwirrt hinaus.

Krabp blieb allein. Er sah die Gegenstände des Schreibtisches, das vertraute Zimmer, in dem schon sein Vater und sein Großvater gearbeitet hatten. Er sah das alles wie im Nebel verschwimmen. Er schloß die Augen. Er sammelte Kraft. Seine Linke hob sich langsam, um nach dem Telefon zu greifen.

Dieser Narr! Dieser Wahnsinnige! Wie konnte er in maßloser Überheblichkeit ein solches Wagnis unternehmen! Es war schiefgegangen. Es mußte schiefgehen! Die Natur ließ sich nicht ungestraft verhöhnen! Es gab höhere Gesetze als die der Forschung. Er hatte gegen die heiligsten Gesetze der Natur ebenso verstoßen wie gegen die Paragraphen menschlicher Gesetzbücher.

Die Hand, die sich schon mühsam bis zum Telefonhörer über den Schreibtisch vorgetastet hatte, blieb schwer über der Gabel liegen. – Was hatte sie gesagt? Robinson Gomela? – Das war dieser verhaßte Name! Das war der Mann, mit dem das Unglück in seinem Hause Einzug gehalten hatte. Wie von fern her hörte er wieder die krächzende Stimme der alten Wahrsagerin: »Werden leben, werden sterben, werden wieder leben!«

Das hatte sich nun zur Hälfte erfüllt! Und war doch nur ein Teil jener Prophezeiung gewesen. Seinem Kinde hatte die Alte das gleiche Schicksal vorausgesagt. Sollte sich auch dieser Teil noch erfüllen? Krabp zitterte am ganzen Leib. Und diesem Narren hatte er sein Kind anvertraut!

Jetzt hatte die Hand den Hörer hochgerissen. Die Finger wählten mühsam die Nummer. Als sich Hertel am anderen Ende meldete, schrie Krabp ihn an: »Herr Dr. Hertel, Sie kommen sofort zu mir – sofort!«

Er warf den Hörer in die Gabel zurück. Er hatte vergessen, daß Hertel sein Schwiegersohn war, daß er ihn duzte, er hatte alles vergessen. Er fühlte, wie das Blut in seinen Schläfen pochte und tuckerte, wie das Licht zuviel für seine Augen wurde. Eine unbestimmte Angst stieg in ihm auf. Angst auch, daß es zu spät war, daß er kein weiteres Gespräch mehr würde führen können. Er versuchte aufzustehen. Es gelang ihm nicht. Plötzlich brach er über dem Schreibtisch zusammen. Sein Arm drückte im Fallen auf den Klingelknopf.

Als der Sekretär in den Raum stürzte, fand er den alten Herrn mit dem Oberkörper quer über der Tischplatte liegen.

34

Hertel kam eine halbe Stunde später. Man hatte den Toten schon auf das Ledersofa gebettet.

»Mein Gott«, stöhnte Hertel, »wie ist das nur gekommen? Er

hat mich doch noch vor einer halben Stunde angerufen!« Noch klang die maßlos gereizte Stimme des alten Herrn in seinen Ohren.

Der Sekretär schüttelte fassungslos den Kopf. »Herr Dr. Krabp wollte gerade zum Essen fahren, da meldete sich Ihre Laborantin an. Er hat etwa zehn Minuten mit ihr gesprochen, und gleich darauf muß es passiert sein. Schlaganfall, sagt der Betriebsarzt.«

»Fräulein Runau!« Hertel tastete sich an einen Sessel heran und ließ sich hineinfallen. Das war es! Thea hatte ihm berichtet! Hertel barg aufstöhnend sein Gesicht in beiden Händen. Plötzlich sprang er auf. Seine Hände zitterten. Er griff den Sekretär beim Rockaufschlag und zog ihn an sich heran. »Hat Dr. Krabp nach dem Besuch von Fräulein Runau außer mit mir noch mit jemand anderem telefoniert?«

Der Sekretär sah befremdet in das veränderte Gesicht des jungen Gelehrten. »Nicht über das Sekretariat. Aber Herr Dr. Krabp hatte die Möglichkeit, über seinen direkten Postanschluß . . .«

»Wie viele Minuten sind von dem Augenblick an, als Fräulein Runau Dr. Krabp verließ, bis zu seinem Tode vergangen? Genau! Ich muß das genau wissen!« Hertels Stimme kippte über. Er umklammerte noch immer die Rockaufschläge des Sekretärs, als hielte er sich daran fest.

Der Sekretär machte sich vorsichtig von ihm frei. »Das weiß ich nicht. Es sind ein paar Minuten gewesen; aber weshalb sollte ich das so genau festgestellt haben?«

Hertel fiel in sich zusammen. Er wurde sich blitzartig darüber klar, wie verdächtig sein Benehmen wirken mußte.

Da kamen auch schon die ersten Leute, die ihm als dem Schwiegersohn des Toten ihr Beileid aussprechen wollten. Der Arzt, die Direktoren, Männer des Betriebes . . . Jeder, der ihn sah, war tief gerührt über die Erschütterung, die der Tod des Chefs bei diesem jungen Menschen ausgelöst hatte.

Als Hertel endlich wieder in seinem Wagen saß, tauchte die grausame Wirklichkeit vor ihm auf: Nun hatte er den Tod des alten Herrn auf dem Gewissen. Mit dieser Schuld konnte er allein nicht fertig werden. War es nicht besser, den Stier bei den Hörnern zu packen, als tatenlos zu warten, bis sich die Schlinge um seinen Hals zusammenzog? Wenn die Runau Krabp informiert hatte, würde sie wohl auch zur Polizei gegangen sein. Vielleicht sogar auf Wunsch des alten Herrn!

Hertel war wie von Sinnen. Er sah die Gefahr von allen Seiten wie mit Polypenarmen nach ihm greifen. Sein Gesicht verfiel. Es war nur noch die Maske eines Gehetzten.

»Zum Polizeipräsidium!« befahl er dem Fahrer.

Der Fahrer warf einen raschen Blick aufs Zifferblatt am Armaturenbrett. »Die Bürozeit ist aber vorbei, Herr Dr. Hertel.«

Richtig! Von einem Augenblick zum anderen warf Hertel seinen Entschluß wieder um. »Dann zurück zum Labor!«

Der Wagen hielt auf dem zerfahrenen Bauweg vor dem neuen Eingang. Hertel hatte Mühe, aus den Polstern hochzukommen. Es war, als hätten ihn jetzt auch die körperlichen Kräfte verlassen. Schwerfällig, mit hängenden Schultern, den Kopf weit vorgestreckt, ging er auf den Eingang zu. Er war so benommen, daß er im ersten Augenblick den Weg zum Keller nehmen wollte. Dann aber kamen leichte, schnelle Schritte. Auf dem Treppenabsatz stand Renate. Sie verhielt ein paar Stufen über ihm. Weshalb machte sie die letzten Schritte nicht? Weshalb blieb sie stehen und starrte ihn an, als sähe sie einen Geist? Ihre Hand griff unwillkürlich zum Herzen.

»Was ist?« flüsterte sie. »Ist was mit Vater?«

Hertel nickte nur. Er hatte die Augen geschlossen, um Renate nicht ansehen zu müssen. Aber seine Haltung, sein Gesicht, seine Verstörtheit gaben nur allzu deutlich Antwort auf ihre Frage.

»Ist er tot?« flüsterte sie.

Er stand wie erstarrt.

Renate stürzte die letzten Stufen hinunter und warf sich aufschluchzend an seinen Hals. »Ich habe es dir angesehen!«

Er konnte ihre Umarmung nicht ertragen. Er hätte die Wahrheit hinausschreien mögen: daß er diesen Tod verschuldet hatte. Er schob Renate von sich. Er war unfähig zu sprechen.

Sie blieb hilflos mit herabhängenden Armen stehen. Er ging erst zögernd, dann schneller den langen Flur zur Kellertreppe hinunter. Mit verstörten, schreckgeweiteten Augen sah sie ihm nach. Dann brach alles in ihr zusammen. Laut aufschreiend lief sie zu ihrem Zimmer und schloß sich ein. Sie war ja jetzt allein! Verlassen von dem einzigen Menschen, der selbstlos immer nur für sie gesorgt hatte. Und in der Stunde seines Todes ließ auch ihr Mann sie allein!

Hertel strebte dem einzigen Raum zu, der ihm Zuflucht bot. Erst am Bett des Schlafenden fand er langsam Ruhe. Hier war Frieden, selbst wenn es ein Frieden der Grabesruhe war. Jetzt beneidete er den Schlafenden, an dem all das spurlos vorüberging. Jetzt verstand er seinen Wunsch, die Zeit zu überschlafen.

Hertel hockte auf dem Dreibeinschemel und sah in das stille Gesicht Robinsons. Die Instrumente arbeiteten. Die Bandschreiber verzeichneten alle Lebensfunktionen des schlafenden Körpers.

Vergessen! Schlafen! Ein Leben wie im Traum, ein Leben, über das die Wirklichkeit ihre Gewalt verloren hat.

Während Hertel schweigend am Lager Robinsons saß, gewann er wieder die Kraft zu folgerichtigem Denken. Er war kopflos gewesen. Weder Krabp noch Thea würde gleich die Polizei verständigt haben. Und es gab vielleicht doch noch einen Ausweg – er mußte einen neuen Weckversuch wagen. Er war beim erstenmal zu sicher gewesen; er hatte die Besonderheiten des menschlichen Organismus zuwenig berücksichtigt. Inzwischen hatte er eine zweite erfolgversprechende chemische Zusammensetzung erarbeitet. Wenn er sie nun anwandte und den Versuch unter Berücksichtigung aller Komplikationsmöglichkeiten noch einmal wagte, so konnte er vielleicht gelingen. Erst wenn Robinson wieder bei Bewußtsein war, würde diese Qual ein Ende haben.

Beim ersten Versuch hatte das Herz Robinsons versagt; er war ihm fast unter den Händen gestorben. Wenn er nun die in der Medizin gebräuchlichen Mikrowellen zur Unterstützung des Herzens einsetzte? Hertel schöpfte neue Hoffnung.

Er sprang auf und ging fröstelnd hin und her. Eine Woche, vielleicht sogar zehn Tage würde sich die Polizei wohl hinhalten lassen. Bei einer gründlichen Anlage des Versuchs hätten die Vorarbeiten mindestens einen Monat in Anspruch genommen.

Er mußte neue Mitarbeiter finden. Sofort.

Er riß die Tür auf und lief die Treppe hinauf. Erst auf den letzten Stufen fiel ihm mit Bestürzung ein, daß er für Augenblicke Krabps Tod völlig vergessen hatte.

Er mußte erst einmal zu Renate gehen. Er klopfte an ihre Tür. Keine Antwort. Renate hatte sich eingeschlossen. Sie wollte allein sein.

Die folgenden Tage gingen wie ein quälender Traum vorüber. Die Beerdigung Krabps, dieses düstere Zeremoniell, an dem die gesamte Öffentlichkeit teilnahm, war für Hertel nichts als ein grausamer Spuk.

Er stand neben Renate am offenen Grab. Er stand bei dem

großen Empfang in der Halle des Krabpschen Hauses. Er schüttelte viele Hände und sprach Worte, deren Sinn er kaum begriff. Seine Gedanken waren mit letzter Konzentration nur auf ein Ziel gerichtet: den Weckversuch. Von seinem Gelingen hing alles ab: seine Ehre als Gelehrter, der Sinn seines Lebens, ja die nackte Existenz.

Am Tage nach Krabps Beisetzung saßen sie abends in ihrem Wohnraum. Hertel wollte so schnell wie möglich wieder ins Labor kommen. Aber diesmal wurde er von Renate festgehalten.

»Bitte, bleib noch einen Augenblick«, sagte sie, »ich möchte dich etwas fragen!«

Er ließ sich nervös in seinen Sessel zurückfallen.

»In den letzten Tagen haben wir kaum miteinander gesprochen. Es war ja auch keine rechte Gelegenheit dazu.

Aber manchmal hatte ich das Gefühl, du wichest mir aus.«

»Ich? – Nein, bestimmt nicht!« sagte Hertel bestürzt. »Ich habe nur im Augenblick so viel zu tun. Entsetzlich viel. Ich habe einen wichtigen Versuch angelegt, einen ganz großen, entscheidenden Versuch . . .«

Renate unterbrach ihn: »Man kann auch in die Arbeit ausweichen«, sagte sie leise. »Du weißt, ich hatte dich bei unserer Hochzeit gebeten, Geduld mit mir zu haben. Unsere Ehe soll eine richtige Ehe werden. So, wie es jetzt ist, kann es nicht bleiben.«

»Nein, bestimmt nicht«, fiel Hertel nervös ein. »Es sind auch nur noch ein paar Tage, dann habe ich wieder viel mehr Zeit!«

»Das ist es nicht«, sagte Renate und sah ihn forschend an. »Am Tage, als Vater starb, habe ich mit Fräulein Runau gesprochen!«

Hertel erschrak. Er sah Renate mit aufgerissenen Augen an und suchte ängstlich in ihrem Gesicht. Der Schreck hatte ihm eine Blutwelle bis unter die Stirn getrieben. Was hatte Thea erzählt? Hatte sie mit Renate über Robinson gesprochen?

Er brauchte nicht lange auf die Aufklärung zu warten.

»Fräulein Runau hat mir gesagt, daß sie mit dir verlobt gewesen ist. Sie hat mir vorgeworfen, dieses Verlöbnis zerbrochen zu haben.«

»Ach, das ist ja alles Unsinn!« stöhnte Hertel gequält. »Gewiß, ich war sozusagen mit ihr verlobt. Aber es war nur eine reine Verstandessache! Verstehst du? Mit dem Herzen hatte das überhaupt nichts zu tun!« Er sprang auf. Er konnte nicht länger sitzen bleiben. Er lief erregt im Zimmer auf und ab. »Sie wollte, daß wir heirateten, und ich habe ja gesagt. Das ist alles. Und das war doch, bevor ich dich richtig kannte. Später gab es für mich keine Wahl mehr!«

Renate beobachtete, wie er bei seinen nervös hervorgestoßenen Worten an seinem Anzug, an der Krawatte, an den Manschetten herumfingerte. Das war nicht der klare, beherrschte Mann, den sie immer in ihm gesehen hatte. Das war ein schwacher Mensch, der mit vielen Worten versuchte, seine Verlegenheit zu bemänteln. Und gleichzeitig sah sie, wie abgespannt und verstört er aussah. Als er im Halbschatten der Stehlampe verhielt, erschien ihr sein Gesicht plötzlich wie das eines alten Mannes. Erschöpft, vorzeitig gealtert, verfallen.

»Du arbeitest zuviel«, sagte sie in aufsteigendem Mitleid. »Ist es denn wirklich notwendig, daß du dich derartig zum Sklaven deiner Experimente machst?«

Er atmete erleichtert auf. Sie war von dem gefährlichen Thema Thea abgeschweift.

»Es sind nur ein paar Tage«, sagte er. »Der Ausfall von Fräulein Runau war im Augenblick eine ganz besondere Belastung. Morgen kommen zwei neue Mitarbeiter. Eine Laborantin, die bisher an einem Universitätsinstitut gearbeitet hat, und ein junger Medizinstudent, der mir von seinem Professor warm empfohlen worden ist. Das wird schon eine wesentliche Hilfe sein.« Er sah verstohlen auf seine Armbanduhr. Er mußte weg. Er hatte keine Zeit für lange Auseinandersetzungen. Im Labor wartete die Arbeit.

»Geh ruhig«, sagte Renate, »ich sehe doch, daß du mit deinen Gedanken schon gar nicht mehr hier bist.«

Er zögerte. »Wir können ja über all das noch einmal ausführlich sprechen. Ich habe tatsächlich im Augenblick zu tun. Wenn du mich bitte entschuldigst . . .«

»Jaja«, sagte Renate. Aber als er das Zimmer verlassen hatte, saß sie noch lange regungslos da und starrte vor sich hin. Sonderbar: sein Verhalten war unecht, war verkrampft. Das ganze Haus war sonderbar. Die Atmosphäre hatte etwas Unheimliches. Wie hatte Fräulein Runau gesagt? »Hier werden Sie immer fremd bleiben.« Aber sie wollte in diese Welt hinein. Sie mußte hinein! Sie mußte ihre Ehe in Ordnung bringen.

Was hatte er nur? Was machte er nachts in seinen Arbeitsräumen? Warum hielt er das alles so geheim vor ihr? Warum schlich er durch die Korridore wie einer, der etwas zu verbergen hat? War sein kramphaftes Bemühen, kein Geräusch zu machen, wenn er sich die Treppe hinuntertastete, nur Rücksichtnahme?

Während Renate über all das nachgrübelte, saß Hertel wieder im Unterkühlungsraum. Er hatte dem Schlafenden bereits vor Stunden die neuen Präparate injiziert, die den Organismus auf das Wecken vorbereiteten. Schon zeigten die Bandschreiber die ersten Veränderungen gegenüber dem gewohnten Bild. Die Alarmuhr sprang von Minute zu Minute weiter. Noch zehn Minuten, dann war es soweit! Noch fünf Minuten! Noch drei! Noch zwei! Eine!

Jetzt!

Die Injektion tat ihre volle Wirkung. Die Stufe der verstärkten Unterkühlung, mit der ihm einst das Wunder der Wiedererwekkung geglückt war, war erreicht. Jetzt die Mikrowellen auf das Herz. Er beugte sich weit über den Tisch vor und beleuchtete mit der Taschenlampe die geschlossenen Lider des Schlafenden. Gleichzeitig steuerte er die Stromstöße der Mikrowellen von einem Handschalter aus.

Da war es wieder! Das war der Augenblick! Die verstärkte Atmung hatte eingesetzt, das blutleere Gesicht hatte sich gerötet, die Lider zuckten, als wollten sie sich dem Licht öffnen.

Der Schlafende zeigte die ersten Reaktionen. Seine Lider bewegten sich. Die Pupille reagierte auf den Lichtreiz, als Hertel ein Lid vorsichtig hob. Das Herz arbeitete mit Unterstützung der Mikrowellen ruhiger und gleichmäßiger. Aber die Lider hatten nicht genug Kraft, sich selbständig zu öffnen. Die Arme verrieten keinen Willen, sich zu heben. Die Muskeln versagten!

Drei endlose Minuten hielt Hertel den Versuch auf dem Krisenpunkt. Er steigerte verzweifelt die Temperatur der Unterkühlung über die Sollwerte hinaus. Er dirigierte die Wellenstöße über das Maß hinaus, das noch zulässig war. – Vergeblich!

Auf Hertels Stirn trat kalter Schweiß. Gleichzeitig jagten Fieberwellen durch seinen Körper. »Wach auf!« schrie er verzweifelt. »Wach doch auf!«

Er beugte sich hinunter und flüsterte Robinson ins Ohr: »Du mußt jetzt erwachen!« Aber auch die flehenden Worte drangen nicht in die Traumwelt des Vergessens.

Außer dem Zittern der Lider zeigte sich keine wahrnehmbare Lebensfunktion. Schon begannen sich die Lippen des Schlafenden bläulich zu färben. Die einsetzende Atemnot steigerte sich. Zu tief schien der Schlaf diesen Organismus ergriffen zu haben. Robinson blieb in seiner Welt! Unerreichbar!

Die Atemnot wurde immer deutlicher! Gefahr! Höchste Gefahr!

Wie Hertel die Kraft gefunden hatte, den Versuch abzubrechen und die Überleitung in den Normalzustand zu bewältigen, das wußte er später nicht mehr. Er handelte wie ein seelenloser Mechanismus. Er folgte willenlos den nackten Notwendigkeiten.

Dann war alles vorbei.

Hertel hockte völlig zusammengebrochen neben dem Lager. Er sah den Schlafenden nicht mehr an.

Was blieb ihm denn jetzt noch übrig? Nur noch der Weg zum Gericht.

Ein Geräusch! Er zuckte zusammen. Jemand klopfte.

Es kam nur als leises, entferntes Pochen durch die dickwandige Tür. Wer war das? Wer konnte um diese Stunde etwas von ihm wollen?

Kamen sie schon? War es schon soweit?

Kraftlos, aschfahl im Gesicht, ein vorzeitig gealterter Mann, so schleppte er sich zur Tür. Er zog sie mühsam auf. Der Lichtschein der grellen Leuchtstoffröhren fiel breit in den Kellergang hinaus.

Vor ihm stand Renate.

Hertel zog sofort die dickwandige Stahltür hinter sich zu. Hatte sie gesehen, daß ein Mensch auf dem Operationstisch lag? Einen Augenblick stand er wie gelähmt. Dann schoß ihm Blut ins Gesicht. »Was hast du hier zu suchen?« herrschte er sie an. »Was spionierst du hinter mir her? Kann man nicht einmal bei Nacht ungestört arbeiten?«

Renate hatte etwas sagen wollen, aber seine Heftigkeit verschlug ihr die Sprache. Sie wich einen Schritt zurück.

»Ich wünsche, bei meinen Versuchen in Ruhe gelassen zu werden!« schrie er. »Hier muß man sich ja wohl neuerdings mit Stahltüren und Selbstschüssen absichern, um arbeiten zu können!« Er zitterte am ganzen Körper.

Renate war wie vor den Kopf geschlagen. War das ihr Mann? Der einzige Mensch, der ihr seit dem Tod des Vaters nahestand? Sie fühlte, wie ihr die Tränen über das Gesicht liefen; sie konnte sie nicht unterdrücken. »Aber«, stammelte sie, »ich wollte doch nur, ich wollte dir doch nur bei deiner Arbeit helfen – oder wenigstens Gesellschaft leisten.« Die Tränen erstickten ihre Stimme. Sie schlug beide Hände vors Gesicht, wandte sich taumelnd um und floh mit unsicheren Schritten zur Kellertreppe.

Er hörte ihr Schluchzen. Er sah, wie sie um den Treppenabsatz verschwand. Erst in diesem Augenblick begriff er, wie brutal er sie in seiner Erregung behandelt hatte. Er wischte sich mit dem Handrücken über die Stirn. »Renate!« rief er laut. »Renate!«

Er raffte sich auf und stürzte hinter ihr her. Er nahm zwei Treppenstufen auf einmal. Dann hörte er oben ihre Tür zuschlagen. Er klopfte. Er hämmerte mit den Fäusten gegen die Füllung. Er rüttelte an der Klinke. »Renate!« flehte er. »Bitte, mach auf! Ich hab' das doch nicht so gemeint!«

Nichts. Kein Laut. Die Tür blieb verschlossen.

Das Haus schlief. Es war unheimlich still. Wie spät mochte es sein? Jedes Zeitempfinden war ihm verlorengegangen.

Schließlich wankte er müde in sein Zimmer. Es war nur durch eine dünne Tapetentür von Renates Schlafraum getrennt.

Er ließ sich in einen Sessel fallen und zog die Knie an den Körper. Was sollte nun werden? Hatte er jetzt den letzten Menschen verloren, der ihm zugetan war?

Wieviel Unglück hatte er über alle gebracht, die ihm vertraut hatten! Thea Runau, Robinson Gomela, Dr. Krabp – Anklage häufte sich auf Anklage. Was hatte er nur alles auf sein Gewissen geladen!

Diese Nacht wurde für Hertel zu einer Nacht der Verzweiflung. Während er schlaflos den Morgen heraufdämmern sah, wuchs in ihm der Entschluß, zur Polizei zu gehen, ganz gleich, was daraus entstand. Es gab keinen anderen Weg mehr. An ein Gelingen seiner Weckversuche wagte er nicht mehr zu glauben. Er hatte alles Menschenmögliche getan, und er hatte keinen Mut, Robinson ein drittes Mal einer so schweren Lebensbedrohung auszusetzen.

Er wartete morgens noch das Eintreffen seiner neuen Mitarbeiter ab. Dann gab er ihnen in einer halben Stunde summarische Anweisungen für die nächsten Wochen.

»Verreisen Sie denn?« fragte der junge Assistent neugierig.

»Verreisen?« Hertel blinzelte ihm aus übernächtigen Augen zu. »Verreisen – ja – vielleicht!«

Sie sahen ihm stumm und betreten nach, wie er sich müde und verfallen aus dem Raum schleppte.

Noch ein Weg: Hertel stieg in den Keller hinab. Als er den Schlafenden versorgte, zitterten seine Hände. Dann war auch das getan. Langsam, fast feierlich, zog er den Schlüssel von der Tür des Unterkühlungsraumes ab. Bald würden andere Menschen hier eintreten.

Auf der Kellertreppe blieb er noch einmal stehen. Renate! Sollte er wegfahren, ohne sich von ihr zu verabschieden? War es nicht auch für sie besser, wenn sie die Zusammenhänge später einmal von einem Außenstehenden erfuhr? Dann konnte sie sich wirklich von ihm lösen. Jetzt wäre er bestimmt der Versuchung erlegen, ihr Verstehen und ihr Verzeihen zu erbitten. Es war schon besser, wenn das unterblieb. Entschlossen nahm er die letzten Stufen und stieg in den Wagen.

Es war gegen zehn, als er schließlich vor dem Polizeipräsidium ankam.

»Sie brauchen nicht zu warten«, sagte er zum Fahrer.

Willi sah ihn verwundert an. »Wo soll ich Sie denn abholen, Herr Doktor?«

»Sie können gleich heimfahren.«

Willi grüßte stumm.

Hertel stieg langsam und schwer die Treppen hinauf. Er ging an den Nummernschildern der zahlreichen Türen entlang, als seien dahinter Zuchthauszellen.

Der zuständige Beamte war höflich und zuvorkommend. Er bot Hertel einen Stuhl an und zog ein dünnes Aktenbündel aus seinem Schreibtisch.

»Herr Dr. Hertel, bei uns ist ein Schausteller namens Robinson Gomela als vermißt gemeldet worden. Es liegt eine Aussage vor, daß Sie Herrn Gomela zuletzt gesehen haben. Können Sie mir Näheres darüber sagen?«

Hertel räusperte sich und fuhr mit dem Taschentuch über die Stirn. »Ja. Das war so. Es begann damit, daß Herr Dr. Krabp mich auf den Flugplatz schickte.« Er schilderte umständlich und stockend die Zusammenhänge.

Der Beamte hörte geduldig zu und machte sich Notizen. »Sie kannten Herrn Gomela?«

Hertel stockte. »Ja, flüchtig«, sagte er, »ich war ihm vorher einmal begegnet.«

Der Beamte fuhr sachlich fort: »Welchen Eindruck machte

der Vermißte auf Sie, als Sie ihn abholten? Ich meine, ist Ihnen irgend etwas an ihm aufgefallen?«

Hertel preßte mit zitternden Fingern das Taschentuch zusammen. »Herr Gomela war körperlich und geistig dem Zusammenbruch nahe«, erklärte er.

»Halten Sie es für möglich, daß er sich mit Selbstmordgedanken trug?«

Hertel stockte einen Augenblick. »Ja, durchaus! Deshalb hielt ich es auch für richtig . . .« Er erzählte eingehend, wie er Robinson in das Flughafenrestaurant geführt hatte, um ihn aufzufrischen. Der Beamte rückte bei Hertels umständlicherSchilderung ungeduldig sein Lineal auf dem Schreibtisch hin und her, aber er unterbrach ihn nicht.

»Und dann haben Sie ihn zu Herrn Dr. Krabp gebracht?«

»Ja – das heißt nein. Ich wollte natürlich gleich mit ihm hinfahren; aber Herr Gomela bestand darauf, sich erst einmal richtig auszuschlafen. ›Ich möchte schlafen‹, sagte er immer wieder, ›nichts als schlafen!‹«

»Er ist dann aber nicht in seinem Quartier gewesen! Er ist seitdem überhaupt nicht mehr gesehen worden«, sagte der Beamte. »Wissen Sie vielleicht, ob Dr. Krabp ihn später noch gesprochen hat? – Wir könnten notfalls auch noch in den Krabp-Werken fragen.«

Hertel spürte, wie das Blut in seinen Schläfen pochte. »Nein, nein«, unterbrach er hastig, »das ist nicht nötig! Ich weiß genau, daß mein Schwiegervater ihn nicht mehr gesehen hat. Er hat es mir selber gesagt.«

»Und Sie, Herr Dr. Hertel?«

Jetzt war der Zeitpunkt da! Jetzt mußte er sein Geständnis ablegen! Jetzt mußte er sagen: Ja, ich habe ihn gesehen. Jeden Tag. Jede Nacht.

Der Beamte musterte den verschrobenen Gelehrten, der trotz seiner Jugend wie ein alter Mann aussah, ungeduldig. »Sie haben ihn also auch nie mehr gesehen?« drängte er.

Der Augenblick war vorbei! Es ging nicht. Es war einfach unmöglich. »Nein«, sagte er leise, »ich auch nicht.«

»Wissen Sie«, sagte der Inspektor abschließend, »wie das so bei diesen Schaustellern ist: mal hier, mal da.« Er klappte den Aktendeckel zu. »Solche Anzeigen bekommen wir haufenweise. Nach Ihrer Schilderung wäre Selbstmord nicht ausgeschlossen.

Na, in der Richtung können wir ja auch mal fahnden! – Es tut mir leid, daß ich Sie bemühen mußte. Würden Sie mir bitte Ihre Aussage noch unterschreiben!«

Er las ein paar knappe Sätze vor. Alles stimmte. Alles war ganz richtig. Nichts war gelogen. Nur der wahre Schluß fehlte.

Benommen setzte Hertel die Feder an und unterschrieb. Bevor er die volle Tragweite des Vorgangs ganz begriffen hatte, stand er schon wieder draußen auf der Straße.

Nicht einmal der Schatten eines Verdachtes ruhte auf ihm. Er war frei! – Und jetzt?

Er wanderte lange durch die Straßen der Innenstadt. Zum erstenmal seit Wochen fühlte er sich von einer drückenden Angst erlöst. Wenn man Robinson nicht mehr suchte, wenn man den Fall zu den Akten legte, dann würde er Zeit und Ruhe haben, in einer großzügigen, langangelegten Versuchsreihe einen neuen Weckversuch vorzubereiten.

Als er in die Villa zurückkehrte, suchte er Renate. Er fand sie im Wohnzimmer. Ihr Gesicht verriet genug von den Qualen, die sie in der letzten Nacht durchlebt hatte. Er ging mit ausgestreckten Händen auf sie zu. »Bitte, verzeih mir, Nata! Ich weiß selber nicht, was gestern über mich gekommen ist. Es ist ein richtiger Nervenzusammenbruch gewesen.« Seine Stimme war weich. Seine Worte kamen aus dem Herzen.

Zuerst hatte Renate ihm verschlossen und abweisend entgegengesehen. Dann löste sich ihre Erstarrung. Ihre Mundwinkel zuckten. Tränen stiegen ihr in die Augen. Sie suchte nach Worten. Sie schluckte.

»Bitte, Nata! Bitte!« Er streckte ihr seine Hand entgegen. Er wagte nicht, sie einfach in die Arme zu nehmen.

Sie legte die Hände an die Schläfen. Ihre Stimme kam leise und wie von weit her. »Du darfst so etwas nie wieder tun! Ich könnte es nicht ein zweites Mal ertragen. Ich bin doch nur zu dir gekommen, um . . .« Die Worte verloren sich in einem unverständlichen Flüstern.

Sie lehnte den Kopf an seine Brust und weinte sich bei ihm aus. Er umfaßte behutsam ihre Schulter. »Nein! Ich werde es nie wieder tun!« beschwor er sie. »Ich verspreche es dir! Ich werde es bestimmt nie wieder tun. Ich war am Ende. Mir war gerade etwas mißlungen, wenige Minuten vorher. Ein Versuch, von dem unendlich viel für mich abhing!«

Sie hob den Kopf. Tränen schimmerten in ihren Augen. »Siehst du«, sagte sie leise, »das ist es ja gerade: Du schuftest in deinem Labor, du willst etwas erreichen – und ich sitze tatenlos herum. Wenn das so weitergeht, wird aus unserer Ehe niemals etwas werden.« Sie trat zurück und musterte ihn. »Ich weiß, daß das andere meine Schuld ist; du mußt mir schon etwas Zeit lassen. Aber wenn du dich so abkapselst . . .«

»Aber ich muß doch arbeiten!«

Ein schüchternes Lächeln huschte über Renates Gesicht. »Siehst du, darüber wollte ich gestern mit dir sprechen, als ich zu dir in den Keller kam. Ich hab' inzwischen ja begriffen, daß du ein Mensch bist, der in seiner Arbeit aufgeht, und daß ich erst in zweiter Linie komme.«

Er wollte protestieren, aber sie legte ihm mit einer zärtlichen Geste den Zeigefinger auf die Lippen. »Laß nur«, sagte sie, »deshalb kann ich dich trotzdem achten und lieben. Auf deine Arbeit brauche ich ja nicht eifersüchtig zu sein. Aber du könntest mich ruhig ein bißchen Anteil daran nehmen lassen!«

Er war verblüfft. »Anteil nehmen? Wie stellst du dir das vor?«

Renate nahm eine seiner Haarsträhnen. »Dein Haar wird schon grau! Dabei bist du noch so jung!« Sie lachte ein bißchen auf, und eine Spur von Verlegenheit war in dem, was sie jetzt sagte. »Wie ich mir das denke? Du könntest mich ruhig im Labor mitarbeiten lassen. Ich möchte eben bei dir sein. Dann hätte ich endlich Anteil an deinem Leben.« Sie zögerte, dann strich sie ihm die Haare wieder glatt. Sie sah zu ihm auf, und ihre Blicke lagen ineinander. Er zog sie an sich und küßte sie.

»Vielleicht hast du recht«, sagte er. »Ich muß mir nur noch überlegen, was du machen könntest.« Als er weitersprach, klang ehrliche Ergriffenheit aus seiner Stimme: »Du bist viel zu gut für mich, Nata. Ich habe dich nicht verdient!«

35

Wochen waren vergangen. Die Blütenblätter waren von den Bäumen geweht, und an den Zweigen bildeten sich die ersten Früchte.

Auf der Ostendstraße, dem Abstellplatz der Maringotten, dem Winterquartier der Schausteller, spielten die Kinder Fußball.

Der Platz war leer. Das fahrende Volk hatte sich mit dem

Steigen der Sonne in alle Himmelsrichtungen verstreut. Auf der freien Fläche stand nur ein einsames zurückgebliebenes Wägelchen.

Möckels schillernde Seifenblasen waren im rauhen Wind der Wirklichkeit zerplatzt. Wer keinen Trecker hat, wird nicht gezogen. Wer nichts zu zeigen hat, kann keine Schau aufstellen. Ein alter Mann und ein paar bemalte Kulissen geben noch kein Abendprogramm. Und Elvira hatte sich geweigert, die gutbezahlte feste Tätigkeit in der Bar gegen eine völlig unsichere Zukunft einzutauschen. So war Möckel in Frankfurt hängengeblieben.

Sein unverwüstlicher Optimismus hatte einen schweren Schlag erlitten. Traurig hockte er auf den Stufen seines Wagens; selbst das übermütige Kindergeschrei konnte ihm kein Lächeln entlokken. Sein Geld war fast aufgebraucht. Elvira mußte mit ihren Einkünften den kargen Haushalt bestreiten. Wenn kein Wunder geschah, würde er den Wagen wohl verkaufen müssen. Aber das hieß für einen Schausteller sich selber aufgeben.

Doch Möckel dachte nicht daran. Er hoffte, er hoffte noch immer. Und an diesem Vormittag gab es für seinen Wunderglauben einen unerwarteten Aufschwung.

Von der Fahrbahn her kurvte mit kühnem Schwung ein riesiger schneeweißer Straßenkreuzer auf den freien Platz. Der Wagen gab pausenlos Signale mit einem Dreiklanghorn. Die Kinder ließen Fußball Fußball sein und jagten hinter diesem rotgepolsterten Wunderwerk der Technik her. Am Steuer saß ein braungebrannter junger Mann. Er steckte den Kopf aus dem Seitenfenster, steuerte mit der einen Hand und winkte mit der anderen.

»Freytag!« schrie Möckel und fuhr wie von einer Tarantel gestochen in die Höhe. Er stolperte die Stufen seines Trittleiterchens hinunter und eilte Freytag mit pathetisch ausgebreiteten Armen entgegen. »Freytag! Nein, was für eine Fortuna!«

Er war ganz außer sich vor Freude. Er war so durcheinander, daß er völlig aus der Rolle fiel und seinen Gast durchaus nicht mit königlicher Würde empfing, sondern ihn einfach aufschluchzend an die Brust preßte.

Alles war vergessen. Aller Streit, aller Ärger, den er je mit ihm gehabt hatte. Als Freytag noch mitzog, das waren goldene Tage gewesen! Er brachte sie wieder! Bestimmt!

Möckel zitterte vor Freude. »Elli, Elli! So komm doch schon! Freytag ist da! Unser Freytag! Komm, komm schnell!«

Zwischendurch schlug er Freytag auf die Schulter. Dann wischte er ihm in seiner Verwirrung mit dem Taschentuch über den silbergrauen Anzug, als könnte er ihn beschmutzt haben. In seinen guten alten Augen standen Freudentränen.

»Na ja doch, Alterchen! Ist ja in Ordnung! Mach bloß nicht so viel Wind! Werd' euch mal ein bißchen frische Brise unter die Weste pusten! Schicker Wagen, was?«

Möckel mußte sich alle Einzelheiten des Autos ansehen, die roten Lederpolster befühlen, das Radio in Gang setzen, die elektrische Fenster- und Sitzverstellung bewundern. Mindestens dreißig Kinder drängten sich um diese Szene. Sie schoben sich immer näher heran, bis Freytag sie schließlich zu einer kühnen Ehrenrunde um den Platz einlud.

Dann kam Elli. Sie reichte Freytag die Hand; aber ihre Augen musterten ihn sehr sachlich, und bei aller Freude war deutliche Zurückhaltung spürbar. »Hast du was vom Prinzen gehört?«

»Nein«, staunte Freytag. »Dachte, der wär' hier bei euch. Hatten damals auf Mallorca ein kleines Boxmatch. War eifersüchtig, der Knabe.«

»Ja, aber dann ist er doch . . .«

»Nun laß doch die dummen Historien!« unterbrach Möckel sie ärgerlich. »Ist der Freytag vom Himmel erschienen, wird uns auch der Prinz seine Präsenz machen. Vielleicht schon morgen!«

Wenig später saßen die drei in Möckels Wohnwagen, und das große Erzählen begann.

Ja, er hatte was zu berichten, der Windhund! Er lümmelte sich auf dem Sofa und untermalte seine phantasievollen Berichte aus der Neuen Welt mit eingestreuten amerikanischen Brocken. Er ließ sich verwöhnen und bewundern. Er schlürfte den Kaffee noch genauso laut wie früher und schob sich die Sahnetorte noch immer mit den Fingern in den Mund, obwohl Elvira für den vornehmen Gast extra eine Kuchengabel neben den Teller gelegt hatte. »'ne Show? Klar machen wir 'ne Show: ›Boy and Baby‹ – was, Elli? Wir beide als Balanceakt. Das ist jetzt drüben die große Masche! Sollt mal sehen, was die hier Augen machen!«

»Und ich gehe auf die Bretter und annonciere: ›Mister Gomela – Filmstar aus Hollywood!‹« schrie Möckel begeistert. »Mein verehrtes, gebildetes Publikum! Meine Damen und Herren! Ich habe die Ehre, Sie mit der fulminanten Attraktion . . .«

»Kannst du mir nicht mal die Hose 'n bißchen überbügeln,

Elli?« fragte Freytag über den Tisch weg. »Ich hab' heut noch 'ne kleine private Show. Da muß ich prima in Schale sein!«

Elli nickte. »Gib schon her«, sagte sie, »kannst dir ja so lange eine von Möckel anziehen. Wo willst du denn noch hin?«

»Mei ohn bissineß; hab' in Frankfurt noch 'ne Menge Bekannte«, grinste Freytag.

Elvira war mit der Hose über dem Arm stehengeblieben und musterte ihn scharf. »Du, wenn du an die Krabp denkst, die ist inzwischen verheiratet!«

»Weiß ich längst!« sagte Freytag trocken. »Hat sich bis übern großen Teich 'rumgesprochen. Mit dem ist sie verheiratet – und mich liebt sie. Macht ja nichts. Dat's mei mätter, wie der Ami sagt. Was glaubst du, was ich inzwischen erlebt habe!«

Elvira war stehengeblieben. »Ich würde dir raten, die Finger davon zu lassen«, sagte sie langsam. »Du bist hier nicht mehr in den Staaten.« Sie ging in den Nebenraum.

Freytag begann, seine Sachen zu untersuchen und an sich herumzuputzen. Da war ein seidenes Taschentuch, das neu gefaltet werden mußte, und da das goldene Zigarettenetui, das eine Politur mit Möckels Putzlappen vertragen konnte. Er deutete auf das Waschbecken. »Darf ich mal?«

Möckel nickte eifrig. »Mein ganzes Königreich für dich, mein Junge!«

Freytag wusch sich Gesicht und Hände und putzte sich ausdauernd die Zähne. Er kämmte sich mit größter Sorgfalt und legte die Schläfenhaare mit Frisiercreme in gefällige Wellen. Nachdem er sich lange eingehend im Spiegel betrachtet hatte, drehte er sich zu Möckel um, der verzückt jeder seiner Bewegungen gefolgt war.

»Weißt du, Möck, du könntest mir 'n Gefallen tun. So 'n kleinen Vorschuß. Bin augenblicklich mächtig klamm in der Hosentasche. Vorübergehender Zustand!«

»Aber gern, mein Junge«, sagte Möckel und griff mit zittriger Hand nach seiner Brieftasche. »Nur, weißt du, unsere momentane Occasion ist nicht die allergünstigste. Ich kann dir höchstens . . .« Er zog zögernd einen Zwanzigmarkschein aus der Brieftasche.

»Kleine Fische sind auch Fische«, bemerkte Freytag. »Das ist ja eigentlich so gut wie gar nichts, und wenn du's brauchst, dann behalt es lieber.« Aber gleichzeitig hatte er den Schein schon mit flinken Fingern ergriffen und eingesteckt.

»Aber du hast doch ein herrliches Luxusautomobil!« sagte Mökkel. »Das ist doch allein eine ganze Valuta wert!«

»Leihwagen!« grinste Freytag. »Hab' ich am Hauptbahnhof 'nem Ami für 'n paar Tage abgenommen. Muß standesgemäß auftreten, wo ich heut abend hin will. Werd' die Zechinen schon wieder locker machen. Hab' in letzter Zeit 'ne Nase dafür gekriegt, wo Money liegt und wer's gern ausgibt.«

Er blieb den Tag über bei Möckel. Mit den gepumpten zwanzig Mark schickte er Elli einkaufen. Es gab ein fürstliches Mittagessen. Er verbreitete so viel Frohsinn in der engen Maringotte, er war so unbeschwert, daß er die beiden einsamen Menschen im Nu mit seinem Optimismus gefangennahm.

Nach dem Mittagessen rasierte er sich zur Verwunderung Mökkels und Elviras mit größter Sorgfalt. Seine Vorbereitungen dauerten Stunden. Immer wieder lief er zum Spiegel. Er sah nun aus wie aus dem Ei gepellt. Krawatte, Anzug, Schuhe, Hemd, alles stimmte. Das war kein billiger Schausteller mehr; das war ein junger Herr, der sich sehen lassen konnte.

Als Freytag sich verabschiedete, verrieten die ersten Anzeichen der Dämmerung schon den heraufkommenden Abend. Mit aufheulendem Horn fegte er über den leeren Platz. Möckel und Elvira sahen dem weißen Wagen nach, bis er in dem Gewühl der Ausfallstraße untertauchte.

Renate saß im Kaminzimmer und sah in den Park hinaus. Sie hatte die Scheibe der breiten Fensterwand heruntergelassen. Draußen wurde es dämmerig. Eine Amsel sang. Das Rotkehlchenpaar flog noch immer emsig hin und her und fütterte die Jungen, die unersättlich die gelben Schnäbel aufrissen.

Renate holte den Leuchter herbei und brannte die Kerze an. Ihre Flamme flackerte ruhelos im leichten Abendwind. Renate liebte dieses Licht. Sie liebte das Verträumte, das Unwirkliche, das geisterhafte Huschen des Widerscheins auf den Wänden. Sie liebte diese Abendstunde.

Sie wohnten jetzt im Neubau, den noch ihr Vater in Auftrag gegeben hatte. Es war ein Paradies geworden. Das Haus umfaßte mit seinen eingeschossigen Flügeln den Innenhof mit einem Goldfischbassin, einer Zierkiefer und blühenden Stauden. Die alte Villa, an die sich der Neubau anschloß, hatte ihre düstere Maske abgelegt. Sie erhob sich hell und klar aus dem Park.

Die friedliche Stille wurde plötzlich von dem Laut eines Dreiklanghorns unterbrochen. Ein Wagen hielt vor der alten Villa. Renate konnte ihn nicht sehen; aber sie hörte, wie der Schlag laut zugeworfen wurde. Sie hörte jemanden pfeifen, einen frechen, lustigen Schlager. Wer konnte das sein? Sie erhob sich unruhig und schloß das Buch.

Über den Kies knirschten Schritte, verhielten, setzten sich wieder in Bewegung, so als suche jemand den Eingang. Und immer wieder dieses Pfeifen. Lustig, übermütig, die Melodie mal abgebrochen, dann wieder aufgenommen. Sie hielt erschrocken in der Bewegung inne. Sie kannte das. Sie kannte diese Art zu pfeifen. Das war doch ... Nein! Unmöglich!

Jetzt kamen die Schritte um den Anbau herum.

Freytag!

Er kam geschlendert, groß, breitschultrig, eine Hand in der Hosentasche vergraben, lässig und anmutig, so sicher in den Bewegungen, als sei er hier zu Hause. Er sah sie noch nicht. Er musterte den mit Steinplatten belegten Innenhof, das Goldfischbassin, die Zwergkiefer und pfiff anerkennend durch die Zähne.

Renate stand wie erstarrt. Wirre Gedanken jagten durch ihr Hirn. Was suchte er hier? Wie konnte er es wagen ... Jetzt drehte er sich um. Er blickte in den offenen Raum, und mit der gleichen lässigen Sicherheit schlenderte er langsam die flachen Stufen empor. Dann sah er sie!

Renate stand da, unfähig, sich zu rühren. Der Kerzenschein überspielte ihr Gesicht und ließ es betörend erscheinen, unberührt vom Leid. Zwei Schritt vor ihr blieb er stehen und lachte sie an: »Hallo, Nata! Schön siehst du aus! Prima Schuppen hier – alles, was recht ist!«

Sie mußte sich die Lippen anfeuchten. »Was willst du hier?«

Seine Zähne blitzten. Er lachte. Sein sieggewohntes, ansteckendes, verführerisches Lachen. Wie zügellos die schwarzen Locken in die braungebrannte Stirn fielen! Wie gut er aussah! So voll Kraft, voll Lebensfreude, voll Abenteuerlust.

»Was für eine Frage!« lachte er. »Muß dich doch wohl als erste besuchen, wenn ich wieder in der Alten Welt bin!«

Seine Stimme! In dem vibrierenden dunklen Klang schwang ein Unterton von werbender Zärtlichkeit, der sie wie eine körperliche Berührung erschauern ließ.

Sie bewegte sich nicht. Sie stand nur einen Schritt von ihm

entfernt. Alles war so unwirklich wie ein Traum. Ihre Stimme klang ihr selber verändert und spröde in den Ohren. »Ich wüßte nicht, was es zwischen uns noch zu besprechen gibt!«

Statt aller Antwort streckte er seine Hand aus und griff nach ihrem Arm. Die braune feste Männerhand hob ihn an. Er beugte sich vor und berührte ihren Handrücken mit den Lippen. Ein langer Kuß. Sie sah auf seinen gebeugten Kopf, sah den Ansatz der breiten, muskulösen Schultern unter dem dünnen Seidenhemd und schloß die Augen.

War denn die Wirklichkeit aufgelöst? Wo war ihr Wille? Wo war ihre Kraft, ihre Selbstbeherrschung? Durfte sie dies dulden? Durfte sie diese Küsse erlauben, die vom Handrücken aufwärts glitten, bis in die Armbeuge hinein? Sie spürte seinen warmen Atem auf ihrer Haut. Sie hörte seine Worte, leise gemurmelt, zwischen die Küsse eingestreut: »Aber Nata, Mädchen, ist das ein Empfang?«

Sie öffnete die Augen und sah über seine Schultern hinweg, wie draußen die Abendsonne ihre letzte Glut über Bäume und Sträucher warf. Sie spürte den Hauch von Kräutern und Blüten.

Jetzt hob er den Kopf. Jetzt sah er sie an. In seinen Augen stand dieses bedenkenlose, sieghafte Werben. Sie leuchteten. Sie brannten sich in ihr fest. Die Bewegung, mit der er sie an sich zog, war herrisch und selbstbewußt.

Noch ein letzter kleiner verzweifelter Widerstand, dann lag sie in seinen Armen. Sie spürte seine Lippen auf ihrem Munde. Sie fühlte, wie seine Hände über ihren Rücken streiften . . .

Die Kerze flackerte. Je mehr draußen das Licht verglomm, desto strahlender wurde ihr Schein. Er zog an, er lockte. Die ersten Nachtfalter taumelten trunken in den Raum und zauberten flackernde Schatten an die Wände.

Freytag flüsterte. Seine Stimme war dunkel und voller Verlokkung: »Hast du denn alles vergessen, Puppe? Weißt du noch, wie du in die Villa eingeschlichen bist, um deinen Paß zu holen? Denkst du noch an unsere erste Nacht auf Mallorca? Wie wir in die Bucht hinausgesegelt sind? Wie wir getanzt haben?«

Wieder lagen seine Lippen auf den ihren, forderten, nahmen, waren zärtlich und brutal zugleich. Mit letzter Kraft machte sich Renate aus seiner Umarmung frei.

»Aber was hast du denn, Nata?« lockte er. »Hast du die alte Geschichte noch immer nicht vergessen? Ich weiß, ich war blöd.

Aber ich konnte nichts dafür. Das hat doch alles die Parker gemanagt. In Wirklichkeit hab' ich immer nur dich geliebt! Nur dich! Komm!«

Wieder versuchte er, sie zu küssen. Seine Arme waren stark. Sein Mund lachte. Seine Hände waren voller Zärtlichkeit. Zärtlichkeit, die sie so lange entbehrt hatte. Sie wußte es jetzt.

»Ich bin verheiratet«, stieß sie hervor.

»Na – und?« lachte er. »Mich liebst du doch, und ich liebe dich! Das ist die Hauptsache!«

Dieses Wort. Daran hatte sie geglaubt. Dafür hatte sie einmal alles aufgegeben. Dafür war sie geflohen, für dieses eine Wort: Ich liebe dich! – Aber dafür war sie auch bereit gewesen, in den Tod zu gehen.

»Du hast mich betrogen«, sagte sie, und ihre Lippen bebten.

»Baby«, murmelte er und suchte ihren Mund, »noch immer die alte Leier! Hab' doch längst eingesehen, daß du die Einzige bist!«

Falter gaukelten um das Licht. Es wurde dunkel, wenn sie die Flamme verdeckten; es strahlte auf, wenn sie zur Decke emportanzten.

Ein stummes Ringen. Verzweifelt versuchte Renate, den Bann zu brechen, der sie stärker und stärker gefangennahm. Der von seinen Händen ausging, seinen Lippen, seiner Stimme, der sie lähmte, daß sie umzusinken drohte.

»Nein!« schrie sie auf. »Nein, es ist nicht wahr! Du hast mich immer betrogen! Vom ersten Augenblick an!«

Eine Sekunde lang erlahmten seine Arme. Sie machte sich frei. Sie taumelte zurück. »Ja!« schrie sie in verzweifelter Abwehr. »Du hast mich betrogen! Ich habe nicht dich geliebt, sondern in dir nur deinen Bruder – Robinson!«

Über Freytags Gesicht glitt ein Schatten. Ein kleiner Augenblick nur, dann lachten seine Augen wieder und suchten ihren Blick zu fangen. Aber dieser Augenblick genügte Renate, hinter den Sessel zu springen. Sie zitterte am ganzen Körper. Sie wußte, wenn er sie jetzt anrührte, war sie sein. War sie sein gegen alle Vernunft, gegen ihren Willen, gegen jede Überlegung. All ihre Worte taugten nichts, alle Argumente verloren ihre Kraft vor seiner strahlenden Männlichkeit.

Er sprach nicht. Er lachte, daß seine starken Zähne blitzten. Er streckte den Fuß aus und schob den Sessel beiseite, der sie von ihm trennte.

Half denn nichts vor ihm? Sie sah sich hilfesuchend um. Ein grüner Schmetterling umtanzte die Flamme. Seidig schimmerten seine Flügel auf, wenn er dem Lichte näher kam. Erst waren es weite Kreise, dann verengten sie sich, näher und näher zog ihn die Flamme. Und dann flog er ins Licht.

Ein häßliches Knistern! Tod und Vernichtung!

Da – jetzt hatten die suchenden Hände den Klingelknopf ertastet. Renate preßte ihn. Sie ließ ihn nicht los. Eilige Schritte kamen über den Flur. Freytag sah sich aufgeschreckt um.

»Der Herr möchte gehen«, sagte Renate heiser zu dem eintretenden Diener, »zeigen Sie ihm bitte den Weg!«

Die Tür schlug zu. Draußen heulte der Motor auf. Freytags Wagen kurvte kreischend durch die Ausfahrt. Dann Stille. Nun kam der Abend herein, der Anhauch der Kühle, das leise Wispern der Zweige, wenn der Wind durch die alten Bäume strich.

Renate löste sich aus der Erstarrung und begann im Zimmer auf und ab zu gehen. Sie war nervös. Sie schloß die Fensterwand und brannte alle Lichter an. Jetzt nur nicht allein sein! Jetzt nur keine Stille, kein Träumen in der anbrechenden Nacht!

Sie brauchte Schutz! Sie brauchte Hilfe. Mit diesem Erlebnis konnte sie nicht allein fertig werden.

Wo blieb ihr Mann? Warum war er jetzt nicht hier? Warum ließ er sie nur immer so allein?

Sie warf die Zeitschrift, die ihr in die Finger geraten war, auf den Tisch. Sie riß die Tür auf und lief durch den Anbau in die alte Villa.

Wie anders war die Welt in diesen Wänden; diese ruhige, ausgeglichene, sterile Arbeitswelt! Hier erschien alles in einem anderen Licht.

Das wußte sie nun. Während der letzten Wochen hatte sie viele Stunden im Laboratorium zugebracht und sich von Hertel seine Ziele und Methoden erläutern lassen. Sie war fasziniert von der Kühnheit seiner Gedanken und Versuche. Ihr Interesse an seinen Plänen wuchs mit jedem Erfolg, den er erreichte.

Und doch, jetzt gab es Wichtigeres!

Als Renate eintrat, beugte sich Hertel über die Reagenzglasständer seines Labortisches. Seine beiden Mitarbeiter standen dicht neben ihm und sahen auf seine Hände.

Renate war von der Tür schnell herangetreten und sagte: »Hans, entschuldige bitte, aber ich muß dich dringend sprechen!«

Hertel schob vorsichtig eine durchsichtige Kapsel in ein Glasröhrchen zurück. Die Enttäuschung über die Unterbrechung seiner Arbeit war ihm anzumerken. »Ja, dann«, sagte er stockend zu seinen Mitarbeitern, »bis morgen.«

Während der Assistent und die Laborantin ihre weißen Kittel auszogen und ihre Sachen zusammenräumten, hatte Hertel schon wieder eines der Glasröhrchen ergriffen: »Wir haben einen großen Tag heute, Nata! Wenn Rühle das doch noch erlebt hätte! Diese Kapseln ersetzen die umständlichen Injektionen, die wir bisher vor unseren Dauerschlafversuchen machen mußten!«

Renate sah zerstreut auf seine Hände. Sie wartete ungeduldig, bis sich die Tür hinter den beiden Mitarbeitern geschlossen hatte. Dann rief sie heftig mitten in seine Erklärungen hinein: »Hans, eben war Freytag Gomela hier!« Erst sah es so aus, als hätte Hertel sie überhaupt nicht verstanden. Dann schrak er zusammen und starrte sie entgeistert an: »Freytag Gomela? – Was wollte er denn?«

Renate begriff ihn nicht. »Freytag Gomela!« wiederholte sie laut. »Du weißt doch, wer das ist! Er kam einfach durch den Garten ins Zimmer! Ich habe ihn hinauswerfen müssen!«

Jetzt war Hertels Mißtrauen erwacht; aber es war ein Mißtrauen ganz anderer Art, als Renate erwarten konnte. – Gomela, das war der Name des Schlafenden! Freytag war sein Bruder! Suchte er nach ihm? – Hier? – Hatte er irgend etwas erfahren?

»Was hat er gesagt? Wollte er dich aushorchen?«

Renate sah ihn befremdet an. »Hans, um alles in der Welt, was ist mit dir los? Ich verstehe dich nicht! Du weißt doch genau, was dieser Mann . . .«

»Ach so!« Hertels Antwort kam sehr gedehnt, er atmete erleichtert auf. »Du meinst, er möchte die alten Beziehungen wieder anknüpfen? Solch eine naive Unverschämtheit!« Sein Blick wanderte zerstreut zu seinen kostbaren Kapseln zurück. Sie sah, wie seine Finger über die Glasröhrchen tasteten. »Sieh dir das bitte nur einen Augenblick an, Nata! Wir haben jetzt eine Droge, mit der wir jedes Lebewesen ohne besondere Vorbereitungen in Dauerschlaf versetzen können.« Er hatte ein Röhrchen aus dem Karton genommen und hielt es gegen das Licht.

Renate sah ihm mit zusammengezogenen Brauen zu. Sie war dem Weinen nahe. Da stand dieser Mann und begriff überhaupt nicht, was Freytags Rückkehr für sie bedeutete. Hertel strahlte vor Freude, daß er die geliebte Frau an seinem Glück teilnehmen lassen konnte. »Jede dieser weißen Perlen reicht für ein Kilogramm Körpergewicht. Und die roten hier für je zehn Kilo! Wir werden . . .«

Er fühlte sich heftig am Arm gepackt. Das Glasröhrchen fiel klirrend auf den Labortisch. Renate hatte ihn mit einem Ruck herumgerissen. »Hans«, schrie sie, »ich bin hierhergekommen, weil ich dringend deine Hilfe brauche!«

»Aber Nata«, sagte Hertel vorwurfsvoll, »beruhige dich doch! Ich denke, du hast ihn hinausgeworfen! Was soll ich denn da noch tun?«

»Ich bin überzeugt, daß er wiederkommt!«

»Das wird er nicht wagen.« Er zog seine Stirn in nachdenkliche Falten. »Und wenn, dann werde ich ihn selber vor die Tür setzen! Außerdem kann man doch den Dienstboten Anweisung geben, ihn nicht vorzulassen!«

Renate schüttelte den Kopf. Ein spöttisches Lächeln flog über ihr Gesicht. Dieser Mann! Er lebte in seiner Welt von Retorten, Gläsern und Phiolen und hatte nicht die geringste Vorstellung davon, wie es im wirklichen Leben zuging. »Der läßt sich von keinem Dienstboten aufhalten«, sagte sie verzweifelt. »Eine solche Szene darf es nie wieder geben. – Ich habe Angst!«

Ob er begriff, was hinter diesem Aufschrei lag? – Daß es ein Bekenntnis war? Er mußte es doch begreifen! – Aber er lachte nur. »Angst, Nata? Du und Angst?«

Sie trat einen Schritt zurück. In ihren Augen standen Tränen. Nein, hier gab es keine Zuflucht. Hier gab es keinen Trost und keine Hilfe. Wortlos schlug sie die Tür hinter sich zu und lief aufweinend zur Wohnung zurück.

Hertel sah ihr kopfschüttelnd nach. Seine Finger tasteten schon wieder über die kostbaren gläsernen Röhrchen.

36

Der nächste Tag brachte bleierne Hitze. Es hatte lange nicht geregnet. Kein Wölkchen stand am Himmel. Die Sonne strahlte erbarmungslos herab. Alles stöhnte unter dem unerwarteten Einbruch hochsommerlicher Temperaturen.

Im Park des Hertelschen Hauses hatte der Gärtner schon frühmorgens die Rasensprenger in Gang gesetzt, um das blühende Paradies vor dem Verdorren zu bewahren.

Renate saß auf der Terrasse im Schatten der Markise und sah ihm zu. Aber in ihren Gedanken tauchten die Tage auf Mallorca auf, die Vision eines unvergeßlichen Rauschglücks. Da ertönte lang anhaltend und dreist ein Dreiklanghorn. Freytag!

Sie sprang auf und jagte ins Haus. Sie riß den Telefonhörer hoch und rief das Labor an. »Ich möchte meinen Mann sprechen«, sagte sie hastig, als sich Hertels Assistent meldete.

»Ihr Herr Gemahl ist nicht anwesend«, sagte der junge Wissenschaftler höflich.

»Wo ist er denn? Ich muß ihn sprechen! Es ist dringend!«

»Ich glaube, er ist in seinem Privatlabor im Keller«, sagte der Assistent nach kurzem Zögern.

»Danke!« Renate wählte mit fliegenden Fingern die andere Nummer. Sie wußte, daß er in seinem Privatlabor irgendwelchen geheimnisvollen Experimenten nachging und dabei nicht gestört werden wollte. – Bitte ruf mich dort aber nur dann an, wenn es sehr dringend ist! hatte er ihr eingeschärft.

Jetzt war es dringend! Er mußte sofort kommen!

»Hans«, rief sie ohne jede Einleitung, als er sich endlich meldete, »dieser Gomela ist schon wieder vorgefahren! Ich möchte, daß du mit ihm sprichst! Bitte, komm! Sofort!«

Draußen hörte sie, wie Freytag den Gärtner mit einem ausgelassenen »Hallo!« begrüßte. Sie warf den Hörer in die Gabel.

Freytag kam unbekümmert in den Raum, als hätte er den Hinauswurf schon vergessen. »Hallo, Baby!« lachte er. »Mach nicht so 'n Regengesicht! Prima Wetter draußen! Wollte dich zu 'ner kleinen Spritztour abholen. Hab' meinen Schlitten im Hof. Könnten doch ein bißchen in den Taunus rutschen!«

Renate antwortete nicht. Aber Freytag ließ sich von dem stummen Empfang nicht beeindrucken. Er trat mitten in den Raum und zwinkerte vieldeutig. »Ich kenn' da 'ne nette kleine Pension. Mitten im Wald. Prima Essen. Frühstück auf der Veranda. Bin da schon mal gewesen.«

Renate verstand. Er meinte das kleine Gasthaus, in dem sie sich verborgen hatten, bevor sie nach Mallorca flohen. Ach, immer wieder diese Erinnerungen! Wie verlockend klang die Stimme, wie unbekümmert!

»Ich habe meinen Mann gerufen. Er wird jede Sekunde kommen«, sagte Renate warnend.

»Prima!« lachte Freytag. »Hab' mir schon lange gewünscht, deinen Holden mal kennenzulernen!«

»Dieser Wunsch dürfte sehr einseitig sein. Ich muß dich bitten, mein Haus nicht . . .«

In diesem Augenblick wurde die Flurtür aufgerissen. Es war Hertel. Aus den Taschen seines weißen Mantels baumelten die Gummischnüre seines Stethoskops.

»Was ist?« schrie er mit hochrotem Kopf. »Was geht hier vor?«

Dann sah er Freytag. Hertel taumelte. Sein Gesicht erblaßte. Er suchte mit tastenden Händen Halt an seiner Sessellehne. Er starrte Freytag an, als sei er ein Gespenst. Das war zuviel. Vor Sekunden noch hatte er am Lager Robinsons gesessen. Und hier stand er plötzlich vor ihm: wach, lebendig, braun gebrannt – die dunklen Augen voll sprühenden Lebens!

Freytag verbeugte sich lächelnd: »Gomela!«

Hertel wischte sich ein paarmal über die Augen. Er versuchte, sich zu fassen. Natürlich kannte er die Zusammenhänge. Natürlich wußte er, daß es Zwillingsbrüder waren. Aber der Anblick des lebensprühenden Mannes erschien ihm wie ein Hohn auf seine vergeblichen Bemühungen, Robinson aus seinem unheilvollen Schlaf zu wecken.

»Bin ein alter Bekannter von Renate«, sagte Freytag leichthin, während Hertel ihn entgeistert anstarrte. »Wollte sie gerade mal auf 'nen Sprung abholen – wenn Sie nichts dagegen haben. Kleine Spritztour in den Taunus. Bei der Hitze das einzig Vernünftige.«

Renate sah von einem zum andern. Sie sah, wie ihr Mann sich zitternd an der Sessellehne festhielt. Hohlwangig, bleich, vorzeitig gealtert, die Schultern vorgeneigt. Und dagegen Freytag. Wie gut ihm der saloppe Anzug stand! Er hatte inzwischen gelernt, sich anzuziehen. Sportgestählt, muskulös.

»Hans!« rief sie heftig. Hertel hatte sich setzen wollen. Er sah erschrocken zu ihr hinüber. »Hans!« wiederholte sie und stampfte mit dem Fuß auf.

Da begriff er endlich. Seine hagere Gestalt straffte sich. Richtig, dies war der Mann, der Renate belästigt und ihn in der Arbeit gestört hatte. Er hatte seinetwegen unten im Keller alles stehen- und liegenlassen müssen.

»Renate, geh bitte hinaus!« sagte er mühsam. In seiner Stimme zitterte die aufsteigende Wut. Er wartete, bis sich die Tür hinter ihr geschlossen hatte. Dann drehte er sich voll zu Freytag um. »Herr Gomela! Meine Frau hat mir gesagt, daß sie Ihnen schon gestern die Tür gewiesen hat. Sie scheinen nicht zu begreifen, daß Sie hier unerwünscht sind. Ihnen muß man es wohl sehr deutlich sagen: Ich verbiete Ihnen das Betreten meines Hauses! Und ich verbiete Ihnen jede Annäherung an meine Frau!«

Jetzt schrie er. Seine Stimme kreischte. Er hatte einen Arm erhoben und wies mit dem ausgestreckten Zeigefinger zum Garten hinaus. »Hinaus mit Ihnen – 'raus!«

Um Freytags Mundwinkel spielte ein belustigtes Lächeln. Er grub beide Hände tief in die Hosentaschen und wippte auf den Fußspitzen. Aber er machte keine Anstalten, sich vom Fleck zu rühren. »Sie müssen sich 'ne andere Tonart angewöhnen, wenn Sie mit mir reden wollen«, sagte er betont nachlässig. »Auf dem Ohr hör' ich nämlich schlecht.«

Hertel wurde grün vor Wut. Seine Hände verkrampften sich und fingen an zu zittern.

Freytag beobachtete ihn lauernd. Eine Prügelei wäre jetzt ganz nach seinem Sinn gewesen. »Geben Sie sich keine Mühe!« sagte er und zog ungerührt sein goldenes Zigarettenetui heraus. »Ich gehe schon – aber wann ich will! – 'rauswerfen lasse ich mich nicht. Da müßten andere kommen als Sie!«

Er steckte sich umständlich eine Zigarette an und warf das Streichholz achtlos auf den Boden. »Aber ich will Ihnen noch einen kleinen Tip geben: Bilden Sie sich bloß nicht ein, daß die Nata bei Ihnen bleibt! Ich wette tausend Dollar mit Ihnen, daß die Ihnen genauso durchgeht, wie sie damals ihrem Vater durchgegangen ist. – Die kenn' ich besser als Sie!« Damit drehte er sich gelassen um und schlenderte auf demselben Weg hinaus, den er gekommen war.

Hertel war vor Wut unfähig, sich vom Fleck zu rühren. Erst als Freytag schon den Kiesweg erreicht hatte, stürzte er hinter ihm her. »Sie«, schrie er, und seine Stimme überschlug sich, »wenn Sie sich hier noch einmal blicken lassen, rufe ich die Polizei!«

Freytag drehte sich um, winkte verächtlich ab, schwang sich dann in den Wagen und knallte die Tür zu.

Hertel wankte wie ein Blinder ins Haus zurück, ließ sich schwer in einen der Sessel fallen und griff mit zitternden Händen nach der Kognakflasche. Er stürzte ein Glas hinunter, lehnte sich zurück und schloß die Augen. Lange Zeit verscheuchte der ohnmächtige Zorn jeden klaren Gedanken. Und dazu diese Hitze! Diese zermürbende Hitze!

Er erhob sich mühsam und setzte die Klima-Anlage in Gang.

Wie hatte er wegen dieses Flegels nur so außer sich geraten können! Wie er dieses glatte Gesicht mit dem ironischen Grinsen haßte! – ›Sie wird Ihnen durchgehen, genauso, wie sie ihrem Vater durchgegangen ist!‹

Nata? Seine Nata! Er liebte sie doch! Er liebte sie doch wirklich! Und dennoch: War sie glücklich bei ihm? Fand sie wirklich, was eine Frau in einer Ehe erwarten durfte?

Er wandte sich vom Fenster ab und blickte geistesabwesend durch den Raum. Wo war sie überhaupt? Nata! Er brauchte ihre Nähe! – Richtig! Er hatte sie hinausgeschickt.

Wie von ungefähr war das Stethoskop in seine Finger geraten. Er hielt es vor sich und sah es erstaunt an. Was tat er hier damit? Was suchte er überhaupt noch hier? Er war aus dem Keller gekommen. Er hatte die Herztöne des Schlafenden abgehört. Dabei war er unterbrochen worden. Er sah sich hastig aus dem Keller eilen und die Tür . . . Um Himmels willen! – Hatte er auch nicht vergessen, sie zu schließen?

Er stürzte davon.

Als Renate das Zimmer verlassen hatte, hetzte sie den Gang zum Altbau hinüber. Sie hatte Angst. Würde Hertel überhaupt mit Freytag fertig werden? Der weltfremde Wissenschaftler mit diesem vitalen, rigorosen Burschen?

Wie unbeholfen hatte Hertel sich benommen! Ihr Vater hatte solche Situationen allein durch die Überlegenheit seiner Persönlichkeit gemeistert. Sie mußte auf Hertel warten. Er würde gleich wiederkommen. Es konnte nicht lange dauern. Hertel war im Keller gewesen. Dorthin würde er auch zurückkehren. Renate ging die Treppe hinunter.

Im Keller fiel ein schmaler Lichtstrahl in den Gang. Die Tür zum Privatlabor stand offen. Sie trat näher und zog die dickwandige Tür weiter auf. Das grelle Licht stach ihr in die Augen. Aber zugleich strömte ihr wohltuende Kühle entgegen. Sie blinzelte.

Weiße Wände. Eine weiße Decke. Ein weißgekachelter Fußboden. Blitzende Apparaturen. Chrom und Nickel. Gasflaschen in fahrbaren Ständern. Regale mit Phiolen, Ampullen und Reagenzgläsern. Behälter mit farbigen Flüssigkeiten und durchsichtige

Perlonschläuche. Wie von einer magischen Kraft angezogen, trat sie über die Schwelle.

Plötzlich erstarrte sie. Ihr Blick blieb gebannt an einem Stahlrohrgestell hängen.

Das war doch nicht möglich. Dort lag ein Mensch!

Mit klopfendem Herzen ging sie auf Zehenspitzen durch den Raum. Eine unwiderstehliche Gewalt zog sie zu diesem Lager. Sie handelte ohne jede Überlegung.

Ein Mensch!

Ihr Blick folgte unwillkürlich den Versorgungsbehältern, den Verbindungsschläuchen, den Meßinstrumenten, die die regungslose Gestalt umgaben. Nicht anders als im oberen Unterkühlungsraum. Sie kannte diese Einrichtungen.

Aber dort waren es Tiere. Hier war es ein Mensch!

Sie überwand die Scheu, hob das leichte dunkle Tuch von dem Gesicht des Schlafenden, ließ es aber sofort wieder sinken.

Nein – das war unmöglich! Das war ein Spukbild ihrer überreizten Nerven. Das konnte nicht sein! Das durfte nicht sein!

Sie griff taumelnd nach einem Halt.

Ihr war auf einmal, als gefröre ihr selber das Blut in den Adern. Dabei jagte es in stürmischen Stößen durch ihren Körper. Es brauste in ihrem Kopf, es vernebelte ihren Blick und bannte für Sekunden jede klare Überlegung.

Das war Robinson!

Das war der Mensch, dem sie nur Leid gebracht hatte. Der Mann, dessen Liebe vom ersten Augenblick an nur ihr gehört hatte und der von seinem Bruder um diese Liebe betrogen worden war.

Sie breitete die Arme und warf sich mit einem dumpfen, qualvollen Stöhnen über die leblose Gestalt. Sie faßte den Kopf mit beiden Händen und ließ ihn gleich wieder los, als sie die Kälte spürte. Sie schrie auf. Die kalten Wände warfen ihren Schrei zurück. Doch niemand kam. Niemand half.

Zaghaft tasteten ihre Finger nach der Hand des Mannes.

»Robinson!« flüsterte sie leise.

»Robinson«, flüsterten die Wände zurück.

Die Vergangenheit stand auf.

Ferne, halbvergessene wispernde Stimmen. ›Leben, sterben und wieder leben!‹ Das war auf dem Jahrmarkt gewesen. Dort hatte er ihre Hand einmal in der seinen gehalten, sich darübergebeugt und sie geküßt. ›Werden wir uns wiedersehen?‹ hatte seine dunkle Stimme betörend geflüstert.

Ein anderes Bild tauchte auf. Ein verschossenes Jahrmarktzelt, die Menge dichtgedrängt, und vorn auf der Bühne stand er und hielt die Fackel, bewegungslos wie eine Bronzestatue. Auf seiner olivbraunen Haut spielte der flackernde Schein. – Damals hatte sie ihn geliebt, geliebt aus dem Augenblick heraus, ohne zu fragen, ohne etwas von ihm zu wissen!

Wie grausam war er betrogen worden! Wie übel hatte man ihm mitgespielt! Jetzt wußte sie es. Er hatte sie mit bedingungsloser Hingabe geliebt. Und er war sich selber und dieser Liebe immer treu geblieben – anders als sie!

Sie schlug die Hände vors Gesicht.

Wie oft hatte sie an ihn gedacht! Sein Bild war aus dem Dunkel aufgetaucht, wenn sie in Gedanken den wirren Wegen folgte, die das Schicksal sie hatte gehen lassen. Doch immer war es ein schmerzliches Erinnern gewesen. Das Erinnern an einen Traum, der zu schön gewesen war, in diesem Leben Erfüllung finden!

Sie beugte sich vor und tastete mit den Fingerspitzen über seine Stirn, seine Wangen. Wie kalt, wie entsetzlich kalt! Wie fern er war! Wie unerreichbar fern! »Robinson«, flüsterte sie.

Eine alte brüchige Stimme raunte in ihren Ohren: ›Gehören zusammen wie Sonne und Mond.‹ – Das lag so weit zurück – so weit! Dieser Mann, dessen leblose Hand sie hielt, war jetzt in einer Welt, die ihr verschlossen blieb.

Einen Augenblick wünschte auch sie, in tiefes Vergessen zu versinken. Einen Augenblick sehnte sie sich danach, allem Leid der Gegenwart zu entrinnen und die Gnade der Bewußtlosigkeit zu erfahren. Ihr Leben stand vor ihr auf. Hohl, sinnlos, vertan, vergeudet. Nichts als Unglück hatte sie gebracht, die nichts als Liebe hatte bringen wollen.

Plötzlich erwachte sie aus ihrer Lethargie. Sie richtete sich auf.

Hier war ein Verbrechen geschehen! Mit einem Schlage glaubte sie die Zusammenhänge zu begreifen. Man hatte diesen Mann aus dem Wege geräumt! Man hatte ihn beiseite geschafft, weil er sie liebte. Wer? Wer war das gewesen? Hertel?

Hertel allein? Hatte nicht ihr Vater damals mit allen Mitteln versucht, sie von dem »Schaubuden-Jüngling« zu trennen?

Nein, sie durfte diesen Gedanken nicht zu Ende denken!

Mißtrauen und maßloser Zorn stiegen in ihr auf. Vom ersten

Tage an hatten sich alle verschworen, ihr diesen Mann zu nehmen. Den Mann, den sie liebte. Haß, Wut und Mitleid kämpften in ihr und nahmen ihr die Fähigkeit, folgerichtig zu denken.

Sie stand hochaufgereckt. Ihre graublauen Augen waren hart und entschlossen. Sie würde nicht ruhen, bis dieser Mann wieder frei war. Sofort mußte Hertel ihn wecken!

Hertel, ihr Mann! – Welch verbrecherisches Spiel hatte er mit ihr getrieben! Deshalb also diese Heimlichkeiten. Deshalb wohl auch ihr eigener innerer Widerstand gegen ihn. Deshalb war ihre Ehe nicht geraten. Ihr Instinkt hatte sie richtig gewarnt, wenn er sich ihr zu nähern suchte. Jetzt haßte sie ihn!

Schritte auf der Treppe. Hastige, überstürzte Schritte. Eine Stimme, schrill und haltlos. »Renate! Renate!«

Die Stahltür kreischte in den Angeln. Hertel stand auf der Schwelle. Er stürzte auf sie zu. Die Schöße seines weißen Mantels flatterten. Sein Gesicht war verzerrt. Die Haare hingen ihm wirr ins Gesicht. Als er sie vor dem Lager sah, fielen seine vorgestreckten Arme kraftlos herab. »Renate!« Sie stand starr und sah ihm kalt entgegen. Sie war plötzlich ganz ruhig. »Wer hat das getan?«

Hertels Blick wanderte von ihr zu Robinson; fiebrige Röte und tödliche Blässe wechselten in seinem Gesicht. Er setzte an zu sprechen, aber kein Laut wollte über seine Lippen.

»Wer hat das getan?« wiederholte Renate.

Hertel senkte den Kopf. »Bitte, laß dir erklären«, murmelte er undeutlich.

»Danke«, sagte sie messerscharf, »ich brauche keine Erklärungen! Das erklärt sich von selber. Das und dein Gesicht. Du hast diesen Mann eingeschläfert, um ihn aus dem Wege zu räumen. Er war eine Gefahr. Du wolltest mich heiraten, mich und mein Geld. Du hattest dich in das Vertrauen meines Vaters geschlichen! Aber dieser Mann stand noch im Wege!«

»Nata!« stöhnte er auf und hob beschwörend die Hände. »Hör auf! Ich kann es nicht ertragen. Es ist alles ganz anders!«

Aber sie sprach weiter, hart, mitleidlos: »Jetzt habe ich dich erkannt. Und jetzt werde ich sprechen, und du wirst zuhören! Du hast Fräulein Runau betrogen. Das hätte mich warnen sollen! Erst Fräulein Runau hat es mir nach unserer Hochzeitreise sagen müssen, daß ihr verlobt gewesen seid! Du warst zu feige dazu! Und meinen Vater wirst du genauso bewogen haben, mich von Mallorca abzuholen, weil du dort meine Hilflosigkeit so wunderbar für deine Pläne ausnutzen konntest. Und du hast ihm auch diesen teuflischen Gedanken eingeimpft, deinen letzten Nebenbuhler auf so gemeine Weise aus dem Wege zu räumen!«

»Nein!« schrie er auf.» Dein Vater hat nichts damit zu tun! Er hat es nicht gewußt! Er hatte mir jeden Menschenversuch verboten! Als er es erfuhr . . .« Hertel schlug die Hände vor die Augen.

»Was sagte er da?« fragte Renate mit unheimlicher Ruhe.

»Die Runau muß es ihm erzählt haben!« Er sah mit schmerzdurchwühltem Gesicht auf. »Kurz darauf ist er gestorben!«

Sie fuhr zurück. »Nein«, schrie sie, daß es widerhallte, »bleib dort stehen, wo du bist! Komm nicht näher!«

Dann sprach sie langsam, mit leiser Stimme, als müsse sie den Sinn ihrer Worte erst mühsam selber erfassen: »Du hast also auch den Tod meines Vaters auf dem Gewissen!« Sie übersah die flehentlich ausgestreckte Hand. Sie überhörte die Worte, mit denen er sie beschwor. Er bekannte alles. Er verschwieg nichts. Er erzählte rückhaltlos, wie es zu diesem verhängnisvollen Menschenversuch gekommen war. »Ich liebe dich wirklich, Nata«, schloß er hilflos. »Ich habe dich immer geliebt, und du darfst mich jetzt nicht verlassen!«

Mitten in seine Worte hinein befahl sie: »Weck ihn auf!«

Er fuhr zurück.

»Weck ihn auf!« wiederholte sie hart. »Warum läßt du ihn jetzt noch schlafen? Dein schöner Plan ist mißglückt! Jetzt habe ich ihn gefunden! – Ihn gleich ganz umzubringen, dazu warst du natürlich zu feige!«

»Nata«, sagte er, »so höre doch! Glaube mir . . .«

Sie unterbrach ihn. »Wie soll ich noch glauben können!« sagte sie bitter. »Ich bin zu oft belogen worden! – Weck ihn auf! Er mag mir dann selber sagen, ob alles so gewesen ist, wie du es schilderst. Er ist ehrlich. Er wird mich nicht belügen!«

Sie strich mit den Fingerspitzen über Robinsons Stirn, über seine kalten Wangen.

Hertel rührte sich nicht, er starrte sie nur an. Seine Augen bettelten wie die Augen eines Hundes.

Sie fuhr herum. »Worauf wartest du noch?« schrie sie. »Beginn doch schon mit den Vorbereitungen! Ich helfe dir. Ich habe schon öfter assistiert. In ein paar Stunden kann er wach sein. Was zögerst du denn noch?«

Hertel wandte sich ab. Er reckte beide Arme empor und trat vor die weißgekachelte Wand. Er trommelte mit den Fäusten gegen die Mauer, daß es dröhnte. »Ich kann ihn nicht wecken!« schrie er verzweifelt. »Das ist es doch. Ich habe es versucht. Ich kann ihn nicht wecken! – Ich kann ihn nicht wecken!«

37

In der Ostendstraße auf dem leer gewordenen Winterplatz der Wohnwagen hockte Möckel am Nachmittag desselben Tages auf dem Treppchen seiner einsamen Maringotte und wartete voller Ungeduld auf Elviras Rückkehr. Er hatte sie in geheimer diplomatischer Mission weggeschickt: sie sollte sich bei einem Kollegen, der mit einer größeren Schaubude in der Nähe Frankfurts gastierte, umhören, ob er vielleicht einen Wirkungskreis für den Theaterdirektor a. D. Gotthelf Möckel wüßte.

Viel Aussicht bestand nicht. Trübselig starrte Möckel auf den weiten, leeren, staubigen Platz. Endlich sah er Elviras helles Sommerkleidchen am Ende der langen Straße auftauchen. Er erhob sich hastig und eilte ihr ein paar Schritte entgegen.

»Nun, hast du etwas erreicht?« rief er schon von weitem.

Elli zuckte die Achseln und schüttelte den Kopf.

»Hast du dich deines Auftrages wenigstens mit den gebotenen Delikatessen entledigt, Kind?« fragte Möckel müde.

»Sowieso. Übrigens war er gar nicht da. Ich hab' nur mit seiner Frau gesprochen. Sie läßt schön grüßen, aber es ginge ihnen nicht so üppig, daß sie sich einen Direktor Möckel leisten könnten.«

Das war eine Absage nach Möckels Geschmack; sein kummervolles Gesicht hellte sich ein wenig auf. Dennoch verriet sein gebeugter Rücken grenzenlose Mutlosigkeit.

»Aber etwas anderes«, sagte sie schnell. »Ich habe Mutter Klemm getroffen.«

Möckel sah auf: »Ah, Madame Klemm, eine große Dame, eine wirkliche Dame! Hoffentlich hast du ihr meine gebührenden Reverenzen ausgerichtet.«

Sie waren in der Küche des Wohnwagens angekommen. Elvira ließ die Fenster herunter und schob einen Klotz unter die geöffnete Tür, um frische Luft in den Wagen zu bringen.

»Das können Sie selber machen, Herr Möckel«, sagte sie. »Mutter Klemm ist gleich mitgekommen. Sie hat nur noch eine kleine Besorgung zu erledigen, dann wird sie hier sein.« Möckel richtete sich erfreut auf. »Sie kommt hierher? Mein Gott, warum sagst du das nicht sofort? Wir müssen für die nötige Proppertät sorgen. Was hat meine alte Hose hier zu suchen? – Weg damit! Mutter Klemm sieht alles. Setze sofort Kaffeewasser auf. Kaffeebohnen sind noch da. Sie trinkt gern einen starken.«

Hastig entfernte er das Tuch, das die amerikanische Freiheitsstatue vor dem Verstauben schützte. Er stellte die Uhr richtig und zog sie auf. Er holte ein schreiend buntes Plaid aus dem Schlafraum und breitete es über dem fadenscheinigen Samt des Sofas aus. Elli mußte mit der geblümten Sonntagsdecke und den feinen Goldrandtassen den Tisch decken.

Als Möckel endlich auch daran dachte, seinen äußeren Menschen diesem vornehmen Besuch anzupassen, war es schon zu spät. Er stand in Hosenträgern, als die Treppenstufen unter dem schweren Schritt der alten Frau knarrten.

»Madre Dios!« rasselte die bekannte rostige Stimme. »Der Herr Theaterdirektör persönlich! Welche Freude, welche Ehre!« Mutter Klemm deutete eine zeremonielle Verneigung an, wobei sie den rechten Arm geziert in die Luft hob.

Möckel erwiderte diesen Gruß trotz baumelnder Hosenträger entsprechend feierlich. »Senora Bertina! Ich weiß die Ehre zu schätzen, die Sie dem bescheidenen Heim eines Künstlers erteilen. Ganz meinerseits die Ehre, ganz meinerseits.« Er steuerte Mutter Klemm zum Kanapee.

»Nehmen Sie doch Platz, Madame! Elli wird sofort den Mokka kadenzen.«

Während Elli die Tassen füllte, verbreitete sich Möckel über seine phantastischen Zukunftspläne.

Mutter Klemm hörte geduldig zu. Sie kannte ihren Kollegen Möckel. Ihre scharfen schwarzen Pupillen musterten unter gesenkten Lidern unablässig den kleinen Raum, registrierten und bewerteten. Sie wußte Bescheid. Sie hatte längst erfahren, daß der alte Möckel vor dem Ruin stand. Darum war sie hier. Ebenso, wie sie wohlsituierte Besucher nach Kräften ausnahm, war sie zu jeder Hilfe bereit, wenn einer der Fahrenden in Not geriet.

Endlich schien es ihr genug geschwafelt. »Meine liebe Herr Direktör«, sagte sie, »alles schön, alles gut. Aber Kunst geht nach

Brot. Wer nicht auftritt, muß nagen an die Hungertuch! Und wenn Kassa leer, sind magere Zeiten.«

Doch damit kam sie bei Möckel schlecht an. Nie hätte der Stolz des alten Mannes es zugelassen, einem anderen die eigene Not einzugestehen. Er legte die Hand auf die Brust: »Nicht auftreten?« fragte er pathetisch. »Ich glaube, Sie verstehen das falsch, Madame. Ich bin in die Stille gegangen, um aus mir zu schöpfen. Große Pläne bewegen mein Herz. Eine überdimensionierte, eine fulminante Attraktion werde ich auf die Beine stellen! Sie werden staunen. Einen großen Künstler habe ich bereits engagiert, einen Star aus Hollywood! Ich schmiede Sensationen. Ich pflege den Leib in Ruhe für die großen Anstrengungen, die in der nahen Zukunft meiner harren!«

Elli lauschte diesem Gesang mit bitteren Gefühlen. Schon lange bestritt sie mit ihrem bescheidenen Einkommen den ganzen Haushalt. Wenn auch Möckel keine Ansprüche stellte, so war es doch mühsam genug, zwei Menschen über Wasser zu halten.

»Papperlapapp«, unterbrach Mutter Klemm Möckels Redestrom. »Bin ich gekommen mit klares Angebot. Weil keiner wagt, mit der große Direktör ein offenes Wort zu sprechen! Wenn Senor Möckel selber Schau machen, habe ich nix mehr zum Sagen. Aber wenn er bereit ist, in eine andere Etablissement eine gute Position zu akzeptieren . . .« Sie lehnte sich ins Kanapee zurück, ihre schmalen Lippen schlossen sich. Sie konnte hart, unpersönlich und unnahbar aussehen.

Möckel geriet ins Schwitzen. »Ja, also gewissermaßen«, stotterte er unbeholfen. »Vielleicht könnte ich für eine temporäre Zeit meine eigenen Pläne zurückversetzen . . .«

»Ist nämlich Posten frei, wo Besitzer im Krankenhaus liegt!« sagte Berta Klemm fest. »Habe in seine Sterne gelesen. Uranus sehr schlechte Konstellation. Wird lange liegen – vielleicht nie mehr aufstehen! Vier Wagen, Senor Möckel, große Bude. Zaubertheater! Wunderschöne Requisitos. Viele Kinstler. Aber Sie wissen, wenn nicht einer da ist mit eiserne Faust, dann alles läuft auseinander. Kein Auftritt klappen. Kinstler wie Kinder. Immer zu spät und immer unakkurat. Muß einer da sein mit große Stimme und Repräsentation und Theaterblut in Adern! Und muß auch einer da sein für Publikum.«

Möckel hatte sich halb von seinem Sitz erhoben. Sein altes, faltiges Gesicht belebte sich. Die Augen begannen zu strahlen.

Er fuhr Mutter Klemm in die Rede: » Ich verstehe, Madame. Muß einer sein, der dem verehrungswürdigen Publikum Offerte macht. Der auf den Brettern der hohen Kunst steht mit erstklassischer Bildung im Leibe. Hohe und höchste Herrschaften visitieren die Darbietungen des Jahrmarkts. Sie müssen sofort erkennen, daß ein wahrer Künstler sie anspricht. Ihre Seele muß sich bei seinen Worten öffnen. Genau wie ihre Portoföllje.«

Er war aufgesprungen. Er stand mitten in der Maringotte, beide Handflächen erhoben, um ein vor Begeisterung rasendes Publikum zur Ruhe zu bringen. »Hoch zu verehrende Damen und Herren! Als Direktor des Etablissemangs habe ich die Ehre . . .«

Mutter Klemm holte ihn hart auf den Boden der Tatsachen zurück. »Bekannt, Senor Möckel. Alles bekannt. Mir brauchen Sie nicht vorsingen alte Verse. Nie bessere Direktör auf die Jahrmarkt als Senor Möckel, alle wissen. – Also: Wollen Sie akzeptieren Posten bei kranke Besitzer?«

Möckel war tief bewegt. Er suchte mit zitternden Händen nach seinem großen Taschentuch. Er mußte sich abwenden, um vor soviel unverhofftem Glück nicht seine Rührung zu verraten.

»Oh«, sagte er schließlich, »ja natürlich, gerne! Ich komme persönlich. Und meine Stars bringe ich mit! Elli wird tanzen. Außerdem«, fuhr er geheimnisvoll fort, »ich habe einen Künstler engagiert. Er war lange in den Staaten. Er bringt die Moderne, das Rock und das Roll. Ein Mann, der das Publiko mit Begeisterungsstürmen fesselt allein, wenn er auftritt!«

Ein Schatten fiel vom Eingang her in den Raum. Ein Mann stand im Türrahmen. Er hielt sich am Pfosten fest. Er schwankte. Alle drei fuhren herum und starrten ihn an.

Es war Freytag. Sein silbergrauer Anzug war ölverschmiert, das Jackett an der Brust aufgerissen. Sein Hemd stand halb offen, die Krawatte hing in Fetzen über der Schulter. Mit verglasten Augen musterte er die Runde und stieß auf.

»Guckt nicht so blöde!« lallte er. »Habt wohl noch nie 'nen Besoffenen gesehen, was?«

Er stolperte drei Schritte in den Wagen und warf sich in den Korbsessel. Er streckte die Beine lang von sich. Die Haare hingen ihm wild in die Stirn, das Gesicht war dreckverschmiert, und die Hände sahen aus, als hätten sie gerade einen Motor zerlegt.

Die erste, die sich faßte, war Mutter Klemm. Sie lachte begeistert auf: »Ist das Ihre Star, Herr Direktör? Meine Freytag!

Große Star aus Hollywood! Hab' mir schon so was gedacht!«

»Kleinen Unfall gebaut«, murmelte Freytag undeutlich. Die Augen hatte er schon geschlossen. »Pech gehabt! Leider ist die Karre im Eimer. Stand so 'ne dämliche Laterne im Weg.«

»Meine Freytag!« jubelte Mutter Klemm und kam um den Tisch herum. Sie kümmerte sich nicht um sein verdrecktes Aussehen. Sie zog ihn hoch und schmatzte ihm einen Kuß auf die Wange. »Mein großer Junge! Hab' immer gesagt: Muß mehr Schläge haben! Was hast du wieder angestellt, Bambino?«

Freytag öffnete die verquollenen Augen einen Schlitz breit und grinste: »War bei der Krabp. Gestern schon. Und heute wieder. Hat mir 'ne Abschiedsvorstellung gegeben. Ging mir so 'n bißchen unter die Haut, die Sache. Aber wenn du keine Zechinen hast, dann klappt es nie. Nur wenn man dick drin sitzt, dann kommt's von allen Seiten! Plenty much! Und dann steht mir so 'ne blöde Laterne im Weg. Hatte hundert drauf.«

Elli beugte sich nieder, um jedes Wort mitzubekommen. »Was hast du gemacht?« fragte sie ungeduldig.

»Na, dann habe ich mir einen eingekübelt. Mädchen futsch. Wagen futsch. Da bleibt einem ja nichts anderes übrig!«

»Ich will wissen, was du bei der Krabp angestellt hast!« rief Elli und schüttelte ihn.

»Gar nichts!« lallte Freytag schon halb im Schlaf. »Bin nicht gelandet!« Er begann zu schnarchen.

»Ja, und wann . . .?« Möckel fuhr auf. Seine Augen glänzten wie im Fieber. Er hatte von der ganzen Unterredung nichts mitbekommen. Er hatte schon gewaltige Pläne gewälzt. » . . . wann soll ich die Premiere vorbereiten?«

Mutter Klemm drehte sich zu ihm um: »Wann Sie wollen. Brauchen nur telefonieren, und die Trecker wird ziehen Ihre Wagen zum Markt; kann ich gleich mitfahren!«

Da atmete Möckel tief auf. Er hob beide Hände vor sein Gesicht, und jetzt rannen echte Tränen seine Backen herunter. »Ach, welch ein Glück«, stammelte er, »Fortunata hat gelächelt!«

Der Tag ging so zu Ende, wie er begonnen hatte. Bleierne Hitze lagerte über der Stadt und lähmte alles Leben. Auch der Abend brachte keine Linderung. Matt und regungslos standen Bäume und Sträucher im Garten der Hertelschen Villa.

Renate hatte die Fenster ihrer Zimmer weit geöffnet, aber die

Hitze war draußen fast drückender als drinnen. Ihre Gedanken kehrten immer wieder zu demselben Punkt zurück.

Seit dem Tode ihres Vaters war sie allein auf der Welt. Aber noch nie hatte sie sich so einsam und verlassen gefühlt wie jetzt.

Sie warf sich aufs Bett. Sie setzte sich in den äußersten Zimmerwinkel – immer wieder trieb es sie hoch. In stummer Verzweiflung lief sie ruhelos durch die Räume.

Robinson mußte geweckt werden; das war das einzige, was feststand. Hertel konnte es! Hertel allein! Aber er weigerte sich.

Es paßte ihm nicht in seinen Plan! Sie ballte ihre Hände.

Luft! Ihr war, als müsse sie ersticken. Sie eilte auf die Terrasse und lehnte sich über die Brüstung. Auch hier diese bleierne Schwere. Sie griff aufstöhnend mit beiden Händen an ihre Stirn. Wenn sie wenigstens schlafen könnte!

Sie kramte sinnlos in der Nachttischschublade. Das Röhrchen mit Schlaftabletten rollte ihr entgegen. Sie öffnete es und ließ die weißen Tabletten in ihre Handfläche fallen.

Ein Schauder durchfuhr ihren Körper. Plötzlich stand die Nacht auf Mallorca wieder vor ihr. Die Nacht der völligen Leere, in der sie versucht hatte, mit solchen Tabletten allem zu entkommen.

Mit einer heftigen Bewegung warf sie die Tabletten ins Waschbecken. Nein, noch einmal würde sie nicht so feige sein!

Hertel, ihr Mann, er hatte es in der Hand, ihre Sorgen zu lösen. Aber er wollte nicht!

Nun, dann mußte sie ihn zwingen. Renates Herrschernatur, Krabps Erbteil, brach sich Bahn. Was war er denn schon gewesen, dieser Hertel, bevor er sie heiratete? Ein Unbekannter im weißen Kittel. Erst die großzügige Hilfe ihres Vaters hatte ihn aus der Masse herausgehoben, hatte ihm diese unbeschränkten Möglichkeiten in die Hand gegeben. Und wie hatte er sie mißbraucht!

Nein, es hielt sie nicht mehr im Zimmer. Sie riß die Tür auf und ging aufgereckt durch den Flur, entschlossen, Hertel zum Handeln zu zwingen.

Hertel stand im weißen Kittel vor seinem Arbeitstisch. Er sah ihr blinzelnd entgegen und ließ erschrocken die Hände sinken.

Renate trat mit harten Schritten an seinen Tisch. »Nun«, fragte sie schneidend, »wie weit bist du? Hast du alles vorbereitet?«

Er starrte sie mit offenem Munde an. Er verstand sie nicht.

»Wie weit du bist, will ich wissen!« rief sie.

Hertel räusperte sich, seine Lippen waren spröde und aufgerissen. Er mußte sie anfeuchten, um sprechen zu können. »Aber ich habe dir doch gesagt . . .«

»Ich will nicht wissen, was du mir gesagt hast!« schrie sie völlig außer sich. »Ich will, daß du ihn weckst! Und zwar sofort!« Ihre Augen wanderten über den Tisch, an dem er gearbeitet hatte. Notizen, Stethoskop, Füller, Bleistift – das Schlüsselbund!

Ihr Blick blieb daran hängen. Ihre Hand schnellte vor und ergriff die Schlüssel. »Komm!« sagte sie eisig. »Ich werde dir zeigen, was du zu tun hast, wenn du es selber nicht weißt!« Hertel war aschfahl geworden.

»Gib die Schlüssel her!« keuchte er.

»Ich denke nicht daran«, sagte sie. »Dies ist mein Haus. Du willst mir doch nicht etwa den Zutritt zu meinen eigenen Räumen verbieten!«

Hertel atmete heftig. Seine Augen waren die Augen eines Wahnsinnigen. Seine Stimme überschlug sich: »Gib die Schlüssel! Es sind meine Schlüssel! Du hast kein Recht . . .«

»Gib dir keine Mühe!« sagte Renate eisig. »Erst wenn du ihn weckst . . .«

Er blieb stehen und preßte beide Hände vors Gesicht. »Ich habe dir doch gesagt, daß ich ihn nicht wecken kann!« jammerte er haltlos. »Ich habe es dir doch gesagt!«

»Du hast so viel gesagt, so viel gelogen! Du hast meinen Vater auf dem Gewissen! Robinson soll nicht der zweite sein. Du wirst ihn wecken, ich werde dich zu zwingen wissen!«

Hertel sackte auf einem Hocker zusammen.

Die Luft war abgestanden. Sie legte sich schwer auf die Lungen. Der Geruch der Chemikalien brannte in seinen überanstrengten Augen. Schweißperlen standen auf seinem kalkigen Gesicht und liefen die Stirn hinunter. Er wischte sie nicht ab.

»Zum letztenmal: Wirst du ihn jetzt wecken oder nicht?«

Hertels Finger krallten sich zusammen. »Nein!« schrie er. »Nein, nein, nein! Weil ich es nicht kann! Tu doch, was du willst, wenn du mir nicht glaubst!«

Er sprang auf. Seine Augen hetzten durch den Raum. Er riß sich den weißen Kittel vom Leibe und schwankte aus der Tür.

Renate hörte, wie sich sein Schritt verlor. Sie war allein.

Ihre Blicke glitten leer durch das Labor. Überall Kacheln, blitzender Chrom, weiße Emaille. Auf Hertels Arbeitsplatz eine geöffnete Packung. Glasröhrchen mit weißen und roten Perlen.

Sie trat näher. Sie erinnerte sich sofort. Das war das neue Mittel, die Droge, die ein müheloses Einschläfern ermöglichte:

Da war auch die Anweisung:

Weiß: 1 Perle je 1 kg Körpergewicht
Rot: 1 Perle je 10 kg Körpergewicht

Renate starrte lange bewegungslos auf die seltsam schillernden Perlen. Ein phantastischer Gedanke durchblitzte sie. Ein ungeheuerlicher Gedanke.

Dieses Mittel!

Wenn sie sich nun selber einschläferte? Hertel würde sie wecken müssen! Und dann war bewiesen, daß Robinsons Dauerschlaf nur von seiner Willkür abhing.

Sie zauderte. Etwas in ihr sträubte sich noch dagegen, abermals den Weg ins Dunkel zu gehen. ›Niemand darf gegen die Gesetze des Lebens verstoßen!‹ hatte ihr Vater einmal gesagt.

Aber war es nicht ihre Aufgabe, Robinson zu helfen? Lag denn nicht darin überhaupt der tiefere Sinn ihres Vorhabens? Sie tat es für ihn! Sie atmete tief auf. Schon zerrten ihre Finger den Verschluß von einem der Röhrchen. Schon hatte sie sechs der glänzenden roten Perlen in ihr Handinneres gespielt.

Wenn aber Hertel in seiner Verschlagenheit doch einen Weg fand, ihr Verschwinden zu verheimlichen?

Nein, sie mußte ganz sichergehen.

Sie zog einen Stuhl heran, sie suchte Feder und Papier und begann zu schreiben. Die Buchstaben wurden groß und ungelenk. Hatte sie denn Tränen in den Augen?

Lieber Herr Dr. Mühlberg!

Wenn ich mich vier Tage nach Erhalt dieses Briefes nicht bei Ihnen gemeldet habe, dann kommen Sie doch bitte in das Laboratorium meines Mannes. Sie finden mich im Keller, im neuen Unterkühlungsraum. Veranlassen Sie dann alles Notwendige – wenn es sein muß, mit Hilfe der Polizei! Ihre Renate Hertel, geb. Krabp

Sie verschloß den Umschlag mit zitternden Fingern und adressierte ihn an den alten Justitiar des Hauses. Dann rief sie durchs Haustelefon das Mädchen herbei. Ihre Stimme verriet Hast und Ungeduld. Sie hatte schon einen neuen Bogen vorgenommen. Sie schrieb ohne Anrede.

Mich wirst du wohl wecken müssen! R.

Sie faltete das Blatt und schob es in ihren Halsausschnitt. Das Mädchen trat ein. Renate reichte ihr das erste Schreiben. »Tragen Sie den Brief zum Briefkasten. Aber bitte sofort!«

Das Mädchen sah betroffen in das aufgewühlte Gesicht der jungen Frau und huschte hinaus.

Jetzt war keine Sekunde zu verlieren. Hertel durfte sie nicht entdecken, bevor der Tiefschlaf eingetreten war.

Sie hielt die Kügelchen fest in der Hand verschlossen und eilte in den Keller. Sie mußte ihre Hände gewaltsam zur Ruhe zwingen, um den schmalen Schlitz im Sicherheitsschloß finden zu können. Dann stieß sie die Tür auf. Sie zog den Schlüssel ab und nahm das ganze Bund mit in den Raum.

Erst als sie sich eingeschlossen hatte, atmete sie auf. Jetzt brauchte sie Hertels vorzeitige Rückkehr nicht zu fürchten. Bis er die Tür aufbekam, würden Stunden vergehen.

Welche wohltuende Kühle! Welch Stille in diesem Raum! Und dort lag er; so wie sie ihn am Morgen gesehen hatte. Robinson!

Sie klappte das Leichtmetallgestell neben seinem Lager auseinander. Sie richtete sich selber das Bett, auf dem sie schlafen wollte. Sie trat an das Waschbecken und füllte ein Glas. Dabei sah sie ihr Gesicht im Spiegel. Es war erschreckend bleich. Es war gezeichnet von den Qualen dieses Tages. Aber ihre Augen glänzten in einem neuen, fast überirdischen Licht.

»Bald wirst du wieder leben, Robinson!« flüsterte sie. Unbewußt glitt ein zärtliches Lächeln über ihr Gesicht. »Wir beide werden wieder leben«, ergänzte sie für sich.

Hastig spülte sie sechs Kügelchen mit dem Wasser herunter. Dann trat sie an das vorbereitete Lager und streckte sich aus. Wie magnetisch angezogen glitt ihr Blick zu Robinson hinüber. Dunkles Haar kräuselte um seine blasse Stirn. – Einmal waren ihre Hände durch dieses Haar geglitten, damals, auf Mallorca, vor dem weißen Haus über dem Meer. Als sie ihn für Freytag gehalten hatte. Nie würde sie diesen einzigen flüchtigen Augenblick vergessen, als sie ihm so nahe gewesen war.

Noch sah sie seine Augen dicht vor sich, zuerst scheu und unruhig, dann aufstrahlend in schrankenloser Liebe. Noch fühlte sie sein anfängliches Widerstreben, dann aber wurden sie eins in dem endlosen erlösenden Kuß, und mehr als Worte vermögen, hatte ihr seine leidenschaftliche Umarmung gesagt, daß es auch für ihn keinen anderen Menschen auf der Welt gab als sie. Niemand hatte sie so geküßt, keinen sonst hatte sie geliebt als ihn – Robinson.

Sie meinte die sanfte, herbstliche duftende Luft zu spüren, die sie schmerzlos, schwerelos davontrug.

38

Als Hertel zwei Stunden später zurückkam, fand er Renate nicht. Er glaubte, sie sei schlafen gegangen. Aber er wagte nicht, sich an ihrer Zimmertür davon zu überzeugen. Endlich legte er sich nieder und fiel in einen unruhigen Schlummer. Immer wieder schrak er auf. Renate hatte die Schlüssel des Unterkühlungsraumes nicht zurückgegeben. Was hatte sie vor?

Gegen fünf Uhr hielt er es nicht mehr aus. Er stand auf und ging, zerschlagen und übermüdet, ins Labor hinüber. Das erste Tageslicht dämmerte verschwommen hinter den Scheiben. Er stieß ein Fenster auf und trat an seinen Arbeitstisch. Der Karton mit dem neuen Präparat stand geöffnet auf der Tischplatte. Hertel schloß ihn mechanisch. Dabei stutzte er – ein Röhrchen mit roten Einschläferungsperlen war offen. Er konnte sich nicht erinnern, es in der Hand gehabt zu haben. Eine Weile überlegte er: Das wichtigste war, die Schlüssel wiederzubekommen.

Hertel lief in den Neubau zurück und klopfte an Renates Schlafzimmertür. Nichts! Stille! Er drückte die Klinke herunter und öffnete die Tür einen Spaltbreit. Das Zimmer war leer!

Verstört eilte er ins Wohnzimmer. Was konnte er tun? Die Dienstboten wecken? Unmöglich! Eine Stunde quälender Unruhe verging. Schließlich rührte sich etwas auf dem Flur. Das Mädchen kam herein.

Es fuhr zusammen, als Hertel sich aus dem Sessel aufrichtete. »Wo ist meine Frau?« fragte er.

Das Mädchen sah ihn verwundert an. »Die gnädige Frau wird noch schlafen!«

Hertel sprang auf. »Nein. Das Bett ist unberührt. Wann haben Sie meine Frau zuletzt gesehen?«

»Gestern abend, ziemlich spät«, sagte das Mädchen. »Die gnädige Frau hat mich noch mit einem Brief zum Kasten geschickt. Da war sie im Labor!«

»An wen war der Brief?«

»Ich habe die Adresse nicht gelesen, Herr Doktor.«

›Vielleicht hat Willi sie weggefahren‹, dachte Hertel. Aber auch Willi wußte von nichts. In der Garage fehlte kein Wagen.

Wo war Renate? Er rief in Homburg an.

Fräulein Buhrmann war über den frühen Anruf erstaunt. »Ihre Frau? Nein, ich habe seit einer Woche nichts von ihr gehört.«

Hertel begann eine fieberhafte Suche in Renates Räumen nach Anzeichen für eine Flucht. Doch nichts fehlte. Sogar ihre Handtasche mit der Geldbörse und dem Reisepaß war da.

Das Mädchen war ihm gefolgt und an der Schlafzimmertür stehengeblieben. »Wenn ich etwas sagen darf«, bemerkte sie schüchtern. »Die gnädige Frau war gestern abend sehr aufgeregt. Sie hat geweint.«

»Geweint?« Hertel fuhr sich über die Stirn.

Wenn Renate sich etwas angetan hatte . . .

Er hastete ins Labor hinüber. Hier war sie zuletzt gewesen. Irgendein Anhaltspunkt mußte sich finden lassen! Sie konnte doch nicht mitten in der Nacht ohne Mantel, ohne Geld das Haus verlassen haben! Oder – sollte sie in den Unterkühlungsraum gegangen sein? Er eilte hinunter in den Keller. Die Tür war verschlossen. Die Schlüssel steckten nicht.

Gegen neun klingelte das Telefon. Hertel riß den Hörer hoch.

Eine ruhige, beherrschte Männerstimme klang an sein Ohr. »Hier Mühlberg! Kann ich bitte Frau Hertel sprechen?« Mühlberg? Das war der Justitiar der Krabp-Werke! Hertel meldete sich stockend: »Meine Frau ist im Augenblick nicht erreichbar. Vielleicht kann ich Ihnen helfen?«

Der Justitiar zögerte. »Ich weiß nicht recht. Ich habe eben ein Schreiben Ihrer Frau Gemahlin bekommen . . .«

»Und?« fragte Hertel.

»Es enthält einen Auftrag«, sagte der alte Herr zurückhaltend. »Wann kann ich Ihre Gattin denn erreichen?«

Die ruhige Stimme des alten Rechtsanwalts flößte Hertel Vertrauen ein. Er holte tief Atem.

»Herr Dr. Mühlberg – ich weiß nicht, wo meine Frau ist; sie ist fort – sie muß das Haus gestern nacht verlassen haben. Sie hat aber nichts mitgenommen! – Wenn aus dem Brief an Sie etwas über ihren Aufenthaltsort hervorgehen sollte, so sagen Sie es mir bitte. Ich bin in größter Sorge!«

Dr. Mühlberg zögerte abermals. »Ich glaube, die Angelegenheit ist telefonisch nicht zu klären. Ich bin in einer knappen halben Stunde bei Ihnen!«

Eine unerträgliche Wartezeit verging für Hertel, bis Mühlbergs Wagen um die Ecke bog. Der weißhaarige große Mann schüttelte Hertel die Hand und musterte ihn prüfend. »Ich muß Sie allein sprechen!« sagte er.

Hertel geleitete ihn in sein Arbeitszimmer.

»Also, Sie wissen nicht, wo Ihre Frau Gemahlin sich aufhält?«

Hertel war neben ihm stehengeblieben. Seine Ungeduld war nicht zu übersehen. »Nein!« rief er unbeherrscht. »Spannen Sie mich doch nicht auf die Folter! Wenn Sie etwas wissen . . .«

Der Justitiar verzog keine Miene. »Langsam, Herr Hertel. Ich muß Sie ersuchen, mir einige Fragen zu beantworten.«

»Bitte!« sagte Hertel beklommen.

Und dann kamen die Fragen: »Wann haben Sie Ihre Frau zuletzt gesehen? – Wo? – Haben Sie sich mit ihr gestritten? – Warum? – Haben Sie schon früher Auseinandersetzungen mit ihrer Frau gehabt?«

Hertel antwortete wahrheitsgetreu. Aber auch jetzt hütete er sich, auf den Kern der Sache zu kommen.

Der alte Herr hatte im Laufe seines Lebens gelernt, in Gesichtern zu lesen. Er führte seit mehr als dreißig Jahren die Rechtsgeschäfte des Krabpschen Unternehmens. Die Unantastbarkeit des Namens Krabp lag ihm am Herzen. In diesem Augenblick vertrat er vor allem Renates Belange. Auch gegenüber ihrem Ehemann. »Und was war der Anlaß zu der Auseinandersetzung?« fragte er.

Hertel schluckte. Endlich begann er zu sprechen. Stockend und mühsam. Er rang nach Worten und ließ die Sätze meist unbeendet. Und doch wurde es eine Beichte seines mißlungenen Experiments. Er erzählte alles bis zu dem Augenblick, da Renate ihm die Schlüssel entrissen hatte. »Ich muß die Schlüssel wiederhaben! Das Leben des Schlafenden hängt davon ab«, stöhnte er. »Mein Gott, wo ist meine Frau? Sagen Sie es mir doch!«

Mühlberg schwieg. Man sah seinem unbewegten Gesicht nicht an, was in ihm vorging. Er hatte zunächst an eine eheliche Auseinandersetzung gedacht. Und nur weil er von Renates Selbstmordversuch auf Mallorca wußte, hatte er sich zu diesem frühen Besuch entschlossen. Aber dieses Schuldbekenntnis des jungen Mannes war ungeheuerlich. »Haben Sie noch nicht an die Möglichkeit gedacht, daß sich Ihre Frau im Unterkühlungsraum befinden könnte?« fragte er nach einer kurzen Pause.

Hertel starrte ihn atemlos an. Alles Blut war aus seinem Gesicht gewichen. Hatte er das nicht unterbewußt gefürchtet?

Plötzlich sah er den Karton vor seinen Augen, das geöffnete Röhrchen mit den roten Perlen, das auf seinem Arbeitsplatz lag. Gleichzeitig stieg in einer furchtbaren Vision Renates Gesicht vor ihm auf. Es lag blaß auf einem weißen Kissen. Die Augen waren geschlossen. So hatte er sie im Krankenhaus auf Mallorca gefunden, als er auf Zehenspitzen an ihr Bett getreten war. Er vermochte nicht zu antworten. Von panischem Entsetzen geschüttelt, sprang er auf. Er umklammerte heftig den Arm des alten Mannes. »Um Himmels willen!« stammelte er. »Sie wird doch nicht die roten Perlen . . .« Überstürzt erklärte er dem Justitiar die Bedeutung dieser Droge.

»Und wenn sie sie geschluckt hat?« fragte Dr. Mühlberg unerbittlich.

Hertel konnte kaum noch sprechen. »Die Perlen sind am Menschen noch gar nicht ausprobiert! Ich habe sie nur für unsere Tierversuche anfertigen lassen. – Ich muß in den Raum!« schrie er. »Ich muß wissen, was los ist!«

Mühlberg blitzte ihn ärgerlich an. »Beherrschen Sie sich doch! – Ist die Kälte in diesem Raum lebensgefährlich?«

Hertel stammelte nur noch: »Nein, aber wenn sie schon schläft, dann muß man alles befürchten!«

Mühlberg überlegte kurz. »Wie ist die Tür Ihres Kellerraums gesichert?« fragte er knapp. »Welche Firma hat sie gebaut?«

Mühlberg trommelte ungeduldig auf die Tischplatte, während Hertel zittrig aus einem Ordner die Korrespondenz hervorsuchte. Kaum hatte er den Briefbogen gefunden, als er ihm schon aus den Händen gerissen wurde. Dann telefonierte der alte Herr, und er wurde sehr energisch am Apparat. »Was heißt hier im Laufe des Vormittags? Sofort! habe ich gesagt! Es besteht Lebensgefahr. Schicken Sie Spezialisten mit Bauzeichnung, Schweißgerät und allem Notwendigen, um die Tür gewaltsam zu öffnen!«

Er warf den Hörer in die Gabel zurück. »Nun zu Ihnen, Herr Dr. Hertel!« Er wandte sich ihm voll zu. »Sie haben mich zum Mitwisser eines Vergehens gemacht. Da die strafbare Handlung der qualifizierten Freiheitsberaubung, wie wir Juristen das nennen, andauert, habe ich die Pflicht, Anzeige zu erstatten. Darüber sind Sie sich doch klar? – Ich bin bereit, für Sie eine Selbstanzeige zu erstatten. Das ist das Beste, was in Ihrer Lage getan werden kann. Ich fahre direkt zum Oberstaatsanwalt und komme mit den zuständigen Beamten zurück. Die Tür darf jetzt nur unter Aufsicht der Polizei geöffnet werden.«

Hertel blickte nicht auf. »Ja, ja, tun Sie, was nötig ist«, sagte er leise.

»Bevollmächtigen Sie mich also, Ihre Selbstanzeige dem Oberstaatsanwalt zu übermitteln, Herr Dr. Hertel?« fragte Mühlberg sachlich.

Hertel nickte kraftlos. »Ja«, sagte er heiser.

Die Tür fiel ins Schloß. Die festen Schritte des alten Herrn entfernten sich eilig. Hertel hockte regungslos in seinem Sessel.

Gleich würden sie kommen und die Tür aufschweißen. Dann würden sie ihn verhaften und einsperren. Noch nicht lange war es her, da hätte dieser Gedanke die letzten Kräfte in ihm mobilisiert. Jetzt ertrug er ihn in völliger Lethargie. Seine Widerstandskraft war gebrochen. Es war das Ende – so oder so.

Aber Renate! »Renate!« stöhnte er auf. »Meine Nata!«

Das obere Schreibtischfach stand vorgezogen. Da lag eine Reihe Ampullen. Jede einzelne reichte aus, seinem Leben ein Ende zu machen. Dann war Ruhe. Dann war er der Schande nicht mehr ausgeliefert, die über ihn hereinbrechen mußte.

Ja, er hatte ein großer Mann werden wollen. Im winzigen Brotladen in der Eschersheimer Landstraße saß eine weißhaarige Frau und dachte voller Stolz an ihren Jungen. Und morgen schon würden ihr die Schlagzeilen ins Gesicht springen: Hertel verhaftet! Hertel als Verbrecher gebrandmarkt! Er sprang auf. Wenn sie doch nur kämen! Das war ja schlimmer als jede denkbare Strafe, jetzt tatenlos herumsitzen und warten zu müssen!

Seine Vorstellungen von dem, was ihn erwartete, waren unklar. Sicher schien ihm nur eines: daß man ihn auf Jahre ins Gefängnis bringen würde.

Wer sollte dann den Schlafenden versorgen? Wer sollte die

nächsten Erweckungsversuche vorbereiten? Drüben waren wohl neue Mitarbeiter tätig. Ihr Wissen reichte gerade zur Erledigung der täglichen Kleinarbeit. Bis sie selbständigen Aufgaben gewachsen waren, würden Monate vergehen. Nein, es gab nur einen Menschen, der ihn jetzt ersetzen könnte: Thea Runau!

Hertel hob in einem raschen Entschluß den Hörer und wählte die Nummer des Universitätsinstituts, an dem Thea Runau seit kurzem als Assistentin arbeitete. Sie mußte geholt werden. Es dauerte eine Ewigkeit, bis sie sich meldete. »Thea«, sagte Hertel ohne jede Einleitung, »du mußt sofort herkommen; es ist etwas Furchtbares passiert!«

Thea Runau zögerte nur kurz. Der Klang seiner Stimme verriet ihr wohl alles. Sie stellte keine Frage; sie sagte nüchtern: »Ich werde mir frei geben lassen. Ich komme sofort!« Keine zwanzig Minuten später hörte Hertel ein Auto vor dem Hause. Dann Theas feste eilige Schritte im Flur; ganz wie früher. Die Tür wurde aufgerissen und wieder geschlossen. »Ist etwas mit Robinson?« fragte Thea atemlos. »Ist er – tot?«

Das war der Gedanke, der sie seit dem Anruf nicht mehr losgelassen hatte. Wochen, Monate schon quälte sie sich mit der Vorstellung, was wohl in ihrer Abwesenheit im Labor geschehen mochte. Sie war Mitwisserin! Wenn ein Unglück passierte, war sie mitschuldig!

Hertel begann mit matter Stimme zu berichten.

Thea sah erschüttert, welche Veränderung in den wenigen Monaten mit ihm vorgegangen war. Nichts war übriggeblieben von der Zuversicht, mit der er noch vor einem halben Jahr an seine Aufgaben herangegangen war. Nichts von der glühenden Besessenheit. Hier saß ein Mann, den das Leben schon in der Jugend zum Greis gemacht hatte.

Sie verbarg ihre Bestürzung hinter einer betont sachlichen Miene. »Es wird schon nicht so schlimm werden«, sagte sie, als er schwieg. »Du bist doch kein Verbrecher!«

»Laß das bitte, Thea!« Der hoffnungslose Klang seiner Stimme schnitt ihr ins Herz. »Es ist gleichgültig, wozu man mich verurteilt. Menschlich bin ich so und so gerichtet.«

Thea sah stumm auf seine Hände, die ineinandergefaltet auf der Schreibtischplatte ruhten wie die Hände eines Toten.

»Ich wollte dich bitten«, fuhr Hertel fort, »meine Arbeit zu übernehmen. – Gleich werden sie hier sein. Sie werden die Tür aufbrechen und – weiß Gott, was sie dahinter finden werden!«

Er barg das Gesicht in den aufgestützten Händen. In diesem Augenblick dachte er nicht daran, was er Thea zugefügt hatte. Immer hatte er auf sie rechnen können. Und er täuschte sich nicht in ihr. Sie trat langsam hinter ihn. Sie legte ihre Hand mit leisem Druck auf seine Schulter. Weiter nichts. Es war die erste menschliche Anteilnahme, die er seit langem erfahren hatte.

Er sah gequält zu ihr auf. »So weit ist das nun«, murmelte er. »Sie werden mich mitnehmen, und du mußt hier alles weiterführen. Willst du das für mich tun?«

Thea biß sich auf die Lippen. Sie blickte zur Seite. Nur keine Sentimentalität. »Ich werde versuchen, mich frei zu machen«, sagte sie endlich. »Wenigstens fürs erste.«

Hertel hatte nichts anderes erwartet. »Dein Zimmer ist noch unverändert. Geh, sieh es dir an! – Geh, sieh dir alles an!« Er drängte sie plötzlich hinaus. Sie fühlte, daß er allein sein wollte. Eine Weile stand sie unentschlossen im Korridor. Plötzlich wandte sie sich um und jagte zurück. Sie riß die Tür auf.

Er saß unverändert an seinem Schreibtisch. Aber die rechte Schublade war aufgezogen. Dort lagen die Giftampullen.

Hertel sah ihr mit einem merkwürdigen Blick entgegen. »Es war nicht nötig, daß du wiederkamst«, sagte er. Er wies mit der Hand zu dem aufgezogenen Schubfach. »Daran habe ich natürlich gedacht. Es ist ein so bequemes Mittel, allem zu entgehen.« Sein Blick verlor sich. »Aber es ist mir verwehrt«, sagte er. »Mein Leben gehört mir nicht mehr. Es hängt ein anderes Leben daran«, er flüsterte, »vielleicht sogar zwei!«

Plötzlich fuhr er auf. Sein Blick war auf die Uhr gefallen. »Um Gottes willen! Gleich zehn!« Er sprang zum Fenster. Draußen wurden Motorengeräusche hörbar. Dann Stimmengewirr. Wagentüren wurden zugeschlagen, Hast und Unruhe.

Sie horchten stumm. Die Haustür flog auf. Schritte näherten sich. Jemand klopfte an die Tür.

»Herein!« rief Hertel heiser.

Mehrere Herren schoben sich ins Zimmer.

Dr. Mühlberg war der erste. Er machte Hertel mit seinen Begleitern bekannt. Hertel drückte jedem kraftlos die Hand. Sein Gesicht war aschfahl.

Der Oberstaatsanwalt war persönlich gekommen. Er hatte den Herrn, der diesen außergewöhnlichen Fall bearbeiten sollte, gleich mitgebracht. Ferner den Chef der Kriminalpolizei und einen Kriminalbeamten. Weitere Beamte waren auf dem Flur geblieben.

Der Oberstaatsanwalt blickte auf Thea Runau. »Würden Sie die Dame bitten, uns allein zu lassen!« sagte er. Als Thea gegangen war, fuhr er gemessen fort: »Herr Dr. Hertel, ich erhielt über Herrn Dr. Mühlberg Ihre Selbstanzeige. Wir sind gezwungen, eine Beweisaufnahme am Tatort vorzunehmen. Haben Sie Ihre Schlüssel inzwischen gefunden?«

»Sind die Arbeiter da, die die Tür aufschweißen sollen?« stieß Hertel hervor. »Wir müssen sofort hinunter! Es ist schon viel zuviel Zeit vergangen!«

Aus seinen Worten sprach so viel echte Angst, daß der Oberstaatsanwalt auf alle weiteren Ausführungen verzichtete. »Bitte führen Sie uns, Herr Dr. Hertel«, sagte er knapp. »Kommen Sie, meine Herren!«

Es war kurz nach 10 Uhr vormittags.

Von einer Stunde zur anderen hatte sich das stille Haus auf beklemmende Weise verwandelt. Autos der Justiz, der Polizei blockierten die Einfahrt, Beamte liefen hin und her, und einer stand am Tor. Das war notwendig, denn schon blieben die ersten Passanten stehen und starrten neugierig in den Park. Auch der erste Reporter war schon zur Stelle. Unten vor der Tür des Unterkühlungsraumes gab der Vertreter der Firma eine kurze Information. »Das Schloß ist eine Sonderanfertigung. Ersatzschlüssel sind nicht vorhanden. Es bleibt nichts übrig, als es herauszuschweißen.«

»So schnell wie möglich!« drängte Hertel.

Der Schweißbrenner knallte und zischte. Sein grell aufzuckendes Licht ließ die Gesichter gespensterhaft blau und grün erscheinen.

Qualvolle Zeit des Wartens. Hertel lehnte von allen anderen isoliert an der Wand. Nach einiger Zeit trat der leitende Kriminalbeamte an ihn heran. »Halten Sie es für zweckmäßig, einen Krankenwagen zu bestellen?«

Hertel betrachtete den Mann aus erloschenen Augen und zuckte die Schultern. Die blauweiße Flamme des Schweißbrenners fraß sich zischend durch die Stahlplatte. Beißender Qualm von verbrannter Farbe füllte den Vorraum.

Nun löste sich Dr Mühlberg aus der Gruppe und trat zu ihm. »Ich vertrete doch wohl zu Recht den Standpunkt, daß Sie hier in diesem Laboratorium unentbehrlich sind. Aber lediglich zu meiner privaten Information möchte ich gern wissen, ob wohl einer Ihrer Kollegen imstande wäre, die Verantwortung für den von Ihnen angelegten Menschenversuch zu übernehmen?«

Mühlberg hatte höflich und kühl gefragt. Er fuhr überrascht zurück, als Hertel ihn in einer jähen Aufwallung heftig anschrie: »Aber so lassen Sie mich doch in Ruhe! Wie soll ich das wissen? Wie soll ich das jetzt wissen? Dort, dort« – sein zitternder Zeigefinger zeigte auf die rotglühende Spur, die der Schweißbrenner schon aus der Tür gefressen hatte –, »nur noch zwei Zentimeter, dann springt die Tür auf. Dann weiß ich endlich, was mit meiner Frau ist! Verstehen Sie das denn nicht?«

Dr. Mühlberg biß sich auf die Lippen und sah Hertel lange prüfend an. Dann milderte sich die Strenge in seinem Gesicht. Er streckte die Hand aus und griff Hertels leblos herabhängende Rechte. »Doch – ich verstehe Sie! Das ist jetzt wichtiger als alles andere!« Er drehte sich um und trat neben den Arbeiter, der das Schweißgerät bediente.

Nur noch ein Zentimeter.

Jetzt! Jetzt war es soweit.

Klirrend fiel das herausgeschweißte Schloßstück auf den Betonboden. Der häßlich scheppernde Ton ließ alle zusammenfahren. Das Zischen des Brenners erstarb. Ruhe. Noch hing die Tür geschlossen in den Angeln.

Gleichmütig suchte der Arbeiter nach einem geeigneten Werkzeug, um den Hebel zum Öffnen anzusetzen.

Enggedrängt standen die Männer vor der Tür, als sie sich endlich öffnete. Dann wurden sie jählings zur Seite gedrückt. Hertel hatte sich von der Wand gelöst. Er stürzte an ihnen vorbei in den Raum.

Dort lag Renate. Hertel sank in die Knie

Er faßte zaghaft nach ihrer Hand, hielt sie in der seinen. Die Männer umstanden ihn in betroffenem Schweigen.

»Sie lebt«, flüsterte Hertel nach einer Weile. »Gott sei Dank, sie lebt! – Sie schläft!«

Neben ihrem Kopf bemerkte er einen Brief.

Doch der Oberstaatsanwalt hatte ihn schon an sich genommen, bevor Hertel zugreifen konnte. »Das ist jetzt unsere Angelegenheit, Herr Dr. Hertel«, sagte er ruhig. Hertel nickte stumm.

Dann richtete er sich auf. Er begann fieberhaft zu arbeiten. Er schloß verschiedene Instrumente an, er hängte einen Glasballon über Renates Lager auf und füllte ihn. Er beachtete die Herren gar nicht, er schien sie vergessen zu haben. Sie wichen zur Seite. Sie beobachteten seine Tätigkeiten gespannt. Keiner sprach. In diesen Augenblicken war Hertel wieder der überlegene Wissenschaftler, der seine Arbeit so sicher und souverän ausführte, daß niemand ihn mit einer Frage zu stören wagte.

»Schließen Sie provisorisch die Tür«, sagte er zu dem Arbeiter der Baufirma, »die Temperatur muß genau eingehalten werden!« Dann, nach einem letzten Rundblick, trat er aufgerichtet vor den Staatsanwalt. »Und nun tun Sie Ihre Pflicht!«

39

Der Prozeß gegen Dr. Hertel fand erst im Oktober statt. Der Tatbestand lag zwar klar, aber die Vorbereitungen des Verfahrens hatten Monate gedauert.

Zwei Menschen, ein Mann und eine Frau, lagen in einem tiefen Unterkühlungsschlaf und konnten bei dem derzeitigen Stand der Wissenschaft nicht wiedererweckt werden – das war eine ungeheure Sensation. Und da es sich bei der schlafenden Frau um die Tochter des verstorbenen Großindustriellen Dr. Krabp handelte, erregte der Fall in der ganzen Welt Aufsehen.

Das Verfahren fand vor einer großen Strafkammer statt. Man hatte vorsorglich den Schwurgerichtssaal dafür eingeräumt, um für Zuschauer und Berichterstatter genügend Platz zu haben. Aber schon nach dem zweiten Verhandlungstage war die Öffentlichkeit einmütig der Ansicht, der Prozeß sei enttäuschend. Auf den Zuschauerbänken sah man ganz andere Gesichter als sonst in Sensationsprozessen: Professoren und Studenten, die lediglich an der wissenschaftlichen Seite der Vergänge interessiert waren.

Am dritten Tage war auch diese Gruppe zahlenmäßig so gering geworden, daß es einem jungen, schlanken Mädchen mit kastanienbraunem Haar nicht schwerfiel, Einlaß zu bekommen.

Elvira fühlte sich in dieser Umgebung unsicher und verloren. Immer wieder schöpfte sie neuen Mut aus ihrem Kummer um Robinson, aus dem brennenden Wunsch, ihm zu helfen. Wie gern hätte sie Möckel mitgenommen – die Schau gastierte gerade in Limburg –, aber Möckel hatte sich geweigert!

»Ein Direktor gehört auf seine fahrbaren Bretter«, hatte er gesagt, »und selbst meine persönliche Mitwirkung wird die Schranken des Gerichts nicht befähigen, unsern Prinzen zu wecken.«

So saß Elvira allein auf einer der schwach besetzten Zuschauerbänke und starrte beklommen zur Stirnseite des Saals hinüber. Der Richtertisch war noch leer, die Tür dahinter geschlossen.

Ihr Nachbar, ein magerer Graukopf mit lebhaftem Adamsapfel, war den Blicken des hübschen jungen Mädchens gefolgt. »Der Ältere da, in der schwarzen Robe, das ist der Verteidiger; er soll sehr berühmt sein«, erläuterte er. »Und der gegenüber mit dem Bulldoggengesicht, das ist der Staatsanwalt. Und die halbe Portion da links hinten in der Bucht mit den weißen Haaren, der so zusammengeschrumpft aussieht, das ist der Hertel, der Angeklagte.«

Jetzt öffnete sich vorn die Tür. Alle Leute im Saal erhoben sich. Fünf Herren, drei in schwarzen Roben, zwei in dunklem Zivil, schritten langsam zu ihren Plätzen hinter dem Richtertisch und setzten sich. Auch die Leute im Saal ließen sich wieder nieder.

»Die drei sind die Fachrichter«, raunte der Mann mit dem Adamsapfel, »die in Zivil sind die Schöffen.«

Der Vorsitzende eröffnete die Verhandlung des dritten Tages und erteilte dem Staatsanwalt das Wort zu seinem Plädoyer.

Elvira hatte sich so eine Verhandlung ganz anders vorgestellt. Sie hatte gehofft, Einzelheiten über das Schicksal des geliebten Prinzen zu erfahren; statt dessen war sie gezwungen, den langen, komplizierten Sätzen des schwarzgewandeten Mannes zu folgen. Sie atmete erleichtert auf, als er sich endlich mit erhobener Stimme dem Gericht zuwandte: »Unter den Voraussetzungen milderner Umstände beantrage ich wegen qualifizierter Freiheitsberaubung in Tateinheit mit schwerer Körperverletzung eine Strafe von neun Monaten Gefängnis. Gleichzeitig beantrage ich, die Strafe zur Bewährung auszusetzen, und zwar gegen eine Buße von zehntausend Mark.«

Darauf erhielt der Verteidiger das Wort.

Er redete in ähnlichen schwerverständlichen Sätzen wie der Staatsanwalt; er sagte nur in allem genau das Gegenteil. Was vorher schwarz gewesen war, das war jetzt weiß. Elvira krauste mißbilligend die Stirn. Wie konnte einer es riskieren, einen so gemeinen Kerl wie den Angeklagten als Unschuldsengel hinzustellen? Das überstieg ihr Vorstellungsvermögen.

»Hohes Gericht!« rief der Verteidiger. »Die Verhandlung hat den lückenlosen Beweis dafür geliefert, daß dieser Mann selber das unglückliche Opfer schicksalhafter Verkettungen geworden ist.« Der Anwalt machte eine Pause und blickte jedem Richter, jedem Schöffen einzeln ins Gesicht. Dann fuhr er leiser fort:

»Meine Herren! Mein Mandant war einzig von dem Wunsch beseelt, der leidenden Menschheit Hilfe zu bringen! Dafür würde er sich selber geopfert haben! Nach Lage der Dinge aber war ihm das unmöglich. So beanspruchte er – lediglich im Interesse der Wissenschaft – einen anderen für den zeitlich begrenzten Versuch. Denn er war sicher – und das durfte er nach zahlreichen Erfolgen auch sein –, den Eingeschläferten jederzeit wieder wekken zu können. Ob es Robinson Gomela oder sonst jemand war, spielte dabei keine Rolle.« Der Verteidiger tupfte sich mit dem Taschentuch über das Gesicht und stellte dabei blitzschnell eine recht beifällige Aufnahme seiner Worte fest. Er wollte gerade fortfahren, da entstand Unruhe im Saal.

Elvira war aufgesprungen. Sie deutete auf den Anwalt. »Nein!« schrie sie mit schriller Stimme. »Das ist nicht wahr!«

Die Richter und die Schöffen blickten auf. Verteidiger, Staatsanwalt, Zuschauer, auch der Angeklagte – alle hatten sich plötzlich Elvira zugewandt. Sie stand tödlich erschrocken von dem Nachhall ihrer eigenen Stimme und der unerwarteten Wirkung. Der Justizwachtmeister sprang von seinem Stuhl auf und eilte mit strenger Miene auf sie zu.

Aber der Vorsitzende winkte ab. »Bitte. Was ist los?« fragte er streng. »Wie kommen Sie dazu, das Plädoyer des Herrn Verteidigers zu unterbrechen?«

Elvira drehte nervös das Handtäschchen in ihren Fingern. Sie schluckte. Sie warf den Kopf in den Nacken. »Wenn es doch nicht stimmt, was der Herr da sagt!«

»Woher wollen Sie das wissen?« fragte der Vorsitzende. »Haben Sie eine Aussage zu machen, die für dieses Verfahren von Bedeutung ist?«

Elvira hielt das Handtäschchen mit beiden Händen vor die Brust, als suche sie daran Halt. »Ja«, sagte sie mit der ganzen Unbefangenheit der Jahrmarktsleute. »Er wollte gerade den Robinson. Keinen anderen. Er hat ihn ja gar nicht wegen der Wissenschaft eingeschläfert! Er hat gewußt, daß seine Frau den Robinson liebt! Und da hat er ihn sich vom Halse schaffen wollen.«

Einem Augenblick lähmender Stille folgte jetzt lebhafteste Unruhe. Stimmengewirr. Rücken von Stühlen. Stenoblocks raschelten. Ein Zeichner warf mit raschen Strichen eine Skizze von Elvira aufs Papier. Der Vorsitzende tauschte ein paar Worte mit seinen Kollegen links und rechts.

»Ich bitte um Ruhe!« rief er und wandte sich wieder Elvira zu. »Wollen Sie sich bitte einmal nach vorn bemühen!« Dann machte er eine verbindliche Geste zu Hertels Anwalt hinüber. »Sie verzeihen bitte, Herr Verteidiger, daß wir Ihr Plädoyer unterbrechen. Offensichtlich sind neue Gesichtspunkte aufgetaucht. Wir werden nochmals in die Beweisaufnahme eintreten müssen.«

Der Verteidiger nickte reserviert und setzte sich.

Elvira ging entschlossen durch den Saal und trat an den Zeugentisch. Es machte ihr nichts aus, angestarrt zu werden; das war sie gewohnt. Sie nahm den Personalausweis aus ihrer Handtasche und reichte ihn dem Vorsitzenden. Er überflog ihn.

»Fräulein Trosser«, sagte er, »sind Sie sich darüber im klaren, welche Anschuldigungen Sie mit Ihrer Behauptung aussprechen?«

Elvira nickte. »Ich habe Beweise!« erklärte sie unbeirrbar. »Und Herr Möckel, also mein Chef, der weiß es auch! Und Freytag Gomela, Robinsons Zwillingsbruder, weiß noch mehr.«

Der Vorsitzende betrachtete sie abwägend. »Sie können also für Ihre Behauptung noch weitere Zeugen beibringen?«

»Ja! Soll ich sie holen?«

»Bis wann können Sie mit den Zeugen hier sein?« fragte der Vorsitzende. »Bis morgen früh?«

»Ja, das geht«, sagte Elvira.

Nach kurzen Blickwechsel mit Richtern und Schöffen verkündete der Vorsitzende: »Das Gericht vertagt die Sitzung bis morgen früh neun Uhr.«

Am nächsten Tag war die Atmosphäre völlig verändert.

Die Abendpresse hatte in großen Schlagzeilen von einer überraschenden Wendung im Hertel-Prozeß berichtet. Es war angedeutet worden, die Vernehmung neuer Zeugen könne bisher unbekannte Hintergründe der Tat enthüllen. Ein Blatt hatte sich bereits die Schlagzeile geleistet: »Hertel – ein Verbrecher!«

Die Zuschauertribüne war bis auf den letzten Platz besetzt, als der Vorsitzende pünktlich um neun Uhr die Verhandlung eröffnete.

Zuerst wurde Gotthelf Möckel aufgerufen.

Möckel hatte in der Nacht kein Auge zugetan. Das war der Auftritt seines Lebens. Die Weltpresse würde über ihn berichten! Vielleicht kam er in die Wochenschau! Wie für einen Bühnenauftritt hatte er sich »auf natürlich« schminken lassen. Die falsche Perle auf seinem Plastron glänzte, als er mit kurzen, energischen Schritten vor die Schranken des Gerichts trat. Ja, er würde diesen finsteren Verbrecher entlarven, der ihm seinen lieben Prinzen heimtückisch geraubt hatte.

Er verbeugte sich schwungvoll und wollte gleich loslegen; doch der Vorsitzende ermahnte ihn zunächst zur Wahrheit und stellte ihm ein paar nüchterne Fragen: Name, Alter, Geburtsort. – »Und Ihr Beruf, Herr Möckel?«

»Direktor, Theaterdirektor«, rief Möckel stolz.

»Hier steht ›Schausteller‹«, berichtigte der Vorsitzende.

Möckel winkte herablassend ab: »Die Kunst muß sich oft propane Namen gefallen lassen ...«

»Uns würde zunächst mehr interessieren, was Sie über die Beziehungen des Herrn Robinson Gomela zur Frau Renate Hertel wissen«, unterbrach der Vorsitzende trocken.

Das war nun das Stichwort. Möckel warf sich in Positur. Er hob den Arm zu einer Art Gladiatorengruß. »Höchstes Gericht!« begann er. »Verschlungen sind, wie der Dichter sagt, die Schicksalswege, die mich vor dieses erlauchte Tribunat geführt haben. Als Sohn einfacher Eltern ...«

»Zur Sache, Herr Möckel!«

Möckel warf die schüttere Künstlermähne zurück. »Zur Sache, jawohl, hochverehrter Herr Gerichtshof! Zur Sache will ich ja gerade dezimieren. Dieser Mann ist ein Verbrecher! Jawohl, ein Verbrecher!« donnerte er und wies mit ausgestrecktem Zeigefinger auf Hertel. »Ein Dämon ist er, der den Dolch unterm rauhen Gewande verbirgt! Eine Natter, die am Busen der Menschheit nagt!«

Im Saal war ein allgemeines Kichern nicht mehr zu unterdrükken. Der Vorsitzende klopfte mit dem Bleistift auf den Richtertisch. »Herr Möckel«, sagte er mit dem milden Ernst, mit dem man Kinder zurechtweist, »bitte beantworten Sie meine Fragen kurz und präzise. Ferner unterlassen Sie es bitte, den Angeklagten zu beleidigen!«

»Sehr wohl, Herr Präsident!« sagte Möckel gekränkt.

»Kennen Sie den Angeklagten?«

Möckel streifte die Anklagebank und den teilnahmslos dahockenden Hertel mit angeekeltem Blick. »Nein, Herr Gerichtshof, er ist mir noch nicht präsentiert worden!«

Lebhafte Heiterkeit im Saale.

»Was veranlaßt Sie dann zu solchen massiven Anklagen?«

Möckel war über diese Frage einen Augenblick sprachlos. Dann hob er die gefalteten Hände gen Himmel. Seine Stimme klang, als verstünde er die Welt nicht mehr: »Aber er hat mir doch meinen Sohn weggenommen. Unseren Robinson!«

Nun lachte keiner mehr. Möckel hatte mit dieser echten Klage ans Herz der Menschen gerührt. Zum erstenmal begriffen alle, was Robinsons Schlaf für seine Freunde bedeutete; das war ein Schlaf, der dem Tode gleichkam!

»Ihr Sohn?« fragte der Vorsitzende erstaunt.

Möckel drückte sein Taschentuch gegen die Augen. »So gut wie mein Sohn. Ich liebe ihn wie ein Vater seinen leibeigenen, und so habe ich auch zeitlebens für ihn gesorgt.«

Der Vorsitzende nickte nachdenklich. »Sie kennen also das Leben des Robinson Gomela in allen Einzelheiten, Herr Möckel? Ich will es einmal ganz schlicht sagen: Liebte Robinson Gomela Fräulein Krabp, und wurde er von ihr wiedergeliebt? Wissen Sie etwas darüber?«

»Liebte? Wiedergeliebt?« Möckel wandte sich zum Saal hin, als müsse er sämtliche Zuschauer als Zeugen aufrufen. »Liebte?« wiederholte er noch einmal. »Er verzehrte sich nach ihr! Es war die große Passion seines Lebens, die Blume der Romantik, die man nur einmal pflückt. Er war ein Künstler, mein hoher Herr. Er gehörte der Kunst. Aber ihretwegen, Fräulein Renates wegen, ließ er alles stehen und liegen. Er verließ mich, er verließ die angestammten Bretter. Er ging in die Wüste der großen Stadt und trauerte wie ein Ero... – ein Eremit. Ihretwegen!«

»Danke, Herr Möckel«, unterbrach der Vorsitzende. »Und liebte Renate Krabp ihn wieder?«

»Auch das ist viel zu wenig gesagt. Er war für sie das Idiol ihrer schlaflosen Nächte. Ich habe das gnädige Fräulein eines Tages höchstpersönlich in ihrem Automobil von Butzbach bis in die Mauern dieser Stadt geleitet, woselbst ihre vibrierende Sehnsucht nach ihm suchen ging!«

»Das können Sie mit Ihrem Eid bekräftigen?«

»Bei allen Heiligen und dem gesamten Planetarium!« Möckel warf beide Schwurfinger in die Luft. »Wenn Sie Romeo und Julia kennen, so haben Sie da nur eine bescheidene Kompression von solcher Leidenschaft.«

Der Vorsitzende wartete kurz, bis die Gemüter im Zuhörerraum wieder zur Ruhe gekommen waren. »Und was wissen Sie über das Verhältnis des Angeklagten zu Herrn Gomela?« fragte er weiter. »Können Sie etwas darüber aussagen, wie es zu der Begegnung vor dem Einschläferungsversuch kam?«

Möckel sann nach. »Mein Prinz hat sich um des gnädigen Fräuleins willen mit dem Aeroplan auf die südliche Insel begeben. Er hatte sich zu diesem Behufe von mir einiges Geld entlehnt – er war mir für jede Summe sicher; er hatte dort auch mit seinem Zwillingsbruder Freytag einige Realitäten zu verhandeln. Als er zurückkam, ja, dann war er ebent verschwunden.«

Der Vorsitzende wiegte den Kopf. »Ich danke Ihnen, Herr Möckel. Nehmen Sie jetzt bitte auf der Zeugenbank Platz!« Er winkte dem Justizwachtmeister zu. »Zeuge Freytag Gomela bitte!«

Als Freytag durch die Seitentür leichtfüßig in den Saal kam und an das Zeugenpult trat, ging ein lebhaftes Raunen durch den Zuhörerraum. Er trug seinen frisch aus der Reinigung geholten Hellgrauen von Dinah Parkers Gnaden, ein schreiend buntes Campinghemd, dazu hellgelbe Mokassins mit weißem Einsatz. Während er mit einer lässigen Verbeugung das Gericht begrüßte, stießen die weiblichen Zuhörer einander an. Es knisterte vor Spannung.

Würde der Zwillingsbruder des Schlafenden sensationelle Dinge enthüllen? Er war ja der am nächsten Beteiligte. Die Blicke wanderten von dem braungebrannten Freytag zu dem grauen, erloschenen Dr. Hertel auf der Anklagebank. Einen schrofferen Gegensatz hätte man sich nicht denken können. Hertel hatte nur einmal kurz zu Freytag hinübergesehen. Er folgte der Verhandlung mit gesenktem Kopf, scheinbar völlig teilnahmslos.

Im Gegensatz zu Möckel ließ Freytag den Vorsitzenden ruhig seine Fragen aussprechen. Das hatte die Landstraße ihm beigebracht. Polizisten, Kriminalbeamte und Gerichtspersonen, das waren Leute, denen man kein Wort zuviel sagen durfte.

Der Landgerichtsdirektor ermahnte ihn pflichtgemäß zur Wahrheit und vernahm ihn zur Person. Dann begann er:

»Herr Gomela, dem Gericht ist bekannt, daß Sie mit Ihrem

Zwillingsbruder eine Begegnung auf der Insel Mallorca hatten. Ihre letzte Begegnung. Wie kam es dazu?«

»Das waren persönliche Gründe.«

»Herr Gomela, Sie haben dem Gericht alles zu sagen, was zur Aufhellung des Falles dienen könnte«, bemerkte der Vorsitzende warnend. »Sie dürfen die Aussage nur dann verweigern, wenn Sie sich damit selber belasten würden.«

Freytag ließ sich nicht im geringsten beeindrucken. »Ich kann nur wiederholen: Der Anlaß war rein privat und hat mit dieser Sache nichts zu tun«, sagte er nachlässig. Er stellte einen Fuß vor und betrachtete mit größtem Interesse seine allzu schicken Ziegenlederschuhe.

»Wissen Sie etwas von dem Verhältnis Ihres Zwillingsbruders zu Frau Dr. Hertel, damals Fräulein Renate Krabp?« fragte der Vorsitzende weiter.

Freytag strich sich mit der Hand über das Kinn, als wolle er fühlen, ob er gut genug rasiert sei. Dabei wandte er etwas den Kopf und zwinkerte flüchtig einem Mädchen in der vordersten Reihe zu. »Ja«, sagte er gedehnt, »da weiß ich nun wirklich nicht, was ich sagen soll.«

Der Vorsitzende fuhr auf. »Ich habe Ihnen eine klare Frage gestellt und möchte gern eine ebenso klare Antwort. Bestanden zwischen Fräulein Krabp und Ihrem Bruder engere Bindungen oder nicht?«

»Wie man es nimmt, Herr Rat«, sagte Freytag gleichgültig. »Mein Bruder war immer ein komischer Kauz. Wenn Sie mich fragen, ob er was mit der Renate Krabp hatte, dann würde ich jederzeit sagen: ›Nee, bestimmt nicht.‹ Aber wenn Sie mich fragen, ob er sie geliebt hat, dann muß ich wohl ›ja‹ sagen.«

Kleine Pause.

Der Verteidiger bat ums Wort. Er hatte sich vor der Verhandlung vergeblich gegen die Vernehmung dieser Zeugen gesträubt. Er war als Hertels Vertreter auch daran interessiert, den Namen Krabp so weit wie möglich aus der ganzen Geschichte herauszuhalten. Dieses Liebesverhältnis hatte schon einmal einen Sturm in der Presse entfacht. Wenn es jetzt wieder ins Licht der Öffentlichkeit gerückt wurde, dann war dem Hause Krabp ein schlechter Dienst erwiesen.

»Ich weiß nicht, was diese Aussage mit der Sache zu tun haben soll!« sagte er. »Es handelt sich da doch mehr oder minder um

Klatschgeschichten. Nach Ansicht der Verteidigung ist es völlig unwesentlich, ob Herr Robinson Gomela in Fräulein Krabp verliebt war oder nicht.«

Nun griff der Staatsanwalt ein. »Im Gegenteil«, sagte er, nachdem ihm der Vorsitzende mit einer Handbewegung das Wort erteilt hatte, »ich halte diese Frage für entscheidend! Es steht immerhin zur Diskussion, ob der Angeklagte mit der Einschläferung Robinson Gomelas heimtückisch einen Nebenbuhler aus dem Wege geräumt hat! Ich darf daher an den Herrn Zeugen folgende Frage richten, und ich bitte um ihre peinlich genaue Beantwortung: Wußte Herr Dr. Hertel von der, sagen wir, gegenseitigen Zuneigung zwischen Robinson Gomela und seiner Frau?«

Totenstille im Saal. Ja, das war die Kardinalfrage. Von der Antwort des Zeugen hing für den Angeklagten alles ab.

Alle Augen waren gespannt auf Freytag gerichtet.

Freytag kostete dieses allgemeine Interesse für sich genußvoll aus. »Woher soll ich denn das wissen?« sagte er nach einer längeren Pause. »Ich bin ja schließlich kein einziges Mal dabeigewesen!« Er blickte zur Anklagebank hinüber. Unwillkürlich fiel ihm der Vormittag ein, an dem dieser erbärmliche Schatten ihn mit kreischender Stimme aus dem Hause gewiesen hatte. »Nein«, fuhr er im Biedermannston fort, »so was kann ich nicht auf meinen Eid nehmen. Aber daß solche Bazillenjäger auf jeden gutaussehenden Mann eifersüchtig sind, ist ja bekannt.«

Die letzten Worte gingen in dem Beifall unter, den er mit dem Wort »Bazillenjäger« einheimste. Freytag hatte sich gerächt. Mit würdiger Verneigung quittierte er die Rüge, die ihm der Vorsitzende in sachlichem Ton erteilte.

Die Frauen zwinkerten einander verständnisinnig zu. Sie raunten und tuschelten hinter vorgehaltenen Händen. Natürlich hatten sie die mysteriöse Liebesgeschichte der Renate Krabp noch in Erinnerung, und sie stellten sich gern vor, daß dieser »gutaussehende« Zeuge seine Rolle darin gespielt hatte.

Der Vorsitzende wandte sich dem Staatsanwalt zu. »Haben Sie noch Fragen?«

Der Staatsanwalt schüttelte schweigend den kantigen Kopf und spielte unbewegten Gesichtes mit seinem Bleistift.

»Hat der Herr Verteidiger noch Fragen?« fuhr der Vorsitzende nach rechts gewendet fort.

Der Anwalt hob den Blick. Seine Augen waren von fast kindlicher Bläue, aber seine Stimme hatte Messerschärfe. »Die Verteidigung verzichtet darauf, sich an der Aufwärmung alter Klatschgeschichten zu beteiligen.«

»Ich danke Ihnen, Herr Gomela«, sagte der Vorsitzende kurz. »Sie können auf der Zeugenbank Platz nehmen. – Fräulein Elvira Trosser!« rief er dann mit erhobener Stimme.

Der Justizwachtmeister stand bedächtig auf und schritt zur Saaltür. »Fräulein Trosser!« rief er auf den Flur hinaus.

Elvira hatte, brennend vor Ungeduld und Kampfeslust, auf diesen Anruf gewartet. Wie dumm, daß man als Zeuge warten mußte, bis man hereingerufen wurde! Bestimmt hatten die beiden Männer versagt! Möckel ebenso wie Freytag. Aber heute würde sie denen schon das richtige Licht aufstecken. Und wenn dreimal soviel neugieriges Publikum dabeisaß.

Nachdem die übliche Ermahnung zur Wahrheit und die Vernehmung zur Person vorbei waren, rasselte sie los.

»Natürlich hat er es gewußt! Man braucht den ja bloß anzusehen! Er hat Robinson heimtückisch aus dem Weg geräumt. Unser Prinz war nämlich so in die Renate verknallt, das war nicht zu glauben! Vom ersten Blick an! Der wäre doch sonst nicht nach Mallorca ...«

Der Vorsitzende unterbrach die Redeflut. »Langsam, Fräulein Trosser. Zunächst muß das Gericht wissen, woher Ihnen überhaupt die Hintergründe bekannt sind.«

Elvira starrte ihn ungehalten an. »Na, wir waren doch viele Jahre zusammen in Möckels Schau. Der Robinson hat mir alles gesagt. Außerdem hat man ja auch Augen im Kopf. Wie die Krabp bei uns auftauchte, hat es geschnappt. Die ist schön hinter ihm hergelaufen. Auf den Freytag ist sie ja nur 'reingefallen, weil sie ihn für Robinson gehalten hat.«

Richter und Schöffen sahen einander bedeutungsvoll an.

Der Verteidiger verbarg sein Interesse an dieser impulsiven Aussage unter einem gelangweilten Gesichtsausdruck. Plötzlich hob er jedoch die Hand und warf wie nebensächlich ein:

»Fräulein Trosser, darf ich fragen, ob noch andere als rein berufliche Bindungen zwischen Ihnen und Herrn Robinson Gomela, Ihrem ›Prinzen‹, bestanden haben?«

Elvira geriet ganz unversehens in Verlegenheit. Sie witterte eine Falle und suchte nach einer unverfänglichen Antwort. Der Verteidiger sah seinen Vorteil. »Ich will es einfacher sagen. So schlicht wie vorhin unser verehrter Herr Vorsitzender: Liebten Sie Herrn Robinson Gomela? Oder – waren Sie vielleicht unglücklich in ihn verliebt?«

Eine dunkle Röte schoß in Elviras Gesicht. Jeder mußte erkennen, daß diese Frage sie mitten ins Herz getroffen hatte. Und ganz aus dem Herzen heraus, ganz spontan antwortete sie: »Ja, ich liebe ihn. Ich habe ihn immer geliebt. Aber er...« Sie brach ab. Es wurde ihr bewußt, daß sie zuviel bekannt hatte.

»Danke«, sagte der Verteidiger und blickte mit gespielter Gleichgültigkeit in seine Akten. Aber er konnte dabei ein kleines triumphierendes Lächeln nicht unterdrücken. Er war überzeugt, daß dieses Geständnis Elviras ganze Aussage entwertete oder zumindest stark erschütterte. Alles, was sie sagte, alles, was sie tat, konnte man nun auf ihre Absicht zurückführen, sich für den Verlust Robinsons zu rächen.

Es war ganz still im Raum. Elviras schlichtes Herzensbekenntnis hatte auf die Zuhörer tiefen Eindruck gemacht. Viele Blicke wanderten zur Anklagebank.

Hertel regte sich nicht; er zeigte heute die gleiche Teilnahmslosigkeit wie an den Vortagen. Sein ›Schuldig‹ war schon früher gesprochen worden, grausamer, als jedes irdische Gericht es hätte aussprechen können.

Der Vorsitzende wandte sich an Elvira: »Fräulein Trosser, können Sie dem Gericht sagen, ob der Angeklagte gewußt hat, daß zumindest eine starke seelische Bindung zwischen Frau Hertel und Robinson Gomela bestand?«

»Aber das ist doch ganz klar!« schrie Elvira ohne Besinnen. Sie erzählte, ohne ein Blatt vor den Mund zu nehmen, die ganze Geschichte von Renates Liebe, die dem Falschen gegolten hatte. »Und der Doktor hat das gewußt? Er hat ja einmal, als Fräulein Krabp hier in Frankfurt war, ja, da hat er doch selber den Robinson zu ihr ins Hotel gebracht. Das beweist doch, warum er ihn aus dem Wege geschafft hat.«

»Vielleicht«, sagte der Vorsitzende halblaut. Dann rief er die vernommenen Zeugen nach vorn. Er erhob sich. Auch die anderen Richter standen auf und alle Leute im Saal. Der Vorsitzende sprach nun die Eidesformel vor: »Sie schwören bei Gott dem Allmächtigen und Allwissenden, daß Sie nach bestem Wissen die reine Wahrheit gesagt und nichts verschwiegen haben.«

Sie standen dicht nebeneinander: Elvira, Möckel und Freytag.

Sie hoben gemeinsam die Schwurfinger und jeder sprach einzeln die Worte nach: »Ich schwöre es, so wahr mir Gott helfe!«

Nach der Vereidigung wurde die Verhandlung für eine Stunde unterbrochen. Die Reporter und viele Zuschauer begaben sich in die Kantine. Allgemein herrschte eine gewisse Enttäuschung vor. Die erwartete Sensation war nicht eingetroffen. Nach wie vor gab es keinerlei Beweismaterial dafür, daß Hertel Robinson in verbrecherischer Absicht eingeschläfert hatte.

Nach der Mittagspause erschienen viele Zuschauer nicht mehr im Saal. Auch auf den Pressebänken blieben etliche Plätze leer.

Der Vorsitzende wollte gerade dem Staatsanwalt das Wort zu seinem Plädoyer erteilen, als sich zur allgemeinen Überraschung plötzlich Dr. Hertel erhob und ums Wort bat.

Bisher hatte er nur gesprochen, wenn er gefragt wurde, und auch im Kreuzverhör nur das Allernotwendigste gesagt. Alles andere hatte er seinem Verteidiger überlassen.

Jetzt stützte er sich mit zitternden Händen auf die hölzerne Brüstung. Sein Blick ging über die Menschen, über die Umgebung weit hinaus. Er sah zurück, in eine andere Welt, vielleicht auch vorwärts in eine noch unbekannte Zukunft. Sein bleiches, abgemagertes Gesicht zeigte zum erstenmal Schärfe und Konzentration. Jetzt wurde allen begreiflich, daß es sich bei ihm um einen Mann von ungewöhnlicher Bedeutung handelte.

»Hohes Gericht«, sagte er mit heiserer Stimme. »Ich bitte, zu den Beschuldigungen der Zeugin etwas sagen zu dürfen.«

»Bitte«, sagte der Vorsitzende in die atemlose Stille hinein.

»Die Zeugin hat mir vorgeworfen, ich hätte einen Nebenbuhler aus dem Wege räumen wollen, als ich Herrn Gomela in den Tiefschlaf versetzte. Ich möchte Ihnen sagen, daß das der gleiche Vorwurf ist, den mir auch meine Frau gemacht hat, bevor sie sich einschläferte!«

Ein Raunen äußerster Überraschung ging durch den Saal. Der Verteidiger warf sich fassungslos zu seinem Mandanten herum. War der Mann wahnsinnig geworden? Wie konnte er so etwas vor Gericht aussagen! Er hob beschwörend die Hand.

Hertel kümmerte sich nicht um die Gesten seines Anwalts. Er sprach weiter. Er sprach jetzt nicht zu seinen Richtern, sondern er sprach sich alle Last von der Seele herunter.

»Ja, es ist wahr. Ich habe gewußt, daß meine Frau dem Schurkenstreich eines Lumpen zum Opfer gefallen war, der seine Ähnlichkeit mit einem charakterlich weit über ihm Stehenden schamlos ausnutzte. Sie hat mehr darunter gelitten, als ein Mensch ertragen kann. Wenn ich einen Nebenbuhler aus dem Wege hätte räumen wollen, dann hätte es doch dieser Mann sein müssen! Wenn jemand glaubt, ich hätte Robinson Gomela...« Er stockte; er fuhr sich über die Stirn, als hätte er den Faden verloren. Plötzlich schrie er auf: »Das ist nicht wahr! Ich schwöre: Es ist nicht wahr!« Der Schrei hallte durch den Saal. Das Echo kam von den Wänden zurück. Die Menschen saßen atemlos. Es war ein Aufschrei aus tiefster seelischer Bedrängnis. Hier schrie ein Mensch in seiner Not die Wahrheit aus sich heraus. Die reine Wahrheit. Jeder spürte es. Im ganzen Raum gab es keinen Laut, keine Bewegung. Auch der Vorsitzende wartete regungslos, bis der Angeklagte weitersprach.

Hertel brauchte eine kleine Weile, um sich zu sammeln. Nun war seine Stimme wieder müde. »Ich muß das hohe Gericht um Entschuldigung bitten, wenn ich die Fassung verloren habe. Aber die vergangenen Monate, das ganze vergangene Jahr – alles hat schwer an meinen Nerven gezerrt. Es ist jetzt fast ein Jahr her, daß Herr Gomela schläft. Und seither habe ich mir Stunde um Stunde, Tag und Nacht das Hirn zermartert, um ihn wieder aufzuwecken. Ich mag Unrecht getan haben, ich sehe es ein, aber dann geben Sie mir wenigstens die Gelegenheit zu weiteren Versuchen. Ich will ihn wieder aufwecken, ihn und meine Frau. Sonst war alle meine Arbeit nichts wert. Sonst habe ich vergebens gelebt.« Er brach ab und sank schwer auf die Anklagebank.

Wieder trat eine beklemmende Pause ein, bevor der Vorsitzende dem Staatsanwalt das Wort erteilte.

Der Staatsanwalt reckte seine gedrungene Figur. Er sprach nüchtern und klar. Aber er schien zu wissen, daß er ohne große Resonanz sprach. Er unterstellte Hertel nicht, daß er seinen Versuch aus unedlen Motiven unternommen hätte. »Auch als Vertreter der Anklage«, sagte er, »kann ich mich der Tatsache nicht verschließen, daß der Angeklagte alles getan hat, sein Unrecht wiedergutzumachen. Trotzdem, hohes Gericht: Es gibt Gesetze, die den Menschen von Gott gegeben und als allgemein bindend anerkannt worden sind. Diese Gesetze muß auch ein Forscher respektieren. Gegen sie hat sich der Angeklagte vergangen. Er hat das Vertrauen eines schuldlosen jungen Menschen mißbraucht, ihn seiner Freiheit beraubt und ihm eine schwere Körperverletzung beigefügt. Und es darf keinesfalls übersehen werden, daß sich daraus jederzeit eine noch weit schwerere, eine tödliche Gefahr für das Leben des Schlafenden entwickeln kann. Auch die Wissenschaft darf in ihrem Streben nach Fortschritt nicht über menschliche Ziele hinausschießen. Da gibt es eine harte Grenze: die Achtung vor der Unantastbarkeit der Menschenwürde und des Menschenlebens. Sie hat der Angeklagte schuldhaft überschritten.«

Zum Schluß seiner Rede beantragte der Staatsanwalt neun Monate Gefängnis und eine Geldbuße von 10 000 Mark.

Darauf folgte der Verteidiger mit einem zweistündigen glanzvollen Plädoyer. Er beantragte Freispruch, hilfsweise auf die Mindeststrafe von einem Monat Gefängnis zu erkennen.

Der Vorsitzende blickte vom Verteidiger zum Staatsanwalt hinüber; dann erteilte er dem Angeklagten das letzte Wort. Hertel hatte die Plädoyers wie teilnahmslos über sich ergehen lassen. Er verzichtete auf weitere Ausführungen.

Darauf zog sich das Gericht zur Beratung zurück.

Im Saal kam leichte Unruhe auf. Die Zuschauer flüsterten miteinander. Der Staatsanwalt blätterte in den Akten. Der Verteidiger wandte sich Hertel zu. Er wollte ihn mit ein paar ermunternden Worten aufrichten, doch Hertel verharrte in seiner Lethargie.

Nach einer halben Stunde kam das Gericht wieder. Alle im Saal erhoben sich. Die Richter blieben am Richtertisch stehen, und der Vorsitzende verkündete stehend das Urteil: »Im Namen des Volkes: Der Angeklagte, Dr. Hans Hertel, wird wegen qualifizierter Freiheitsberaubung in Tateinheit mit schwerer Körperverletzung zu neun Monaten Gefängnis verurteilt. Die Strafe wird zur Bewährung ausgesetzt.« Der Vorsitzende nahm das Barett vom Kopf und legte es neben das Aktenbündel. Dann setzte er sich.

Nach der spannungsgeladenen Erwartung vor dem Urteilsspruch wandelte sich die Stimmung jetzt völlig. Die Reporter der Abendblätter klappten schon ihre Notizbücher oder Stenoblocks zusammen und hatten nun kein anderes Interesse mehr, als die Meldung so schnell wie möglich an ihre Redaktionen zu geben. Viele der Zuhörer, die mit dem Urteil einverstanden waren, hätten am liebsten geklatscht; andere zeigten unverhohlen und temperamentvoll ihre Unzufriedenheit. Der Vorsitzende gab ihnen nach seiner Gewohnheit ein paar Minuten, sich zu beruhigen, dann begann er mit der Urteilsbegründung.

»Die Tat des Angeklagten steht außer Frage. Sie wurde von ihm selber auch nicht bestritten. Das Gericht hat den Angeklagten schuldig gesprochen. Der von einigen Zeugen geäußerten Ansicht, der Angeklagte habe unter dem Deckmantel wissenschaftlicher Experimente verbrecherischerweise und vorsätzlich einen Nebenbuhler aus dem Weg geräumt, konnte sich das Gericht nicht anschließen. Für den Angeklagten sprachen seine Aufrichtigkeit und seine freimütig geäußerte Bereitschaft, sein Vergehen zu sühnen.

Bei der Festlegung des Strafmaßes haben die obengenannten Momente eine Rolle gespielt. Das Gericht hat sich ferner auch die von dem Angeklagten geäußerte Auffassung zu eigen gemacht, daß man durch eine Freiheitsstrafe den beiden von den Experimenten des Angeklagten Betroffenen die Chance nehmen würde, bald aus ihrem unnatürlichen Kälteschlaf erlöst zu werden. Diese Erkenntnis war ein wichtiges Moment für die Urteilsfindung.

Für den Beschluß, dem Angeklagten die Strafe zu erlassen, wenn er in den nächsten fünf Jahren nicht wieder straffällig wird, ist folgendes maßgeblich gewesen:

Es gibt nach Auffassung des Gerichtes nur eine einzige Sühne für den Angeklagten: daß er nicht ruhen und rasten wird, bis es ihm gelungen ist, die Schlafenden zu wecken.

Um die Zweckdienlichkeit aller dahin zielenden Experimente zu sichern, hat das Gericht beschlossen, sie unter die Aufsicht eines von der medizinischen Fakultät der Universität noch näher zu bestimmenden Gremiums von Fachleuten zu stellen. Der Angeklagte wird hiermit verpflichtet, über das Befinden der beiden in einem Unterkühlungsraum ruhenden Menschen täglich Berichte anzufertigen und dem obengenannten Gremium regelmäßig zur Überwachung vorzulegen.

Das Gesetz gibt uns nur die Möglichkeit, diese Bestimmung für die begrenzte Zeit von fünf Jahren zu erlassen. Wir wollen alle hoffen, daß es den Bemühungen des Angeklagten innerhalb dieser Frist gelingen wird, seine unglücklichen Opfer dem Leben zurückzugeben. Sollte das in dieser Zeit nicht gelingen, so erwartet das Gericht, daß der Angeklagte auch in der ferneren Zukunft dem ernannten Gremium Bericht über den Fortgang seiner Arbeiten erstatten wird.«

Damit war die Verhandlung geschlossen. Da der Verteidiger

das Urteil annahm und der Staatsanwalt auf eine Revision verzichtete, konnte die eingehende Rechtsmittelbelehrung unterbleiben. Das Gericht verließ den Saal. Der Staatsanwalt folgte. Der Verteidiger packte seine Akten zusammen. Die Zuhörer drängten eilig hinaus. Nur Hertel blieb regungslos auf seiner Anklagebank sitzen.

Der Verteidiger trat zu ihm und legte ihm die Hand auf die Schulter. »Ich denke, wir können zufrieden sein«, sagte er. »Das hätte schlimmer ausgehen können!«

Hertel schüttelte langsam den Kopf. »Schlimmer? – Es ist ein Glück, daß ich die Möglichkeit habe, weiterzuarbeiten. Das Strafmaß ist für mich unwesentlich. Und Ihnen, Doktor, danke ich für alle Bemühungen.«

Der Anwalt winkte ab. »Kommen Sie«, sagte er schon ungeduldig, »ich fahre Sie nach Hause.«

Hertel schüttelte den Kopf; er hatte an der Tür des Gerichtssaals Thea Runau bemerkt. »Danke, ich werde abgeholt. Leben Sie wohl, Herr Doktor!«

Thea war schon am ersten Tag vernommen worden. Dabei hatte sie das Schlimmste befürchtet. Doch alle Angst war umsonst gewesen; ihre Rolle in dem Drama blieb verborgen. Hertel hatte alles auf sich genommen, auch das, was auf Theas Konto gekommen wäre. »Ich allein trage die Verantwortung. Meine Mitarbeiter haben nichts gewußt.« Das war seine stereotype Aussage. So hatte er auch am zweiten Tag die Frage nach Robinsons Sachen beantwortet. »Ich hatte alles in Verwahrung genommen.«

Jetzt drückte ihm Thea Runau schweigend die Hand. Sie war älter geworden. Ihr Gesicht verriet die Aufregungen und Sorgen der letzten Zeit. Aber sie trug den Kopf hoch. Ihre Kraft war ungebrochen, und sie wußte, daß sie jetzt mehr gebraucht wurde als je zuvor.

Schweigend stiegen sie in den Wagen.

Es war ein naßkalter Novembertag. Die Dunkelheit war früh hereingebrochen. Die Großstadt umfing sie mit Lärm, Autohupen, dem Klingeln überfüllter Straßenbahnen.

Hertel sah hinaus. »Sie haben mich verurteilt, wie ein Schüler unter ihrer Aufsicht zu arbeiten«, sagte er nach einer Weile, »das ist das bitterste!«

»Sei nicht ungerecht, Hans«, sagte Thea. »Du kannst weiterarbeiten. Du bist ein freier Mann. Denke daran, welche ungeheure

Last dir vom Herzen genommen ist! Du brauchst keinem mehr etwas zu verschweigen!«

Dann waren sie im Labor. Hertel begrüßte die vertraute Welt der Retorten, Phiolen, Chemikalien mit seltsamer Ergriffenheit. Thea war seinen Gedanken genau gefolgt. Sie betrachtete ihn stumm. Es war qualvoll für sie, zu sehen, was das letzte halbe Jahr aus dem geliebten Mann gemacht hatte. »Die Welt da draußen, Hans«, sagte sie, »ist nicht unsere Welt. Sie lebt für die Gegenwart; wir wirken für die Zukunft.«

»Die Zukunft«, wiederholte Hertel geistesabwesend. »Für mich heißt sie: Jeden Tag in aller Herrgottsfrühe ins Labor. Jede Nacht spät zu Bett. Arbeiten, arbeiten! Kein Sonntag, kein Feiertag, kein Urlaub – bis dieser Alpdruck von mir genommen ist.«

Er sah Thea fest an. Seine Frage kam leise und unbetont. Eine ganz sachliche Frage: »Willst du bei mir bleiben und mir dabei helfen?«

Thea ließ seine Blicke eine Weile in den ihren ruhen. Die Zukunft an seiner Seite! Anders, als sie es sich immer erträumt hatte. Aber ihm Halt zu geben, sein Selbstvertrauen wiederzuerwecken – war das nicht eine Aufgabe? »Ja, Hans«, sagte sie fest, »ich will. Ich werde heute noch mit meinem Professor sprechen. Dann werde ich zu dir kommen und dir helfen.«

Sie sah, wie es mächtig in ihm arbeitete, wie er alle Kraft gebrauchte, jetzt nicht weich zu werden, sie nicht an sich zu ziehen.

Auch in ihr krampfte sich alles zusammen. Sie liebte ihn doch.

Aber sie überwanden sich beide. Sie reichten einander die Hand mit festem Druck. Wie zwei Kameraden.

INTERMEZZO

Das Leben geht weiter, wie es weiterging vor tausend Jahren und wie es weitergehen wird in nochmals tausend Jahren.

Mag das Schicksal den einzelnen auch schütteln wie ein Oktobersturm. Mag das Leid ihn auch mit tausend Armen zu Boden ziehen. Mag das Unglück ihn verfolgen wie ein Rudel hungriger Wölfe – was kümmert es das Leben!

Das Leben ist bunt wie ein Jahrmarkt. Es wirbelt seine grellen Bilder durcheinander, verschenkt wahllos seine Gaben und heuchelt Glück und Schwerelosigkeit. – Aber was ist hinter der glitzernden Fassade aus Talmi und Tünche? – Die Wagen rollen davon, und der Herbstwind wirbelt welke Blätter und Papierfetzen über den kahlen staubigen Platz.

Das Leben geht weiter.

Der alte Komödiant Möckel zieht mit einer Kavalkade bunter Maringotten durch das Land, ein greises Kind, dem nichts auf der Welt die Illusionen rauben kann.

Elvira tanzt in kurzen Flitterröckchen: ein verführerisches Biest mit kastanienfarbenen Locken und grünen Nixenaugen – in Wahrheit ein liebebedürftiges armes Mädchen, dessen einziger Traum sich niemals erfüllen wird.

Freytag ist der große Jahrmarktstar, noch immer und immer wieder. Stark und wild und wahllos sich verschenkend. Was tut's, daß der Traum von Hollywood und der großen Welt so schnell zu Ende gegangen ist? Die kleine Welt ist seine Welt, die Welt der Fahrenden. Heute hier und morgen da. Und Mädchenaugen gibt es überall.

Das Leben geht weiter.

Wenn einer still die Augen schließt und aus dem bunten Reigen scheidet, die Erde wandert dennoch ihre Bahn. Die Sterne kreisen nach einem höheren Willen. Der Mensch ist dazu da, zu lachen und zu leiden, zu kommen und zu gehen.

Eines Morgens war es still bei den Fahrenden. Der alte Möckel war tot. Man hatte ihn in seiner Maringotte gefunden: Er lag über den winzigen Tisch gebeugt, sein Kopf war auf eine Weltkarte gesunken, in die mit roter Tinte die Stationen einer riesigen Tournee eingetragen waren.

Man hatte ihn feierlich aufgebahrt im Gehrock mit Plastron und falscher Perle. Seine welken Hände hielten einen seiner zahllosen Lorbeerkränze. Sein Sarg war aus billigem Tannenholz, aber der Trauerzug war unabsehbar, das Gefolge eines Königs. Männer und Frauen von Schießbuden und Achterbahnen, von Glücksrädern und Karussells. Clowns und Tänzerinnen. Gaukler und Scharlatane. Das ganze bunte Volk der Landstraße hatte ihm das letzte Geleit gegeben. Möckel war fort. Die Erde blieb deshalb nicht stehen. Sie trauerte drei Tage mit einem melancholischen Landregen, aber sie drehte sich weiter.

Plötzlich war Freytag Chef der Truppe. Freytag, der unverbesserliche Windhund, hatte für alle zu sorgen. Hatte Pläne aufzustellen und Abrechnungsbücher zu führen. Eine Zeitlang zog er noch Signora Bertina mit seinem Schlepper von Markt zu Markt, dann ging es nicht mehr. Dann war sie müde. Sie ließ ihr Wägelchen in den Hof eines Altersheimes fahren und befahl Freytag mit rostiger Stimme, sich keine Minute länger aufzuhalten; den Rest würde sie schon allein schaffen. Aber sie winkte, bis die letzte Maringotte um die Wegbiegung verschwunden war.

Auch im Labor ging das Leben weiter. Aber war das ein Leben? Weiße Wände und weiße Decken. Weiße Kittel und weiße Tabellen. Die Liebe des Mädchens Thea Runau opferte sich dem Leid des geliebten Mannes. Sie, die einmal hatte besitzen wollen, fand ihr einziges Glück darin, alles hinzugeben und auf alles zu verzichten.

War das der Sinn des Daseins? Nach den Formeln des Lebens zu suchen, statt es selber zu leben? Thea Runau wurde still und grau. Und unten im Keller schliefen zwei Menschen. Sie waren starr und doch nicht tot. Sie waren stumm, und doch hauchte ein kaum spürbarer Atem über ihre Lippen. Sie lebten nicht und lebten doch. Was hatte das Schicksal mit Ihnen vor?

40

Die Jahrtausendwende war vorübergegangen.

Die Welt war weit geworden:

Die Menschheit hatte den Vorstoß in das Weltall gewagt und war über die Grenzen ihres Planeten weit hinausgedrungen.

Doch die Erde selbst war eng geworden. Mit den Mitteln der Technik waren die Entfernungen zu einem Nichts zusammengeschrumpft.

Das Hertelsche Institut für Unterkühlungstherapie lag in der abgeschlossenen Talsenke eines Gebirgsmassivs. Es arbeitete unter der gesamten Menschheit. Dreißig ausgesuchte Wissenschaftler verschiedener Nationen waren in den weitläufigen Anlagen tätig.

Hier hatte die moderne Welt mit ihren tausenderlei Ablenkungen keinen Zutritt.

Professor Hertel, ein sechsundsiebzigjähriger Greis, lag im Sterben. Schon seit Tagen hatte er sich nicht mehr von seinem Bett erheben können. Die Glieder versagten ihm den Dienst. Aber sein Geist war noch wach wie eh und je. Aufmerksam überwachte der alte Mann auch jetzt noch die Arbeit in seinem Institut.

Er lag welk und blaß in den Kissen und verfolgte auf einem Bildschirm über Fernaugen den Fortgang eines Versuchs im Experimentierraum. Hin und wieder gab er mit schwacher Stimme über ein Mikrophon kurze Anweisungen.

Er war unzufrieden. Die wachsgelbe knochige Hand krampfte sich mehrmals ärgerlich in die Bettdecke.

»Brechen Sie ab!« sagte er unwillig. »Burmester, bitte kommen Sie sofort mal zu mir!« Er schloß die Augen.

Sein Assistent, ein fünfunddreißigjähriger Mann mit dem feinmodellierten Kopf eines geistigen Arbeiters, trat lautlos ein und blieb wartend neben Hertels Lager stehen. Er glaubte, der Professor sei eingeschlafen, aber plötzlich sprach Hertel mit geschlossenen Augen: »So geht das nicht, Burmester«, sagte er. »So kommen wir nicht weiter. Wir müssen einen neuen Weg einschlagen. Haben Sie inzwischen meine Pläne für eine neue Versuchsreihe durchgesehen?«

»Durchgesehen?« protestierte der junge Gelehrte. »Herr Professor, ich habe Tag und Nacht darüber gesessen!«

»Und? Was halten Sie davon?«

Dr. Burmester fuhr sich durch die Haare. Er konnte seine Begeisterung nicht länger unterdrücken. »Herr Professor, das kann ich gar nicht in Worte kleiden. Es ist alles sehr kühn und doch unerhört einfach. Ich halte es bei aller Vorsicht für die Lösung, nach der Sie Ihr Leben lang gesucht haben!«

Burmester sprach gegen seine sonstige Gewohnheit schnell und in kurzen Sätzen. Sein blasses Gesicht hatte sich gerötet, seine Augen blickten den Leidenden voll Verehrung an.

»Ich habe noch mehr getan, Herr Professor, ich konnte einfach nicht anders! Ich habe alle Vorbereitungen für einen Versuch nach dieser Methode mit unseren Schimpansen getroffen. Darf ich endlich damit anfangen? So wird es gelingen! So muß es gelingen! Ich fühle es. Ich weiß es!«

Die welke Hand hob sich in ängstlicher Abwehr. Ein bitteres Lächeln lag um die Mundwinkel des Greises. »Langsam, langsam, junger Mann«, sagte er müde. »Das habe ich auch geglaubt. Das habe ich bei jedem neuen Versuch geglaubt, den ich in den letzten Jahrzehnten durchgeführt habe. Und nichts ist gelungen. Alles ist schiefgegangen. Ich habe versagt!«

»Wie können Sie so etwas sagen!« rief der Assistent. »Jedes Kind kennt Ihren Namen. Nach Ihren Verfahren werden heute Operationen durchgeführt, die früher für völlig aussichtslos galten. Die Hertelsche Unterkühlungs-Anästhesie ist ein Begriff geworden. Nach Ihrer Methode werden Krankheiten geheilt, die noch in der vorigen Generation Geißeln der Menschheit waren.«

Hertel hörte dem Ausbruch mit unbewegtem Gesicht zu. »Vielen Dank, mein Lieber«, flüsterte er erschöpft und schloß die Augen, »ich weiß, daß Sie es gut meinen. Sie vergessen nur eins: Ich habe zwei Menschenleben auf dem Gewissen!« Er blickte auf und versuchte, sich aus den Kissen hochzustemmen.

»Dafür haben Sie zehntausend andere vor dem sicheren Tode gerettet«, unterbrach Burmester den alten Mann.

Hertel schüttelte den Kopf und ließ sich schwer in die Kissen zurücksinken: »An diesen beiden aber habe ich versagt. Das wiegt schwerer als alles andere.« Er rang nach Atem. »Vergessen Sie nicht, sie ist meine Frau!«

Burmester schwieg betreten.

Ja, das junge Geschöpf, das seit vielen Jahrzehnten im Unterkühlungsraum des Instituts lag, in seiner statuenhaften Schönheit ein Abbild der ewigen Jugend, war die Frau dieses gebrochenen Greises, der kaum noch Mensch war, nur noch Geist.

Diese junge Frau war seit einem halben Jahrhundert zum Mysterium der ganzen Welt geworden. Sie schlief. Aber auch schlafend war sie die Herrin des Hauses geblieben.

Alle paar Jahre griffen die Zeitungen alte Berichte auf und riefen den Lesern das erschütternde Schicksal Robinsons und Renates wieder ins Gedächtnis. Renate Hertel, geborene Krabp. Vor fünfzig Jahren eine blühende junge Frau, der noch heute eines der bedeutendsten Werke der Erde gehörte. Und wie sie schlief im selben Raum ein junger Artist.

Längst war die Geschichte dieses Liebespaares zu einem unvergänglichen Bestandteil der modernen Kunst geworden. Ein Bühnenreißer, der ihr Schicksal zum Vorwurf nahm, hatte vor zwanzig Jahren die ganze Menschheit erschüttert. Er wurde heute noch aufgeführt. Bei der Jugend war es zu einer Mode geworden, sich Bilder oder Gesichtsplastiken von Robinson und Renate aufzuhängen. Sie waren Romeo und Julia der neuen Zeit. Genauso wie jenem berühmten Veroneser Liebespaar war auch ihnen die Erfüllung der Liebe versagt geblieben. Aber – und das war das

Mysteriöse – sie lagen in einem Schlaf, der ihnen Schönheit und Jugend erhielt. Einmal würde es, einmal mußte es möglich sein, sie ins Leben zurückzurufen.

Burmester räusperte sich. Der Kranke schien eingeschlafen zu sein. Da kam die alte Stimme aus den Kissen: »Das hat Ihnen die Rede verschlagen, was?« Es klang fast spöttisch. Burmester sah betreten zu seinem alten Professor hinunter. »Schalten Sie!« sagte Hertel. »Ich will nach draußen sehen.« Burmester trat zwei Schritte vor und berührte einen der Schaltknöpfe am Krankentisch. Sofort wurde die breite weiße Wand des Raumes durchsichtig wie eine Glasscheibe. Sie gab den Ausblick in den weiträumigen Park frei, mit dem Hertel sich gegen die Welt abgeschirmt hatte. In einem Rondell erhob sich auf rotem Granitsockel das Bronzedenkmal Professor Rühles.

Hertel ließ sich von Burmester aufrichten und blickte hinaus. »Ich muß in diesen Tagen immer an ihn denken!« sagte er leise. »Er war der Wegbereiter! Ich werde die Stunde seines Todes nie vergessen. Damals konnte ich ihm das Äffchen zeigen, das ich nach jahrelangen vergeblichen Versuchen gerade aus dem Dauerschlaf erlöst hatte. Rühle hatte sein Lebenswerk vollendet! Anders als ich – mir hat das Schicksal diese Gnade verwehrt, weil ich schuldig wurde.«

»Herr Professor«, bat der Assistent und beugte sich über seinen Lehrer, »lassen Sie mich den Versuch beginnen! Noch heute! Sofort! Ich bin überzeugt, daß er gelingt! Und wenn die Schimpansen nach dieser Methode erweckt werden können, dann steht doch einem Versuch an unseren Schlafenden nichts mehr im Wege! Dann, dann haben wir doch die Gewißheit...«

Der Anflug eines Lächelns glitt über das Gesicht des alten Forschers. »Immer begeistert, immer gläubig, immer voller Zuversicht«, murmelte er. »Aus solchem Holz werden Rühles geschnitzt. Früher war ich wohl auch so. Aber das ist lange her.«

Er raffte sich zusammen. Seine Miene wurde sachlich und kühl. Er stellte Burmester eine Reihe von detaillierten Fragen über die Versuchsvorbereitungen. Der Assistent gab knappe und schnelle Antworten. Er fieberte. Er konnte gar nicht verstehen, daß Hertel seine neuen Ideen nicht schon längst in die Tat umgesetzt hatte.

»Gut!« sagte Hertel plötzlich in einem letzten Entschluß. »Ich bin im Augenblick zu abgespannt. Sie können den Versuch für heute nachmittag festlegen. Ich will es mir auf dem Bildschirm mit ansehen! Bis dahin werde ich wohl noch einmal genügend Kraft gesammelt haben.«

Er entließ Burmester mit einem leichten Nicken.

Dann blieb er allein. Er lag meist mit geschlossenen Augen, aber er schlief nicht. Bilder aus dem Ablauf seines Lebens gingen wie Visionen durch sein Hirn. Er wußte, daß es zu Ende ging, daß ihm nur Tage, vielleicht nur noch Stunden beschieden waren.

Gemessen an dem Lebensalter, das die Menschheit jetzt durchschnittlich erreichte, starb er zu früh. Die Arbeit hatte ihn aufgezehrt. Wie ein Sklave hatte er jede Stunde seines Lebens für das hohe Ziel geopfert.

Einmal schlug er die Augen auf und drehte den Kopf zur Seite. Auf dem Nachttisch stand das goldgerahmte Bild Thea Runaus. Sie war vor acht Jahren gestorben. Auch an ihrem Schicksal trug er Schuld. Sie hatte ihm ihr ganzes Leben geopfert, hatte neben ihm auf alles verzichtet, was einer Frau Glanz und Freude bedeuten mußte. Und nie wieder hatte er einen Vorwurf von ihr gehört.

Gegen Nachmittag tönte der leise Summer. Hertel bediente die Sprechanlage und hörte Dr. Burmesters Stimme: »Herr Professor, ich bin bereit. Dürfen wir beginnen?«

»Ja, fangen Sie an«, sagte Hertel ruhig.

Er schaltete die Sehanlage ein. Auf dem Bildschirm konnte er nun die Vorgänge im Versuchsraum genau beobachten. Die eingeschaltete Sprechanlage gab ihm die Möglichkeit, jederzeit einzugreifen.

Jetzt kam Leben in den alten Mann. Die müden Augen wurden hell. Sie sahen jede kleine Einzelheit. Sie verfolgten angespannt jeden Handgriff der weißgekleideten Gestalten, jede Phase des Versuchs. Aber so scharf er auch aufpaßte, er fand keinen Grund, sich einzuschalten. Längst waren seine Schüler mit seinen Methoden so vertraut, daß sie kaum noch Fehler machten.

Sieben Schimpansen sollten bei diesem Versuch nach Hertels neuem System aus dem Dauerschlaf erweckt werden. Diese Affen waren den Menschen in ihrer Konstitution am ähnlichsten. Auch ihre Erweckung war bisher nie gelungen.

Mehrfach griff Hertel mit zitternden Fingern nach dem Wasserglas, um sich die Lippen anzufeuchten. Die Augen brannten ihm, aber er hielt sie krampfhaft offen. Die Krise deutete sich an. Die Entscheidung rückte immer näher. Die Anspannung war für ihn ungeheuerlich. Er mühte sich, Worte zu formen, er wollte ›Vorsicht‹ sagen, als er auf dem Bildschirm die ungeschickte Handbewegung eines Assistenten erkannte, aber nur ein heiseres Krächzen kam aus seiner trockenen Kehle.

Dann sah er die ersten Bewegungen des ersten Tieres. Dann erkannte er an den Ausschlägen der Instrumente, daß der Schimpanse erwachte. Die Hände des Greises krampften sich in die Bettdecke, seine Augen stierten auf das Bild und verfolgten das Wecken des zweiten Tieres.

Bei dem dritten gab es eine unvorhergesehene Störung.

Ach, Hertel kannte diese Anzeichen des Mißlingens! Er ahnte sie schon Sekunden, bevor sie Wirklichkeit wurden. Er sah überdeutlich an den schwachen Ausschlägen der Herzkurve, daß dieser Affe nicht in die Wirklichkeit zurückzuholen war. Er sah aber in diesem Augenblick auch, woran der Fehler lag. Er wollte eingreifen. Er wollte schreien. Aber die Stimme versagte.

Er fühlte sein Herz wie einen dumpfen Hammer mit ungleichmäßigen Schlägen gegen die Rippen dröhnen. Er verspürte die krampfartige Atemnot, die ihm die Kraft der Stimme raubte.

Das war das Ende! Er wußte es.

Die Finger tasteten sich vor und schalteten bebend das Sehbild aus. Seine Augen schlossen sich.

»Kraft«, betete er, »nur noch etwas Kraft!«

Mit übermenschlicher Anstrengung bewegte sich seine rechte Hand zittrig an das Schaltbrett. Zentimeterweise krochen die Finger vorwärts. Sie hatten Mühe, den leichten Kontakt zu bedienen, der sein Mikrofon vom Labor auf das Magnetband umschaltete. Ein zweiter Tastendruck, und das Mikrofon schob sich selbsttätig dicht vor seinen Mund. Würde es gelingen? Würde die Stimme noch einmal, ein letztes Mal, gehorchen?

Minuten eines stummen Ringens, da der Geist schon hinüberdämmern wollte. Doch der Wille war stärker.

»Bei Phase sechs kurz vor – dem Einschalten – der Millimeterwellen...« Die geflüsterten Worte vergingen, die Stimme erstarb.

Nein, es war noch nicht gesagt. Das war ja nur die Einleitung! Und wieder zwang der Wille die Lippen, den Satz zu vollenden, der wie eine Beschwörungsformel in seinem Hirn hämmerte. Eine Formel, die er als Erbe weitergeben mußte, die die Lösung brachte, Eine Formel, die für Renate und Robinson das Leben bedeutete.

»... auf das Schlafzentrum des Gehirns. Stärke drei!«

Er sank zurück. Er schloß die Augen. Und ein seltsam verklärtes Lächeln spielte um seine erblassenden Lippen...

Als Burmester nach einer Stunde in Hertels Zimmer stürzte, um ihm zu melden, daß fünf der Versuchstiere erwacht waren und die neue Methode nur bei zweien versagt hatte, erstarben ihm die Worte auf den Lippen. Sein verehrter und geliebter Professor war tot.

Ein überirdisches Lächeln lag auf dem stillen Gesicht, das ein Leben lang nur ernst und nüchtern gewesen war. Die Züge waren gelöst und verklärt. Das war nicht mehr das Antlitz des strengen Gelehrten. Das war das Gesicht eines Menschen, der den Frieden gefunden hatte.

Lange stand Dr. Burmester tief ergriffen vor diesem Totenbett. Dann erst irrten die Augen von dem Gesicht ab und nahmen wieder Einzelheiten der Umgebung wahr. Er sah das laufende Bandgerät und schaltete es ab.

Es dauerte lange, bis ihm zum Bewußtsein kam, daß Hertel in seinen letzten Minuten noch etwas auf das Band gesprochen haben mußte.

Was konnte das gewesen sein? Eine wichtige Anweisung vielleicht? Burmester schaltete das Gerät ein und ließ das Band abspielen.

Als Hertels letztes Wort verklungen war, traten Tränen der Ergriffenheit und der Erschütterung in seine Augen.

Er trat vor die Parkwand und sah hinaus. Golden überstrahlte die Abendsonne die gegossenen Lettern unter Rühles Denkmal. Hertel hatte die Inschrift entworfen:

DER SCHLAF WAR DER BRUDER DES TODES; ER HAT IHN ZUM BRUDER DES LEBENS GEMACHT

41

Dr. Burmester brauchte volle drei Monate für weitere Tierversuche, bis er sich an jene große Aufgabe heranwagen konnte, deren Lösung schon so oft ergebnislos versucht worden war.

Er war so vorsichtig gewesen, die Öffentlichkeit von seiner

Absicht mit keinem Wort zu unterrichten. Als er morgens um sechs mit dem Versuch begann, war nur ein kleiner Kreis ausgesuchter Mitarbeiter zugegen.

Um elf Uhr vormittags geschah dann das erhoffte Wunder: Robinson Gomela erwachte. Ein todesähnlicher Schlaf von fünfzig Jahren Dauer war endlich unterbrochen!

Robinson war zwar außerordentlich schwach, war bewegungs- und sprechunfähig, aber zweifellos bei Bewußtsein. Er wurde sofort in ein vorbereitetes Krankenzimmer gebracht. Dann standen Dr. Burmester und seine Mitarbeiter in tiefer Ergriffenheit vor dem leeren Lager, das fünfzig Jahre lang der Mittelpunkt ihres weltberühmten Laboratoriums gewesen war.

Nebenan lag Renate Krabp. Burmester mußte sich eingestehen, daß er es nicht wagen durfte, sie nach derselben Methode zu wecken, weil ihre Widerstandskraft – wie schon vorhergehende Versuche gezeigt hatten – dem Schock nicht gewachsen war.

Schweigend trat er an Renates Lager. Die erste Schlacht war zwar gewonnen, aber bei dem Blick in das stille, schöne Antlitz der jungen Frau erschien ihm dieser Erfolg wie ein Pyrrhus-Sieg.

Wenige Stunden später spielten schon die Fernschreiber um den ganzen Erdball. Die Weltgesundheitsbehörde rief das wissenschaftliche Gremium für den nächsten Tag zusammen, um den weiteren Gang der Arbeiten zu beraten.

Am Vormittag versammelten sich 25 Wissenschaftler im Konferenzsaal des Hertelschen Instituts. Burmester war der jüngste. Er zeigte und erläuterte seinen Gästen an Hand einer Filmaufnahme den gesamten Ablauf des gelungenen Weckversuchs. Er berichtete voller Stolz über das Ergebnis; aber er verschwieg auch nicht, welchen gefährlichen Krisen der Patient dabei ausgesetzt gewesen war.

»Gewiß, es ist ein aufsehenerregender Erfolg«, schloß er seinen Vortrag, »ein Erfolg, den das Institut nur der Lebensarbeit Professor Hertels zu verdanken hat; aber es wird noch eines monatelangen Trainings bedürfen, bis unser Patient seine volle körperliche Bewegungsfähigkeit wiedererlangt.«

Am anderen Ende des Konferenztisches hob ein weißhaariger Professor, der führende Psychologe der Universität Chikago, die Hand. »Mein lieber junger Kollege«, sagte er, »mir scheint die seelische Heilung fast noch schwieriger zu sein. Der junge Mann muß glauben, einen tiefen, aber normalen Schlaf hinter sich zu haben. Die volle Erkenntnis, daß er fünfzig Jahre bewußtlos gewesen ist, bedeutet einen schweren seelischen Schock und darf ihm nur mit äußerster Vorsicht beigebracht werden.«

»Die Gefahren für das Leben des Wiedererwachten sind jetzt doppelt so groß wie während der Schlafperiode«, meldete sich eine andere Stimme. »Der Kranke hat fünfzig Jahre in einer fast sterilen Umgebung gelegen. Ein Bazillus, ein Virus, die bei uns nicht die geringste Wirkung hätten, können ihm lebensgefährlich werden. Deshalb darf er mit der Umwelt nur unter Beachtung aller Vorsichtsmaßregeln in Kontakt gebracht werden.«

Jeder der anwesenden Wissenschaftler hatte andere Bedenken, Sorgen und Vorschläge. Und wenn es auch bei der einen oder anderen Frage Meinungsverschiedenheiten gab, in einem Punkte war man sich einig: Der Wiedererwachte mußte streng isoliert bleiben. »Und die Öffentlichkeit?« fragte Burmester.

Jeder der Männer erkannte die Bedeutung dieser Frage. Das Interesse der Welt am Schicksal Robinsons und Renates war in den vergangenen fünfzig Jahren nie erloschen. Die Meldung von der Erlösung aus diesem Schlaf war eine Weltsensation.

Aber das war nicht die größte Sorge Burmesters. »Und wie steht es mit unserer Patientin?« fragte er langsam. »Ich muß gestehen, daß ich nach den Erfahrungen des gestrigen Tages noch nicht den Mut zu einem neuen Weckversuch habe.«

Der Senior der Versammlung, der Vertreter der Weltgesundheitsbehörde, sah über den Konferenztisch hinweg die Reihe seiner versammelten Kollegen an, bevor er das Wort ergriff.

»Meine Herren! Wir haben hier viele Meinungen und viele gutdurchdachte Ratschläge gehört. Die psychologische Vorbereitung erscheint auch mir die allerschwierigste zu sein. Vielleicht empfiehlt es sich, dem Patienten mit Hilfe von Filmen, Büchern und später auch Zeitschriften den Weg in die Gegenwart zu ebnen. – Wir wissen, daß die Lebensgeschichte des jungen Mannes eng mit dem Schicksal unserer Patientin verknüpft ist. Von ihrer Existenz darf er aber trotzdem zunächst nichts erfahren; sie schon heute oder morgen nach derselben Methode zu wecken wie Robinson Gomela, halte auch ich für ein Wagnis, das wir als Wissenschaftler nicht eingehen dürfen. Das Institut wird also vorerst weitere Versuchsreihen mit Schimpansen durchführen müssen. Auf ein halbes Jahr wird es nun auch nicht mehr ankommen. Die Öffentlichkeit muß vorerst völlig ausgeschaltet bleiben. Wir würden sonst keine ruhige Minute mehr haben. Wir können das Gelingen des Weckversuchs an Robinson Gomela mit gutem Gewissen erst dann bekanntgeben, wenn auch unsere Patientin bei vollem Bewußtsein und außer Lebensgefahr ist.«

Monate waren verstrichen, als Professor Burmester seinen Patienten in dessen isoliertem Bungalow zur Morgenvisite aufsuchte.

Robinson lag am Rande des Schwimmbassins im Grase und blinzelte zu den zarten Wolkenbällchen hinauf, die über den blauen Himmel segelten. Professor Burmester betrachtete ihn eine Weile mit den prüfenden Augen des Arztes, bevor er dicht an ihn herantrat. Robinson fuhr erschrocken in die Höhe.

Burmester lachte. »Reaktionsfähigkeit ausgezeichnet! – Und wir üben fleißig weiter, wie ich höre?«

»Was soll ich sonst tun?« fragte Robinson. Er federte auf seine Beine und schlug ein Rad.

Burmester schmunzelte befriedigt. »In letzter Zeit haben Sie ausgezeichnete Fortschritte gemacht.«

»Dabei komme ich vor Langeweile um!«

Professor Burmester lächelte. »Langeweile ist die beste Medizin.«

»Wozu noch Medizin?« fuhr Robinson auf. »Ich bin wieder fit! Ich habe Ihre Bücher gelesen und mir Ihre Filme angesehen. Ich habe alles getan, was Sie verlangt haben. Ich kenne Ihre neue Welt theoretisch genau. Jetzt möchte ich sie endlich erleben!«

Burmester machte eine besänftigende Handbewegung. »Ruhig, ruhig«, sagte er. »Eins nach dem anderen. Für den Patienten sieht es oft so aus, als ob alles überwunden sei; aber der Arzt sieht die Dinge anders an.« Er schwieg einen Augenblick und musterte Robinson. »Haben Sie irgend etwas auf dem Herzen, Herr Gomela?«

»Wie kommen Sie darauf?« fragte Robinson abweisend.

Burmester zuckte die Schultern. »Es sieht manchmal so aus«, sagte er ruhig. »Vergessen Sie nicht, daß wir Sie sehr genau beobachten!« Er ließ sich neben Robinson nieder und rieb sich die Augen.

Eine Weile war es still. Dann faßte Robinson Burmesters Arm und sah ihm eindringlich in die Augen. »Ja, Herr Professor, ich habe etwas auf dem Herzen.«

Burmester stellte mit Genugtuung fest, wie kräftig Robinsons

Händedruck schon wieder geworden war. »Und was ist das?« fragte er ruhig.

»Ich weiß, inzwischen sind fünfzig Jahre vergangen«, sagte Robinson mit einem hoffnungslosen Klang in der Stimme, »und trotzdem ...« Er hob die Hände und betrachtete sie wie etwas Fremdes. »Ich habe meinen Bruder umgebracht. Es war kurz vor meiner Rückkehr aus Mallorca, und es ist noch so frisch in mir, als wäre es gestern geschehen.«

Burmesters Gesicht zeigte keine Spur von Erschrecken. Seine Frage klang sachlich und hilfsbereit zugleich. »Welchen Bruder?«

Robinson sah ihn erstaunt an. »Ich hatte nur einen.«

Burmester schüttelte den Kopf. »Abgesehen davon, daß die Sache ja nun fünfzig Jahre zurückliegt und längst verjährt ist«, sagte er, »verstehe ich die Geschichte nicht. Während Ihres Schlafes sind beim Institut Tausende von Anfragen eingegangen. Es gibt bei uns eine wahrhaft gigantische Akte Gomela. Aber von einem Mordverdacht gegen Sie war da nirgendwo die Rede.«

»Freytag ist wahrscheinlich nie gefunden worden.«

Burmesters stilles Gelehrtengesicht leuchtete auf. »Ihr Bruder Freytag hat sich mehrmals beim Institut nach Ihnen erkundigt. Die Postkarten sind noch in der Akte. Das ist allerdings schon lange her. Das letzte Mal muß es um 1985 gewesen sein. Immerhin hat er damals noch gelebt.«

Robinson packte den Arzt bei beiden Händen. »Ist das wahr, Herr Professor? Ist das wirklich wahr?«

»Trauen Sie mir zu, daß ich Sie belüge?« fragte Professor Burmester. »Ich bringe Ihnen die Karten morgen zur Visite mit.«

»Morgen?« fragte Robinson ungeduldig. »Jetzt! Sofort! Wir müssen nach ihm suchen! Wir müssen alles unternehmen!«

Burmester lächelte. »Gut«, sagte er, »ich schicke sie Ihnen nachher. Die Nachforschung können wir dann sofort einleiten.« Er erhob sich, aber Robinson hielt ihn fest.

»Noch etwas?« fragte der Professor.

Robinson schluckte. »Ja, Herr Professor. – Ich habe bisher nicht daran zu denken gewagt, weil ich mir die ganze Zeit wie ein Verbrecher vorgekommen bin. Aber jetzt – jetzt darf ich daran denken.«

Burmester wandte sich seinem Patienten voll zu. Er spürte das starke Vertrauen, das ihm Robinson entgegenbrachte. »Was ist denn?« fragte er behutsam.

Robinson senkte den Blick. »Herr Professor«, begann er flüsternd, »ich habe einmal ein Mädchen gekannt. Ich habe sie geliebt. Ich habe sie so sehr geliebt, daß ...« Sein Bekenntnis verfing sich in einem hilflosen Gestammel.

Burmester unterbrach ihn nicht. Er stand schweigend vor Robinson und wartete.

Robinson blickte gequält zu seinem Arzt auf. »Was würde es nützen, wenn sie noch lebte?« murmelte er. »Sie wäre jetzt eine Frau von über siebzig Jahren. Und doch, Herr Professor: Ich wäre der glücklichste Mensch der Welt, wenn sie noch lebte, wenn ich sie sprechen könnte! Sie würde mich verstehen. Sie würde gut zu mir sein. Was uns verbindet, ist stärker als die Zeit, stärker als alle vergänglichen Werte.« Einen Augenblick war Professor Burmester versucht, sein Geheimnis preiszugeben. Einen Augenblick spürte er das Bedürfnis, dem leidenden jungen Mann zuzurufen: ›Sie lebt, Robinson! Sie ist ganz in deiner Nähe! Sie ist nur noch nicht so weit wie du, aber bald wirst du sie sprechen können!‹

Er durfte es nicht. Renates Schicksal war noch ungeklärt. Er durfte den kaum genesenen jungen Mann nicht damit belasten, tagaus, tagein, vielleicht monatelang um das Leben der geliebten Frau zu bangen.

»Wir wollen gern nach der Dame forschen, Herr Gomela«, sagte er mit kühler Freundlichkeit. »Wie war denn ihr Name?«

»Renate Krabp«, sagte Robinson leise. »Ihr Vater war der Eigentümer der großen Krabp-Werke. Gibt es die noch?«

»Natürlich«, antwortete der Arzt. »Sie gehören auch heute zu den bedeutendsten Werken der Welt.«

Burmester war im Begriff zu gehen, da wandte er sich noch einmal zurück. Ja, es war soweit. Es war geschafft. Jetzt konnte er mit gutem Gewissen die Öffentlichkeit informieren. »Ach, Herr Gomela, mir fällt gerade ein, daß in den nächsten Tagen ein Fernsehreporter zu uns kommen wird, um sich ein paar Minuten mit uns beiden zu unterhalten.«

Robinson schüttelte widerwillig den Kopf. »Was soll denn das?«

»Sie sind nun einmal eine Figur des öffentlichen Interesses«, bemerkte Burmester lächelnd. »Man kann sich seiner Popularität nicht widersetzen. Und ein paar freundliche Worte für die vielen Millionen Menschen, die um Ihr Schicksal gebangt haben, werden Sie schon finden!«

Damit verabschiedete er sich und tauchte in den Büschen unter, die den Garten des Bungalows von den übrigen Gebäuden des Zentrallabors und des Sanatoriums trennten.

Robinson blickte ihm nach, bis der weiße Mantel im grünen Blätterwerk verschwunden war. Dann ging er langsam durch das Gras auf das Bassin zu.

›Ich werde hier gehalten wie ein Löwe im Freigehege‹, dachte er verstimmt. Er kletterte behend die Stahlrohrsprossen zum Sprungturm hinauf, setzte federnd an und schnellte wie ein fliegender Fisch ins turmalingrüne Wasser.

In einem kleinen Badeort der Voralpen ging ein alter Mann über die Kurpromenade. Er schlenkerte einen Ebenholzstock mit altmodischer Silberkrücke in der Hand und pfiff einen längstvergessenen Schlager. Im Knopfloch seines Rockaufschlags steckte eine weiße Aster. Sein Gesicht war wie gegerbtes Leder und verriet ein wildbewegtes Leben. In seinen Augen saß der Schalk. Er zwinkerte, sobald ein junges Mädchen vorüberging. Wenn sie schön war, blieb er stehen und sah ihr nach. Ein paar Jungen übten sich im Radschlagen. Er beobachtete sie längere Zeit kritisch, griff dann ein und gab fachmännische Ratschläge.

Freytag Gomela hatte vor ein paar Jahren mit dem Rummelplatz Schluß gemacht. Der Verkauf seiner Schaubude ermöglichte ihm und seiner Frau Elvira einen ruhigen Lebensabend. Sie hatten sich ein kleines Lokal gekauft, das hauptsächlich von den Einheimischen besucht wurde. Die arbeitsame Elli trug den Löwenanteil an diesem Erfolg. Freytag spielte nach wie vor den großen Herrn. Er liebte es, sich wie ein Kurgast zu benehmen.

Ja, Freytag Gomela machte das Leben Freude! Es würde ihm immer Freude machen! Die sechsundsiebzig Jahre, die er erreicht hatte, drückten ihn wenig. Er war ein Lebenskünstler und würde es bis ans Ende seiner Tage bleiben. Er kannte jeden im Städtchen und das ganze Städtchen kannte ihn. An den Stammtischen war er mit seinen tolldreisten Geschichten aus der Vergangenheit gern gesehen. Die Kinder liefen ihm nach, wo er auch auftauchte; vom alten Gomela konnte man immer neue Streiche lernen!

Freytag setzte sich auf eine Bank der Kurpromenade, stellte den Stock zwischen die Knie und musterte wohlwollend die Vorübergehenden. Das war seine liebste Vormittagsbeschäftigung. Im Lokal wurde jetzt sauber gemacht, und Elvira schätzte es gar nicht, wenn er dann schon morgens an die Wacholderflasche ging.

Gerade überlegte er, ob er dem Bahnhofswirt einen kollegialen Besuch abstatten sollte – gewöhnlich sprangen zwei, drei Schnäpschen dabei heraus –, da sah er am Ende der Promenade Elvira auftauchen. Obwohl auch sie das siebente Jahrzehnt weit überschritten hatte, war sie ansehnlich und rüstig geblieben. Jetzt lief sie sogar.

Mit keuchendem Atem blieb sie vor ihm stehen und preßte beide Hände auf das jagende Herz. »Freytag! Gott sei Dank, daß ich dich finde!«

Sie sank neben ihm auf die Bank und mußte ein paarmal tief Luft holen, bevor sie die nächsten Worte herausbrachte. »Du mußt sofort nach Hause kommen! Sie haben eben durchgesagt, daß unser Prinz...« Ihre Stimme erstickte in Tränen.

Freytag blickte sie erstaunt an. »Robinson?« Er klopfte Elli beruhigend auf den Rücken. »Nun faß dich erst mal, Alte! Was soll denn mit ihm sein?«

»Er lebt!« schrie Elvira außer sich. »Sie haben ihn geweckt! In einer Viertelstunde wollen sie eine Übertragung bringen! Sie werden ihn zeigen! – Ach, Freytag, ich kann es nicht glauben.«

Jetzt kam auch in den Alten Bewegung. Er sprang auf und schwang den Stock durch die Luft. Dann nahm er Elvira energisch unter den Arm: »Wenn du nur nicht spinnst! Aber komm! Wir werden sehen!«

Die beiden hasteten mit kurzen Schritten zu ihrem Lokal.

Freytags Gaststube ›Die Schaubude‹ hatte ihre eigene Atmosphäre. Hier gab es keine Sichtwände, keinen Kunststoff, keine Automaten oder Selbstbedienung. Eigensinnig hatte der alte Mann darauf bestanden, alles so einzurichten, wie es früher einmal gewesen war. So hatten gleichzeitig Frankfurter Äppelwoikneipen und bayrische Bierkeller bei seiner ›Schaubude‹ Pate gestanden.

Auf dem Bildschirm flirrte noch das Pausenzeichen. Freytag eilte zunächst hinters Büfett und kam mit der Wacholderflasche und einem Glas in der Hand zurück. Er kippte zur Beruhigung erst mal einen hinunter. Elvira saß mit aufgestützten Händen und hochroten Wangen am Tisch und starrte das leuchtende Rechteck an, als sollte dort die ewige Seligkeit erscheinen.

Pünktlich zur angegebenen Zeit begann die Reportage aus dem Hertel-Institut. Eine kurze Einleitung, gesprochen von der nüchternen Stimme eines Ansagers. Aber sie verriet trotzdem schon die Weltsensation.

»Zum erstenmal in der Geschichte der Menschheit«, sagte die trockene Stimme, »ist es gelungen, einen Menschen ein halbes Jahrhundert schlafen zu lassen. Dieser Mensch hat sich in dem Unterkühlungsschlaf seine Jugend bewahrt. Als vor fünfzig Jahren in Frankfurt am Main ...«

Freytag goß sich mit zitternder Hand zum zweitenmal einen Doppelstöckigen ein. Er ließ dabei keinen Blick vom Bildschirm. Das Glas lief über, der Inhalt tropfte auf seine Hand, er merkte es nicht. Er war aufgesprungen. Er konnte nicht länger sitzen.

Und dann... Da – dort!

Nein, das war unmöglich, das konnte gar nicht sein.

Da saß in einem blühenden Garten auf einer Rasenfläche Robinson. Rob, so jung, so strahlend jung. Seine Stimme hatte noch immer den tiefen, vollen Klang, jenes besondere Timbre, das Frauenherzen so bezaubert hatte.

Es war ganz still im Raum. Nur die Stimme war da, diese dunkel schwingende Stimme. Sie kam von weit und war doch nah. Sie kam nicht nur aus einer fernen Stadt, sie kam auch aus einer fernen Zeit. Sie drang aus der nie vergessenen Vergangenheit herüber in diesen kleinen Kneipenraum voll altmodischer Requisiten.

Plötzlich wurde ein Schluchzen hörbar, ein unterdrücktes Aufweinen. Über Elviras altes, faltiges Gesicht liefen helle Tränen. Sie hatte nicht die Kraft, sie abzutupfen. Ihre Hände lagen wie gelähmt im Schoß.

Da war die Jugend. Da war die unerfüllbare Sehnsucht. Sie erkannte im Spiegel ihrer eigenen Seele, daß der eine große Traum ihres Lebens endgültig ausgeträumt war.

»Robinson!« stammelte sie unhörbar. »Lieber kleiner Robinson!«

Wie hatte sie ihn geliebt! Kein Tag war vergangen ohne einen Gedanken an ihn, keine Nacht ohne Tränenspuren in den verwühlten Kissen.

Aus. Vorbei.

Arme Elvira!

Freytag hatte sich erst in fassungslosem Staunen aufrecht wie ein Holzpfahl vor dem Bildschirm aufgebaut. Plötzlich begann er zu schwanken. »Nein«, schrie er laut, »das ist Betrug! Das ist nicht wahr!« Er stieß seinen Stock hart auf den Boden und fegte mit einer unbedachten Handbewegung das Glas vom Tisch.

»Das bin ich!« schrie er heiser und wie beschwörend. »Das bin doch ich! Alles Schwindel! Sie haben alte Filme aus meiner Hollywoodzeit ausgegraben!«

»Schweig doch, du Narr!« rief Elvira mit tränenerstickter Stimme. »Ich will hören, was er sagt!«

Freytag schwieg. Er starrte mit weitaufgerissenen Augen auf den Bildschirm. Seine Lippen bewegten sich. Er stammelte. Er flüsterte mit dem farbigen Abbild auf dem Fernsehschirm. Er sah sich selber so jung und lebendig vor Augen, so wahrhaftig und echt, wie es ihm die Phantasie nie hätte vorgaukeln können.

Fassungslos schwankend zwischen Sein und Schein, erwiderte er das Lächeln seines Ebenbildes mit wehmütiger Zärtlichkeit. Er raunte ihm kleine Vertraulichkeiten zu. Scherzworte und derbe Bemerkungen. Er hörte gar nicht, was jener sagte, so sehr war er mit dem Spiegelbild seiner eigenen Jugendjahre beschäftigt.

Plötzlich trat dumpfes Begreifen in seine Augen. Nein, solche Wunder gab es nicht. Nein, das war Robinson! Er war erwacht!

Die Übertragung war nur kurz. Als nach fünf Minuten eine andere Reportage eingeblendet wurde, ließ sich Freytag schwer auf einen Stuhl fallen. Auf seiner Stirn stand Schweiß. Er zitterte am ganzen Körper. Elvira weinte still vor sich hin. War es Schmerz? War es Freude?

Freytag faßte sich als erster. Er griff seinen Stock, den er seit Jahren nicht aus der Hand ließ, und schwang ihn nach seiner Gewohnheit durch die Luft. »Wenn es wahr ist«, schrie er, »dann muß ich zu ihm! Und zwar sofort!« Die alte Faust knallte auf die Tischplatte. »Was heulst du denn? Was flennst du denn? Los! Mach die Kassa leer! Ich muß reisen! Ich brauche Geld!«

42

Die Fernsehreportage war beendet. Professor Burmester begleitete die Herren zu ihren Wagen. Robinson blieb allein. In seinem Kopf schwirrte es. »Unsere Reportage ist über fast alle Fernsehsender der Welt gelaufen«, hatte der Reporter beim Abschied gesagt, »Sie sind jetzt der populärste Mann der Erde.«

Robinson ging nachdenklich im großen Wohnraum seines Bungalows auf und ab. Draußen lag der Park mit den weiten sattgrünen

Rasenflächen und den alten Bäumen. Draußen war das Schwimmbassin. Da war das große und doch so enge Freigehege, das man ihm gegeben hatte. Nur der unerreichbare Himmel spannte sich blau und grenzenlos über alle Trennmauern hinweg.

›Ich will hinaus!‹ dachte er immer wieder. ›Ich bin gesund!‹ Er fühlte es in jedem Muskel seines Körpers. Seine Schritte waren federnd und kraftvoll. Aber es waren die Schritte eines gefangenen Tieres, das nur einen einzigen Gedanken hat: die Freiheit!

Jemand kam vom Garten her. Es war Burmester.

»Nun«, sagte der Professor, »wie haben Sie diesen Ansturm überstanden?«

»Dank Ihrer Hilfe so gut wie alles andere, was hinter mir liegt«, sagte Robinson mit einem melancholischen Lächeln. »Aber ...« Er stockte und sah zu Boden.

»Aber?«

»Aber ich habe Angst vor dem, was vor mir liegt.«

»Wir werden Ihnen auch dabei helfen, Sie können immer mit mir rechnen.«

»Ich bin ein einsamer Mensch geworden. Ich habe keine Freunde mehr. Nicht einmal mehr Feinde!«

»Millionen Menschen nehmen Anteil an Ihrem Schicksal. Seit der Fernsehübertragung können wir uns vor Telegrammen und Anrufen aus aller Welt nicht mehr retten.«

»Ich weiß – heute bin ich der populärste Mann der Welt«, sagte Robinson. Ungewollt klang es bitter.

»Der Präsident der Europa-Union hat mich persönlich gebeten, Ihnen seine herzlichsten Glückwünsche ...«

»Ein einziger Händedruck von Möckel wäre mehr! Ein Lächeln von Elvira, ein Gruß von Freytag ...«

Burmester sah seinen Patienten erst ernst an. Dann nickte er, nachdenklich lächelnd: »Sie hatten mich gebeten, nach dem Verbleib von Fräulein Krabp zu forschen.«

Robinson stand mit einem Satz ganz dicht vor seinem Arzt, packte ihn unbeherrscht bei den Schultern und schüttelte ihn. »Und? Lebt sie noch?« rief er außer sich vor Ungeduld.

In Burmesters Augen tanzte ein goldenes Licht. War es ein geheimes Lächeln? War es der Widerschein der Sonne?

»Ich habe mich bemüht ...«, begann er vorsichtig, aber er kam nicht weiter, so heftig umklammerten Robinsons Hände seine Schultern.

»Und?«

Burmester versuchte vergeblich, sich frei zu machen. »Ich habe mit ihr gesprochen«, sagte er langsam.

»Sie lebt noch«, flüsterte Robinson.

Burmester nickte. »Ja – ich habe ihr von Ihnen erzählt.«

Robinson starrte schweigend in das Gesicht des Arztes. Er wagte nicht, ihn weiter zu bedrängen. Die Welt war auf einmal nicht mehr nur ein Haus und ein Garten und ein Schwimmbassin, abgegrenzt durch eine hohe Mauer. Sie war auf einmal groß und weit, ein endloser Raum für neue Wünsche, Träume und Hoffnungen.

Die Stimme des Professors klang, als käme sie von weit her. »Sie hat Sie bei der Reportage gesehen und würde sich über Ihren Besuch freuen!«

»Wo ist sie?« Das war wie ein Schrei.

Burmester deutete in den Garten hinaus. Auf der rechten Seite war in der Mauer zwischen Blüten und Sträuchern eine eiserne Pforte. Robinson hatte sich oft an ihren Stäben festgeklammert und versucht, die Welt dahinter mit den Blicken zu durchdringen. Es war ihm nie gelungen, das Blattwerk verdeckte jede Sicht. Jetzt stand sie offen. Robinson sah sich nach seinem Arzt um.

»Gehen Sie hinüber«, sagte Burmester sanft.

Robinson blickte an sich hinab. »So? Ich muß mich doch umziehen! Ich muß ihr Blumen mitbringen.«

Burmester lächelte. »Gehen Sie nur so, wie Sie sind. Sie brauchen keine Blumen.« Er reichte ihm die Hand: »Viel Glück, mein lieber Gomela!« Dann wandte er sich ab.

Robinson stand da wie im Traum. Vor ihm lag der blühende Garten im Sonnenlicht, lagen die Bäume und Büsche. Vor ihm lag die offene Tür.

Auf einmal war ein Wispern da. Das Raunen einer alten, heiseren Stimme: ›Werden leben. Werden sterben. Werden wieder leben.‹

Robinson preßte die Hände vors Gesicht. Aus der Erinnerung tauchte ein Bild auf: Das mystische Halbdunkel einer Maringotte und hinter einem Vorhang die geheimnisvolle Stimme der alten Wahrsagerin: ›...gehören zusammen wie Sonne und Mond.‹

Er stöhnte auf, ließ die Arme sinken. Er stürzte nach vorn. Da waren die Blumenrabatten. Er sprang in weiten Sätzen über sie hinweg.

Da war die Mauer!

Da war die Pforte!

Schon lag sein Freigehege hinter ihm.

Er zerteilte das Buschwerk und Gesträuch. Er sah eine Rasenfläche; er sah ein Haus, ähnlich dem seinen. Er sah das weißgeschlämmte Mauerwerk hinter blühenden Rhododendren, die bunten Kissen der Blumenbeete.

Er blieb stehen und blickte zu dem flachen Häuschen hinüber, das verlassen vor ihm lag.

Was erwartete ihn dort? Er würde eine alte Dame treffen. Für sie mußte er heute eine flüchtige Jugenderinnerung sein.

Wie quälten diese nüchternen Gedanken! Wie stark stieg die Erinnerung an ihre ersten Begegnungen jetzt in ihm auf!

Nur nicht daran denken!

Er ging zögernd weiter. Das Blut hämmerte in seinen Schläfen.

Da lag die steinerne Terrasse des Hauses vor ihm. Sie war leer. Die Sichtwand zum Wohnhaus war weit geöffnet. Die Sonne strahlte in das Zimmer hinein. Jemand bewegte sich dort, eine hellgekleidete, schmale Gestalt.

Robinson stockte. Ein junges Mädchen trat auf die Terrasse – Renate!

Nein!

Das war unmöglich! Alles Blut strömte ihm zum Herzen. Das konnte doch nicht sein! Das war Zauber, Trug oder Traum!

Sie sah ihn an. Sie kam mit langsamen Schritten auf ihn zu.

Noch zögerte er. Noch wagte er nicht, an das Wunder zu glauben. Da blieb sie wenige Schritte vor ihm stehen und hob die Arme. »Robinson!« sagte sie nur, aber der Klang ihrer Stimme voll verhaltener Zärtlichkeit löste den Bann. Das war ihr Blick, das waren ihre Augen, so tief und blau wie die Bergseen.

Sie war es! Es gab keinen Zweifel mehr!

Noch einmal rief sie ihn an: »Robinson!« Ihre Stimme war von Tränen erstickt. Aber es waren Tränen des Glücks.

»Renate!«

Er wollte den geliebten Namen hinausschreien, erlösend, befreiend, aber es wurde nur ein Hauch.

»Renate!«

Sie verstand es. Sie nickte. Sie breitete die Arme aus.

Endlich wich die Lähmung von ihm. Er stürzte auf sie zu, umarmte sie – erst zaghaft, als könne sie ihm unter den Händen wieder entrissen werden, dann stürmischer. – Leidenschaftlich preßte er sie an sich.

Renate schwankte unter der Kraft seiner Umarmung. Sie schloß die Augen.

Jetzt war der Traum Wirklichkeit und die Wirklichkeit war ein Traum. Versunken waren Raum und Zeit. Es hatte nie eine Vergangenheit gegeben, nie fünfzig Jahre Schlaf. Alle Schatten waren im Licht dieser Stunde ausgelöscht. Vergessen alles, was dazwischenlag. Nur das Heute war da. Nur die unendlich beglükkende Gegenwart.

Sie hielten einander umschlungen und wußten, daß sie nie wieder voneinander lassen würden.

Es war mehr als ein Rausch. Ihre Liebe hatte alles besiegt: Schuld, Leid und Irrtum. Sie war selbst Herr über die Zeit geworden.

Robinson fühlte, wie Renate in seinen Armen bebte. Da griff er kräftiger um ihre Schultern.

Als er in ihr Gesicht sah, hatte sie die Augen geschlossen. Aber um ihren Mund lag ein Lächeln voller Zauber.

Freytag traf am späten Nachmittag im Institut ein. Vom Tor aus fragte er sich entschlossen durch.

Als man ihn im Warteraum des Professors festzunageln versuchte, brachte er es mit seiner alten Unbekümmertheit fertig, sich unauffällig in den Park zu entfernen.

Er hatte sich nie im Leben abweisen oder festnageln lassen; er war immer seine eigenen Wege gegangen, ohne lange um Erlaubnis zu fragen.

Was er eigentlich bei Robinson suchte? Nun, es war doch wohl selbstverständlich, daß er als Zwilling an dem Ruhm seines Bruders teilnahm.

Merkwürdig: von Renate hatte man nichts gesagt. Wenn es gelungen war, seinen Bruder zu wecken, dann mußte auch sie geweckt werden können!

Seine kleine Nata! Was für ein zärtlicher kleiner Teufel war das damals gewesen! Damals auf Mallorca, in dem kleinen weißen Haus an der Bucht von Formentor. Wie hatte sie ihn geliebt! Er hätte nur den kleinen Finger auszustrecken brauchen, und die Millionen des alten Krabp wären sein gewesen! Warum hatte er sie nur verlassen? Dummheit? Leichtsinn?

Damals – ach, damals...

Heute besaß sie ein unübersehbares Vermögen; die Zeitungen hatten oft davon erzählt.

Der Krückstock tanzte in lustigen Bögen durch die Luft. Das war ja ein Paradies hier! Diese Blüten. Diese weiten, sattgrünen Rasenflächen im Licht der sinkenden Sonne. Diese dickstämmigen alten Bäume. Er bekam Lust, sich einfach ins Gras zu legen und den wandernden Abendwölkchen nachzusehen.

Nein, erst den Bruder finden.

Vorn gabelte sich der Weg. Hinter einer Bruchsteinmauer lag unter Bäumen ein einziges Haus.

Freytag ging auf die Pforte zu. Sie war nicht verschlossen. Er schritt gelassen hindurch.

Er summte ein Liedchen. Eine leichtsinnig-frivole Melodie vom Rummelplatz, die von der Liebe und dem Frühling und den kleinen Mädchen erzählte. Ja, darin war die Welt sich immer gleichgeblieben. Die kleinen Mädchen starben nicht aus, der Frühling kam jedes Jahr aufs neue, und die Liebe blieb ewig und unveränderlich. Nur man selber wurde alt. Nicht daran denken!

Freytag blieb stehen und wischte sich über die Stirn.

Ob Robinson hier lebte?

Freytag trat ein. Ganz ungeniert schritt er in das Haus, als gehöre er hierher. Er schnupperte. Er sah sich neugierig um. – Nein, das war wohl nicht das Zimmer eines Mannes. Ein leichter Hauch von Parfüm hing in der Luft. Helle moderne Möbel, Bücher, Zeitschriften, ein großer Bildschirm.

Nein, hier hatte er nichts zu suchen. Er drehte sich um. Er wollte hinausgehen.

Vor der Glastür, die in den Garten führte, blieb er stehen. Das Liedchen erstarb auf seinen Lippen.

Da!

Dort draußen!

Das waren – das waren doch...

Renate...

Seine Nata...

...und Robinson!

So göttlich jung, so zauberhaft anmutig und verliebt. Sie kamen engumschlungen auf das Haus zu. Sie sahen ihn nicht. Sie sahen nichts als sich selber. Robinson hielt Renate fest im Arm. Er trug sie fast.

Dem alten Mann traten die Tränen in die Augen. Er schüttelte den Kopf. »Nein!« murmelte er. »Nein, nein!«

›Das bin doch ich‹, dachte er. ›Das bin ich! Und das ist meine Nata!‹

Die dürren, welken Lippen stammelten Worte ohne Sinn.

Mit zitternden Knien ging er näher auf die Tür zu, durch die sie gleich hereinkommen mußten.

Sie waren stehengeblieben. Sie küßten sich. Sie waren wie allein auf der Welt.

Freytag stand stockstill vor der gläsernen Scheibe und starrte die beiden jungen verliebten Menschen an.

Gleich, gleich würde er sie begrüßen. Gleich würde er seine Nata jubelnd in die Arme schließen. Freytag und Robinson, das war doch eins! Vom ersten Tage an war es so gewesen! Er blinzelte durch die spiegelnde Scheibe.

Da – was war das?

Was suchte diese alte, häßliche Fratze im Glas? Ein faltiges Gesicht. Gegerbte Wangen. Ein schmallippiger, dürrer Greisenmund. Schüttere weiße Haare über der zerfurchten Stirn ...

Wer stand da hinter ihm?

Freytag drehte sich um. Er drehte sich im Kreise. Einmal. Zweimal. Noch einmal. Dann schloß er die Augen. Er hatte begriffen.

Ein Zug von herber Enttäuschung legte sich um seinen Mund. Er öffnete die Augen und sah noch einmal hinaus.

Robinson und Renate kamen auf ihn zu. Sie blickten ihn an. Renates Hand umklammerte plötzlich Robinsons Arm. Sie sahen ihn ...

Aber sie erkannten ihn nicht.

Sie erkannten ihn nicht!

Da wandte sich der alte Mann um.

Er floh.

Mit kurzen, kleinen Schritten hastete er aus dem Haus. Er hörte noch eine junge melodische Stimme rufen: »Hallo, Sie ...« Aber er hetzte weiter. Erst als die Büsche ihn jeder Sicht entzogen hatten, blieb er stehen.

Dann atmete er auf.

Mit einer hilflosen Bewegung wischte er die Tränen ab, die seine Wangen hinunterrollten.